TERRY GOODKIND
Die Dämonen des Gestern

Buch

Wie ein dunkler Schatten lastet das unselige Erbe von Darken Rahl über D'Hara, den Midlands und Westland. Kaum ist die Gefahr abgewendet, die von dem Riß im Schleier zwischen der Welt der Lebenden und der Unterwelt ausging, da sehen sich Richard Cypher und seine große Liebe Kahlan der nächsten Bedrohung gegenüber. Und diese Bedrohung ist weit größer, als es zunächst den Anschein hatte. Denn hinter den fanatischen Kindern des Blutes steht der wahre Feind: eine uralte böse Macht aus der Alten Welt. Jahrtausendelang war sie durch eine magische Barriere von der übrigen Welt getrennt, jetzt hat sie sich befreit und droht alles zu vernichten, was sich ihr in den Weg stellt ...

Autor

Mit dem *Schwert der Wahrheit* legt Terry Goodkind eine Fantasy-Saga vor, die mit Witz und Spannung, Phantasie und Wirklichkeitsnähe neue Maßstäbe in diesem Genre setzt. Gleich der erste Roman *Das Gesetz der Magie* erzielte einen enormen Erfolg bei Lesern und Kritikern. *Piers Anthony* schrieb dazu: *Eine phänomenale Fantasy, die alles Dagewesene mit Leichtigkeit in den Schatten stellt, und für Terry Goodkind der Beginn einer großen Karriere.* Tatsächlich sind alle folgenden Bände seines Zyklus' vom *Schwert der Wahrheit* international äußerst erfolgreich. Terry Goodkind lebt in seinem Haus in den Wäldern von Neuengland und schreibt an der Fortsetzung seines Erfolgs-Epos.

Terry Goodkind im Goldmann Verlag

Das Schwert der Wahrheit 1:
Das Gesetz der Magie (24614)
Das Schwert der Wahrheit 2:
Der Schatten des Magiers (24658)
Das Schwert der Wahrheit 3:
Die Schwestern des Lichts (24659)
Das Schwert der Wahrheit 4:
Der Palast des Propheten (24660)
Das Schwert der Wahrheit 5:
Die Günstlinge der Unterwelt (24661)
Das Schwert der Wahrheit 6:
Die Dämonen des Gestern (24662)
Das Schwert der Wahrheit 7:
Die Nächte des roten Mondes (24773)
Das Schwert der Wahrheit 8:
Der Tempel der vier Winde (24774)

Weitere Bände sind in Vorbereitung.

TERRY GOODKIND
DIE DÄMONEN DES GESTERN

Aus dem Amerikanischen
von Caspar Holz

GOLDMANN

Die amerikanische Originalausgabe erschien 1996
unter dem Titel »Blood of the Fold« (Chapters 26–54)
bei Tor Books, New York

Umwelthinweis:
Alle bedruckten Materialien dieses Taschenbuches
sind chlorfrei und umweltschonend.
Das Papier enthält Recycling-Anteile.

Der Goldmann Verlag
ist ein Unternehmen der Verlagsgruppe Bertelsmann

Deutsche Erstveröffentlichung 2/98
Copyright © der Originalausgabe 1996 by Terry Goodkind
All rights reserved.
Copyright © der deutschsprachigen Ausgabe 1998
by Wilhelm Goldmann Verlag, München
Published in agreement with Baror International, Inc.,
Bedford Hills, New York, USA,
in association with Scovil Chichak Galen Literary Agency.
Umschlaggestaltung: Design Team München
Umschlagillustration: AKG, Berlin
Satz: deutsch-türkischer fotosatz, Berlin
Druck: Graphischer Großbetrieb Pößneck
Verlagsnummer: 24662
Redaktion: Andreas Helweg
V. B. Herstellung: Peter Papenbrok
Printed in Germany
ISBN 3-442-24662-8

3 5 7 9 10 8 6 4

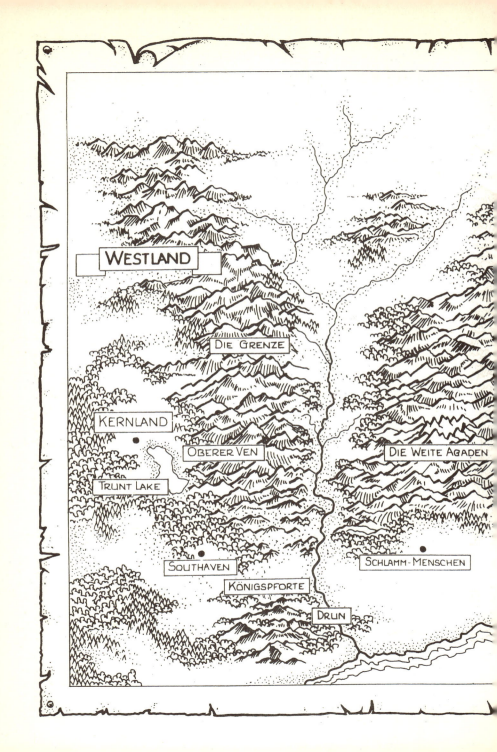

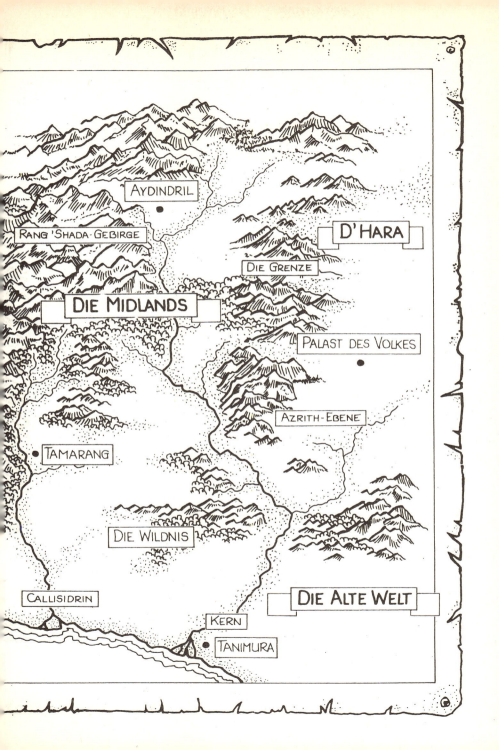

1. Kapitel

Sturzbäche aus Regen peitschten über das Deck des Schiffes. Die barfüßigen Männer kauerten angespannt da, ihre Muskeln glänzten im schwachen, gelben Licht der Lampen, während sie verfolgten, wie der Abstand sich verringerte. Dann plötzlich machten sie einen Satz in die Dunkelheit. Nach der Landung sprangen sie auf, um die mit Bleigewichten beschwerten leichten Wurfleinen aufzufangen, die man ihnen über den trüben Abgrund in hohem Bogen hinterhergeworfen hatte. Hand über Hand zogen die Männer die schweren Taue zum Festmachen herüber, die an den Wurfleinen befestigt waren.

Mit raschen, gewandten Bewegungen schlangen sie die unterarmdicken Taue um die massiven Poller, stemmten die Füße in den Boden und lehnten sich in die Seile, wobei sie die Poller als Talje benutzten. Das nasse Holz knarrte und ächzte, als sich die Taue spannten. Die Männer gaben nach, bis sie die langsame, aber scheinbar unaufhaltsame Fahrt der *Lady Sefa* zum Stillstand gebracht hatten. Wie aus einem Mund stöhnend, begannen sie erneut zu ziehen, und Stück für Stück näherte sich das Schiff dem regennassen Kai, während die Männer an Bord die Fender über die Reling warfen, um den Rumpf zu schützen.

Schwester Ulicia stand zusammen mit den Schwestern Tovi, Cecilia, Armina, Nicci und Merissa dichtgedrängt unter einer Persenning, auf die der Regen niederprasselte, und sah zu, wie Captain Blake an Deck hin und her lief und Männern zornige Befehle zubrüllte, die sie nicht schnell genug ausführen konnten. Er hatte die *Lady Sefa* bei diesem Wetter – ganz zu schweigen von dieser Dunkelheit – nicht an dem schmalen Kai festmachen, sondern statt dessen weiter draußen vor Anker gehen und die Frauen im Beiboot an

9

Land bringen wollen. Ulicia hatte keine Lust verspürt, bis auf die Haut naß zu werden, während man sie die halbe Meile an Land ruderte, und hatte kurzerhand alle seine Ausreden, er müsse sämtliche Beiboote zu Wasser lassen, um das Schiff an den Kai zu schleppen, als unbedeutend abgetan. Ein scharfer Blick von ihr, und seine nochmalige Auflistung der Gefahren war verstummt, und er hatte sich mit zusammengepreßten Lippen an die Arbeit gemacht.

Der Kapitän riß seine durchnäßte Mütze vom Kopf und baute sich vor ihnen auf. »Ihr werdet in Kürze an Land sein, meine Damen.«

»Schien nicht so schwer zu sein, wie Ihr uns einreden wolltet, Captain«, meinte Ulicia.

Er zerknüllte seine Mütze. »Das Schiff ist im Hafen. Warum Ihr allerdings den weiten Weg die gesamte Küste entlang nach Grafan fahren wolltet, ist mir ein Rätsel. Von diesem gottverlassenen Armeevorposten über Land zurück nach Tanimura, das wird nicht so behaglich, als hättet Ihr uns gestattet, Euch auf direktem Weg über See dorthin zu bringen.«

Er verschwieg, daß sie dann sein Schiff schon Tage zuvor verlassen hätten. Was zweifellos der Grund war, warum er sich mit überschwenglicher Freundlichkeit angeboten hatte, sie, ihrer ursprünglichen Absicht entsprechend, auf direktem Weg nach Tanimura zurückzubringen. Nichts wäre Ulicia lieber gewesen, aber sie hatte in der Angelegenheit keine Wahl. Sie hatte getan, was man ihr befohlen hatte.

Sie hob den Kopf und spähte über den Kai hinweg zu der Stelle, wo er, wie sie wußte, wartete. Die Augen ihrer Begleiterinnen starrten ebenfalls in die Dunkelheit.

Die Hügel, von denen aus man den Hafen überblicken konnte, waren nur im knisternden Aufleuchten der Blitze zu erkennen, die urplötzlich aus dem Nichts aufflackerten, und dann sah man auch die massiven Steinmauern der Festung hoch oben auf einer entfernten Anhöhe. Ansonsten schienen die schwachen Lichter in einem pechschwarzen Himmel zu schweben.

Dort saß Jagang.

Im Traum vor ihm zu stehen war eine Sache – irgendwann wachte sie vielleicht wieder auf –, aber ihm leibhaftig zu begegnen eine ganz andere. Jetzt würde es kein Erwachen geben. Sie hielt sich fester an die Verbindung. Auch für Jagang würde es kein Erwachen geben. Ihr wahrer Geliebter würde sich seiner bemächtigen und ihn zwingen zu bezahlen.

»Sieht aus, als würdet Ihr erwartet.«

Ulicia riß sich aus ihren Gedanken und richtete ihre Aufmerksamkeit wieder auf den Kapitän. »Was?«

Er zeigte mit seiner Mütze auf eine Kutsche. »Die ist bestimmt für Euch, meine Damen. Außer den Soldaten ist niemand in der Nähe.«

Den starren Blick in die Dunkelheit gerichtet, entdeckte sie endlich die schwarze Kutsche mit ihrem Gespann aus sechs riesigen Wallachen, die auf der Straße oben über dem Kai wartete. Die Tür stand offen. Ulicia mußte sich daran erinnern, wieder auszuatmen.

Bald wäre es vorbei. Jagang würde bezahlen. Sie brauchten es nur zu Ende zu bringen.

Als ihre Augen erst einmal die bewegungslosen, dunklen Umrisse erfaßt hatten, konnte sie auch die Soldaten ausmachen. Sie standen überall. Auf den Hügeln rings um den Hafen waren viele Feuer zu erkennen. Dabei wußte sie, für jedes Feuer, das im Regen brannte, gab es zwanzig oder dreißig andere, die nicht angehen wollten. Auch ohne die Feuer zu zählen, war unschwer zu erkennen, daß es Hunderte waren.

Das Fallreep polterte übers Deck, als die Matrosen es ausfuhren. Mit einem dumpfen Schlag kippte ein Ende auf den Kai. Gleich nach dem Aufsetzen trabten die Matrosen mit dem Gepäck der Schwestern die Planke hinunter und hielten den Kai entlang auf die Kutsche zu.

»Es war mir ein Vergnügen, mit Euch Geschäfte zu machen, Schwester«, log Captain Blake. Er nestelte an seiner Mütze herum und wartete, daß sie endlich von Bord gingen. Er drehte sich zu den

Männern an den Tauen um. »Haltet euch bereit, die Leinen loszu-
machen, Männer! Wir wollen mit der Flut auslaufen!«

Es brach kein Jubel aus, aber nur, weil sie die Folgen fürchteten,
wenn sie ihre Freude darüber zeigten, daß sie ihre Passagiere los waren. Auf der Seereise zurück in die Alte Welt war es nötig gewesen,
den Matrosen ein paar weitere Lektionen in Disziplin zu erteilen –
Lektionen, die keiner von ihnen je vergessen würde.

Niemand bedachte die sechs Frauen auch nur mit einem Blick,
während die Seeleute schweigend auf das Kommando ›Leinen los‹
warteten. Am Ende des Fallreeps hielten sich vier Mann mit gesenktem Blick bereit, in der Hand eine Stange, die die Ecke einer
Persenning aus Segeltuch stützte, um sie über die Köpfe der Schwestern zu halten, damit sie nicht völlig durchnäßt wurden.

Ulicia verfügte über ebensoviel Energie wie das krachende Gewitter rings um sie und ihre fünf Begleiterinnen und hätte leicht ihr Han
gebrauchen können, um sich und ihre fünf Schwestern vor dem Regen abzuschirmen, aber sie wollte die Verbindung erst benutzen,
wenn die Zeit gekommen war. Damit hätte sie Jagang nur gewarnt.
Außerdem machte es ihr Spaß, diese bedeutungslosen Würmer zu
zwingen, die Persenning über ihre Köpfe zu halten. Sie konnten von
Glück reden, daß sie die Verbindung nicht preisgeben wollte, sonst
hätte sie sie alle miteinander abgeschlachtet. Und zwar in aller Ruhe.

Ulicia marschierte los, und auch ihre Schwestern setzten sich in
Bewegung. Jede einzelne von ihnen besaß nicht nur die Gabe, mit
der sie geboren worden war, das weibliche Han, sondern durch ein
geheimes Ritual verfügten sie über das Gegenstück: das männliche
Han, das sie jungen Zauberern gestohlen hatten. Neben der angeborenen Additiven Gabe war jede außerdem im Besitz von deren
Ergänzung: Subtraktive Magie.

Und das alles war nun miteinander verbunden.

Ulicia war nicht sicher gewesen, ob es funktionieren würde. Nie
zuvor hatten Schwestern der Finsternis, und mehr noch, Schwestern der Finsternis, denen es darüber hinaus gelungen war, das
männliche Han aufzunehmen, versucht, ihre Kraft miteinander zu

verbinden. Sie waren damit ein gefährliches Risiko eingegangen, die Alternativen jedoch waren nicht akzeptabel. Daß es funktionierte, hatte ihnen allen ein berauschendes Hochgefühl der Erleichterung verschafft. Daß es ihre wildesten Hoffnungen übertraf, hatte Ulicia in einen Rauschzustand versetzt, der durch den flüchtigen, doch heftigen Strom aus Magie hervorgerufen wurde, welcher durch ihren Körper jagte.

Sie hätte niemals für möglich gehalten, daß solch furchteinflößende Kraft zusammengetragen werden könnte. Außer dem Schöpfer oder dem Hüter gab es auf der Erde keine Kraft, die der, über die sie jetzt verfügten, auch nur nahekam.

Ulicia war der beherrschende Knoten der Verbindung und die einzige, die die Energie befehligen und lenken konnte. Ständig mußte sie das im Innern lodernde Feuer ihres Han kontrollieren. Worauf ihr Blick auch fiel, es schrie danach, entfesselt zu werden. Bald würde es soweit sein.

In der Verbindung besaßen das weibliche und das männliche Han, die Additive und die Subtraktive Magie, genug zerstörerische Energie, um ein Zaubererfeuer im Vergleich dazu wie eine Kerze aussehen zu lassen. Mit einem einzigen Gedanken könnte sie den Hügel, auf dem die Festung stand, dem Erdboden gleichmachen. Mit einem einzigen Gedanken könnte sie überhaupt alles in ihrem Blickfeld dem Erdboden gleichmachen, und womöglich noch darüber hinaus.

Wenn sie sicher gewesen wäre, daß Jagang sich in der Festung befand, hätte sie längst ihren alles vernichtenden Zorn freigesetzt. Wenn er jedoch nicht dort war und es ihnen nicht gelang, ihn zu finden und zu töten, bevor sie wieder einschliefen, dann würde er sich ihrer bemächtigen. Zuerst mußten sie feststellen, ob er sich dort befand. Anschließend würde sie eine Kraft freisetzen, wie man sie in dieser Welt noch nicht gesehen hatte, und Jagang in Staub verwandeln, bevor er auch nur mit der Wimper zucken konnte. Ihr Meister würde dann seine Seele bekommen und Jagang bis in alle Ewigkeit büßen lassen.

Am Ende des Fallreeps stellten sich die vier Matrosen um sie herum auf, um sie vor dem Regen zu schützen. Ulicia fühlte, wie sich die Muskeln bei allen ihren Schwestern anspannten, als sie den Kai entlanggingen. Über die Verbindung konnte sie jeden kleinen Schmerz, jede Pein und jede Freude spüren, die sie empfanden. In ihrem Geist waren sie eins. In ihrem Geist waren sie beseelt von einem Gedanken, einem Wunsch: sich von diesem Blutsauger zu befreien.

Schon bald, Schwestern, schon bald.

Und dann jagen wir den Sucher?

Ja, Schwestern, dann jagen wir den Sucher.

Während sie den Kai entlangmarschierten, trabte ein Trupp schauerlich aussehender Soldaten mit klirrenden Waffen in der entgegengesetzten Richtung vorbei. Sie liefen, ohne anzuhalten, das glatte Fallreep hinauf. Der Corporal des Trupps blieb vor dem empörten Kapitän des Schiffes stehen. Sie verstand nicht, was der Soldat sagte, aber sie sah, wie Captain Blake die Arme in die Höhe riß, und konnte hören, wie er brüllte: »Was!« Der Kapitän warf wütend seine Mütze auf den Boden und setzte zu einem Wortschwall aus Einwänden an, den sie nicht verstand. Hätte sie die Verbindung ausgeweitet, hätte sie es gekonnt, aber sie wollte das Risiko nicht eingehen. Noch nicht. Die Soldaten zogen ihre Schwerter blank. Captain Blake stemmte die Fäuste in die Hüften und wandte sich kurz darauf an die Männer auf dem Kai.

»Macht die Leinen fest, Männer«, brüllte er zu ihnen hinunter. »Wir stechen heute abend nicht mehr in See!«

Als Ulicia die Kutsche erreichte, streckte ein Soldat seine Hand aus und befahl ihnen einzusteigen. Ulicia ließ die anderen zuerst hineinklettern. Sie spürte die Erleichterung der beiden älteren Frauen, als sie endlich auf dem dünn gepolsterten Ledersitz Platz nehmen konnten. Der Soldat befahl den vier Matrosen, die sie begleitet hatten, zur Seite zu treten und zu warten. Als Ulicia einstieg und die Tür hinter sich zuzog, sah sie, wie die Soldaten auf dem Schiff sämtliche Matrosen von der *Lady Sefa* das Fallreep hinuntertrieben.

Wahrscheinlich wollte Kaiser Jagang alle Zeugen zum Schweigen bringen, die ihn mit den Schwestern der Finsternis in Zusammenhang brachten. Jagang tat ihr damit einen Gefallen. Er würde natürlich keine Gelegenheit erhalten, die Besatzung des Schiffes zu töten. Sie dagegen schon, da man den Seeleuten nicht erlaubte, in See zu stechen. Sie lächelte ihren Schwestern zu. Durch die Verbindung wußten alle, was sie dachte. Jede der anderen fünf antwortete mit einem zufriedenen Lächeln. Die Seereise war entsetzlich gewesen. Dafür würden die Matrosen bezahlen.

Während der langsamen Fahrt zur Festung, am Ende einer Steigung, sah Ulicia im Aufleuchten eines Blitzes das Ausmaß der Armee, die Jagang versammelt hatte, und war überrascht. Immer wieder, wenn ein Blitz die Hügel erhellte, konnte sie Zelte sehen, so weit das Land reichte. Grashalmen im Frühling gleich, bedeckten sie die hügelige Landschaft. Ihre Anzahl ließ die Stadt Tanimura wie ein Dorf erscheinen. Sie hatte nicht gewußt, daß in der gesamten Alten Welt überhaupt so viele Soldaten unter Waffen standen. Nun, vielleicht würden sie sich ebenfalls als nützlich erweisen.

Wenn die verästelten Blitze unter den brodelnden Wolken aufflackerten, konnte sie auch die schauerliche Festung erkennen, in der Jagang auf sie wartete. Über die Verbindung konnte sie die Festung auch mit den Augen ihrer Schwestern sehen und ihre Angst fühlen. Sie alle wollten diese Hügelkuppe in die Vergessenheit sprengen, aber jede einzelne von ihnen wußte, daß sie dies nicht konnten. Noch nicht.

Es war ausgeschlossen, daß sie Jagang nicht erkannten, wenn sie vor ihm standen – es war ausgeschlossen, daß auch nur eine von ihnen dieses aufgesetzt grinsende Gesicht nicht wiedererkannte –, aber zuerst mußten sie ihn sehen, um ganz sicher zu sein.

Wenn wir ihn sehen, Schwestern, und wissen, daß er dort ist, dann wird er sterben.

Ulicia wollte die Angst in den Augen dieses Mannes erspähen, dieselbe Angst, die er in ihre Herzen gepflanzt hatte, aber sie wagte nicht, ihm irgendeinen Hinweis auf ihr Vorhaben zu geben. Ulicia wußte nicht, wozu er fähig war. Schließlich waren sie im Traum, der keiner war, noch nie von einem anderen als ihrem Meister, dem Hüter, besucht worden, und sie hatte nicht die geringste Absicht, Jagang, nur um der Genugtuung willen, ihn zittern zu sehen, durch irgend etwas zu warnen.

Sie hatte absichtlich gewartet, bis sie in den Hafen von Grafan einfuhren, bevor sie den Schwestern ihren Plan enthüllte – nur um sicherzugehen. Ihr Meister würde für Jagangs Bestrafung sorgen. Ihre Aufgabe war es nur, seine Seele an die Unterwelt zu liefern, in den Machtbereich des Hüters.

Der Hüter würde mehr als erfreut sein, wenn sie seine Macht in dieser Welt wiederhergestellt hätten, und würde sie mit einem Einblick in Jagangs Qualen belohnen, falls sie dies wünschten. Und wie sie es sich wünschten.

Die Kutsche kam mit einem Ruck vor dem beeindruckenden Tor der Festung zum Stehen. Ein stämmiger Soldat, der einen Fellumhang trug und genug Waffen, um alleine eine Armee von beträchtlicher Größe niederzumetzeln, befahl ihnen auszusteigen. Die sechs marschierten schweigend durch Regen und Matsch und betraten unter dem gewölbten Dach hinter dem eisernen Fallgitter hindurch die Festung. Man führte sie in einen dunklen Eingang, wo es hieß, sie sollten stehenbleiben und warten – so als hätte eine von ihnen die Absicht, sich auf den schmutzigen, kalten Steinfußboden zu setzen.

Schließlich hatten sie alle ihre feinste Kleidung angelegt: Tovi, die ein dunkles Kleid trug, das ihrer Figur schmeichelte, Cecilia, deren gebürstetes und ordentliches graues Haar einen schönen Kontrast zu ihrem tiefgrünen, am Kragen mit Spitzen besetzten Kleid bildete, Nicci in einem schlichten Kleid, schwarz wie stets und am Oberteil auf eine Weise mit Spitzen besetzt, die die Form ihres Busens betonte, Merissa in einem roten Kleid, der Farbe, die sie bevorzugte, und das aus gutem Grund, da es sich von der dichten Mähne dunklen Haares abhob, ganz zu schweigen davon, daß es ihre ausgezeichnete Figur hervorhob, Armina, die ein dunkelblaues

Kleid anhatte, das ihren durchaus wohlgeformten Körper erkennen ließ und gut zu ihren himmelblauen Augen paßte, und Ulicia in ihrer kleidsamen Aufmachung, einen Ton heller im Blau als Arminas und im Dekolleté sowie an den Handgelenken mit geschmackvollen Rüschen abgesetzt und in der Taille schmucklos, um ihre wohlgeformten Hüften nicht zu verbergen.

Sie alle wollten so schön wie möglich sein, wenn sie Jagang töteten.

Die schwarzen Steinwände des Raumes waren nackt bis auf zwei zischelnde Fackeln in ihren Halterungen. Während sie wartete, spürte Ulicia, wie der Zorn der anderen anschwoll, genau wie ihrer, und wie die gemeinsame Anspannung stieg.

Als die Seeleute umringt von Soldaten durch das Fallgitter kamen, öffnete einer der beiden Posten die innere Tür in die Festung und befahl den Schwestern mit einer rüden Kopfbewegung durchzugehen. Die Gänge waren so schmucklos wie der Eingangsraum. Schließlich handelte es sich um eine Festung, nicht um einen Palast, und man erhob keinen Anspruch auf Bequemlichkeit. Als sie ihren Wachen hinterhergingen, entdeckte Ulicia nur derbe Holzbänke und Fackeln in rostigen Halterungen. Die Türen bestanden aus ungehobelten Brettern mit Angeln aus Bandeisen, und nicht eine einzige Öllampe war zu sehen, während sie dem Weg ins Herz der Festung folgten. Das Ganze schien eher eine Kaserne für die Soldaten zu sein.

Die Wachen erreichten eine große Flügeltür und drehten sich mit dem Rücken zur Steinwand, nachdem sie sie geöffnet hatten. Einer von ihnen hob wichtigtuerisch den Daumen und wies damit in den großen Saal, der sich anschloß. Ulicia gelobte ihren Schwestern feierlich, sich sein Gesicht zu merken und ihn für seine Arroganz bezahlen zu lassen. Sie führte die fünf anderen Frauen hinein, als sich die Seeleute im Gang von hinten näherten, begleitet vom hallenden Tritt ihrer Stiefel auf dem Steinfußboden und dem Klirren der Waffen der Soldaten, die sie bewachten.

Der Saal war riesig. Glaslose Fenster hoch oben in den Wänden

17

erlaubten einen Blick auf das Gewitter draußen und gestatteten dem Regen, in glänzenden Sturzbächen am dunklen Stein herabzurinnen. In den Vertiefungen zu beiden Seiten des Saals brannten große Feuer. Die Funken und der quellende Rauch stiegen hinauf zu den Fenstern, wo letzterer in Schwaden nach draußen abzog. Trotzdem hinterließ er einen stinkenden Dunst, der in der Luft zu stehen schien. In einem Kreis aus verrosteten Halterungen rings um den Saal zischten und fauchten Fackeln, zum Gestank von Schweiß gesellte sich so der Geruch von Pech. Alles in dem dunklen Saal flackerte im Schein der Feuer.

Zwischen den knisternden Doppelfeuern konnten sie im trüben Licht einen massiven Tisch aus Holzbohlen erkennen, der mit einer Fülle von Speisen gedeckt war. Nur ein einziger Mann saß daran, auf der anderen Seite, und betrachtete sie gleichgültig, während er sich ein Stück Spanferkel absägte.

Im trüben Flackerlicht war sie sich nicht sicher. Sie mußten aber ganz sicher sein.

Hinter dem Tisch an der Wand stand eine Reihe von Leuten, die offensichtlich keine Soldaten waren. Die Männer trugen weiße Hosen und sonst nichts. Die Frauen trugen Kleider mit ausgebeulten Beinen, die vom Knöchel bis zum Hals und von dort bis zu den Handgelenken reichten und die an der Taille mit einer weißen Kordel gerafft waren. Bis auf die Kordel war ihre Kleidung so hauchdünn, daß die barfüßigen Frauen ebensogut hätten nackt sein können.

Der Mann hob seine Hand, winkte mit Zeige- und Mittelfinger und befahl ihnen vorzutreten. Die sechs Frauen durchquerten den höhlenähnlichen Saal, der sie zwischen den dunklen Steinwänden, die den Schein der Feuer schluckten, zu erdrücken schien. Auf einem gewaltigen Bärenfell vor dem Tisch saßen zwei weitere absurd gekleidete Sklaven. Die Frauen standen hinter dem Tisch an der Wand, die Hände an den Seiten, die Körper steif und reglos. Den jungen Frauen hatte man allen einen Goldring mitten durch die Unterlippe gestochen.

18

Die Feuer hinter ihnen knackten und knallten, während die Schwestern immer tiefer in das Dunkel vordrangen. Einer der Männer in weißer Hose schenkte dem Mann Wein in einen Becher ein, als dieser ihn zur Seite hielt. Keiner der Sklaven sah die sechs Frauen an. Ihre Aufmerksamkeit galt dem Mann, der alleine am Tisch saß.

Jetzt erkannten Ulicia und ihre Schwestern ihn.

Jagang.

Er war von durchschnittlicher Größe, jedoch stämmig, mit massigen Armen und breiter Brust. Seine nackten Schultern traten unter einer Fellweste hervor, die in der Mitte offenstand, so daß ein Dutzend Gold- und Juwelenketten sichtbar war, die sich in das Haar des tiefen Einschnitts zwischen seinen hervortretenden Brustmuskeln schmiegten. Die Ketten und Juwelen sahen aus, als hätten sie einst Königen und Königinnen gehört. Silberne Reifen umschlossen seine Arme oberhalb der mächtigen Bizeps. An jedem seiner dicken Finger trug er einen goldenen oder silbernen Ring.

Jede einzelne der Schwestern kannte die Schmerzen gut, die einem diese Finger zufügen konnten.

Sein kahlrasierter Kopf glänzte im flackernden Schein der Feuer. Er paßte zu seinen Muskeln. Ulicia konnte sich ihn nicht mit Haaren auf dem Kopf vorstellen. Das hätte ihm nur von seiner Bedrohlichkeit genommen. Sein Hals hätte einem Stier gehören mögen. An einem goldenen Ring an der Außenseite seines linken Nasenlochs war ein dünnes Goldkettchen befestigt, das bis zu einem weiteren Ring in der Mitte seines Ohres reichte. Er war glattrasiert bis auf einen fünf Zentimeter langen, geflochtenen Schnurrbart, der nur an den Ecken seines ekelhaften Grinsens wuchs, sowie einen weiteren geflochtenen Bart mitten unter seiner Unterlippe.

Seine Augen jedoch waren es, die jeden fesselten, den sie in den Blick faßten. Sie hatten überhaupt kein Weiß. Sie waren von einem dunklen Grau, das getrübt wurde von düsteren, dämmrigen Partikeln, und doch gab es nicht den geringsten Zweifel darüber, wann er einen ansah.

Sie waren wie ein Doppelfenster in die Welt der Alpträume.

Das fiese Grinsen verschwand und machte einem heimtückisch wütenden Funkeln Platz. »Ihr seid spät dran«, meinte er mit tiefer, heiserer Stimme, die sie ebenso mühelos erkannten wie seine alptraumhaften Augen.

Ulicia vergeudete keine Zeit mit einer Antwort und ließ sich auch nicht anmerken, was sie vorhatte. Sie verknotete die Ströme ihres Han, so daß sie jetzt sogar ihren Haß kontrollieren konnte und nur noch eine einzige Facette ihrer Gefühle – Furcht – auf ihren Gesichtern zu erkennen war, damit sie ihn nicht durch ihre Zuversicht warnten.

Ulicia verschrieb sich ganz der Vernichtung von allem, was sich vor ihren Zehen befand – im Umkreis von zwanzig Meilen.

Mit heftiger und derber Wucht riß sie die hemmenden Sperren von der ungestümen Energie, die dahinter gefangen war. Gedankenschnell, mit donnernder Heftigkeit, explodierten Additive und Subtraktive Magie in einer mörderischen Eruption nach vorne. Sogar die Luft verbrannte heulend. Der Saal fing Feuer in einem gleißend hellen Blitz aus doppelter Magie – Gegensätzen, die sich zu einer ohrenbetäubenden Entladung ihres Zorns verflochten.

Ulicia war selbst erstaunt, was sie hier entfesselt hatte.

Das Gewebe der Wirklichkeit schien zu zerreißen.

Ihr letzter Gedanke war, daß sie die gesamte Welt vernichtet haben mußte.

2. Kapitel

Schneeflockenartigen Bruchstücken eines düsteren Traumes gleich, kam alles wieder langsam zurück in ihr Gesichtsfeld – zuerst die Doppelfeuer, dann die Fackeln, die dunklen Wände aus Stein und schließlich die Menschen.

Einen verblüffenden Augenblick lang war ihr ganzer Leib taub, dann kehrte die Empfindung mit einer Million Nadelstiche in ihren Körper zurück. Alles tat ihr weh.

Jagang riß ein großes Stück aus einem gegrillten Fasan. Er kaute einen Augenblick lang, dann wedelte er mit dem Beinknochen in ihre Richtung.

»Weißt du, was dein Problem ist, Ulicia?« fragte er, noch immer kauend. »Du benutzt Magie, die du ebenso schnell entfesseln kannst wie einen Gedanken.«

Das fiese Grinsen kehrte auf seine fettigen Lippen zurück. »Ich dagegen bin ein Traumwandler. Ich benutze die Zeit zwischen den Gedankensplittern, die Ruhe, in der nichts existiert, um das zu tun, was immer ich tue. Ich schlüpfe hinein, wo niemand sonst eindringen kann.«

Er fuchtelte wieder mit dem Knochen und schluckte. »Siehst du, in diesem Augenblick zwischen den Gedanken ist die Zeit für mich unendlich, und ich kann tun, was immer mir beliebt. Ihr könntet ebensogut steinerne Statuen sein, die versuchen, mich zu hetzen.«

Ulicia spürte ihre Schwestern durch die Verbindung. Sie war noch immer da.

»Primitiv. Sehr primitiv«, sagte er. »Ich habe andere gesehen, die es viel besser machten, aber die waren auch geübt darin. Ich habe euch die Verbindung gelassen – fürs erste. Fürs erste will ich, daß ihr euch gegenseitig spürt. Später werde ich sie unterbrechen. So wie die Verbindung kann ich auch euren Verstand zerstören.« Er nahm einen kräftigen Schluck Wein. »Aber ich finde, das alles ist so unergiebig. Wie kann man jemandem eine Lektion erteilen, wirklich eine Lektion erteilen, wenn sein Verstand sie nicht begreift?«

Über die Verbindung spürte Ulicia, wie Cecilia die Kontrolle über ihre Blase verlor und der warme Urin ihr die Beine herablief.

»Und wie?« hörte sich Ulicia mit hoher Stimme fragen. »Wie könnt Ihr die Zeit zwischen den Gedanken nutzen?«

Jagang nahm sein Messer zur Hand und schnitt sich eine Scheibe Fleisch auf einem reich verzierten Silberteller ab, der neben ihm stand. Er spießte das blutige Mittelstück mit der Messerspitze auf und stützte seine Ellenbogen auf den Tisch. »Was sind wir alle?« Er schwenkte das Stück Fleisch in großem Bogen herum, während rote Flüssigkeit an seinem Messer herabtropfte. »Was ist Wirklichkeit – die Wirklichkeit unseres Seins?«

Er zog das Fleisch mit den Zähnen vom Messer, kaute und fuhr fort. »Sind wir unsere Körper? Ist ein kleiner Mensch dann also weniger als ein großer? Wenn wir unsere Körper wären, und angenommen, wir verlören einen Arm oder ein Bein, wären wir dann weniger als zuvor, würden wir aus dem Sein verschwinden? Nein. Wir wären immer noch derselbe.

Wir sind nicht unser Körper. Wir sind unsere Gedanken. Indem sie sich formen, bestimmen sie, wer wir sind, und schaffen so die Wirklichkeit unseres Seins. Zwischen diesen Gedanken gibt es nichts. Da ist nur der Körper, der darauf wartet, daß unsere Gedanken uns zu dem machen, was wir sind.

Zwischen euren Gedanken, da ist mein Platz. In diesem Zwischenraum zwischen euren Gedanken hat Zeit für euch keinerlei Bedeutung, aber für mich.« Er nahm einen kräftigen Schluck Wein. »Ich bin ein Schatten, der sich in die Risse eures Seins einschleicht.«

Durch die Verbindung konnte Ulicia fühlen, wie die anderen zitterten. »Das kann nicht sein«, erwiderte sie tonlos. »Euer Han kann die Zeit nicht dehnen, sie in Stücke brechen. Oder zerstören.«

Sein herablassendes Lächeln ließ ihr den Atem stocken. »Ein kleiner, unscheinbarer Keil, eingeführt in den Riß des größten, massivsten Felsens, kann ihn zum Zersplittern bringen. Ihn zerstören.

Dieser Keil bin ich. Dieser Keil wird jetzt in euren Verstand hineingehämmert.«

Sie stand stumm da, während er mit dem Daumen einen langen Streifen Fleisch aus dem gerösteten Spanferkel zog. »Wenn ihr schlaft, treiben und fließen eure Gedanken, und ihr seid verletzlich. Wenn ihr schlaft, seid ihr wie ein Leuchtzeichen, das ich aufspüren kann. Dann schleichen sich meine Gedanken in diese Risse. Die winzigen Zwischenräume, in denen ihr euch in euer Sein ein- und ausblendet, sind für mich wie Abgründe.«

»Und was habt Ihr mit uns vor?« fragte Armina.

Er riß ein Stück Schweinefleisch ab und ließ es von seinen fleischigen Fingern baumeln. »Nun, einer der Zwecke, für die ich euch brauche, ist unser gemeinsamer Feind: Richard Rahl. Ihr kennt ihn als Richard Cypher.« Er runzelte die Stirn über seinen dunklen, nie zur Ruhe kommenden Augen. »Der Sucher.

Bislang war er unverletzbar. Er hat mir einen riesen Gefallen getan, indem er die Barriere zerstört hat, die mich auf dieser Seite gefangenhielt. Jedenfalls meinen Körper. Ihr, die Schwestern der Finsternis, der Hüter und Richard Rahl haben es möglich gemacht, daß ich der Rasse der Menschen zur absoluten Überlegenheit verhelfen kann.«

»Wir haben nichts dergleichen getan«, protestierte Tovi kleinlaut.

»O doch, das habt ihr. Seht ihr, der Schöpfer und der Hüter stritten um die Vorherrschaft in dieser Welt. Der Schöpfer einfach deshalb, weil er verhindern wollte, daß der Hüter sie der Welt der Toten zuschlägt. Und der Hüter einfach deshalb, weil er eine unersättliche Gier nach allem hat, was lebt.«

Er sah sie aus seinen pechschwarzen Augen an. »In eurem Bemühen, den Hüter zu befreien, ihm diese Welt zum Geschenk zu machen, habt ihr dem Hüter hier Macht verschafft, und das wiederum hat Richard Rahl auf den Plan gerufen, der zur Verteidigung der Lebenden angetreten ist. Er hat das Gleichgewicht wiederhergestellt.

In diesem Gleichgewicht, genau wie im Raum zwischen euren Träumen, dort ist mein Platz.

Magie ist der Zugang zu jenen anderen Welten, wodurch diese Welten Macht bekommen. Indem ich die Menge der Magie in dieser Welt verringere, verringere ich auch den Einfluß des Schöpfers und des Hüters. Der Schöpfer wird nach wie vor den Lebensfunken spenden, und der Hüter wird ihn nach wie vor nehmen, wenn das Ende gekommen ist, aber darüber hinaus wird die Welt den Menschen gehören. Die alte Religion der Magie wird dem Abfallhaufen der Geschichte anvertraut werden, und schließlich der Legende.

Ich bin ein Traumwandler. Ich habe die Träume der Menschen gesehen, ich weiß, wozu sie fähig sind. Magie unterdrückt diese grenzenlosen Visionen. Ohne Magie wird der Geist des Menschen, seine Phantasie, befreit werden, und er wird allmächtig sein.

Aus diesem Grund habe ich diese Armee. Wenn die Magie tot ist, werde ich sie noch immer haben. Ich werde dafür sorgen, daß sie für diesen Tag gut gerüstet ist.«

»Und wieso ist Richard Euer Feind?« fragte Ulicia in der Hoffnung, daß er weitersprach, während sie sich überlegte, was sie tun konnten.

»Was er getan hat, mußte er tun, sonst hättet ihr Lieben die Welt dem Hüter überlassen. Das war mir eine Hilfe. Doch jetzt mischt er sich in meine Angelegenheiten ein. Er ist jung und weiß nichts von seinen Fähigkeiten. Ich dagegen habe die letzten zwanzig Jahre damit zugebracht, mein Können zu vervollkommnen.«

Er schwenkte die Messerspitze vor seinem Gesicht. »Im vergangenen Jahr erst sind meine Augen geronnen – das Merkmal eines Traumwandlers. Erst jetzt steht mir der am meisten gefürchtete Name der uralten Welt zu. In der Sprache der Vorzeit ist ›Traumwandler‹ gleichbedeutend mit ›Waffe‹. Die Zauberer, die diese Waffe geschaffen haben, bedauern ihr Tun mittlerweile.«

Er leckte das Fett von seinem Messer und betrachtete die Schwestern. »Es ist ein Fehler, Waffen zu schmieden, die über einen eigenen Willen verfügen. Jetzt seid ihr meine Waffen. Ich werde den gleichen Fehler nicht begehen.

Meine Kraft gestattet mir, in die Gedanken eines jeden einzudringen, wenn er schläft. Auf jene, welche die Gabe nicht besitzen, habe ich nur begrenzten Einfluß, aber sie sind für mich ohnehin nur von geringem Nutzen. Doch bei denen mit der Gabe, wie euch sechs, kann ich alles tun, was ich will. Habe ich meinen Keil erst einmal in eurem Geist angesetzt, gehört er nicht mehr euch. Er gehört mir.

Die Magie der Traumwandler war kraftvoll, nur nicht sehr stabil. In den letzten dreitausend Jahren, seit die Barriere errichtet wurde, die uns hier eingesperrt hat, ist niemand mehr mit dieser Fähigkeit geboren worden. Jetzt jedoch hat die Welt wieder einen Traumwandler.«

Er schüttelte sich unter einem bedrohlich stillvergnügten Kichern. Die winzigen Zöpfe an seinen Mundwinkeln zitterten. »Und das bin ich.«

Fast hätte Ulicia ihn aufgefordert, er solle zur Sache kommen, hielt sich aber noch rechtzeitig zurück. Sie hatte nicht die geringste Lust, herauszufinden, was er tun würde, wenn er mit Sprechen fertig war. Alles was sie brauchte, war Zeit, um sich etwas zu überlegen. »Woher wißt Ihr das alles?«

Jagang riß einen Streifen scharf angebratenen Fetts vom Braten und knabberte daran herum, während er weitersprach. »In einer untergegangenen Stadt in meiner Heimat Altur'Rang entdeckte ich ein Archiv aus alter Zeit. Der Wert, den Bücher für einen Krieger wie mich haben, entbehrt nicht einer gewissen Ironie. Auch der Palast der Propheten besitzt Bücher von unermeßlichem Wert, vorausgesetzt, man weiß sie zu gebrauchen. Zu schade, daß der Prophet gestorben ist. Aber ich habe andere Zauberer.

Ein Überrest der Magie aus dem Krieg der Vorzeit, eine Art Schild, wurde von seinem Urheber an alle Nachfahren aus dem

Haus Rahl weitergegeben, die mit der Gabe geboren wurden. Diese Bande schirmt den Verstand der Menschen ab, so daß ich nicht in ihn eindringen kann. Richard Rahl verfügt über diese Fähigkeit und hat begonnen, Gebrauch von ihr zu machen. Bevor er zuviel lernt, muß er ins Gebet genommen werden.

Zusammen mit seiner Verlobten.« Er hielt inne, hatte einen entrückten, nachdenklichen Ausdruck im Gesicht. »Die Mutter Konfessor hat mir einen kleinen Rückschlag versetzt, aber sie wird von meinen unwissenden Marionetten oben im Norden ins Gebet genommen werden. Diese Narren haben in ihrem Eifer die Sache etwas verkompliziert, dabei habe ich sie noch nicht einmal richtig an die Kandare genommen. Wenn ich es tue, werden sie nach meiner Pfeife tanzen. Ich habe große Mühe darauf verwendet, die Geschehnisse zu meinem Vorteil umzubiegen, damit ich Richard Rahl und die Mutter Konfessor in die Hand bekomme.«

Er riß eine Handvoll Fleisch aus dem gebratenen Spanferkel. »Seht ihr, er wurde als Kriegszauberer geboren, als erster seit dreitausend Jahren, aber das wißt ihr ja. Ein solcher Zauberer ist für mich eine Waffe von unschätzbarem Wert. Er kann Dinge tun, die niemand von euch tun kann, deshalb will ich ihn nicht töten. Ich will ihn beherrschen. Wenn er mir keinen Nutzen mehr bringt, dann muß er getötet werden.«

Jagang lutschte das Schweinefett von seinen Fingern. »Seht ihr, Kontrolle ist viel wichtiger als Töten. Ich hätte euch sechs töten können, aber was hätte ich dann von euch? Solange ihr unter meiner Herrschaft steht, seid ihr keine Bedrohung für mich, sondern auf ach so viele Weisen nützlich.«

Jagang drehte sein Handgelenk nach oben und zeigte mit dem Messer auf Merissa. »Ihr alle habt geschworen, euch an ihm zu rächen. Aber du, meine Liebe, hast geschworen, in seinem Blut zu baden. Vielleicht werde ich dir die Gelegenheit dazu geben.«

Merissas Gesicht erbleichte. »Wie ... wie könnt Ihr das wissen? Das habe ich gesagt, als ich wach war.«

Er sah Panik in ihrem Gesicht und lachte stillvergnügt in sich hinein. »Wenn du willst, daß ich etwas nicht erfahre, meine Liebe, dann solltest du nicht davon träumen, was du im Wachzustand gesagt hast.«

Durch die Verbindung spürte Ulicia, daß Armina der Ohnmacht nahe war.

»Natürlich müßt ihr sechs ins Gebet genommen werden. Ihr müßt lernen, wer das ist, der euer Leben beherrscht.« Er zeigte mit dem Messer auf die stummen Sklaven hinter sich. »Ihr werdet ebenso folgsam werden wie diese Leute dort.«

Zum ersten Mal betrachtete Ulicia die halbbekleideten Menschen überall im Saal. Fast hätte sie laut gestöhnt. Die Frauen waren alle Schwestern. Schlimmer noch, die meisten waren ihre Schwestern der Finsternis. Sie verschaffte sich rasch einen Überblick: Nicht alle waren hier. Auch die Männer, meist junge Zauberer, die nach ihrer Ausbildung im Palast entlassen worden waren, gehörten zu denen, die einen Seeleneid auf den Hüter geschworen hatten.

»Einige sind Schwestern des Lichts. Sie sind sehr beflissen – aus Angst vor den grauenvollen Dingen, mit denen ich sie bestrafen würde, wenn sie mich verstimmen.« Mit Daumen und Zeigefinger strich Jagang über das dünne Kettchen zwischen den Ringen in seiner Nase und seinem Ohr. »Aber deine Schwestern der Finsternis gefallen mir am besten. Ich habe sie alle ins Gebet genommen, selbst die im Palast.« Ulicia kam sich vor, als würde sie den Boden unter den Füßen verlieren. »Ich habe im Palast der Propheten etwas zu erledigen. Etwas Wichtiges.«

Die Goldkettchen auf seiner Brust blitzten im Schein der Feuer auf, als er die Arme ausbreitete. »Sie sind alle recht gefügig.« Sein starrer Blick fiel auf die Menschen hinter ihm. »Nicht wahr, meine Lieben?«

Janet, eine Schwester des Lichts, küßte ihren Ringfinger, während ihr langsam Tränen über die Wangen liefen. Jagang lachte. Sein Ring blinkte im Schein der Feuer, als er mit einem dicken Finger auf sie zeigte.

»Siehst du das? Ich habe es ihr erlaubt. Es läßt ihr ein paar falsche

Hoffnungen. Würde ich es verhindern, könnte es sein, daß sie sich umbringt. Denn sie hat nicht diese Todesangst wie jene, die sich dem Hüter verschworen haben. Nicht wahr, meine liebe Janet?«

»Ja, Exzellenz«, antwortete sie eingeschüchtert. »In diesem Leben gehört mein Körper Euch, aber wenn ich sterbe, gehört meine Seele dem Schöpfer.«

Jagang lachte, krank und heiser. Ulicia hatte es schon einmal gehört und wußte, daß sie bald den Grund dafür liefern würde.

»Siehst du? Das alles dulde ich, um meine Kontrolle aufrechtzuerhalten. Natürlich wird sie jetzt als Strafe eine Woche in den Zelten dienen müssen.« Sein trüb-funkelnder Blick ließ Janet zurückweichen. »Aber das wußtest du ja schon, bevor du es gesagt hast, nicht wahr, meine Liebe?«

Schwester Janets Stimme bebte. »Ja, Exzellenz.«

Jagangs milchiger Blick fiel wieder auf die sechs, die vor ihm standen. »Die Schwestern der Finsternis mag ich am liebsten, denn sie haben allen Grund, den Tod zu fürchten.« Er zerdrehte den Fasan in zwei Teile. Die Knochen brachen mit einem dumpfen Knacken. »Sie haben den Hüter, dem sie ihre Seelen versprochen haben, verraten. Wenn sie sterben, werden sie ihm nicht entgehen. Dann wird der Hüter sich an ihnen für ihr Versagen rächen.« Er lachte tief und hallend voller Hohn. »So wie er euch sechs auf alle Ewigkeit bekommen wird, wenn ihr mir so sehr mißfallt, daß ihr den Tod verdient.«

Ulicia schluckte. »Wir verstehen … Exzellenz.«

Jagangs alptraumhafter Blick ließ sie vergessen, Luft zu holen. »O nein, Ulicia, ich glaube nicht, daß ihr das wirklich tut. Aber das werdet ihr, wenn ihr eure Lektionen erhalten habt.«

Den alptraumhaften Blick auf Ulicia gerichtet, griff er unter den Tisch und zerrte eine hübsche Frau an ihrem blonden Haar hervor. Sie wand sich vor Schmerzen, als seine kräftige Hand sie in die Höhe riß. Sie war ebenso gekleidet wie die anderen. Durch den hauchdünnen Stoff hindurch konnte Ulicia ältere, gelbliche Prellungen erkennen, sowie frischere violette. Auf ihrer rechten Wange war ein blauer Fleck, und auf ihrem linken Unterkiefer befand sich eine riesengroße, ganz frische, blutunterlaufene Stelle mit einer Reihe von vier Schnittwunden, die seine Ringe hinterlassen hatten.

Es war Christabel, eine der Schwestern der Finsternis, die Ulicia im Palast zurückgelassen hatte. Die Schwestern der Finsternis im Palast hatten den Boden für ihre Rückkehr bereiten sollen. Offenbar bereiteten sie jetzt den Boden für Jagangs Ankunft. Was er mit dem Palast der Propheten wollte, konnte sie sich beim besten Willen nicht erklären.

Jagang drehte seine Hand herum und zeigte auf sie. »Stell dich vor mich.«

Schwester Christabel eilte um den Tisch herum, um sich vor Jagang zu stellen. Bevor sie sich verbeugte, ordnete sie noch rasch ihr zerzaustes Haar und wischte sich mit dem Handrücken über den Mund. »Womit kann ich Euch dienen, Exzellenz?«

»Nun, Christabel, ich muß diesen sechs hier ihre abschließende Lektion erteilen.« Er riß dem Fasan das andere Bein heraus. »Und damit ich das kann, mußt du sterben.«

Sie verneigte sich. »Ja, Exzell –« Sie erstarrte, als ihr bewußt wurde, was er gerade gesagt hatte. Ulicia sah, wie ihre Beine zitterten, als sie sich wieder aufrichtete. Doch noch immer wagte die Frau nicht zu widersprechen.

Er deutete mit dem Fasanenbein auf die beiden Frauen, die vor ihm auf dem Bärenfell hockten, und sie stürzten davon. Jagang lächelte fies. »Auf Wiedersehen, Christabel.«

Sie warf die Arme in die Luft und brach kreischend auf dem Boden zusammen. Christabel drosch wie wahnsinnig auf den Fußboden ein und schrie dabei so laut, daß Ulicia die Ohren schmerzten. Die sechs Frauen, die am Rande des Bärenfells über ihr standen, verfolgten die Szene mit großen Augen und hielten den Atem an. Jagang nagte an seinem Fasanenschenkel. Die Schreie, die einem das Blut gefrieren ließen, gingen ohne Unterlaß weiter, während Christabels Kopf von einer Seite auf die andere peitschte und ihr Körper unter heftigen Zuckungen hin- und hergeworfen wurde.

Jagang befaßte sich mit seinem Fasanenschenkel und ließ sich den Weinkrug nachfüllen. Niemand sprach, als er den Schenkel verspeist hatte und sich umdrehte, um sich ein paar Trauben zu nehmen.

Ulicia ertrug es nicht länger. »Wie lange dauert es, bis sie stirbt?« fragte sie mit heiserer Stimme.

Jagang zog die Augenbrauen hoch. »Bis sie stirbt?« Er warf seinen Kopf in den Nacken und brüllte vor Lachen. Er hämmerte mit den von goldenen Ringen strotzenden Fäusten auf den Tisch. Niemand sonst im Raum lächelte auch nur. Sein stämmiger Körper schüttelte sich. Das dünne Kettchen zwischen seiner Nase und seinem Ohr sprang hin und her, während sein Gelächter sporadisch aufflackerte und dann ganz verstummte.

»Sie war tot, bevor sie auf den Boden aufschlug.«

»Was? Aber ... sie schreit noch immer.«

Auf einmal verstummte Christabel, ihre Brust war so reglos wie Stein.

»Sie war vom ersten Augenblick an tot«, beharrte Jagang. Ein Lächeln breitete sich langsam auf seinen Lippen aus, während er seinen schwarzen, vollkommen leeren Blick auf Ulicia richtete. »Dieser Keil, von dem ich dir erzählt habe. Er gleicht genau dem, den ich in eure Gehirne getrieben habe. Was du hier siehst, ist ihre schreiende Seele. Du siehst, wie sie in der Welt der Toten gepeinigt wird. Offenbar ist der Hüter mit seiner Schwester der Finsternis nicht recht zufrieden.«

Jagang hob einen Finger, und Christabel setzte ihr Umsichschlagen und Kreischen fort.

Ulicia mußte schlucken. »Wie lange ... dauert es, bis sie ... damit aufhört?«

Er leckte sich die Lippen. »Bis sie verfault.«

Ulicia spürte, wie ihre Knie nachgeben wollten, und durch die Verbindung fühlte sie, daß die anderen kurz davor waren, genau wie Christabel in wilder Panik loszuschreien. Das waren also die Qualen, mit denen der Hüter sie bestrafen würde, wenn es ihnen nicht gelang, ihm seinen Einfluß in dieser Welt zurückzugeben.

Jagang schnippte mit den Fingern. »Slith! Eeris!«

Licht schimmerte vor einer Wand. Ulicia stockte der Atem, als zwei Gestalten in Kapuzen aus dem dunklen Stein zu treten schienen.

Die beiden schuppigen Wesen glitten lautlos um den Tisch herum und verbeugten sich. »Ja, Traumwandler?«

Jagang fuchtelte mit seinem dicken Finger und deutete auf die kreischende Frau auf dem Boden. »Werft sie in die Sickergrube.«

Die Mriswiths schwangen ihre Capes über die Schulter und bückten sich, hoben den um sich schlagenden, kreischenden Leichnam einer Frau in die Höhe, die Ulicia über einhundert Jahre gekannt hatte, einer Frau, die ihr geholfen hatte und die eine gehorsame Sklavin des Hüters gewesen war. Ihr war eine Belohnung für ihre Dienste versprochen worden.

Ulicia betrachtete Jagang, während die beiden Mriswiths den Saal mit ihrer Last verließen. »Was verlangt Ihr von uns?«

Jagang hob eine Hand und winkte mit zwei fettverschmierten Fingern einen Soldaten heran, der an der Seite des Raumes stand. »Diese sechs gehören mir. Beringe sie.«

Der stämmige, mit Fellen bekleidete und mit Waffen behangene Mann verbeugte sich. Er ging zu der Frau, die am nächsten stand, zu Nicci, riß mit seinen schmutzigen Fingern grob an ihrer Unterlippe und zog sie lächerlich weit vor. In ihre großen blauen Augen trat ein panischer Blick. Ulicia versagte gemeinsam mit Nicci vor Schreck der Atem. Durch die Verbindung spürte sie ihre überwältigenden Schmerzen und das Entsetzen, als sich der stumpfe, rostige Eisendorn mit einer Drehung durch den Rand ihrer Lippe bohrte. Der Soldat steckte den mit einem Holzgriff versehenen Dorn in seinen Gürtel zurück, nahm einen goldenen Ring aus seiner Tasche und zerrte ihre Unterlippe vor. Unter Zuhilfenahme seiner Zähne weitete er die Kerbe im Ring, dann steckte er ihn durch die blutende Wunde. Er drehte den Ring herum und schloß die Lücke mit den Zähnen.

Zu Ulicia kam der unrasierte, dreckige, stinkende Soldat zuletzt.

Mittlerweile zitterte sie unkontrollierbar, denn sie hatte mitgefühlt, wie man dasselbe den anderen angetan hatte. Als er an ihrer Unterlippe riß, versuchte sie verzweifelt, an einen Ausweg zu denken. Es war, als holte man einen Eimer aus einem trockenen Brunnen. Vor Schmerz kamen ihr die Tränen, während der Ring durchgestochen wurde.

Jagang wischte sich mit dem Handrücken das Fett vom Mund, während er amüsiert verfolgte, wie ihnen allen das Blut übers Kinn rann. »Ihr sechs seid jetzt meine Sklaven. Wenn ihr mir keinen Grund gebt, euch zu töten, dann habe ich im Palast der Propheten noch Verwendung für euch. Wenn ich mit Richard Rahl fertig bin, kann es vielleicht sogar sein, daß ihr ihn umbringen dürft.«

Er blickte ihnen wieder in die Augen. Die trüben Partikel darin bewegten sich auf eine Weise, die ihr den Atem raubte. Alle Anzeichen von Heiterkeit verschwanden, und zurück blieb etwas unverhohlen Drohendes. »Aber noch bin ich mit euren Lektionen nicht fertig.«

»Uns sind die Alternativen durchaus klar«, sagte Ulicia hastig. »Bitte – Ihr braucht nicht fürchten, daß wir Euch nicht ergeben wären.«

»Oh, das weiß ich«, sagte Jagang leise. »Trotzdem, ich bin mit euren Lektionen noch nicht fertig. Die erste war nur ein Anfang. Die übrigen werden längst nicht so schnell vorüber sein.«

Ulicia konnte sich kaum mehr auf den Beinen halten. Seit Jagang begonnen hatte, in ihre Träume einzudringen, war ihr Leben im Wachzustand der reinste Alptraum geworden. Es mußte einen Weg geben, dem ein Ende zu machen, aber ihr fiel beim besten Willen keiner ein. Sie sah sich schon als eine von Jagangs Sklavinnen in den Palast der Propheten zurückkehren, in einem dieser Kleider.

Jagang blickte an ihr vorbei. »Habt ihr zugehört, Jungs?«

Ulicia hörte, wie Captain Blake dies bejahte. Sie erschrak. Die dreißig Seeleute, die hinter ihr am Rand des Saales standen, hatte sie völlig vergessen.

Jagang winkte sie mit zwei Fingern näher heran. »Morgen früh dürft ihr gehen. Ich dachte allerdings, daß ihr euch für heute noch gern mit den Damen vergnügen würdet.«

Die sechs erstarrten, jede einzelne von ihnen.

»Aber –«

Die Art, wie die treibenden Partikel in seinen trüben Augen plötzlich ihre Lage änderten, ließ sie sofort verstummen. »Wenn ihr eure Magie gegen meinen Willen einsetzt, und sei es nur, um nicht zu niesen, werdet ihr Christabels Schicksal teilen. Das gilt ab sofort. In euren Träumen habe ich euch einen kleinen Vorgeschmack darauf gegeben, was ich mit euch machen kann, solange ihr noch lebt, und jetzt habt ihr einen kleinen Einblick bekommen, was der Hüter mit euch machen wird, wenn ihr sterbt. Ihr bewegt euch von nun an auf einem schmalen Grat. An eurer Stelle würde ich keinen Fuß daneben setzen.«

Jagang richtete den Blick wieder auf die Seeleute hinter ihnen. »Für heute nacht gehören sie euch. Ich kenne die sechs aus ihren Träumen und weiß, daß ihr noch Rechnungen offen habt. Macht mit ihnen, was immer euch beliebt.«

Die Seeleute wurden laut und fluchten ausgelassen.

Durch die Verbindung spürte Ulicia, wie eine Hand nach Arminas Brust griff, eine andere Niccis Kopf an den Haaren nach hinten riß, während die Spitzen an ihrem Mieder abgerissen wurden, und eine dritte an der Innenseite ihrer eigenen Schenkel hinaufglitt. Sie unterdrückte einen Schrei.

»Es gibt ein paar kleine Regeln«, sagte Jagang, und die Hände auf ihren Körpern hielten inne. »Haltet ihr die nicht ein, so nehme ich euch aus wie einen Sack Fische.«

»Und wie lauten diese Regeln, Kaiser?« fragte einer der Seeleute.

»Ihr dürft sie nicht töten. Sie sind meine Sklaven – sie gehören mir. Ich möchte, daß sie am Morgen in einem hinlänglich guten Zustand zurückgegeben werden, damit sie mir dienen können. Mit anderen Worten, keine Knochenbrüche und dergleichen mehr. Ihr werdet Lose ziehen, wer welche Frau bekommt. Ich weiß, was passiert, wenn ich euch erlaube, sie euch selbst auszusuchen. Ich will nicht, daß eine von ihnen vernachlässigt wird.«

Die Männer lachten still in sich hinein. Sie waren einverstanden und meinten, das sei mehr als gerecht. Sie schworen, sich an die Regeln zu halten.

Jagang richtete seine Aufmerksamkeit wieder auf die sechs Frauen. »Ich habe eine gewaltige Armee großer, kräftiger Soldaten und nicht annähernd genug Frauen für alle. Was bei meinen Männern für eine ziemlich miese Stimmung sorgt. Bis ich andere Aufgaben für euch habe, werdet ihr in dieser Eigenschaft den ganzen Tag bis auf vier Stunden dienen. Seid froh, daß ihr meinen Ring an eurer Lippe tragt. So werden sie euch nicht töten, während sie ihren Spaß haben.«

Schwester Cecilia breitete die Hände aus. Sie hatte ein gütiges, strahlend unschuldiges Lächeln aufgesetzt. »Kaiser Jagang, Eure Männer sind jung und kräftig. Ich fürchte, sie werden kein Vergnügen daran haben, mit einer alten Frau wie mir zusammenzusein. Es tut mir leid.«

»Ich bin sicher, sie werden vor Wonne strahlen, dich zu kriegen. Du wirst schon sehen.«

»Schwester Cecilia hat recht, Kaiser. Ich fürchte, ich bin auch zu alt und fett«, meinte Tovi mit ihrer besten Altfrauenstimme. »Wir würden euren Männern keine Befriedigung verschaffen.«

»Befriedigung?« Er biß ein Stück aus dem Braten auf der Spitze seines Messers. »Befriedigung? Bist du verrückt? Das hat nichts mit Befriedigung zu tun. Ich versichere dir, meine Männer werden an deiner warmen Herzlichkeit Gefallen finden – aber du verstehst hier etwas falsch.«

Er drohte ihnen mit dem Finger. Die fettverschmierten Ringe an seinen Fingern glänzten im Schein der Feuer. »Ihr sechs wart zuerst Schwestern des Lichts, dann Schwestern der Finsternis. Ihr seid vermutlich die mächtigsten Magierinnen auf der Welt. Das soll euch lehren, daß ihr wenig mehr seid als Kot unter meinen Stiefeln. Ich werde mit euch machen, was ich will. Die Menschen, die die Gabe besitzen, sind jetzt meine Waffen.

Das soll euch eine Lehre sein. Ihr habt in dieser Sache nichts zu

34

sagen. Bis ich mich anders entscheide, überlasse ich euch meinen Männern. Wenn sie euch die Finger verdrehen und Wetten abschließen wollen, wer von ihnen euch am lautesten zum Schreien bringen kann, dann werden sie es tun. Wenn sie irgendein anderes Vergnügen von euch wollen, dann werden sie es bekommen. Ihre Geschmäcker sind recht vielfältig, und solange sie euch nicht töten, steht es ihnen frei, ihnen nach Belieben zu frönen.«

Er schob sich den Rest des Fleischbrockens in den Mund. »Jedenfalls, wenn diese Jungs hier mit euch fertig sind. Erfreut euch an meinem Geschenk, Jungs. Tut, was ich sage. Befolgt die Regeln, dann habe ich in Zukunft vielleicht noch Verwendung für euch. Kaiser Jagang behandelt seine Freunde gut.«

Die Seeleute brachen in Jubel für den Kaiser aus.

Ulicia wäre gestürzt, als die Beine unter ihr nachgaben, hätte sich nicht ein Arm um ihre Hüfte gelegt und sie nach hinten gezogen, an den Körper eines Seemannes, der es kaum noch erwarten konnte. Sie roch seinen fauligen Atem.

»Sieh an, sieh an, mein Schatz. Sieht ganz so aus, als würdet ihr schließlich doch noch zum Spielen rauskommen, nachdem ihr so ekelhaft zu uns wart.«

Ulicia hörte sich wimmern. Sie spürte einen dumpfen Schmerz in ihrer Lippe, trotzdem wußte sie, dies war erst der Anfang. Sie war so benommen von dem, was hier geschah, daß sie keinen klaren Gedanken fassen konnte.

»Oh«, meinte Jagang, und alles hielt inne. Er deutete mit dem Messer auf Merissa. »Bis auf diese dort. Die könnt ihr nicht bekommen«, sagte er zu den Seeleuten. Er winkte ihr mit zwei Fingern. »Komm näher, Liebes.«

Merissa ging zwei Schritte auf das Fell zu. Durch die Verbindung konnte Ulicia fühlen, wie ihre Beine zitterten.

»Christabel gehörte ganz allein mir. Sie war mir die Liebste. Aber jetzt ist sie tot, und das nur, weil sie als Lektion für euch dienen mußte.« Er blickte auf die Stelle, wo die Seeleute ihr Kleid bereits zerrissen hatten. »Du wirst ihren Platz einnehmen.«

Er richtete seine trüben Augen auf ihre. »Wenn ich mich recht erinnere, hast du doch gesagt, daß du mir die Füße lecken würdest, wenn du müßtest. Jetzt mußt du.« Auf Merissas überraschten Blick hin setzte Jagang sein tödliches, von den geflochtenen Schnäuzern eingerahmtes Lächeln auf. »Ich habe es dir bereits gesagt, mein Liebes. Du träumst die Dinge, die du im Wachzustand aussprichst.«

Merissa nickte schwach. »Ja, Exzellenz.«

»Zieh das Kleid aus. Du brauchst vielleicht etwas Hübsches für später, wenn ich dir gestatte, Richard Rahl für mich zu töten.« Er sah zu den anderen Frauen hinüber, während Merissa tat, was von ihr verlangt worden war. »Ich werde euch die Verbindung fürs erste lassen, damit ihr die Lektionen spüren könnt, die die anderen erteilt bekommen. Ich möchte wirklich nicht, daß ihr etwas verpaßt.«

Als Merissa ausgezogen war, drehte Jagang das Messer zwischen Daumen und Zeigefinger und zeigte damit nach unten. »Unter den Tisch, Liebes.«

Ulicia spürte den rauhen Fellvorleger an Merissas Knien, und dann den groben Steinfußboden unter dem Tisch. Der Anblick entlockte den Seeleuten ein anzügliches Grinsen.

Durch reine Willenskraft schöpfte Ulicia Kraft und gewann Entschlossenheit aus ihrem Reservoir an Haß für diesen Mann. Sie war die Anführerin der Schwestern der Finsternis. Durch die Verbindung sprach sie zu den anderen. *Wir haben alle das Ritual durchgestanden. Uns ist schon Schlimmeres widerfahren als das hier. Wir sind Schwestern der Finsternis. Denkt daran, wer unser wahrer Herr und Gebieter ist. Im Augenblick sind wir die Sklavinnen dieses Blutsaugers, aber er macht einen großen Fehler, wenn er glaubt, wir hätten keinen eigenen Verstand. Er besitzt keine eigene Macht, außer der, sich unserer zu bedienen. Wir werden uns etwas überlegen, und dann wird Jagang bezahlen. Oh, geliebter Herr und Meister, und wie er bezahlen wird.*

»Aber was sollen wir bis dahin tun?« schrie Armina.

»Ruhe!« herrschte Nicci sie an. Ulicia spürte die tastenden Finger auf Niccis Körper, sie spürte das weiße Glühen ihre Zorns, und sie spürte ihr schwarzes Herz aus Eis. »*Merkt euch jedes einzelne Gesicht. Sie alle werden bezahlen. Hört auf Ulicia. Wir werden uns etwas überlegen, und dann werden wir ihnen eine Lektion erteilen, wie nur wir sie uns ausdenken können.*«

»*Und daß keine von euch wagt, hiervon zu träumen!*« warnte Ulicia sie. »*Das einzige, was wir uns nicht leisten können, ist zuzulassen, daß Jagang uns tötet. Denn dann ist alle Hoffnung verloren. Solange wir leben, haben wir die Chance, uns die Gunst unseres Herrn und Meisters von neuem zu verdienen. Man hat uns eine Belohnung für unsere Seelen versprochen, und ich habe die Absicht, sie mir zu holen. Seid stark, meine Schwestern.*«

»*Aber Richard Rahl gehört mir*«, zischte Merissa. »*Und wer ihn sich an meiner Stelle nimmt, wird sich vor mir verantworten müssen – und vor dem Hüter.*« Selbst Jagang wäre angesichts der Gehässigkeit in ihrer Warnung blaß geworden, hätte er sie hören können. Durch die Verbindung spürte Ulicia, wie Merissa ihr dichtes Haar nach hinten aus dem Weg schob. Sie schmeckte dasselbe, was Merissa schmeckte.

»Mit dir bin ich fertig …« Jagang hielt einen Augenblick inne und atmete durch. Er schwenkte sein Messer. »Verschwindet.«

Captain Blake packte Ulicia an den Haaren. »Zeit, die Schulden zu begleichen, Schätzchen.«

3. Kapitel

Sie setzte eine verwunderte Miene auf und blickte an der Klinge des rostigen Schwertes entlang, das man ihr vors Gesicht hielt. Die Spitze war nicht mehr als Zentimeter entfernt.

»Muß das wirklich sein? Ich habe euch doch gesagt, nehmt euch, was ihr wollt. Wir werden euch nicht daran hindern. Aber ich muß euch sagen, ihr seid die dritte Bande Banditen, die uns in den letzten zwei Wochen überfallen hat, und wir besitzen nichts Wertvolles mehr.«

Nach dem Zittern der Hand des Jungen zu urteilen, schien er in seinem Handwerk nicht sehr erfahren zu sein. Und so wie ihm die Haut um die Knochen schlotterte, hatte er bisher auch nicht sehr viel Erfolg gehabt.

»Halt den Mund!« Er sah seinen Kumpel verstohlen an. »Hast du was gefunden?«

Der zweite junge Bandit, der zwischen dem Gepäck auf dem Boden hockte und ebenso dürr war wie der erste, warf immer wieder hektische Blicke in den dunkler werdenden Wald zu beiden Seiten der vielbenutzten Straße. Er blickte zurück zu der nicht weit entfernten Biegung, wo die Straße hinter einer Wand aus schneeverkrusteten Tannen verschwand. In der Mitte der Kurve, kurz bevor die Straße nicht mehr zu sehen war, führte eine Brücke über einen rauschenden Bach. »Nein. Nur Kleider und Plunder. Keinen Schinken, nicht einmal Brot.«

Der erste wippte auf den Fußballen vor und zurück, bereit, beim ersten Anzeichen von Gefahr davonzurennen. Er griff mit der zweiten Hand ans Heft, um das Gewicht des schlecht geschmiedeten Schwertes besser halten zu können. »Ihr seht gut genährt aus. Was eßt ihr zwei, Alte! Schnee?«

Sie faltete die Hände über ihrem Gürtel und seufzte. Die Sache langweilte sie allmählich. »Wir arbeiten unterwegs für unser Essen. Solltest du auch mal versuchen. Arbeiten, meine ich.«

»Ach ja? Wir haben Winter, Alte, falls du das noch nicht mitbekommen hast. Es gibt keine Arbeit. Letzten Herbst hat sich die Armee unsere Vorräte unter den Nagel gerissen. Meine Eltern haben nichts, um über den Winter zu kommen.«

»Das tut mir leid, mein Sohn. Vielleicht …«

»He! Was ist denn das, alter Mann?« Er hakte seinen Finger in den mattsilbernen Halsring und zerrte daran. »Wie kriegt man das ab? Los, antworte!«

»Ich sagte es dir bereits«, meinte sie, der stummen Wut in den blauen Augen des Zauberers ausweichend, »mein Bruder ist taubstumm. Er versteht nicht, was wir reden, und kann auch nicht antworten.«

»Taubstumm? Dann sag du mir, wie man dieses Ding abkriegt.«

»Das ist bloß ein Erinnerungsstück aus Eisen, das vor langer Zeit geschmiedet wurde. Es ist nichts wert.«

Eine Hand löste sich vom Schwert, als der Räuber sich vorsichtig zu ihr hinüberbeugte und das Cape mit einem Finger zur Seite schob. »Was ist das? Ein Geldbeutel! Ich hab ihren Geldbeutel gefunden!« Er riß ihr den schweren Beutel mit Goldmünzen vom Gürtel. »Er ist bestimmt voller Gold!«

Sie lachte vergnügt in sich hinein. »Ich fürchte, es ist bloß ein Beutel voller harter Kekse. Du kannst dir von mir aus einen nehmen, wenn du willst, aber versuche nicht, sie zu zerbeißen, sonst brichst du dir die Zähne aus. Lutsche sie erst ein Weilchen.«

Er fischte eine Goldmünze heraus und steckte sie sich zwischen die Zähne. Er zuckte zusammen und machte ein säuerliches Gesicht. »Wie könnt ihr diese Dinger essen? Ich hab schon schlechte Kekse gegessen, aber die hier sind nicht mal gut genug, um schlecht genannt zu werden.«

So einfach ist das bei einem jungen Verstand, dachte sie. Nur schade, daß es bei einem Erwachsenen nicht so simpel funktionierte.

39

Er spie zur Seite hin aus und schleuderte den Beutel mit dem Gold in den Schnee, dann tastete er ihr Cape nach anderen Dingen ab, die sie vielleicht noch versteckt hielt.

Sie seufzte ungeduldig. »Würdet ihr Jungs jetzt endlich voranmachen mit dem Überfall? Wir würden gern noch vor Einbruch der Dunkelheit die nächste Ortschaft erreichen.«

»Nichts«, meinte der zweite. »Sie haben nichts, was sich lohnt.«

»Sie haben Pferde«, meinte der erste, während er mit den Händen in ihr schweres Cape griff und darin herumtastete. »Wenigstens die Pferde könnten wir mitnehmen. Sie werden etwas einbringen.«

»Bitte«, meinte sie. »Ich bin es leid, diese alten Mähren herumführen zu müssen. Sie halten einen bloß auf. Ihr würdet mir einen Gefallen tun. Alle vier lahmen, und ich bringe es nicht übers Herz, sie von ihrem Elend zu erlösen.«

»Die Alte hat recht«, meinte der zweite, als er eines der hinkenden Pferde probeweise ein Stück am Zügel führte. »Alle vier. Zu Fuß sind wir schneller. Wenn wir diese ausgemergelten Tiere mitnehmen, werden wir bestimmt geschnappt.«

Der erste strich immer noch mit der Hand über ihr Cape. Auf ihrer Tasche hielt er inne. »Was ist das?«

Ihre Stimme bekam einen scharfen Unterton. »Nichts, was für dich irgendwie von Interesse wäre.«

»Ach, nein?« Er fischte das Reisebuch aus ihrer Tasche.

Als er die leeren Seiten durchblätterte, fiel ihr eine Nachricht ins Auge. Endlich.

»Was ist das?«

»Nur ein Reisebuch. Kannst du lesen, mein Sohn?«

»Nein. Gibt doch eh kaum was, das sich zu lesen lohnt.«

»Nimm's trotzdem mit«, meinte der zweite. »Vielleicht ist es etwas wert, wenn noch nichts drinsteht.«

Sie sah wieder den jungen Mann an, der sie mit dem Schwert bedrohte. »Jetzt reicht es mir allmählich. Betrachtet den Überfall als beendet.«

»Der ist vorbei, wenn ich sage, daß er vorbei ist.«

40

»Gib es zurück«, sagte Ann in gleichgültigem Ton und streckte die Hand aus. »Und dann verschwindet, bevor ich euch an den Ohren in den Ort schleife und eure Eltern kommen lasse, damit sie euch abholen.«

Er sprang einen Schritt zurück und fuchtelte mit dem Schwert herum. »Hör zu, werd nicht frech, sonst bekommst du meinen Stahl zu spüren. Ich weiß, wie man mit diesem Ding umgeht!«

Plötzlich war die stille Abendluft erfüllt vom Schlag donnernder Hufe. Sie hatte beobachtet, wie sich die Soldaten hinter der Kurve – auf der anderen Seite der kleinen Brücke und wegen des rauschenden Wassers von den beiden jungen Männern unbemerkt – angeschlichen hatten, bis sie schließlich im letzten Augenblick losgaloppierten. Als sich ihr Angreifer erschrocken umdrehte, riß Ann ihm das Schwert aus der Hand. Nathan entriß dem anderen sein Messer.

Berittene d'Haranische Soldaten ragten plötzlich turmhoch über ihnen auf. »Was ist hier los?« fragte der Sergeant mit einer ruhigen, tiefen Stimme.

Die beiden jungen Männer waren starr vor Schreck. »Nun«, meinte Ann, »wir haben diese beiden hier zufällig getroffen, und sie haben uns erzählt, daß wir uns vor Banditen in acht nehmen sollen. Sie stammen hier aus der Gegend. Sie wollten uns gerade zeigen, wie wir uns schützen können, und haben uns ihre Schwertkünste vorgeführt.«

Der Sergeant faltete die Hände über dem Sattelknauf. »Stimmt das, Junge?«

»Ich … wir …« Er sah sie flehend an. »Stimmt. Wir wohnen ganz in der Nähe und haben diesen beiden Reisenden gesagt, sie sollen vorsichtig sein. Wir haben nämlich gehört, daß es Banditen in der Gegend gibt.«

»Und das war eine beachtliche Vorführung der Schwertkampfkunst. Wie versprochen, junger Mann, bekommst du einen Keks für die Demonstration. Reich mir den Beutel mit den Keksen, dort drüben.«

Er bückte sich, hob den schweren Beutel mit dem Gold auf und gab ihn ihr. Ann nahm zwei Münzen heraus und drückte jedem der jungen Männer eine in die Hand.

»Wie versprochen, einen Keks für jeden. Und jetzt macht ihr euch besser nach Hause auf, Jungs, sonst sorgen sich eure Eltern. Gebt ihnen meinen Keks als Dank dafür, daß sie euch hergeschickt haben, um uns zu warnen.«

Er nickte sprachlos. »Also gut. Gute Nacht. Paßt auf euch auf.«

Ann streckte die Hand aus. Sie fixierte den jungen Mann mit einem gefährlichen Seitenblick. »Wenn du dir mein Reisebuch lange genug angesehen hast, hätte ich es jetzt gerne zurück.«

Als er ihren Blick bemerkte, riß er die Augen auf. Dann drückte er ihr das Reisebuch in die Hand, als würde es ihm die Finger verbrennen. Was es auch tat.

Ann lächelte. »Danke, mein Sohn.«

Er wischte sich die Hand an seiner zerlumpten Jacke ab. »Also dann, auf Wiedersehen. Und seid vorsichtig.«

Er machte kehrt und wollte gehen. »Vergiß das nicht.« Er drehte sich vorsichtig wieder um. »Dein Vater wäre fürchterlich böse, wenn du sein Schwert vergessen würdest.«

Er hob es vorsichtig auf. Nathan, der nicht bereit war, ganz auf ein wenig Theatralik zu verzichten, ließ das Messer um seine Finger kreisend über seinen Handrücken wandern. Er schleuderte das Messer in die Luft, fing es hinter seinem Rücken wieder auf, dann wirbelte es unter seinem Arm hindurch in seine andere Hand. Ann verdrehte die Augen, als er gegen die Klinge schlug und die Drehrichtung wechselte. Er fing das Messer an der Klinge auf und reichte es, mit dem Griff voran, dem anderen jungen Mann.

»Wo hast du denn das gelernt, alter Mann?« wollte der Sergeant wissen.

Nathan zog ein finsteres Gesicht. Wenn es irgend etwas gab, was Nathan nicht mochte, dann war dies, ›alter Mann‹ genannt zu werden. Er war ein Zauberer, ein Prophet von beispiellosen Fähigkeiten, und fand, man müsse ihm Bewunderung, wenn nicht gar großen Respekt zollen. Ann hielt seine Gabe mit Hilfe des Rada'Han im Zaum, sonst hätte der Sattel des Sergeanten mittlerweile zweifellos in Flammen gestanden. Sie hinderte ihn auch daran, etwas zu sagen. Nathans Zunge war mindestens ebenso gefährlich wie seine Kraft.

»Mein Bruder ist leider taubstumm.« Sie scheuchte die beiden Banditen mit einer Handbewegung fort. Sie winkten und verschwanden, den Schnee mit den Füßen hochschleudernd, fluchtartig im Wald. »Mein Bruder hat sich schon immer mit kleinen Taschenspielereien die Zeit vertrieben.«

»Meine Dame, haben die beiden Euch auch ganz bestimmt keinen Ärger gemacht?«

»Ach was«, meinte sie spöttisch.

Der Sergeant nahm seine Zügel auf. Die zwanzig Mann hinter ihm taten es ihm nach, bereit, ihm zu folgen. »Ich denke, wir werden uns trotzdem ein wenig mit ihnen unterhalten. Und zwar über das Stehlen.«

»Wenn Ihr das tut, dann laßt Euch auch von ihnen erzählen, wie die d'Haranischen Truppen ihren Eltern die Vorräte gestohlen haben und wie sie deswegen hungern müssen.«

Der Soldat mit dem kantigen Kinn ließ die Zügel sinken. »Was früher geschah, davon weiß ich nichts. Aber der neue Lord Rahl hat ausdrücklich jegliche Plünderungen seitens der Armee verboten.«

»Der neue Lord Rahl?«

Er nickte. »Richard Rahl, der Herrscher von D'Hara.«

Aus den Augenwinkeln sah sie, wie ein Lächeln in Nathans Mundwinkeln zuckte. Ein Lächeln für die richtig gewählte Gabelung in einer Prophezeiung. Obwohl es nicht anders hätte sein dürfen, wenn sie Erfolg haben wollten, rief es bei ihr kein Lächeln hervor. Statt dessen versetzte es ihr innerlich einen schmerzhaften Stich, als sich bestätigte, welcher Weg vor ihnen lag. Nur die Alternative dazu war schlimmer. »Ja, ich glaube, den Namen habe ich schon gehört, jetzt, wo Ihr ihn erwähnt.«

Der Sergeant stand in den Steigbügeln und drehte sich zu seinen Männern um. »Ogden, Spaulding!« Den Schnee hochschleudernd, sprangen ihre Pferde nach vorn. »Reitet diesen Jungen hinterher, und bringt sie zu ihren Eltern. Findet heraus, ob es stimmt, was sie erzählen, daß Truppen ihnen ihre Vorräte gestohlen haben. Wenn ja, stellt fest, aus wieviel Personen ihre Familien bestehen und ob es noch andere in der Gegend gibt, die in derselben Lage sind. Bringt einen Bericht zurück nach Aydindril, und sorgt dafür, daß sie bekommen, was sie an Lebensmitteln brauchen, um den Winter zu überstehen.«

Die beiden Soldaten salutierten mit einem Faustschlag auf das dunkle Leder und den Kettenpanzer über ihrem Herzen, dann ließen sie ihre Pferde die Spuren entlanggaloppieren, die in den Wald hineinführten. Der Sergeant drehte sich wieder zu ihr um. »Befehl von Lord Rahl«, erklärte er. »Seid Ihr auf dem Weg nach Aydindril?«

»Ja. Wir hoffen, dort Schutz zu finden. Wie all die anderen, die nach Norden reisen.«

»Ihr werdet ihn finden, aber das kostet seinen Preis. Ich erzähle Euch, was ich auch all den anderen sage. Was immer früher Eure Heimat war, jetzt seid Ihr Untertanen D'Haras. Wenn Ihr in ein Gebiet wollt, das unter dem Einfluß D'Haras steht, wird man Eure Ergebenheit verlangen, zusammen mit einem kleinen Teil dessen, was Ihr durch Eure Arbeit verdient.«

Sie zog eine Braue hoch. »Wie es scheint, raubt die Armee das Volk noch immer aus?«

»Das mag Euch so erscheinen, nicht aber Lord Rahl, und sein Wort ist Gesetz. Alle zahlen das gleiche, um die Truppen zu finanzieren, die unsere Freiheit beschützen sollen. Wenn Ihr nicht zahlen wollt, steht es Euch frei, auf Schutz und Freiheit zu verzichten.«

»Wie es scheint, hat Lord Rahl die Dinge fest in der Hand.«

Der Sergeant nickte. »Er ist ein mächtiger Zauberer.«

Nathans Schultern zuckten in stummer Amüsiertheit.

Der Sergeant kniff die Augen zusammen. »Worüber lacht er, wenn er doch angeblich taubstumm ist?«

»Oh, das ist er. Aber er ist auch ein Schwachkopf.« Ann schlenderte hinüber zu den Pferden. Als sie vor dem breitschultrigen Zauberer herging, rammte sie ihm einen spitzen Ellenbogen in den Leib. »Manchmal lacht er bei den seltsamsten Gelegenheiten so.« Sie hob finster dreinblickend den Kopf, und Nathan hüstelte. »Wenn er so weitermacht, fängt er womöglich jeden Augenblick noch an zu sabbern.«

Mit sanfter Hand streichelte Ann über Bellas geschmeidige, kräftige, goldene Flanken. Bella tänzelte vor Freude über die Liebkosung. Die große Stute streckte erwartungsvoll die Zunge raus. Nichts mochte sie lieber, als wenn ihr jemand daran zog. Ann tat ihr den Gefallen, dann kraulte sie die Stute hinterm Ohr. Bella wieherte vor Freude und streckte die Zunge erneut aus, in der Hoffnung, das Spiel würde weitergehen.

»Ihr spracht gerade davon, Sergeant, der neue Lord Rahl sei ein mächtiger Zauberer?«

»Ganz recht. Er hat die Wesen erschlagen, die Ihr vor dem Palast auf Lanzen aufgespießt sehen werdet.«

»Wesen?«

»Er nennt sie Mriswiths. Häßliche, schuppige, echsenartige Bestien. Sie haben mehrere Menschen getötet, aber Lord Rahl hat sie eigenhändig in Stücke geschlagen.«

Mriswiths. Das waren wahrlich keine guten Neuigkeiten.

»Gibt es eine Ortschaft in der Nähe, wo wir etwas zu essen und eine Unterkunft für die Nacht finden können?«

»Ten Oaks liegt gleich hinter der nächsten Anhöhe, vielleicht zwei Meilen entfernt. Dort gibt es einen kleinen Gasthof.«

»Und wie weit ist es bis nach Aydindril?«

Er betrachtete abschätzend ihre vier Pferde, während sie Bellas Ohr kraulte. »Bei so prächtigen Tieren glaube ich kaum, daß Ihr mehr als sieben oder acht Tage brauchen werdet.«

»Vielen Dank, Sergeant. Es ist gut, Soldaten in der Nähe zu wissen, für den Fall, daß sich Banditen in der Gegend herumtreiben.«

Er sah zu Nathan hinüber, betrachtete genau seine hoch aufragende Gestalt, sein langes, weißes Haar, das bis auf seine Schultern reichte, sein kräftiges, sauber rasiertes Kinn und seine durchdrin-

genden dunkelblauen, zusammengekniffenen Augen. Nathan war
ein auf derbe Weise gutaussehender Mann voller Lebensenergie,
trotz seiner fast eintausend Jahre.

Der Sergeant wandte sich ihr zu. Es war ihm sichtlich lieber,
Blicke mit einer zierlichen alten Frau zu wechseln als mit Nathan.
Obwohl er seiner Kraft beraubt war, hatte Nathan etwas Furcht-
einflößendes an sich. »Wir suchen jemanden vom Lebensborn aus
dem Schoß der Kirche.«

»Lebensborn aus dem Schoß der Kirche? Ihr meint diese über-
heblichen Narren aus Nicobarese in den roten Capes?«

Der Sergeant faßte die Zügel seines Pferdes knapper, als es zur
Seite trippeln wollte. Andere aus der Gruppe der zwanzig Pferde
scharrten im Schnee und suchten nach Gras oder knabberten hoffnungsvoll an den trockenen Ästen neben der Straße, während sie
die Schwänze träge in der kühlen Abendluft schwirren ließen. »Genau die. Zwei Männer, einer von ihnen der Lord General des Lebensborns, dazu ein Offizier und eine Frau. Sie sind aus Aydindril
geflohen, und Lord Rahl hat angeordnet, sie zurückzubringen.
Überall durchkämmen unsere Leute das Land nach ihnen.«

»Tut mir leid, aber wir haben keine Spur von ihnen gesehen.
Wohnt Lord Rahl in der Burg der Zauberer?«

»Nein, im Palast der Konfessoren.«

Ann seufzte. »Wenigstens etwas Gutes.«

Er runzelte die Stirn. »Warum ist das gut?«

Sie hatte gar nicht mitbekommen, daß sie ihrer Erleichterung laut
Ausdruck verliehen hatte. »Oh. Na ja. Es ist nur so, ich hoffe, diesen großen Mann zu sehen, und wenn er in der Burg wohnt, wäre
das nicht möglich. Sie ist durch Magie abgeschirmt, wie ich gehört
habe. Wenn er im Palast auf den Balkon hinaustritt, um den Menschen zuzuwinken, bekomme ich ihn vielleicht zu sehen.

Nun, vielen Dank für Eure Hilfe, Sergeant. Ich denke, es wäre
das beste, wenn wir in Ten Oaks eintreffen, bevor es stockfinster ist.
Ich möchte nicht, daß eines meiner Pferde in ein Loch tritt und sich
ein Bein bricht.«

Der Sergeant wünschte ihr eine gute Nacht und führte seinen Trupp Soldaten die Straße hoch, fort von Aydindril. Erst als sie ein gutes Stück außer Hörweite waren, nahm sie die Sperre von Nathans Stimme zurück. Es war schwierig, eine solche Kontrolle über einen längeren Zeitraum aufrechtzuerhalten. Ann machte sich gedanklich auf den unvermeidlichen Wutausbruch gefaßt und ging daran, ihr Gepäck aus dem Schnee aufzusammeln.

»Wir sollten jetzt am besten aufbrechen«, meinte sie zu ihm.

Nathan richtete sich auf und setzte eine herrisch finstere Miene auf. »Du verschenkst Gold an Räuber? Du hättest –«

»Es waren doch nur junge Burschen, Nathan. Sie hatten Hunger.«

»Und haben versucht, uns auszurauben.«

Lächelnd warf Ann ein Bündel über Bellas Rücken. »Du weißt ebensogut wie ich, daß es dazu nicht gekommen wäre. Aber ich habe ihnen mehr als Gold gegeben. Ich glaube, sie werden das nicht noch einmal versuchen.«

Er brummte etwas. »Hoffentlich verbrennt ihnen der Bann, mit dem du das Gold belegt hast, die Finger bis auf die Knochen.«

»Hilf mir mit unserem Gepäck. Ich will zum Gasthaus. Im Reisebuch stand eine Nachricht.«

Nathan verschlug es nur für einen Augenblick die Sprache. »Lange genug gebraucht hat sie ja. Wir haben ihr so viele Hinweise hinterlassen, daß ein Kind längst dahintergekommen wäre. Hätte bloß noch gefehlt, daß wir ihr einen Zettel ans Kleid heften, auf dem steht: ›Übrigens, die Prälatin und der Prophet sind gar nicht wirklich tot, du Tölpel.‹«

Ann zog Bellas Bauchgurt fest. »Für sie war es bestimmt nicht so einfach, wie du es jetzt hinstellst. Uns kommt es nur deshalb so offensichtlich vor, weil wir davon wußten. Sie hatte keinen Grund, Verdacht zu schöpfen. Verna hat es bemerkt, das allein zählt.«

Nathans Antwort war hochmütiges Schnauben, dann ging er schließlich daran, ihr beim Einsammeln der restlichen Bündel zu helfen. »Und, was schreibt sie?«

»Das weiß ich noch nicht. Wir werden uns darum kümmern, sobald wir eine Bleibe für die Nacht gefunden haben.«

Nathan hob drohend einen Finger. »Wenn du mir noch einmal mit diesem Taubstummentrick kommst, wirst du das dein Leben lang bedauern.«

Sie sah ihn böse und verärgert an. »Und wenn wir noch einmal Leuten begegnen und du anfängst herumzukrakelen, du seist von einer verrückten Hexe entführt worden und würdest mit einem magischen Halsring gefangengehalten, werde ich dich wirklich taubstumm machen!«

Als sie das Gasthaus gefunden und ihre Pferde bei einem Burschen im dahinterliegenden Stall gelassen hatten, waren die Sterne herausgekommen, und über einem fernen Gebirgshang war der kleine winterliche Mond zu sehen. Der Rauch des Holzfeuers, der dicht über dem Boden stand, trug auch den Geruch von Eintopf heran. Sie gab dem Stalljungen einen Penny, damit er ihre Sachen ins Haus trug.

Ten Oaks war eine kleine Gemeinde, und im Gasthaus saßen nur ein Dutzend Einheimische an ein paar Tischen. Die meisten tranken und rauchten Pfeifen zu den Geschichten, die sie von Soldaten gehört hatten, zu den Gerüchten über die von Lord Rahl erzwungenen Bündnisse, von dessen angeblicher Herrschaft über Aydindril nicht alle überzeugt waren. Andere wollten wissen, wie sie sich dann erklärten, daß die d'Haranischen Truppen plötzlich so diszipliniert waren, wenn sie nicht endlich jemand ins Gebet genommen hatte.

Nathan, der hohe Stiefel trug, braune Hosen, ein weißes Rüschenhemd, das über seinen Rada'Han geknöpft war, eine offene, dunkle Weste und ein schweres braunes Cape, das bis fast auf den Boden reichte, schlenderte zu der kurzen Theke, die man vor ein paar Flaschen und Krügen errichtet hatte. Mit noblem Gehabe warf er sein Cape über die Schulter nach hinten und stellte einen Stiefel auf die Fußstütze. Nathan genoß es, andere Kleider anzuhaben als die schwarze Robe, die er immer im Palast getragen hatte. Er bezeichnete dies als ›Bescheidenheit‹.

48

Der humorlose Gastwirt lächelte erst, als Nathan ihm eine Silbermünze zugeschoben und ihm drohend klargemacht hatte, angesichts des hohen Preises für die Übernachtung sollte darin besser auch eine Mahlzeit enthalten sein. Der Wirt willigte achselzuckend ein.

Fast augenblicklich begann Nathan ein Garn zu spinnen, er sei ein Kaufmann, der mit seiner Mätresse reise, während seine Ehefrau zu Hause seine zwölf strammen Söhne großzog. Der Mann wollte wissen, mit welcher Art Waren Nathan Handel treibe. Nathan beugte sich zu ihm hinüber, mäßigte seinen herrischen Ton und erklärte dem Mann augenzwinkernd, es sei besser, wenn er dies nicht wisse.

Der Wirt war beeindruckt, richtete sich auf und reichte Nathan einen Krug auf Kosten des Hauses. Nathan brachte einen Trinkspruch auf das Gasthaus, den Wirt und alle Gäste aus, bevor er sich auf den Weg zur Treppe machte und dem Wirt befahl, seinem ›Weib‹ mit dem Eintopf ebenfalls einen Krug zu servieren. Sämtliche Augen im Gasthaus waren voller Bewunderung auf den eindrucksvollen Fremden gerichtet.

Ann schwor sich mit zusammengepreßten Lippen, sich nicht noch einmal ablenken zu lassen, und ließ Nathan genügend Zeit, sich eine Ausrede für ihre Anwesenheit hier zurechtzulegen. Ihre Gedanken kreisten um das Reisebuch. Sie wollte wissen, was darin stand, aber sie war auch besorgt. Leicht konnte etwas schiefgegangen sein. Womöglich war eine der Schwestern der Finsternis in den Besitz des Buches gelangt und hatte herausgefunden, daß die beiden noch lebten. Das konnten sie sich nicht leisten. Sie legte die Hand auf den schmerzenden Magen. Soweit sie wußte, befand sich der Palast bereits in Feindeshand.

Das Zimmer war klein, jedoch sauber, mit zwei schmalen Pritschen, einem weißen Gestell, auf dem eine Waschschüssel aus Blech und ein zerbeulter Wasserkrug standen, sowie einem quadratischen Tisch, auf den Nathan eine Öllampe stellte, die er von der Halterung gleich neben der Tür mit hereingebracht hatte. Dicht hinter ih-

49

nen kam der Wirt mit Schüsseln voller Eintopf und braunem Brot, gefolgt von dem Stallburschen mit ihrem Gepäck. Nachdem die beiden gegangen waren und die Tür geschlossen hatten, setzte Ann sich hin und rückte ihren Stuhl an den Tisch heran.

»Und«, meinte Nathan, »willst du mir keine Vorhaltungen machen?«

»Nein, Nathan. Ich bin müde.«

Er wedelte mit der Hand. »Ich hielt das nur für fair, in Anbetracht dieser Taubstummengeschichte.« Seine Miene verfinsterte sich. »Mein ganzes Leben, von den ersten vier Jahren abgesehen, trage ich diesen Halsring. Wie würdest du dich fühlen, wenn du dein ganzes Leben lang eine Gefangene gewesen wärst?«

Ann überlegte bei sich, daß sie, als seine Bewacherin, fast ebenso gefangen war wie er. Sie sah ihm in die wütend funkelnden Augen. »Auch wenn du es mir nicht abnimmst, wenn ich das sage, Nathan, so erkläre ich dir dennoch, ich wünschte, es wäre nicht so. Es bereitet mit keine Freude, ein Kind des Schöpfers in Gefangenschaft zu halten, und das aus keinem anderen Grund als dem, daß es geboren wurde.«

Er sagte eine ganze Weile nichts, dann wandte er seinen funkelnden Blick ab. Die Hände hinter dem Rücken verschränkt, wanderte Nathan durch das Zimmer und unterzog es einer gründlichen Begutachtung. Seine Stiefel stapften über den Dielenboden. »Das bin ich nicht gewöhnt«, meinte er, an niemanden besonderes gerichtet.

Ann schob die Schale mit Eintopf zur Seite und legte das Reisebuch auf den Tisch und starrte eine Weile auf den schwarzen Ledereinband, bevor sie es schließlich aufschlug und sich der Schrift zuwandte.

Zuerst müßt Ihr mir den Grund nennen, weshalb Ihr mich beim letzten Mal auserwählt habt. Ich weiß noch jedes Wort. Ein Fehler, und dieses Reisebuch wird zum Opfer der Flammen.

»Oh, oh, oh«, murmelte sie. »Sie ist sehr vorsichtig. Gut.« Nathan sah Ann über die Schulter, als sie auf das Buch zeigte. »Sieh dir

50

die Linienführung an, wie fest sie aufgedrückt hat. Verna scheint sehr verärgert zu sein.«

Ann starrte auf die Worte. Sie wußte, was Verna meinte.

»Sie muß mich wirklich hassen«, sagte Ann leise, als die Worte unter ihrem verschwimmenden Blick zu schwanken begann.

Nathan richtete sich auf. »Na und? Ich hasse dich auch, trotzdem macht es dir offenbar niemals etwas aus.«

»Wirklich, Nathan? Haßt du mich wirklich?«

Ein abfälliges Brummen war seine einzige Antwort. »Habe ich dir schon gesagt, daß dein Plan völliger Irrsinn ist?«

»Schon seit dem Frühstück nicht mehr.«

»Nun, das ist er aber.«

Ann starrte auf die Worte im Reisebuch. »Du hast schon einmal dafür gekämpft, darauf Einfluß zu nehmen, welche Gabelung in einer Prophezeiung genommen wird, Nathan. Denn du weißt, was entlang des falschen Pfades geschehen kann, und du weißt auch, wie anfällig Prophezeiungen für verderbliche Einflüsse sind.«

»Welchen Nutzen hätte jemand davon, wenn du mit diesem tollkühnen Plan dein Leben aufs Spiel setztest und getötet würdest. Und meines obendrein! Ich würde gerne die tausend Jahre noch vollmachen, weißt du. Du wirst uns beide umbringen.«

Ann erhob sich von ihrem Stuhl. Sie legte ihm sanft die Hand auf seinen muskulösen Arm. »Dann verrate mir, Nathan, was du tun würdest. Du kennst die Prophezeiungen, du kennst die Gefahr. Du selbst hast mich gewarnt. Sag mir, was du tun würdest, wenn die Entscheidung bei dir läge.«

Die beiden sahen sich eine ganze Weile an. Als er seine große Hand auf ihre legte, wich das Feuer aus seinen Augen. »Dasselbe wie du, Ann. Es ist unsere einzige Chance. Aber ich fühle mich nicht besser, nur weil ich die Gefahr für dich kenne.«

»Ich weiß, Nathan. Sind sie dort? Sind sie in Aydindril?«

»Einer von ihnen«, sagte er leise und drückte ihre Hand, »und die andere wird etwa um dieselbe Zeit dort sein, wenn wir eintreffen. Das habe ich in einer Prophezeiung gesehen.

Ann, das Zeitalter, das uns bevorsteht, ist verstrickt in ein Labyrinth aus Prophezeiungen. Krieg zieht die Prophezeiungen an wie Mist die Fliegen. Die Äste verzweigen sich in alle Richtungen. Jeder einzelne von ihnen muß sorgfältig in Betracht gezogen werden. Wenn wir bei einer von ihnen den falschen Pfad wählen, geraten wir in Vergessenheit. Schlimmer noch, es gibt Lücken, an denen ich nicht weiß, was getan werden muß. Noch schlimmer, es sind andere daran beteiligt, die ebenfalls die richtige Gabelung nehmen müssen. Und über die haben wir keinerlei Kontrolle.«

Ann fand keine Worte, daher nickte sie. Sie setzte sich wieder an den Tisch und schob ihren Stuhl ganz dicht heran. Nathan setzte sich rittlings auf den anderen Stuhl, brach sich ein Stück Brot ab und kaute, während er zusah, wie sie den Stift aus dem Rücken des Reisebuches zog.

Ann schrieb: *Gehe morgen abend, wenn der Mond aufgegangen ist, zu der Stelle, wo du dies gefunden hast.* Sie schloß das Buch und steckte es in eine Tasche ihres grauen Kleides zurück.

Nathan sprach, den Mund voll Brot. »Hoffentlich ist sie klug genug und rechtfertigt dein Vertrauen.«

»Wir haben sie ausgebildet, so gut wir konnten, Nathan. Wir haben sie für zwanzig Jahre vom Palast fortgeschickt, damit sie lernt, ihren Verstand zu gebrauchen. Wir haben getan, was wir konnten. Jetzt müssen wir ihr vertrauen.« Ann küßte den Finger, an dem all die Jahre der Ring der Prälatin gesteckt hatte. »Geliebter Schöpfer, gib auch Du mir die Kraft.«

Nathan blies auf einen Löffel mit Eintopf. »Ich will ein Schwert«, verkündete er.

Ihre Stirn legte sich in Falten. »Du bist ein Zauberer, der seine Gabe vollkommen beherrscht. Warum, im Namen der Schöpfung, willst du ein Schwert?«

Er sah sie an, als hätte sie den Verstand verloren. »Weil ich glaube, daß ich mit einem Schwert an meiner Seite fesch aussehen würde.«

4. Kapitel

Bitte«, hauchte Cathryn.

Richard blickte in ihre sanften, braunen Augen und strich ihr sanft eine schwarze Locke aus dem strahlenden Gesicht. Sie sahen sich an, und er hätte kaum den Blick abwenden können, es sei denn, sie hätte dies zuerst getan. So weit war es mit ihm gekommen. Ihre Hand auf seiner Hüfte sandte wohlige, sehnsüchtige Schauder durch seinen Körper. Verzweifelt bemühte er sich, ein Bild von Kahlan hervorzurufen, um dem Zwang zu widerstehen, Cathryn in die Arme zu schließen und ›ja‹ zu sagen. Sein Körper brannte darauf.

»Ich bin müde«, log er. Schlafen war das letzte, was er wollte. »Der Tag war lang. Morgen werden wir wieder zusammensein.«

»Aber ich will –«

Er berührte ihre Lippen, um sie zum Schweigen zu bringen. Er wußte, wenn er diese Worte noch ein einziges Mal aus ihrem Mund hörte, wäre dies einmal zuviel. Dem vielsagenden Angebot ihrer Lippen, die mit einem feuchten Kuß an seiner Fingerspitze nuckelten, konnte er fast ebensowenig widerstehen wie der unverhohlenen Aufforderung, die in ihren Worten lag. Sein umnebelter Verstand bekam kaum mehr zusammenhängende Gedanken zustande.

Einen aber doch: *Geliebte Seelen. Gebt mir Kraft. Mein Herz gehört Kahlan.*

»Morgen«, brachte er hervor.

»Das habt Ihr gestern schon gesagt, und ich habe Stunden gebraucht, um Euch zu finden«, hauchte sie und gab ihm einen Kuß aufs Ohr.

Richard hatte sich mit dem Mriswithcape unsichtbar gemacht. Es war ein klein wenig einfacher, ihr zu widerstehen, wenn sie sich

53

nicht unmittelbar an ihn wenden konnte, doch damit wurde das Unausweichliche nur aufgeschoben. Sobald er bemerkte, wie verzweifelt sie ihn suchte, wurden die Qualen für ihn unerträglich, und am Ende mußte er zu ihr.

Als sie ihm die Hand an den Hals legen wollte, ergriff er sie und küßte sie rasch. »Schlaft gut, Cathryn. Ich sehe Euch morgen früh.«

Richard sah zu Egan hinüber, der drei Meter weiter mit dem Rücken zur Wand und mit verschränkten Armen dastand und geradeaus starrte, als hätte er nichts gesehen. Hinter ihm, im Schatten des schlecht beleuchteten Ganges, stand Berdine ebenfalls Wache. Sie versuchte erst gar nicht, den Eindruck zu erwecken, als sähe sie ihn nicht vor der Tür stehen, während Cathryn sich an ihn schmiegte. Seine anderen Bewacher, Ulic, Cara und Raina, hatten sich ein wenig hingelegt.

Richard brachte eine Hand hinter seinen Rücken und drehte den Türknauf. Sein Gewicht drückte gegen die Tür und ließ sie aufspringen, dabei trat er zur Seite, und Cathryn stolperte in ihr Zimmer. Gerade noch konnte sie sich an seiner Hand festhalten. Sie sah ihm in die Augen und küßte ihm die Hand. Fast hätten die Knie unter ihm nachgegeben.

Richard wußte, er würde ihr nicht länger widerstehen können, wenn er ihr nicht aus den Augen ging, und zog die Hand zurück. In Gedanken legte er sich Ausflüchte zurecht, warum es in Ordnung wäre, nachzugeben. Was konnte es schaden? Was war daran so schlimm? Wieso glaubte er, es wäre so falsch?

Es fühlte sich an, als hätte jemand eine dicke Decke über seine Gedanken gelegt und sie damit erstickt, bevor sie an die Oberfläche kamen.

Stimmen in seinem Kopf versuchten, vernünftige Gründe dafür vorzubringen, seinen törichten Widerstand aufzugeben und sich einfach den Reizen dieses wundervollen Geschöpfs hinzugeben, das ihm mehr als überdeutlich zu verstehen gab, daß es ihn wollte, das ihn geradezu anflehte. Er verzehrte sich so sehr nach ihr, daß ihm ein Kloß im Hals saß. Er war den Tränen nahe, aus Verzweiflung,

weil er immer noch versuchte, Gründe zu finden, sich zurückzuhalten.

Sein ganzes Denken trat auf der Stelle. Ein Teil von ihm, der
größere, bemühte sich verzweifelt darum, den Widerstand aufzugeben. Ein kleiner, schwacher Teil jedoch kämpfte wie besessen um
Zurückhaltung, versuchte ihn zu warnen, daß irgend etwas nicht
stimmte. Es ergab keinen Sinn. Was sollte denn nicht stimmen? Was
war daran falsch? Was war es, das versuchte, ihn zu stoppen?

Geliebte Seelen, helft mir.

Ein Bild von Kahlan erschien vor seinem inneren Auge. Er sah,
wie sie lächelte, ein Lächeln, das sie keinem anderen schenkte als
ihm. Er sah, wie ihre Lippen sich bewegten. Sie sagte, daß sie ihn
liebte.

»Ich muß unbedingt mit Euch alleine sein, Richard«, sagte Cathryn. »Ich halte es nicht länger aus.«

»Gute Nacht, Cathryn. Schlaft gut. Ich sehe Euch morgen früh.«
Er zog die Tür zu.

Vor Erschöpfung keuchend trat er in sein Zimmer und schloß
hinter sich die Tür. Sein Hemd war schweißdurchtränkt. Kraftlos
hob er den Arm und schob den Türriegel an seinen Platz. Er zerbrach, als er ihn kraftvoll vorschob. Richard starrte auf die bau-
melnde, an einer Schraube hängende Halterung. Im schwachen
Schein des Kaminfeuers konnte er die anderen Schrauben auf den
kunstvollen Teppichen nicht sehen.

Ihm war so heiß, daß er kaum atmen konnte. Richard zog den
Waffengurt über seinen Kopf und ließ das Schwert auf dem Weg
zum Fenster zu Boden fallen. Mit der letzten Kraft eines Ertrin-
kenden drehte er den Fenstergriff und drückte japsend das Fenster
auf, als könnte er nicht mehr atmen. Kalte Luft füllte seine Lungen,
verschaffte ihm aber kaum Linderung.

Sein Zimmer lag im Erdgeschoß, und einen kurzen Augenblick
spielte er mit dem Gedanken, über das Fensterbrett zu steigen und
sich im Schnee zu wälzen. Er verwarf die Idee und begnügte sich
damit, die kalte Luft über sich hinwegstreichen zu lassen, während

er hinaus in die Nacht starrte, in den vom Mond beschienenen, abgeschiedenen Garten.

Irgend etwas stimmte nicht, aber er konnte sich nicht überwinden, es zu begreifen. Er wollte bei Cathryn sein, doch etwas in seinem Inneren kämpfte dagegen an. Warum? Er verstand nicht, wieso er den Wunsch verspürte, gegen das Verlangen nach ihr anzukämpfen.

Er mußte wieder an Kahlan denken. Deshalb also.

Aber wenn er Kahlan liebte, wieso empfand er dann ein so intensives Verlangen nach Cathryn? Er konnte fast an nichts anderes mehr denken. Er hatte Mühe, die Erinnerung an Kahlan in seinem Gedächtnis zu bewahren.

Richard schleppte sich zum Bett. Instinktiv wußte er, daß er am Ende war, daß er seinem leidenschaftlichen Verlangen nach Cathryn nicht länger widerstehen würde. Wie benommen hockte er auf der Bettkante, während sich ihm der Kopf drehte.

Die Tür ging auf. Richard sah auf. Sie trug ein so hauchdünnes Etwas, daß sich im schwachen Licht des Korridors ihr Körper darunter abzeichnete. Sie kam durch das Zimmer auf ihn zu.

»Richard, bitte«, flehte sie mit jener sanften Stimme, die ihn lähmte, »schickt mich diesmal nicht fort. Bitte. Ich sterbe, wenn ich nicht bei Euch sein kann.«

Sterben? Geliebte Seelen, er wollte doch nicht, daß sie starb. Schon bei dem Gedanken wäre Richard fast in Tränen ausgebrochen.

Sie schwebte näher, in den Schein des Feuers. Das sanft plissierte Nachthemd reichte bis zum Boden, verhüllte jedoch kaum, was sich darunter befand, sondern formte ihren Körper zu einer Vision von Schönheit, die alles übertraf, was er sich je hätte vorstellen können. Der Anblick entflammte ihn. Er konnte an nichts anderes denken als an das, was er sah und wie sehr es ihn nach ihr verlangte. Wenn er sie nicht bekam, würde er an unerfüllter Sehnsucht sterben.

Sie stand über ihm, eine Hand hinter dem Rücken, und streichelte ihm lächelnd mit der anderen über das Gesicht. Er spürte die

Wärme ihrer Haut. Sie beugte sich vor und streifte seine Lippen mit ihren. Er glaubte, vor Wonne zu sterben. Ihre Hand wanderte zu seiner Brust.

»Legt Euch hin, mein Geliebter«, hauchte Cathryn und stieß ihn sanft zurück.

Er ließ sich rücklings aufs Bett fallen und starrte sie an, benommen von der Qual seines Verlangens.

Richard dachte an Kahlan. Er war machtlos. Richard erinnerte sich schwach an einige der Dinge, die Nathan ihm über die Anwendung seiner Gabe erklärt hatte: Sie befand sich in seinem Innern, und Wut konnte sie hervorbringen. Aber er verspürte keinen Zorn. Instinktiv, so benutzte ein Kriegszauberer seine Gabe, hatte Nathan ihm erklärt. Er erinnerte sich, wie er sich diesem Instinkt hingegeben hatte, als er durch Lilianas Hände hatte sterben sollen, einer Schwester der Finsternis. Er hatte seine innere Kraft akzeptiert. Er hatte zugelassen, daß sein instinktiver Einsatz des Verlangens die Kraft zum Leben erweckte.

Cathryn stützte ein Knie auf das Bett. »Endlich, mein Geliebter.«

Mit hingebungsvoller Hilflosigkeit überließ Richard sich seinem ruhigen Zentrum, dem Instinkt hinter dem Schleier in seinem Kopf. Er ließ sich in die dunkle Leere fallen. Er gab alle Kontrolle über sein Tun auf, überließ sich dem, was kommen würde. Er war in jedem Fall verloren.

Plötzlich entflammte Klarheit und verbrannte den Nebel in kochenden Wellen.

Er hob den Kopf und sah eine Frau, für die er nichts empfand. Kalt und klar begriff Richard. Er war bereits von Magie berührt worden, er wußte, wie sie sich anfühlte. Der Schleier war zerrissen. Diese Frau war von Magie umgeben. Nachdem der Nebel abgezogen war, konnte er ihre Finger in seinem Verstand spüren. Aber warum?

Dann sah er das Messer.

Die Klinge blinkte im Schein des Feuers, als sie sie über den Kopf hob. In einem wilden Kraftausbruch warf er sich zu Boden, als Cathryn das Messer im Bettzeug versenkte. Sie zog es wieder heraus und stürzte sich auf ihn.

Jetzt war es für sie zu spät. Er zog die Beine an, um sie zurückzustoßen, doch inmitten des Chaos aus Empfinden und Erkenntnis spürte Richard die Gegenwart eines Mriswiths, und fast zur gleichen Zeit sah er, wie dieser Gestalt annahm und aus der Luft über ihm herabstürzte.

Und dann färbte die Welt sich rot. Er spürte, wie warmes Blut auf sein Gesicht klatschte, und sah, wie das hauchzarte Nachthemd aufgeschlitzt wurde. Mehrere Fetzen durchscheinenden Stoffes flatterten wie in einem Windstoß. Die drei Klingen rissen Cathryn nahezu entzwei. Der Mriswith landete krachend auf dem Boden hinter ihr.

Richard wand sich unter ihr hervor und sprang auf die Beine, während sie zurücktaumelte und schockiert sah, wie ihre blutverschmierten Eingeweide klatschend auf den Teppich schwappten. Ihr entsetztes Japsen ging in würgendes Keuchen über und erstarb.

Richard ging in die Hocke, Füße und Hände ausgebreitet, und wandte sich dem Mriswith auf der anderen Seite von ihr zu. Der Mriswith hatte in jeder Kralle ein dreiklingiges Messer. Zwischen ihnen wand sich Cathryn in Todesqualen.

Der Mriswith machte einen Schritt zurück in Richtung Fenster. Seine Knopfaugen blieben auf Richard geheftet. Er machte noch einen Schritt und zog dabei sein schwarzes Cape über seinen schuppigen Arm, während sein Blick durch das Zimmer wanderte.

Richard hechtete zu seinem Schwert. Er blieb rutschend liegen, als der Mriswith einen krallenbewehrten Fuß auf die Scheide setzte und es auf den Boden drückte.

»Nein«, zischelte er. »Ssssie wollte dich töten.«

»Genau wie du!«

»Nein. Ich beschützzzze dich, Hautbruder.«

Richard starrte die dunkle Gestalt sprachlos an. Der Mriswith schlang das Cape um seinen Körper, warf sich durch das Fenster hinaus in die Nacht, sprang und war verschwunden. Richard war mit einem Satz am Fenster, um ihn zu fassen zu bekommen. Seine Hände griffen ins Leere, als er, halb hinaus in der Nacht hängend, auf der Fensterbank landete. Der Mriswith war fort. Er spürte seine Gegenwart nicht mehr.

Die Leere, die das Verschwinden des Mriswith hinterließ, füllten Richards Gedanken mit dem Bild von Cathryn, die sich in der Masse ihrer Eingeweide wälzte. Er erbrach sich aus dem Fenster.

Als sein Würgen zu Ende war, als er wieder Luft bekam und sein Kopf aufgehört hatte, sich zu drehen, taumelte er zu der Stelle zurück, wo sie lag, und kniete neben ihr nieder. Er dankte den Seelen, daß sie tot war und nicht länger litt. Auch wenn sie versucht hatte, ihn umzubringen, er ertrug es nicht länger, sie in den Klauen des Todes leiden zu sehen.

Er starrte ihr Gesicht an. Er konnte sich die Gefühle, die er für sie empfunden hatte und an die er sich nur schwach erinnerte, nicht mehr vorstellen. Sie war nur eine gewöhnliche Frau. Aber sie war in Magie gehüllt gewesen. In einen Bann, der seine Vernunft überwältigt hatte. Er war keinen Augenblick zu früh wieder zur Besinnung gekommen. Seine Gabe hatte den Bann gebrochen.

Die obere Hälfte ihres zerfetzten Nachthemdes hatte sich um ihren Hals gewickelt. Eine kalte Ahnung, die ihm eine Gänsehaut machte, ließ ihn sein Augenmerk auf ihre Brüste richten. Richard kniff die Augen zusammen. Er beugte sich näher. Er streckte die Hand aus und berührte ihre rechte Brustwarze. Dann die linke. Sie waren nicht gleich.

Er trug eine Lampe zum Feuer und entzündete sie mit einem Fidibus. Damit kehrte er zur Leiche zurück und hielt sie ganz dicht an ihre linke Brust. Richard befeuchtete seinen Daumen und rieb über die glatte Brustwarze. Sie löste sich. Mit ihrem Nachthemd wischte er ihr die Schminke von der Brust, und zurück blieb eine Erhebung glatter Haut. Cathryn hatte keine linke Brustwarze.

Aus dem ruhigen Zentrum in seinem Innern stieg eine erste Ahnung auf. Dies stand in Verbindung mit dem Bann, den sie über ihn geworfen hatte. Er wußte nicht wie, aber so war es.

59

Plötzlich setzte Richard sich auf seine Fersen. Einen Augenblick lang blieb er mit großen Augen so sitzen, dann sprang er auf und rannte zur Tür. Er blieb stehen. Wie kam er auf diesen Gedanken? Er mußte sich täuschen.

Und wenn nicht?

Er öffnete die Tür gerade weit genug, um hinausschlüpfen zu können, dann schloß er sie wieder hinter sich. Egan sah kurz in seine Richtung, die Arme immer noch verschränkt. Richard blickte den Gang entlang zu Berdine in ihrem roten Leder, die an der Wand lehnte. Sie beobachtete ihn.

Richard winkte sie zu sich. Sie richtete sich auf und kam dann den Gang entlanggeschlendert.

Als sie vor ihm stehenblieb, warf sie einen kurzen Blick auf die Tür. Sie sah ihm stirnrunzelnd in die Augen.

»Die Herzogin wünscht Eure Gesellschaft. Geht wieder zu ihr hinein.«

»Geht und holt Cara und Raina, und dann kommt ihr drei wieder hierher zurück.« Seine Stimme wurde ebenso hitzig wie sein Blick. »Sofort.«

»Ist etwas –«

»Sofort!«

Sie sah erneut zur Tür, dann schritt sie ohne ein weiteres Wort davon. Als sie um die Ecke am Ende des Ganges verschwunden war, drehte Richard sich zu Egan um, der ihn beobachtete.

»Warum hast du sie in mein Zimmer gelassen?«

Egan legte verwirrt die Stirn in Falten. Er deutete auf die Tür. »Also ... so wie sie ... angezogen war. Sie sagte, Ihr wolltet sie heute nacht und Ihr hättet ihr aufgetragen, sie solle das anziehen und zu Euch kommen.« Egan räusperte sich. »Es war unverkennbar, warum Ihr sie wolltet. Ich dachte, Ihr würdet zornig werden, wenn ich sie daran hindere, zu Euch zu gehen, obwohl Ihr befohlen hattet, sie solle Euch heute nacht aufsuchen.«

Richard drehte den Türgriff und stieß die Tür auf. Er forderte ihn auf einzutreten. Egan zögerte einen Augenblick, dann ging er hinein.

Er erstarrte, als er über ihren Überresten stand. »Das tut mir leid, Lord Rahl. Ich habe keinen Mriswith gesehen. Wenn, dann hätte ich ihn aufgehalten oder wenigstens versucht, Euch zu warnen – das schwöre ich.« Er stöhnte. »Bei den Seelen, was für ein Tod. Lord Rahl – ich habe Euch enttäuscht.«

»Sieh in ihre Hand, Egan.«

Sein Blick wanderte an ihrem Arm entlang und entdeckte das Messer, das sie noch immer fest mit ihrer Faust umklammert hielt. »Was zum ...?«

»Ich habe sie nicht gebeten, zu mir zu kommen. Sie wollte mich umbringen.«

Egan wandte die Augen ab. Er war sich darüber im klaren, was das zu bedeuten hatte. Jeder frühere Lord Rahl hätte einen Posten für diesen Fehler hingerichtet.

»Mich hat sie auch getäuscht, Egan. Es ist nicht deine Schuld. Aber lasse niemals mehr eine Frau außer meiner zukünftigen Gemahlin in mein Zimmer. Verstanden? Wenn eine Frau in mein Zimmer will, holst du dir von mir die Erlaubnis, sie hereinzulassen, was auch passiert.«

Er schlug sich die Faust auf sein Herz. »Ja, Lord Rahl.«

»Wickle sie bitte in einen Teppich, Egan, und schaffe sie raus. Geh wieder auf deinen Posten im Gang, und wenn die drei Mord-Sith zurückkommen, schicke sie herein.«

Egan machte sich an die Arbeit, ohne die Anweisungen in Frage zu stellen. Bei seiner Kraft und Größe war dies keine große Aufgabe.

Nachdem er den gebrochenen Türriegel untersucht hatte, zog Richard einen Stuhl vom Tisch heran, drehte ihn neben dem Kamin um und setzte sich mit dem Gesicht zur Tür. Er hoffte, daß er sich irrte. Und wenn nicht, was sollte er dann tun? Er saß in der Stille, lauschte dem Knistern des Feuers und wartete auf die drei Frauen.

»Kommt herein«, rief er, als es klopfte.

Cara trat ins Zimmer, gefolgt von Raina. Beide trugen ihr braunes

Leder. Berdine bildete den Schluß. Die beiden ersten sahen sich zwanglos um, als sie durch das Zimmer gingen. Berdines Blick wanderte zielstrebiger durch das Zimmer. Alle drei blieben vor ihm stehen.

»Ja, Lord Rahl?« fragte Cara ohne jede Regung. »Habt Ihr einen Wunsch?«

Richard verschränkte die Arme. »Zeigt mir Eure Brüste. Alle drei.«

Cara öffnete den Mund und wollte etwas sagen. Doch dann schloß sie ihn, biß entschlossen die Zähne zusammen und begann die seitlichen Knöpfe zu öffnen. Raina warf Cara einen Blick zu und sah, daß sie tat, wie ihr befohlen war. Anfangs widerstrebend, machte sie sich ebenfalls daran, die Knöpfe aufzumachen. Berdine beobachtete die beiden anderen. Langsam begann sie, die Knöpfe ihres roten Lederanzugs aufzumachen.

Als sie fertig war, packte Cara den oberen Rand des Leders an der Seite, öffnete es aber nicht. Glühender Unmut stand ihr ins Gesicht geschrieben. Richard legte das blanke Schwert in seinem Schoß zurecht und schlug die Beine übereinander.

»Ich warte«, meinte er.

Cara atmete ein letztes Mal resignierend durch und zog die Vorderseite ihres Anzugs auseinander. Im flackernden Schein des eben erst geschürten Feuers betrachtete Richard jede einzelne Brustwarze und den schwankenden Schatten, den die Erhebung in ihrer Mitte warf. Beide hatten das rechte Profil und bestanden nicht nur aus Schminke, die man dort aufgetragen hatte, um sie vorzutäuschen.

Sein Blick ging mit stummem Befehl hinüber zu Raina. Er sagte nichts und wartete. Er sah, daß es ihr schwerfiel, stillzubleiben, und daß sie gleichzeitig Mühe hatte, zu entscheiden, was sie tun sollte. Sie preßte die Lippen empört aufeinander, aber schließlich hob sie die Hand und riß das Leder fort. Richard unterzog ihre Brüste der gleichen sorgfältigen Untersuchung. Auch ihre beiden Brustwarzen waren echt.

Sein Blick wanderte weiter zu Berdine. Sie war es, die ihn bedroht hatte. Sie war es, die ihren Strafer gegen ihn erhoben hatte.

Nicht Erniedrigung, Zorn war es, der ihr Gesicht so rot wie ihre Kleidung färbte. »Ihr habt gesagt, wir brauchen das nicht zu tun! Ihr habt es uns versprochen! Ihr habt gesagt, Ihr würdet nie –«

»Zeigt sie mir.«

Cara und Raina traten verlegen von einem Fuß auf den anderen. Die Sache gefiel ihnen ganz und gar nicht. Es war, als erwarteten sie, daß er sich eine von ihnen für die Nacht aussuchte, gleichzeitig jedoch war keine von ihnen bereit, sich den Wünschen des Lord Rahl zu widersetzen. Berdine rührte sich noch immer nicht.

Sein Blick wurde härter. »Das ist ein Befehl. Ihr habt geschworen, mir zu gehorchen. Tut, was ich sage.«

Tränen der Wut rannen ihr aus den Augen. Sie hob die Hand und riß das Leder zur Seite.

Sie hatte nur eine Brustwarze. Ihre linke Brust war glatt und durchgehend. Ihr Brustkorb hob und senkte sich vor Wut.

Die anderen beiden starrten erstaunt ihre glatte linke Brust an. Nach dem Ausdruck auf ihren Gesichtern zu urteilen, wußte Richard, daß sie ihre Brüste bereits gesehen hatten. Als ihre Strafer plötzlich herumwirbelten und in ihren Händen landeten, wußte er, daß sie dies nicht erwartet hatten.

Richard erhob sich und wandte sich an Cara und Raina. »Verzeiht mir, daß ich Euch das angetan habe.« Er gab ihnen zu verstehen, daß sie sich bedecken sollten. Berdine zitterte vor Wut und rührte sich nicht, während die beiden anderen begannen, ihren Lederanzug an der Seite zuzuknöpfen.

»Was geht hier vor?« fragte Cara und ließ den gefährlichen Blick die ganze Zeit über, derweil sie sich an den engen Knöpfen zu schaffen machte, nicht von Berdine.

»Das erkläre ich Euch später. Ihr zwei könnt jetzt gehen.«

»Wir werden nirgendwohin gehen«, erwiderte Raina ernst, während auch sie die Augen nicht von Berdine nahm.

»Doch, Ihr werdet.« Richard zeigte auf die Tür. Er drohte Berdine mit dem Finger. »Ihr bleibt hier.«

Cara trat beschützend näher an ihn heran. »Wir werden nicht –«

»Keine Widerworte. Dazu bin ich nicht in Stimmung. Raus!«

Cara und Raina zuckten überrascht zurück. Mit einem letzten wütenden Seufzer gab Cara Raina ein Zeichen. Die beiden verließen das Zimmer und schlossen die Tür hinter sich.

Berdines Strafer wirbelte herum und landete in ihrer Faust. »Was habt Ihr mit ihr gemacht?«

»Wer hat Euch das angetan, Berdine?« fragte er sie freundlich.

Sie kam näher. »Was habt Ihr mit ihr gemacht?«

Richard, jetzt wieder bei klarem Verstand, spürte den Bann, der sie umgab, als sie sich ganz nah vor ihn stellte. Er spürte das deutliche Kribbeln von Magie, dieses unangenehme Kribbeln in seiner Magengegend. Wohlwollende Magie war das nicht.

In ihren Augen sah er mehr als Magie, er sah das wilde, entfesselte Temperament einer Mord-Sith.

»Sie starb beim Versuch, mich umzubringen.«

»Ich weiß, ich hätte es selbst machen sollen.« Sie schüttelte angewidert den Kopf. »Kniet nieder«, befahl sie zwischen zusammengepreßten Zähnen hindurch.

»Berdine, ich bin kein –«

Sie schlug mit ihrem Strafer zu, traf ihn an der Schulter und stieß ihn zurück. »Wagt es nicht, mich mit meinem Namen anzusprechen!«

Sie war schneller, als er erwartet hatte. Er stöhnte vor Schmerzen und faßte sich an die Schulter. Sämtliche Erinnerungen an den Strafer und das, was man ihm damit angetan hatte, schossen ihm erstaunlich frisch durch den Kopf.

Plötzlich quälten ihn Zweifel. Er wußte nicht, ob er es schaffen würde. Aber die einzige Alternative wäre, sie zu töten, und er hatte geschworen, das nicht zu tun. Der bis auf die Knochen brennende, quälende Schmerz in seiner Schulter brachte seine Entschlossenheit ins Wanken.

Berdine kam immer näher. »Hebt Euer Schwert auf.«

Er nahm seinen Willen zusammen und rappelte sich auf. Berdine legte ihm den Strafer auf die Schulter und zwang ihn auf die Knie.

Er hatte Mühe, sich zu konzentrieren. Denna hatte ihm beigebracht, wie man das aushielt. Er hob das Schwert auf und kam wackelig wieder auf die Beine.

»Versucht, es gegen mich zu erheben«, befahl sie.

Richard sah ihr in die kalten, blauen Augen, kämpfte gegen den panikartigen Sog in seiner Seele. »Nein.« Er warf das Schwert aufs Bett. »Ich bin Lord Rahl. Ihr seid mir über die Bande verpflichtet.«

Mit einem zornerfüllten Aufschrei rammte sie ihm den Strafer in den Unterleib. Das Zimmer drehte sich, während ihm dämmerte, daß er auf dem Rücken lag. Völlig außer Atem kämpfte er sich wieder auf die Beine, als sie ihm den Befehl dazu erteilte.

»Benutzt Euer Messer! Kämpft gegen mich!«

Mit zitternden Fingern zog Richard das Messer aus der Scheide an seinem Gürtel und hielt es ihr mit dem Griff nach vorne hin. »Nein. Tötet mich, wenn es das ist, was Ihr wirklich wollt!«

Sie riß ihm das Messer aus der Hand. »Ihr macht es mir leicht. Ich hatte eigentlich vor, Euch leiden zu lassen, aber Euer Tod genügt mir schon.«

Richard, dessen Eingeweide von einem quälenden, nicht endenwollenden, brennenden Schmerz erfüllt waren, nahm all seine Kraft zusammen und reckte seine Brust vor. Er zeigte auf sein Herz. »Hier sitzt mein Herz, Berdine. Das Herz des Lord Rahl. Jenes Lord Rahl, dem Ihr über die Bande verpflichtet seid.« Er tippte sich noch einmal auf die Brust. »Erdolcht mich hier, wenn Ihr mich töten wollt.«

Sie sah ihn schauerlich lächelnd an. »Schön. Ihr sollt Euren Wunsch bekommen.«

»Nein, nicht meinen Wunsch – Euren. Ich will nicht, daß Ihr mich tötet.«

Sie zögerte. Ihre Braue zuckte. »Schützt Euch.«

»Nein, Berdine. Wenn Ihr das wirklich wollt, dann liegt die Entscheidung ganz allein bei Euch.«

»Wehrt Euch!« Sie zog ihm den Strafer quer durchs Gesicht.

Es war, als würde sein Kiefer zertrümmert, als würden ihm sämtliche Zähne ausgeschlagen. Der stechende Schmerz zog bis ins Ohr und ließ ihn fast erblinden. Keuchend, in kalten Schweiß gebadet, richtete er sich wieder auf.

»Berdine, Ihr habt zwei Arten von Magie in Eurem Körper. Die eine ist jene, die Euch an mich bindet, die andere hat man Euch eingegeben, als man Euch Eure Brustwarze stahl. Ihr könnt nicht länger beide in Euch tragen. Eine muß gebrochen werden. Ich bin Euer Lord Rahl. Ihr seid mir verpflichtet. Der einzige Weg, mich zu töten, besteht darin, diese Bande zu zerstören. Mein Leben liegt in Eurer Hand.«

Sie schlug nach ihm. Er spürte, wie sein Hinterkopf auf den Boden knallte. Berdine war über ihm und kreischte vor Wut.

»Wehrt Euch gegen mich, Bastard!« Sie schlug mit der Faust auf seine Brust ein, während sie mit der anderen Hand das Messer in die Höhe hielt. Tränen strömten aus ihren Augen. »Wehrt Euch! Wehrt Euch! Wehrt Euch!«

»Nein. Wenn Ihr mich töten wollt, müßt Ihr das alleine tun.«

Richard schlang die Arme um sie und zog sie an seine Brust. Er stammte seine Fersen in den Teppich, drückte sich nach hinten und nahm sie mit, als er sich rückwärts am Bett hochschob.

»Berdine, so wie Ihr mir verpflichtet seid, beschütze ich Euch auch. Ich werde nicht zulassen, daß Ihr auf diese Weise sterbt. Ich will, daß Ihr lebt. Ich will Euch als meine Beschützerin.«

»Nein!« kreischte sie. »Ich muß Euch töten! Ihr müßt Euch gegen mich zur Wehr setzen, damit ich es tun kann! Ich kann es nicht, wenn Ihr nicht versucht, mich umzubringen! Ihr müßt es tun!«

Heulend vor Wut und Verzweiflung drückte sie ihm das Messer an die Kehle. Richard hinderte sie nicht daran.

Er strich ihr mit der Hand über das wellige, braune Haar. »Berdine, ich habe geschworen, für den Schutz all derer zu kämpfen, die in Freiheit leben wollen. Das ist meine Verpflichtung Euch gegenüber. Ich werde nichts tun, was Euch schadet. Ich weiß, daß Ihr mich nicht töten wollt. Ihr habt bei Eurem Leben geschworen, mich zu beschützen.«

»Ich bringe Euch um! Ich werde es tun! Ich bringe Euch um!«

66

»Ich glaube an Euch, Berdine, an den Eid, den Ihr auf mich geschworen habt. Ich vertraue mein Leben Eurem Wort und den Banden an.«

Sie rang gequält schluchzend nach Atem und sah ihm in die Augen. Sie schüttelte sich und weinte hemmungslos. Richard unternahm nichts gegen die scharfe Klinge an seiner Kehle.

»Dann müßt Ihr mich töten«, weinte sie. »Bitte ... ich kann es nicht länger ertragen. Bitte ... tötet mich.«

»Ich werde niemals etwas tun, was Euch ein Leid zufügt, Berdine. Ich habe Euch die Freiheit geschenkt. Ihr seid Euch nur selbst gegenüber verantwortlich.«

Berdine stieß einen langen, elendigen Klagelaut aus, dann schleuderte sie das Messer zu Boden. Sie brach zusammen und schlang ihm die Arme um den Hals.

»Oh, Lord Rahl«, schluchzte sie, »vergebt mir. Vergebt mir. Oh, geliebte Seelen, was habe ich getan.«

»Ihr habt die Bande unter Beweis gestellt«, erwiderte er leise und hielt sie fest.

»Sie haben mir weh getan«, schluchzte sie. »Sie haben mir so sehr weh getan. Niemals zuvor hat etwas so weh getan. Es tut jetzt noch weh, dagegen anzugehen.«

Er drückte sie fest an sich. »Ich weiß, aber Ihr müßt dagegen ankämpfen.«

Sie legte ihm eine Hand auf die Brust und stieß sich von ihm ab. »Ich kann es nicht.« Richard glaubte nicht, daß er jemals einen Menschen in solchem Elend gesehen hatte. »Bitte, Lord Rahl – tötet mich. Ich kann die Schmerzen nicht ertragen. Ich flehe Euch an, bitte tötet mich.«

Richard, voll des quälenden Mitleids für die Leiden, zog sie wieder an seine Brust und umarmte sie, strich ihr über den Kopf, versuchte sie zu trösten. Es nützte nichts, sie weinte nur noch heftiger.

Er lehnte sich an das Bett, während sie sich unter Tränen schüttelte. Ohne darüber nachzudenken, was er tat, oder auch nur das Warum zu begreifen, legte er ihr die Hand über die linke Brust.

Richard suchte das ruhige Zentrum, den Ort bar aller Gedanken, den Quell des Friedens in seinem Innern, und hüllte sich in seine Instinkte. Er spürte, wie der sengende Schmerz seinen Körper durchdrang. Ihr Schmerz. Er spürte, was man ihr angetan hatte und wie die verbliebene Magie ihr jetzt, in diesem Augenblick, Qualen zufügte. Er ließ es über sich ergehen, wie zuvor den Schmerz des Strafers.

Dank seiner Fähigkeit, sich in sie hineinzuversetzen, spürte er die Marter ihres Lebens, die Marter, was es hieß, eine Mord-Sith zu werden, die Angst vor dem Verlust ihres früheren Selbst. Er schloß die Augen und nahm das alles auf sich. Auch wenn er die daran beteiligten Ereignisse nicht kannte, so begriff er doch, welche Spuren und Narben sie auf ihrer Seele hinterlassen hatten. Er festigte seinen Willen, um all das Leid ertragen zu können. Er stand wie ein Fels im Sturzbach der Schmerzen, der seine eigene Seele umflutete.

Dieser Fels war er für sie. Er ließ den liebevollen Respekt, den er für dieses unschuldige Wesen, für diese Leidensgenossin empfand, in sie hineinströmen. Ohne die Gefühle, die er dabei empfand, vollkommen zu verstehen, ließ er sich von seinen Instinkten leiten. Er spürte, wie er ihr Leid aufsog, so daß sie es nicht länger zu erdulden brauchte und er ihr helfen konnte. Und gleichzeitig spürte er eine innere Wärme, die durch seine Hand, die auf ihrem Körper lag, nach außen strömte. Über diese Hand, so schien es, war er mit ihrem Lebenslicht verbunden, mit ihrer Seele.

Berdines Weinen ließ nach, ihr Atem beruhigte sich, ihre Muskeln erschlafften, und sie sank nach hinten an das Bett.

Richard spürte, wie der Schmerz, der von ihr auf ihn übergegangen war, nachließ. Erst jetzt merkte er, daß er unter den unerträglichen Qualen den Atem angehalten hatte, und erschöpft holte er tief Luft.

Auch die Wärme, die aus seinem Inneren hervorströmte, ließ nach und verebbte schließlich ganz. Richard zog seine Hand zurück und strich ihr das wellige Haar aus dem Gesicht. Sie öffnete die Augen, und ihr benommener, blauäugiger Blick traf seinen.

Sie sahen beide nach unten. Sie war wieder unversehrt.

»Ich bin wieder ich selbst«, sagte sie leise. »Ich fühle mich, als wäre ich gerade aus einem Alptraum aufgewacht.«

Richard zog das rote Leder über ihre Brüste und bedeckte sie. »Ich auch.«

»Einen Lord Rahl wie Euch hat es noch nie zuvor gegeben«, meinte sie verwundert.

»Ein wahreres Wort wurde noch nie gesprochen«, sagte eine Stimme hinter ihnen.

Richard drehte sich um und erblickte die tränenverschmierten Gesichter der beiden anderen Frauen, die hinter ihm knieten.

»Geht es dir gut, Berdine?« erkundigte sich Cara.

Berdine, immer noch ein wenig überwältigt, nickte. »Ich bin wieder ich selbst.«

Doch keiner von ihnen war so ergriffen wie Richard.

»Ihr hättet sie umbringen können«, meinte Cara. »Hättet Ihr versucht, Euer Schwert zu gebrauchen, hätte sie Eure Magie bekommen, aber Ihr hättet Euer Messer benutzen können. Für Euch wäre es ein leichtes gewesen. Ihr hättet ihren Strafer nicht zu erdulden brauchen. Ihr hättet sie einfach töten können.«

Richard nickte. »Ich weiß. Aber dieser Schmerz wäre noch schlimmer gewesen.«

Berdine warf ihren Strafer neben ihm auf den Boden. »Ich übergebe Euch dies, Lord Rahl.«

Die beiden anderen streiften die goldenen Kettchen über ihre Hände und ließen ihre Strafer neben den von Berdine zu Boden fallen.

»Ich übergebe Euch meinen ebenfalls, Lord Rahl«, sagte Cara.

»Ich auch, Lord Rahl.«

Richard starrte auf die roten Stäbe, die neben ihm auf dem Fußboden lagen. Er mußte an sein Schwert denken, und wie sehr er die Dinge haßte, die er damit tat, wie er all das Töten haßte, das er damit bereits angerichtet hatte, und das Töten, das noch vor ihm lag. Aber noch konnte er das Schwert nicht aufgeben.

»Ihr könnt gar nicht wissen, wieviel mir das bedeutet«, sagte er, unfähig, ihnen in die Augen zu sehen. »Was zählt, ist Euer Wille. Er beweist Euren Mut und Eure Bande. Verzeiht mir, Ihr alle, aber ich muß Euch bitten, sie im Augenblick zu behalten.« Er gab ihnen ihre Strafer zurück. »Wenn das hier vorbei ist, wenn wir uns von der Bedrohung befreit haben, dann können wir alle die Alpträume ablegen, die uns verfolgen. Im Augenblick aber müssen wir für diejenigen kämpfen, die auf uns zählen. Es sind unsere Waffen, so fürchterlich sie sein mögen, die es uns erlauben, den Kampf fortzusetzen.«

Cara legte ihm sanft die Hand auf die Schulter. »Das verstehen wir, Lord Rahl. Es soll sein, wie Ihr sagt. Wenn dies vorüber ist, können wir uns nicht nur von den äußeren Feinden befreien, sondern auch von den inneren.«

Richard nickte. »Bis dahin müssen wir stark sein. Wir müssen sein wie der Hauch des Todes.«

In der Stille fragte sich Richard, was Mriswiths in Aydindril verloren hatten. Er mußte an den einen denken, der Cathryn getötet hatte. Er beschütze ihn, hatte er behauptet. Ihn beschützen? Ausgeschlossen.

Wenn er jedoch darüber nachdachte, konnte er sich nicht erinnern, daß ein Mriswith ihn je persönlich angegriffen hatte. Er mußte an den ersten Angriff denken, draußen vor dem Palast der Konfessoren. Gratch hatten sie attackiert, und Richard war seinem Freund zu Hilfe gekommen. Ihr Ziel war es gewesen, ›Grünauge‹, wie sie den Gar nannten, zu töten. Ihn hatten sie eigentlich nie angegriffen.

Der, der heute abend gekommen war, hatte die beste Gelegenheit von allen gehabt – Richard war ohne sein Schwert gewesen –, trotzdem hatte er ihn nicht angegriffen, sondern war statt dessen kampflos geflohen. Er hatte ihn als ›Hautbruder‹ bezeichnet. Allein bei der Vorstellung, was das bedeuten konnte, bekam er eine Gänsehaut.

Richard kratzte sich gedankenverloren den Hals.

Cara rieb mit einem Finger über die Stelle hinten in seinem Nacken, wo er sich gerade gekratzt hatte. »Was ist das?«

»Ich weiß nicht. Eine Stelle, die schon seit langem juckt.«

5. Kapitel

Verna lief empört in dem kleinen Heiligtum auf und ab. Wie konnte Prälatin Annalina es wagen? Verna hatte ihr gesagt, sie solle ihr den genauen Wortlaut mitteilen, um zu beweisen, daß sie es wirklich war, und noch einmal erklären, daß sie Verna als unauffällige Schwester betrachtete, von der man wenig Notiz nahm. Verna wollte die Prälatin diese grausamen Worte wiederholen lassen, damit sie erfuhr, daß Verna wußte, daß sie benutzt wurde und in den Augen der Prälatin nur von geringem Nutzen war.

Wenn sie schon benutzt wurde und die Anweisungen der Prälatin befolgte, wie es gezwungenermaßen die Pflicht einer jeden Schwester war, dann sollte es diesmal wissentlich geschehen.

Verna hatte genug geweint. Sie hatte nicht die Absicht zu springen, wann immer diese Frau arroganterweise mit den Fingern schnippte. Verna hatte nicht ihr ganzes Leben dem Dasein als Schwester gewidmet, so viele Jahre so hart gearbeitet, um dermaßen respektlos behandelt zu werden.

Was sie am meisten ärgerte, war, daß sie es wieder getan hatte. Verna hatte der Prälatin erklärt, daß sie die Worte erst genau wiederholen mußte, um ihre Identität zu beweisen, sonst würde Verna das Buch den Flammen übergeben. Statt dessen hatte die Prälatin mit den Fingern geschnippt, und Verna war gesprungen.

Sie sollte das Buch einfach ins Feuer werfen, es vernichten. Sollte die Prälatin doch versuchen, sie dann noch zu benutzen. Sie sollte merken, wie leid Verna es war, zum Narren gehalten zu werden. Mal sehen, wie es ihr gefiel, wenn ihre Wünsche mißachtet wurden. Es geschähe ihr recht.

Genau das hätte sie tun sollen. Aber sie hatte es nicht getan. Sie hatte das Buch noch immer in ihrem Gürtel stecken. Bei aller Gekränktheit, sie war noch immer eine Schwester. Sie mußte sichergehen. Die Prälatin hatte ihr noch immer nicht bewiesen, daß sie tatsächlich noch lebte und das zweite Buch besaß. Sobald sie sich Gewißheit verschafft hatte, würde Verna das Buch ins Feuer werfen.

Verna hörte auf, hin und her zu laufen und sah durch eines der Fenster in den Giebelwänden. Der Mond war aufgegangen. Diesmal würde es keine Gnade geben, wenn ihre Anweisungen nicht befolgt wurden. Sie schwor sich, entweder tat die Prälatin, was sie von ihr verlangte, und wies ihre Identität nach, oder Verna würde das Buch verbrennen. Dies war die letzte Chance für die Prälatin.

Verna nahm den mehrarmigen Kerzenhalter von dem kleinen Altar, über den das weiße, mit einem goldenen Faden verzierte Tuch drapiert war, und stellte ihn neben den kleinen Tisch. Die durchbrochene Schale, in der Verna das Buch überhaupt erst gefunden hatte, stand auf dem weißen Tuch auf dem Altar. Statt des Reisebuches brannte jetzt eine kleine Flamme darin. Wenn die Prälatin wieder nicht den Anweisungen folgte, würde das Buch in der Schale landen, in den Flammen.

Sie zog das kleine Buch aus der Tasche an ihrem Gürtel, legte es auf den kleinen Tisch und zog den dreibeinigen Schemel heran. Verna küßte den Ring der Prälatin an ihrem Ringfinger, holte tief Luft, sprach ein Gebet, in dem sie den Schöpfer um Unterweisung bat, und schlug das Buch auf.

Dort stand eine Nachricht. Seitenlang.

Meine liebste Verna, begann sie. Verna schürzte die Lippen. Liebste Verna, von wegen.

Meine liebste Verna, zuerst der einfache Teil. Ich bat dich, in das Heiligtum zu gehen, weil diese Angelegenheit gefährlich ist. Wir dürfen auf keinen Fall riskieren, daß andere meine Nachrichten lesen oder gar dahinterkommen, daß Nathan und ich noch leben. Das Heiligtum ist der einzige Ort, wo ich sicher sein kann, daß niemand sonst dies liest, und das ist auch der einzige Grund, wieso ich bis jetzt deine durchaus vernünftigen Vorsichtsmaßnahmen nicht befolgt habe. Natürlich erwartest du, daß ich meine Identität beweise, und jetzt, wo ich sicher sein kann, daß du allein bist und nicht entdeckt werden kannst, werde ich diesen Beweis liefern.

In Übereinstimmung mit der Vorsichtsmaßnahme, nur das Heiligtum für die Mitteilungen zu benutzen, mußt du sämtliche Nachrichten löschen, bevor du den Schutz des Heiligtums verläßt.

Bevor ich fortfahre – der Beweis. Deinem Wunsch gemäß nun also jene Worte, die ich zu dir bei unserem ersten Treffen nach deiner Rückkehr von der Reise anläßlich der Suche nach Richard gesagt habe:

»Ich habe Euch ausgewählt, Verna, weil Ihr ganz unten auf der Liste standet und weil Ihr, alles in allem, recht wenig bemerkenswert seid. Ich war nicht der Ansicht, daß Ihr eine von ihnen seid. Ihr seid ein Mensch, von dem man wenig Notiz nimmt. Ich bin überzeugt, die Schwestern Grace und Elizabeth haben es nur deshalb bis ganz oben auf die Liste geschafft, weil der, der die Schwestern der Finsternis befehligt, wer immer das ist, sie für verzichtbar hielt. Ich befehlige die Schwestern des Licht. Ich habe Euch aus demselben Grund ausgewählt.

Es gibt Schwestern, die für unsere Sache wertvoll sind. Für diese Aufgabe mußte ich eine Schwester aussuchen, deren Verlust uns nicht schmerzen würde. Der Junge erweist sich möglicherweise als wertvoll für uns, doch er ist nicht so wichtig wie andere Angelegenheiten im Palast. Möglicherweise ist er eine Hilfe. Es war schlicht eine Gelegenheit, die zu ergreifen ich für angebracht hielt.

Hätte es Schwierigkeiten gegeben und keine von Euch hätte es geschafft, zurückzukommen, nun, ich bin sicher, Ihr habt Verständnis dafür, daß ein General seine Truppen nicht bei einer Mission von geringer Dringlichkeit verlieren möchte.«

Verna klappte das Buch um und legte das Gesicht in ihre Hände. Es bestand kein Zweifel – es war Prälatin Annalina, die das andere Reisebuch besaß. Sie lebte, und Nathan wahrscheinlich auch.

Sie blickte die kleine Flamme in der Schale an. Die Worte brannten ihr in der Brust. Widerwillig, mit zitternden Fingern, drehte sie das Buch wieder herum und las weiter.

Verna, ich weiß, es hat dir bestimmt das Herz gebrochen, als du diese Worte gehört hast. Ich weiß, daß es mir das Herz gebrochen hat, sie auszusprechen, denn sie entsprachen nicht der Wahrheit. Dir muß es so vorkommen, als seist du auf gemeine Weise ausgenutzt worden. Es ist falsch, zu lügen, aber schlimmer ist es, das Böse triumphieren zu lassen, nur weil man auf Kosten des gesunden Menschenverstandes an der Wahrheit festhält. Würden mich die Schwestern der Finsternis nach meinen Plänen fragen, ich würde lügen. Alles andere hieße, dem Bösen zum Triumph zu verhelfen.

Ich werde dir jetzt die Wahrheit sagen, wohl wissend, daß du keinerlei Grund hast anzunehmen, daß meine Worte diesmal der Wahrheit entsprechen. Aber ich vertraue auf deine Intelligenz und weiß, wenn du meine Worte abwägst, wirst du die Wahrheit in ihnen erkennen.

Der eigentliche Grund, weshalb ich dich auf die Suche nach Richard geschickt habe, war der, daß du von allen Schwestern die einzige warst, der ich das Schicksal der Welt anvertrauen konnte. Jetzt weißt du, welche Schlacht Richard gegen den Hüter gewonnen hat. Ohne ihn wären wir alle an die Welt der Toten verlorengegangen. Das war keine Mission von geringer Dringlichkeit. Es war die wichtigste Mission, mit der je eine Schwester betraut wurde. Dir allein konnte ich sie anvertrauen.

Mehr als dreihundert Jahre vor deiner Geburt warnte Nathan mich vor dieser Gefahr für die Welt alles Lebendigen. Fünfhundert Jahre vor Richards Geburt wußten Nathan und ich, daß ein Kriegszauberer auf die Welt kommen würde. Die Prophezeiungen verrieten uns einiges von dem, was bis dahin geleistet werden mußte. Die Herausforderung war anders als alle anderen, denen wir uns je gegenübergesehen hatten.

Als Richard geboren wurde, reisten Nathan und ich mit dem Schiff rings um die große Barriere in die Neue Welt. Wir holten ein Buch der Magie aus der Burg der Zauberer, um zu verhindern, daß

75

es Darken Rahl in die Hände fiel, und gaben es Richards Stiefvater, nachdem wir uns seines Versprechens versichert hatten, daß er Richard zwingen werde, es auswendig zu lernen. Nur durch solche Prüfungen und Ereignisse während seines Lebens in der Heimat konnte dieser junge Mann zu jener Sorte Mensch geschmiedet werden, die die geistigen Voraussetzungen besitzt, die erste Bedrohung, Darken Rahl, seinen wirklichen Vater, zu erkennen und später das Gleichgewicht in der Welt alles Lebendigen wiederherzustellen. Vielleicht ist er der wichtigste Mensch, der in den letzten dreitausend Jahren geboren wurde.

Richard ist der Kriegszauberer, der uns in die entscheidende Schlacht führen wird. Das sagen uns die Prophezeiungen, nicht aber, ob wir obsiegen werden. Diese Art von Kampf ist für die Menschheit neu. Unsere einzige Chance bestand vor allem darin, sicherzustellen, daß er in seiner Ausbildung als Mann nicht mit dem Makel behaftet wurde. In dieser Schlacht ist Magie vonnöten, aber das Herz muß sie bestimmen.

Ich habe dich ausgesandt, um ihn in den Palast zu holen, weil du die einzige warst, der ich die Erfüllung dieser Aufgabe anvertrauen konnte. Ich kannte deinen Mut und deine Seele, und ich wußte, daß du keine Schwester der Finsternis bist.

Bestimmt fragst du dich jetzt, wie ich zulassen konnte, daß du mehr als zwanzig Jahre nach ihm suchtest, wo ich doch die ganze Zeit seinen Aufenthaltsort kannte. Ich hätte auch warten und dich erst losschicken können, als er erwachsen war, und hätte dir schließlich seinen Aufenthaltsort verraten können, als er seine Gabe auslöste. Ich schäme mich, zugeben zu müssen, daß ich dich ebenso benutzt habe wie Richard.

Wegen der bevorstehenden Herausforderungen mußte ich dir Dinge beibringen, die du im Palast der Propheten nicht hättest lernen können. Gleichzeitig wuchs Richard heran und lernte einige der wesentlichen Dinge, die er benötigte. Für mich war wichtig, daß du in der Lage warst, deinen Verstand zu gebrauchen und nicht bloß all die zahllosen Regeln des Palastes. Ich mußte dafür sorgen, daß du deine angeborenen Fähigkeiten in der wirklichen Welt entwickelst. Die bevorstehende Schlacht spielt sich in der wirklichen Welt ab, und die abgeschiedene Welt des Palastes ist nicht der Ort, an dem man etwas über das Leben lernt.

Ich erwarte nicht, daß du mir je verzeihst. Auch das ist eine der Bürden, die die Prälatin auf sich nehmen muß: den Haß eines Menschen, den sie liebt wie ihre eigene Tochter.

Als ich diese fürchterlichen Worte zu dir sagte, geschah auch dies in einer bestimmten Absicht. Ich mußte dich endgültig von den Lehren des Palastes befreien: immer zu tun, was man dir beigebracht hat, und blind alle Befehle zu befolgen. Ich mußte dich so wütend machen, daß du nur das tatest, was du für richtig hieltest. Seit deiner Kindheit war auf dein ungestümes Temperament Verlaß.

Ich konnte mich nicht darauf verlassen, daß du verstehen würdest, wenn ich dir die Gründe mitteilte, oder daß du das Erforderliche tun würdest. Manchmal hat ein Mensch nur dann gebührenden Einfluß auf die Geschehnisse, wenn er seinen eigenen moralischen Grundsätzen folgt, nicht aber, wenn er Befehle ausführt. So steht es in den Prophezeiungen. Ich verließ mich darauf, daß du, wenn du selbst die Entscheidung trägst, richtiges Handeln über deine Ausbildung stellen würdest.

Der andere Grund, weshalb ich dir diese Dinge gesagt habe, war der, daß ich eine meiner Verwalterinnen verdächtigte, eine Schwester der Finsternis zu sein. Ich wußte, mein Schild würde nicht verhindern, daß ihr meine Worte zu Ohren kommen. Ich ließ zu, daß meine Worte mich verrieten, damit sie mich angriff und sie unter Druck gerieten. Mir war bewußt, daß ich durchaus dabei hätte getötet werden können, doch zog ich dieses Schicksal der Möglichkeit vor, daß diese Welt in die Klauen des Hüters fiele. Manchmal muß sich die Prälatin sogar selbst benutzen.

Bis jetzt, Verna, bist du meinen Erwartungen vollends gerecht geworden. Du hast eine entscheidende Rolle dabei gespielt, die Welt vor dem Hüter zu retten. Dank deiner Hilfe haben wir – bis jetzt – gesiegt.

Als zum ersten Mal mein Blick auf dich fiel, mußte ich schmunzeln, denn du hast so ein böses Gesicht gemacht. Weißt du noch, weshalb? Wenn nicht, werde ich es dir erzählen. Jede Novizin, die in den Palast gebracht wird, wird einer Prüfung unterzogen. Früher oder später beschuldigen wir sie dann ungerechterweise eines kleinen Verstoßes, an dem sie keine Schuld trägt. Die meisten weinen. Einige schmollen. Andere ertragen ihr Schuldgefühl mit stoischer Gelassenheit. Nur du wurdest böse über diese Ungerechtigkeit. Damit hattest du dich bewiesen.

Nathan hatte eine Prophezeiung entdeckt, in der es hieß, die, die wir brauchten, würde nicht lächeln, keinen Schmollmund ziehen und kein tapferes Gesicht machen, wenn man sie zu uns bringt, sondern ein zorniges, wütendes Gesicht. Als ich diesen Ausdruck in deinem Gesicht sah und deine kleinen, trotzig verschränkten Ärmchen, hätte ich fast laut gelacht. Endlich warst du in unsere Hände übergeben worden. Von diesem Tag an habe ich dich für das wichtigste Werk des Schöpfers benutzt.

Ich habe dich nach der Vorspiegelung meines Todes als Prälatin ausgesucht, weil du noch immer diejenige Schwester bist, der ich vor allen anderen traue. Es ist mehr als wahrscheinlich, daß ich auf meiner gegenwärtigen Reise mit Nathan getötet werde, und sollte ich soweit kommen, wirst du ganz richtig Prälatin sein. Das ist mein Wunsch.

Dein gerechtfertigter Haß lastet schwer auf meinem Herzen, doch was zählt, ist die Vergebung des Schöpfers, und wenigstens die ist mir sicher, das weiß ich. Ich werde deine Verachtung als meine Bürde durch dieses Leben tragen, so wie ich auch andere Bürden auf mich genommen habe, von denen es keine Erlösung gibt. Das ist der Preis dafür, Prälatin im Palast der Propheten zu sein.

Verna schob das Buch von sich, sie konnte nicht weiterlesen. Ihr Kopf sank auf die verschränkten Arme, und sie schluchzte. Sie erinnerte sich zwar nicht mehr an die Ungerechtigkeit, von der die Prälatin gesprochen hatte, aber sie wußte noch, wie tief der Stachel gesessen hatte und wie wütend sie gewesen war. Hauptsächlich jedoch erinnerte sie sich noch an das Lächeln der Prälatin, und wie sie damit die Welt wieder geradegerückt hatte.

»Oh, geliebter Schöpfer«, klagte Verna laut, »du hast wirklich eine Närrin als Dienerin.«

Hatte sie sich zuvor gegrämt, weil sie geglaubt hatte, die Prälatin hätte sie benutzt, so litt sie jetzt Höllenqualen wegen der Seelenpein, die die Prälatin durchgemacht hatte. Als sie endlich den Strom ihrer Tränen zum Stillstand bringen konnte, zog sie das kleine Buch wieder heran und las weiter.

Doch vorbei ist vorbei, und jetzt müssen wir fortfahren in unserem Tun. In den Prophezeiungen heißt es, daß uns jetzt die größte Gefahr bevorsteht. Die vorigen Prüfungen hätten in einem endgültigen, fürchterlichen Schlag das Ende der Welt herbeigeführt. In einem einzigen Augenblick wäre alles unwiederbringlich verloren gewesen. Richard hat diese Prüfungen bestanden und uns vor diesem Schicksal bewahrt.

Jetzt steht uns eine größere Prüfung bevor. Sie entstammt nicht irgendeiner anderen Welt, sondern unserer eigenen. In diesem Kampf geht es um die Zukunft unserer Welt, die Zukunft der Menschheit und die Zukunft der Magie. Diesmal, in diesem Kampf um den Geist und das Herz der Menschen, wird es keinen endgültigen Schlag geben, kein plötzliches Ende, sondern die unerbittliche, zermürbende Mühsal eines Krieges, während der Schatten der Versklavung langsam über die Welt hinwegkriecht und den Lebensfunken der Magie auslöscht, durch den das Licht des Schöpfers entsteht.

Jener Krieg aus alter Zeit, der vor Tausenden von Jahren begonnen wurde, ist erneut aufgeflammt. Wir haben ihn unvermeidlich heraufbeschworen, indem wir diese Welt beschützten. Diesmal werden die Bemühungen Hunderter Zauberer kein Ende des Krieges bewirken. Diesmal haben wir nur einen Kriegszauberer, der uns führen wird. Richard.

Ich kann dir jetzt unmöglich alles erzählen. Manches weiß ich ganz einfach nicht, und sosehr es mich schmerzt, dich über einige Dinge, die ich weiß, im unklaren lassen zu müssen, versuche bitte zu verstehen, daß es wegen der Gabelungen in den Prophezeiungen, die richtig gewählt werden müssen, erforderlich ist, daß einige der Beteiligten instinktiv handeln und nicht auf Anweisung. Jedes andere Vorgehen würde die korrekten Gabelungen unpassierbar machen. Ein Teil unserer Aufgabe besteht darin, darauf zu hoffen, daß wir den Menschen beibringen können, richtig zu handeln, so daß sie, wenn die Prüfung kommt, das tun, was getan werden muß. Verzeih mir, Verna, aber wieder einmal bin ich gezwungen, einiges dem Schicksal zu überlassen.

Ich hoffe, du begreifst. Als Prälatin kann man nicht immer alles erklären, sondern muß den Menschen manchmal einfach eine Aufgabe stellen, in der Erwartung, daß sie sie erfüllen.

Verna seufzte. Sie wußte, wie wahr dies alles war. Sie selbst hatte längst den Versuch aufgegeben, alles jederzeit zu erklären, und war dazu übergegangen, einfach zu bitten, daß man ihre Anweisungen genauestens ausführte.

Einige Dinge jedoch kann und muß ich dir erklären, damit du uns helfen kannst. Nathan und ich befinden uns auf einer Mission von entscheidender Wichtigkeit. Im Augenblick dürfen nur er und ich wissen, worum es dabei geht.

Sollte ich überleben, habe ich die Absicht, in den Palast zurückzukehren. Bis dahin mußt du herausgefunden haben, wer von den Schwestern des Lichts, den Novizinnen und den jungen Burschen treu ergeben ist. Darüber hinaus mußt du alle herausfinden, die ihre Seele dem Hüter verschrieben haben.

»Was!« hörte Verna sich laut sagen. »Wie soll ich das schaffen!«

Ich überlasse es dir, einen Weg zu finden. Viel Zeit hast du nicht. Dies ist wichtig, Verna. Es muß geschehen, bevor Kaiser Jagang eintrifft.

Nathan und ich glauben, daß Jagang derjenige ist, den man im Krieg der Vorzeit als ›Traumwandler‹ bezeichnet hat.

Verna spürte, wie ihr der Schweiß zwischen ihren Schulterblättern die Wirbelsäule hinunterrann. Sie rief sich ihre Unterhaltung mit Schwester Simona ins Gedächtnis, als die Frau bei der bloßen

Erwähnung von Jagangs Namen unkontrollierbar geschrien hatte. Schwester Simona hatte erzählt, Jagang sei in ihren Träumen erschienen. Jeder hielt Schwester Simona für verrückt.

Auch Warren hatte von einem Traumwandler gesprochen, der im Krieg der Vorzeit eine Art Waffe gewesen sei. Ihr Besuch bei Schwester Simona hatte seine Vermutungen bestätigt.

Denke vor allem an eins: Ganz gleich, was geschieht, in deiner Loyalität zu Richard liegt deine einzige Rettung. Ein Traumwandler kann so gut wie jedem den Verstand rauben und ihn seinem Willen unterwerfen – denen, die die Gabe besitzen, eher noch als anderen. Es gibt nur einen Schutz – Richard. Einer seiner Vorfahren schuf eine Magie, die sie und alle, die ihnen gegenüber treu ergeben und ihnen zum beiderseitigen Wohl verbunden sind, vor der Macht der Traumwandler schützt. Diese Magie wird an jeden Rahl weitergegeben, der mit der Gabe geboren wird. Natürlich verfügt Nathan über dasselbe schützende Element in seiner Gabe, aber er ist nicht derjenige, der uns führen kann. Er ist ein Prophet und kein Kriegszauberer.«

Zwischen den Zeilen las Verna, daß es Wahnsinn wäre, ein treu ergebener Gefolgsmann Nathans zu sein. Der Mann war die Personifizierung eines Gewitters in einem Halsring.

Dadurch, daß du aus freien Stücken dem Gesetz des Palastes zuwidergehandelt und Richard zur Flucht verholfen hast, bist du mit ihm verbunden. Diese Bande schützen dich vor der Macht des Traumwandlers, nicht aber vor der Macht, die er im Wachzustand in Form von Waffen und Gefolgsleuten hat. Dies ist zum Teil der Grund dafür, daß ich dich an jenem Tag in meinem Arbeitszimmer täuschen mußte. Auf diese Weise warst du gezwungen, Richard in Mißachtung dessen, was man dir beigebracht und befohlen hat, aus freien Stücken zu helfen.

Verna bekam eine Gänsehaut. Hätte sie die Prälatin überredet, ihre Pläne offenzulegen und ihr zu sagen, daß sie Richard zur Flucht verhelfen sollte, wäre sie jetzt ebenso anfällig für den Traumwandler wie Schwester Simona.

Nathan ist natürlich geschützt, und ich bin mit Richard über die Bande verbunden ... schon seit langer, langer Zeit. Ich habe mich ihm verpflichtet, als ich ihm das erste Mal begegnete. In gewisser Weise überließ ich es ihm, seine eigenen Regeln aufzustellen, wie er für unsere Seite kämpfen will. Manchmal, ich muß es gestehen, war das schwierig. Er macht zwar, was nötig ist, um die unschuldigen, freien Menschen zu beschützen, die auf seine Hilfe angewiesen sind, aber er hat seinen eigenen Kopf und tut Dinge, die er nicht tun würde, wenn ich das Sagen hätte. Manchmal ist er eine ebenso schwere Prüfung wie Nathan. So ist das Leben.

Ich bin jetzt am Ende meiner Eröffnungen angelangt. Ich sitze hier in einem Zimmer eines gemütlichen Gasthofes und warte darauf, daß du dies liest. Lies meine Nachricht, sooft du willst. Ich werde hier warten, für den Fall, daß du mich etwas fragen möchtest. Du mußt verstehen, daß ich Hunderte von Jahren der Arbeit an den Geschehnissen und Prophezeiungen hinter mir habe und daß ich dir unmöglich all dieses Wissen in einer einzigen Nacht mitteilen kann, und schon gar nicht mittels eines Reisebuches. Aber ich werde dir deine Fragen beantworten, so gut ich kann.

Außerdem mußt du verstehen, daß es gewisse Dinge gibt, die ich dir nicht erzählen kann, weil ich sonst befürchten müßte, Prophezeiung und Ereignis mit dem Makel zu behaften. Jedes Wort, das ich dir sage, birgt diese Gefahr, wenn auch einige mehr als andere. Trotzdem mußt du einiges davon erfahren.

Dies nicht aus den Augen verlierend, erwarte ich deine Fragen. Bitte frage.

Als sie fertig war mit Lesen, richtete Verna sich auf. Fragen? Es würde hundert Jahre dauern, alles zu erfragen, was sie wissen wollte. Wo sollte sie anfangen? Geliebter Schöpfer, was waren überhaupt die wichtigen Fragen?

Sie las die gesamte Nachricht noch einmal durch, um sicherzugehen, daß sie nichts übersehen hatte, dann setzte sie sich hin und starrte auf die leere Seite vor sich. Schließlich griff sie zum Stift.

Liebste Mutter, bitte verzeiht, was ich über Euch gedacht habe.

Eure Stärke erfüllt mich mit Demut, mein törichter Stolz mit Scham. Bitte gebt acht, daß Ihr nicht getötet werdet. Ich bin nicht würdig, Prälatin zu sein. Ich bin ein Ochse, von dem Ihr verlangt, er solle durch die Lüfte kreisen wie ein Vogel.

Verna saß da, beobachtete das Buch und harrte der Antwort, falls die Prälatin tatsächlich wartete.

Danke, mein Kind. Du hast mir das Herz leichter gemacht. Frage, was du wissen mußt, und wenn ich kann, werde ich es dir beantworten. Ich werde die ganze Nacht hier sitzen, wenn ich dir bei deiner Bürde helfen kann.

Zum ersten Mal seit Tagen lächelte Verna. Diesmal waren ihre Tränen süß und nicht bitter.

Prälatin, seid Ihr auch wirklich in Sicherheit? Ist alles in Ordnung bei Euch und Nathan?

Verna, vielleicht freut es dich, wenn deine Freunde dich Prälatin nennen, mich jedoch nicht. Bitte nenne mich bei meinem Namen, wie es alle meine wirklichen Freunde tun.

Verna mußte laut lachen. Auch sie verdroß es, daß die Menschen darauf bestanden, sie ›Prälatin‹ zu nennen. Weitere Worte erschienen. Anns Nachricht ging weiter.

Und weiter: Ja, es geht mir gut, wie auch Nathan, der zur Zeit beschäftigt ist. Heute hat er sich ein Schwert gekauft und ficht jetzt in unserem Zimmer gegen die Luft. Er findet, daß er mit einem Schwert ›fesch‹ aussieht. Er ist ein tausend Jahre altes Kind, und wie ein Kind strahlt er in diesem Augenblick auch, während er unsichtbaren Feinden den Kopf abschlägt.

Verna las die Nachricht noch einmal, nur um sicher zu sein, daß sie richtig gelesen hatte. Nathan mit einem Schwert? Der Mann war doch gefährlicher, als sie geglaubt hatte. Die Prälatin hatte sicher alle Hände voll zu tun.

Ann, Ihr sagtet, ich müsse herausfinden, wer sich dem Hüter verschrieben hat. Ich habe keine Ahnung, wie mir das gelingen soll. Könnt Ihr mir helfen?

Wenn ich wüßte, wie man es macht, Verna, würde ich es dir sa-

83

gen. *Einige wenige haben meinen Verdacht erregt, die meisten aber nicht. Ich habe nie einen Weg finden können, zu unterscheiden, wer des Hüters war und wer nicht. Es gibt andere Dinge, um die ich mich kümmern muß, deshalb überlasse ich diese Angelegenheit dir. Denk immer daran, daß sie genauso verschlagen sein können wie der Hüter selbst. Einige, bei denen ich wegen ihrer unliebenswürdigen Art sicher war, daß sie gegen uns waren, standen loyal zu uns. Anderen, die sich offenbart haben und mit dem Schiff geflohen sind, hätte ich mein Leben anvertraut. Glücklicherweise habe ich es nicht getan, sonst wäre ich jetzt tot.*

Ann, ich weiß nicht, wie ich das schaffen soll! Was, wenn ich versage?

Du darfst nicht versagen.

Verna wischte ihre schweißnassen Handflächen am Kleid ab.

Aber selbst wenn ich einen Weg finde, sie zu entlarven, was fange ich dann mit diesem Wissen an? Ich kann die Schwestern nicht bekämpfen, nicht bei der Kraft, über die sie verfügen.

Sobald du den ersten Teil vollbracht hast, Verna, werde ich es dir sagen. Du mußt wissen, daß die Prophezeiungen für Fälschungen anfällig sind. Und auch bei Gefahr. Genau wie Nathan und ich sie benutzen, um mit ihrer Hilfe die Geschehnisse zu beeinflussen, damit sie die rechte Gabelung einschlagen, können auch unsere Feinde sie benutzen.

Verna stieß einen verzweifelten Seufzer aus.

Wie kann ich unsere Feinde identifizieren, wenn ich schon als Prälatin so viel zu tun habe? Ich tue nichts anderes, als Berichte zu lesen, und doch gerate ich immer weiter ins Hintertreffen. Alle verlassen sich auf mich und arbeiten mir zu. Wie habt Ihr nur die Zeit gefunden, irgend etwas zu schaffen – bei all den Berichten?

Du liest die Berichte? Du meine Güte, Verna, bist du ehrgeizig. Als Prälatin bist du sicherlich gewissenhafter als ich.

Verna klappte die Kinnlade herunter.

Soll das heißen, ich brauche die Berichte nicht zu lesen?

Nun, Verna, sieh doch, welchen Wert es hat, sie zu lesen. Weil du die Berichte liest, hast du herausgefunden, daß die Pferde in den Ställen fehlen. Wir hätten uns ohne weiteres nach Verlassen des Palastes Pferde kaufen können, statt dessen jedoch haben wir diese genommen, um eine Spur zu hinterlassen. Wir hätten für die Leichen bezahlen können, anstatt komplizierte Vorkehrungen zu treffen, aber dann hättest du nicht mit dem Totengräber gesprochen. Wir waren bemüht, Spuren zu hinterlassen, denen du nachgehen konntest, um die Wahrheit zu entdecken. Einige der Spuren, die wir hinterlassen haben, waren recht aufwendig, wie jene der Entdeckung unserer ›Leichname‹, aber notwendig. Und du hast deine Sache gut gemacht und sie gefunden.

Verna spürte, wie sie errötete. Sie war überhaupt nicht auf die Idee gekommen, der Angelegenheit der bereits vorbereiteten und in Leichentücher gehüllten Leichname nachzugehen. Dieser Hinweis war ihr vollkommen entgangen.

Ich muß jedoch gestehen, fuhr Ann fort, *daß ich mir so gut wie nie die Mühe gemacht habe, Berichte zu lesen. Dafür sind die Helferinnen da. Ich erklärte ihnen einfach, sie sollten von ihrem Urteilsvermögen und ihrer Klugheit Gebrauch machen und die in den Berichten behandelten Angelegenheiten in Übereinstimmung mit dem größtmöglichen Nutzen für den Palast bearbeiten. Ab und an blieb ich dann vor ihnen stehen und zog irgendeinen Bericht hervor, an dem sie gearbeitet hatten, und las ihre Entscheidung. Ich sorgte stets dafür, daß sie ihre Arbeit gewissenhaft verrichteten – indem ich die Angst schürte, ich könnte die Anweisungen lesen, die sie in meinem Namen gegeben hatten, und sie unzureichend finden.*

Verna war verblüfft. *Soll das heißen, ich kann meinen Helferinnen oder Beraterinnen einfach sagen, wie ich die Dinge geregelt haben möchte, und ihnen dann die Berichte zur Bearbeitung geben? Ich brauche sie nicht alle zu lesen? Ich muß sie nicht alle abzeichnen?*

Verna, du bist die Prälatin. Du kannst tun, was immer dir beliebt. Du bestimmst die Geschicke des Palastes, nicht umgekehrt.

Aber die Schwestern Leoma und Philippa, meine Beraterinnen, und Schwester Dulcinia, eine meiner Verwalterinnen, erzählen mir ständig, wie es gemacht werden muß. Sie sind so viel erfahrener als ich. Sie geben mir das Gefühl, ich würde den Palast vernachlässigen, wenn ich mich nicht persönlich um die Berichte kümmere.

Das tun sie, ja? schrieb Ann fast augenblicklich. *Oh, oh. Ich glaube, wäre ich an deiner Stelle, Verna, ich würde ein bißchen weniger zuhören und selbst ein wenig mehr reden. Du verfügst über einen finsteren Blick. Setze ihn ein.*

Verna mußte schmunzeln, als sie das hörte. Sie sah die Szene bereits vor sich. Gleich morgen früh würde es im Büro der Prälatin ein paar Änderungen geben.

Was ist Eure Mission, Ann? Was versucht Ihr zu erreichen?

Ich habe eine Kleinigkeit in Aydindril zu erledigen, dann hoffe ich zurückzukehren.

Ann wollte es ihr ganz offensichtlich nicht verraten, also überlegte Verna sich etwas anderes, was sie wissen wollte und was sie der Prälatin sagen mußte. Ihr fiel eine wichtige Sache ein.

Warren hat eine Prophezeiung abgegeben. Seine erste, wie er sagt.

Es folgte eine lange Pause. Verna wartete. Als die Nachricht schließlich eintraf, war die Schrift ein wenig sorgfältiger.

Kannst du dich noch Wort für Wort an sie erinnern?

Verna konnte unmöglich auch nur ein Wort dieser Prophezeiung vergessen. *Ja.*

Bevor Verna damit beginnen konnte, die Prophezeiung aufzuschreiben, wurde plötzlich eine Nachricht quer über die Seite gekritzelt. Das Gekrakel war riesengroß und wütend, der Text in großen Blockbuchstaben.

Schaff diesen Jungen aus dem Palast! Schaff ihn raus!

Eine Linie schlängelte sich über die Seite. Verna setzte sich aufrecht hin. Offensichtlich hatte Nathan Ann den Stift aus der Hand gerissen und die Nachricht hingeschrieben, und Ann war gerade dabei, ihn sich zurückzuholen. Es gab abermals eine lange Pause, und schließlich erschien wieder Anns Handschrift.

Entschuldige, Verna, wenn du sicher bist, daß du dich Wort für

Wort an die Prophezeiung erinnerst, dann schreibe sie auf, damit wir sie sehen können. Wenn du dir über irgend etwas unsicher bist, sag es mir. Es ist wichtig.

Ich erinnere mich Wort für Wort an sie, da sie sich auf mich bezieht, schrieb Verna. *Dort heißt es:*

»Wenn die Prälatin und der Prophet im heiligen Ritual dem Licht übergeben werden, werden die Flammen einen Kessel voller Arglist zum Sieden bringen und einer falschen Prälatin zum Aufstieg verhelfen, die über den Untergang des Palastes der Propheten herrschen wird. Im Norden wird der, der im Bunde mit der Klinge steht, auf diese zugunsten der Silbernen Sliph verzichten, denn er wird sie wieder zum Leben erwecken, und sie wird ihn in die Arme des Unheils treiben.«

Wieder folgte eine Pause. Warte bitte, bis Nathan und ich uns das genau angesehen haben.

Verna saß da und wartete. Draußen zirpten die Käfer, quakten die Frösche. Verna stand auf, wobei sie stets ein Auge auf das Buch hielt, streckte sich und gähnte. Immer noch keine Nachricht. Sie setzte sich wieder und stützte das Kinn in die Hand. Langsam fielen ihr beim Warten die Augen zu.

Endlich zeichnete sich eine Nachricht ab.

Nathan und ich sind es durchgegangen, und Nathan meint, es handele sich um eine unreife Prophezeiung, und deshalb könne er sie nicht vollständig enträtseln.

Ann, die falsche Prälatin, das bin ich. Es macht mir große Sorgen, daß es in dieser Prophezeiung heißt, ich würde über den Untergang des Palastes herrschen.

Sofort kam die Antwort. *Du bist nicht die falsche Prälatin aus dieser Prophezeiung.*

Was bedeutet es dann?

Diesmal war die Pause kürzer. *Die volle Bedeutung kennen wir nicht, aber wir wissen, daß du nicht die falsche Prälatin bist, die darin genannt wird.*

Verna, höre genau zu. Warren muß den Palast verlassen. Es ist zu ge-

fährlich für ihn, länger dortzubleiben. Er muß sich verstecken. Man könnte ihn sehen, wenn er in der Nacht aufbricht. Schicke ihn morgen früh unter dem Vorwand einer Besorgung in die Stadt. Im Gewirr der Menschen wird man ihn nicht verfolgen können. Gib ihm Gold mit, damit er keine Schwierigkeiten hat, das zu tun, was er tun muß.

Verna legte sich die Hand aufs Herz und schluckte. Sie beugte sich wieder über das Buch. *Aber Prälatin, Warren ist der einzige, dem ich vertrauen kann. Ich brauche ihn. Ich kenne die Prophezeiungen nicht so wie er und wäre ohne ihn aufgeschmissen.* Sie verschwieg, daß er ihr einziger Freund war, der einzige Freund, dem sie vertrauen konnte.

Verna, die Prophezeiungen sind in Gefahr. Wenn diesen Leuten ein Prophet in die Hände fällt ... Die hastig hingekritzelte Nachricht hörte plötzlich auf. Kurz darauf ging sie weiter, in einer sorgfältigeren Schrift. *Er muß fliehen. Verstehst du das?*

Ja, Prälatin. Ich werde mich gleich morgen früh als erstes darum kümmern. Warren wird tun, was ich sage. Ich werde auf Eure Anweisungen vertrauen. Es ist wichtiger, daß er den Palast verläßt, als daß er mir hilft.

Danke, Verna.

Ann, welche Gefahr besteht für die Prophezeiungen?

Sie wartete einen Augenblick in der Stille des Heiligtums, dann setzte die Schrift schließlich wieder ein.

So wie wir unsere Bemühungen dadurch zu unterstützen versuchen, daß wir die Gefahren entlang verschiedener Gabelungen der Prophezeiungen kennen, so können auch jene, die die Menschheit unterjochen wollen, dieses Wissen dazu benutzen, die Ereignisse entlang bestimmter Gabelungen herbeizuführen, deren Eintreten sie sich wünschen. Auf diese Weise angewendet, können sich die Prophezeiungen gegen uns wenden. Wenn diese Leute über einen Propheten verfügen, könnten sie zu einem besseren Verständnis der Prophezeiungen sowie der Möglichkeiten gelangen, wie sie die Geschehnisse zu ihrem Vorteil lenken können.

Das Beeinflussen der Gabelungen kann ein Chaos heraufbe-

schwören, mit dem sie nicht einmal selbst rechnen und das sie nicht kontrollieren können. *Das ist extrem gefährlich. Sie könnten uns alle unwiederbringlich über eine Klippe springen lassen.*

Ann, soll das heißen, Jagang versucht, den Palast der Propheten an sich zu reißen? Und auch die Prophezeiungen in den Gewölbekellern?

Zögern. *Ja.*

Verna zögerte ebenfalls. Als ihr klar wurde, welcher Art der bevorstehende Kampf sein würde, bekam sie eine eiskalte Gänsehaut.

Wie können wir ihn aufhalten?

Der Palast der Propheten wird nicht so leicht fallen, wie Jagang glaubt. Er ist zwar der Traumwandler, aber wir haben die Kontrolle über unser Han. Diese Kraft ist auch eine Waffe. Auch wenn wir unsere Gabe immer dazu benutzt haben, das Leben zu bewahren und dabei zu helfen, das Licht des Schöpfers in diese Welt zu bringen, so mag dennoch eine Zeit kommen, in der wir unsere Gabe benutzen müssen, um zu kämpfen. Zu diesem Zweck müssen wir wissen, wer loyal zu uns steht. Du mußt herausfinden, wer nicht mit dem Makel behaftet ist.

Verna dachte sorgfältig nach, bevor sie zu schreiben begann. *Ann, wollt Ihr uns etwa auffordern, Krieger zu werden, unsere Gabe dazu zu benutzen, die Kinder des Schöpfers niederzustrecken?*

Ich sage dir, Verna, du wirst all deine Fähigkeiten einsetzen müssen, um zu verhindern, daß diese Welt für immer in die Finsternis der Tyrannei gerissen wird. Wir kämpfen zwar darum, den Kindern des Schöpfers zu helfen, aber wir tragen auch einen Dacra, oder nicht? Wenn wir tot sind, können wir den Menschen nicht helfen.

Verna strich sich über die Schenkel, als sie merkte, daß sie zitterten. Sie hatte Menschen getötet, und die Prälatin wußte das. Sie hatte Jedidiah getötet. Sie wünschte, sie hätte etwas zu trinken mitgebracht. Ihre Kehle fühlte sich staubtrocken an.

Ich verstehe, schrieb sie schließlich. *Ich werde tun, was ich tun muß.*

Ich wünschte, ich könnte dich besser unterweisen, Verna, doch im

Augenblick weiß ich nicht genug. Die Ereignisse rasen bereits dahin wie in einem Sturzbach. Richard hat bereits ohne Anleitung und wahrscheinlich aus reinem Instinkt übereilte Schritte unternommen. Wir wissen nicht genau, was er im Schilde führt, aber nach dem, was ich mir zusammengereimt habe, hat er die Midlands bereits in Aufruhr versetzt. Der Junge gibt keinen Augenblick Ruhe. Er scheint dabei seine eigenen Regeln aufzustellen.

Was hat er getan? fragte Verna. Sie hatte Angst vor der Antwort.

Irgendwie hat er das Kommando über D'Hara übernommen und Aydindril erobert. Er hat den Bund der Midlands für aufgelöst erklärt und die Kapitulation aller Länder verlangt.

Verna stockte der Atem. *Aber die Midlands müssen doch die Imperiale Ordnung bekämpfen! Hat er den Verstand verloren? Wir können es uns nicht leisten, daß er D'Hara gegen die Midlands in den Krieg führt!*

Er hat es bereits getan.

Die Midlands werden sich ihm nicht ergeben.

Nach meinen Informationen sind Galea und Kelton bereits in seiner Hand.

Man muß ihn aufhalten! Die Imperiale Ordnung ist die Bedrohung. Sie ist es, die bekämpft werden muß. Wir dürfen nicht zulassen, daß er einen Krieg in der Neuen Welt anfängt – diese Spaltung könnte fatale Folgen haben.

Verna, die Midlands sind von Magie durchzogen wie ein saftiges Stück Fleisch. Die Imperiale Ordnung wird sich diesen Braten scheibchenweise holen, so wie sie es mit der Alten Welt getan hat. Ein zauderndes Bündnis wird davor zurückschrecken, wegen einer einzigen Scheibe einen Großbrand auszulösen, und sie statt dessen aufgeben. Die nächste Scheibe wird im Namen von Beschwichtigung und Frieden geraubt werden. Und dann die nächste. Währenddessen werden die Midlands immer mehr geschwächt und die Imperiale Ordnung immer stärker. Als du unterwegs auf deiner Reise warst, hat die Imperiale Ordnung in weniger als zwanzig Jahren die gesamte Alte Welt an sich gerissen.

Richard ist ein Kriegszauberer. Seine Instinkte sind es, die ihn leiten, und alles, was er gelernt hat und schützt, bestimmt sein Handeln. Wir haben keine andere Wahl, als ihm zu vertrauen.

In der Vergangenheit bestand die Bedrohung immer aus einer einzelnen Person wie Darken Rahl. Diesmal handelt es sich um eine Bedrohung wie aus einem Guß. Selbst wenn es uns gelänge, Jagang auf irgendeine Weise auszuschalten, würde ein anderer seinen Platz einnehmen. In diesem Kampf geht es um die Überzeugungen, Ängste und Ziele aller Menschen, nicht um einen einzelnen Führer.

Es gleicht in vielerlei Hinsicht der Angst, die die Menschen vor dem Palast empfinden. Angenommen, ein Führer täte sich hervor, so könnten wir diese Bedrohung nicht beseitigen, indem wir diesen Führer beseitigen. Die Angst säße noch immer in den Köpfen der Menschen, und ihnen den Führer zu nehmen hieße nichts weiter, als sie in ihrem Glauben zu bestärken, daß ihre Angst berechtigt war.

Geliebter Schöpfer, schrieb Verna zurück, *was sollen wir denn bloß tun?*

Eine Zeitlang geschah nichts. *Wie ich schon sagte, Kind, ich kenne nicht alle Antworten. Aber eins kann ich dir verraten: In dieser Sache, in der letzten Prüfung, spielen wir alle eine Rolle, Richard aber ist der Schlüssel. Richard ist unser Führer. Ich bin nicht mit allem einverstanden, was er tut, aber er ist der einzige, der uns zum Sieg führen kann. Wenn wir obsiegen wollen, müssen wir ihm folgen. Ich sage nicht, daß wir nicht versuchen können, ihn mit dem, was wir wissen, zu beraten und zu lenken. Aber er ist ein Kriegszauberer, und dies ist der Krieg, den zu führen er geboren wurde.*

Nathan hat darauf aufmerksam gemacht, daß es in den Prophezeiungen einen Ort mit dem Namen die Große Leere gibt. Enden wir auf diesem Ast, dann ist er der Ansicht, daß es dahinter keinen Raum mehr für Magie gibt und daher keine Prophezeiung, die sie erklärt. Die Menschheit wird auf ewig ohne Magie in dieses Unbekannte treten. Jagang will die Welt in diese Leere hineinführen.

Bedenke vor allem eins: Ganz gleich, was geschieht, du mußt Richard gegenüber loyal bleiben. Du kannst mit ihm sprechen, ihn beraten, ihm gut zureden, aber du darfst nicht gegen ihn kämpfen. Loyalität Richard gegenüber ist das einzige, was Jagang daran hindert, in deinen Verstand einzudringen. Hat sich ein Traumwandler erst deines Verstandes bemächtigt, bist du für unsere Sache verloren.

Verna mußte schlucken. Ihr zitterte der Stift in der Hand. *Ich verstehe. Gibt es irgend etwas, womit ich helfen kann?*

Zur Zeit nur das, was ich dir bereits gesagt habe. Du mußt schnell handeln. Der Krieg ist uns bereits davongeeilt. Wie ich gehört habe, gibt es Mriswiths in Aydindril.

Beim letzten Teil der Nachricht riß Verna erschrocken die Augen auf. »Geliebter Schöpfer«, sagte sie laut, »gib Richard Kraft.«

6. Kapitel

Verna blinzelte ins Licht. Die Sonne war eben erst aufgegangen. Stöhnend erhob sie sich aus dem dick gepolsterten Sessel und reckte die verkrampften Muskeln. Sie hatte bis spät in die Nacht mit der Prälatin korrespondiert und hatte sich dann, zu müde, in ihr Bett zu gehen, im Sessel zusammengerollt und war eingeschlafen. Nachdem Verna von Richard und den Mriswiths in Aydindril erfahren hatte, hatten die beiden sich über Palastgeschäfte ausgetauscht.

Die Prälatin hatte unzählige Fragen beantwortet, die Verna über die Verwaltung des Palastes gestellt hatte: wie alles funktionierte, wie sie mit ihren Beraterinnen umgehen sollte, ihren Verwalterinnen und den anderen Schwestern. Was Ann ihr zu sagen hatte, öffnete ihr die Augen.

Verna war das Ausmaß der Ränke im Palast nie recht bewußt geworden, und fast jeder Aspekt des Lebens und der Gesetze im Palast drehte sich darum. Ein Teil der Macht der Prälatin leitete sich daraus ab, daß sie die richtigen Allianzen schloß und sorgfältig verteilte Pflichten und Machtbefugnisse dazu benutzte, jeglichen Widerstand zu kontrollieren. Aufgeteilt in Splittergruppen, verantwortlich für ihre eigenen Teilbereiche und ausgestattet mit genügend Spielraum in eng umgrenzten Bereichen, wurden die einflußreicheren unter den Schwestern daran gehindert, sich zum Widerstand gegen die Prälatin zusammenzuschließen. Informationen wurden bewußt entweder gewährt oder zurückgehalten, so daß Einfluß und Macht gegnerischer Gruppierungen im Gleichgewicht blieben. Dieses Gleichgewicht sorgte dafür, daß die Prälatin Dreh- und Angelpunkt blieb und die Kontrolle über den Palast behielt.

Die Schwestern konnten zwar keine Prälatin absetzen, es sei

denn, sie hätte den Palast oder den Schöpfer verraten, aber sie konnten ihr durch kleinliches Gezänk und Machtkämpfe Steine in den Weg legen. Es war die Aufgabe der Prälatin, dieser Energie Einhalt zu gebieten und sie auf sinnvolle Ziele zu konzentrieren.

Es schien, als bestünde die Leitung des Palastes und die Arbeit für das Werk des Schöpfers eigentlich eher darin, mit den verschiedenen Persönlichkeiten und den dazugehörigen Gefühlen und Empfindlichkeiten umzugehen, als einfach die Aufgaben zu verteilen, die eben getan werden mußten. Aus diesem Blickwinkel hatte Verna die Verwaltung des Palastes nie betrachtet. Sie hatte alle dort immer als eine große, glückliche Familie angesehen, die vollauf damit beschäftigt war, das Werk des Schöpfers zu tun, und die reibungslos unter der Anleitung der Prälatin funktionierte. Das war, hatte sie herausgefunden, auf den geschickten Umgang der Prälatin mit den Schwestern zurückzuführen. Ihr war es zu verdanken, daß sie alle auf ein Ziel hinarbeiteten und jeder, so schien es Verna, mit seiner Rolle im Plan der Dinge zufrieden war.

Nach der Unterredung mit Annalina fühlte sich Verna einerseits noch ungeeigneter auf ihrem Posten, anderseits aber auch besser darauf vorbereitet, sich der Aufgabe zu stellen. Das ungeheure Wissen der Prälatin über die unbedeutendsten Dinge des Palastes war ihr völlig unbekannt gewesen. Kein Wunder, daß bei Prälatin Annalina die Arbeit so einfach ausgesehen hatte. Sie verstand sich meisterhaft darauf – eine Jongleurin, die gleichzeitig zwölf Bälle in der Luft halten konnte, während sie lächelnd einer Novizin über den Kopf streichelte.

Verna rieb sich die Augen und gähnte. Sie hatte nur ein paar Stunden Schlaf bekommen, mußte aber ihre Arbeit erledigen und konnte nicht länger säumen. Sie steckte das Reisebuch, alle Seiten sauber gelöscht, wieder in ihren Gürtel und ging zurück zu ihrem Büro. Unterwegs machte sie halt, um sich am Teich das Gesicht zu waschen.

Ein paar grüne Enten kamen herbeigeschwommen, neugierig, was sie hier in ihrer Welt zu suchen hatte. Sie schwammen ein we-

nig hin und her und begannen schließlich, offenbar zufrieden, daß
sie nichts anderes im Sinn hatte, als mit ihnen das Wasser zu teilen,
sich zu putzen. Der Himmel war an diesem neuen Tag in ein präch-
tiges Rosa und Violett getaucht, die Luft frisch und klar. Obwohl
tief beunruhigt über das, was sie erfahren hatte, verspürte sie auch
Hoffnung. Sie hatte das Gefühl, als sei auch ihr Verstand, wie alles,
das sie im Licht des neuen Tages umgab, erhellt worden.

Verna schüttelte das Wasser von ihren Händen und überlegte besorgt, wie sie feststellen sollte, welche Schwestern sich dem Hüter
verschworen hatten. Nur weil die Prälatin ihr Vertrauen in sie setzte
und dies angeordnet hatte, hieß das noch lange nicht, daß Verna es
auch schaffen würde. Sie seufzte, küßte den Ring der Prälatin und
bat den Schöpfer, er möge ihr doch helfen, einen Weg zu finden.

Verna konnte es kaum erwarten, Warren von der Prälatin und all
den Dingen, die sie im Gespräch mit ihr erfahren hatte, zu berichten. Aber sie war auch niedergeschlagen, denn sie würde ihn bitten
müssen, sich zu verstecken. Sie wußte nicht, wie sie ohne ihn zu-
rechtkommen sollte. Wenn er einen sicheren Ort nicht allzuweit
entfernt fand, konnte sie ihn vielleicht gelegentlich besuchen und
würde sich nicht so alleine fühlen.

Verna mußte lächeln, als sie in ihrem Büro die Stapel wartender
Berichte sah, die jeden Augenblick umzukippen drohten. Sie ließ die
Tür zum Garten auf, um die kühle Morgenluft herein- und die abge-
standene Luft aus dem Büro hinauszulassen. Sie ging daran, die Berichte zu ordnen, die Papiere ordentlich übereinanderzulegen, die
Stapel zu begradigen und an der Kante aufzureihen. Zum ersten Mal
konnte sie ein bißchen vom Holz der Tischplatte erkennen.

Verna sah auf, als die Tür sich öffnete. Phoebe und Dulcinia,
beide mit weiteren Berichten in der Armbeuge, erschraken, als sie
sie erblickten.

»Guten Morgen«, meinte Verna gutgelaunt.

»Verzeiht uns, Prälatin«, sagte Dulcinia. Ihre durchdringenden
blauen Augen wurden aufmerksam, als sie die säuberlichen Stapel
mit den Berichten sah. »Wir wußten nicht, daß die Prälatin schon

95

so zeitig arbeiten würde. Wir hatten nicht die Absicht zu stören. Wir sehen ja, daß Ihr eine Menge Arbeit habt. Wenn Ihr gestattet, werden wir diese hier einfach zu den anderen legen.«

»Aber ja, bitte«, sagte Verna und deutete mit einer einladenden Handbewegung auf den Schreibtisch. »Leoma und Philippa werden froh darüber sein, daß ihr sie mir gebracht habt.«

»Wie bitte, Prälatin?« sagte Phoebe, ihr rundes Gesicht unbewegt und staunend.

»Ach, ihr wißt schon, was ich meine. Meine Beraterinnen sind natürlich bestrebt, daß der Palast so reibungslos funktioniert wie ein frisch geschmiertes Rad. Leoma und Philippa sind in Sorge wegen des großen Pensums.«

»Des großen Pensums?« fragte Dulcinia, deren Stirnfalten immer tiefer wurden.

»Die Berichte«, sagte Verna, als sei dies selbstverständlich. »Sie wollen bestimmt nicht, daß jemand, der so neu auf diesem Posten ist wie ihr zwei, eine solche Verantwortung übernimmt. Wenn ihr weiter hart arbeitet, werde ich sie euch vielleicht eines Tages anvertrauen. Natürlich nur, wenn sie es für angeraten halten.«

Dulcinias Miene verfinsterte sich. »Was hat Philippa gesagt, Prälatin? Welchen Bereich meiner Erfahrung findet sie zu unzureichend?«

Verna zuckte die Achseln. »Verstehe mich nicht falsch, Schwester. Meine Beraterinnen haben dich in keiner Weise verhöhnt, sie waren eigentlich voll des Lobes für dich. Nur haben sie deutlich zum Ausdruck gebracht, wie wichtig die Berichte sind, und mich dringend gebeten, mich persönlich darum zu kümmern. Sicher werden sie in ein paar Jahren ihre Meinung ändern und genügend Selbstvertrauen haben, mich zu beraten, wenn ihr bereit seid.«

»Bereit wozu?« fragte Phoebe verwirrt.

Verna deutete mit einer wedelnden Handbewegung auf die Stapel mit Berichten. »Nun, es ist die Pflicht der Beraterinnen der Prälatin, die Berichte zu lesen und zu bearbeiten. Die Prälatin muß die Erledigung nur gelegentlich überwachen, um sicherzustellen, daß sie gute Arbeit leisten. Da meine Beraterinnen mich gedrängt haben, die Berichte selbst zu bearbeiten, nahm ich an, es stünde wohl außer Frage, daß sie … nun, ich bin sicher, sie haben niemanden kränken wollen, so wie sie euch beide stets loben.« Sie schnalzte mit der Zunge. »Dennoch wurden sie nicht müde, mich daran zu erinnern, daß ich die Berichte persönlich bearbeiten sollte, zum besten Wohle des Palastes.«

Dulcinia richtete sich empört auf. »Wir haben die Berichte bereits gelesen – jeden einzelnen – und uns vergewissert, daß sie alle in Ordnung sind. Wir kennen uns besser damit aus als jeder andere. Der Schöpfer weiß, die Berichte verfolgen mich bis in den Schlaf! Wir wüßten, wenn etwas nicht in Ordnung wäre, und würden es für Euch notieren. Oder stimmt das vielleicht nicht? Die beiden haben kein Recht, von Euch zu verlangen, daß Ihr dies eigenhändig tut.«

Verna schlenderte zu einem Bücherregal und tat, als suche sie ein bestimmtes Buch. »Gewiß liegt ihnen nur das Wohl des Palastes am Herzen, Schwester. Wo ihr doch so neu in dieser Stellung seid. Ich glaube, ihr lest zuviel in ihren Ratschlag hinein.«

»Ich bin genauso alt wie Philippa! Ich verfüge über ebensoviel Erfahrung wie sie!«

»Schwester, sie hat niemandem einen Vorwurf machen wollen«, sagte Verna in ihrem demütigsten Tonfall und warf einen kurzen Blick über die Schulter.

»Hat sie Euch geraten, die Berichte persönlich zu bearbeiten, oder etwa nicht?«

»Nun, ja, das schon, aber …«

»Sie täuscht sich. Sie täuschen sich beide.«

»Tatsächlich?« Dulcinia sah Phoebe an. »Wir könnten diese Berichte, und zwar alle, in ein, zwei Wochen bearbeitet, geordnet, beurteilt und entschieden haben, nicht wahr, Schwester Phoebe?«

Phoebe reckte die Nase in die Höhe. »Ich denke, wir könnten es in weniger als einer Woche schaffen. Wir wissen mehr über die Bearbeitung dieser Berichte als jeder andere.« Sie wurde rot im Gesicht und sah zu Verna hinüber. »Abgesehen von Euch natürlich, Prälatin.«

»Wirklich? Das ist eine gewaltige Verantwortung. Ich möchte nicht, daß euch die Sache über den Kopf wächst. Ihr seid erst seit kurzer Zeit mit dieser Arbeit betraut. Glaubt ihr, ihr seid schon reif dafür?«

Dulcinia war eingeschnappt. »Das will ich wohl meinen.« Sie marschierte zum Schreibtisch und schnappte sich einen riesigen Stapel. »Wir werden uns darum kümmern. Kommt nur und prüft jeden Bericht, den wir abgeschlossen haben, und Ihr werdet feststellen, daß Ihr die Angelegenheit auf die gleiche Weise bearbeitet hättet wie wir. Wir wissen, was wir tun. Ihr werdet schon sehen.« Sie zog ein böses Gesicht. »Und diese beiden werden es ebenfalls sehen.«

»Nun, wenn ihr wirklich der Meinung seid, daß ihr es schaffen könnt, bin ich bereit, euch eine Chance zu geben. Schließlich seid ihr meine Verwalterinnen.«

»Das will ich meinen.« Dulcinia deutete mit dem Kopf auf den Schreibtisch. »Phoebe, nimm dir einen Stapel.«

Phoebe ergriff einen gewaltigen Haufen Berichte und taumelte einen Schritt zurück, um ihn nicht fallen zu lassen. »Die Prälatin hat sicher Wichtigeres zu tun, als Arbeiten zu erledigen, die ihre Verwalterinnen ebensogut machen können.«

Verna faltete die Hände über ihrem Gürtel. »Nun, schließlich habe ich euch ernannt, weil ich von euren Fähigkeiten überzeugt war. Ich denke, es ist nur recht und billig, daß ich euch Gelegenheit gebe, sie unter Beweis zu stellen. Schließlich sind die Verwalterinnen der Prälatin von entscheidender Wichtigkeit für die Leitung des Palastes.«

Ein listiges Lächeln erschien auf Dulcinias Lippen. »Ihr werdet schon sehen, wie lebenswichtig unsere Hilfe für Euch ist, Prälatin. Und Eure Beraterinnen ebenfalls.«

Verna runzelte die Stirn. »Ich bin bereits jetzt beeindruckt, Schwestern. Nun, es gibt tatsächlich ein paar Angelegenheiten, um die ich mich kümmern müßte. Ich war so mit den Berichten beschäftigt, daß ich noch keine Gelegenheit hatte, nach meinen Beraterinnen zu sehen und mich zu vergewissern, ob sie ihre Pflichten auch angemessen erledigen. Ich denke, es wird allmählich Zeit dafür.«

»Ja«, meinte Dulcinia, als sie Phoebe durch die Tür hinaus folgte. »Ich glaube, das wäre klug.«

Verna stieß einen gewaltigen Seufzer aus, als die Tür sich schloß. Sie hatte geglaubt, sie würde bei diesen Berichten nie ein Ende finden. Im stillen bedankte sie sich bei Prälatin Annalina. Sie merkte, wie sie schmunzelte, und setzte wieder eine ernste Miene auf.

Warren antwortete nicht auf ihr Klopfen, und als sie einen Blick in sein Zimmer warf, stellte sie fest, daß sein Bett unbenutzt aussah. Verna erschrak; sie hatte ihm selbst befohlen, in den Gewölbekeller zu gehen und die Prophezeiungen miteinander zu verknüpfen. Der arme Warren hatte wahrscheinlich bei seinen Büchern geschlafen, wie sie es angeordnet hatte. Voller Scham erinnerte sie sich an ihr Gespräch, als sie nach ihrem Besuch beim Totengräber so wütend gewesen war. Jetzt war sie erleichtert und überglücklich, daß die Prälatin und Nathan noch lebten, damals jedoch war sie fuchsteufelwild gewesen und hatte dies an Warren ausgelassen.

Statt großes Aufhebens darum zu machen, stieg sie ohne eine Eskorte, die die Gewölbe für sie geräumt hätte, über Treppen und durch Korridore hinunter. Sie hielt es für sicherer, nur für einen kurzen, prüfenden Blick in den Gewölbekellern vorbeizuschauen und Warren zu sagen, er solle sie an ihrem Treffpunkt am Fluß aufsuchen. Was sie ihm mitzuteilen hatte, war selbst in der Sicherheit der leeren Gewölbekeller nicht ohne Gefahr weiterzugeben.

Vielleicht fiel Warren etwas ein, wie sie die Schwestern der Finsternis entlarven konnten. Manchmal war Warren überraschend gescheit. Dann fiel ihr ein, daß es ihre Pflicht war, ihn fortzuschicken, und sie küßte den Ring und versuchte, ihrer Seelenqualen Herr zu werden. Er mußte augenblicklich fliehen.

Mit einem versonnenen Lächeln im Gesicht überlegte sie, daß er dann vielleicht ein paar Fältchen auf seinem ärgerlich glatten Gesicht bekommen und sie altersmäßig einholen würde, während sie unter dem Bann des Palastes blieb.

Schwester Becky, deren Schwangerschaft nicht mehr zu übersehen war, unterrichtete eine Gruppe älterer Novizinnen in den Feinheiten der Prophezeiungen. Sie wies auf die Gefahren einer falschen Prophezeiung aufgrund von in der Vergangenheit eingeschlagener Verzweigungen hin. Hatte ein Ereignis aus einer Prophezeiung, das eine ›entweder-oder‹-Gabelung enthielt, erst einmal stattgefunden, dann galt die Prophezeiung als durch die Ereignisse entschieden. Ein Ast der Gabelung hatte sich als richtig herausgestellt, und der andere wurde dann zu einer falschen Prophezeiung.

Die Schwierigkeit bestand darin, daß mit jedem Ast noch andere Prophezeiungen gekoppelt waren und daß zum Zeitpunkt ihrer Abgabe noch nicht entschieden war, welche Gabelung Wirklichkeit werden würde. Einmal entschieden, wurde jede mit dem falschen Ast gekoppelte Prophezeiung ebenfalls falsch. Weil es aber oft unmöglich war zu entscheiden, mit welcher Gabelung welche der Prophezeiungen gekoppelt waren, waren die Gewölbekeller mit diesem toten Holz verstopft.

Verna trat an die hintere Wand und hörte eine Weile zu, während die Novizinnen Fragen stellten. Für sie war es frustrierend, von der Bandbreite der Schwierigkeiten zu erfahren, denen man sich gegenübersah, wenn man mit Prophezeiungen zu arbeiten versuchte, und auf wie viele der Dinge, die sie wissen wollten, es keine Antwort gab. Nach allem, was Warren ihr erzählt hatte, begriffen die Schwestern noch weniger, als sie glaubten.

Eigentlich sollte eine Prophezeiung von einem Zauberer gedeutet werden, dessen Gabe ihm eben diese Fähigkeit schenkte. In den letzten eintausend Jahren war Nathan der einzige Zauberer im Palast gewesen, der in der Lage war, Prophezeiungen abzugeben. Mittlerweile wußte sie, daß er sie auf eine Weise verstand, wie keine Schwester sie je verstanden hatte – außer vielleicht Prälatin Annalina. Mittlerweile wußte sie außerdem, daß auch Warren ein verborgenes Talent zur Abgabe von Prophezeiungen besaß.

Während Schwester Becky mit ihrer Erklärung über die Verknüpfung durch Schlüsselereignisse und Zeittafeln fortfuhr, machte Verna sich leise in Richtung der hinteren Räume davon, wo Warren gewöhnlich arbeitete. Sie fand sie jedoch alle leer vor, und die Bücher darin waren in die Regale zurückgestellt worden. Verna überlegte, was sie als nächstes tun sollte. Es war nie schwer gewesen, Warren aufzutreiben, weil er sich fast immer in den Gewölbekellern aufgehalten hatte.

Schwester Leoma begegnete ihr auf dem Weg zurück durch die langen Regalreihen. Die Beraterin grüßte sie lächelnd und verneigte den Kopf mit den langen, glatten weißen Haaren, die hinten mit einem goldenen Band zusammengebunden waren. Verna sah die Sorgenfalten auf ihrem Gesicht.

»Guten Morgen, Prälatin. Der Schöpfer möge diesen neuen Tag segnen.«

Verna erwiderte das herzliche Lächeln. »Danke, Schwester. Es ist wirklich ein wundervoller Tag. Wie kommen die Novizinnen voran?«

Leoma sah zu den Tischen hinüber, an denen die jungen Frauen in voller Konzentration arbeiteten. »Sie werden wunderbare Schwestern werden. Ich beobachte den Unterricht schon seit einer Weile, und in der ganzen Gruppe gibt es nicht eine, die unaufmerksam wäre.« Ohne den Blick wieder auf Verna zu richten, fragte sie: »Seid Ihr gekommen, um Warren zu besuchen?«

Verna drehte den Ring an ihrem Finger. »Ja. Es gibt da ein paar Dinge, die ich ihn bitten wollte, für mich nachzuprüfen. Hast du ihn gesehen?«

Als Leoma sich schließlich wieder zu ihr umdrehte, waren die Sorgenfalten noch tiefer geworden. »Verna, ich fürchte, Warren ist nicht hier.«

»Verstehe. Weißt du, wo ich ihn finden kann?«

Sie seufzte tief. »Was ich meinte, Verna, war: Warren ist verschwunden.«

»Verschwunden? Was willst du damit sagen, verschwunden?«

Schwester Leomas Blick wanderte zu den Schatten zwischen den Regalen. »Ich will damit sagen, daß er den Palast verlassen hat. Für immer.«

Vernas Mund klappte auf. »Bist du sicher? Du mußt dich irren. Vielleicht hast du ...«

Leoma strich eine Strähne ihres weißen Haars zurück. »Verna, vorgestern abend kam er zu mir und meinte, er verlasse den Palast.«

Verna fuhr sich mit der Zunge über die Lippen. »Warum hat er sich nicht bei mir gemeldet? Warum wollte er der Prälatin nicht verraten, daß er den Palast verläßt?«

Leoma raffte ihr Tuch fester um ihren Körper. »Verna, es tut mir leid, daß ich es bin, die Euch dies sagt. Er meinte aber, Ihr hättet Euch mit ihm gestritten und er denke, es sei das beste, wenn er den Palast verläßt. Fürs erste wenigstens. Ich mußte ihm versprechen, Euch erst nach ein paar Tagen Bescheid zu sagen, damit er einen Vorsprung bekommt. Er wollte nicht, daß Ihr ihm folgt.«

»Ihm folgen!« Verna ballte die Fäuste. »Wie kommt er bloß darauf ...« Verna drehte sich der Kopf. Sie versuchte zu begreifen, wollte plötzlich Worte zurücknehmen, die Tage vorher gefallen waren. »Aber ... hat er gesagt, wann er zurück sein will? Der Palast braucht ihn. Er kennt sich mit den Büchern hier unten aus. Er kann nicht einfach aufstehen und verschwinden!«

Leoma wandte den Blick erneut ab. »Tut mir leid, Verna, aber er ist fort. Er meinte, er wisse nicht, wann oder ob er wiederkommen würde. Er sagte, er halte es für das Beste und daß Ihr Eure Meinung ändern und dies ebenfalls erkennen würdet.«

»Hat er sonst noch etwas gesagt?« fragte sie leise, voller Hoffnung.

Sie schüttelte den Kopf.

»Und du hast ihn einfach gehen lassen? Hast du nicht versucht, ihn aufzuhalten?«

»Verna«, meinte Leoma sanft, »Warren trug seinen Halsring nicht mehr. Ihr selbst habt ihn von seinem Rada'Han befreit. Wir können keinen Zauberer gegen seinen Willen zwingen, im Palast zu bleiben, wenn Ihr ihn erst einmal befreit habt. Er ist ein freier Mann. Die Entscheidung liegt bei ihm, nicht bei uns.«

Das alles traf sie mit einer eisigen Welle brennend kalter Angst. Sie hatte ihn befreit. Wie konnte sie annehmen, er werde bleiben und ihr helfen, wenn sie ihn so demütigte? Er war ihr Freund, und sie hatte ihn heruntergeputzt wie einen jungen Burschen im ersten Jahr. Er war kein Junge mehr. Er war ein Mann. Sein eigener Herr.

Und jetzt war er fort.

Verna mußte sich zum Sprechen zwingen. »Danke, Leoma, daß du es mir gesagt hast.«

Leoma nickte, und nachdem sie Verna zum Trost die Schulter gedrückt hatte, ging sie wieder zum Unterricht weiter hinten.

Warren war fort.

Die Vernunft sagte ihr, daß sich vielleicht die Schwestern der Finsternis seiner bemächtigt hatten, aber in ihrem Herzen konnte sie sich nur selbst die Schuld geben.

Zögernden Schritts erreichte Verna eine der kleinen Kammern, und nachdem die steinerne Tür sich geschlossen hatte, sank sie kraftlos auf einen Stuhl. Ihr Kopf fiel auf ihre Arme, und sie begann zu weinen, weil sie erst in diesem Augenblick begriff, wieviel Warren ihr bedeutet hatte.

7. Kapitel

Kahlan sprang von der Ladefläche herunter, landete und rollte sich im Schnee ab. Sie rappelte sich auf und kroch auf die Schreie zu, während ringsum immer noch krachend Steine niedergingen, Äste abknickten und mit dumpfem Schlag gegen die Stämme der alten Fichten prallten.

Sie stemmte sich mit dem Rücken gegen die Seitenwand des Karrens. »Helft mir!« schrie sie den Soldaten zu, die bereits in höchster Eile auf sie zugerannt kamen.

Nur Sekunden nach ihr trafen sie ein, warfen sich gegen die Seitenwand des Karrens, um dessen Gewicht aufzufangen. Die Schreie des Mannes wurden immer lauter.

»Wartet, wartet, wartet!« Es klang, als brächten sie ihn um. »Haltet ihn einfach so. Hebt ihn nicht noch höher.«

Das halbe Dutzend junger Soldaten hielt den Karren mit letzter Kraft in seiner jetzigen Stellung. Die Felsbrocken, die sich von oben auf ihn geschichtet hatten, trugen beträchtlich zu dem Gewicht bei.

»Orsk!« rief sie.

»Ja, Herrin?«

Kahlan erschrak. In der Dunkelheit hatte sie nicht bemerkt, daß der große, einäugige d'Haranische Soldat direkt hinter ihr stand.

»Orsk, hilf ihnen, den Karren hochzuhalten. Hebt ihn nicht an – haltet ihn einfach still.« Sie drehte sich zu dem dunklen Pfad um, während Orsk sich zu den anderen gesellte und seine mächtigen Hände unter die Unterkante des Karrens stemmte. »Zedd! Irgend jemand soll Zedd holen! Beeilt euch!«

Kahlan schob ihr langes Haar über ihren Umhang aus Wolfspelz nach hinten und kniete neben dem jungen Soldaten unter der Achse nieder. Es war zu dunkel, um zu erkennen, wie schwer er verletzt

104

war, aber seinem atemlosen Stöhnen nach befürchtete sie, daß es ernst um ihn stand. Sie konnte sich nicht erklären, wieso er lauter schrie, sobald man begann, die Last von ihm zu nehmen.

Kahlan fand seine Hand und ergriff sie mit beiden Händen. »Halte durch, Stephens. Hilfe ist unterwegs.«

Sie verzog schmerzhaft das Gesicht, als er ihre Hand fast zerdrückte und einen klagenden Laut ausstieß. Er hielt ihre Hand, als hinge er an einer Klippe und ihre Hand sei alles, was seinen Sturz in die dunklen Arme des Todes verhindere. Sie schwor sich, ihre Hand selbst dann nicht zurückzuziehen, wenn er sie ihr brach.

»Verzeiht mir … meine Königin … daß ich uns aufhalte.«

»Es war ein Unfall. Es war nicht deine Schuld.« Seine Beine traten in den Schnee. »Versuche, dich nicht zu bewegen.« Mit ihrer freien Hand strich sie ihm das Haar aus der Stirn. Er wurde ein wenig ruhiger, als sie ihn berührte, also legte sie ihre Hand an seine eiskalte Wange. »Bitte, Stephens, versuche stillzuliegen. Ich werde nicht zulassen, daß sie das Gewicht auf dich herunterlassen. Das verspreche ich. Einen kleinen Augenblick noch, dann holen wir dich da unten raus, und der Zauberer richtet dich wieder.«

Sie fühlte, wie er unter ihrer Hand nickte. Niemand in der Nähe hatte eine Fackel, und im schwachen Licht des Mondes, das gespenstisch durch das dichte Geäst fiel, konnte sie nicht erkennen, wo das Problem lag. Es schien, als bereite ihm das Anheben des Karrens größere Schmerzen, als wenn dieser auf ihm lag.

Kahlan hörte ein Pferd, das galoppierend näherkam, und sah, wie eine dunkle Gestalt heruntersprang, als es rutschend stehenblieb und mit dem Kopf an den Zügeln riß. Als der Mann auf dem Boden landete, fing eine Flamme in der Fläche seiner astdürren Hand Feuer und beleuchtete sein schmales Gesicht und das Gewirr krauser, zerzaust hervorstehender Haare.

»Beeil dich, Zedd!«

Als Kahlan in dem plötzlich grellen Licht den Blick senkte, erkannte sie das Ausmaß des Problems und spürte, wie schlagartig eine heiße Welle der Übelkeit in ihr hochstieg.

Zedd ließ den Blick kurz über die Szene vor sich schweifen, um sich ein Bild zu machen, dann kniete er sich auf der anderen Seite von Stephens nieder.

»Der Karren hat einen eingerammten Baumstamm gestreift, der das Geröll zurückhielt«, erklärte sie.

Der Pfad war schmal und trügerisch, und in der Dunkelheit, in der Kurve, hatten sie den Pfahl im Schnee übersehen. Der Stamm mußte alt und verfault gewesen sein. Als die Radnabe dagegenstieß, war das Holz gebrochen, und der Querbalken, den er stützte, war heruntergestürzt, so daß eine Geröllawine über sie hereingebrochen war.

Als das Geröll den hinteren Teil des Karrens zur Seite drückte, hatte sich der Eisenring des Hinterrades in einer gefrorenen Spur unter dem Schnee verfangen, und die Speichen des Hinterrades waren gebrochen. Die Nabe hatte Stephens von den Beinen gerissen und war dann auf ihn gekippt.

Jetzt, bei Licht, konnte Kahlan sehen, daß eine der zersplitterten Speichen, die von der schief auf der gebrochenen Achse sitzenden Nabe hervorstanden, den jungen Mann durchbohrt hatte. Beim Versuch, den Karren anzuheben, wurde er mitsamt der Speiche hochgerissen, die sich schräg unter seine Rippen gebohrt hatte.

»Tut mir leid, Kahlan«, meinte Zedd.

»Was soll das heißen, tut dir leid? Du mußt ...«

Kahlan merkte, daß ihre Hand zwar noch pochte, der Griff jedoch erschlafft war. Sie sah hinunter und blickte in die Maske des Todes. Der junge Mann befand sich jetzt in der Obhut der Seelen.

Die Aura des Todes ließ sie erschaudern. Sie wußte, wie es war, den Hauch des Todes zu spüren. In diesem Augenblick spürte sie ihn. Sie spürte ihn jeden wachen Augenblick. Im Schlaf erfüllte er ihre Träume mit seiner gefühllosen Berührung. Ihre Reaktion darauf war, sich mit ihren eiskalten Fingern über das Gesicht zu streichen, zu versuchen, das allgegenwärtige Kribbeln – fast wie ein Haar, das auf ihrer Haut kitzelte – fortzuwischen, aber da war nie etwas, das man hätte fortwischen können. Es war der quälende Hauch der Magie, des Todesbanns, den sie spürte.

106

Zedd stand auf, ließ die Flamme zu einer Fackel hinüberschwe-
ben, die ein Mann in der Nähe hinhielt, und entzündete sie. Zedd
streckte eine Hand aus, als wollte er dem Karren einen Befehl erteilen, während er mit der anderen die Soldaten fortwinkte. Vorsichtig nahmen sie ihre Schultern zurück, hielten sich aber nach wie vor
bereit, den Karren aufzufangen, sollte er plötzlich wieder kippen.
Zedd drehte seine Handfläche nach oben, und der Karren begann
im Einklang mit seinen Armbewegungen ein paar Fuß hoch in die
Luft zu steigen.

»Zieht ihn heraus«, befahl Zedd mit düsterer Stimme.

Die Soldaten packten Stephens bei den Schultern und zerrten ihn
von der Speiche. Als er unter der Achse heraus war, drehte Zedd seine
Hand herum, so daß der Karren wieder zu Boden sinken konnte.

Ein Soldat fiel neben Kahlan auf die Knie. »Es ist meine Schuld!«
jammerte er gequält. »Es tut mir leid. Oh, bei den Seelen, es ist
meine Schuld.«

Kahlan packte den Fahrer beim Mantel und drängte ihn aufzustehen. »Wenn es überhaupt jemandes Fehler ist, dann muß man
mir die Schuld geben. Ich hätte nicht versuchen sollen, in der Dunkelheit voranzukommen. Ich hätte ... Dich trifft keine Schuld. Es
war ein Unglücksfall, weiter nichts.«

Sie wandte sich ab, schloß die Augen und hörte noch immer den
Nachhall seiner Schreie. Wie üblich hatten sie keine Fackeln benutzt, um ihre Anwesenheit nicht zu verraten. Man konnte nie vor-
hersagen, wessen Augen einen Trupp Soldaten erspähten, der über
die Pässe zog. Es gab zwar keinerlei Anzeichen dafür, daß sie verfolgt wurden, trotzdem wäre es töricht, sich allzu sicher zu fühlen.
Heimlichkeit bedeutete Überleben.

»Begrabt ihn, so gut es geht«, sagte Kahlan zu den Soldaten. In
dem gefrorenen Boden war graben völlig ausgeschlossen, aber wenigstens konnten sie ihn mit den Gesteinsbrocken aus der Geröll-
halde bedecken. Seine Seele war jetzt bei den Seelenbrüdern und in
Sicherheit. Sein Leiden hatte ein Ende.

Zedd bat die Offiziere, den Pfad räumen zu lassen, dann beglei-

107

tete er die Männer, um einen Platz zu finden, wo man Stephens zur Ruhe betten konnte.

Inmitten des lauter werdenden Lärms und der zunehmenden Geschäftigkeit mußte Kahlan plötzlich an Cyrilla denken und kletterte zurück auf die Ladefläche des Karrens. Ihre Halbschwester war in eine schwere Schicht Decken gehüllt und lag eingebettet zwischen Bergen von Gerät. Der größte Teil der Gesteinsbrocken war in den hinteren Teil des Wagens gefallen und hatte sie verfehlt, und die Decken hatten sie vor den kleineren Steinen geschützt, die die Stapel mit Gerät nicht hatten zurückhalten können. Es war ein Wunder, daß niemand von den größeren Felsen, die in der Dunkelheit herabgestürzt waren, erschlagen worden war.

Man hatte Cyrilla in den Karren und nicht in die Kutsche gelegt, weil sie immer noch bewußtlos war und man glaubte, sie im Karren hinlegen zu können, damit es bequemer für sie war. Der Karren war vermutlich nicht mehr zu reparieren. Jetzt würde man sie in die Kutsche setzen müssen, aber es war nicht mehr weit.

Die Männer begannen, sich im Engpaß auf dem Pfad zu sammeln. Einige drückten sich auf Anweisung der Offiziere vorbei und marschierten weiter in die Nacht hinein, andere dagegen holten Äxte heraus, um Bäume zu fällen und die Stützmauer zu reparieren, während wieder andere den Auftrag bekamen, die kleineren und die größeren Steine vom Weg zu räumen, damit man die Kutsche hindurchfahren konnte.

Kahlan war erleichtert, als sie sah, daß keiner der Felsen Cyrilla verletzt hatte und daß sie sich noch immer in ihrem Zustand nahezu ununterbrochener Benommenheit befand. Auf Cyrillas entsetztes Geschrei, auf ihr Kreischen, konnten sie im Augenblick gut verzichten. Es gab viel zu tun.

Kahlan war mit ihr im Karren gefahren, für den Fall, daß sie zufällig aufwachte. Nach dem, was man ihr in Aydindril angetan hatte, geriet Cyrilla beim Anblick von Männern in Panik und bekam eine entsetzliche Angst, die nichts lindern konnte, es sei denn, Kahlan, Adie oder Jebra waren zur Stelle, um sie zu beruhigen.

In ihren seltenen klaren Augenblicken hatte sich Cyrilla von Kahlan immer wieder versprechen lassen, daß sie Königin werden würde. Cyrilla sorgte sich um ihr Volk und wußte, daß sie nicht in der Verfassung war, ihm zu helfen. Sie liebte Galea genug, um es nicht mit einer Königin zu belasten, die nicht in der Lage war, es zu führen. Widerstrebend hatte Kahlan diese Verantwortung übernommen.

Kahlans Halbbruder, Prinz Harold, wollte nichts mit der Bürde eines Monarchen zu schaffen haben. Er war Soldat, so wie sein und Cyrillas Vater, König Wyborn. Nach Cyrillas und Harolds Geburt hatte Kahlans Mutter König Wyborn zum Gatten genommen und Kahlan zur Welt gebracht. Sie war als Konfessor zur Welt gekommen – und die Magie der Konfessoren hatte Vorrang vor den unbedeutenden Angelegenheiten der königlichen Erbfolge.

»Wie geht es ihr?« fragte Zedd und riß sein Gewand von einem vorstehenden Stück Holz los, als er in den Karren hineinkletterte.

»Unverändert. Sie wurde durch den Steinschlag nicht verletzt.«

Zedd legte ihr kurz die Finger an die Schläfen. »Körperlich fehlt ihr nichts, aber die Krankheit beherrscht immer noch ihren Verstand.« Er schüttelte seufzend den Kopf und stützte sich mit einem Arm auf sein Knie. »Ich wünschte, die Gabe könnte auch die Krankheiten des Geistes heilen.«

Kahlan sah die Verzweiflung in seinen Augen. Sie mußte lächeln. »Sei froh. Wenn du dazu in der Lage wärst, hättest du niemals Zeit zum Essen.«

Zedd lachte stillvergnügt in sich hinein. Kahlan sah zu den Männern hinüber, die um den Karren herumstanden, und entdeckte Hauptmann Ryan. Sie winkte ihn zu sich.

»Ja, meine Königin?«

»Wie weit ist es bis nach Ebinissia?«

»Vier, vielleicht sechs Stunden.«

Zedd beugte sich zu ihr. »Das ist kein Ort, an dem man mitten in der Nacht eintreffen möchte.«

Kahlan wußte, was er meinte, und nickte. Wenn sie den Sitz der

Krone von Galea wieder für sich beanspruchen wollten, hatten sie noch eine Menge Arbeit vor sich. Und zuerst mußten sie sich um die Tausende von Toten kümmern, die überall in der Stadt herumlagen. Bestimmt kein Anblick, auf den man mitten in der Nacht nach einem harten Tagesmarsch stoßen wollte. Sie freute sich nicht darauf, an den Ort dieses Gemetzels zurückzukehren, aber dort würde sie niemand vermuten, und sie wären für eine Weile sicher. Von diesem Ausgangspunkt aus konnten sie sich an die Arbeit machen, die Midlands wieder zu vereinen.

Sie drehte sich zu Hauptmann Ryan um. »Gibt es hier in der Nähe eine Stelle, wo wir für die Nacht ein Lager aufschlagen können?«

Der Hauptmann deutete die Straße hinauf. »Die Späher meinten, es gebe nicht weit vor uns ein kleines, hoch gelegenes Tal. Dort liegt eine verlassene Farm, wo Cyrilla es über Nacht bequem hat.«

Sie strich sich eine Haarsträhne aus dem Gesicht und hakte sie hinters Ohr. Ihr fiel auf, daß Cyrilla nicht mehr als ›Königin‹ bezeichnet wurde. Kahlan war jetzt Königin, und Prinz Harold hatte dafür gesorgt, daß jeder es wußte. »Also gut, schickt also eine Nachricht voraus. Laßt das Tal sichern und schlagt das Lager auf. Stellt Posten auf und erkundet das Gelände. Wenn die umliegenden Hänge verlassen sind und das Tal von Blicken abgeschirmt liegt, dann laßt die Männer Feuer anzünden, aber haltet sie klein.«

Hauptmann Ryan lächelte und tippte seine Faust zum Gruß gegen sein Herz. Feuer waren ein Luxus, und warmes Essen würde den Männern guttun. Sie waren fast zu Hause. Morgen würden sie dort eintreffen. Dann begann der schlimmste Teil der Arbeit: die Beseitigung der Toten, die Wiederherstellung der Ordnung in Ebinissia. Kahlan duldete nicht, daß der Sieg der Imperialen Ordnung über Ebinissia Bestand hatte. Die Midlands würden die Stadt zurückgewinnen, und sie würde wiederaufleben und zurückschlagen.

»Habt Ihr Euch um Stephens gekümmert?« fragte sie den Hauptmann.

»Zedd hat uns geholfen, eine Stelle zu finden, und die Männer erledigen das Begräbnis gerade. Der arme Stephens. Erst kämpft er die gesamte Schlacht gegen die Imperiale Ordnung, in die wir mit fünftausend Mann gingen, muß mitansehen, wie vier von fünf seiner Kameraden getötet werden, und am Ende, als alles vorbei ist, kommt er bei einem Unfall ums Leben. Ich weiß, er wäre lieber bei der Verteidigung der Midlands gefallen.«

»Das ist er auch«, sagte Kahlan. »Es ist noch nicht vorbei. Wir haben nur eine Schlacht gewonnen, wenn auch eine wichtige. Wir befinden uns immer noch im Krieg mit der Imperialen Ordnung, und in diesem Krieg war er Soldat. Er hat uns geholfen und starb in Erfüllung seiner Pflicht, genau wie die Männer, die im Kampf gefallen sind. Da gibt es keinen Unterschied. Er starb als Held der Midlands.«

Hauptmann Ryan stopfte die Hände in die Taschen seiner schweren braunen Wolljacke. »Ich denke, die Männer würden es zu schätzen wissen, wenn sie diese Worte hörten. Sie würden ihnen Mut machen. Könntet Ihr, bevor wir weiterziehen, ein paar Worte über seinem Grab sprechen? Es würde den Männern viel bedeuten, wenn sie wüßten, daß ihre Königin ihn vermißt.«

Kahlan lächelte. »Selbstverständlich, Hauptmann. Es wäre mir eine Ehre.«

Kahlan blickte dem Hauptmann hinterher, als er ging, um sich um verschiedene Dinge zu kümmern. »Ich hätte nach Einbruch der Dunkelheit nicht so auf Eile drängen sollen.«

Zedd strich ihr beruhigend mit der Hand über den Hinterkopf. »Unfälle können auch am hellichten Tag passieren. Hätten wir haltgemacht, wäre es sehr wahrscheinlich morgen früh passiert. Und dann hätte man es darauf geschoben, daß alle noch im Halbschlaf waren.«

»Ich habe trotzdem das Gefühl, es sei meine Schuld. Es scheint einfach so ungerecht.«

Sein Lächeln hatte nichts Freudvolles. »Das Schicksal fragt uns nicht nach unserer Meinung.«

8. Kapitel

Wenn es auf der Farm irgendwelche Leichen gab, dann hatten die Soldaten sie vor Kahlans Eintreffen fortgeräumt. In dem aus unbehauenem Stein erbauten Kamin hatten sie ein Feuer angezündet, aber das brannte noch nicht lange genug, um die unerbittliche Kälte aus dem verlassenen Haus zu vertreiben.

Man trug Cyrilla vorsichtig zu den Überresten einer Strohmatratze in einem der hinteren Zimmer. Es gab ein weiteres, kleines Zimmer mit zwei Strohlagern, wahrscheinlich für Kinder, dann den Wohnraum mit einem Tisch und wenig mehr. An den zerbrochenen Trümmern eines Küchenschranks, einer Truhe und den Überresten persönlicher Gegenstände erkannte Kahlan, daß die Imperiale Ordnung auf ihrem Weg nach Ebinissia hier durchgekommen war. Sie fragte sich erneut, was die Soldaten mit den Leichen gemacht hatten. Sie wollte nicht des Nachts über sie stolpern, falls sie nach draußen mußte, um ihre Notdurft zu verrichten.

Zedd sah sich im Raum um und rieb sich den Bauch.

»Wie lange bis zum Abendessen?« fragte er gutgelaunt.

Er trug einen schweren kastanienbraunen Umhang mit schwarzen Ärmeln und verstärkten Schultern. Die Manschetten seiner Ärmel waren mit drei Streifen Silberbrokat besetzt. Dickeres Goldbrokat lief um den Hals herum und dann an der Vorderseite herab, an der Hüfte war das Kleidungsstück mit einem roten Samtgürtel gerafft, der mit einer goldenen Schnalle besetzt war. Zedd konnte die protzige Aufmachung nicht ausstehen, auf deren Kauf Adie bestanden hatte, damit er sich verkleiden konnte. Ihm waren seine einfacheren Gewänder lieber, doch die waren längst dahin, genau wie sein eleganter Hut mit der langen Feder, den er irgendwo unterwegs ›verloren‹ hatte.

112

Kahlan mußte gegen ihren Willen schmunzeln. »Ich weiß es nicht. Was willst du kochen?«

»Kochen? Ich? Nun, vermutlich könnte ich …«

»Gütige Seelen, erspart uns die Kocherei dieses Mannes«, meinte Adie von der Tür aus. »Uns wäre besser gedient, wenn wir Rinde und Käfer verspeisten.«

Adie kam ins Zimmer gehinkt, gefolgt von Jebra, der Seherin, und Ahern, dem Kutscher, der Zedd und Adie auf ihren letzten Reisen gefahren hatte. Chandalen, der Kahlan vor Monaten vom Dorf der Schlammenschen aus hierher begleitet hatte, hatte sich nach jener wunderbaren Nacht, die Kahlan an dem Ort zwischen den Welten verbracht hatte, verabschiedet. Er wollte zurück in seine Heimat und zu seinem Volk. Sie konnte ihm keinen Vorwurf machen. Sie wußte, was es hieß, seine Freunde und Lieben zu vermissen.

Wenn Zedd und Adie da waren, hatte sie fast das Gefühl, als wären sie alle vereint. Sobald Richard sie eingeholt hatte, wäre es tatsächlich so. Kahlan konnte immer noch nichts dagegen machen. Mit jedem Atemzug stieg ihre Aufgeregtheit, denn jeder Atemzug brachte sie dem Augenblick näher, in dem sie die Arme um ihn schließen konnte.

»Meine Knochen sind zu alt für dieses Wetter«, meinte Adie, als sie das Zimmer durchquerte.

Kahlan fand einen einfachen Holzstuhl und nahm ihn mit, faßte Adie am Arm und führte sie ans Feuer. Sie stellte den Stuhl nahe ans Feuer und forderte die Magierin auf, sich hinzusetzen und aufzuwärmen. Im Gegensatz zu Zedds ursprünglicher Kleidung hatte Adies einfaches Flachsgewand mit dem gelben und roten Perlenbesatz am Hals in den uralten Symbolen ihres Berufes die Reise überlebt. Zedd machte jedesmal ein finsteres Gesicht, wenn er sie sah. Er fand es mehr als nur ein wenig seltsam, daß ihr einfaches Gewand die Reise überstanden hatte und seins verlorengegangen war.

Adie lächelte dann stets, meinte, es sei ein Wunder, und beharrte darauf, er sehe ausgezeichnet aus in seinen eleganten Kleidern. Vermutlich gefiel er ihr in seiner neuen Aufmachung tatsächlich besser,

113

dachte Kahlan, und sie fand selbst, daß Zedd großartig aussah, auch wenn er nicht ganz so wie ein Zauberer wirkte wie in seiner gewohnten Kleidung. Zauberer seines hohen Ranges trugen normalerweise sehr schlichte Gewänder. Einen höheren Rang als den von Zedd gab es nicht: Erster Zauberer.

»Danke, mein Kind«, meinte Adie und wärmte sich die Hände am Feuer.

»Orsk«, rief Kahlan.

Der große Kerl kam herbeigeeilt. Die Narbe über seinem fehlenden Auge leuchtete weiß im Schein des Feuers. »Ja, Herrin?« Er stand da, bereit, ihre Anweisungen auszuführen. Was immer das war, für ihn war es ohne Belang, denn seine einzige Sorge war, Gelegenheit zu bekommen, sie zufriedenzustellen.

»Hier drinnen gibt es keinen Topf. Könntest du uns einen besorgen, damit wir etwas zum Abendessen zubereiten können?«

Seine Uniform aus dunklem Leder knarzte, als er sich verbeugte, kehrtmachte und aus dem Zimmer eilte. Früher war Orsk ein d'Haranischer Soldat aus dem Lager der Imperialen Ordnung gewesen. Er hatte versucht, sie umzubringen, und in diesem Kampf hatte sie ihn mit ihrer Kraft berührt. Daraufhin hatte die Magie des Konfessors für immer den Menschen zerstört, der er einst gewesen war, und ihn mit blinder Ergebenheit ihr gegenüber erfüllt. Diese blinde Ergebenheit und Hingabe war Kahlan auf zermürbende Weise bewußt. Es war eine stete Erinnerung daran, was und wer sie war.

Sie versuchte, nicht den Mann zu sehen, der er einst war: ein d'Haranischer Soldat, der sich der Imperialen Ordnung angeschlossen hatte, einer jener Totschläger, die an dem Gemetzel an hilflosen Frauen und Kindern in Ebinissia teilgenommen hatten. Als Mutter Konfessor hatte sie geschworen, keinem der Soldaten der Imperialen Ordnung gegenüber Gnade walten zu lassen, und bislang hatte sie sich an diesen Schwur gehalten. Nur Orsk lebte noch. Er lebte zwar noch, aber der Mann, der für die Imperiale Ordnung gekämpft hatte, war tot.

Wegen des Todesbanns, den Zedd über sie gelegt hatte, um ihr bei

114

der Flucht aus Aydindril zu helfen, wußten nur wenige, daß Kahlan die Mutter Konfessor war. Orsk kannte sie lediglich als seine Herrin. Zedd wußte natürlich Bescheid. Adie, Jebra, Ahern und Chandalen, ihr Halbbruder Prinz Harold und Hauptmann Ryan kannten ihre wahre Identität, alle anderen dagegen waren überzeugt, die Mutter Konfessor sei tot. Die Männer, die an ihrer Seite gekämpft hatten, kannten sie nur als ihre Königin. Man hatte ihre Erinnerung daran, daß sie die Mutter Konfessor war, verwirrt und vernebelt, und jetzt hielten sie Kahlan für die Königin, die zwar nicht weniger ihre Führerin, aber eben nicht die Mutter Konfessor war.

Nachdem man Schnee geschmolzen hatte, gaben Jebra und Kahlan Bohnen und Speck hinein, schnitten Süßwurzeln auf, die sie in den Topf warfen, und gaben ein paar Löffel Sirup hinzu. Zedd stand händereibend daneben und beobachtete, wie die Zutaten in den Topf wanderten. Kahlan mußte über diesen kindlichen Eifer schmunzeln und zog ein wenig hartes Brot für ihn aus einem Bündel. Er freute sich und verspeiste das Brot, während die Bohnen garten.

Während das Abendessen vor sich hin köchelte, taute Kahlan ein wenig übriggebliebene Suppe auf und brachte sie Cyrilla. Sie stellte eine Kerze auf einen Stock, den sie in einen Mauerriß steckte, und setzte sich in dem stillen Zimmer auf die Bettkante. Eine Weile wischte sie ihrer Halbschwester mit einem warmen Lappen die Stirn ab und freute sich, als Cyrilla die Augen öffnete. Ein von Panik erfüllter, starrer Blick zuckte durch das schlecht beleuchtete Zimmer hin und her. Kahlan packte Cyrillas Unterkiefer und zwang sie, ihr in die Augen zu sehen.

»Ich bin's, Schwester, Kahlan. Du bist in Sicherheit. Wir sind allein. Du bist in Sicherheit. Mach es dir bequem. Es ist alles in Ordnung.«

»Kahlan?« Cyrilla klammerte sich an Kahlans weißen Fellmantel. »Du hast es mir versprochen. Du darfst dein Wort nicht brechen. Auf keinen Fall.«

Kahlan lächelte. »Ich habe es versprochen, und ich werde mein

115

Wort halten. Ich bin Königin von Galea und werde es bis zu dem Tag bleiben, an dem du die Krone zurückforderst.«

Sich immer noch an dem Fellmantel festhaltend, sank Cyrilla erleichtert zurück. »Danke, meine Königin.«

Kahlan drängte sie, sich aufzusetzen. »Jetzt komm. Ich habe dir ein wenig warme Suppe mitgebracht.«

Cyrilla drehte ihr Gesicht vom Löffel fort. »Ich bin nicht hungrig.«

»Wenn du willst, daß ich Königin bin, dann mußt du mich auch wie eine Königin behandeln.« Ein fragender Blick erschien auf Cyrillas Gesicht. Kahlan lächelte. »Dies ist ein Befehl deiner Königin. Du wirst die Suppe essen.«

Erst jetzt war Cyrilla gewillt zu essen. Nachdem sie alles aufgegessen hatte, fing wie wieder an zu zittern und zu weinen, und Kahlan nahm sie ganz fest in den Arm, bis sie in einen tranceähnlichen Zustand hinüberglitt und blind nach oben ins Leere starrte. Kahlan steckte die schweren Decken um sie herum fest und gab ihr einen Kuß auf die Stirn.

Zedd hatte ein paar Fässer, eine Bank und einen Schemel aus der Scheune organisiert und irgendwo einen weiteren Stuhl aufgetrieben. Er hatte Prinz Harold und Hauptmann Ryan gebeten, sich zum Abendessen Adie, Jebra, Ahern, Orsk, Kahlan und ihm selbst anzuschließen. Sie lagen kurz vor Ebinissia und mußten ihre Pläne besprechen. Alles drängte sich um den kleinen Tisch, als Kahlan das harte Brot brach und Jebra aus einem auf dem Feuer stehenden Kessel dampfende Schalen mit Bohnen verteilte. Als die Seherin damit fertig war, setzte sie sich neben Kahlan auf die kurze Bank. Die ganze Zeit über warf sie Zedd verwunderte Blicke zu.

Prinz Harold, ein Mann mit mächtiger Brust und einem Schopf langen, dichten, dunklen Haars, erinnerte Kahlan an ihren Vater. Harold war erst an diesem Tag mit seinen Spähern aus Ebinissia zurückgekehrt.

»Welche Neuigkeiten hast du aus der Heimat?« fragte sie ihn.

Er brach das Brot mit seinen dicken Fingern. »Nun«, seufzte er,

»es war genau, wie du es beschrieben hast. Sieht nicht so aus, als sei inzwischen jemand dort gewesen. Ich denke, wir sind dort sicher. Jetzt, wo die Armee der Imperialen Ordnung vernichtet ist –«

»Die Truppe in dieser Region«, verbesserte ihn Kahlan.

Er gab ihr mit einem Schwenken seines Brotes recht. »Ich denke, wir werden erst einmal keine Schwierigkeiten bekommen. Wir haben noch nicht viele Leute, aber es sind gute Soldaten, und wir sind zahlreich genug, um die Stadt oben von den Pässen aus zu beschützen, solange sie nicht in solchen Massen angreifen wie zuvor. Solange die Imperiale Ordnung keine weiteren Soldaten heranschafft, können wir die Stadt halten, denke ich.« Er deutete mit einer Handbewegung auf Zedd. »Außerdem haben wir einen Zauberer bei uns.«

Zedd, der damit beschäftigt war, Bohnen in seinen Mund zu schaufeln, zögerte gerade lange genug, um ihm mit einem Brummen beizupflichten.

Hauptmann Ryan schluckte eine große Portion Bohnen hinunter. »Prinz Harold hat recht. Wir kennen die Berge. Wir können die Stadt verteidigen, bis sie eine größere Streitmacht herführen. Bis dahin haben sich uns vielleicht schon weitere Soldaten angeschlossen, und wir können mit dem Vormarsch beginnen.«

Harold tauchte sein Brot in die Schale und fischte ein Stück Speck heraus. »Adie, wie stehen deiner Ansicht nach die Chancen, daß wir Hilfe aus Nicobarese bekommen?«

»Meine Heimat ist in Aufruhr. Als Zedd und ich dort waren, haben wir erfahren, daß der König tot ist. Der Lebensborn ist eingerückt, um die Macht an sich zu reißen, aber nicht alle Menschen sind glücklich darüber. Am wenigsten die Magierinnen. Wenn der Lebensborn die Macht übernimmt, wird man diese Frauen verfolgen und töten. Ich erwarte, daß die Magierinnen jede Armee unterstützen werden, die sich dem Lebensborn widersetzt.«

»In einem Bürgerkrieg«, meinte Zedd und unterbrach seine zügige Löffelei, »läßt es nichts Gutes ahnen, wenn man Truppen entsendet, um den Midlands zu helfen.«

Adie seufzte. »Zedd hat recht.«

»Vielleicht könnten einige der Magierinnen helfen?« schlug Kahlan vor.

Adie rührte mit dem Löffel in den Bohnen. »Vielleicht.«

Kahlan sah hinüber zu ihrem Halbbruder. »Aber ihr habt Truppen in anderen Gebieten, die ihr hinzuziehen könnt.«

Harold nickte. »Sicher. Wenigstens sechzig- oder siebzigtausend, vielleicht sogar bis zu einhunderttausend Mann können bereitgestellt werden, wenn auch nicht alle gut ausgebildet und gut bewaffnet sind. Es wird eine Zeit dauern, sie zu organisieren, aber wenn es soweit ist, wird Ebinissia eine Macht sein, mit der man rechnen muß.«

»Wir hatten schon einmal annähernd so viele Soldaten hier«, erinnerte sie Hauptmann Ryan, ohne von seiner Schale aufzusehen, »und es hat nicht gereicht.«

»Stimmt«, meinte Harold und schwenkte sein Brot. »Aber das ist nur der Anfang.« Er sah Kahlan an. »Du kannst noch mehr Länder zusammenführen, nicht wahr?«

»Das hoffen wir«, sagte sie. »Wir müssen die Midlands um uns vereinen, wenn wir eine Chance haben wollen.«

»Was ist mit Sanderia?« wollte Hauptmann Ryan wissen. »Ihre Lanzen sind die besten in den Midlands.«

»Und Lifany«, meinte Harold. »Dort stellt man ebenfalls eine Menge guter Waffen her und weiß sie zu gebrauchen.«

Kahlan zupfte das Weiche aus ihrem Brot. »Sanderia ist darauf angewiesen, das es seine Schafherden im Sommer in Kelton grasen lassen kann. Lifany bezieht Eisen aus Kelton und verkauft ihnen Getreide. Herjborgue ist von der Wolle aus Sanderia abhängig. Ich könnte mir vorstellen, daß sie alle Kelton folgen.«

Harold stach seinen Löffel in die Bohnen. »Unter den Soldaten, die Ebinissia angegriffen haben, waren auch Tote aus Kelton.«

»Und Galeaner.« Kahlan steckte das Brot in den Mund und kaute einen Augenblick, während sie beobachtete, wie Harold den Löffel wie ein Messer packte. Er starrte wütend in seine Schale.

118

»Rebellen und Mörder aus vielen Ländern haben sich ihnen angeschlossen«, sagte sie, nachdem sie es hinuntergeschluckt hatte. »Das heißt aber nicht, daß ihre Heimatländer das ebenfalls tun werden. Prinz Fyren aus Kelton hat sein Land der Imperialen Ordnung übergeben, aber der ist mittlerweile tot. Wir befinden uns nicht im Krieg mit Kelton. Kelton ist ein Teil der Midlands. Wir befinden uns im Krieg mit der Imperialen Ordnung. Wir müssen zusammenhalten. Wenn Kelton sich uns anschließt, werden die anderen fast gezwungen sein, dies ebenfalls zu tun. Wenn sie sich aber an die Imperiale Ordnung halten, wird es uns schwerfallen, die anderen davon zu überzeugen, daß sie sich uns anschließen sollen. Wir müssen Kelton auf unsere Seite bringen und sie an uns binden.«

»Ich wette, Kelton schließt sich der Imperialen Ordnung an«, meinte Ahern. Alles drehte sich zu ihm um. Er zuckte die Achseln. »Ich bin Keltonier. Eins verrate ich Euch, sie werden tun, was die Krone tut. So ist unser Volk nun mal. Mit Fyrens Tod wäre dann Herzogin Lumholtz die nächste in der Erbfolge. Sie und ihr Gatte, der Herzog, werden sich auf die Seite schlagen, die ihrer Ansicht nach siegen wird, ganz gleich, wer das ist. Wenigstens ist das, nach allem, was ich über sie gehört habe, meine Meinung.«

»Das ist Unsinn!« Harold warf seinen Löffel hin. »Sosehr ich den Keltoniern mißtraue – das soll keine Beleidigung sein, Ahern – und ihre intrigante Art kenne, im Grunde sind sie Bürger der Midlands. Mag sein, daß sie sich jedes Fleckchen Acker unter den Nagel reißen, das in umstrittenem Grenzland liegt, und es für keltonisch erklären, aber die Menschen sind immer noch Bürger der Midlands. Die Seelen wissen, daß Cyrilla und ich oft gestritten haben. Aber wenn es um ernste Schwierigkeiten ging, haben wir immer zusammengehalten. Das gleiche gilt für unsere Länder. Als D'Hara letzten Sommer angriff, haben wir gekämpft, um Kelton zu beschützen – trotz einiger Unstimmigkeiten. Wenn es um die Zukunft der Midlands geht, werden sich die Keltonier uns anschließen. Die Midlands bedeuten mehr als das, was jemand, der eben erst den Thron bestiegen hat, darüber sagen kann.« Harold schnappte sich seinen Löffel und schwenkte ihn in Aherns Richtung. »Was meinst du dazu?«

Ahern zuckte mit den Achseln. »Nichts, denke ich.«

Zedds Augen wanderten zwischen den beiden hin und her. »Wir sind nicht hier, um zu streiten. Wir sind hier, um einen Krieg zu führen. Sag, was immer deine Überzeugung ist, Ahern. Du bist Keltonier und weißt wahrscheinlich mehr darüber als wir.«

Ahern kratzte sich das wettergegerbte Gesicht und ließ sich Zedds Worte durch den Kopf gehen. »General Baldwin, der Befehlshaber aller Keltonischen Streitkräfte, und seine Generäle Bradford, Cutter und Emerson werden sich auf dieselbe Seite schlagen wie die Krone. Ich kenne diese Männer nicht, ich bin nur ein Kutscher, aber ich komme eine Menge rum und höre viel, und das ist es, was man sich von ihnen erzählt. Unter den Leuten macht ein Spruch die Runde: Wenn die Königin ihre Krone aus dem Fenster wirft und sie sich auf dem Geweih eines Hirsches verfängt, ernährt sich die gesamte Armee innerhalb eines Monats von Gras.«

»Und nach allem, was du gehört hast, bist du tatsächlich überzeugt, daß diese zur Königin gewordene Herzogin sich der Imperialen Ordnung anschließt, nur weil sie dadurch eine Chance auf die Macht bekommt – selbst wenn das den Bruch mit den Midlands bedeutet?« fragte Zedd.

Ahern zuckte mit den Achseln. »Das ist nur meine Meinung, versteht mich nicht falsch. Aber ich denke, so wird es sein.«

Kahlan fischte ohne aufzusehen ein Stück Süßwurzel heraus und meinte: »Ahern hat recht. Ich kenne Cathryn Lumholtz und ihren Mann, den Herzog. Sie wird Königin werden. Sie läßt sich zwar von ihrem Mann beraten, ist aber ohnehin derselben Meinung wie er. Prinz Fyren wäre König geworden, und ich denke, er hätte zu uns gehalten, egal, was geschieht. Aber irgend jemand aus der Imperialen Ordnung hat ihn für ihre Seite gewonnen, und er hat uns verraten. Ich bin sicher, Cathryn Lumholtz wird ein ähnliches Angebot von der Imperialen Ordnung bekommen. In diesem Angebot wird sie die Chance zur Macht sehen.«

Harold langte über den Tisch und nahm sich noch etwas Brot. »Wenn sie das tut und Ahern recht hat, dann haben wir Kelton verloren. Und das mindert unsere Aussicht auf Erfolg.«

»Das wäre nicht gut«, bemerkte Adie. »Nicobarese steckt in Schwierigkeiten, Galea ist geschwächt, weil so viele aus seiner Armee in Ebinissia getötet wurden, und Kelton tendiert zur Imperialen Ordnung – und mit ihm eine ganze Reihe von Ländern, die seine Handelspartner sind.«

»Und dann sind da noch andere, die im Falle eines –«

»Genug.« Der autoritäre Ton in Kahlans Stimme ließ alle rings um den Tisch verstummen. Ihr war eingefallen, was Richard stets sagte, wenn ihre Schwierigkeiten größer waren als die Chancen, sich aus ihnen herauszuwinden: Denk an die Lösung, nicht an das Problem. Wenn man den Kopf voller Gedanken hatte, woran man scheitern mußte, konnte man nicht mehr überlegen, wie man siegte.

»Hört auf, mir zu erzählen, daß wir die Midlands nicht wieder zusammenbringen und warum wir nicht gewinnen können. Wir müssen über die Lösung diskutieren.«

Zedd lächelte über seinen Löffel hinweg. »Wohl gesprochen, Mutter Konfessor. Ich denke, wir müssen uns etwas einfallen lassen. Zum einen gibt es eine Reihe kleinerer Länder, die den Midlands, was auch geschieht, treu ergeben bleiben werden. Deren Vertreter müssen wir in Ebinissia versammeln und dann mit dem Wiederaufbau des Rates beginnen.«

»Stimmt«, meinte Kahlan. »Sie sind vielleicht nicht so mächtig wie Kelton, aber eine große Zahl kann durchaus auch eine Wirkung haben.«

Kahlan schlug ihren Fellmantel auf. Das knisternde Feuer hatte den Raum erwärmt und das warme Essen ein wenig ihren Bauch, trotzdem war es die Sorge, die sie schwitzen ließ. Sie konnte es kaum noch abwarten, daß Richard zu ihnen stieß. Er hatte bestimmt eine Idee. Richard saß niemals herum und ließ sich von den Geschehnissen beherrschen wie sie. Sie beobachtete die anderen, die mit düsterer Miene über ihre Schalen gebeugt dasaßen und über ihre Möglichkeiten grübelten.

121

»Nun«, sagte Adie und legte ihren Löffel aus der Hand, »ich bin sicher, wir können ein paar Magierinnen aus Nicobarese überreden, sich uns anzuschließen. Das wäre eine mächtige Hilfe. Einige von ihnen werden sich zwar weigern, aber sie wären bestimmt nicht abgeneigt, uns auf andere Weise zu helfen. Keine von ihnen möchte den Lebensborn oder seine Verbündeten, die Imperiale Ordnung, in den Midlands an der Macht sehen. Die meisten kennen die Schrecken aus der Vergangenheit und wollen nicht, daß diese Zeiten wiederkommen.«

»Gut«, meinte Kahlan. »Das ist gut. Meinst du, du könntest dorthin gehen und sie überzeugen, sich uns anzuschließen? Und vielleicht auch Teile der regulären Armee überreden, uns zu helfen? Schließlich würde es den Bürgerkrieg ja gar nicht geben, wenn nicht wenigstens einige bereit wären, die Midlands zu unterstützen.«

Adie sah Kahlan einen Augenblick lang aus ihren vollkommen weißen Augen an. »Für eine so wichtige Sache werde ich es natürlich versuchen.«

Kahlan nickte. »Danke, Adie.« Sie blickte zu den anderen hinüber. »Was noch? Irgendwelche Ideen?«

Harold stützte einen Ellenbogen auf den Tisch und legte nachdenklich die Stirn in Falten. Er wedelte mit seinem Löffel. »Ich denke, wenn ich ein paar Offiziere als offizielle Delegation in einige der kleineren Länder schicke, könnte man die Leute dort überzeugen, ihre Vertreter nach Ebinissia zu entsenden. Galea steht bei den meisten in hohem Ansehen, und die Leute wissen, daß die Midlands sich für ihre Freiheit eingesetzt haben. Sie werden uns helfen.«

»Und wenn ich vielleicht«, sagte Zedd mit einem verschlagenen Grinsen, »diese Königin Lumholtz aufsuchen würde, als Erster Zauberer wohlgemerkt, könnte ich sie vielleicht davon überzeugen, daß die Midlands noch nicht völlig entmachtet sind.«

Kahlan kannte Cathryn Lumholtz, aber sie wollte nicht die noch ganz frische Hoffnung zunichte machen, die mit Zedds Idee aufkeimte. Schließlich war sie es gewesen, die gesagt hatte, man müsse an die Lösungen denken und nicht an das Problem.

Was ihr nach wie vor eine entsetzliche Angst machte, war die Vorstellung, daß sie diejenige Mutter Konfessor war, die die Midlands verloren hatte.

Nach dem Abendessen zogen Prinz Harold und Hauptmann Ryan los, um sich um die Soldaten zu kümmern. Ahern warf sich seinen langen Mantel über die breiten Schultern und sagte, er müsse nach seinen Leuten sehen.

Nachdem sie gegangen waren, ergriff Zedd Jebras Arm, als diese gerade Kahlan beim Einsammeln der Schalen helfen wollte.

»Willst du mir jetzt vielleicht erzählen, was du siehst, jedesmal, wenn du in meine Richtung schaust?«

Jebra, mit ihren blauen Augen, wich seinem Blick aus, nahm noch einen weiteren Löffel auf und legte ihn zu den anderen, die sie bereits in der Hand hielt. »Es ist nichts.«

»Das würde ich gerne selbst beurteilen, wenn es dir nichts ausmacht.«

Sie zögerte, dann sah sie zu ihm auf. »Flügel.«

Zedd zog eine Augenbraue hoch. »Flügel?«

Sie nickte. »Ich sehe dich mit Flügeln. Siehst du? Es ergibt keinen Sinn. Es handelt sich bestimmt um eine Vision, die keinerlei Bedeutung hat. Ich hab dir doch gesagt, daß ich manchmal solche Visionen habe.«

»Das ist alles? Nur Flügel?«

Jebra zupfte nervös an ihrem kurzen, sandfarbenen Haar. »Nun, du schwebst hoch oben in der Luft, mit diesen Flügeln, und dann wirst du in einem riesigen Feuerball fallen gelassen.« Die feinen Fältchen in ihren Augenwinkeln wurden tiefer. »Ich weiß nicht, was es bedeutet, Zauberer Zorander. Es ist kein Ereignis – du weißt, wie meine Visionen manchmal funktionieren –, sondern ein Gefühl von Ereignissen. Ich weiß nicht, was sie bedeuten, so verwirrt sind sie.«

Zedd ließ ihren Arm los. »Ich danke dir, Jebra. Wenn du noch irgend etwas herausfindest, erzählst du mir doch davon?« Sie nickte. »Und zwar gleich. Wir brauchen jede Hilfe, die wir kriegen können.«

123

Ihre Augen suchten den Boden, während sie erneut nickte. Sie deutete mit dem Kopf auf Kahlan. »Kreise. Ich sehe die Mutter Konfessor in Kreisen herumlaufen.«

»Kreise?« fragte Kahlan und kam näher. »Wieso laufe ich in Kreisen herum?«

»Das kann ich nicht sagen.«

»Nun, ich habe jetzt schon das Gefühl, im Kreis herumzulaufen, während ich versuche, einen Weg zu finden, die Midlands wieder zusammenzubringen.«

Jebra hob hoffnungsvoll den Kopf. »Das könnte es sein.«

Kahlan lächelte sie an. »Vielleicht. Deine Visionen haben nicht immer mit Katastrophen zu tun.«

Sie wollten gerade mit dem Aufräumen weitermachen, als Jebra noch einmal das Wort ergriff. »Mutter Konfessor, wir dürfen deine Schwester nicht mit Stricken alleine lassen.«

»Was soll das heißen?«

Jebra atmete geräuschvoll aus. »Sie träumt davon, sich zu erhängen.«

»Willst du damit sagen, du hast eine Vision gesehen, wie sie sich erhängt?«

Jebra legte Kahlan besorgt die Hand auf den Arm. »O nein, Mutter Konfessor, das habe ich nicht gesehen. Es ist nur so, daß ich die Aura sehen kann. Ich kann sehen, daß sie davon träumt. Das bedeutet nicht, daß sie es auch wirklich tut. Nur, daß wir sie im Auge behalten müssen, damit sie keine Gelegenheit findet, bevor sie sich erholt hat.«

»Klingt vernünftig«, meinte Zedd.

Jebra band das übriggebliebene Brot in ein Tuch. »Ich werde heute nacht bei ihr schlafen.«

»Danke«, sagte Kahlan. »Warum läßt du mich nicht zu Ende aufräumen und gehst sofort zu Bett, für den Fall, daß sie aufwacht.«

Zedd, Adie und Kahlan teilten sich die Hausarbeit, nachdem Jebra mit ihrem zusammengerollten Bettzeug in Cyrillas Zimmer gegangen war. Als sie fertig waren, stellte Zedd für Adie einen Stuhl vors Feuer. Kahlan stand mit locker gefalteten Händen da und blickte in die Flammen.

»Zedd, wenn wir die Delegationen in die kleinen Länder entsenden, um sie zum Rat nach Ebinissia zu bitten, wäre es leichter, sie zu überzeugen, wenn es eine offizielle Delegation der Mutter Konfessor wäre.«

Nach einer Weile antwortete Zedd: »Sie alle glauben, die Mutter Konfessor sei tot. Wenn wir sie darüber informieren, daß du lebst, wirst du zur Zielscheibe. Das würde uns die Imperiale Ordnung auf den Hals hetzen, bevor wir eine genügend starke Streitmacht zusammenstellen können.«

Kahlan drehte sich um und packte ihn an seinem Gewand. »Ich bin es leid, tot zu sein, Zedd.«

Er tätschelte ihre Hand auf seinem Arm. »Du bist Königin von Galea, und fürs erste kannst du auf diese Weise deinen Einfluß geltend machen. Wenn die Imperiale Ordnung erfährt, daß du noch lebst, bekommen wir mehr Schwierigkeiten, als wir zur Zeit gebrauchen können.«

»Wenn wir die Midlands vereinen wollen, dann brauchen sie eine Mutter Konfessor.«

»Kahlan, ich weiß, du willst nichts unternehmen, was das Leben der Männer dort draußen aufs Spiel setzen könnte. Sie haben gerade eine verlustreiche Schlacht gewonnen, sie sind noch nicht stark genug. Wir brauchen viel mehr Soldaten auf unserer Seite. Wenn irgend jemand deine wahre Identität erfährt, wirst du zur Zielscheibe, und sie müssen kämpfen, um dich zu beschützen. Im Augenblick können wir keine zusätzlichen Schwierigkeiten gebrauchen.«

Kahlan preßte die Fingerspitzen aneinander und starrte ins Feuer. »Ich bin die Mutter Konfessor, Zedd. Ich habe fürchterliche Angst, daß ich die Mutter Konfessor sein werde, die bei ihrem Untergang über die Midlands herrscht. Ich wurde als Konfessor geboren. Das ist mehr als nur eine Aufgabe. Das ist mein Wesen.«

Zedd nahm sie in den Arm. »Liebes, du bist nach wie vor die

Mutter Konfessor. Aus diesem Grund müssen wir zur Zeit deine Identität geheimhalten. Wir brauchen die Mutter Konfessor. Wenn die Zeit kommt, wirst du wieder über die Midlands herrschen, Midlands, die stärker sind als je zuvor. Hab Geduld.«

»Geduld«, murmelte sie.

»Ja, doch«, entgegnete er schmunzelnd, »auch Geduld hat etwas von Magie, mußt du wissen.«

»Zedd hat recht«, sagte Adie von ihrem Stuhl aus. »Kein Wolf überlebt, wenn er der Herde gegenüber verkündet, daß er ein Wolf ist. Er schmiedet seine Angriffspläne, und erst im allerletzten Moment läßt er die Beute wissen, daß er es ist, der Wolf, der es auf sie abgesehen hat.«

Kahlan rieb sich die Arme. Dahinter steckte noch mehr – es gab einen weiteren Grund.

»Zedd«, flüsterte sie gequält. »Ich ertrage diesen Bann nicht länger. Er macht mich wahnsinnig. Das Gefühl ist immer da. Es ist, als wandele der Tod in meinem Körper umher.«

Zedd zog ihre Hand hinauf auf seine Schulter. »Meine Tochter meinte das auch immer. Sie benutzte sogar genau die gleichen Worte, ›als wandelte der Tod in meinem Körper umher‹.«

»Wie hat sie das all die Jahre ausgehalten?«

Zedd seufzte. »Nun, nachdem Darken Rahl sie vergewaltigt hatte, wußte ich, er würde ihr nachstellen, wenn er erfährt, daß sie noch lebt. Ich hatte keine Wahl. Sie zu schützen war mir wichtiger, als ihn zu jagen. Ich brachte sie in die Midlands, wo Richard geboren wurde. Und dann hatte sie noch einen weiteren Grund, sich zu verstecken. Wenn Darken Rahl jemals dahintergekommen wäre, hätte er auch Richard gejagt. Deshalb blieb ihr gar nichts anderes übrig, als durchzuhalten.«

Kahlan erschauderte. »All die Jahre. Ich hätte nicht die Kraft dazu gehabt. Wie hat sie das nur ausgehalten?«

»Nun, zum einen hatte sie gar keine andere Wahl. Zum anderen hat sie sich nach einer Weile ein wenig daran gewöhnt. Es ist nicht mehr so schlimm gewesen wie zu Beginn. Das Gefühl läßt mit der

126

Zeit ein bißchen nach. Du wirst dich daran gewöhnen und hoffentlich nicht mehr lange so weitermachen müssen.«

»Hoffentlich«, sagte Kahlan.

Der flackernde Schein des Feuers fiel auf Zedds Gesicht. »Außerdem meinte sie, es sei ihr ein wenig leichter gefallen, weil sie Richard hatte.«

Kahlans Herz tat einen Sprung, als sie seinen Namen hörte. Sie mußte lächeln. »Davon bin ich überzeugt.« Sie ergriff Zedds Arm. »Er wird bald hier sein. Er wird sich durch nichts aufhalten lassen. Spätestens in ein, zwei Wochen ist er hier. Gütige Seelen, wie soll ich es nur so lange aushalten!«

Zedd lachte stillvergnügt in sich hinein. »Du hast ebensowenig Geduld wie dieser Junge. Ihr zwei seid füreinander wie geschaffen.« Er strich ihr das Haar zurück. »Deine Augen sehen schon besser aus, Liebes.«

»Wenn Richard erst bei uns ist und wir damit beginnen, die Midlands wieder zusammenzufügen, kannst du diesen Todesbann von mir nehmen. Dann werden die Midlands wieder eine Mutter Konfessor haben.«

»Mir geht es auch nicht schnell genug.«

Kahlan wurde nachdenklich. »Zedd, angenommen, du suchst Königin Cathryn auf, und ich muß diesen Bann loswerden, wie kann ich das machen?«

Zedd sah wieder in die Flammen. »Gar nicht. Angenommen, du gibst bekannt, daß du die Mutter Konfessor bist – dann würden dir die Menschen ebensowenig glauben, als wenn Jebra verkünden würde, sie sei die Mutter Konfessor. Der Bann wird dadurch nicht einfach aufgehoben.«

»Wie werde ich ihn dann los?«

Zedd seufzte. »Nur durch mich.«

»Aber es muß doch noch eine andere Möglichkeit geben, den Bann aufzuheben. Richard vielleicht?«

Zedd schüttelte den Kopf. »Selbst wenn Richard wüßte, was es heißt, ein Zauberer zu sein, könnte er das Netz nicht entfernen. Das kann nur ich.«

»Und das ist der einzige Weg.«

»Ja.« Er sah ihr wieder in die Augen. »Es sei denn natürlich, ein anderer mit der Gabe käme hinter deine wahre Identität. Wenn ein solcher Mann dich sähe und begriffe, wer du bist, und deinen Namen laut ausspräche, dann bräche das ebenfalls den Bann, und alle wüßten, wer du bist.«

Darauf bestand keine Hoffnung. Sie spürte, wie sie der Mut verließ. Kahlan ging in die Hocke und schob einen weiteren Ast ins Feuer. Ihre einzige Möglichkeit, den Todesbann loszuwerden, war Zedd, und der würde es erst tun, wenn er bereit dazu wäre.

Als Mutter Konfessor würde sie keinem Zauberer einen Befehl erteilen, der, wie sie beide wußten, falsch wäre.

Kahlan sah zu, wie die Funken stoben. Ihre Miene hellte sich auf. Bald würde Richard bei ihr sein, und dann wäre alles nur noch halb so schlimm. Wenn Richard bei ihr wäre, würde sie nicht an den Bann denken. Sie wäre viel zu sehr damit beschäftigt, ihn zu küssen.

»Was ist so komisch?« erkundigte sich Zedd.

»Was? Ach nichts.« Sie stand auf und wischte sich die Hände an den Hosen ab. »Ich denke, ich werde hinausgehen und mich um die Soldaten kümmern. Vielleicht vertreibt ein wenig kalte Luft den Bann aus meinen Gedanken.«

Die kalte Luft tat ihr tatsächlich gut. Kahlan stand auf der Lichtung vor dem kleinen Farmhaus und atmete tief durch. Der Rauch des Holzfeuers roch angenehm. Sie rief sich die vergangenen Tage ins Gedächtnis zurück, als sie marschiert waren und ihre Finger sich angefühlt hatten, als wären sie erfroren, sie dachte daran, wie ihr die Ohren von der beißenden Kälte gebrannt hatten, an ihre laufende Nase, und wie sie sich den Rauch eines Holzfeuers vorgestellt hatte, denn der bedeutete ein warmes Feuer.

Kahlan schlenderte über das Feld vor dem Haus. Sie blickte hinauf zu den Sternen. Ihr Atem wehte langsam in der stillen Luft davon. Sie konnte kleine Feuer erkennen, die das Tal weiter hinten übersäten, und sie konnte die gemurmelten Gespräche der Soldaten

128

hören, die um die Feuer saßen. Glücklicherweise konnten auch sie in dieser Nacht Feuer machen. Bald wären sie in Ebinissia, wo sie es wieder warm hätten.

Kahlan sog die kalte Luft tief in sich hinein und versuchte, den Bann zu vergessen. Der gesamte Himmel glitzerte von Sternen, wie Funken eines riesigen Feuers. Sie fragte sich, was Richard wohl gerade tat, ob er eilig ritt oder sich ein wenig schlafen gelegt hatte. Sie sehnte sich danach, ihn wiederzusehen, er sollte sich aber auch ausruhen. Wenn er endlich bei ihr war, konnte sie in seinen Armen schlafen. Sie mußte schmunzeln, als sie daran dachte.

Kahlan runzelte die Stirn, als sich ein Teil des Sternenhimmels verdunkelte. Einen winzigen Augenblick später war er wieder voller blinkender Lichtpunkte. Hatte sie tatsächlich gesehen, daß er sich für einen winzigen Augenblick verdunkelte? Es muß wohl Einbildung gewesen sein, dachte sie.

Sie hörte, wie etwas mit dumpfem Schlag auf dem Boden landete. Niemand schlug Alarm. Es gab nur ein Wesen, das ihre Verteidigungslinie durchbrechen konnte, ohne Alarm auszulösen. Plötzlich bekam sie am ganzen Körper eine Gänsehaut, und diesmal war es nicht der Bann.

Kahlan riß ihr Messer heraus.

9. Kapitel

Sie sah leuchtend grüne Augen. Im schwachen Schein des kleinen Wintermondes und der Sterne kam eine mächtige Gestalt auf sie zu. Sie wollte aufschreien, aber ihr versagte die Stimme.

Als die riesige Bestie die Lippen zurückzog, wurde das gesamte Ausmaß ihrer gewaltigen Zähne sichtbar. Kahlan taumelte einen Schritt nach hinten. Sie hielt den Griff ihres Messers so fest in der Hand, daß ihr die Finger schmerzten. Wenn sie schnell war und nicht in Panik geriet, hatte sie vielleicht eine Chance. Wenn sie schrie, würde Zedd sie dann hören? Würde überhaupt jemand sie hören? Selbst wenn, waren die anderen zu weit weg. Sie würden es nicht rechtzeitig bis zu ihr schaffen.

An seiner Größe erkannte sie im schwachen Licht, daß es sich um einen kurzschwänzigen Gar handelte. Ausgerechnet ein kurzschwänziger Gar. Das waren die größten, die tödlichsten. Gütige Seelen, warum konnte es kein langschwänziger Gar sein?

Starren Blicks verfolgte Kahlan, wie er etwas von seiner Brust nahm. Wieso stand er einfach bloß da? Wo waren seine Blutmücken? Er senkte den Kopf, sah zu ihr hoch, senkte erneut den Kopf. Die Augen leuchteten bedrohlich grün. Er zog die Lippen noch weiter zurück. Sein Atem bildete Wolken in der Luft, als er einen gurgelnden Laut ausstieß.

Kahlans Augen weiteten sich. War es möglich? »Gratch?«

Plötzlich begann der Gar, aufgeregt zu heulen, auf und ab zu hüpfen und mit den Flügeln zu schlagen.

Kahlan sackte erleichtert seufzend in sich zusammen. Sie steckte ihr Messer zurück und trat näher an das hoch aufragende Tier heran, war aber immer noch auf der Hut.

»Gratch? Bist du das, Gratch?«

Der Gar nickte heftig mit dem riesigen, ungestalten Kopf. »Grrr-ratch!« Er stieß ein tiefes Grollen aus, das ihr Brustbein erzittern ließ. Mit beiden Klauen trommelte er sich auf die Brust. »Grrratch!«

»Gratch, hat Richard dich geschickt?«

Als er Richards Namen hörte, schlug der Gar noch nachdrückli-cher mit den Flügeln.

Sie kam näher. »Hat Richard dich geschickt?«

»Grrratch haaach Raaaach arrrg lieeeeg.«

Kahlan war fassungslos. Richard hatte ihr erzählt, daß der Gar zu sprechen versuchte. Plötzlich mußte sie lachen. »Kahlan hat Richard auch lieb.« Sie tippte sich auf die Brust. »Ich bin Kahlan, Gratch. Ich freue mich sehr, dich kennenzulernen.«

Ihr stockte der Atem, als der Gar ausholte, sie in seine pelzigen Arme nahm und ihre Füße glatt vom Boden hob. Ihr erster Ge-danke war, er werde sie bestimmt zerquetschen. Doch überraschend behutsam drückte er sie an seine weiche Brust. Kahlan schlang die Arme um den gewaltigen Körper und berührte die Hüften des Gar. Sie konnte ihn nicht einmal zur Hälfte umfassen.

Kahlan hätte sich niemals vorstellen können, etwas Derartiges zu tun, jetzt aber war sie fast zu Tränen gerührt, denn Gratch war Richards Freund, und Richard hatte den Gar zu ihr geschickt. Fast war es, als hätte Richard selbst sie in den Arm genommen.

Der Gar setzte sie vorsichtig auf dem Boden ab. Er betrachtete sie aus seinen leuchtend grünen Augen. Sie strich über das Fell seitlich seiner Brust, während das schwerfällige Tier nach unten langte und ihr zärtlich mit einer riesigen, tödlichen Kralle über das Haar fuhr.

Kahlan sah lächelnd hinauf in das faltige Gesicht voller Reißzähne. Gratch stieß ein perlendes Gurgeln aus. Seine Flügel be-wegten sich mit langsamem, zufriedenem Schwung, während sie sein Fell streichelte und er ihr Haar.

»Hier bei uns bist du sicher, Gratch. Richard hat mir alles über dich erzählt. Ich weiß nicht, wieviel du verstehst, aber du bist unter Freunden.«

Als er die Lippen zurückzog und erneut das ganze Ausmaß seiner Reißzähne zeigte, wurde ihr plötzlich bewußt, daß dies ein Lächeln war. Es war das häßlichste Lächeln, das sie je gesehen hatte, aber es hatte etwas Unschuldiges an sich, das sie gleichzeitig schmunzeln ließ. Nie im Leben hätte sie geglaubt, daß Gars lächeln konnten. Es war wirklich ein Wunder.

»Hat Richard dich geschickt, Gratch?«

»Raaaaach aaaarg.« Gratch trommelte sich auf die Brust. Er schlug so heftig mit den Flügeln, daß seine Füße kurz vom Boden abhoben. Dann langte er nach vorn und tippte Kahlan auf die Schulter.

Kahlans Mund klappte auf. Der Gar wollte ihr etwas sagen, und sie begriff. »Richard hat dich geschickt, um mich zu suchen?«

Gratch war außer sich vor Freude, daß sie verstand. Er nahm sie wieder in die Arme. Kahlan mußte lachen, so wunderbar war das alles.

Als er sie wieder absetzte, fragte sie: »War es schwer, mich zu finden?«

Er stieß ein Winseln aus und zuckte die Achseln.

»War es ein bißchen schwer?«

Gratch nickte. Kahlan kannte eine Vielzahl von Sprachen, aber sie konnte nicht anders, bei der Vorstellung, sich mit einem Gar zu unterhalten, mußte sie lachen. Verwundert schüttelte sie den Kopf. Wer außer Richard käme auf die Idee, sich mit einem Gar anzufreunden?

Kahlan nahm eine Kralle in die Hand. »Komm mit ins Haus. Dort ist jemand, den ich dir vorstellen möchte.«

Gratch gurgelte zum Zeichen, daß er einverstanden war.

In der Tür blieb Kahlan stehen. Zedd und Adie sahen von ihren Stühlen am Feuer auf.

»Ich möchte euch einen Freund vorstellen«, sagte sie und zog Gratch an einer Kralle hinter sich hinein. Er duckte sich unter dem Türbalken, legte die Flügel an, damit er hindurchpaßte, und richtete sich, als er drinnen war, hinter ihr zu fast voller Größe auf. Er

132

mußte sich immer noch leicht bücken, um nicht an die Decke zu stoßen.

Zedd kippte mit seinem Stuhl nach hinten und fuchtelte wild mit seinen dürren Armen und Beinen in der Luft herum.

»Hör auf damit, Zedd. Du machst ihm noch angst«, wies sie ihn zurecht.

»Ihm angst machen!« krächzte Zedd. »Du selbst hast mir erzählt, Richard habe behauptet, es sei ein ganz kleiner Gar! Dieses Biest ist fast völlig ausgewachsen!«

Gratchs gewaltige Brauen zogen sich zusammen. Stirnrunzelnd verfolgte er, wie der Zauberer sich aufrappelte und an seinem durcheinandergeratenen Gewand herumzupfte.

Kahlan deutete mit der Hand auf ihn. »Gratch, das ist Richards Großvater Zedd.«

Die ledrigen Lippen wurden zurückgezogen, und wieder konnte man die Reißzähne sehen. Gratch breitete seine Pranken aus und wollte das Zimmer durchqueren. Zedd fuhr zusammen und wich strauchelnd zurück.

»Warum tut er das? Hat er schon was zu fressen bekommen?«

Kahlan mußte so heftig lachen, daß sie fast kein Wort herausbrachte. »Das ist sein Lächeln. Er mag dich. Er will dich in die Arme nehmen.«

Zu spät. Mit drei Schritten hatte der Gar die kurze Entfernung hinter sich gebracht und war bereits dabei, den knochigen Zauberer in die gewaltigen, pelzigen Arme zu schließen. Zedd stieß einen gedämpften Schrei aus. Gratch kicherte gurgelnd und hob Zedd von den Füßen.

»Verdammt!« Zedd versuchte erfolglos, sich dem Atem des Gar zu entziehen. »Dieser fliegende Teppich hat schon gefressen. Und frag besser nicht, was!«

Schließlich setzte Gratch Zedd wieder ab. Der Zauberer taumelte ein paar Schritte zurück und drohte dem Tier mit den Fingern. Jetzt hör mal gut zu. Das machst du nicht noch einmal! Behalte deine Arme bei dir!«

Gratch sank in sich zusammen und winselte.

»Zedd!« mahnte Kahlan. »Du hast seine Gefühle verletzt! Er ist Richards Freund, und unser auch. Und er hatte große Mühe, uns zu finden. Du könntest wenigstens nett zu ihm sein.«

Zedd räusperte sich gewichtig. »Na ja ... vielleicht hast du recht.« Er sah zu dem Tier hoch, das ihn erwartungsvoll anblickte. »Tut mir leid, Gratch. Ich denke, ab und an ist es ganz in Ordnung, wenn du mich in die Arme nimmst.«

Der Zauberer kam nicht mehr dazu, die Arme zu heben und den Gar abzuwehren. Gratch hatte ihn schon wieder hochgehoben und drückte ihn wie eine Lumpenpuppe an sich, während Zedds Beine hin und her baumelten. Endlich setzte der Gar den um Atem ringenden Zauberer wieder ab.

Adie hielt ihm zur Begrüßung die Hand hin. »Ich bin Adie. Gratch. Freut mich, dich kennenzulernen.«

Gratch ignorierte die Hand und schlang seine pelzigen Arme auch um sie. Kahlan hatte Adie oft lächeln sehen, aber dieses schnarrende Lachen hörte man nur selten von ihr. Jetzt lachte sie. Und Gratch lachte mit ihr – auf seine eigene, brummige Art.

Als in dem kleinen Zimmer wieder Ruhe eingekehrt war und alle wieder Luft bekamen, sah Kahlan, daß Jebra mit großen Augen durch einen Spalt in der Schlafzimmertür spähte. »Schon gut, Jebra. Das ist Gratch, ein Freund von uns.« Kahlan hielt Gratch mit festem Griff im Fell auf seinem Arm zurück. »Du kannst sie später umarmen.«

Gratch zuckte mit den Achseln und nickte. Kahlan drehte ihn zu sich herum und ergriff eine von seinen Krallen mit beiden Händen. Dann blickte sie in seine leuchtend grünen Augen.

»Gratch, hat Richard dich vorgeschickt, um uns zu sagen, daß er bald hier sein wird?« Gratch schüttelte den Kopf. Kahlan mußte schlucken. »Aber er ist auf dem Weg hierher? Er hat Aydindril verlassen und hat sich auf den Weg gemacht, um uns einzuholen?«

Gratch musterte ihr Gesicht. Er hob seine Pranke und streichelte

134

ihr übers Haar. Kahlan sah, daß er eine Locke ihres Haares an einem Lederband um den Hals trug, zusammen mit dem Drachenzahn. Langsam schüttelte er ein weiteres Mal den Kopf.

Kahlans Mut sank wie ein Stein in einem Brunnen. »Er ist nicht auf dem Weg hierher? Aber er hat dich zu mir geschickt?«

Gratch nickte und schlug einmal kurz mit den Flügeln.

»Warum? Weißt du, warum?«

Gratch nickte. Er griff über seine Schulter und bekam etwas zu fassen, das an einem weiteren Lederband auf seinem Rücken hing. Er zerrte einen länglichen, roten Gegenstand hervor und hielt ihn ihr am Ende des Bandes hin.

»Was ist das?« fragte Zedd.

Kahlan machte sich daran, den Knoten zu lösen. »Eine Mappe für Schriftstücke. Vielleicht ist es ein Brief von Richard.«

Gratch bestätigte ihre Vermutung mit einem Nicken. Als sie den Knoten gelöst hatte, bat sie Gratch, sich hinzusetzen. Er ließ sich bereitwillig ein Stück weit seitlich nieder, während Kahlan den zusammengerollten und plattgedrückten Brief aus der Tasche nahm.

Zedd setzte sich neben Adie ans Feuer. »Dann wollen wir mal hören, welche Ausflüchte der Junge vorzubringen hat. Hoffentlich taugen sie was, sonst kann er sich auf eine Menge Ärger gefaßt machen.«

»Da gebe ich dir recht«, sagte sie tonlos. »Auf dem Ding klebt genug Wachs für ein Dutzend Briefe. Wir müssen Richard beibringen, wie man ein Schriftstück versiegelt.« Sie hielt ihn ins Licht. »Es ist das Schwert. Er hat das Heft des Schwertes der Wahrheit ins Wachs gedrückt.«

»Damit wir wissen, daß der Brief wirklich von ihm stammt«, bemerkte Zedd, während er ein Stück Holz ins Feuer legte.

Als sie das Siegel aufgebrochen hatte, zog Kahlan den Brief auseinander und drehte sich mit dem Rücken zum Feuer, um ihn lesen zu können.

»›Meine verehrteste Königin‹«, las sie laut vor, »›ich bete zu den guten Seelen, daß dieser Brief in Eure Hände gelangt …‹«

135

Zedd war augenblicklich auf den Beinen. »Das ist eine Nachricht.«

Kahlan sah ihn verwundert an. »Na ja, natürlich ist es das. Das ist ein Brief von ihm.«

Er winkte mit seiner winzigen Hand ab. »Nein, nein. Ich meinte, er will uns damit etwas sagen. Ich kenne Richard – ich weiß, wie er denkt. Er sagt uns, daß er befürchtet, wenn der Brief jemandem in die Hände fällt, könnte er uns verraten … oder ihn. Deshalb macht er uns darauf aufmerksam, daß er nicht alles sagen kann, was er vielleicht sagen möchte.«

Kahlan biß sich auf die Unterlippe. »Ja, das ergäbe Sinn. Normalerweise überlegt sich Richard, was er tut.«

Zedd gab ihr einen Wink und blickte kurz hinter sich, um mit seinem knochigen Hinterteil beim Setzen auch sicher den Stuhl zu treffen. »Lies weiter.«

»›Meine verehrteste Königin, ich bete zu den guten Seelen, daß dieser Brief in Eure Hände gelangt und er Euch und Eure Freunde wohlbehalten und in Sicherheit antrifft. Vieles ist geschehen, und ich muß Euch um Verständnis bitten.

Der Bund der Midlands ist aufgelöst. Von oben starren mich Magda Searus, die erste Mutter Konfessor, und ihr Zauberer Merritt erbost an, weil sie Zeugen seines Endes wurden und weil ich es war, der ihn aufgekündigt hat.

Bitte versteht, daß ich mir vollkommen über die Bedeutung der jahrtausendelangen Geschichte bewußt bin, die von oben auf mich herabblickt. Aber bitte begreift doch – hätte ich nicht gehandelt, hätte unsere Zukunft darin bestanden, Sklaven der Imperialen Ordnung zu werden, und diese Geschichte wäre in Vergessenheit geraten.‹«

Kahlan legte die Hand auf ihr klopfendes Herz und hielt inne, um schnell zu schlucken, bevor sie weiterlas.

»›Vor Monaten bereits begann die Imperiale Ordnung mit der Auflösung des Bündnisses, indem sie Abtrünnige für sich gewann und die Auflösung jener Einheit betrieb, die die Midlands einst darstellten. Während wir gegen den Hüter kämpften, kämpften sie darum, uns die Geborgenheit unserer Heimat zu nehmen. Vielleicht hätte es eine Möglichkeit gegeben, die Einheit wiederherzustellen, hätten wir genügend Zeit gehabt, doch die Imperiale Ordnung treibt ihr Vorhaben rasch voran. Jetzt, da die Mutter Konfessor nicht mehr lebt, war ich gezwungen, zu tun, was getan werden mußte, um die Einheit wiederherzustellen.‹«

»Was? Was hat er bloß angestellt?« krächzte Zedd.

Kahlan brachte ihn mit einem knappen Blick über den Rand des Briefes zum Schweigen und fuhr fort.

»›Zögern bedeutet Schwäche, und Schwäche bedeutet den Tod durch die Hand der Imperialen Ordnung. Unsere geliebte Mutter Konfessor kannte den Preis des Scheiterns und hat uns aufgetragen, diesen Krieg siegreich zu beenden. Sie hat ihn zu einem erbarmungslosen Krieg gegen die Imperiale Ordnung erklärt. Ihre Weisheit in diesem Punkt war unfehlbar. Das Bündnis jedoch war aus eigennützigen Interessen zerfallen. Dies war der Beginn des Untergangs. Ich war gezwungen zu handeln.

Meine Truppen haben Aydindril genommen.‹«

Zedd explodierte. »Verdammt und noch einmal verdammt! Was redet er da bloß! Er hat überhaupt keine Truppen! Er hat gerade mal sein Schwert und diesen fliegenden Teppich mit Zähnen!«

Gratch richtete sich knurrend auf. Zedd zuckte zusammen.

Kahlan verkniff sich mit Mühe ihre Tränen. »Seid still, alle beide.«

Zedds Blick wanderte von ihr zum Gar. »Tut mir leid, Gratch. Ich wollte dich nicht kränken.«

Die beiden lehnten sich wieder zurück, und sie las weiter.

»›Ich habe heute die Vertreter der Länder hier in Aydindril zusammenkommen lassen und sie davon in Kenntnis gesetzt, daß das Bündnis der Midlands aufgelöst wurde. Meine Truppen haben ihre Paläste umstellt und werden ihre Soldaten in Kürze entwaffnen. Ich erklärte ihnen, so wie ich es Euch erklären werde, daß es in diesem Krieg nur zwei Seiten gibt: die unsere – und die der Imperialen

Ordnung. Es wird keine Neutralität geben. Wir werden eine Einheit bekommen, so oder so. Alle Länder der Midlands müssen sich D'Hara ergeben.‹«

»D'Hara! Verdammt!«

Kahlan sah nicht auf. Die Tränen strömten ihr über das Gesicht. »Wenn ich dich noch einmal ermahnen muß, still zu sein, wirst du draußen warten, bis ich diesen Brief vorgelesen habe.«

Adie packte Zedds Gewand mit der Faust und zog ihn hinunter auf seinen Stuhl. »Lies weiter.«

Kahlan räusperte sich. »›Ich erklärte den Vertretern, daß Ihr, die Königin von Galea, mich heiraten würdet, um mit Eurer Kapitulation und unserer Vermählung zu beweisen, daß dieser Bund in Frieden geschlossen wurde – mit gemeinsamen Zielen und gegenseitigem Respekt – und nicht als Folge einer Eroberung. Den Ländern wird gestattet sein, ihr Erbe und ihre rechtmäßigen Traditionen beizubehalten, nicht aber ihre Eigenständigkeit. Magie in allen Erscheinungsformen wird geschützt werden. Wir werden ein Volk sein, mit einer Armee, unter einem Kommando und unter einem Gesetz. Alle Länder, die sich uns durch ihre Kapitulation anschließen, werden bei der Formulierung dieser Gesetze ein Mitspracherecht haben.‹«

Kahlans Stimme brach. »›Ich muß Euch bitten, sofort nach Aydindril zurückzukehren und Galea zu übergeben. Ich muß mich um die Angelegenheiten der unterschiedlichsten Länder kümmern, und Euer Wissen und Eure Hilfe wären von unschätzbarem Wert.

Ich setzte die Vertreter davon in Kenntnis, daß die Kapitulation Pflicht ist. Es wird keinerlei Begünstigungen geben. Jeder, der die Kapitulation verweigert, wird belagert werden. Den Betreffenden wird es nicht erlaubt sein, mit uns Handel zu treiben – bis sie sich ergeben. Tun sie dies nicht freiwillig, bei allen Vorteilen, die darin liegen, sind wir genötigt, die Kapitulation mit Waffengewalt zu erzwingen. Dadurch werden sie nicht nur diese Vorteile verlieren, sondern sich auch einer Bestrafung aussetzen. Wie bereits erwähnt, wird es keine Unbeteiligten geben. Wir werden eins sein.

Meine Königin, ich gäbe mein Leben für Euch und wünsche nichts weiter, als Euer Gemahl zu werden. Sollte aber mein Vorgehen Euer Herz gegen mich wenden, so werde ich Euch nicht zwingen, mich zu ehelichen. Versteht aber bitte, daß die Kapitulation Eures Landes notwendig und lebenswichtig ist. Wir müssen nach einem Gesetz leben. Ich kann es mir nicht erlauben, irgendeinem Land besondere Vorrechte einzuräumen, denn dann sind wir verloren, noch bevor wir überhaupt begonnen haben.‹«

Kahlan mußte innehalten, um ein Schluchzen zu unterdrücken. Die Worte verschwammen vor ihren Augen, sie konnte kaum noch weiterlesen.

»›Mriswiths haben die Stadt angegriffen.‹« Zedd pfiff leise durch die Zähne. Sie ging darüber hinweg und las weiter. »›Mit Gratchs Hilfe habe ich ihre Überreste auf Lanzen aufgespießt, damit alle sehen können, welches Schicksal unsere Feinde erwartet. Mriswiths können sich nach Belieben unsichtbar machen. Außer mir selbst kann nur Gratch sie entdecken, wenn sie in ihre Capes gehüllt sind. Ich befürchte, daß sie Euch angreifen werden, deshalb habe ich Gratch zu Eurem Schutz geschickt.

Vor allem an eines müssen wir stets denken: Die Imperiale Ordnung will die Magie vernichten. Sie schreckten allerdings nicht davor zurück, sie selbst einzusetzen. Unsere Magie ist es, die vernichtet werden soll.

Bitte teilt meinem Großvater mit, daß auch er augenblicklich zurückkommen muß. Sein angestammtes Zuhause schwebt in Gefahr. Dies ist der Grund, weshalb ich Aydindril einnehmen mußte und unabkömmlich bin. Ich fürchte, dem Feind könnte dadurch das angestammte Zuhause meines Großvaters in die Hände fallen, mitsamt allen entsetzlichen Folgen, die das mit sich brächte.‹«

Zedd konnte nicht länger schweigen. »Verdammt«, fluchte er bei sich und kam wieder auf die Beine. »Richard meint die Burg der Zauberer. Er wollte es nicht niederschreiben, aber das ist es, worauf er anspielt. Wie konnte ich nur so dumm sein? Der Junge hat recht. Wir dürfen ihnen die Burg nicht in die Hände fallen lassen. Dort gibt es Dinge von mächtiger Magie, für die die Imperiale Ordnung sehr viel geben würde, wenn sie sie in die Hände bekäme. Richard weiß nichts von der Magie dort, aber er ist klug genug, die Gefahr zu erkennen. Ich war ein blinder Narr.«

Kahlan überlief es eiskalt, als auch sie die Gefahr erkannte. Würde die Imperiale Ordnung die Burg einnehmen, hätte sie Zugang zu ungeheuer mächtiger Magie.

»Zedd, Richard ist dort ganz alleine. Er weiß fast nichts über Magie. Er weiß nichts über die Sorte Menschen in Aydindril, die Magie benutzen können. Er ist ein Rehkitz in der Höhle des Bären. Gütige Seelen, er hat keine Ahnung von der Gefahr, in der er sich befindet.«

Zedd nickte erbittert. »Der Junge steckt bis über beide Ohren drin.«

Adie entfuhr ein spöttisches Lachen. »Bis über beide Ohren? Er schnappt der Imperialen Ordnung Aydindril und den Zugang zu der Burg der Zauberer vor der Nase weg. Sie bieten Mriswiths gegen ihn auf, und er spießt sie vor dem Palast auf Lanzen. Wahrscheinlich hat er die Länder bereits an den Rand einer Kapitulation gedrängt und zu einem Zusammenschluß zu einem Bündnis, das in der Lage wäre, die Imperiale Ordnung zu bekämpfen – genau die Ziele, über deren Erreichen wir uns den Kopf zerbrochen haben. Er hat sich genau das zunutze gemacht, was unser Problem ist, den Handel. Und selbst den benutzt er wie eine Waffe, um sie unter Druck zu setzen. Er wartet nicht etwa ab und versucht, sie zu überzeugen. Er setzt ihnen einfach das Messer an die Kehle. Wenn sie ihm nach und nach zufallen, ist es sehr gut möglich, daß er bald die gesamten Midlands in der Hand hat. Die wichtigen Länder jedenfalls.«

»Und wenn sie sich erst alle D'Hara angeschlossen haben, als eine Streitmacht unter einem Kommando«, sagte Zedd, »dann könnte dies eine Streitmacht sein, die in der Lage wäre, der Imperialen Ordnung Paroli zu bieten.« Er drehte sich zu Kahlan um. »Steht dort noch etwas?«

140

Sie nickte. »Ein wenig. ›Auch wenn mir um mein Herz sehr bange ist, ich fürchte auch die Folgen, wenn ich nichts unternehme – so wie den Schatten der Tyrannei, der die Welt für alle Zeiten verdunkeln wird. Wenn wir dies nicht tun, dann wird das Schicksal von Ebinissia erst der Anfang gewesen sein.

Ich werde meinen Glauben in Eure Liebe setzen, auch wenn ich befürchten muß, sie dadurch auf die Probe zu stellen.

Zwar bin ich umgeben von Leibwächtern, und eine von ihnen hat bereits ihr Leben für mich geopfert, dennoch fühle ich mich trotz ihrer Anwesenheit nicht sicher. Ihr alle müßt augenblicklich nach Aydindril zurückkehren. Schiebt es nicht auf. Gratch wird Euch vor den Mriswiths schützen, bis Ihr bei mir seid. Unterzeichnet, ganz Euer in dieser Welt und in den jenseitigen, Richard Rahl, Herrscher D'Haras.‹«

Zedd pfiff erneut durch die Zähne. »Herrscher D'Haras. Was hat der Junge bloß angestellt?«

Kahlan ließ den Brief sinken, den sie in ihren zitternden Händen hielt. »Er hat mich zugrunde gerichtet, das hat er angestellt.«

Adie hob mahnend den dürren Zeigefinger in ihre Richtung. »Jetzt hör mir mal zu, Mutter Konfessor. Richard weiß sehr gut, was er dir antut, und er hat dir darüber sein Herz ausgeschüttet. Er hat dir gesagt, daß er diesen Brief unter dem Bild von Magda Searus schreibt, weil ihn das, was er tun muß, schmerzt und weil er weiß, war er dir damit antut. Lieber würde er deine Liebe verlieren, als dich töten zu lassen durch das, was geschehen wird, wenn er sich vor der Vergangenheit verbeugt, anstatt sich um die Zukunft zu kümmern. Er hat getan, was wir nicht tun konnten. Wir würden um Einigkeit bitten, er hat sie gefordert und der Forderung Nachdruck verliehen. Wenn du wirklich die Mutter Konfessor sein willst und dir die Sicherheit deines Volkes über alles geht, dann wirst du Richard helfen.«

Zedd zog eine Braue hoch, sagte aber nichts.

Als er den Namen hörte, meldete Gratch sich zu Wort. »Grrrratch haaaag Raaaach arrg lieeeg.«

Kahlan wischte sich eine Träne von der Wange und schniefte. »Ich habe Richard auch lieb.«

»Kahlan«, meinte Zedd tröstend, »so sicher wie der Bann mit der Zeit von dir genommen wird, so sicher wirst du auch irgendwann wieder die Mutter Konfessor sein.«

»Du verstehst nicht«, sagte sie, ihre Tränen unterdrückend. »Seit Jahrtausenden hat stets eine Mutter Konfessor die Midlands mit Hilfe des Bündnisses bewahrt. Ich werde diejenige Mutter Konfessor sein, die die Midlands verraten hat.«

Zedd schüttelte den Kopf. »Nein. Du wirst die Mutter Konfessor sein, die die Kraft besaß, das Volk der Midlands zu retten.«

Sie legte die Hand aufs Herz. »Da bin ich nicht so sicher.«

Zedd kam näher. »Kahlan, Richard ist der Sucher der Wahrheit. Er trägt das Schwert der Wahrheit. Ich selbst habe ihn ernannt. Als Erster Zauberer habe ich in ihm denjenigen erkannt, der über die Instinkte des Suchers verfügt.

Er handelt aus diesen Instinkten heraus. Jemanden wie Richard findet man selten. Er handelt als Sucher und mit Hilfe seiner Gabe. Er handelt, wie er glaubt, handeln zu müssen. Wir müssen unseren Glauben in ihn setzen, selbst wenn wir nicht völlig begreifen, warum er so handelt. Verdammt, möglicherweise begreift er selbst nicht recht, warum er das tut, was er tut.«

»Lies den Brief selbst«, meinte Adie. »Lausche mit dem Herzen auf die Worte, und du wirst sein Herz in ihnen fühlen. Und vergiß auch nicht, daß es möglicherweise Dinge gab, die er nicht zu Papier zu bringen wagte, für den Fall, daß der Brief in falsche Hände gerät.«

Kahlan wischte sich mit dem Handrücken über die Nase. »Ich weiß, es klingt egoistisch, aber das ist es nicht. Ich bin die Mutter Konfessor. Von all den anderen, die vor mir dahingegangen sind, wurde eine Verpflichtung an mich weitergegeben. Mit meiner Wahl wurde mir diese Verpflichtung in die Hände gelegt. Sie wurde zu meiner Verantwortung. Bei meinem Aufstieg zur Mutter Konfessor habe ich einen Eid geleistet.«

Zedd legte ihr seinen knochigen Finger unter das Kinn. »Einen Eid, dein Volk zu schützen. Dafür ist kein Opfer zu groß.«

»Vielleicht. Ich werde darüber nachdenken.« Kahlan mußte nicht nur ihre Tränen zurückhalten, sie mußte sich auch zusammennehmen, damit sich ihr die Nackenhaare nicht vor Wut sträubten. »Ich liebe Richard, aber so etwas würde ich ihm niemals antun. Ich glaube, er weiß gar nicht, was er mir antut – und den Müttern Konfessor vor mir, die ihr Leben geopfert haben.«

»Ich glaube, doch«, erwiderte Adie mit leise schnarrender Stimme.

Plötzlich wurde Zedds Gesicht fast so weiß wie seine Haare. »Verdammt«, meinte er leise. »Du glaubst doch nicht, Richard wäre so töricht, die Burg der Zauberer zu betreten, oder?«

Kahlan hob den Kopf. »Die Burg ist durch Banne geschützt. Richard weiß nicht, wie er seine Magie benutzen muß. Er wird nicht wissen, wie er an ihnen vorbeigelangen kann.«

Zedd beugte sich näher zu ihr. »Du hast gesagt, er besitzt Subtraktive Magie, zusätzlich zu seiner Additiven. Die Banne sind additiv. Wenn Richard mit seiner Subtraktiven Magie etwas anfangen kann, wird er in der Lage sein, sogar durch die mächtigsten Banne, mit denen ich die Burg belegt habe, einfach hindurchzuspazieren.«

Kahlan stockte der Atem. »Mir hat er erzählt, daß er im Palast der Propheten einfach durch die Schilde hindurchgehen konnte, weil sie additiv waren. Nur der Grenzschild hat ihn aufhalten können, weil der auch Subtraktive Magie enthielt.«

»Wenn der Junge die Burg betritt, wird er dort drinnen Dingen begegnen, die ihn innerhalb eines Herzschlags töten können. Aus diesem Grund haben wir die Schilde dort angebracht – damit niemand hineingelangt. Verdammt, es gibt dort Schilde, die zu passieren nicht einmal ich bisher gewagt habe. Für jemanden, der nicht weiß, worauf er sich einläßt, ist das dort eine tödliche Falle.«

Zedd packte sie bei den Schultern. »Glaubst du, Kahlan, er wird die Burg betreten?«

»Ich weiß es nicht, Zedd. Du hast ihn erzogen. Du müßtest das besser wissen als ich.«

»Er wird dort nicht hineingehen. Er weiß, wie gefährlich Magie sein kann. Er ist ein kluger Junge.«

»Es sei denn, er hätte irgend etwas vor.«

Er schaute sie mit einem Auge an. »Er hätte irgend etwas vor? Was willst du damit sagen?«

Kahlan wischte sich die letzte Träne von der Wange. »Na ja, als wir bei den Schlammenschen waren, wollte er, daß eine Versammlung abgehalten wird. Der Vogelmann warnte ihn, das sei gefährlich. Eine Eule überbrachte eine Botschaft der Seelen. Sie traf ihn genau am Kopf, riß seine Kopfhaut auf und fiel tot zu Boden. Der Vogelmann meinte, dies sei eine äußerst ernste Warnung der Seelen vor der Gefahr, in die Richard sich begeben wolle. Richard berief die Versammlung trotzdem ein. Damals kehrte Darken Rahl aus der Unterwelt zurück. Wenn Richard sich etwas in den Kopf gesetzt hat, hält ihn nichts zurück.«

Zedd zuckte zusammen. »Aber im Augenblick hat er sich nichts in den Kopf gesetzt. Er muß nicht dort hinein.«

»Du kennst doch Richard, Zedd. Er lernt gerne etwas dazu. Vielleicht möchte er einfach nur mal einen Blick hineinwerfen, aus Neugier.«

»Ein solcher Blick kann ebenso tödlich sein.«

»In dem Brief schreibt er, einer seiner Leibwächter sei getötet worden.« Kahlan runzelte die Stirn. »Genaugenommen sprach er sogar von einer ›sie‹. Wieso ist sein Leibwächter eine Frau?«

Zedd fuchtelte ungeduldig mit den Armen herum. »Das weiß ich doch nicht. Was wolltest du gerade sagen, über diesen Leibwächter, der getötet wurde?«

»Soweit wir wissen, könnte es durchaus sein, daß sich bereits jetzt jemand von der Imperialen Ordnung in der Burg aufhält und sie mit Hilfe der Magie aus der Burg getötet hat. Vielleicht befürchtet er aber auch, daß die Mriswiths die Burg einnehmen wollen, und geht dorthin, um sie zu sichern.«

Zedd rieb mit dem Daumen über das glattrasierte Kinn. »Er hat keine Vorstellung von den Gefahren in Aydindril. Aber was noch schlimmer ist, er hat nicht den geringsten Schimmer vom tödlichen Wesen der Dinge in der Burg. Ich erinnere mich, ihm irgendwann einmal erklärt zu haben, daß dort magische Gegenstände, wie das Schwert der Wahrheit oder Bücher, aufbewahrt werden. Ich vergaß zu erwähnen, wie gefährlich viele davon sind.«

Kahlan umklammerte seinen Arm. »Bücher? Du hast ihm erzählt, daß es dort Bücher gibt?«

Zedd knurrte. »War ein großer Fehler.«

Kahlan ließ einen Seufzer ab. »Das würde ich allerdings auch sagen.«

Zedd warf die Arme in die Luft. »Wir müssen sofort nach Aydindril!« Er packte Kahlan bei den Schultern. »Richard hat keine Kontrolle über seine Gabe. Sollte die Imperiale Ordnung tatsächlich Magie benutzen, um die Burg einzunehmen, wird Richard sie nicht aufhalten können. Möglicherweise verlieren wir diesen Krieg, bevor wir überhaupt Gelegenheit finden zurückzuschlagen.«

Kahlan ballte die Fäuste. »Ich glaube es einfach nicht. Wochen haben wir damit zugebracht, aus Aydindril zu fliehen, und jetzt müssen wir schnellstens wieder dorthin zurück. Das wird wieder Wochen dauern.«

»Die Tage, an denen wir diese Entscheidung gefällt haben, gehören längst der Vergangenheit an. Wir sollten uns darauf konzentrieren, was wir morgen tun müssen. Das Gestern können wir nicht noch einmal durchleben.«

Kahlan betrachtete Gratch nachdenklich. »Richard hat uns einen Brief geschickt. Wir könnten ihm einen zurückschicken und ihn warnen.«

»Das wird ihm nicht helfen, die Burg zu halten, wenn sie Magie benutzen.«

Angesichts all dieser Gedanken und anstehenden Entscheidungen drehte sich Kahlan der Kopf. »Könntest du einen von uns zu Richard bringen?«

Gratch sah sie nacheinander an, am längsten verweilte sein Blick auf dem Zauberer. Schließlich schüttelte er den Kopf.

145

Kahlan biß sich verzweifelt auf die Unterlippe. Zedd lief vor dem Feuer auf und ab und murmelte vor sich hin. Adie starrte gedankenversunken in die Ferne. Plötzlich hielt Kahlan den Atem an.

»Könntest du nicht Magie benutzen, Zedd?«

Zedd blieb abrupt stehen und hob den Kopf. »Was für eine Art von Magie?«

»So wie bei dem Karren heute. Als du ihn mit Magie hochgehoben hast.«

»Fliegen kann ich nicht, Liebes. Ich kann nur Gegenstände hochheben.«

»Aber könntest du uns nicht leichter machen, so wie den Karren, damit Gratch uns tragen kann?«

Zedd verzog sein faltiges Gesicht. »Nein. Es wäre viel zu anstrengend, das durchzuhalten. Bei seelenlosen Gegenständen funktioniert es, bei Felsen oder Karren. Aber bei lebendigen Wesen ist das etwas völlig anderes. Ich könnte uns alle ein kleines Stück in die Höhe heben, aber nur für ein paar Minuten.«

»Könntest du es nicht nur bei dir tun? Könntest du dich nicht so leicht machen, daß Gratch dich tragen kann?«

Zedds Miene hellte sich auf. »Ja, vielleicht. Es würde zwar recht anstrengend werden, das so lange durchzuhalten, aber ich glaube, es wäre zu schaffen.«

»Könntest du das auch, Adie?«

Adie sank auf ihrem Stuhl zusammen. »Nein. Mir fehlt die Kraft, die er besitzt. Ich kann das nicht.«

Kahlan versuchte, ihre Sorgen zu verdrängen. »Dann mußt du es tun, Zedd. Du könntest Wochen vor uns in Aydindril sein. Richard braucht dich sofort. Wir dürfen nicht länger warten. Jede Minute der Verzögerung bedeutet eine Gefahr für unsere Seite.«

Zedd warf die dürren Arme in die Höhe. »Ich kann euch doch nicht schutzlos zurücklassen.«

»Ich habe doch noch Adie.«

»Und wenn die Mriswiths auftauchen, wie Richard befürchtet?

146

Dann würde Gratch dir fehlen. Gegen die Mriswiths kann Adie dir nicht helfen.«

Kahlan packte seinen schwarzen Ärmel. »Wenn Richard die Burg der Zauberer betritt, wird er vielleicht getötet. Wenn die Burg und die Magie darin der Imperialen Ordnung in die Hände fallen, sind wir alle des Todes. Diese Angelegenheit ist wichtiger als mein Leben. Jetzt geht es darum, was mit all den Menschen in Ebinissia passiert ist. Wenn wir der Imperialen Ordnung den Sieg überlassen, werden sehr viele Menschen sterben, und wer überlebt, wird zur Sklaverei verdammt sein. Die Magie wird ausgelöscht werden. Dies ist eine Kampfentscheidung.

Außerdem sind bis jetzt noch keine Mriswiths aufgetaucht. Daß sie Aydindril angegriffen haben, heißt noch lange nicht, daß sie irgendwoanders auch angreifen. Außerdem ist meine Identität durch den Bann verborgen. Kein Mensch weiß, daß die Mutter Konfessor noch lebt, geschweige denn, daß ich es bin. Sie haben keinen Grund, mich zu verfolgen.«

»Makellose Logik. Jetzt verstehe ich, wieso man dich zur Mutter Konfessor auserwählt hat. Ich halte es trotzdem nach wie vor für riskant.« Zedd wandte sich an die Magierin. »Wie denkst du darüber?«

»Ich denke, die Mutter Konfessor hat recht. Wir müssen uns überlegen, was der wichtigste Schritt ist, den wir tun können. Wir dürfen nicht die gesamte Menschheit aufs Spiel setzen, nur weil ein paar von uns in Gefahr geraten könnten.«

Kahlan stand vor Gratch. So wie er jetzt dahockte, stand sie ihm Auge in Auge gegenüber. »Gratch, Richard schwebt in großer Gefahr.« Gratchs zottige Ohren zuckten. »Zedd muß ihm helfen. Und du auch. Ich bin in Sicherheit, noch sind keine Mriswiths hier gewesen. Kannst du Zedd nach Aydindril bringen? Er ist ein Zauberer und kann sich leicht machen, damit du ihn tragen kannst. Wirst du das für mich tun? Für Richard?«

Gratchs glühende Augen wanderten zwischen den dreien hin und her, er dachte nach. Schließlich stand er auf. Er spreizte die le-

147

drigen Flügel und nickte. Kahlan drückte den Gar an sich, und er erwiderte die zärtliche Umarmung.

»Bist du müde, Gratch? Willst du dich ausruhen, oder kannst du sofort aufbrechen?«

Als Antwort schlug Gratch mit den Flügeln.

Zedd blickte mit wachsender Besorgnis von einem zum anderen. »Verdammt. Das ist die größte Torheit, die ich je begangen habe. Wenn ich hätte fliegen sollen, wäre ich als Vogel geboren worden.«

Kahlan sah ihn milde lächelnd an. »Jebra meinte, sie habe dich in einer Vision mit Flügeln gesehen.«

Zedd stemmte die Fäuste in seine knochigen Hüften. »Sie meinte auch, sie habe gesehen, wie man mich in einen Feuerball fallen läßt.« Er tippte ungeduldig mit dem Fuß. »Also schön, machen wir uns auf den Weg.«

Adie erhob sich und riß ihn zu einer Umarmung an sich. »Du bist ein tapferer alter Narr.«

Zedd brummte entrüstet. »Ein Narr, das stimmt.« Schließlich erwiderte er die Umarmung. Plötzlich jaulte er laut auf, als sie ihn ins Hinterteil kniff.

»Du siehst gut aus in deinem feinen Gewand, alter Mann.«

Ein hilfloses Grinsen überkam Zedd. »Na ja, kann schon sein.« Sein finsteres Gesicht kehrte zurück. »Ein wenig jedenfalls. Paß auf die Mutter Konfessor auf. Wenn Richard dahinterkommt, daß ich sie alleine zurückreisen lasse, macht er womöglich noch ganz etwas anderes mit mir, als mich zu zwicken.«

Kahlan schlang die Arme um den abgemagerten Zauberer und kam sich plötzlich sehr alleine vor. Zedd war Richards Großvater, und sie hatte sich zumindest ein klein wenig besser gefühlt, wenigstens ihn bei sich zu wissen, wenn Richard schon so weit fort war.

Beim Abschied zwinkerte Zedd dem Gar zu. »Tja, Gratch, ich denke, wir sollten uns jetzt auf den Weg machen.«

Die Nachtluft war kalt. Kahlan packte Zedd am Ärmel. »Zedd, du mußt Richard zur Vernunft bringen.« Ihre Stimme wurde hitziger. »Das kann er mir nicht antun. Er benimmt sich unvernünftig.«

Zedd betrachtete ihr Gesicht im schwachen Licht. Schließlich sprach er, leise. »Geschichte wird nur selten von vernünftigen Männern gemacht.«

10. Kapitel

Faßt nichts an«, warnte Richard sie mit einem tadelnden Blick über die Schulter. »Das meine ich ernst.«

Die drei Mord-Sith antworteten nicht. Sie drehten sich und blickten hinauf zu der hohen Decke des Gewölbes über dem Eingang und betrachteten die riesigen, fein verfugten Blöcke aus dunklem Granit gleich hinter den hochgezogenen, schweren Fallgittern, die den Eingang zur Burg der Zauberer markierten.

Richard blickte an Ulic und Egan vorbei und sah sich kurz nach der breiten Straße um, die sie die Bergflanke hinauf und schließlich über eine steinerne, zweihundertfünfzig Schritte lange Brücke geführt hatte, die einen Abgrund mit fast lotrechten Wänden überspannte, der, so schien es, Hunderte von Metern in die Tiefe reichte. Er konnte den Boden des gähnenden Abgrundes nicht erkennen, denn ganz weit unten schmiegten sich Wolken an die eisglatten Seiten, so daß der Boden fast nicht zu sehen war. Beim Überschreiten der Brücke und beim Blick hinab in diesen dunklen, zerklüfteten Schlund war ihm schwindlig geworden. Er fand es unvorstellbar, wie man die Steinbrücke über ein solches Hindernis hinweg hatte erbauen können.

Wenn man nicht gerade Flügel besaß, gab es nur diesen einen Weg hinein ins Innere der Burg.

Die offizielle Eskorte des Lord Rahl, fünfhundert Mann, wartete hinten, auf der anderen Seite der Brücke. Sie hatte ihn ursprünglich in die Burg hinein begleiten wollen. Doch dann hatten sie schließlich nach einer scharfen Spitzkehre diese Stelle erreicht, und aller Augen, seine eingeschlossen, hatten hinaufgesehen zu der gewaltigen Anlage der Burg, den hochaufragenden Mauern aus Gebirgsgestein, den Brustwehren, Bollwerken, Türmen, Verbindungsgängen und Brücken, die einem in ihrer Gesamtheit, wie sie aus dem Fels des Berges herausragten, ein Gefühl düsterer Bedrohlichkeit vermittelten und die irgendwie lebendig wirkten, so als sähen sie einen an. Richard hatte bei dem Anblick weiche Knie bekommen, und als er den Befehl gab, hier zu warten, war kein einziges Wort des Protestes laut geworden.

Es hatte Richard eine beträchtliche Überwindung gekostet, weiterzugehen. Die Vorstellung jedoch, all diese Soldaten könnten Zeuge werden, wie ihr Lord Rahl, ihr Zauberer, vor dem Betreten der Burg der Zauberer zurückschreckte, hatte seine Füße vorangetrieben, obwohl ihm alles andere lieber gewesen wäre. Richard nahm seinen Mut zusammen und erinnerte sich daran, daß Kahlan ihm erzählt hatte, die Burg sei von Bannen geschützt, und es gebe dort Orte, die nicht einmal sie betreten könne, weil diese Banne einem so sehr den Mut raubten, daß man einfach nicht weitergehen könne. Das war alles, beruhigte er sich, nur ein Bann, der die Neugierigen abschreckte, nur ein Gefühl, keine wirkliche Bedrohung.

»Warm ist es hier«, bemerkte Raina, die sich mit ihren dunklen Augen erstaunt umschaute.

Sie hatte recht, stellte Richard fest. Nach dem Passieren des eisernen Fallgitters hatte die Luft mit jedem Schritt an Kälte verloren, bis sie drinnen einem angenehmen Frühlingstag glich. Der düstere, stahlgraue Himmel, in den die jähe Bergflanke oberhalb der Burg hinaufragte, und der bitterkalte Wind auf der nach oben führenden Straße hatten dagegen überhaupt nichts Frühlingshaftes.

Der Schnee auf seinen Stiefeln begann zu schmelzen. Sie alle zogen ihre schweren Umhänge aus und warfen sie auf einen Haufen seitlich an der Steinmauer. Richard prüfte, ob sein Schwert locker in der Scheide saß.

Die hohe, überwölbte Öffnung, unter der sie hindurchgingen, war gut fünfzig Fuß lang. Richard erkannte, daß es nicht mehr war als eine Bresche in der äußeren Ummauerung. Dahinter führte die Straße über offenes Gelände, bevor sie sich tunnelartig in das Fundament einer hohen Steinmauer bohrte und in der Dunkelheit dahinter verschwand. Wahrscheinlich ging es dort bloß zu den Ställen, redete er sich ein. Kein Grund, dort hineinzugehen.

Richard mußte seinem Drang widerstehen, sich in sein schwarzes Mriswithcape zu hüllen und unsichtbar zu machen. In der letzten Zeit hatte er dies immer häufiger getan und nicht nur in dem Alleinsein Trost gefunden, das sich dadurch erzielen ließ, sondern in dem seltsamen, unerklärlich angenehmen Gefühl, das fast vergleichbar war mit dem Gefühl der Sicherheit der Magie des Schwertes an seiner Hüfte, welches immer da war, stets auf den leisesten Wink von ihm gehorchte, immer sein Verbündeter und Fürsprecher war.

Die feinen Fugen der Quader ringsum verwandelten den trostlosen Innenhof in einen schroffen Canyon, dessen Wände von einer Anzahl Türen durchbrochen war. Richard beschloß, einem Pfad aus Trittsteinen über den Schotter aus Granitsplittern zu der größten der Türen zu folgen.

Plötzlich packte Berdine seinen Arm so fest, daß er vor Schmerz zusammenzuckte und der Tür den Rücken zukehrte, um ihre Finger zu lösen.

»Berdine«, sagte er, »was tut Ihr da? Was ist los?«

Er befreite seinen Arm aus ihrem Griff, aber sie schnappte erneut danach. »Seht doch«, meinte sie schließlich in einem Ton, daß sich ihm die Nackenhaare sträubten. »Was glaubt Ihr, was das ist?«

Alles drehte sich um und blickte in die Richtung, in die sie mit ihrem Strafer gezeigt hatte.

Irgend etwas versetzte die Gesteinssplitter und Steine in wellenförmige Bewegungen, so als schwämme unter der Oberfläche ein gewaltiger Fisch aus Stein. Als das unsichtbare, unterirdische Etwas näher kam, rückte jeder in die Mitte seines Trittsteins. Der Schotter knirschte und wogte wellenförmig wie das Wasser eines Sees.

Berdine verstärkte schmerzhaft ihren Griff an seinem Arm, als der Wellenkamm heranrollte. Selbst Ulic und Egan stockte, wie den anderen, der Atem, als er unter den Trittsteinen zu ihren Füßen vorbeizuziehen schien und die Wellen Steinsplitter auf die Felsen spülten, auf denen sie standen. Als die Woge vorüber war, verebbte die Bewegung, und schließlich war alles wieder ruhig.

»Na schön, und was war das?« stieß Berdine hervor. »Und was wäre mit uns passiert, hätten wir statt dieses Weges zu der Tür dort einen anderen gewählt, zu einer der anderen Türen?«

»Woher soll ich das wissen?«

Sie sah ungläubig zu ihm auf. »Ihr seid ein Zauberer. Ihr solltet so etwas wissen.«

Berdine hätte eigenhändig gegen Ulic und Egan gekämpft, hätte er den Befehl dazu gegeben, aber gespenstische Magie, das war etwas ganz anderes. Keiner der fünf fürchtete sich vor Stahl, aber sie scheuten nicht im geringsten davor zurück, ihm ihre Ängstlichkeit gegenüber Magie ganz offen zu zeigen. Unzählige Male hatten sie es ihm erklärt: Sie waren der Stahl gegen den Stahl, damit er die Magie gegen die Magie sein konnte.

»Hört zu, Ihr alle. Ich habe Euch schon einmal erklärt, ich weiß nicht viel darüber, was es heißt, ein Zauberer zu sein. Ich bin noch nie hier gewesen. Ich weiß nichts über diesen Ort. Ich weiß nicht, wie ich Euch beschützen kann. Werdet Ihr jetzt also tun, was ich verlange, und bei den Soldaten auf der anderen Seite der Brücke warten? Bitte?«

Ulic und Egan verschränkten als Antwort darauf nur die Arme.

»Wir werden Euch begleiten«, beharrte Cara.

»Ganz recht«, fügte Raina hinzu.

»Ihr könnt uns nicht daran hindern«, meinte Berdine, als sie endlich seinen Arm losließ.

»Aber es könnte gefährlich werden!«

»Und dann müssen wir Euch beschützen«, sagte Berdine.

Richard blickte wütend auf sie herab. »Und wie? Indem ihr mir das Blut aus dem Arm preßt?«

Berdine wurde rot. »Verzeiht.«

»Hört zu, ich weiß nichts über die Magie hier. Ich kenne die Gefahren nicht, und noch weniger weiß ich, wie man dagegen vorgeht.«

153

»Deswegen müssen wir ja mitkommen«, erklärte Cara übertrieben geduldig. »Ihr wißt nicht, wie Ihr Euch selbst schützen könnt. Vielleicht können wir helfen. Wer will behaupten, daß ein Strafer« – sie zeigte mit dem Daumen auf Ulic und Egan – »oder Muskeln nicht gerade das sind, was Ihr braucht? Was, wenn Ihr einfach in ein Loch stürzt, in dem es keine Leiter gibt, und es ist niemand da, der Eure Hilferufe hört? Ihr könntet schließlich auch durch etwas verletzt werden, das nichts mit Magie zu tun hat.«

Richard seufzte. »Na schön, also gut. Vermutlich habt Ihr nicht ganz unrecht.« Er drohte ihr mit dem Finger. »Aber beschwert Euch nicht bei mir, wenn Euch irgendein steinerner Fisch oder sonstwas den Fuß abreißt.«

Die drei Frauen lächelten zufrieden. Selbst Ulic und Egan mußten schmunzeln. Richard stieß einen matten Seufzer aus.

»Also dann kommt.«

Er wandte sich der zwölf Fuß hohen Tür zu, die sich ein wenig zurückversetzt in einer Nische befand. Das Holz war grau und verwittert und wurde von einfachen, aber massiven Eisenbändern zusammengehalten, aus denen abgesägte Nägel, so dick wie seine Finger, hervorragten. Oberhalb der Tür hatte man Worte in den steinernen Sturz gehauen, in einer Sprache, die keiner von ihnen kannte. Richard wollte gerade nach der Klinke greifen, als die Tür begann, an geräuschlosen Angeln nach innen zu schwenken.

»Und er behauptet, nicht zu wissen, wie er seine Magie benutzen soll«, meinte Berdine amüsiert.

Richard vergewisserte sich ein letztes Mal der Entschlossenheit in ihren Augen. »Nicht vergessen, faßt nichts an.« Sie nickten. Er atmete tief durch und drehte sich zum Eingang um. Dabei kratzte er sich hinten am Hals.

»Hat Euch meine Salbe nicht gegen den Ausschlag geholfen?« erkundigte sich Cara, als sie durch die Tür in den dahinterliegenden, trostlosen Raum traten. Es roch nach feuchtem Stein.

»Nein. Jedenfalls bislang noch nicht.«

Ihre Stimmen hallten in der riesigen Eingangskammer von der

gut dreißig Fuß hohen Balkendecke wider. Richard verlangsamte seine Schritte, sah sich in dem beinahe leeren Raum um und blieb dann stehen.

»Die Frau, von der ich sie gekauft habe, versprach mir, sie werde Euren Ausschlag heilen. Sie erzählte, sie sei aus gewöhnlichen, üblichen Bestandteilen hergestellt, wie weißem Rhabarber, Lorbeersaft, Butter und weichgekochtem Ei. Als ich ihr dann aber sagte, es sei äußerst wichtig, gab sie noch ein paar besondere, kostspielige Zutaten hinzu. Sie sagte, sie habe rote Betonie, ein Schweinegeschwür und das Herz einer Schwalbe hinzugegeben. Und weil ich Eure Beschützerin bin, mußte ich ihr mein Mondblut bringen. Sie rührte es mit einem rotglühenden Nagel unter. Ich blieb und sah zu, um sicherzugehen.«

»Das hättet Ihr mir sagen sollen, bevor ich sie benutzt habe«, brummte Richard und machte sich auf, tiefer in die düstere Kammer vorzudringen.

»Was?« Er tat ihre Frage mit einer Handbewegung ab. »Also, jedenfalls habe ich ihr erklärt, bei dem Preis, den ich gezahlt habe, sollte es auch wirken. Denn wenn nicht, würde ich wiederkommen, und sie würde den Tag bereuen, an dem sie versagt hatte. Sie versprach, es werde wirken. Ihr habt doch daran gedacht, ein wenig auf die linke Ferse zu reiben, wie ich Euch gesagt habe, oder?«

»Nein, ich habe sie nur auf den Ausschlag aufgetragen.« Jetzt wünschte er, er hätte es nicht getan.

Cara warf die Hände in die Höhe. »Na, kein Wunder: Ich habe Euch doch erklärt, daß Ihr sie auch auf die linke Ferse reiben müßt. Die Frau meinte, der Ausschlag sei vermutlich ein Riß in Eurer Aura, und Ihr müßtet auch die linke Ferse damit einreiben, um die Verbindung zur Erde zu schließen.«

Richard hatte nur halb zugehört. Er wußte, daß sie sich nur mit dem Klang ihrer Stimme Mut machen wollte.

Hoch oben zu ihrer Rechten fiel das Tageslicht in langen, steilen Balken durch kleine Fenster in den Raum. Zu beiden Seiten einer überwölbten Öffnung am gegenüberliegenden Ende hielten reich

155

verzierte Holzstühle Wache. Unter der Fensterscheibe hing ein Wandteppich, dessen Bild zu verblichen war, um es zu erkennen. Eine Reihe von Kerzen steckte in einfachen Haltern an der gegenüberliegenden Wand. Ein schwerer, von Böcken gestützter Tisch stand, getaucht in einen strahlend hellen Lichtbalken, fast genau in der Mitte des Raumes. Ansonsten war der Raum leer.

Sie gingen voran, begleitet vom Echo der Schritte auf den Fliesen. Richard sah, daß auf dem Tisch Bücher lagen. Seine Hoffnung stieg. Bücher waren der Grund, weshalb er hergekommen war. Es konnte noch Wochen dauern, bis Kahlan und Zedd wieder zurück waren, und er fürchtete, daß er gezwungen war, schon vorher etwas zum Schutz der Burg zu unternehmen. Die Warterei machte ihn rastlos und setzte ihm zu.

Da die d'Haranische Armee Aydindril besetzt hielt, bestand im Augenblick die größte Gefahr in einem Angriff auf die Burg der Zauberer. Er hoffte, Bücher zu finden, die ihm irgendwelches Wissen vermittelten, ihm vielleicht sogar erläuterten, wie er Teile seiner Magie benutzen konnte, damit er, falls ihn jemand mit Magie angriff, möglicherweise den Schlüssel fand, ihn abzuwehren. Er befürchtete, die Imperiale Ordnung könnte einen Teil der in der Burg aufbewahrten Magie rauben. Auch Mriswiths spielten in seinen Überlegungen eine Rolle.

Auf dem Tisch lag nahezu ein Dutzend Bücher, alle von derselben Größe. Die Worte auf den Einbänden waren in einer Sprache verfaßt, die er nicht kannte. Ulic und Egan stellten sich mit dem Rücken zum Tisch, während Richard mit dem Finger ein paar Bücher zur Seite schob, um die darunterliegenden besser sehen zu können. Irgend etwas an ihnen kam ihm vertraut vor.

»Sieht aus, als wären es alles dieselben Bücher, aber in verschiedenen Sprachen«, meinte er, halb zu sich selbst.

Eines, das ihm auffiel, drehte er um und warf einen Blick auf den Titel. Und plötzlich wurde ihm bewußt, daß er, obwohl er ihn nicht lesen konnte, die Sprache irgendwo schon einmal gesehen hatte. Dann erkannte er die beiden Worte wieder. Das erste, *fuer,* und das

156

dritte, *ost,* waren Worte, die er nur zu gut kannte. Der Titel war in Hoch-D'Haran.

In den Gewölbekellern im Palast der Propheten hatte Warren ihm eine Prophezeiung gezeigt, die sich auf ihn bezog und ihn als *fuer grissa ost drauka* bezeichnete: der Bringer des Todes. Das erste Wort in diesem Titel war der bestimmte Artikel, und das dritte, *ost,* stand für die Verknüpfung der beiden Teile.

»*Fuer Ulbrecken ost Brennika Dieser.*« Richard stieß einen verzweifelten Seufzer aus. »Ich wüßte zu gerne, was das bedeutet.«

»*Die Abenteuer von Bonnie Day.* Glaube ich.«

Richard drehte sich um und sah, daß Berdine über seine Schulter auf den Tisch blickte. Sie trat zurück und wandte ihre blauen Augen ab, als glaubte sie, etwas Unrechtes getan zu haben.

»Was habt Ihr gesagt?« fragte er leise.

Berdine zeigte auf das Buch. »*Fuer Ulbrecken ost Brennika Dieser.* Ihr sagtet, Ihr würdet gerne wissen, was das bedeutet. Ich glaube, es bedeutet *Die Abenteuer von Bonnie Day.* Es ist ein alter Dialekt.«

Die Abenteuer von Bonnie Day war der Titel eines Buches, das Richard seit seiner frühesten Kindheit besessen hatte. Damals war es sein Lieblingsbuch gewesen, und er hatte es so oft gelesen, daß er es praktisch auswendig kannte.

Erst nach seinem Eintreffen im Palast der Propheten in der Alten Welt hatte er herausgefunden, daß Nathan Rahl, ein Prophet und Richards Vorfahr, das Buch geschrieben hatte. Nathan hatte das Buch, wie er sagte, als Leitfaden für Prophezeiungen geschrieben und vielversprechenden jungen Burschen geschenkt. Nathan hatte Richard erzählt, bis auf Richard hätte alle Besitzer des Buches ein tödliches Schicksal ereilt.

Bei Richards Geburt waren die Prälatin und Nathan in die Neue Welt gekommen und hatten *Das Buch der gezählten Schatten* aus der Burg der Zauberer entwendet, um zu verhindern, daß es Darken Rahl in die Hände fiel. Sie hatten es an Richards Stiefvater, George Cypher, weitergegeben und ihm das Versprechen abgenommen, Richard das ganze Buch Wort für Wort auswendig lernen zu

lassen und es dann zu vernichten. *Das Buch der gezählten Schatten*
wurde benötigt, um die Kästchen der Ordnung in D'Hara zu öffnen. Richard kannte dieses Buch noch immer auswendig – jedes
einzelne Wort.

Richard erinnerte sich gerne an die glücklichen Zeiten seiner Jugend, als er noch zu Hause bei seinem Vater und seinem Bruder ge-
lebt hatte. Er hatte seinen älteren Bruder sehr gerne gemocht und
zu ihm aufgesehen. Wer hätte damals geahnt, welche heimtückischen Wendungen das Leben nehmen würde? Doch zu diesen Zeiten der Unschuld gab es kein Zurück.

Nathan hatte ihm damals ebenfalls eine Ausgabe von *Die Abenteuer der Bonnie Day* dagelassen. Auch die Ausgaben hier, in den
anderen Sprachen, mußte er bei seinem Aufenthalt unmittelbar
nach Richards Geburt hier in der Burg zurückgelassen haben.

»Woher wißt Ihr, was dort steht?« fragte Richard.

Berdine schluckte. »Es ist in Hoch-D'Haran, allerdings in einem
alten Dialekt.«

An der Art, wie sie die Augen aufriß, merkte Richard, daß er offenbar eine furchteinflößende Miene aufgesetzt hatte. Er gab sich
alle Mühe, seine Züge zu glätten.

»Soll das heißen, daß Ihr Hoch-D'Haran versteht?« Sie nickte.
»Ich habe gehört, es sei eine tote Sprache. Ein Gelehrter, ein Be-
kannter von mir, der Hoch-D'Haran versteht, meinte, daß fast niemand mehr diese Sprache spricht. Woher könnt Ihr sie?«

»Von meinem Vater«, sagte sie. Ihre Stimme wurde ausdruckslos.
»Das war einer der Gründe, weshalb mich Darken Rahl als Mord-
Sith ausgewählt hat.« Ihr Gesicht war erstarrt. »Es gab nur noch
wenige, die Hoch-D'Haran verstanden. Mein Vater war einer von
ihnen. Darken Rahl benutzte Hoch-D'Haran für seine Magie, und
er mochte es nicht, wenn auch noch andere diese Sprache verstanden.«

Richard brauchte nicht zu fragen, was aus ihrem Vater geworden
war.

»Das tut mir leid, Berdine.«

Er wußte, daß diejenigen, die man als Mord-Sith in die Leibeigenschaft preßte, während ihrer Ausbildung gezwungen wurden, ihre Väter zu Tode zu foltern. Man nannte dies das dritte Brechen. Es war ihre letzte Prüfung.

Sie zeigte keinerlei Regung. Sie hatte sich hinter die eiserne Maske ihrer Ausbildung zurückgezogen. »Darken Rahl wußte, daß mein Vater mir ein wenig der alten Sprache beigebracht hatte, aber als Mord-Sith war ich für ihn keine Bedrohung. Er fragte mich gelegentlich, wie ich bestimmte Worte auslegen würde. Hoch-D'Haran ist eine Sprache, die schwer zu übersetzen ist. Viele Worte, besonders in den älteren Dialekten, weisen Bedeutungen auf, die nur im Zusammenhang verstanden werden können. Ich bin alles andere als eine Expertin, trotzdem verstehe ich etwas. Darken Rahl beherrschte Hoch-D'Haran meisterhaft.«

»Und wißt Ihr, was *fuer grissa ost drauka* bedeutet?«

»Das ist ein sehr alter Dialekt. In diesen alten Versionen bin ich nicht sehr beschlagen.« Sie dachte einen Augenblick lang nach. »Ich glaube, die wörtliche Übersetzung lautet ›Der Bringer des Todes‹. Wo habt Ihr das gehört?«

Über die Schwierigkeiten der anderen Bedeutungen wollte er im Augenblick nicht weiter grübeln. »In einer alten Prophezeiung. Darin wird mir dieser Name gegeben.«

Berdine verschränkte die Hände hinter dem Rücken. »Zu Unrecht, Lord Rahl. Es sei denn, er bezieht sich auf Euer Geschick im Umgang mit Euren Feinden und nicht Euren Freunden.«

Richard mußte lächeln. »Danke, Berdine.«

Ihr Lächeln kehrte zurück wie die Sonne hinter abziehenden Sturmwolken.

»Sehen wir mal, was wir hier sonst noch Interessantes finden«, sagte er und steuerte auf die überwölbte Öffnung am anderen Ende des Raumes zu.

Beim Durchschreiten der Öffnung spürte Richard, wie ein kribbelndes, kitzelndes Gefühl in einer rasiermesserscharfen Linie über seine Haut hinwegstrich. Nach Passieren der Öffnung war es verschwunden. Er hörte Raina seinen Namen rufen und drehte sich um.

Die übrigen auf der anderen Seite preßten ihre Hände gegen die Luft, als wäre sie eine Scheibe aus undurchdringlichem Glas. Ulic schlug mit der Faust dagegen, ohne jeden Erfolg.

»Lord Rahl!« rief Cara. »Wie kommen wir hier durch?«

Richard ging zu dem Durchgang zurück. »Ich bin nicht sicher. Ich besitze Magie, die es mir ermöglicht, Schilde zu passieren. Hier, Berdine, gebt mir Eure Hand. Mal sehen, ob das funktioniert.«

Er steckte seine Hand durch die unsichtbare Barriere, und sie ergriff ohne Zögern sein Handgelenk. Langsam zog er ihre Hand auf sich zu, bis sie in den Schild eindrang.

»Oh, kalt ist das«, beklagte sie sich.

»Alles in Ordnung? Wollt Ihr es jetzt ganz wagen?«

Daraufhin nickte sie, und er zog sie weiter. Als sie durch war, fröstelte sie und schüttelte sich, als wäre sie über und über mit Käfern bedeckt.

Cara streckte ihre Hand Richtung Durchgang. »Jetzt ich.«

Richard wollte schon die Hand nach ihr ausstrecken, hielt dann aber inne. »Nein. Ihr übrigen wartet hier, bis wir zurückkommen.«

»Was!« kreischte Cara. »Ihr müßt uns mitnehmen!«

»Es gibt Gefahren, von denen ich nicht das geringste weiß. Ich kann unmöglich die ganze Zeit auf Euch aufpassen. Berdine genügt, für den Fall, daß ich Schutz benötige. Ihr übrigen wartet hier. Sollte irgend etwas passieren, wißt Ihr, wie Ihr hier wieder rauskommt.«

»Aber Ihr müßt uns mitnehmen«, flehte Cara ihn an. »Wir dürfen Euch nicht ohne Schutz lassen.« Sie drehte sich um. »Erkläre du es ihm, Ulic.«

»Sie hat recht, Lord Rahl. Es wäre besser, wenn wir Euch begleiten.«

Richard schüttelte den Kopf. »Eine ist genug. Wenn mir irgend etwas zustößt, kommt Ihr nicht mehr durch den Schild zurück. Falls etwas passiert und wir nicht zurückkommen, bin ich darauf angewiesen, daß Ihr unsere Sache weiterführt. Dann übernehmt Ihr

160

die Führung, Cara, und holt Hilfe für uns, wenn Ihr könnt. Wenn nicht, nun, dann kümmert Ihr Euch um alles, bis mein Großvater Zedd und Kahlan hier eintreffen.«

»Tut es nicht!« Er hatte Cara noch nie so verzweifelt gesehen. »Lord Rahl, wir können es uns nicht erlauben, Euch zu verlieren.«

»Es wird schon gutgehen, Cara. Wir kommen zurück, das verspreche ich. Zauberer halten stets ihr Versprechen.«

Cara schnaubte verärgert. »Und warum gerade sie?«

Berdine warf ihr welliges, braunes Haar über die Schulter und blitzte Cara selbstzufrieden lächelnd an. »Weil Lord Rahl mich am liebsten mag.«

»Cara«, sagte Richard mit einem finsteren Seitenblick auf Berdine, »ich tue es, weil Ihr die Führerin seid. Wenn mir irgend etwas zustößt, möchte ich, daß Ihr die Führung übernehmt.«

Cara stand einen Augenblick da und dachte nach. Schließlich machte sich auch bei ihr ein selbstzufriedenes Lächeln auf den Lippen breit. »Also schön. Aber Ihr solltet nie wieder solche Tricks versuchen.«

Richard zwinkerte ihr zu. »Wenn Ihr es sagt.« Er blickte in den düsteren Korridor hinein. »Kommt, Berdine. Wir müssen uns umsehen, damit wir fertig werden und diesen unheimlichen Ort wieder verlassen können.«

11. Kapitel

Nach allen Seiten gingen Flure ab. Richard versuchte, sich an den zu halten, den er für den Hauptgang hielt, damit er den Rückweg wiederfand. Jedesmal, wenn sie an einem Zimmer vorbeikamen, steckte Richard den Kopf hinein, um nachzusehen, ob es dort Bücher gab oder sonst etwas, das vielleicht von Nutzen war. Bei den meisten handelte es sich um schlichte, leere, aus Stein gemauerte Kammern. In einigen standen Tische und Stühle, dazu Truhen oder andere schmucklose Möbel, aber nichts, was von besonderem Interesse gewesen wäre. Ein ganzer Trakt bestand aus Zimmern mit Betten. Es gab Tausende von Räumen, und er hatte erst ein paar davon gesehen.

Jedesmal, wenn er in ein Zimmer hineinsah, spähte Berdine über seine Schulter. »Wißt Ihr, in welche Richtung wir gehen?«

»Nicht genau.« Er warf einen Blick in den nächsten Seitenkorridor. Es war der reinste Irrgarten. »Aber ich denke, wir sollten eine Treppe suchen. Wir fangen unten an und arbeiten uns dann nach oben durch.«

Sie zeigte nach hinten. »Ich habe eine gesehen, im Korridor links von uns, gleich dort hinten.«

Die Treppe befand sich dort, wo sie gesagt hatte. Er hatte sie nicht bemerkt, denn es war nur ein Loch im Fußboden, mit einer steinernen Wendeltreppe, die hinabführte ins Dunkel, während er nach einem richtigen Treppenhaus Ausschau gehalten hatte. Richard schalt sich selbst, weil er nicht daran gedacht hatte, eine Lampe mitzubringen oder eine Kerze. Er hatte einen Feuerstein und einen Wetzstahl in der Tasche, und wenn er etwas Stroh oder einen alten Fetzen Stoff fand, konnte er vermutlich eine kleine Flamme zum Brennen bringen und eine der Kerzen anzünden, die er in den eisernen Haltern gesehen hatte.

Während sie in die Finsternis hinunterstiegen, spürte und hörte Richard ein leises Summen, das von unten kam. Das Gestein, das in der Dunkelheit immer mehr verschwunden war, offenbarte sich jetzt in einem bläulich-grünen Licht, so als hätte jemand den Docht einer Lampe hochgedreht. Als sie das untere Ende der Treppe erreichten, konnte er in dem unheimlichen Licht alles deutlich erkennen.

Gleich hinter der ersten Ecke nach dem Ende der Treppe entdeckte er die Lichtquelle. In einer ringförmigen Eisenhalterung lag eine Kugel, ungefähr so groß wie seine Hand und dem Anschein nach aus Glas. Von ihr rührte das Licht her.

Berdine schaute zu ihm hoch, ihr Gesicht hob sich in der eigenartigen Beleuchtung deutlich ab. »Was bringt sie zum Leuchten?«

»Nun ja, es gibt keine Flamme, vermutlich handelt es sich also um Magie.«

Richard hielt vorsichtig die Hand ins Licht. Es wurde heller. Er berührte sie mit einem Finger, und das bläulich-grüne Schimmern wechselte zu einer wärmeren gelben Farbe.

Offenbar war es nicht gefährlich, sie zu berühren, daher nahm Richard sie vorsichtig aus der Halterung. Sie war schwerer, als er erwartet hatte. Die Kugel war nicht hohl und aus geblasenem Glas, sondern schien eher massiv zu sein. Als sie in seiner Hand lag, verströmte sie ein warmes Licht, das sie gut gebrauchen konnten.

Richard bemerkte, daß es ein gutes Stück weiter in dem tunnelähnlichen Korridor noch andere solcher Kugeln in Halterungen gab. Die nächste glomm, weit entfernt, in einem kaum erkennbaren bläulichen grünen Schimmer. Wann immer sie eine von ihnen passierten, wurde sie heller, solange er sich ihnen näherte, und dunkler, sobald er sich mit der einen, die er mitgenommen hatte, wieder entfernte.

An einer Kreuzung stieß der Korridor auf einen breiteren, einladenderen Gang. Helles, rosafarbenes Gestein lief in einem Streifen entlang beider Seiten, und an verschiedenen Stellen taten sich

Durchgänge zu höhlenartigen Kammern mit gepolsterten Bänken auf.

Er öffnete die breite Doppeltür, die in einen der großen Räume an diesem Gang führte, und entdeckte eine Bibliothek. Der Raum war mit seinem polierten Holzfußboden, den getäfelten Wänden und der weiß getünchten Decke geradezu gemütlich und freundlich. Neben den Regalreihen standen Tische und bequeme Stühle. Mit Glas versehene Fenster auf der gegenüberliegende Seite gingen auf Aydindril hinaus und verliehen dem Raum etwas Helles, Luftiges.

Er betrat die nächste höhlenartige Kammer auf diesem Flur und stellte fest, daß auch an sie eine Bibliothek angrenzte. Offenbar verlief der Flur parallel zur Vorderseite der Burg und längs zu einer ganzen Reihe von Bibliotheken. Als sie am Ende des Flures angekommen waren, hatten sie zwei weitere Dutzend dieser riesigen Bibliothekensäle entdeckt.

Richard hätte niemals für möglich gehalten, daß es so viele Bücher gab. Selbst die Gewölbekeller im Palast der Propheten kamen ihm, trotz der Unmenge von Büchern, die sie enthielten, nach dem Anblick so vieler Bände kläglich vor. Wo sollte er anfangen?

»Das muß es sein, wonach Ihr gesucht habt«, meinte sie.

Richard runzelte die Stirn. »Nein, ist es nicht. Ich weiß nicht warum, aber das ist es nicht. Es ist zu gewöhnlich.«

Berdine ging neben ihm her, während sie durch Korridore liefen und mehrere Stockwerke hinabstiegen, bis sie schließlich zu einem Treppenhaus kamen. Ihr Strafer baumelte, jederzeit bereit, an der Kette um ihr Handgelenk. Am unteren Ende der Treppe gab es einen reichverzierten, mit Blattgold überzogenen Türrahmen, und dahinter lag eine Kammer, die nicht gemauert, sondern in das rosafarbene Gestein gehauen war – früher vielleicht einmal eine Höhle, die man vergrößert hatte. An bestimmten Stellen, wo man das Gestein weggebrochen hatte, waren glänzende, glattgeschliffene Facetten zurückgeblieben. Beim Herausschlagen des Gesteins hatte man

164

an einigen Stellen mächtige Säulen stehenlassen, um die niedrige, schroffe Decke zu stützen.

Am goldenen Türrahmen stieß Richard zum vierten Mal seit Betreten der Burg auf einen Schild, doch dieser war anders als die ersten drei. Die ersten drei hatten sich gleich angefühlt, dieser hier war mit den ersten nicht zu vergleichen. Als er seine Hand hindurchsteckte, erglühte die senkrechte Fläche im Türrahmen rot, ohne daß es eine sichtbare Quelle gegeben hätte, und wo das rote Licht ihn berührte, kribbelte es nicht, sondern fühlte sich heiß an. Es war der unangenehmste Schild, den er je gespürt hatte. Schon fürchtete er, die Haare auf den Armen könnten versengt werden, was jedoch nicht geschah.

Richard zog den Arm zurück. »Dieser Schild hier ist anders. Wenn er unangenehmer ist, als Ihr zu ertragen bereit seid, müßt Ihr mich zurückhalten.« Er legte die Arme um Berdine, um sie besser schützen zu können. Sie hielt die Luft an. »Keine Angst. Ich bleibe sofort stehen, wenn Ihr es wollt.«

Sie nickte, und er schob sich in den Türrahmen. Als das rote Licht auf das rote Leder an ihren Armen fiel, zuckte sie zurück. »Schon gut«, meinte sie. »Geht nur weiter.« Er zog sie hindurch und ließ sie wieder los. Sie schien sich erst zu entspannen, als er die Arme wieder von ihr gelöst hatte.

Das Leuchten der Kugel, die Richard vor dem Körper hielt, warf zwischen den Säulen scharfe Schatten, und er sah, daß überall im Raum kleine Nischen in das Gestein geschlagen waren. In den Wänden gab es vielleicht sechzig oder siebzig solcher Nischen. Er konnte zwar nicht genau erkennen, was sich in ihnen befand, aber es handelte sich um Gegenstände von unterschiedlicher Größe und Gestalt.

Richard spürte, wie sich seine Nackenhaare sträubten, als sein Blick aus der Entfernung über die Nischen hinwegwanderte. Er wußte nicht, was diese Gegenstände darstellten, aber instinktiv war ihm klar, daß sie überaus gefährlich waren.

»Bleibt dicht bei mir«, meinte er zu ihr. »Wir müssen uns von der

Wand fernhalten.« Mit dem Kinn deutete er auf die gegenüberliegende Seite des riesigen Raumes.» Dort drüben. Das ist der Durchgang, zu dem wir müssen.«

»Woher wißt Ihr das?«

»Seht Euch den Boden an.« Auf dem rauhen Naturstein war ein Pfad ausgetreten, der mitten durch den Raum führte. »Am besten halten wir uns an diesen Pfad.«

Sie sah ihn ängstlich aus ihren blauen Augen an. »Seid vorsichtig. Wenn Euch etwas zustößt, werde ich nicht aus diesem Palast herauskommen und von den anderen Hilfe holen können. Ich säße hier unten in der Falle.«

Richard lächelte und machte sich auf den Weg mitten durch die totenstille Höhle. »Tja, das ist das Risiko, das Ihr als mein Liebling eingeht.«

Ihre Beklommenheit wurde durch seinen Versuch, die Stimmung aufzuheitern, nicht geringer. »Denkt Ihr wirklich, ich glaube, daß ich Euer Liebling bin, Lord Rahl?«

Richard prüfte, ob sie sich noch auf dem richtigen Pfad befanden. »Das habe ich nur gesagt, weil Ihr das immer behauptet, Berdine.«

Sie dachte schweigend darüber nach, während sie vorsichtig weiter durch den Raum gingen. »Darf ich Euch eine Frage stellen, Lord Rahl? Eine ernstgemeinte Frage? Etwas Persönliches?«

»Sicher.«

Sie zog ihren welligen, braunen Zopf über die Schulter und hielt sich daran fest. »Wenn Ihr Eure Königin heiratet, dann werdet Ihr doch auch noch andere Frauen haben, nicht wahr?«

Richard blickte mißbilligend auf sie herab. »Ich habe auch jetzt keine anderen Frauen. Ich liebe Kahlan. Ich bin ihr in meiner Liebe treu ergeben.«

»Aber Ihr seid Lord Rahl. Ihr könnt haben, wen immer Ihr begehrt. Sogar mich. Genau das tut ein Lord Rahl: Er nimmt sich viele Frauen. Ihr braucht nur mit den Fingern zu schnippen.«

Richard gewann den entschiedenen Eindruck, daß sie ihm ganz gewiß kein Angebot machen wollte. »Hat es etwas damit zu tun, als ich meine Hand auf Euch, auf Eure Brust gelegt habe?« Sie wandte rasch den Blick ab und nickte. »Ich habe das getan, weil ich Euch helfen wollte, Berdine, nicht weil ich … also, jedenfalls nicht aus irgendeinem anderen Grund. Ich hatte gehofft, das wüßtet Ihr.«

Sie legte ihm besorgt die Hand auf den Arm. »Das weiß ich doch. Das habe ich nicht gemeint. Ihr habt mich nie in irgendeiner anderen Weise berührt. Was ich meinte war, Ihr habt es nie von mir verlangt.« Sie biß sich auf die Unterlippe. »Die Art, wie Ihr mich mit Eurer Hand berührt, erfüllt mich mit Scham.«

»Warum?«

»Weil Ihr Euer Leben riskiert habt, um mir zu helfen. Ihr seid mein Lord Rahl, und ich war nicht ehrlich zu Euch.«

Mit einer Handbewegung lenkte Richard sie auf dem Pfad um eine Säule, die zwanzig Männer nicht hätten umfassen können. »Allmählich verwirrt Ihr mich, Berdine.«

»Nun, ich behaupte, Euer Liebling zu sein, damit Ihr nicht denkt, ich mag Euch nicht.«

»Wollt Ihr damit sagen, daß Ihr mich nicht mögt?«

Sie griff erneut nach seinem Arm. »Aber nein. Ich liebe Euch.«

»Berdine, ich habe es Euch schon erklärt, ich habe –«

»Nein, nicht so. Ich meinte, ich liebe Euch als meinen Lord Rahl. Ihr habt mir die Freiheit geschenkt. Ihr habt erkannt, daß ich mehr bin als eine einfache Mord-Sith, und Ihr habt mir vertraut. Ihr habt mir das Leben gerettet und mir meine Unversehrtheit zurückgegeben. Ich liebe Euch dafür, daß Ihr der Lord Rahl seid, der Ihr seid.«

Richard schüttelte den Kopf, als wollte er ihn klarbekommen. »Was Ihr da sagt, ergibt keinen Sinn. Was hat das damit zu tun, daß Ihr ständig behauptet, mein Liebling zu sein?«

»Das sage ich nur, damit Ihr nicht denkt, ich würde nicht freiwillig in Euer Bett kommen, wenn Ihr mich darum bittet. Ich hatte Angst, wenn Ihr wüßtet, daß ich das nicht möchte, würdet Ihr mich zwingen, etwas Perverses zu tun.«

Als sie den Durchgang erreicht hatten, der aus dem Raum hinausführte, hielt Richard das Licht nach vorne. Es schien sich um ei-

167

nen einfachen Verbindungsgang zu handeln. »Hört auf, Euch deswegen den Kopf zu zerbrechen.« Er winkte sie weiter. »Ich sagte doch, das werde ich nicht tun.«

»Ich weiß. Nach dem, was Ihr getan habt« – sie berührte ihre linke Brust –, »glaube ich Euch. Vorher war das anders. Allmählich begreife ich, daß Ihr in mehr als einer Hinsicht anders seid.«

»Anders als wer?«

»Darken Rahl.«

»Also, da habt Ihr ausnahmsweise recht.« Sie folgten weiter dem langen Gang. Plötzlich sah er sie erneut an. »Wollt Ihr mir etwa zu verstehen geben, daß Ihr jemanden liebt und daß Ihr mir das alles nur deshalb gesagt habt, damit ich nicht denke, Ihr würdet meine Gefühle mißachten und mich dadurch provozieren, Gewalt anzuwenden?«

Sie schloß kurz die blauen Augen, und ihre Faust krallte sich um ihren Zopf. »Ja.«

»Wirklich? Das finde ich wunderbar, Berdine.« Am Ende des Ganges stießen sie auf einen weitläufigen Saal, dessen Wände mit zusammengebundenen Fell- und Haarbüscheln gesäumt waren, die von gerahmten Wandfächern herabhingen. Richard betrachtete die Schaukästen aus der Entfernung. Er sah, daß eines der Büschel aus dem Fell eines Gars gemacht war.

Richard warf ihr einen Blick zu, als er sich erneut auf den Weg machte, und mußte schmunzeln. »Und, wer ist es?« Er winkte ab, als ihn plötzlich Verlegenheit überkam, er könne, in Anbetracht ihrer augenblicklich etwas seltsamen Verfassung, seine Grenzen überschreiten. »Es sei denn, Ihr wollt ihn mir nicht verraten. Ihr müßt es mir nicht sagen. Ich will nicht, daß Ihr das Gefühl habt, Ihr seid dazu gezwungen. Wenn Ihr es so wollt, ist das allein Eure Sache.«

Berdine schluckte. »Ich möchte beichten – wegen der Dinge, die Ihr für uns, für mich, getan habt.«

Richard verzog das Gesicht. »Beichten? Wenn Ihr mir verratet, wen Ihr liebt, dann ist das keine Beichte, sondern –«

»Raina.«

Richard klappte der Mund zu. Er betrachtete genauestens den Boden. »Grüne Fliesen nur mit dem linken Fuß. Mit dem rechten nur auf die weißen. Laßt keine grüne oder weiße aus. Berührt das Postament, bevor Ihr mit dem Fuß die letzte Fliese verlaßt.«

Sie folgte ihm, während er vorsichtig von den grünen auf die weißen Fliesen trat und den Steinboden auf der gegenüberliegenden Seite erreichte, das Postament berührte und weiterging, hinein in einen hohen, schmalen Korridor, der einer Spalte in einem riesigen Edelstein gleich.

»Woher wißt Ihr das – die Sache mit den grünen und weißen Fliesen?«

»Was?« Er sah sich kurz stirnrunzelnd um. »Keine Ahnung. Muß ein Schild oder so etwas gewesen sein.« Er drehte sich zu ihr um, während sie, die Augen auf den Boden gerichtet, daherlief. »Ich liebe Raina auch, Berdine. Und Cara, dich, und auch Ulic und Egan. So wie eine Familie. Meint Ihr das?« Sie schüttelte den Kopf, ohne aufzusehen. »Aber … Raina ist eine Frau.«

Berdine warf ihm einen kühlen, drohenden Blick zu.

»Berdine«, begann er nach langem Schweigen, »am besten erzählt Ihr Raina nichts davon, sonst könnte –«

»Raina liebt mich ebenfalls.«

Richard richtete sich auf. Er wußte nicht recht, was er antworten sollte. »Aber wie kann … Ihr könnt doch nicht … ich verstehe nicht, wieso – Berdine, wieso erzählt Ihr mir das?«

»Weil Ihr immer aufrichtig zu uns wart. Als Ihr uns anfangs Versprechungen machtet, dachten wir, Ihr würdet sie nicht erfüllen. Nun, jedenfalls nicht alle von uns dachten das. Cara hat Euch immer geglaubt, ich dagegen nicht.«

Ihr Gesicht nahm wieder den entrückten Ausdruck einer Mord-Sith an. »Als Darken Rahl unser Lord Rahl war, kam er dahinter und befahl mir, zu ihm ins Bett zu kommen. Er lachte mich aus. Er mochte es … mich in sein Bett zu nehmen, weil er Bescheid wußte. Das war seine Art, mich zu demütigen. Ich dachte, wenn Ihr es

169

wißt, würdet Ihr das gleiche tun, also versuchte ich, es vor Euch zu verheimlichen, indem ich Euch vortäuschte, ich begehre Euch.«

Richard schüttelte den Kopf. »So etwas würde ich Euch niemals antun, Berdine.«

»Das weiß ich – jetzt. Deswegen mußte ich es Euch auch beichten – weil Ihr immer aufrichtig zu mir wart, aber ich nicht zu Euch.«

Richard zuckte mit den Achseln. »Nun, hoffentlich fühlt Ihr Euch jetzt besser.« Nachdenklich führte er sie in einen verschlungenen Gang mit verputzten Wänden entlang. »Hat Darken Rahl Euch dazu gemacht, indem er Euch als Mord-Sith ausgewählt hat? Ist das der Grund, weshalb Ihr die Männer haßt?«

Sie blickte mißbilligend zu ihm hoch. »Ich hasse die Männer nicht. Ich, nun, ich weiß nicht recht. Seit ich klein war, habe ich immer den Mädchen hinterhergeguckt. Jungs haben mich in dieser Hinsicht nie interessiert.« Sie fuhr mit der Hand an ihrem Zopf entlang. »Haßt Ihr mich jetzt?«

»Nein. Nein, ich hasse Euch nicht, Berdine. Ihr seid meine Beschützerin, genau wie vorher. Aber könnt Ihr nicht vielleicht versuchen, nicht an sie zu denken? Das ist einfach nicht richtig.«

Sie lächelte entrückt. »Wenn Raina mich anlächelt und der Tag plötzlich wundervoll wird, kommt es mir sehr wohl richtig vor. Ich weiß, daß mein Herz bei ihr gut aufgehoben ist.« Ihr Lächeln erlosch. »Jetzt haltet Ihr mich für verabscheuungswürdig.«

Richard wandte den Blick ab, ihn überkam eine kalte Welle der Scham. »Bei Kahlan empfinde ich genauso. Mein Großvater meinte einmal, ich solle sie vergessen, aber ich konnte einfach nicht.«

»Warum sollte er so etwas sagen?«

Richard konnte ihr schlecht erzählen, daß es daran lag, daß Kahlan ein Konfessor war und Zedd nur in Richards bestem Interesse gehandelt hatte. Angeblich war es unmöglich, einen Konfessor zu lieben. Ihm war überhaupt nicht wohl dabei, daß er Berdine gegenüber im Augenblick nicht aufrichtig sein konnte. Er zuckte mit den Achseln. »Er fand, sie sei nicht die Richtige für mich.«

170

Als sie das Ende des Ganges erreichten, zog Richard sie durch einen weiteren kribbelnden Schild. In dem dreieckigen Raum stand eine Bank. Er setzte sie neben sich und legte die leuchtende Kugel zwischen ihnen ab.

»Ich glaube, ich weiß, was Ihr empfindet, Berdine. Ich weiß noch, wie ich mich fühlte, als mein Großvater meinte, ich sollte mir Kahlan aus dem Kopf schlagen. Niemand kann einem anderen seine Gefühle vorschreiben. Entweder man empfindet so oder eben nicht. Ich verstehe es zwar nicht, und mir ist auch nicht ganz wohl dabei, trotzdem seid Ihr alle auf dem besten Wege, meine Freunde zu werden. Nur deshalb müßt Ihr nicht genauso sein wie ich. Ihr seid trotzdem meine Freunde.«

»Lord Rahl, ich weiß, Ihr werdet mich niemals akzeptieren können. Ich mußte es Euch trotzdem sagen. Morgen werde ich nach D'Hara zurückkehren. Ihr sollt keine Beschützerin haben, die Ihr nicht akzeptiert.«

Richard überlegte kurz. »Mögt Ihr gedünstete Erbsen?«

Berdine sah ihn verwundert an. »Ja.«

»Also, ich kann gedünstete Erbsen nicht ausstehen. Mögt Ihr mich deswegen weniger, nur weil ich etwas nicht ausstehen kann, was Ihr mögt? Oder erweckt dies in Euch den Wunsch, nicht mehr meine Beschützerin sein zu wollen?«

Sie verzog das Gesicht. »Lord Rahl, das ist doch wohl etwas anderes als gedünstete Erbsen. Wie kann man jemandem vertrauen, den man nicht akzeptiert?«

»Wieso sollte ich Euch nicht akzeptieren, Berdine? Es ist einfach so, daß es mir nicht richtig vorkommt. Aber das muß es auch nicht. Seht Ihr, als ich jünger war, hatte ich einen Freund, der ebenfalls Waldführer war. Giles und ich waren viel zusammen, weil wir eine Menge gemeinsam hatten.

Dann verliebte er sich in Lucy Flecker. Ich konnte Lucy Flecker nicht ausstehen. Sie war gemein zu Giles. Ich begriff nicht, wie jemand sie lieben konnte. Ich mochte sie nicht und glaubte, er müsse ebenso empfinden. Ich verlor meinen Freund, weil er nicht so sein

171

konnte, wie ich dachte, daß er sein müsse. Ich verlor ihn nicht wegen Lucy. Ich verlor ihn wegen mir selbst. Ich verlor unsere Freundschaft, nur weil ich ihn nicht den sein lassen wollte, der er war. Ich habe den Verlust stets bereut.

Wahrscheinlich verhält es sich hier ähnlich. Sobald Ihr lernt, etwas anderes zu sein als eine Mord-Sith – so wie ich beim Heranwachsen Dinge dazugelernt habe –, werdet Ihr feststellen, daß mit jemandem befreundet zu sein heißt, ihn so zu mögen, wie er ist, auch das, was man an ihm nicht versteht. Die Tatsache, daß man jemanden mag, macht das, was man nicht versteht, unwichtig. Weder muß man alles an ihm verstehen noch dieselben Dinge tun oder sein Leben leben. Wenn man jemanden wirklich mag, dann will man, daß er der ist, der er ist. Denn das war schließlich der Grund, warum man überhaupt erst angefangen hat, ihn zu mögen.

Und Euch mag ich, Berdine, und das allein zählt.«

»Ist das wahr?«

»Das ist wahr.«

Sie schlang ihm die Arme um den Hals und drückte ihn. »Ich danke Euch, Lord Rahl. Nachdem Ihr mich gerettet hattet, fürchtete ich, Ihr würdet es bereuen. Jetzt bin ich froh, daß ich Euch alles gesagt habe. Raina wird erleichtert sein, wenn sie erfährt, daß Ihr uns nicht dasselbe antun werdet wie Darken Rahl.«

Während sie dort standen, glitt ein Teil der steinernen Wand zur Seite. Richard nahm sie bei der Hand und führte sie die Treppe dahinter hinunter in einem muffigen, feuchten Raum mit einem Steinboden, der in der Mitte zu einer gewaltigen Erhebung anstieg.

»Wenn wir jetzt Freunde werden, kann ich Euch dann sagen, was mir an Eurem Tun nicht gefallen hat, was ich nicht billige und bei welcher Gelegenheit Ihr Euch falsch verhalten habt?« Richard nickte. »Mir gefällt nicht, was Ihr Cara angetan habt. Sie ist wütend gewesen.«

Richard sah sich in dem seltsamen Raum um, der alles Licht zu schlucken schien. »Cara? Wütend auf mich? Was habe ich ihr denn getan?«

172

»Ihr habt sie schlecht behandelt – wegen mir.« Als Richard verwirrt das Gesicht in Falten legte, fuhr sie fort. »Als ich unter dem Bann stand und ich Euch nach Eurer Rückkehr von der Suche nach Brogan mit dem Strafer bearbeitet hatte, da wart Ihr auf uns alle wütend. Ihr habt die anderen behandelt, als hätten sie Euch das gleiche angetan, dabei war ich das allein.«

»Ich wußte nicht, was vor sich ging. Durch Euer Vorgehen fühlte ich mich von den Mord-Sith bedroht. Das sollte sie eigentlich wissen.«

»Das tut sie auch. Aber als Ihr schließlich dahintergekommen wart und mir meine Unversehrtheit zurückgegeben hattet, da habt Ihr Euch bei Cara und Raina für diese ungerechte Behandlung nicht entschuldigt – ganz so, als hätten sie Euch ebenso bedroht wie ich. Aber das war nicht der Fall.«

Richard spürte, wie sein Gesicht im Dunkeln rot wurde. »Ihr habt recht. Warum hat sie nichts gesagt?«

Berdine zog die Augenbrauen hoch. »Ihr seid Lord Rahl. Sie würde selbst dann nichts sagen, wenn Ihr beschließt, sie zu schlagen, nur weil Euch die Art, wie sie ›Guten Morgen‹ gesagt hat, nicht gefällt.«

»Und warum sagt Ihr etwas?«

Berdine folgte ihm in einen seltsamen Korridor, mit einem Boden aus Pflastersteinen, der gerade mal zwei Fuß breit war, und glatten, runden, röhrenähnlichen Seitenwänden, die vollständig mit Gold bedeckt waren. »Weil Ihr ein Freund seid.«

Als er über seine Schulter sah und sich mit einem Lächeln bei ihr bedankte, streckte sie die Hand aus, um das Gold zu berühren. Richard packte sie am Handgelenk, bevor sie dazu kam. »Wenn Ihr das tut, seid Ihr tot.«

Sie sah ihn verwundert an. »Wieso erzählt Ihr uns, Ihr wüßtet nichts über diesen Ort, und dann spaziert Ihr einfach hier durch, als hättet Ihr Euer ganzes Leben hier verbracht?«

Richard wunderte sich maßlos über die Frage. Doch dann bekam er plötzlich große Augen, als es ihm dämmerte. »Wegen Euch.«

»Wegen mir!«

»Ja«, meinte Richard erstaunt. »Durch unser Gespräch wurde mein bewußter Verstand abgelenkt. Ich habe Euch aufmerksam zugehört und über Eure Worte nachgedacht, so daß meine Gabe mich leiten konnte. Ich habe überhaupt nichts davon gemerkt. Jetzt, wo wir diesen Weg einmal gegangen sind, kenne ich die Gefahren und auch den Rückweg. Jetzt finde ich hier wieder heraus.« Er drückte ihre Schulter. »Danke, Berdine.«

Sie schmunzelte. »Wozu sind Freunde denn da?«

»Ich glaube, das Schlimmste haben wir hinter uns. Hier entlang.«

Am Ende des goldenen Tunnels befand sich ein Turmzimmer von wenigstens einhundert Fuß im Durchmesser, mit Treppen, die spiralförmig an der Innenseite der Außenmauer nach oben führten. In unregelmäßigen Abständen befand sich anstelle einer Stufe ein Absatz, dort gab es jeweils auch eine Tür. Oben, in der düsteren Weite, durchbohrten Lichtbalken die Dunkelheit. Die meisten der Fenster waren klein, eines jedoch schien riesig zu sein. Richard konnte nicht mit Gewißheit sagen, wie weit der Turm sich in die Höhe reckte, aber es mußten an die zweihundert Fuß sein. Nach unten stieg der kreisrunde Schacht hinab in feuchte, ungewisse Niederungen.

»Das gefällt mir überhaupt nicht«, meinte Berdine nach einem Blick über den Rand des eisernen Geländers auf dem Treppenabsatz.

Richard glaubte, im Dunkeln unten eine Bewegung erkennen zu können. »Bleibt ganz nah bei mir und haltet die Augen offen.« Er heftete seinen Blick auf die Stelle, wo er glaubte, die Bewegung entdeckt zu haben, und versuchte, sie noch einmal zu sehen. »Wenn irgend etwas passiert, müßt Ihr versuchen, nach draußen zu kommen. Ich kann mich nicht mehr erinnern, wie viele Schilde wir passiert haben. Wenn Euch irgend etwas zustößt, bin ich ebenfalls tot.«

Richard wog die Alternative ab. Vielleicht wäre es besser, wenn er sich in sein Mriswithcape hüllte. »Wartet hier. Ich gehe nachsehen.«

Berdine packte sein Hemd an der Schulter und riß ihn herum, so daß er in ihre feurig-blauen Augen blickte. »Nein. Ihr werdet nicht alleine gehen.«

»Berdine –«

»Ich bin Eure Beschützerin. Ihr werdet nicht alleine gehen. Verstanden?«

Sie hatte diesen durchdringenden, unerbittlichen Blick in den Augen, der ihn fürchten ließ, er könnte etwas Falsches sagen. Schließlich gab er sich seufzend geschlagen.

»Also schön. Aber Ihr bleibt in der Nähe und tut, was ich sage.«

Sie hob herausfordernd den Kopf. »Ich tue immer, was Ihr sagt.«

12. Kapitel

Während das Pferd sich wiegend unter ihm bewegte, betrachtete Tobias Brogan in aller Ruhe die fünf Boten des Schöpfers, die nicht weit voraus und ein Stück seitlich gingen. Es war ungewöhnlich, daß man sie sah. Seit ihrem unerwarteten Auftauchen vier Tage zuvor waren sie stets in der Nähe, aber nur selten zu erkennen, und selbst wenn sie sichtbar waren, konnte man sie schwer entdecken, denn sie waren vollkommen weiß wie der Schnee oder im Dunkeln vollkommen schwarz wie die Nacht. Verwundert fragte er sich, wie sie es schafften, einfach vor seinen Augen zu verschwinden. Die Macht des Schöpfers war in der Tat erstaunlich.

Die Boten jedoch hinterließen bei Tobias ein bedrückendes Gefühl. In seinen Träumen hatte der Schöpfer Tobias aufgetragen, seine Pläne nicht in Frage zu stellen, und dankenswerterweise endlich Tobias demütige Bitten um Vergebung für die Unverschämtheit einer Nachfrage erhört. Alle rechtschaffenen Kinder des Schöpfers fürchteten ihn, und rechtschaffen war Tobias Brogan allemal. Trotzdem, diese schuppigen Geschöpfe schienen kaum die angemessene Wahl für göttliche Unterweisung.

Plötzlich richtete er sich im Sattel auf. Natürlich. Es war sicher nicht die Absicht des Schöpfers, den Nicht-Eingeweihten seine Absicht zu enthüllen, indem er ihnen Jünger zeigte, die auch wie welche aussahen. Böse Menschen erwarteten, von der Schönheit und der Pracht des Schöpfers verfolgt zu werden, der Anblick von Jüngern in einer solchen Gestalt dagegen würde sie gewiß nicht so in Angst und Schrecken versetzen, daß sie sich verkrochen.

Tobias seufzte erleichtert, während er beobachtete, wie die Mriswiths die Köpfe zusammensteckten und sich untereinander und mit der Magierin tuschelnd besprachen. Sie selbst bezeichnete sich als Schwester des Lichts, trotzdem war sie immer noch eine Magierin, eine *streganicha*, eine Hexe. Daß der Schöpfer die Mriswiths als Boten einsetzte, konnte er verstehen, allerdings entzog sich ihm, wieso Er einer *streganicha* solche Machtbefugnis gab.

Tobias hätte gerne gewußt, was sie die ganze Zeit zu bereden hatten. Seit die *streganicha* sich ihnen tags zuvor angeschlossen hatte, war sie fast ausschließlich bei diesen fünf Schuppenwesen gewesen und hatte für den Lord General des Lebensborns aus dem Schoß der Kirche nur herzlich wenig Worte übrig gehabt. Die sechs blieben unter sich, so als reisten sie nur zufällig in die gleiche Richtung wie Tobias Brogan und sein Begleittrupp von eintausend Mann.

Tobias hatte gesehen, wie gerade mal eine Handvoll Mriswiths Hunderte d'Haranischer Soldaten ins Jenseits befördert hatte, daher war ihm ein wenig unwohl dabei, daß er nur zwei Abteilungen seiner Soldaten bei sich hatte. Der Rest seiner Streitmacht von über einhunderttausend Mann wartete wenig mehr als eine Woche vor Aydindril. In jener ersten Nacht bei der Armee, als Er ihm erschienen war, hatte der Schöpfer Tobias erklärt, sie sollten zurückbleiben, um bei der Eroberung Aydindrils mitzuwirken.

»Lunetta«, meinte er mit leiser Stimme, während er verfolgte, wie die Schwester sich gestenreich mit den Mriswiths unterhielt.

Sie lenkte ihr Pferd näher an seine rechte Seite. Sie verstand seinen Wink und senkte ebenfalls die Stimme. »Ja, mein Lord General?«

»Lunetta, hast du gesehen, wie die Schwester ihre Kraft angewendet hat?«

»Ja, Lord General. Als sie den Windbruch aus dem Weg räumte.«

»Daran konntest du erkennen, welche Kräfte sie besitzt?« Lunetta nickte ihm kaum merklich zu. »Besitzt sie ebensoviel Kraft wie du, meine Schwester?«

»Nein, Tobias.«

Er lächelte sie an. »Gut zu wissen.« Er blickte nach hinten, um sich zu vergewissern, daß niemand in der Nähe und die Mriswiths

177

noch sichtbar waren. »Einige der Dinge, die mir der Schöpfer in den
letzten paar Nächten eingegeben hat, versetzen mich mehr und
mehr in Verwirrung.«

»Möchtet Ihr Lunetta davon erzählen?«

»Ja, aber nicht jetzt. Wir reden später darüber.«

Sie strich gedankenverloren über ihre ›hübschen Sachen‹. »Vielleicht, wenn wir alleine sein können. Es ist bald Zeit, haltzuma-
chen.«

Tobias war weder das gezierte Lächeln noch das Angebot entgangen. »Heute nacht werden wir nicht früh haltmachen.« Er
reckte die Nase in die Höhe und nahm einen tiefen Zug der kalten
Luft. »Sie ist so nah, daß ich sie fast riechen kann.«

Auf dem Weg nach unten zählte Richard die Treppenabsätze, damit
er den Weg zurück wiederfinden konnte. An alles übrige glaubte er
sich wegen der Eindrücke von unterwegs erinnern zu können, das
Innere des Turmes jedoch war irreführend. Es stank nach Fäulnis
wie in einer tiefen Sickergrube, wahrscheinlich, weil das Wasser, das
durch die offenen Fenster hereinlief, sich unten sammelte.

Auf dem nächsten Treppenabsatz bemerkte Richard beim
Näherkommen ein Schimmern in der Luft. Im Schein der Kugel in
seiner Hand konnte er erkennen, daß an der Seite etwas stand. Dessen Umrisse glommen im summenden Licht. Obwohl dieses Etwas
nicht gegenständlich war, sah er, daß es sich um einen Mriswith
handelte, der sich in sein Cape gehüllt hatte.

»Willkommen, Hautbruder«, zischte der Unsichtbare.

Berdine zuckte zusammen. »Was war das?« bedrängte sie ihn flü-
sternd.

Richard bekam ihr Handgelenk zu fassen, als sie versuchte, sich –
den Strafer in der Hand – vor ihn zu schieben, und zog sie im Weitergehen auf seine andere Seite. »Das ist bloß ein Mriswith.«

»Ein Mriswith!« flüsterte sie mit rauher Stimme. »Wo?«

»Direkt hier auf dem Treppenabsatz, am Geländer. Habt keine
Angst, er wird Euch nichts tun.«

Sie krallte sich in sein schwarzes Cape, nachdem er ihren Arm mit dem Strafer heruntergedrückt hatte. Sie traten auf den Absatz.

»Bist du gekommen, um die Sliph zu wecken?« wollte der Mriswith wissen.

Richard runzelte die Stirn. »Die Sliph?«

Der Mriswith öffnete sein Cape und zeigte mit dem dreiklingigen Messer in seiner Kralle die Treppe hinunter. Dabei wurde sein Körper fest und vollkommen sichtbar, eine Gestalt voller dunkler Schuppen in einem Cape. »Die Sliph befindet sich dort unten, Hautbruder.« Seine kleinen, runden Augen kamen wieder hoch. »Endlich ist der Weg zu ihr wieder frei. Bald ist es an der Zeit, daß die *Yabree* singen.«

»Die *Yabree*?«

Der Mriswith hielt sein dreiklingiges Messer in die Höhe und schwenkte es leicht hin und her. Sein schlitzartiger Mund weitete sich zu einer Art Grinsen. »Ja, *Yabree*. Wenn die *Yabree* singen, ist die Zeit der Königin gekommen.«

»Der Königin?«

»Die Königin braucht dich, Hautbruder. Du mußt ihr helfen.«

Richard spürte, daß Berdine zitterte, als sie sich an ihn drückte. Er entschied, es sei besser, weiterzugehen, bevor sie zu verängstigt war, und begann, die Stufen hinabzusteigen.

Zwei Absätze weiter unten klammert sie sich noch immer an ihn. »Er ist verschwunden«, flüsterte sie ihm ins Ohr.

Richard blickte zurück nach oben und sah, daß sie recht hatte.

Berdine drängte ihn in eine Türnische und schob ihn mit dem Rücken gegen eine Holztür. Mit durchdringendem Blick starrte sie ihn erregt an. »Das war ein Mriswith, Lord Rahl.«

Richard nickte, ein wenig verwirrt von ihrem unregelmäßigen, hektischen Atem.

»Mriswiths töten Menschen, Lord Rahl. Sonst tötet Ihr sie immer.«

Richard deutete mit der Hand auf den Treppenabsatz oben. »Er wollte uns nichts tun. Das habe ich Euch doch erklärt. Er hat uns

179

doch nicht angegriffen, oder? Es war nicht nötig, ihn umzubringen.«

Sie legte besorgt die Stirn in Falten. »Fühlt Ihr Euch auch wohl, Lord Rahl?«

»Es geht mir gut. Kommt jetzt weiter. Möglicherweise hat uns der Mriswith einen guten Hinweis gegeben, wo wir vielleicht finden, was wir suchen.«

Sie stieß ihn abermals gegen die Tür, als er den Versuch unternahm, sich zu bewegen. »Wieso hat er Euch ›Hautbruder‹ genannt?«

»Weiß ich nicht. Wahrscheinlich, weil er Schuppen hat und ich Haut. Ich denke, er hat mich so genannt, damit ich weiß, daß er nichts Böses im Sinn hat. Er wollte helfen.«

»Helfen«, wiederholte sie ungläubig.

»Er hat immerhin nicht versucht, uns aufzuhalten, oder?«

Endlich ließ sie sein Hemd los. Länger dauerte es, bis sie ihre blauen Augen von ihm gelöst hatte.

Unten im Turm führte ein Laufsteg mit einem Eisengitter an der Außenwand entlang. In der Mitte befand sich ein bedrohlich schwarzes Wasser, dessen Oberfläche an verschiedenen Stellen von Felsen durchbrochen wurde. Salamander klebten an den Steinen unterhalb des Laufsteges und ruhten sich, halb unter Wasser, auf den Steinen aus. Insekten schwammen durch das dicke, pechschwarze Wasser und sprangen um gelegentlich aufsteigende Bläschen herum, die beim Zerplatzen Kreise zogen.

Nach der Hälfte des Steges war Richard sicher, gefunden zu haben, was er gesucht hatte: etwas höchst Ungewöhnliches – im Gegensatz zu den Bibliotheken oder selbst den seltsamen Räumen und Korridoren.

Eine breite Plattform vor der Stelle, wo einmal eine Tür gewesen war, lag voller verrußter Steinbrocken, Splitter und Staub. Dicke Holzstücke aus der Tür trieben jetzt auf dem dunklen Wasser hinter dem Eisengländer. Der Durchgang selbst war weggesprengt worden und jetzt doppelt so groß wie zuvor. Die schroffen Ränder waren verkohlt, und an einigen Stellen war der Stein geschmolzen wie Kerzenwachs. Von dem herausgesprengten Loch aus zogen verschlungene Streifen in alle Richtungen, so als wäre ein Blitz in die Mauer eingeschlagen und hätte sie verbrannt.

»Das ist noch nicht lange her«, stellte Richard fest und fuhr mit dem Finger durch den schwarzen Ruß.

»Wie könnt Ihr das wissen?« fragte Berdine und sah sich um.

»Seht her. Hier. Schimmel und Schmutz wurden weggebrannt, geradezu vom Felsen abgescheuert, und hatten noch keine Zeit, sich wieder auszubreiten. Das hier ist erst vor kurzem passiert – irgendwann innerhalb der letzten zwölf Monate.«

Der Raum im Innern war rund, vielleicht sechzig Fuß im Durchmesser, die Wände mit verschmorten Stellen in zackigen Mustern übersät, so als hätte ein Blitz hier drinnen verrückt gespielt. Eine kreisrunde Steinmauer, einem riesigen Brunnen gleich, nahm die Mitte ein – fast über die Hälfte der Breite des Raumes. Richard beugte sich über die hüfthohe Mauer und hielt die leuchtende Kugel hinein. Die glatten Steinwände des Lochs fielen endlos in die Tiefe ab. Hunderte von Fuß weit konnte er das Gestein sehen, erst dann drang das Licht nicht weiter in die Tiefe vor. Das Loch schien bodenlos zu sein.

Darüber befand sich eine Kuppeldecke, die fast so hoch war wie der Raum breit. Fenster oder weitere Türen gab es nicht. Zur gegenüberliegenden Seite hin konnte Richard einen Tisch und einige Regale erkennen.

Als sie um den Brunnen herumgingen, entdeckte er die Leiche, die neben einem Stuhl auf dem Boden lag. Außer Knochen in ein paar zerfetzten Resten eines Stoffumhanges war nichts mehr übrig. Der größte Teil des Umhanges war vor langer Zeit weggefault, so daß das Skelett nur noch von einem ledernen Gürtel zusammengehalten wurde. Sandalen waren auch noch vorhanden. Als er die Knochen berührte, zerfielen sie wie eingetrocknete Erde.

»Der liegt schon sehr lange hier«, meinte Berdine.

»Da habt Ihr allerdings recht.«

»Seht doch, Lord Rahl.«

Richard stand auf und blickte zum Tisch hinüber, zu der Stelle, auf die sie zeigte. Dort stand ein Tintenfaß, vielleicht schon seit Jahrhunderten ausgetrocknet, daneben ein Federhalter und ein offenes Buch. Richard beugte sich vor und blies eine Staubwolke und Steinsplitter vom Buch herunter.

»Es ist auf Hoch-D'Haran«, sagte er, als er es dicht neben die leuchtende Kugel hielt.

»Laßt mich sehen.« Ihre Augen wanderten von einer Seite zur anderen, während sie die seltsamen Schriftzeichen betrachtete. »Das stimmt.«

»Was steht dort?«

Sie nahm das Buch vorsichtig in beide Hände. »Das hier ist sehr alt. Der Dialekt ist älter als alle, die ich bisher gesehen habe. Darken Rahl hat mir einmal einen alten Dialekt gezeigt, der, wie er sagte, über zweitausend Jahre alt war.« Sie hob den Kopf. »Der hier ist noch älter.«

»Könnt Ihr ihn entziffern?«

»Von dem Buch, das wir beim Betreten der Burg gefunden haben, konnte ich nur einen kleinen Teil verstehen.« Nachdenklich betrachtete sie die letzte beschriebene Seite. »Von diesem hier verstehe ich noch erheblich weniger«, meinte sie und blätterte ein paar Seiten zurück.

Richard machte eine ungeduldige Handbewegung. »Könnt Ihr überhaupt nichts entziffern?«

Sie hörte mit dem Umblättern auf und betrachtete die Schrift. »Ich glaube, hier ist von einem erfolgreichen Ende die Rede, doch dieses Ende bedeutet, daß der Betreffende hier stirbt.« Sie zeigte auf etwas. »Sehr Ihr? *Drauka*. Ich glaube, das Wort ist dasselbe – ›Tod‹.« Berdine warf einen Blick auf den unbeschriebenen Ledereinband, blätterte dann zurück durch das Buch und überflog dabei die Seiten.

Schließlich sah sie wieder hoch mit ihren blauen Augen. »Ich glaube, es ist ein Tagebuch. Ich glaube, es ist das Tagebuch eines Mannes, der hier gestorben ist.«

Richard spürte, wie ihm eine Gänsehaut die Arme hinaufkroch. »Das ist es, wonach ich gesucht habe, Berdine. Das ist etwas Ungewöhnliches, und kein Buch, das andere gesehen haben, wie die oben in der Bibliothek. Könnt Ihr es übersetzen?«

»Ein wenig vielleicht, aber viel nicht.« Ihr Gesicht zeigte Enttäuschung. »Tut mir leid, Lord Rahl. Ich kenne einfach keine so alten Dialekte. Mit dem Buch, das wir zuerst gesehen haben, hätte ich die gleichen Schwierigkeiten gehabt. Ich könnte nur raten.«

Richard zupfte nachdenklich an seiner Unterlippe. Während er das Skelett betrachtete, fragte er sich, was der Zauberer in diesem Raum gesucht haben mochte und warum er ihn hermetisch versiegelt hatte – und schlimmer noch, wer das Siegel gebrochen hatte.

Richard wandte sich wieder Berdine zu. »Das Buch oben – ich kenne es. Ich kenne die Geschichte. Wenn ich Euch helfen und erklären würde, woran ich mich erinnerte, könntet Ihr die Worte dann entziffern und diese übersetzten Worte dann dazu benutzen, dieses Tagebuch zu übertragen?«

Sie dachte darüber nach, und ihre Miene hellte sich auf. »Wenn wir gemeinsam daran arbeiten, könnte es funktionieren. Angenommen, Ihr sagt mir, was ein Satz bedeutet, dann wäre ich in der Lage, auf die Bedeutung von Worten zu schließen, die ich nicht kenne. Vielleicht können wir es schaffen.«

Richard schloß behutsam das Tagebuch. »Haltet es fest, als hinge Euer Leben davon ab. Ich werde das Licht halten. Machen wir, daß wir von hier verschwinden. Wir haben gefunden, weshalb wir hergekommen sind.«

Als er und Berdine den Durchgang passierten, waren Cara und Raina vor Erleichterung fast völlig aus dem Häuschen. Richard sah sogar, wie Egan und Ulic seufzten und den Seelen mit einem stummen Gebet dafür dankten, daß man sie erhört hatte.

»Es sind Mriswiths in der Burg«, erzählte Berdine den anderen, die sie mit Fragen überhäuften.

Cara stockte der Atem. »Wie viele mußtet Ihr töten, Lord Rahl?«

»Keinen. Sie haben uns nicht angegriffen. Von ihnen drohte uns keine Gefahr. Aber es gab genug andere Gefahren.« Er wehrte ihre hektischen Fragen mit einer Handbewegung ab. »Wir werden später darüber reden. Mit Berdines Hilfe habe ich gefunden, was ich gesucht habe.« Er tippte auf das Tagebuch in Berdines Händen. »Wir müssen zurück und es übersetzen.« Er nahm das Buch vom Tisch und reichte es Berdine.

Er wollte schon zur Tür, die nach draußen führte, als er sich noch einmal zu Cara und Raina umdrehte. »Äh, dort unten habe ich darüber nachgedacht, daß ich getötet werden könnte, wenn ich etwas Falsches tue, dabei fiel mir ein, daß ich nicht sterben möchte, ohne Euch beiden vorher etwas zu sagen.«

Richard steckte die Hände in die Taschen und kam näher. »Ich habe Euch noch gar nicht gesagt, daß es mir leid tut, wie ich Euch behandelt habe.«

»Ihr wußtet nicht, daß Berdine unter einem Bann stand, Lord Rahl«, erwiderte Cara. »Wir können es Euch nicht verdenken, daß Ihr Euch uns alle vom Leib halten wolltet.«

»Jetzt weiß ich es aber, und Ihr sollt wissen, daß ich zu Unrecht schlecht von Euch gedacht habe. Ihr habt mir keinen Anlaß dazu gegeben. Es tut mir leid. Hoffentlich könnt Ihr mir verzeihen.«

Ein Lächeln erwärmte die Gesichter von Cara und Raina. Er fand, saß sie noch nie weniger wie Mord-Siths ausgesehen hatten als in diesem Augenblick.

»Wir verzeihen Euch, Lord Rahl«, sagte Cara. Raina pflichtete ihr nickend bei. »Danke.«

»Was ist dort unten passiert, Lord Rahl?« erkundigte sich Cara.

»Wir haben uns über Freundschaft unterhalten«, antwortete Berdine.

Am unteren Ende der Straße, die zur Burg hinaufführte, dort, wo die Stadt Aydindril begann und mehrere Straßen zusammenliefen, die in die Stadt führten, gab es einen kleinen Markt, kein Vergleich zu dem auf der Stentorstraße, aber offenbar versuchte man hier, bei Reisenden eine Reihe verschiedener Waren an den Mann zu bringen.

Als Richard inmitten seiner fünf Leibwächter und seines Begleittrupps, der hinterhermarschierte, vorüberzog, fiel ihm im nachlassenden Licht etwas ins Auge, und er blieb vor einem kleinen, wackeligen Tisch stehen.

»Möchtet Ihr vielleicht einen von unseren Honigkuchen, Lord Rahl?« fragte ein dünnes, vertrautes Stimmchen.

Richard lächelte das kleine Mädchen an. »Wie viele schuldest du mir denn noch?«

Das Mädchen drehte sich um. »Großmutter?«

Die alte Frau erhob sich, die zerrissene Decke an den Leib pressend, und fixierte Richard mit ihren blauen Augen.

»Oh, oh«, meinte sie mit einem Grinsen, daß man die Lücken ihrer fehlenden Zähne sah. »Lord Rahl kann so viele haben, wie er will, Liebes.« Sie verneigte sich. »Es ist sehr schön, Euch wohlbehalten wiederzusehen, mein Lord Rahl.«

»Gleichfalls …« Er wartete auf ihren Namen.

»Valdora«, sagte sie. Sie streichelte über das hellbraune Haar des Mädchens. »Und das hier ist Holly.«

»Freut mich, euch wiederzusehen, Valdora und Holly. Warum seid ihr hier und nicht auf eurem gewohnten Platz?«

Valdora zuckte unter der Decke mit den Achseln. »Jetzt, wo der neue Lord Rahl für Sicherheit in der Stadt sorgt, strömen laufend immer mehr Menschen hierher, und vielleicht kommt sogar wieder Leben in die Burg der Zauberer. Wir hoffen, ein paar von diesen neuen Leuten als Kunden zu gewinnen.«

»Nun, ich würde meine Hoffnung nicht darauf setzen, daß es in der Burg der Zauberer bald schon wieder lebhaft zugeht, aber gewiß habt ihr hier die besten Verkaufsmöglichkeiten bei denen, die frisch in Aydindril eintreffen.« Richard ließ den Blick über die Kuchen auf dem Tisch wandern. »Wie viele stehen mir noch zu?«

Valdora lachte stillvergnügt in sich hinein. »Ich müßte viel backen, wenn Ihr verlangtet, was wir Euch schuldig sind, Lord Rahl.«

Richard zwinkerte ihr zu. »Ich mache dir einen Vorschlag. Wenn ich jeweils einen für meine fünf Freunde hier bekommen könnte, dazu einen für mich selbst, dann betrachten wir die Schuld als beglichen.«

Valdoras Blick wanderte über seine fünf Leibwächter hinweg. Sie neigte noch einmal den Kopf. »Abgemacht, Lord Rahl. Ihr habt mir eine größere Genugtuung verschafft, als Ihr ahnt.«

13. Kapitel

Als Verna auf das Tor zum Bereich der Prälatin zueilte, bemerkte sie den Schwertkämpfer Kevin Andellmere, der im Dunkeln Wache stand. Sie konnte es kaum erwarten, in das Heiligtum zu kommen und Ann mitzuteilen, daß sie endlich einen Weg gefunden hatte und sie jetzt fast jede einzelne der Schwestern kannte, die dem Licht treu ergeben waren. Andererseits hatte sie Kevin seit Wochen nicht gesehen. Sie blieb stehen, obwohl sie gerannt war, daß ihr das Herz klopfte.

»Bist du das, Kevin?«

Der junge Soldat verneigte sich. »Ja, Prälatin.«

»Ich habe dich schon eine ganze Weile nicht mehr hier gesehen, nicht wahr?«

»Nein, Prälatin. Bollesdun, Walsh und ich wurden zu unserer Kommandostelle zurückbeordert.«

»Warum das?«

Kevin trat verlegen auf den anderen Fuß. »Genau weiß ich das nicht. Ich glaube, mein Kommandant war neugierig wegen des Banns, der über dem Palast liegt. Ich kenne ihn seit nahezu fünfzehn Jahren, und er ist alt geworden. Er wollte mit eigenen Augen sehen, ob es stimmt, daß wir nicht gealtert sind. Er meinte, Bollesdun, Walsh und ich sähen genauso aus wie vor fünfzehn Jahren. Er meinte, er hätte es nicht recht geglaubt, als er davon erzählen hörte, doch jetzt sei er überzeugt. Er rief seine Unterführer herbei, die uns kannten, damit sie sich mit eigenen Augen überzeugen konnten.«

Verna spürte, wie ihr der Schweiß in Perlen auf die Stirn trat. Kalt überkam sie die Erkenntnis, und plötzlich wußte sie, weshalb der Kaiser zum Palast der Propheten kam. Sie mußte es der Prälatin erzählen. Dabei hatte sie keine Zeit zu verlieren.

»Kevin, bist du ein ergebener Soldat des Imperiums, der Imperialen Ordnung?«

Kevins Hand glitt an der Lanze nach oben. Seine Stimme klang zögernd. »Ja, Prälatin. Ich meine, als die Imperiale Ordnung meine Heimat eroberte, hatte ich keine große Wahl: Ich wurde zum Soldaten in der Imperialen Ordnung gedungen. Eine Weile kämpfte ich im Norden, in der Nähe der Wildnis. Als die Imperiale Ordnung dann die Macht in unserem Königreich übernahm, erzählte man mir, ich sei jetzt ein Soldat der Ordnung und würde dem Palast überstellt.

Als Wächter kann man keine bessere Arbeit finden. Ich bin froh, daß ich wieder hier bin und Wache halten darf. Bollesdun und Walsh freuen sich ebenso, wieder hier zu sein – auf ihren Posten auf dem Gelände des Propheten.

Wenigstens haben mich meine Offiziere immer ordentlich behandelt, und ich bekomme mein Geld. Viel ist es nicht, aber es kommt regelmäßig. Und ich sehe eine Menge Menschen, die keine Arbeit haben und denen es schwerfällt, das Nötigste zum Essen zu verdienen.«

Verna legte ihm sacht die Hand auf den Arm. »Wie denkst du über Richard?«

»Richard?« Ein Grinsen zog über sein Gesicht. »Ich mochte Richard. Er hat mir teure Pralinen für meine Liebste gekauft.«

»Ist das alles, was er dir bedeutet? Pralinen?«

Er kratzte sich die Stirn. »Nein … so habe ich das nicht gemeint. Richard war … ein guter Mensch.«

»Weißt du, warum er dir diese Pralinen gekauft hat?«

»Weil er nett war. Er hat sich um die Menschen gekümmert.«

Verna nickte. »Ja, das hat er. Er hat gehofft, wenn für ihn die Zeit zur Flucht kommt, würdest du ihn wegen der geschenkten Pralinen als Freund betrachten und nicht gegen ihn kämpfen, so daß er dich nicht töten müßte. Er wollte dich nicht als Gegner, der versucht, ihn umzubringen.«

»Ihn umbringen? Prälatin, ich wäre niemals auf –«

188

»Wenn er nicht so freundlich zu dir gewesen wäre, hättest du dich möglicherweise zuerst dem Palast gegenüber ergeben gezeigt und versucht, ihn aufzuhalten.«

Er sah kurz zu Boden. »Ich habe gesehen, wie er mit dem Schwert umgeht. Ich glaube, er hat mir mehr als nur Pralinen geschenkt.«

»Das hat er allerdings. Wenn die Zeit kommt, Kevin, und du mußt eine Entscheidung treffen – für Richard oder die Imperiale Ordnung –, für wen würdest du dich entscheiden?«

Er verzog gequält das Gesicht. »Ich bin Soldat, Prälatin.« Er stöhnte. »Aber Richard ist ein Freund. Es würde mir schwerfallen, die Waffe gegen einen Freund zu erheben, wenn ich dazu gezwungen wäre. Das ginge allen Palastwachen so. Sie mögen ihn alle.«

Sie drückte seinen Arm. »Sei deinen Freunden ergeben, Kevin, dann wird dir nichts geschehen. Sei Richard ergeben, und es wird dich retten.«

Er nickte. »Danke, Prälatin. Aber ich habe keine Angst, daß ich mich entscheiden muß.«

»Hör zu, Kevin. Der Kaiser ist ein schlechter Mann.« Kevin erwiderte nichts. »Merke dir einfach nur das. Und behalte für dich, was ich dir gesagt habe, ja?«

»Ja, Prälatin.«

Verna betrat forschen Schrittes ihr Vorzimmer. Phoebe erhob sich halb von ihrem Stuhl, als sie sie erblickte. »Guten Abend, Prälatin.«

»Ich muß um Unterweisung beten, Phoebe. Keine Besucher.«

Plötzlich kam ihr eine von Kevins Bemerkungen in den Sinn, die ihr nicht recht schlüssig war. »Die Wachen Bollesdun und Walsh wurden dem Gelände des Propheten überstellt. Überprüfe, weshalb sie dort sind und wer das angeordnet hat, und erstatte mir gleich morgen früh als erstes Bericht darüber.« Verna drohte ihr mit dem Finger. »Gleich als erstes.«

»Verna –« Phoebe sank zurück auf ihren Stuhl und blickte auf ihren Schreibtisch. Schwester Dulcinia wendete ihr bleiches Gesicht ab und widmete ihre Aufmerksamkeit den Berichten. »Verna, es sind ein paar Schwestern hier, die Euch sprechen wollen. Sie warten drinnen.«

»Ich habe niemandem erlaubt, in meinem Büro zu warten!«

Phoebe hielt den Kopf gesenkt. »Ich weiß, Prälatin, aber –«

»Ich werde mich darum kümmern. Danke, Phoebe.«

Verna hatte einen finsteren, wütenden Blick aufgesetzt, als sie in ihr Büro stürmte. Ohne ihre ausdrückliche Genehmigung durfte sich niemand in ihrem Büro aufhalten. Sie hatte keine Zeit für Unfug. Endlich hatte sie herausgefunden, wie man die Schwestern des Lichts von den Schwestern der Finsternis unterscheiden konnte, und sie wußte, weshalb Kaiser Jagang nach Tanimura in den Palast der Propheten kam. Sie mußte Ann eine Nachricht schicken. Sie mußte wissen, was sie tun sollte.

Im Näherkommen erkannte sie in dem dämmrigen Raum die Gestalten von vier Frauen. »Was hat das zu bedeuten?«

Als sie in den Schein der Kerze trat, erkannte Verna Schwester Leoma.

Und dann wurde die Welt rings um sie nach einem blendenden, schmerzhaften Blitz dunkel.

»Tu, was ich sage, Nathan.«

Er beugte sich zu ihr hinunter, eine ziemliche Entfernung, wenn man ihren Größenunterschied bedachte, und knirschte mit den Zähnen. »Du könntest mir wenigstens Zugang zu meinem Han verschaffen. Wie soll ich dich sonst beschützen?«

Ann verfolgte in der Dunkelheit, wie die Kolonne von fünfhundert Mann Lord Rahl die Straße hinauf folgte. »Ich will nicht, daß du mich beschützt. Das Risiko dürfen wir nicht eingehen. Du weißt, was zu tun ist. Erst wenn er mich gerettet hat, darfst du einschreiten, sonst haben wir keine Chance, einen so gefährlichen Mann zu fassen zu bekommen.«

»Und wenn er dich nicht ›rettet‹?«

Ann wollte diese Möglichkeit nicht wahrhaben. Sie versuchte, nicht daran zu denken, was geschehen würde, selbst wenn die Ereignisse die richtige Gabelung nähmen. »Muß ich einen Propheten jetzt über Prophezeiungen aufklären? Du mußt es geschehen lassen. Danach werde ich die Sperre entfernen. Und jetzt schaff die Pferde für die Nacht in einen Stall. Sorge dafür, daß sie alle gut gefüttert werden.«

Nathan riß ihr die Zügel aus der Hand. »Ganz wie du willst, Frau.« Er drehte sich noch einmal um. »Du solltest darauf hoffen, daß ich diesen Halsring niemals loswerde, denn dann werden wir sehr ausführlich ein Wörtchen miteinander reden müssen. Allerdings wirst du es nicht leicht haben, deinen Standpunkt zu vertreten, denn du wirst dabei gefesselt und geknebelt sein.«

Ann lachte leise in sich hinein. »Nathan, du bist ein guter Kerl. Ich vertraue auf dich. Du mußt mir auch vertrauen.«

Er drohte ihr mit dem Zeigefinger. »Wenn du dich umbringen läßt ...«

»Ich weiß, Nathan.«

Er brummte. »Und dann heißt es immer, ich sei verrückt.« Er drehte sich zu ihr um. »Du könntest dir wenigstens etwas zu essen besorgen. Du hast den ganzen Tag noch nichts gegessen. Gleich dort drüben gibt es einen Markt. Versprich mir, daß du wenigstens etwas ißt.«

»Ich habe aber keinen –«

»Versprich es mir!«

Ann seufzte. »Also schön, Nathan. Wenn es dich glücklich macht, werde ich etwas essen. Aber großen Hunger habe ich nicht.«

Er hob warnend den Finger. »Ich habe gesagt, ich verspreche es. Und jetzt geh.«

Als er schließlich wütend mit den Pferden davongestapft war, setzte sie ihren Weg zur Burg fort. Die Angst, blind in eine Prophezeiung hineinzulaufen, lag ihr schwer im Magen. Die Vorstellung, die Burg der Zauberer noch einmal zu betreten, behagte ihr nicht, um so weniger, wenn sie an die Prophezeiung dachte, um die es hier ging. Trotzdem mußte sie es tun. Es war die einzige Möglichkeit.

»Einen Honigkuchen, meine Dame? Er kostet nur einen Penny und ist wirklich gut.«

Ann sah zu einem kleinen Mädchen in einem großen Mantel hinunter, das hinter einem wackeligen Tisch stand. Honigkuchen. Nun, sie hatte nicht gesagt, was sie essen würde. Ein Honigkuchen würde den Zweck erfüllen.

Ann lächelte das hübsche Gesicht an. »So ganz alleine hier draußen im Dunkeln?«

Das Mädchen drehte sich um und zeigte hinter sich. »Nein, meine Großmutter ist auch hier.«

Unter einer zerlumpten Decke lag, offenbar schlafend, zusammengerollt eine untersetzte Frau. Ann kramte in einer Tasche und zog eine Münze hervor.

»Ein Silberstück für dich, Liebes. Du siehst aus, als hättest du es nötiger als ich.«

»Oh, vielen Dank, meine Dame.« Sie holte einen Honigkuchen unter dem Tisch hervor. »Bitte nehmt diesen. Es ist einer von den besten, mit besonders viel Honig. Die hebe ich für die nettesten Leute auf, die an meinem Stand kaufen.«

Lächelnd nahm Ann den Honigkuchen entgegen. »Ja, vielen Dank, Liebes.«

Ann ließ sich den süßen Honigkuchen schmecken und betrachtete dabei die Menschen, die auf dem kleinen Markt herumliefen, auf der Suche nach einem, der möglicherweise Ärger bedeuten konnte. Gefährlich sah keiner aus, aber sie wußte: Einer war es. Sie richtete ihr Augenmerk wieder auf die Straße. Komme es, wie es wolle. Sie fragte sich, ob ihre Sorge tatsächlich nachlassen würde, wenn sie wüßte, wie es geschehen würde. Wahrscheinlich nicht.

In der Dunkelheit bemerkte niemand, wie sie den Weg zur Burg einschlug, und endlich war sie allein. Sie wünschte, Nathan wäre bei ihr. In gewisser Hinsicht war es jedoch auch schön, endlich alleine zu sein, wenn auch nur für kurze Zeit. Das gab ihr Gelegenheit, über ihr Leben nachzudenken und welche Veränderungen dies mit sich bringen würde, ohne Nathan um sich zu haben. So viele Jahre.

In gewisser Hinsicht verurteilte sie mit dem, was sie hier tat, diejenigen zum Tode, die sie liebte. Doch welche Wahl blieb ihr schon?

192

Sie leckte sich die Finger ab, nachdem sie den Honigkuchen aufgegessen hatte. Er hatte ihren Magen nicht, wie erhofft, beruhigt.
Als sie unter den eisernen Fallgittern hindurchging, befand sich ihr
Magen in hellem Aufruhr. Was war mit ihr los? Sie hatte schon
früher gefährlichen Situationen gegenübergestanden. Vielleicht war
ihr das Leben mit dem Alter kostbarer geworden, sie klammerte
sich mehr daran und hatte Angst, es zu verlieren.

Als sie im Innern der Burg eine Kerze anzündete, wußte sie, daß
etwas nicht stimmte. Sie kam sich vor, als stünde sie in Flammen.
Ihre Augen brannten. Ihre Gelenke schmerzten. War sie krank?
Gütiger Schöpfer, nicht jetzt. Sie mußte stark sein.

Als sie einen stechenden Schmerz unter ihrem Brustbein spürte,
legte sie einen Arm um ihren Bauch und ließ sich auf einen Stuhl
fallen. Sie stöhnte. Der Raum drehte sich um sie. Was war …?

Der Honigkuchen.

Nie wäre sie auf die Idee gekommen, daß es auf diese Weise geschehen könnte. Sie hatte sich immer gefragt, wie sie überwältigt
werden konnte. Schließlich war sie nicht ohne ihr Han – und das
war stark, stärker als fast bei jeder anderen Magierin. Wie hatte sie
nur so dumm sein können? Sie krümmte sich unter einer bren-
nendheißen Schmerzattacke.

In ihrem verschwimmenden Blickfeld sah sie zwei Gestalten den
Raum betreten, eine klein, die andere größer. Zwei? Mit zweien
hatte sie nicht gerechnet. Gütiger Schöpfer, zwei konnten alles verderben.

»Oh, oh. Sieh an, was die Nacht mir gebracht hat.«

Sie traten näher. »Erinnert Ihr Euch nicht mehr an mich?« Die alte
Frau in der Decke lachte keckernd. »Erinnert sich nicht mehr an
mich, alt und verlebt wie ich bin? Nun, Ihr seid selbst schuld. Ich
muß schon sagen, Ihr seht kaum einen Tag älter aus. Wärt Ihr nicht
gewesen, meine Liebe, könnte ich meine Jugend ebenfalls noch besitzen, meine liebe, liebe Prälatin. Dann würdet Ihr mich erkennen.«

Ann stockte der Atem, als ein bohrender Schmerz sie über-
mannte.

»Ist Euch der Honigkuchen nicht bekommen?«

»Wer ...«

Die alte Frau stützte ihre Hände auf die Knie und beugte sich vor. »Nun, Prälatin, Ihr werdet Euch doch sicher noch erinnern? Ich versprach, daß Ihr bezahlen würdet, für das, was Ihr mir angetan habt. Und Ihr wißt nicht einmal mehr, wie grausam Ihr zu mir gewesen seid? Habe ich Euch so wenig bedeutet?«

Ann riß die Augen auf, als ihr plötzlich siedendheiß alles klar wurde. Sie hätte sie nach all den Jahren niemals wiedererkannt, aber die Stimme, die Stimme war immer noch dieselbe.

»Valdora.«

Die alte Frau lachte wieder keckernd. »Nun, meine liebe Prälatin, es ehrt mich, daß Ihr Euch an jemanden so Unbedeutendes wie mich erinnert.« Sie verneigte sich mit übertriebener Höflichkeit. »Hoffentlich wißt Ihr auch noch, was ich Euch versprochen habe? Ihr wißt es noch, nicht wahr? Ich versprach, für Euren Tod zu sorgen.«

Ann fühlte, wie sie, sich vor Schmerzend windend, auf den Boden aufschlug. »Ich dachte ... wenn du über dein ... Tun nachdenkst, würdest du ... erkennen, wie falsch du gehandelt hast. Jetzt sehe ich, daß es ... richtig von mir war, ... dich aus dem Palast zu verweisen. Du hast es ... nicht verdient, ... als Schwester zu dienen.«

»Oh, macht Euch deshalb keine Sorgen, Prälatin. Ich habe einen eigenen Palast aufgemacht. Meine Urenkelin hier ist meine Schülerin, meine Novizin. Ich bilde sie besser aus, als Ihr Schwestern das jemals könntet. Ich bringe ihr alles bei.«

»Du bringst ihr bei ... wie man Menschen vergiftet?«

Valdora lachte. »Nein, das Gift wird Euch nicht töten. Das war nur eine Kleinigkeit, die Euch außer Gefecht setzen soll, bis ich Euch vollkommen in ein Netz einbinde, in dem Ihr hilflos seid. So leicht werdet Ihr nicht sterben.« Sie beugte sich noch weiter vor, ihre Stimme fauchte giftig. »Ihr werdet lange brauchen, bis Ihr sterbt, Prälatin. Vielleicht haltet Ihr sogar durch bis morgen früh. Ein Mensch kann tausend Tode sterben in einer einzigen Nacht.«

»Wie konntest du ... wissen, daß ich ... komme?«

Die Frau richtete sich auf. »Oh, ich wußte es gar nicht. Als ich dann Lord Rahl sah, dachte ich, er würde mir vielleicht am Ende eine Schwester bringen. Nicht einmal in meinen wildesten Träumen hätte ich zu hoffen gewagt, daß er mir die Prälatin höchstpersönlich in die Hände liefern würde. Oh, oh, welch ein Wunder. Nein, das habe ich nie zu hoffen gewagt. Ich hätte mich mehr als glücklich geschätzt, hätte ich eine von Euren Schwestern häuten können, oder vielleicht auch Euren Schüler, Lord Rahl, um Euch zu quälen. Aber jetzt kann ich meine tiefsten, finstersten Gelüste befriedigen.«

Ann versuchte, ihr Han herbeizurufen. Durch den Schmerz hindurch erkannte sie, daß der Honigkuchen mehr als nur ein simples Gift enthalten hatte. Er war mit einem Bann verknüpft gewesen.

Gütiger Schöpfer, das alles lief nicht so, wie es sollte.

Es wurde dunkel um sie herum. Sie spürte einen reißenden Schmerz in ihrer Kopfhaut. Sie fühlte, wie der Stein ihr über den Rücken kratzte. Sie sah das hübsche, lächelnde Gesicht des Mädchens, das neben ihr herlief.

»Ich vergebe dir, Kind«, sagte Ann leise.

Und dann versank sie in Dunkelheit.

14. Kapitel

Kahlan packte im Laufen mit der einen Hand Adies Arm, mit der anderen ein Schwert. Die beiden stolperten in der Dunkelheit über Orsk und schlugen hart hin. Kahlan riß ihre Hand zurück aus dem warmen Gemenge seiner Eingeweide im Schnee.

»Wie ... wie ist es möglich, daß er hier liegt?«

Adie rang keuchend nach Atem. »Es ist nicht möglich.«

»Der Mond ist hell genug, um alles zu erkennen. Ich weiß, daß wir nicht im Kreis herumlaufen.« Sie faßte in den Schnee, um sich das blutige Geschmiere von der Hand zu wischen. Dann rappelte sie sich auf und zog Adie mit hoch. Überall ringsum lagen in rote Capes gekleidete Leichen verstreut. Sie waren nur in einen einzigen Kampf verwickelt gewesen. Weitere Leichen konnte es nicht geben. Und Orsk ...

Kahlan ließ ihren Blick am Waldrand entlangwandern, suchte nach Soldaten auf Pferden. »Erinnerst du dich noch an Jebras Vision, Adie? Sie sah, daß ich im Kreis herumlief.«

Adie wischte sich den Schnee aus dem Gesicht. »Aber wie ist das möglich?«

Adie würde nicht mehr weit laufen können. Sie hatte ihre Energie im Kampf verbraucht und war fast zu Tode erschöpft. Die Kraft ihrer entfesselten Magie hatte unter den Angreifern verheerend gewütet, aber es waren zu viele gewesen. Allein Orsk hatte sicher zwanzig oder dreißig von ihnen getötet. Kahlan hatte nicht gesehen, wie Orsk getötet worden war, war aber jetzt schon zum drittenmal auf seine Leiche gestoßen. Man hatte ihn fast in zwei Hälften zerteilt.

»Was meinst du? Welche Richtung müssen wir einschlagen, wenn wir entkommen wollen?« fragte sie die Magierin.

»Sie sind hinter uns.« Adie zeigte dorthin. »Wir müssen diesen Weg nehmen.«

»Das denke ich auch.« Sie zog Adie in die entgegengesetzte Richtung fort. »Wir haben getan, was wir für richtig hielten, aber es hat nicht funktioniert. Wir müssen etwas anderes ausprobieren. Komm. Wir müssen tun, was wir für falsch halten.«

»Es könnte ein Bann sein«, meinte Adie. »Wenn, dann hast du recht. Ich bin so müde, daß ich nicht mehr fühle, ob es einer ist.«

Sie stürzten durch das Dornengestrüpp und einen steilen Hang hinunter, halb rennend, halb im Schnee rutschend. Vor dem Sprung über den Rand sah sie die Reiter, die hinter der Deckung aus Bäumen hervorpreschten. Unten hatte sich der Schnee zu hohen Verwehungen aufgehäuft. Die beiden kämpften sich hindurch zu den Bäumen. Es war, als versuchte man, in einem Sumpf zu rennen.

Plötzlich tauchte ein Mann aus der Nacht auf und rannte hinter ihnen den Abhang hinunter. Kahlan wartete nicht, ob Adie versuchen würde, von ihrer Magie Gebrauch zu machen. Wenn sie es nicht schaffte, blieb keine Zeit mehr.

Kahlan wirbelte mitsamt Schwert herum. Der Soldat im roten Cape riß sein Schwert hoch, um sich zu verteidigen, und stürzte weiter vor. Er trug einen gepanzerten Brustharnisch. Von seiner Rüstung wäre ihr Schlag abgeprallt. Er schützte sein Gesicht – eine instinktive Reaktion. Gegen jemanden, der von ihrem Vater, König Wyborn, trainiert worden war, jedoch ein tödlicher Zug. Männer in Rüstungen kämpften mit falschem Selbstvertrauen.

Statt dessen schmetterte Kahlan ihr Schwert mit voller Wucht nach unten. Es blieb mit einem Ruck stecken, als es gegen seinen Oberschenkelknochen prallte. Den Oberschenkelmuskel durchtrennt, stürzte der Mann mit einem hilflosen Schrei auf den festgetretenen Boden.

Ein weiterer Soldat kam über ihn hinweg auf sie zugesprungen. Sein rotes Cape flatterte offen in der Nachtluft. Kahlan riß ihr Schwert hoch, schlitzte die Innenseite seines Schenkels auf und durchtrennte die Arterie. Als er an ihr vorüberstolperte, hackte sie ihm in die Achillesferse.

Der erste schrie schmerzgequält auf. Der zweite fluchte aus vollem Hals und beschimpfte sie, während er, das Schwert schwenkend, weiter vorankroch, die unflätigsten Ausdrücke, die sie je gehört hatte, auf den Lippen, und versuchte sie zu einem Kampf zu provozieren.

Kahlan mußte an den Rat ihres Vaters denken: *Worte können dich nicht verletzen. Hüte dich nur vor der Klinge. Kämpfe nur gegen die Klinge.*

Sie vergeudete ihre Zeit nicht damit, ihnen den Todesstoß zu verpassen. Vermutlich würden sie im Schnee verbluten. Und selbst wenn nicht, konnten sie verstümmelt, wie sie waren, ihnen nicht folgen. Sich gegenseitig an den Armen haltend, flüchteten sie und Adie weiter in die Bäume hinein.

Keuchend schlängelten sie sich in der Dunkelheit zwischen den schneeverkrusteten Föhren hindurch. Kahlan spürte, wie Adie zitterte. Gleich zu Beginn hatte sie ihren schweren Mantel verloren. Kahlan riß sich ihren Wolfspelzumhang vom Leib und warf ihn Adie über die Schultern.

»Nein, Kind«, protestierte Adie.

»Zieh ihn an«, befahl Kahlan. »Ich schwitze, außerdem behindert er mich nur mit dem Schwert.« Tatsächlich war ihr Schwertarm so erschöpft, daß sie die Waffe kaum noch heben konnte, vom Schwingen ganz zu schweigen. Nur die Angst verlieh ihren Muskeln noch Kraft. Im Augenblick genügte das.

Kahlan wußte längst nicht mehr, in welche Richtung sie lief. Die beiden rannten einfach um ihr Leben. Wenn sie nach rechts wollte, lief sie statt dessen nach links. Die Bäume, zwischen denen sie hindurchrannten, waren zu dicht, um die Sterne zu sehen – oder den Mond.

Sie mußte entkommen. Richard war in Gefahr. Richard brauchte sie. Sie mußte zu ihm. Zedd müßte mittlerweile dort eingetroffen sein, trotzdem konnte alles schiefgehen. Möglicherweise schaffte es Zedd nicht. Sie mußte.

Kahlan schlug den Ast einer Balsamtanne zur Seite und kämpfte sich zu einer kleinen, offenen, vom Schnee freigewehten Stelle an einem Felshang vor. Sie blieb erschrocken stehen. Vor ihr standen zwei Pferde.

Tobias Brogan, Lord General des Lebensborns aus dem Schoß der Kirche, blickte lächelnd auf sie herab. Eine Frau in zerrissenen Fetzen bunten Stoffes hockte neben ihm auf einem Pferd.

Brogan strich sich mit den Knöcheln über seinen Schnäuzer. »Wen haben wir denn hier?«

»Zwei Reisende«, sagte Kahlan mit einer Stimme kalt wie die Winterluft. »Seit wann befaßt sich der Lebensborn mit dem Ausrauben und Niedermetzeln hilfloser Reisender?«

»Hilflose Reisende? Das wohl kaum. Ihr beide habt sicher über einhundert meiner Männer getötet.«

»Wir haben unser Leben gegen den Lebensborn verteidigt, der, solange er glaubt, damit durchkommen zu können, Menschen überfällt, die er nicht einmal kennt.«

»Oh, aber ich kenne Euch, Kahlan Amnell, Königin von Galea. Ich weiß mehr, als Ihr denkt. Ich weiß, wer Ihr seid.«

Kahlans Faust ballte sich um das Heft ihres Schwertes.

Brogan lenkte seinen Grauschimmel näher heran, dabei machte sich ein häßliches Grinsen auf seinem Gesicht breit. Sich mit einem Arm auf den Sattelknauf abstützend, beugte er sich vor und fixierte sie mit seinen boshaften, dunklen Augen.

»Ihr, Kahlan Amnell, seid die Mutter Konfessor. Ich sehe Euch als die, die Ihr seid. Und Ihr seid die Mutter Konfessor.«

Kahlans Muskeln verkrampften, ihr Atem blieb in ihren Lungen gefangen. Wie konnte er das nur wissen? Hatte Zedd den Bann aufgehoben? War Zedd etwas zugestoßen? Gütige Seelen, wenn Zedd irgend etwas passiert war …

Mit einem wütenden Aufschrei riß sie das Schwert in einem mächtigen Schwung nach vorn. Im selben Augenblick streckte die Frau in den zerfetzten Lumpen eine Hand aus. Ächzend vor Anstrengung baute Adie einen Schild auf. Der Schlag aus der Luft von der Frau auf dem Pferd streifte an Kahlans Gesicht vorbei und warf ihr das Haar nach hinten. Adies Schild hatte sie gerettet.

Kahlans Schwert blitzte im Mondlicht auf. Ein Krachen erfüllte die Nachtluft, als ihre Klinge das Bein des Pferdes unter Brogan wegschlug.

Schreiend stürzte das Pferd zu Boden, und Brogan fiel zwischen die Bäume. Zur selben Zeit hüllte ein Feuerstoß von Adie den Kopf des anderen Pferdes ein. Es bäumte sich wild auf und warf die Frau ab, von der Kahlan mittlerweile wußte, daß sie ebenfalls eine Magierin war.

Kahlan packte Adie an der Hand und zerrte sie fort. Verzweifelt stürzten sie ins Unterholz. Überall ringsum hörten sie, wie Soldaten und Pferde durch die Bäume brachen. Kahlan versuchte erst gar nicht zu überlegen, wohin sie rannten, sie rannte einfach drauflos.

Es gab etwas, auf das sie noch nicht zurückgegriffen hatte – noch nicht. Ihre Kraft sparte sie sich als letzte Zuflucht auf. Sie konnte nur ein einziges Mal von ihr Gebrauch machen, und dann dauerte es Stunden, bis sie wiederhergestellt war. Die meisten Konfessoren brauchten ein, zwei Tage, um ihre Magie wiederzuerlangen. Daß Kahlan ihre Kraft in wenigen Stunden wiedererlangen konnte, machte sie zu einer der mächtigsten Konfessoren, die je geboren worden waren. Jetzt schien diese Kraft nicht viel zu bedeuten – nur eine allerletzte Chance.

»Adie.« Kahlan keuchte, versuchte, wieder zu Atem zu kommen. »Wenn du kannst, halte eine der beiden Frauen auf, sobald sie uns eingeholt haben.«

Adie brauchte keine weiteren Erklärungen. Sie hatte verstanden. Die beiden Frauen, die ihnen hinterherjagten, waren Magierinnen. Wenn Kahlan von ihrer Kraft Gebrauch machen mußte, war dies sicher die beste Verwendung dafür.

Kahlan duckte sich, als es blitzte. Neben ihnen stürzte ein Baum mit ohrenbetäubendem Krachen zu Boden. Als sich die Wolken aufgewühlten Schnees legten, kam die andere Frau, die zu Fuß war, auf sie zumarschiert.

Neben der Frau ging ein dunkles, schuppiges Wesen, halb Mensch, halb Echse. Kahlan hörte, wie ihrer Kehle ein Schrei entfuhr. Es war, als wollten ihr die Knochen aus dem erstarrten Leib springen.

»So ganz allmählich habe ich genug von diesem Unfug«, meinte die Frau, die sich, das Schuppenwesen an ihrer Seite, mit energischen Schritten näherte.

Mriswith. Es mußte ein Mriswith sein. Richard hatte sie ihr beschrieben. Dieses Alptraumgeschöpf konnte nur ein Mriswith sein.

Adie schoß herbei und schleuderte der Frau glitzerndes Licht entgegen. Die Frau machte eine ruckartige Bewegung mit der Hand, fast beiläufig, und Adie ging zu Boden, während das Glitzern wirkungslos auf dem Schnee niederging.

Die Frau bückte sich, packte Adies Handgelenk und schleuderte sie fort – wie ein Huhn, das später gerupft werden sollte. Kahlan explodierte und warf sich mit ihrem Schwert nach vorn.

Das Etwas, der Mriswith, segelte wie ein Windstoß vor ihr her. Sie sah, wie sich im Vorüberwirbeln sein dunkles Cape blähte. Sie hörte das Klirren von Stahl.

Plötzlich wurde ihr bewußt, daß sie auf den Knien lag. Ihre leere Schwerthand prickelte und brannte. Wie konnte er sich so schnell bewegen? Als sie den Kopf hob, war die Frau näher gekommen. Sie hob die Hand, und die Luft schimmerte. Kahlan spürte einen Schlag gegen ihr Gesicht.

Sie blinzelte das Blut aus ihren Augen und sah, wie die Frau erneut die Hand erhob, die Finger gekrümmt.

Plötzlich riß die Frau die Arme hoch, als sie von einem mächtigen Schlag von hinten getroffen wurde. Adie mußte alles hineingelegt haben, was sie noch an Kraft besaß. Der unsichtbare magische Stoß von Adie, hart wie ein Hammer, warf die Frau nach vorn. Kahlan bekam ihre Hand zu fassen, während sie verzweifelt versuchte, sie zurückzureißen.

Es war zu spät. In Kahlans Bewußtsein verlangsamte sich alles. Die Magierin schien mitten in der Luft zu stehen, während Kahlan ihre Hand umklammert hielt. Die Zeit gehörte jetzt ganz Kahlan. Sie hatte alle Zeit der Welt.

Die Magierin begann zu keuchen. Sie wollte den Kopf heben. Sie zuckte zurück. Kahlan hatte das ruhige Zentrum ihrer Kraft, ihrer Magie gefunden und war Herr der Lage. Die Frau hatte keine Chance.

Kahlan konnte zusehen, wie die Magie aus ihrem Innern, die Magie des Konfessors, jede einzelne Faser ihres Seins durchdrang und schreiend vorwärtsdrängte.

An diesem zeitlosen Ort ihres Bewußtseins setzte Kahlan ihre Kraft frei.

Donner ohne Hall erschütterte die Nacht.

Die Erschütterung peitschte durch die Luft, selbst die Sterne schienen zu wanken, als hätte eine himmlische Faust auf die Glocke des Nachthimmels geschlagen.

Der Schock erschütterte die Bäume. Eine Welle aus Schnee hob sich und setzte sich kreisförmig nach außen fort.

Der Aufprall der Magie hatte den Mriswith von den Beinen geworfen.

Die Frau hob den Kopf, die Augen aufgerissen, die Muskeln erschlafft.

»Herrin«, hauchte sie, »befehligt mich.«

Soldaten brachen durch die Bäume. Der Mriswith rappelte sich taumelnd auf.

»Beschütze mich!«

Die Magierin sprang auf, streckte eine Hand aus und drehte sich. Die Nacht fing Feuer.

Blitze fetzten im Bogen durch die Bäume. Baumstämme zerbarsten, sobald das gewundene Lichtband sie durchschnitt. Zersplittertes Holz wirbelte durch die Luft, Rauch nach sich ziehend. Männer waren der zerreißenden Gewalt nicht weniger schutzlos ausgeliefert als die Bäume. Kein Schrei entwich ihren Lungen, doch hätte ein solcher im Höllenlärm nie Gehör gefunden.

Der Mriswith sprang auf sie zu. Schuppen, den Federn eines Vogels gleich, der vom Stein aus einer Schleuder getroffen wurde, füllten die Luft.

Brüllendes Feuer erfüllte die Nacht. Die Luft war voller Flammen, Fleisch und Knochen.

Kahlan wischte sich Blut aus den Augen und versuchte etwas zu erkennen, als sie rückwärts durch den Schnee taumelte. Sie mußte entkommen, mußte Adie finden.

Sie stieß gegen etwas. Sie dachte, es müsse ein Baum sein. Eine Faust packte sie bei den Haaren. Sie griff auf ihre Kraft zu, merkte zu spät, daß sie verbraucht war.

Kahlan spuckte Blut. Ihr klangen die Ohren. Und dann war da ein Schmerz. Sie konnte sich nicht hochstemmen. Ihr Kopf fühlte sich an, als wäre ein Baum darauf gestürzt. Über sich hörte sie eine Stimme.

»Lunetta, hör sofort damit auf.«

Kahlan verdrehte den Kopf im Schnee und sah, wie die Magierin, die sie mit ihrer Kraft berührt hatte, immer größer zu werden und auseinanderzufallen schien. Ihre Arme flogen in zwei verschiedene Richtungen. Das war alles, was Kahlan sah. Dann füllte – dort, wo die Frau gestanden hatte – eine Wolke roten Nebels die Luft.

Kahlan sackte in den Schnee. Nein. Sie durfte nicht aufgeben. Mit einer Drehung kam sie auf die Knie und zog ihr Messer. Brogans Stiefel traf sie mitten in den Leib.

Sie blickte hinauf in die Sterne und versuchte, Luft zu holen. Unmöglich. Eine Woge kalter Panik überkam sie, als sie versuchte zu atmen. Die Luft wollte nicht in die Lungen. Ihre Bauchmuskeln zogen sich krampfartig zusammen, aber sie bekam keine Luft.

Brogan kniete neben ihr, riß sie an ihrem Hemd in die Höhe. Schließlich kam ihr Atem als krampfhaftes Husten in halberstickten Zügen zurück.

»Endlich«, sagte er leise. »Endlich gehört der Fang der Fänge mir – das kostbarste Spielzeug des Hüters, die Mutter Konfessor höchstpersönlich. Ihr habt ja keine Vorstellung, wie ich von diesem Tag geträumt habe.« Er schlug ihr mit dem Handrücken gegen das Kinn. »Überhaupt keine Vorstellung.«

203

Kahlan mühte sich ab, um Luft zu bekommen, während Brogan ihr das Messer aus der Hand wand. Sie kämpfte, um zu verhindern, daß ihr schwarz vor Augen wurde. Sie mußte bei Bewußtsein bleiben, wenn sie denken, wenn sie sich wehren wollte.

»Lunetta!«

»Ja, mein Lord General, hier bin ich.«

Kahlan spürte, wie die Knöpfe an ihrem Hemd absprangen, als er es aufriß. Schwach hob sie einen Arm, um seine Hände daran zu hindern. Er schlug ihren Arm fort. Ihre Arme fühlten sich zu schwer an, um sie zu heben.

»Als erstes müssen wir uns ihrer bemächtigen, bevor ihre Kraft zurückkehrt. Danach haben wir alle Zeit, die wir wollen, sie zu verhören, bevor sie für ihre Verbrechen bezahlen wird.«

Er beugte sich im Mondlicht näher heran, stemmte ein Knie in ihren Unterleib und drückte sie auf den Boden. Sie kämpfte, um wieder Luft in ihre Lungen zu bekommen, dann plötzlich entwich sie mit einem Schrei, als er ihr mit seinen brutalen Fingern die linke Brustwarze verdrehte.

Sie sah, wie das Messer in seiner anderen Hand erschien.

Mit aufgerissenen Augen sah sie das weiße Schimmern vor Brogans Grinsen. Drei Klingen verharrten im Mondschein vor seinem blutleeren Gesicht. Kahlan fuhr zusammen mit Brogan herum, und sie sahen über sich zwei Mriswiths.

»Laßßßß sssie losss«, zischelte der eine, »oder du stirbssst.«

Kahlan legte die Hand auf den durchdringenden Schmerz in ihrer Brust, nachdem er getan hatte, wie ihm befohlen worden war. Der Schmerz war so ungeheuer, daß ihr die Tränen in die Augen schossen. Wenigstens half es, sie vom Blut zu reinigen.

»Was hat das zu bedeuten«, knurrte Brogan. »Sie gehört mir. Der Schöpfer will, daß sie bestraft wird.«

»Du wirst tun, wasss der Traumwandler befiehlt, oder du wirsssst sterben.«

Brogan hob herausfordernd den Kopf. »Das ist sein Wunsch?« Der Mriswith bestätigte es mit einem Zischen. »Das begreife ich nicht.«

»Du bezweifelst es?«

»Nein. Nein, natürlich nicht. Es wird geschehen, was du empfiehlst, Geheiligter.«

Kahlan hatte Angst, sich aufzusetzen, und hoffte, als nächstes würden sie Brogan befehlen, er solle sie gehen lassen. Brogan stand auf und trat zurück.

Ein weiterer Mriswith erschien mit Adie, stieß sie neben Kahlan auf den Boden. Die Berührung der Magierin auf Kahlans Arm verriet ohne Worte, daß es ihr gut ging, wenn sie auch zerschunden und zerkratzt war. Adie legte Kahlan einen Arm um die Schultern und half ihr, sich aufzusetzen.

Kahlan hatte am ganzen Körper Schmerzen. Ihr Kiefer pochte, wo Brogan sie geschlagen hatte, und ihre Stirn brannte. Noch immer lief ihr Blut in die Augen.

Einer der Mriswiths wählte zwei Ringe aus mehreren, die an seinem Handgelenk hingen, aus und hielt sie der Magierin in den zerfetzten Lumpen hin – Lunetta, wie Brogan sie genannt hatte. »Die andere ist tot. Du mußt es an ihrer Stelle tun.«

Lunetta nahm die Ringe mit einem verwirrten Gesicht entgegen. »Tun? Was denn?«

»Benutze deine Gabe, um sie ihnen um den Hals zu legen, damit man sie kontrollieren kann.«

Lunetta zog an einem der Ringe, dieser öffnete sich mit einem Schnappen. Sie schien überrascht, sogar erfreut. Sie hielt ihn vor sich hin und beugte sich über Adie.

»*Bitte, Schwester*«, sagte Adie leise in ihrer Landessprache, »*ich bin aus deiner Heimat. Hilf uns.*«

Lunetta zögerte, hob den Kopf und blickte Adie in die Augen.

»Lunetta!« Brogan trat ihr in den Leib. »Beeil dich. Tu, was der Schöpfer wünscht.«

Lunetta ließ den Metallring um Adies Hals zuschnappen, dann watschelte sie hinüber zu Kahlan und wiederholte das Ganze. Kahlan blickte fassungslos in das kindliche Lächeln, mit dem Lunetta sie ansah.

205

Als Lunetta sich aufgerichtet hatte, untersuchte Kahlan den Halsring. Im Schein des Mondes hatte sie geglaubt, ihn wiederzuerkennen. Als sie jedoch das glatte Metall befühlte und die Naht nicht mehr ertasten konnte, war sie sicher. Es war ein Rada'Han, so wie ihn die Schwestern des Lichts Richard um den Hals gelegt hatten. Sie wußte, daß die Magierinnen Richard damit kontrolliert hatten. Diese Leute hier hatten offenbar dasselbe im Sinn: Sie wollten ihre Kraft unter Kontrolle halten. Plötzlich überkam Kahlan die Befürchtung, ihre Kraft könnte in einigen Stunden nicht wiederkehren.

Als sie die Kutsche erreichten, stand dort Ahern, dem man das Schwert eines Mriswiths vor die Brust hielt. Er hatte Kahlan, Adie und Orsk gesagt, sie sollten in einer Kurve aus der Kutsche springen, er wolle ihre Verfolger fortlocken. Ein gewagter, mutiger Schachzug, der jedoch gescheitert war.

Plötzlich war Kahlan erleichtert, daß sie die anderen aufgefordert hatte, nach Ebinissia zu gehen. Kahlan hatte Jebra gesagt, sie solle sich um Cyrilla kümmern, und den übrigen Männern aufgetragen, wie geplant vorzugehen, um Ebinissia aus der Asche wiederauferstehen zu lassen. Ihre Schwester war zu Hause. Wenn Kahlan den Tod fand, hatte Galea noch immer eine Königin.

Hätte sie einige dieser tapferen jungen Männer mitgenommen, diese Mriswiths, die Alptraumgeschöpfe des Windes, hätten sie alle ausgeweidet, wie sie es mit Orsk gemacht hatten.

Der Kummer über Orsk versetzte ihr einen Stich, dann stieß eine Klaue sie in die Kutsche. Adie wurde gleich hinter ihr hineingeschoben. Kahlan bekam eine kurze Unterredung mit, dann kletterte Lunetta in die Kutsche und nahm gegenüber von Kahlan und Adie Platz. Ein Mriswith stieg ein, setzte sich neben Lunetta und musterte sie aus seinen kleinen, runden Augen. Kahlan raffte ihr Hemd zusammen und versuchte, sich das Blut aus den Augen zu wischen.

Sie hörte, wie draußen noch gesprochen wurde. Es ging darum, die Kufen an der Kutsche gegen Räder auszutauschen. Durchs Fenster sah sie, wie Ahern, hinter vorgehaltenem Schwert, auf den Fahrerbock hinaufkletterte. Der Mann im roten Cape folgte ihm nach oben, dann ein weiterer Mriswith.

Kahlan spürte, wie ihre Beine zitterten. Wo brachte man sie hin? Dabei war sie Richard so nahe. Sie biß die Zähne zusammen und unterdrückte ein Wimmern. Es war ungerecht. Sie fühlte, wie ihr eine Träne die Wange hinunterlief.

Adies Hand glitt auf ihr Bein, und an dem leichten Druck an ihrem Schenkel erkannte sie, daß diese Berührung als Trost gemeint war.

Der Mriswith beugte sich zu ihnen vor, während sein Schlitz von einem Mund sich zu einem bitteren Grinsen zu weiten schien. Er hielt das dreiklingige Messer in die Höhe und schwenkte es ein paarmal vor ihren Augen hin und her.

»Versssucht zu entkommen, und ich schlitzzzze euch die Sohlen eurer Füßßße auf.« Er hob herausfordernd seinen glatten Schädel. »Verstanden?«

Kahlan und Adie nickten.

»Sprecht«, fügte er hinzu, »und ich schlitzzze euch die Zungen auf.«

Sie nickten abermals.

Er wandte sich an Lunetta. »Versiegele ihre Kraft mit deiner Gabe über den Halsring. So wie ich es dir zeige.« Er legte Lunetta eine Kralle auf die Stirn. »Verstanden?«

Lunetta lächelte, sie hatte begriffen. »Ja. Verstehe.«

Kahlan hörte Adie stöhnen, gleichzeitig spürte sie, wie sich etwas in ihrer Brust zusammenzog. Es war die Stelle, an der sie stets ihre Kraft fühlte. Bestürzt fragte sie sich, ob sie jemals wieder fühlen würde. Sie erinnerte sich an die hoffnungslose Leere, als der keltonische Zauberer seine Magie dazu benutzt hatte, ihr die Verbindung zu ihrer Kraft zu rauben. Sie wußte, was sie erwartete.

»Sie blutet«, meinte der Mriswith zu Lunetta. »Du mußt sie heilen. Hautbruder wird nicht erfreut sein, wenn sie verletzt ist.«

Sie hörte die Peitsche knallen und einen Pfiff von Ahern. Die

Kutsche setzte sich mit einem Ruck in Bewegung. Lunetta beugte sich vor und heilte ihre Wunde.

Gütige Seelen, wohin brachte man sie nur?

15. Kapitel

Ann entfuhr ein schauderhafter Schrei, und die Tränen brannten ihr in den Augen. Ihren Entschluß, nicht zu schreien, hatte sie längst aufgegeben. Wer außer dem Schöpfer würde es hören, wen würde es kümmern?

Valdora zog das blutverschmierte Messer zurück. »Hat es weh getan?« Als sie grinste, wurden wieder ihre Zahnlücken sichtbar, und ein stillvergnügtes Lachen kämpfte sich den Weg nach draußen frei. »Wie gefällt es Euch, wenn ein anderer entscheidet, was mit Euch geschieht? Genau das habt Ihr getan. Ihr habt entschieden, wie ich sterben soll. Ihr habt mir das Leben versagt. Ein Leben, das ich hätte im Palast führen können. Ich wäre noch immer jung. Ihr dagegen habt beschlossen, mich sterben zu lassen.«

Ann zuckte zusammen, als die Messerspitze ihr in die Seite stach. »Ich habe Euch etwas gefragt, Prälatin. Wie gefällt Euch das?«

»Vermutlich nicht besser als dir.«

Das Grinsen kehrte zurück. »Guuuut. Ihr sollt die Schmerzen kennenlernen, die ich all die Jahre erduldet habe.«

»Ich habe dir ein Leben gelassen, wie jeder andere es hat. Ein Leben, das du gestalten konntest, wie du wolltest. Man hat dir gelassen, was dir der Schöpfer gegeben hatte – genau wie jedem anderen, der auf diese Welt kommt. Ich hätte dich hinrichten lassen können.«

»Weil ich jemanden in meinen Bann geschlagen habe! Ich bin eine Magierin! Das ist es, was der Schöpfer mir mitgegeben hat, und ich habe Gebrauch davon gemacht!«

Ann wußte, diese Auseinandersetzung war sinnlos, aber sie war ihr immer noch lieber, als daß Valdora wortlos ihre Arbeit mit dem Messer wieder aufnahm.

»Du hast die Mitgift des Schöpfers dazu benutzt, anderen etwas zu nehmen, das sie nicht freiwillig hergegeben hätten. Du hast ihre Liebe geraubt, ihr Herz, ihr Leben. Dazu hattest du kein Recht. Du hast von der Hingabe genascht wie von Süßigkeiten auf einem Jahrmarkt. Du hast die Menschen mit Magie an dich gebunden, um sie dann wie abgelegte Kleider fortzuwerfen und dir einen anderen zu angeln.«

Das Messer piekste sie erneut. »Und Ihr habt mich verbannt.«

»Wie viele Menschenleben hast du zerstört? Man hat dir gut zugeredet, man hat dich gewarnt, man hat dich bestraft. Trotzdem hast du immer weitergemacht. Erst danach hat man dich aus dem Palast der Propheten gewiesen.«

In Anns Schultern pochte ein dumpfer Schmerz. Sie lag nackt ausgestreckt auf einem Holztisch, die Handgelenke am einen Ende über ihrem Kopf magisch festgezurrt, ihre Füße am anderen. Der Bann schnitt schlimmer ein als ein festes Hanfseil. Sie war so hilflos wie ein zum Ausbluten aufgehängtes Schwein.

Valdora hatte einen Bann benutzt – noch etwas, das sie wer weiß wo gelernt hatte –, um Anns Han zu sperren. Sie fühlte, daß es noch da war, wie ein warmes Feuer an einem Winterabend, gleich hinter einem Fenster, eine einladende, vielversprechende Wärme, und dennoch außer Reichweite.

Ann starrte hinauf zum Fenster gleich unterhalb der Decke des kleinen Raumes aus steinernen Mauern. Bald würde es dämmern. Wieso war er nicht gekommen? Er hätte längst kommen müssen, um sie zu retten, und anschließend hätte sie ihn irgendwie einfangen sollen. Doch er hatte sich nicht blicken lassen.

Noch war es nicht taghell. Er konnte immer noch erscheinen. Gütiger Schöpfer, laß ihn nur bald kommen.

Es sei denn, dies war der falsche Tag. Panik erfüllte sie. Was, wenn sie sich verrechnet hatten? Nein. Nathan und sie waren die Tabellen durchgegangen. Heute war der richtige Tag. Außerdem waren es eher die Ereignisse als der Tag selbst, die die Prophezeiung erfüllten. Daß man sie gefangengenommen hatte, besagte, daß dies der richtige Tag war. Hätte man sie eine Woche vorher gefangengenommen, dann wäre eben das der richtige Tag gewesen. Der heutige Tag lag im Bereich der Möglichkeiten. Die Prophezeiung war erfüllt. Aber wo blieb er?

Ann merkte, daß Valdora aus ihrem Blickfeld verschwunden war. Neben ihr stand sie nicht. Sie hätte weitersprechen sollen. Sie hätte …

Plötzlich spürte sie einen scharfen, brennenden Schmerz, als das Messer ihre Fußsohle der Länge nach einschnitt. Sie riß mit dem ganzen Körper an den Fesseln. Wieder trat ihr der Schweiß auf die Stirn und rann über ihre Kopfhaut. Dann wiederholte sich der Schmerz, ein weiterer Schnitt, begleitet von einem weiteren ohnmächtigen Schrei.

Ihre Schreie hallten von den steinernen Mauern wider, als Valdora ihr einen Hautstreifen von der Fußsohle riß.

Ann zitterte unkontrollierbar. Ihr Kopf fiel zur Seite. Das kleine Mädchen, Holly, blickte sie an. Ann fühlte, wie ihr die Tränen über den Nasenrücken und in das andere Auge liefen, bis sie schließlich vom Gesicht hinuntertropften.

Zitternd starrte sie Holly an und wunderte sich, welch grausame Dinge Valdora einem so unschuldigen Kind beibrachte. Sie würde das Herz dieses kleinen Geschöpfes noch in Stein verwandeln.

Valdora hielt ein kleines, weißes Hautröllchen in die Höhe. »Schau Holly, wie sauber sie abgeht, wenn du es genau machst, wie ich sage. Möchtest du es selbst mal probieren, Liebes?«

»Großmutter«, sagte Holly, »muß das sein? Sie hat uns doch nichts getan. Sie ist nicht wie die anderen. Sie hat nie versucht, uns weh zu tun.«

Valdora gestikulierte mit dem Messer, um ihre Worte zu unterstreichen. »Doch, das hat sie, Liebes. Sie hat mir weh getan. Sie hat mir meine Jugend gestohlen.«

Holly warf einen Blick auf Ann, die noch immer vor Schmerzen zitterte. Für jemanden, der so jung war, blieb das kleine Mädchen seltsam ruhig. Sie hätte eine hervorragende Novizin abgegeben, und eines Tages eine großartige Schwester. »Sie hat mir eine Silbermünze geschenkt. Sie wollte uns nicht weh tun. Das macht keinen Spaß. Ich will das nicht tun.«

Valdora lachte stillvergnügt in sich hinein. »Nun, wir werden es trotzdem tun.« Sie fuchtelte mit dem Messer. »Hör auf deine Großmutter. Sie hat es verdient.«

Holly musterte die alte Frau kühl. »Nur weil du älter bist als ich, hast du deswegen noch lange nicht recht. Ich sehe mir das nicht länger an. Ich gehe nach draußen.«

Valdora zuckte mit den Achseln. »Wenn du willst. Das ist eine Sache zwischen der Prälatin und mir. Wenn du nichts lernen willst, dann geh nach draußen und spiele.«

Holly verließ entschlossen das Zimmer. Ann hätte sie für ihren Mut küssen können.

Valdoras Gesicht kam näher. »Nur Ihr und ich, Prälatin.« Ihre Kiefermuskeln spannten sich. »Sollen – wir – jetzt – endlich ...«, zur Betonung jedes Wortes stach sie Ann das Messer in die Seite, »... anfangen?« Sie neigte den Kopf, um Ann besser in die Augen blicken zu können. »Es ist bald Zeit zu sterben, Prälatin. Ich glaube, ich würde gerne sehen, wie Ihr Euch zu Tode schreit. Sollen wir es mal versuchen?«

»Da drüben!« Zedd versuchte, trotz seiner eingeschränkten Bewegungsfreiheit so gut es ging in die entsprechende Richtung zu zeigen. »In der Burg brennt ein Licht.«

Obwohl das Morgengrauen bereits eingesetzt hatte und der Himmel heller wurde, war es immer noch so dämmrig, daß man das gelbe Leuchten erkennen konnte, das aus mehreren Fenstern drang. Gratch bemerkte ebenfalls, was Zedd gesehen hatte, und schwenke ab in Richtung Burg.

»Verdammt«, murmelte er, »wenn dieser Bursche schon in der Burg ist, werde ich ...«

Gratch knurrte, als er Zedds offenkundige Anspielung auf Richard hörte. An die Brust des Gar gepreßt, konnte Zedd das

Knurren eher an seinem Rücken fühlen als hören. Er warf einen Blick auf den Erdboden tief unten.

»Ich werde ihn retten müssen, mehr wollte ich damit nicht sagen, Gratch. Wenn Richard in Schwierigkeiten steckt, werde ich dort runtergehen und ihn retten müssen.«

Gratch gab ein zufriedenes Gurgeln von sich.

Hoffentlich steckte Richard nicht in Schwierigkeiten. Die Anstrengung, den Bann so lange aufrechtzuerhalten, um sich so leicht zu machen, damit Gratch ihn eine ganze Woche tragen konnte, hatte Zedd fast seine gesamte Kraft gekostet. Er glaubte kaum, daß er noch stehen, viel weniger noch jemanden retten konnte. Nach dieser Geschichte würde er sich tagelang erholen müssen.

Zedd streichelte die gewaltigen, pelzigen Arme um seinen Körper. »Ich liebe Richard auch, Gratch. Wir werden ihm helfen. Wir beide werden ihn beschützen.« Zedd riß die Augen auf. »Gratch! Paß auf, wo du hinfliegst! Langsamer!«

Zedd hielt sich die Arme vors Gesicht, als Gratch auf die Brustwehr zustürzte. Zwischen seinen Armen hindurchblinzelnd, konnte er sehen, wie die Mauer mit beängstigender Geschwindigkeit näher raste. Er keuchte, als Gratch fester zupackte und bei dem Versuch, ihren senkrechten Sturz zu bremsen, wild mit den Flügeln schlug.

Zedd merkte, daß ihm der Bann zu entgleiten drohte. Er war zu erschöpft, ihn länger festzuhalten, und wurde zu schwer für Gratch. Verzweifelt zog er den Bann zurück – wie man ein Ei auffängt, das vom Tisch herunterrollt.

Er bekam den Bann gerade noch rechtzeitig zu fassen, bevor er erlosch.

Schließlich bremste sie Gratchs Flügelschlag, und er zog hoch. Mit einem eleganten Flattern setzte der Gar sie auf der Brustwehr auf. Zedd fühlte, wie sich die pelzigen Arme von seinen schweißdurchtränkten Kleidern lösten.

»Tut mir leid, Gratch. Die Magie wäre mir fast entglitten. Es wäre meine Schuld gewesen, wenn uns beiden etwas zugestoßen wäre.«

Gratch bestätigte das mit einem gedankenverlorenen Knurren. Seine leuchtend grünen Augen bohrten sich suchend in die Dunkelheit. Überall ragten Mauern in die Höhe, und es gab Hunderte von Orten, an denen man sich verstecken konnte. Gratch schien sie alle abzusuchen.

Ein leises Knurren löste sich aus der Kehle des Gar. Das grüne Leuchten wurde intensiver. Zedd blickte suchend in die Dunkelheit, konnte aber nichts erkennen. Gratch hingegen schon.

Zedd zuckte zusammen, als der Gar sich mit einem plötzlichen Röhren in das Dunkel stürzte.

Wuchtige Krallen fetzten durch die nächtliche Luft. Reißzähne schnappten ins Leere.

Allmählich erkannte Zedd Schatten, die aus dem Nichts zu kommen schienen. Capes blähten sich, und Messer blinkten, als die Wesen den Gar umtanzten und -wirbelten.

Mriswiths.

Die Wesen stießen klickende Zischlaute aus, als sie auf das große, pelzige Tier losgingen. Gratch bekam sie mit den Krallen zu fassen, riß ihre schuppige Haut auseinander, verspritzte ihr Blut und ihre Eingeweide. Ihr Todesgeheul ließ es Zedd eiskalt den Rücken hinunterlaufen.

Zedd spürte die Bewegung in der Luft, als einer an ihm vorbeisegelte. Er hatte es auf den Gar abgesehen. Der Zauberer streckte die Hand aus und warf eine Kugel aus flüssigem Feuer, die den Mriswith traf, sein Cape in Brand setzte und ihn dann ganz in Flammen hüllte.

Plötzlich wimmelte es auf der Brustwehr von diesen Wesen. Zedd, der tief graben mußte, um noch Kraft aufzubieten, riß eine Linie aus verdichteter Luft zurück und warf damit mehrere von ihnen über den Rand. Gratch schleuderte einen der Angreifer mit solcher Brutalität gegen die Mauer, daß er beim Aufprall zerplatzte.

Zedd war auf die regelrechte Schlacht, die plötzlich zu allen Seiten ausgebrochen war, nicht vorbereitet. Er befand sich in einem derart lähmenden Erschöpfungszustand, daß seine panische Suche

214

nach Ideen nichts Einfallsreicheres zutage förderte als einen simplen Zauber aus Feuer und Luft.

Plötzlich ging ein Mriswith mit seiner Klinge auf Zedd los. Der Zauberer schleuderte eine Linie aus Luft, scharf wie eine Axt. Sie spaltete den Schädel des Mriswith. Er benutzte ein Netz, um mehrere von Gratch fortzuziehen, und warf sie über den Mauerrand. Hier auf der äußeren Brustwehr bedeutete dies ein Sturz von mehreren tausend Fuß – senkrecht in die Tiefe.

Die Mriswiths achteten größtenteils gar nicht auf Zedd, so versessen waren sie darauf, den Gar zu überwältigen. Wieso wollten sie den Gar unbedingt töten? So wie Gratch sie abfertigte, sah es so aus, als hegten sie einen urtümlichen Haß auf das Flügeltier.

Plötzlich öffnete sich eine Tür, und ein Lichtkeil bohrte sich in die vormorgendliche Dunkelheit. Eine kleine Gestalt zeichnete sich als Silhouette im Licht ab. Im Schein des Lichts konnte Zedd erkennen, wie sämtliche Mriswiths auf den Gar losgingen. Er stürzte los und schleuderte eine Faustvoll Feuer los, die drei der schuppigen Kreaturen einhüllte.

Ein Mriswith wirbelte vorbei, stieß krachend gegen Zedds Schulter und holte ihn von den Beinen. Er sah, wie die Mriswiths über den Gar herfielen, ihn rücklings gegen die mit Zinnen besetzte Mauer prügelten.

Zedd sah noch, wie sie alle zusammen in einer einzigen, kochenden Masse über die Mauerkante gingen und in die Tiefe stürzten. Dann schlug er mit dem Kopf auf einen Stein.

Kreischend öffnete sich die Tür. Als Valdora sich von ihrem Werk erhob, versuchte Ann keuchend wieder zu Atem zu kommen und gleichzeitig gegen die Dunkelheit anzukämpfen, die ihren Verstand einzuhüllen drohte. Sie hielt es nicht mehr länger aus. Sie war am Ende. Sie konnte nicht mehr schreien. Gütiger Schöpfer, sie hielt einfach nicht mehr länger durch. Wieso war er nicht gekommen, um sie zu retten?

»Großmutter.« Vor Anstrengung ächzend, mühte Holly sich ab,

etwas Zentimeter für Zentimeter in den Raum zu zerren. »Großmutter. Draußen ist etwas Seltsames passiert.«

Valdora drehte sich zu dem Mädchen um. Unter allergrößter Mühe hob Holly schnaufend einen dürren alten Mann an seinem kastanienbraunen Gewand hoch und lehnte ihn an die Wand. Blut lief ihm seitlich übers Gesicht und verklebte sein gewelltes, weißes Haar, das wirr von seinem Kopf abstand.

»Er ist ein Zauberer, Großmutter. Er ist halbtot. Ich habe gesehen, wie er mit einem Gar gekämpft hat und mit einigen anderen Kreaturen, die ganz mit Schuppen bedeckt waren.«

»Wie kommst du darauf, daß er ein Zauberer ist?«

Holly richtete sich auf und stand nach Luft japsend über dem am Boden liegenden Mann. »Er hat seine Gabe benutzt. Er hat mit Feuerbällen um sich geworfen.«

Valdora runzelte die Stirn. »Ach, wirklich? Ein Zauberer. Wie interessant.« Sie kratzte sich an der Nase. »Was ist mit den Kreaturen geschehen, und mit dem Gar?«

Holly machte große, kreisende Bewegungen mit den Armen und beschrieb den Kampf. »Und dann haben sie sich alle auf den Gar geworfen und sind zusammen über die Mauer gestürzt. Ich bin zum Rand gelaufen, um nachzuschauen, konnte sie aber nicht mehr sehen. Sie sind alle den Berg hinuntergefallen.«

Anns Kopf sank mit einem dumpfen Schlag zurück auf den Tisch. Gütiger Schöpfer, es war der Zauberer, der sie retten sollte.

Es war alles umsonst. Sie würde sterben. Wie hatte sie so verblendet sein können, zu glauben, ein derart riskanter Plan würde tatsächlich gelingen?

Nathan. Sie fragte sich, ob er jemals ihre Leiche finden und so erfahren würde, was geschehen war. Oder ob es ihm überhaupt etwas ausmachen würde, daß seine Wächterin tot war. Sie war eine törichte, törichte alte Frau, die sich selbst für zu schlau gehalten hatte. Einmal zu oft hatte sie sich an einer Prophezeiung zu schaffen gemacht und sich dabei ins eigene Fleisch geschnitten. Nathan hatte recht. Sie hätte auf ihn hören sollen.

Ann zuckte zusammen, als sie merkte, daß Valdora sich mit einem boshaften Grinsen über sie beugte. Sie schob Ann die Messerspitze unter das Kinn.

»Nun, meine liebe Prälatin, es scheint, als müßten wir uns eines Zauberers entledigen.« Sie fuhr Ann mit der Messerspitze über den Hals. Ann spürte, wie sie an der Haut zerrte, wie sie in ihrer langsamen Bewegung schnitt und kratzte.

»Bitte, Valdora, sag Holly, daß sie den Raum verlassen soll. Du solltest nicht zulassen, daß deine Enkelin mit ansehen muß, wie du jemanden tötest.«

Valdora drehte sich um. »Du möchtest gerne zuschauen, nicht wahr, Liebes?«

Holly schluckte. »Nein, Großmutter. Sie hat uns nie weh tun wollen.«

»Ich hab dir doch schon gesagt, mir hat sie weh getan.«

Holly zeigte auf den Zauberer. »Ich habe ihn hergebracht, damit du ihm helfen kannst.«

»Oh, nein. Kommt nicht in Frage. Er muß ebenfalls sterben.«

»Und womit hat er dir weh getan?«

Valdora zuckte mit den Achseln. »Wenn du nicht zuschauen willst, dann geh. Mir macht das nichts aus.«

Holly machte kehrt, hielt dann einen Augenblick inne, um den Mann anzusehen. Sie streckte die Hand aus und berührte ihn an der Schulter, als wollte sie ihn trösten, dann rannte sie hinaus.

Valdora wandte sich wieder um. Sie legte Ann das Messer an die Wange, unter das eine Auge. »Soll ich Euch zuerst die Augen ausstechen?«

Ann kniff die Augen zu. Sie konnte es nicht länger aushalten.

»Nein!« Valdora stieß ihr die Spitze unters Kinn. »Schließt die Augen nicht! Ihr werdet zusehen! Wenn Ihr sie nicht aufmacht, werde ich sie Euch erst recht ausstechen!«

Ann öffnete die Augen. Sie biß sich auf die Unterlippe und verfolgte, wie Valdora ihr die Spitze auf die Brust legte und den Griff senkrecht anhob.

»Endlich«, sagte Valdora leise. »Rache.«

Sie hob das Messer an. Mitten in der Luft hielt es inne. Sie holte tief Luft.

Ein Zucken ging durch Valdoras Körper, als die Klinge eines Schwertes aus der Mitte ihrer Brust hervorbrach.

Sie riß die Augen auf und stieß ein gurgelndes Kreischen aus. Das Messer fiel zu Boden.

Nathan stemmte Valdora einen Fuß in den Rücken und zog das Schwert aus der Frau. Sie schlug hart auf den Steinboden.

Ann schluchzte voller Erleichterung. Tränen strömten ihr aus den Augen, als die Banne brachen, die sie an Handgelenken und Füßen fesselten.

Nathan blickte verbittert auf sie herab, wie sie auf dem Tisch lag. »Törichtes Weib«, sagte er leise, »was hast du dir antun lassen.«

Er bückte sich, nahm sie in die Arme und weinte wie ein Kind. Seine Arme fühlten sich so süß an wie die des Schöpfers, als er sie an seine Brust drückte.

Als ihr Weinen nachließ, löste er sich von ihr, und sie sah, daß seine Kleidung blutdurchtränkt war. Von ihrem Blut.

»Nimm die Sperre fort, und dann leg dich wieder hin und laß mich sehen, ob ich diese schlimmen Wunden vielleicht heilen kann.«

Ann schob seine Hand fort. »Nein. Zuerst muß ich tun, weshalb ich hergekommen bin.« Sie zeigte auf den Mann. »Das ist er. Das ist der Zauberer, dessentwegen wir gekommen sind.«

»Hat das nicht Zeit?«

Sie wischte sich das Blut und die Tränen aus den Augen. »Ich habe diese Prophezeiung bis hierhin durchgestanden, Nathan. Laß sie mich zu Ende führen. Bitte.«

Mit einem angewiderten Seufzer griff er in einen Beutel neben der Scheide an seinem Gürtel und zog einen Rada'Han heraus. Er reichte ihn ihr, als sie vom Tisch hinunterglitt. Als ihre Füße den Boden berührten, brach sie unter den Schmerzen zusammen. Nathan fing sie mit starken Armen auf und half ihr, vor dem bewußtlosen Zauberer niederzuknien.

218

»Hilf mir, Nathan. Öffne ihn für mich. Sie hat mir fast alle meine Finger gebrochen.«

Zitternd legte sie dem Zauberer den Ring um den Hals. Mit ihren Handflächen gelang es ihr schließlich, ihn einschnappen zu lassen. Damit schloß sie nicht nur den Ring, sondern auch dessen Magie. Die Prophezeiung hatte sich erfüllt.

In der Tür stand Holly. »Ist Großmutter tot?«

Ann ließ sich auf die Fersen zurückfallen. »Ja, mein Kind. Es tut mir leid.« Sie hielt ihr die Hand hin. »Wie würde es dir gefallen, bei einer Heilung statt bei einer Folter zuzusehen?«

Holly ergriff die Hand vorsichtig. Sie warf einen Blick auf den am Boden liegenden Zauberer. »Und er? Wirst du ihn auch heilen?«

»Ja, Holly, ihn auch.«

»Deswegen habe ich ihn reingeholt – damit ihm jemand hilft. Nicht, damit er umgebracht wird. Sie war immer so gemein.«

»Ich weiß«, sagte Ann.

Eine Träne lief dem Mädchen über die Wange. »Und was soll jetzt aus mir werden?« fragte sie leise.

Ann lächelte unter Tränen. »Ich bin Annalina Aldurren, Prälatin der Schwestern des Lichts, und das schon eine ganze Weile. Ich habe so manche junge Frau aufgenommen, die die Gabe besaß, und ihr gezeigt, eine wundervolle Frau zu werden, die den Menschen hilft und sie heilt. Ich wäre überglücklich, wenn du bei uns eintreten würdest.«

Holly nickte, und ein Lächeln stahl sich auf ihr tränenverschmiertes Gesicht. »Für mich hat Großmutter immer gesorgt, aber zu anderen Menschen war sie gemein, manchmal jedenfalls. Meist zu denen, die uns weh tun oder uns betrügen wollten. Aber das hast du nie versucht. Es war nicht recht von ihr, dir weh zu tun. Es tut mir leid, daß sie nicht netter war. Es tut mir leid, daß sie gemein war und sterben mußte.«

Ann küßte dem Mädchen die Hand. »Mir auch. Mir auch.«

»Ich habe die Gabe.« Sie schaute auf aus großen, traurigen Augen. »Kannst du mir beibringen, wie man damit heilt?«

219

»Es wäre mir eine Ehre.«

Nathan hob sein Schwert auf und steckte es mit einer dramatischen Geste in die Scheide zurück. »Willst du jetzt endlich geheilt werden? Oder willst du lieber verbluten, damit ich mich zum ersten Mal an einer Wiederauferstehung versuchen kann?«

Ann zuckte zusammen, als sie sich erhob. »Heile mich, mein Retter.«

Er sah sie voller Argwohn an. »Dann gib mir Zugriff auf meine Kraft, Frau. Mit meinem Schwert kann ich dich nicht heilen.«

Ann schloß die Augen und hob eine Hand. Sie stellte ihre Sinne auf seinen Rada'Han ein und entfernte die Sperre aus seinem Fluß des Han. »Es ist vollbracht.«

Nathan brummte. »Ich weiß, daß es vollbracht ist. Schließlich fühle ich, daß es wieder da ist.«

»Hilf mir auf den Tisch, Nathan.« Holly hielt ihre Hand, während Ann aufgehoben wurde.

Nathan betrachtete den auf dem Boden liegenden Zauberer. »Nun, endlich hast du ihn. Soweit ich weiß, ist jemandem wie ihm noch nie ein Halsring umgelegt worden.« Er sah sie aus seinen durchdringenden, blauen Augen an. »Jetzt, wo du einen Zauberer der Ersten Ordnung in der Hand hast, fängt dein Plan erst an, wirklich irrsinnig zu werden.«

Ann seufzte, als seine heilenden Hände endlich über ihren Körper strichen. »Ich weiß. Hoffentlich hat Verna ihre Sache inzwischen gut gemacht.«

16. Kapitel

Zedd schnappte nach Luft und riß die Augen auf. Er setzte sich kerzengerade auf. Eine große Hand auf seiner Brust drückte ihn wieder nach unten.

»Immer mit der Ruhe, alter Mann«, meinte eine tiefe Stimme.

Zedd starrte hoch in das Gesicht mit dem kantigen Kinn. Das schulterlange, weiße Haar fiel nach vorne, als der Mann sich vorbeugte und die Hände zu beiden Seiten neben Zedds Kopf aufstützte.

»Wen meinst du mit ›alter Mann‹, alter Mann?«

Die durchdringenden blauen Augen unter der Raubvogelstirn lächelten, so wie der Rest des Gesichts auch. Es war ein zwiespältiges Antlitz, das Zedd verstörend fand. »Nun, wo du es sagst, ich bin wohl tatsächlich ein wenig älter als du, denke ich.«

Irgend etwas an diesem Gesicht war vertraut. Dann fiel es ihm wie Schuppen von den Augen. Zedd stieß die Hände des anderen zur Seite, setzte sich abermals auf und deutete mit einem knochigen Finger auf den großen Mann.

»Du siehst aus wie Richard. Wieso siehst du aus wie Richard?«

Der Mann strahlte von einem Ohr zum anderen. Die Stirnpartie sah immer noch wie die eines Habichts aus. »Wir sind miteinander verwandt.«

»Ein Verwandter! Verdammt!« Zedd sah genauer hin. »Groß. Muskulös. Blaue Augen. Haar von ähnlicher Beschaffenheit. Dieser Kiefer. Schlimmer noch, die Augen.« Zedd verschränkte die Arme. »Du bist ein Rahl«, verkündete er.

»Sehr gut. Dann kennst du also Richard.«

»Ihn kennen. Ich bin sein Großvater.«

Der andere runzelte die Stirn. »Großvater ...« Er wischte sich mit einer seiner großen Hände durchs Gesicht. »Gütiger Schöpfer«, murmelte er, »was hat uns diese Frau nur eingebrockt?«

»Frau? Welche Frau?«

Mit einem Seufzer ließ er die Hand fallen. Das Lächeln kehrte zurück, und er verneigte sich. Eine ganz ordentliche Verbeugung, wie Zedd fand. »Erlaube mir, daß ich mich vorstelle. Ich bin Nathan Rahl.« Er richtete sich auf. »Dürfte ich vielleicht deinen Namen erfahren, Freund?«

»Freund?«

Nathan klopfte mit den Knöcheln an Zedds Stirn. »Ich habe gerade deinen Schädelbruch geheilt. Das sollte doch ein wenig ins Gewicht fallen.«

»Nun ja«, knurrte Zedd, »vielleicht hast du recht. Danke, Nathan. Ich bin Zedd. Eine recht ordentliche Demonstration der Heilkunst, wenn mein Schädel wirklich gebrochen war.«

»Oh, das war er. Wie es scheint, bekomme ich reichlich Gelegenheit zum Üben. Wie fühlst du dich?«

Zedd machte eine Bestandsaufnahme. »Ganz gut. Ich fühle mich gut. Meine Kraft ist wieder da …« Stöhnend fiel ihm wieder ein, was geschehen war. »Gratch. Gütige Seelen, ich muß hier raus.«

Nathan legte Zedd die Hand auf die Brust und hielt ihn zurück. »Wir müssen uns ein wenig unterhalten, mein Freund. Zumindest hoffe ich, daß wir Freunde werden können. Leider haben wir einiges gemeinsam, abgesehen davon, daß wir mit Richard verwandt sind.«

Zedd betrachtete den großen Mann ungläubig. »Und das wäre?«

Nathan knöpfte sein Rüschenhemd oben auf. Seine Brust war über und über mit getrocknetem Blut bedeckt. Nathan hakte einen Finger in den mattsilbernen Ring um seinen Hals und hob ihn ein Stück an.

Zedds Stimme bekam einen düsteren Unterton. »Ist es das, was ich glaube, daß es ist?«

»Du bist zweifellos ein ziemlich kluger Bursche, sonst wärst du ihr nicht so wichtig.«

222

Zedd blickte ihm in seine blauen Augen. »Und welches verhäng-
nisvolle Ding haben wir nun gemeinsam?«

Nathan streckte die Hand aus und zog an einem Gegenstand um
Zedds Hals. Zedd riß die Hände hoch und betastete den glatten
Metallring. Er konnte keine Naht entdecken.

»Was hat das zu bedeuten? Warum tust du so etwas?«

Nathan seufzte tief. »Ich nicht, Zedd.« Er zeigte auf jemanden.
»Sie.«

Eine untersetzte, alte Frau mit grauem, zu einem losen Knoten
hinter ihrem Kopf zusammengebundenem Haar kam gerade zur
Tür herein. Sie hatte ein kleines Mädchen an der Hand.

»Ach«, sagte sie und legte die Finger an den oberen Rand ihres
dunkelbraunen Kleides, das bis zum Hals zugeknöpft war. »Wie ich
sehe, hat Nathan sich bereits um dich gekümmert. Das freut mich
sehr. Wir waren sehr in Sorge.«

»Ach, wirklich?« meinte Zedd unverbindlich.

Die alte Frau lächelte. »Ja, wirklich.« Sie sah das kleine Mädchen
an, strich ihr über das hellbraune Haar. »Das ist Holly. Sie hat dich
hierhergebracht. Und dir das Leben gerettet.«

»Ich glaube, ich erinnere mich, sie gesehen zu haben. Danke für
die Hilfe, Holly. Ich bin dir etwas schuldig.«

»Ich bin nur froh, daß du wieder gesund bist«, erwiderte das
Mädchen. »Ich hatte schon Angst, der Gar hätte dich getötet.«

»Der Gar? Hast du ihn gesehen? Geht es ihm gut?«

Sie schüttelte den Kopf. »Er ist zusammen mit all den anderen
Monstern über die Mauer gefallen.«

»Verdammt«, zischte Zedd leise zwischen den Zähnen hindurch.
»Dieser Gar war ein Freund von mir.«

Die Frau zog die Augenbrauen hoch. »Ein Gar? Nun, dann tut es
mir leid.«

Zedd sah die Frau wütend an. »Was hat dieser Ring an meinem
Hals zu suchen?«

Sie breitete die Hände aus. »Tut mir leid, aber im Augenblick ist
es erforderlich.«

»Du wirst ihn entfernen.«

Sie lächelte unverändert. »Ich verstehe, daß du besorgt bist, aber im Augenblick muß er bleiben, wo er ist.« Sie faltete die Hände vor ihrem Bauch. »Ich fürchte, man hat uns einander noch nicht vorgestellt. Wie lautet dein Name?«

Zedds Stimme klang düster und gefährlich. »Ich bin der Erste Zauberer Zeddicus Z'ul Zorander.«

»Ich bin Prälatin Annalina Aldurren, Prälatin der Schwestern des Lichts.« Ihr Lächeln wurde wärmer. »Du kannst mich Ann nennen. Das tun alle meine Freunde, Zedd.«

Die Augen fest auf die Frau geheftet, sprang Zedd vom Tisch herunter. »Wir sind nicht befreundet.« Sie wich einen Schritt zurück. »Du wirst mich mit Zauberer Zorander ansprechen.«

»Jetzt mal langsam, Freund«, warnte ihn Nathan.

Zedd warf ihm einen erzürnten Blick zu, woraufhin der andere den Mund schloß und sich in die Brust warf.

Sie zuckte die Achseln. »Wie du willst, Zauberer Zorander.«

Zedd tippte an den Ring an seinem Hals. »Nimm ihn sofort ab.«

Das Lächeln hielt sich hartnäckig auf ihrem Gesicht. »Er muß dort bleiben.«

Zedd ging langsam auf sie zu. Nathan trat einen Schritt nach vorn, offenbar entschlossen, ihn zurückzuhalten. Ohne die Augen von der Prälatin abzuwenden, hob Zedd einen Arm und zielte mit einem dünnen Finger auf Nathan. Als stünde er in einem Sturm auf einer glatten Eisfläche, glitt der große Mann mit rudernden Armen nach hinten, bis er gegen die gegenüberliegende Wand gedrückt wurde.

Zedd hob die andere Hand, und die Decke begann in einem bläulichen Licht zu erstrahlen. Als er die Hand herabnahm, senkte sich eine rasiermesserdünne Schicht aus Licht, gleich der Wasserfläche eines stillen Sees, über sie herab. Ann riß die Augen auf. Die Lichtfläche sank immer tiefer, bis sie auf dem Boden zur Ruhe kam, wo sie sich in eine brodelnde Schicht kochenden Lichts verwandelte. Das Licht schmolz zu Punkten greller Intensität zusammen.

Aus diesen Punkten zuckten Blitze hervor. Knisternde Bänder

224

weißen Feuers kletterten ringsum die Wände hinauf und füllten den Raum mit beißendem Gestank. Zedd machte eine kreisende Bewegung mit dem Finger, und die Blitze sprangen von der Wand auf seinen Halsring über. Zuckendes Licht schlug in das Metall. Der Raum erzitterte unter dem tanzenden Donner. Gesteinsstaub füllte die Luft.

Der Tisch stieg in die Höhe und explodierte dann in einer Staubwolke, die in die wirbelnden Lichtströme gesogen wurde. Der Raum erbebte und ächzte, als sich gewaltige Steinblöcke lockerten und aus ihrem Platz in der Mauer gerüttelt wurden.

Inmitten seines wütenden Kraftausbruchs erkannte Zedd, daß es nicht funktionieren würde. Der Halsring sog die gewaltigen Kräfte in sich hinein, ohne zu zerspringen. Eine peitschende Bewegung mit dem Arm machte Lärm und Licht ein Ende. Abrupt wurde der Raum still. Gewaltige Steinquader hingen halb aus der Wand heraus. Der gesamte Fußboden war verkohlt und schwarz, trotzdem hatte sich keiner von ihnen verbrannt.

Dank seiner Analyse der Prälatin, des Mädchens und Nathans, die er mit Hilfe der Lichtbande vorgenommen hatte, war er jetzt bei jedem über das genaue Ausmaß seiner Kraft, seiner Stärken und Schwächen im Bilde. Sie konnte den Ring nicht gemacht haben, er war von Zauberern hergestellt worden. Aber sie konnte ihn benutzen.

»Bist du jetzt fertig?« fragte Ann. Endlich hatte sie aufgehört zu lächeln.

»Ich habe noch gar nicht angefangen.«

Zedd hob die Arme. Falls nötig, würde er genügend Energie bündeln, um einen ganzen Berg dem Erdboden gleichzumachen. Nichts geschah.

»Das reicht«, sagte sie. Ihr Lächeln kehrte ein Stück weit zurück. »Jetzt verstehe ich, wo Richard sein aufbrausendes Temperament herhat.«

Zedd stieß einen Finger in ihre Richtung. »Du! Du hast ihm den Halsring umgelegt!«

»Ich hätte ihn holen können, als er noch ein Kind war, anstatt ihn mit deiner Liebe und unter deiner Führung aufwachsen zu lassen.« Zedd konnte an den Fingern einer Hand die Male in seinem Leben abzählen, als er wirklich die Beherrschung, und schlimmer noch, die Vernunft, verloren hatte. Jetzt näherte er sich rasch dem Punkt, wo es erforderlich werden konnte, an seiner anderen Hand weiterzuzählen. »Versuche nicht, mich mit deinen selbstgerechten Ausreden zu besänftigen. Für Sklaverei gibt es keine Rechtfertigung.«

Ann seufzte. »Manchmal muß eine Prälatin, genau wie ein Zauberer, die Menschen benutzen. Ich bin sicher, das verstehst du. Ich bedaure, daß ich Richard benutzen muß – und daß ich dich benutzen muß –, aber ich habe keine andere Wahl.« Ein versonnenes Lächeln huschte über ihr Gesicht. »Richard war mit Halsring eine wahre Nervensäge.«

»Wenn du glaubst, daß Richard schwierig war, dann hast du dich getäuscht. Warte, bis du erfährst, welchen Ärger dir sein Großvater aufs Haupt laden wird.« Zedd knirschte mit den Zähnen. »Du hast ihm einen deiner Ringe um den Hals gelegt. Du hast junge Burschen aus den Midlands entführt. Du hast das Abkommen gebrochen, das Tausende von Jahren Bestand hatte. Du kennst die Konsequenzen einer solchen Übertretung. Die Schwestern des Lichts werden den Preis dafür bezahlen.«

Zedd stand am Rand eines Abgrunds, stand kurz davor, das Dritte Gesetz der Magie zu brechen, und doch gelang es ihm nicht, seinen Verstand unter Kontrolle zu bekommen. Genaugenommen war das die einzige Möglichkeit, das Dritte Gesetz zu verletzen.

»Ich weiß, welche Konsequenzen es hat, wenn die Imperiale Ordnung die Welt übernimmt. Ich weiß, im Augenblick verstehst du das nicht, Zauberer Zorander. Aber ich hoffe, du gelangst noch zu der Erkenntnis, daß wir auf derselben Seite kämpfen.«

»Ich verstehe eine Menge mehr, als du glaubst. Du hilfst der Imperialen Ordnung. Ich hatte es noch nie nötig, meine Verbündeten zu Gefangenen zu machen, um für die gerechte Sache zu kämpfen.«

»Ach, ja? Und als was würdest du das Schwert der Wahrheit bezeichnen?«

Er kochte innerlich und hatte nicht die Absicht, mit der Frau zu diskutieren. »Du wirst diesen Ring abnehmen. Richard ist auf meine Hilfe angewiesen.«

»Richard wird für sich selbst sorgen müssen. Er ist ein kluger Junge. Das ist zum Teil dein Verdienst. Deswegen habe ich ihn auch bei dir aufwachsen lassen.«

»Der Junge braucht meine Hilfe! Er muß wissen, wie er seine Kraft zu benutzen hat. Wenn ich ihn nicht erreiche, kann es passieren, daß er in die Burg geht. Er kennt die Gefahren dort nicht. Er könnte getötet werden. Das darf ich nicht zulassen. Wir brauchen ihn.«

»Richard war bereits in der Burg. Gestern war er fast den ganzen Tag dort und hat sie unverletzt wieder verlassen.«

»›Beim ersten Mal mit Glück‹«, zitierte Zedd, »›beim zweiten voller Zuversicht und beim dritten Male tot.‹«

»Hab Vertrauen in deinen Enkel. Wir müssen ihm auf andere Weise helfen. Außerdem haben wir keine Zeit zu verlieren. Wir müssen aufbrechen.«

»Mit dir zusammen werde ich nirgendwohin aufbrechen.«

»Zauberer Zorander, ich bitte dich, uns zu helfen. Ich bitte dich, mit uns zusammenzuarbeiten und mitzukommen. Es steht sehr viel auf dem Spiel. Bitte tue, was ich sage, oder ich bin gezwungen, den Ring zu benutzen. Das würde dir nicht gefallen.«

»Hör auf sie, Zedd«, meinte Nathan. »Ich kann bezeugen, daß es dir nicht gefallen würde. Du hast keine Wahl. Ich weiß, wie du dich fühlst, aber es wird leichter für dich sein, wenn du tust, was sie sagt.«

»Was bist du eigentlich für ein Zauberer?«

Nathan richtete sich ein wenig auf. »Ich bin ein Prophet.«

Wenigstens war der Mann ehrlich. Er hatte die Lichtbande nicht als das erkannt, was sie waren, und wußte nicht, daß Zedd daraus etwas ablesen konnte. »Und – gefällt es dir, als Sklave gehalten zu werden?«

227

Ann mußte laut lachen. Nicht so Nathan. In seinen Augen spiegelte sich die ruhige, siedende, tödliche Wildheit eines Rahl. »Eins versichere ich dir, ich tue das nicht aus freien Stücken. Ich hadere bereits den größten Teil meines Lebens damit.«

»Vielleicht weiß sie, wie man einen Zauberer unterjocht, der ein Prophet ist, aber sie wird noch dahinterkommen, weshalb ich den Rang eines Ersten Zauberers bekleide. Den Rang habe ich mir im letzten Krieg verdient. In diesem Krieg nannten mich beide Seiten ›der Wind des Todes‹.«

Das war eines der Male gewesen, die er an den Fingern abzählen konnte.

Er wandte sich von Nathan ab und fixierte die Prälatin mit einem Blick von solch kalter Bedrohlichkeit, daß sie schluckend einen Schritt zurückwich. »Durch den Bruch des Abkommens hast du jede Schwester, die in den Midlands aufgegriffen wird, zum Tode verurteilt. Nach den Bedingungen des Abkommens ist dieses Urteil hiermit über sie gefällt. Ihr alle habt das Recht auf ein Verfahren oder auf Gnade verwirkt. Wer von euch aufgegriffen wird, wird augenblicklich und ohne vorherigen Urteilsspruch hingerichtet.«

Zedd stieß die Faust in die Luft. Blitze stürzten aus klarem Himmel herab und schlugen in die Burg über ihnen. Ein ohrenbetäubendes Geheul erhob sich, und ein Ring aus Licht breitete sich aus, raste am Himmel daher und hinterließ dabei eine Wolkenspur, dem Rauch eines Feuers gleich.

»Das Abkommen ist beendet! Du befindest dich jetzt auf feindlichem Gebiet, und der Tod weht dir ins Gesicht.

Falls du mich mit diesem Halsring verschleppst, dann verspreche ich dir, werde ich in deine Heimat ziehen und den Palast der Propheten in Schutt und Asche legen.«

Prälatin Annalina Aldurren betrachtete ihn einen Augenblick lang stumm, mit versteinerter Miene. »Mach keine Versprechungen, die du nicht halten kannst.«

»Stell mich auf die Probe.«

Ein entrücktes Lächeln streifte ihre Lippen. »Wir müssen aufbrechen.«

Zedd nickte grimmig entschlossen. »So sei es.«

Verna wurde sich nur allmählich dessen bewußt, daß sie wach war. Mit geschlossenen Augen war es ebenso dunkel wie mit offenen. Sie blinzelte und versuchte festzustellen, ob sie wirklich bei Bewußtsein war.

Sie entschied, daß sie tatsächlich wach war, und rief ihr Han herbei, um eine Flamme anzuzünden. Es kam nicht. Sie versenkte sich tiefer in ihr Inneres und schöpfte noch mehr Kraft.

Mit äußerster Anstrengung gelang es ihr schließlich, eine kleine Flamme in ihrer Handfläche zu entzünden. Auf dem Boden neben dem Strohlager, auf dem sie saß, stand eine Kerze. Sie schickte die Flamme in den Kerzendocht und sank erleichtert zusammen, denn nun konnte sie auch ohne die ungeheure Anstrengung, die erforderlich war, um eine Flamme mit ihrem Han am Brennen zu halten, sehen.

Die Kammer war leer bis auf das Strohlager und die Kerze sowie, an der gegenüberliegenden Wand, ein kleines Tablett mit Brot und einer Blechtasse mit Wasser und einem Gefäß, das aussah wie ein Nachttopf. Besonders groß war der Raum nicht. Fenster gab es keine, nur eine schwere Holztür.

Verna erkannte die Kammer wieder. Es war eine der Zellen des Krankenreviers. Was suchte sie im Krankenrevier?

Als ihr Blick nach unten fiel, stellte sie fest, daß sie nackt war. Sie drehte sich zur Seite und sah ihre Kleider, zu einem Stapel zusammengelegt. Beim Umdrehen spürte sie etwas an ihrem Hals. Sie langte vorsichtig nach oben und betastete ihren Hals.

Ein Rada'Han.

Ein Kribbeln lief über ihre Haut. Gütiger Schöpfer, sie hatte einen Rada'Han um den Hals. Eine Woge von Panik schlug schwindelerregend über ihr zusammen. Sie griff nach ihrem Hals, versuchte, ihn herunterzureißen. Sie hörte, wie ihrer Kehle ein Schrei

229

entfuhr, während sie entsetzt wimmernd voller Verzweiflung an dem unnachgiebigen Metallring zerrte.

Voller Abscheu wurde ihr bewußt, was die jungen Burschen dabei empfinden mußten, wenn man ihnen dieses Werkzeug der Herrschaft umlegte. Wie viele Male hatte sie persönlich einen Halsring benutzt, um jemandem ihren Willen aufzuzwingen? Aber doch nur, um ihnen zu helfen – nur zu ihrem Besten. Empfanden sie dieselbe ohnmächtige Angst?

Voller Scham erinnerte sie sich daran, wie sie den Ring bei Warren benutzt hatte.

»Gütiger Schöpfer, vergib mir«, weinte sie. »Ich wollte nur dein Werk tun.«

Sie unterdrückte schniefend ihre Tränen und riß sich zusammen. Sie mußte herausfinden, was vorgefallen war. Diesen Ring trug sie jedenfalls nicht zu ihrem Wohl. Er war da, um sie zu beherrschen.

Verna betastete ihre Hand. Der Ring der Prälatin war verschwunden. Ihr Mut sank. Sie hatte in ihrer Position versagt. Sie küßte den bloßen Finger und flehte inständig um Kraft.

Als sich auf Betätigen der Klinke nichts rührte, schlug sie mit der Faust gegen die Tür. Sie nahm all ihre Kraft zusammen, richtete sie auf den Türgriff und versuchte, ihn mit Gewalt zu bewegen, jedoch ohne Erfolg. Sie jagte ihre Kraft wütend in die Angeln, die sie auf der anderen Seite wußte. Voller Wut konzentrierte sie sich und versuchte es mit ihrem Han. Zungen aus Licht, grün vor mentaler Gereiztheit, schlugen gegen die Tür, züngelten durch die Ritzen und zuckten unter dem Spalt am Boden hindurch.

Verna kappte den ohnmächtigen Strom ihres Han, als ihr einfiel, wie sie Schwester Simona das gleiche Stunde um Stunde hatte versuchen sehen – mit dem gleichen unbefriedigenden Ergebnis. Der Schild an der Tür war von jemanden, der einen Rada'Han trug, nicht zu durchbrechen. So unvernünftig, ihre Kräfte in einer sinnlosen Anstrengung zu vergeuden, war sie nicht. Vielleicht war Simona verrückt, sie auf jeden Fall nicht.

Verna ließ sich auf das Strohlager zurückfallen. Trommeln gegen die Tür würde sie nicht hier herausbringen. Ihre Gabe würde sie nicht hier herausbringen. Sie saß in der Falle.

Warum war sie hier? Sie betrachtete den Finger, an den der Ring der Prälatin gehörte. Deshalb also.

Sie stieß einen Schrecklaut aus, als ihr die echte Prälatin einfiel. Ann hatte sie mit einer Mission beauftragt und war darauf angewiesen, daß sie, Verna, die Schwestern des Lichts vor Jagangs Eintreffen fortschaffte.

Sie stürzte sich auf ihre Kleider und durchwühlte sie hektisch. Ihr Dacra war verschwunden. Wahrscheinlich hatte man sie deshalb ausgezogen: Sie sollte keine Waffe tragen. Mit Schwester Simona hatte man das gleiche gemacht, um sicherzustellen, daß sie sich nicht selbst etwas antat. Einer Verrückten durfte man keine tödliche Waffe lassen.

Ihre Finger fanden den Gürtel. Sie riß ihn aus dem Kleiderberg hervor, betastete ihn der Länge nach und fand die Schwellung im dicken Leder.

Vor Hoffnung zitternd, hielt Verna den Gürtel in die Nähe der Kerze. Sie riß die falsche Naht auf. Dort, verborgen in der Geheimtasche, steckte das Reisebuch. Sie drückte den Gürtel an ihre Brust und dankte dem Schöpfer, wiegte sich dabei auf dem Strohlager hin und her und preßte den Gürtel fest an ihren Körper. Wenigstens das hatte sie noch.

Schließlich beruhigte sie sich, zog ihre Kleider in die Nähe des schwachen Lichts und kleidete sich an. Jetzt, wo sie nicht mehr nackt war, fühlte sie sich ein wenig besser. Die Demütigung brauchte sie nicht länger zu ertragen.

Verna wußte nicht, wie lange sie bewußtlos gewesen war, mußte aber feststellen, daß sie völlig ausgehungert war. Sie verschlang den Kanten Brot und stürzte das Wasser hinunter.

Nachdem ihr Magen wenigstens teilweise zufriedengestellt war, konzentrierte sie sich auf die Frage, wieso sie in diesem Raum gelandet war. Schwester Leoma. Schwester Leoma und drei andere hatten in ihrem Büro auf sie gewartet.

Schwester Leoma stand ganz weit oben auf ihrer Liste der vermeintlichen Schwestern der Finsternis. Sie war zwar nicht überprüft worden, trotzdem war sie daran beteiligt, daß man Verna hier eingesperrt hatte. Das war Beweis genug. Es war dunkel gewesen, und sie hatte die anderen drei nicht erkannt, aber sie hatte eine Liste der Verdächtigen im Kopf. Phoebe und Dulcinia hatten sie hereingelassen – gegen ihren ausdrücklichen Befehl. Sosehr es ihr widerstrebte, auch sie mußten auf die Liste gesetzt werden.

Verna begann, in dem kleinen Raum auf und ab zu gehen. Allmählich wurde sie wütend. Wie konnten sie nur glauben, damit ungestraft davonzukommen?

Sie waren bereits ungestraft davongekommen.

Ihr Gesicht nahm einen finsteren Ausdruck an. Nein, das waren sie nicht. Ann hatte ihr diese Verantwortung übertragen, und sie würde sich dieses Vertrauens würdig erweisen. Sie würde die Schwestern des Lichts aus dem Palast bringen.

Verna berührte den Gürtel mit den Fingern. Sie sollte eine Nachricht abschicken. Konnte sie das wagen, hier drinnen? Das konnte alles ruinieren. Aber sie mußte Ann berichten, was geschehen war.

Ganz plötzlich hielt sie in ihrem Hin- und Hergelaufe inne. Wie sollte sie Ann erklären, daß sie versagt hatte und daß wegen ihr alle Schwestern des Lichts in tödlicher Gefahr schwebten, während sie keine Möglichkeit hatte, etwas dagegen zu unternehmen? Jagang war auf dem Weg hierher. Sie mußte fliehen. Solange sie im Gefängnis saß, wußte keine der Schwestern, daß sie ebenfalls fliehen mußten.

Und Jagang würde sich ihrer aller bemächtigen.

Richard sprang ab, als das Pferd rutschend zum Stehen kam. Er blickte die Straße hinunter und sah, wie die anderen weit unten versuchten, ihn im Galopp einzuholen. Er rieb dem Pferd die Nase und ging daran, die Zügel an einem Eisenhebel des Fallgittermechanismus zu befestigen.

Er ließ den Blick über die Zahnräder und Hebel wandern und befestigte die Zügel statt dessen an einer Welle. Dort, wo er die Zügel zuerst hatte befestigen wollen, befand sich der Auslösehebel für das riesige Tor. Ein fester Ruck, und das Fallgitter hätte auf das Pferd herunterrasseln können.

Ohne auf die anderen zu warten, machte Richard sich auf den Weg in die Burg der Zauberer. Er war stinksauer, weil niemand ihn geweckt hatte. Die halbe Nacht lang brennt in den Fenstern der Burg ein Licht, überlegte er, und niemand hat den Mut, Lord Rahl zu wecken und es ihm mitzuteilen.

Und dann, vor nicht einmal einer Stunde, hatte er die Blitze gesehen, und das Leuchten, das sich ringförmig am klaren Himmel ausgebreitet und Rauchwolken hinterlassen hatte.

Ihm kam eine Idee. Richard zögerte, bevor er die Burg betrat, drehte sich um und blickte hinunter auf die Stadt. Am unteren Ende der Burgstraße zweigten weitere Straßen ab, die von Aydindril fortführten.

Was, wenn jemand in der Burg gewesen war? Was, wenn diese Leute etwas gestohlen hatten? Er sollte den Soldaten befehlen, jeden aufzuhalten, der sich zu entfernen versuchte. Sobald die anderen bei der Burg eintrafen, würde er einen von ihnen wieder nach unten schicken, um seinen Befehl zu überbringen.

Richard beobachtete die Menschen auf der Straße. Die meisten strömten in die Stadt hinein, nicht aus ihr heraus. Einige wenige jedoch verließen sie: offenbar ein paar Familien mit Handkarren, Soldaten, die auf Patrouille gingen, ein paar Wagen mit Handelswaren, und, dicht aufeinanderfolgend, vier Reiter, die die Fußgänger im Trab passierten. Er würde sie alle anhalten und durchsuchen lassen.

Aber nach was? Er konnte einen Blick auf die Leute werfen, sobald die Soldaten sie zurückgeholt hatten. Vielleicht erkannte er, ob sie irgend etwas Magisches bei sich trugen.

Richard drehte sich wieder zur Burg um. Dazu fehlte ihm die Zeit. Er mußte herausfinden, was hier oben vorgefallen war. Woher sollte er außerdem wissen, daß es sich um einen magischen Gegenstand handelte? Es wäre Zeitverschwendung. Er mußte sich zusam-

233

men mit Berdine an die Arbeit machen und das Tagebuch übersetzen, und nicht in familiären Habseligkeiten herumwühlen. Noch
immer verließen Menschen die Stadt, die nicht unter d'Haranischer
Herrschaft leben wollten. Sollten sie doch.

Entschlossenen Schrittes passierte er die Schilde im Innern der
Burg. Daß sie die anderen zurückhalten würden, war ihm klar. Sicher waren die fünf verstimmt, weil er nicht gewartet hatte. Nun,
vielleicht würden sie ihn beim nächsten Mal wecken, wenn sie Lichter in der Burg sahen.

Gehüllt in sein Mriswithcape, ging er hinauf zu der Stelle, wo er
gesehen hatte, wie ein Blitz in der Burg einschlug. Er vermied
Durchgänge, in denen er Gefahr witterte, und suchte sich andere
Wege, bei denen sich ihm wenigstens nicht die Nackenhaare sträubten. Mehrere Male spürte er Mriswiths, doch sie kamen nicht in
seine Nähe.

In einem großen Raum, von dem vier Korridore abgingen, blieb
Richard stehen. Hier gab es mehrere verschlossene Türen. Zu einer
führte eine Blutspur. Richard ging in die Hocke, untersuchte die ver-
schmierte Blutspur und entschied, daß es in Wirklichkeit zwei Spuren waren: Die eine führte in den Raum hinein, die andere hinaus.

Richard schlug das Mriswithcape auf und zog sein Schwert. Das
deutliche Sirren von Stahl hallte durch die Korridore. Er stieß die
Tür mit der Schwertspitze auf.

Der Raum war leer, aber alles andere als gewöhnlich. Der Holzfußboden war versengt. Rußige, zackige Linien hatten sich in die
Steinwände eingebrannt, so als wäre ein wütendes Unwetter in diesem Raum eingesperrt gewesen. Am verwirrendsten jedoch waren
die Gesteinsblöcke in den Wänden. Hie und da hingen gewaltige
Quader halb aus der Wand heraus, als wären sie um ein Haar von
ihrem Platz gefallen. Der Raum sah aus, als hätte hier ein Erdbeben
gewütet.

Überall auf dem Boden gab es Blutspritzer, und ein Stück seitlich
eine große Lache. Wegen des Feuers jedoch, das den Fußboden verkohlt hatte, war alles staubtrocken und verriet ihm wenig.

Richard folgte der Blutspur aus dem Raum heraus bis zu einer Tür, die auf die äußere Befestigungsmauer hinausging. Er trat hinaus in die kalte Luft und sah sofort die Blutflecken, die über den Stein gespritzt waren. Das Blut war frisch – höchstens einen Tag alt.

Überall auf der windumtosten Brustwehr lagen tote Mriswiths. Sie stanken, obwohl sie mittlerweile hartgefroren waren. An einer Wand, gut fünf Fuß weit oben, befand sich ein riesiger Blutfleck, und darunter, auf dem Boden, ein toter Mriswith, dessen Schuppenhaut aufgeplatzt war. Hätte sich der Blutfleck auf dem Boden und nicht an der Wand befunden, Richard hätte angenommen, er wäre vom Himmel gestürzt und durch den Aufprall umgekommen.

Richard ließ den Blick über die Sauerei hinwegwandern und fand, daß es aussah wie das, was übrigblieb, wenn Gratch mit Mriswiths kämpfte. Er schüttelte entsetzt den Kopf und fragte sich, was passiert war.

Er folgte der Blutspur zu einer Aussparung der mit Zinnen versehenen Mauer und stellte fest, daß das Mauerwerk auf beiden Seiten blutverschmiert war. Er trat in die Aussparung hinein und blickte über den Rand. Der Anblick war schwindelerregend.

Die Gesteinsblöcke, aus denen die Burg bestand, fielen fast senkrecht in die Tiefe ab, wölbten sich zum Fundament weit unten leicht vor, und darunter schien das Felsgestein des Berges selbst mehrere tausend Fuß weit abzufallen. Von der Aussparung in der Brustwehr zog sich eine Blutspur an der Außenwand hinunter und verlor sich in der Tiefe. In der Blutspur gab es mehrere dicke Flecken. Irgend etwas war über den Rand gestürzt und auf seinem Weg nach unten immer wieder gegen die Außenwand geschlagen. Er würde Soldaten losschicken müssen, um festzustellen, was oder wer über den Rand gestürzt war.

Er fuhr mit den Fingern durch mehrere Blutspuren an der Kante. Die meisten stanken nach Mriswiths. Andere nicht.

Gütige Seelen, was war hier oben geschehen? Richard preßte die Lippen aufeinander und schüttelte den Kopf. Er hüllte sich wieder

235

in das Mriswithcape und wurde unsichtbar, während er nachdachte. Seltsamerweise kam ihn auch Zedd in den Sinn. Er
wünschte, Zedd wäre hier bei ihm.

17. Kapitel

Diesmal war Verna bereit, als sie sah, wie die kleine Klappe unten an der Tür aufging. Sie stürzte sich darauf, schob das Tablett zur Seite, preßte ihr Gesicht an die Tür und spähte hinaus.

»Wer ist da draußen! Wer ist es! Was ist hier los? Weshalb hält man mich hier fest? Beantworte meine Fragen!« Sie konnte die Stiefel einer Frau erkennen und den Saum eines Kleides. Wahrscheinlich eine Schwester, welche die Menschen im Krankenrevier versorgte. Die Frau richtete sich wieder auf. »Bitte! Ich brauche noch eine Kerze! Diese hier ist fast heruntergebrannt!«

Sie hörte, wie die Schritte unbeeindruckt im Gang verhallten, dann das Klicken von Tür und Riegel. Sie biß die Zähne zusammen und hämmerte mit der Faust gegen die Tür. Schließlich sank Verna auf das Strohlager und rieb sich die Hand. In letzter Zeit hatte sie ein wenig zu oft gegen die Tür gehämmert. Ihre Verzweiflung übernahm langsam die Vorherrschaft über ihre Vernunft, das wußte sie.

In dem fensterlosen Raum war ihr jedes Gefühl für Tag und Nacht verlorengegangen. Sie ging davon aus, daß man ihr das Essen tagsüber brachte, manchmal jedoch schien es, als bekäme sie das Essen im Abstand von nur wenigen Stunden, und zu anderen Zeiten war sie fast verhungert, bevor es gebracht wurde. Verärgert wünschte sie, jemand würde sich um den Nachttopf kümmern.

Man gab ihr auch nicht genug zu essen. Ihr Kleid wurde an den Hüften und am Busen ziemlich weit. In den vergangenen Jahren hatte sie sich immer gewünscht, ein wenig schlanker zu werden, so wie sie vor Antritt ihrer Reise vor zwanzig Jahren gewesen war. Früher hatte sie als attraktiv gegolten. Die zusätzlichen Pfunde erinnerten sie stets an diesen Verlust von Jugend und Schönheit.

237

Sie lachte irre. Vielleicht war man hier derselben Ansicht und
hatte beschlossen, die Prälatin einer Fastenkur zu unterziehen. Ihr
Lachen erstarb. Sie hatte sich gewünscht, Jedidiah würde ihre in-
nersten Gefühle erkennen, und jetzt hockte sie hier und beschäf-
tigte sich mit Äußerlichkeiten, genau wie er. Eine Träne lief ihr über
die Wange. Warren hatte die inneren Werte nie übersehen. Sie war
eine Närrin.

»Ich bete dafür, daß du in Sicherheit bist, Warren«, sprach sie
leise zu den Wänden.

Verna schob das Tablett über den Fußboden zur Kerze. Sie ließ
sich zu Boden fallen und griff nach ihrem Wasserbecher. Bevor sie
den Inhalt hinunterstürzte, hielt sie inne und ermahnte sich, es sich
einzuteilen. Nie brachte man ihr genug Wasser. Mehrmals schon
hatte sie es hastig geschluckt und dann den nächsten Tag über auf
ihrem Bett gelegen und sich vorgestellt, wie sie mit offenem Mund
in einen See eintauchte und soviel trank, wie sie wollte.

Sie nahm einen winzigen Schluck. Als sie den Becher wieder auf
das Tablett zurückstellte, sah sie dort etwas Neues, etwas anderes
als den halben Laib Brot. Dort stand eine Schale mit Suppe.

Verna nahm sie ehrfürchtig in die Hand und sog den Duft ein. Es
war eine dünne Zwiebelbrühe, aber es kam ihr vor wie das Festmahl
einer Königin. Sie weinte fast vor Freude, als sie einen Schluck trank
und den deftigen Geschmack genoß. Sie riß ein Stück Brot ab und
stippte es in die Suppe. Es schmeckte besser als Schokolade, besser
als alles, was sie je gegessen hatte. Sie zerbrach das restliche Brot zu
kleinen Bröckchen, die sie alle in die Schale warf. Während sie in der
Suppe aufquollen, schien es mehr zu sein, als sie essen konnte. Sie
aß trotzdem alles auf.

Beim Essen holte sie das Reisebuch aus der Tasche in ihrem Gürtel. Ihre Hoffnung sank erneut, als darin keine neue Nachricht
stand. Sie hatte Ann mitgeteilt, was geschehen war, und hatte eine
hastig hingekritzelte Nachricht erhalten, in der es lediglich hieß:
»Du mußt fliehen und die Schwestern fortschaffen.« Daraufhin
hatte sie keine Nachricht mehr bekommen.

Nachdem sie die Schale angesetzt und die Suppe bis zur Neige geleert hatte, blies sie die Kerze aus, um sie für später aufzusparen. Sie stellte das restliche Wasser hinter die Kerze, damit sie es im Dunkeln nicht verschüttete, dann legte sie sich wieder auf das Strohlager und rieb sich den vollen Bauch.

Sie erwachte, als sie hörte, wie der Türriegel unter lautem Rasseln angehoben wurde. Verna hielt sich den Handrücken vor die Augen, vom Licht geblendet, das in die Kammer fiel. Sie rutschte rückwärts zur Wand, als die Tür wieder zuging. Eine Frau stand da, in der Hand eine Lampe. Verna blinzelte in den grellen Schein.

Die Frau stellte die Lampe auf den Boden, richtete sich auf und verschränkte die Hände vor ihrem Körper. Sie stand da, sah sie an und schwieg.

»Wer ist das? Wer ist dort?«

»Schwester Leoma Marsick«, lautete die knappe Antwort.

Verna blinzelte, als ihre Augen sich schließlich an das Licht gewöhnt hatten. Ja, es war tatsächlich Leoma. Jetzt konnte Verna ihr faltiges Gesicht erkennen und das weiße Haar, das über ihre Schultern nach hinten fiel.

Leoma war die Schwester aus dem Büro der Prälatin. Die, die sie hierhergebracht hatte.

Verna wollte aufspringen und der Frau an die Kehle gehen.

Nach einem Augenblick der Verwirrung bemerkte sie, daß sie wieder auf dem Strohlager saß und ihr das Hinterteil von der derben Landung schmerzte. Sie hatte das beunruhigende Gefühl, daß der Rada'Han sie am Aufstehen hinderte. Sie versuchte, ihre Beine zu bewegen, doch die gehorchten ihr nicht. Es war ein außergewöhnlich beängstigendes Gefühl. Sie schnappte nach Luft, unterdrückte einen panischen Schrei. Sie versuchte, nicht länger dagegen anzukämpfen, und die Angst ließ ein wenig nach. Das beunruhigende Gefühl, das von außen zu kommen schien, blieb.

»Ich denke, das reicht, Verna.«

Verna vergewisserte sich, daß sie ihre Stimme unter Kontrolle hatte, bevor sie sprach. »Warum bin ich hier?«

»Du wirst bis zum Ende deiner Verhandlung festgehalten.«
Verhandlung? Was für eine Verhandlung? Nein. Die Genugtu-
ung würde sie Leoma nicht geben. »Das scheint angemessen.«
Verna wäre gerne aufgestanden. Es war beschämend, mitansehen
zu müssen, wie Leoma so auf sie herabblickte. »Und, ist sie zu
Ende?«

»Deswegen bin ich hier. Ich bin gekommen, um dich von der Entscheidung des Gerichts zu unterrichten.«

Verna verkniff sich ihre beißende Bemerkung. Natürlich hatten
diese Verräter sie irgendeines hinterlistigen Vorwurfs für schuldig
befunden. »Und die Entscheidung?«

»Man hat dich für schuldig befunden, eine Schwester der Finsternis zu sein.«

Verna war sprachlos. Sie starrte zu Leoma hoch, brachte aber
kein Wort hervor, so sehr schmerzte es sie, daß man gerade sie dessen für schuldig befunden hatte. Fast ihr gesamtes Leben hatte sie
der Ehre des Schöpfers gewidmet. Wut stieg in ihr auf. Sie hielt sie
jedoch in Schach, als ihr einfiel, wie Warren ihr wegen ihrer auf-
brausenden Art Vorwürfe gemacht hatte.

»Eine Schwester der Finsternis? Verstehe. Und wie ist es möglich, daß man mich eines solchen Vorwurfs ohne Beweise für schuldig befindet?«

Leoma lachte leise in sich hinein. »Ich bitte dich, Verna, du
glaubst doch sicher nicht, du könntest ein solches Schwerverbre-
chen begehen, ohne irgendwelche Beweise zu hinterlassen.«

»Nein, vermutlich ist es euch gelungen, etwas zu finden. Also
gut, willst du es mir verraten, oder bist du einfach nur gekommen,
um dich diebisch darüber zu freuen, daß es dir endlich gelungen ist,
dich selbst zur Prälatin zu ernennen?«

Leoma zog eine Braue hoch. »Oh, ich bin nicht zur Prälatin ernannt worden. Schwester Ulicia wurde auserwählt.«

Verna zuckte zusammen. »Ulicia! Ulicia ist eine Schwester der
Finsternis! Sie ist mit fünf ihrer Kollaborateurinnen geflohen!«

»Ganz im Gegenteil. Die Schwestern Tovi, Cecilia, Armina,

Nicci und Merissa sind zurückgekehrt und wieder in ihre Ämter als Schwestern des Lichts eingesetzt worden.«

Verna versuchte unter größter Mühe, auf die Beine zu kommen, jedoch ohne Erfolg. »Sie wurden dabei erwischt, wie sie Prälatin Annalina angegriffen haben. Ulicia selbst hat sie getötet. Sie sind alle geflohen!«

Leoma seufzte, als müßte sie einer unwissenden Novizin die allereinfachsten Dinge erklären. »Und wer hat sie dabei erwischt, als sie Prälatin Annalina angegriffen haben?« Sie wartete. »Du selbst. Du und Richard.

Die sechs Schwestern haben ausgesagt, sie seien von einer Schwester der Finsternis angegriffen worden, nachdem Richard Schwester Liliana getötet hatte. Anschließend seien sie wegen der Gefahr für ihr Leben geflohen, bis sie zurückkehren konnten, um den Palast aus deinen Händen zu retten. Das Mißverständnis wurde ausgeräumt.

Du selbst, eine Schwester der Finsternis, hast dir diese Anschuldigungen ausgedacht. Du und Richard, ihr wart die einzigen Zeugen. Du warst es, die Prälatin Annalina getötet hat – du und Richard Rahl, dem du daraufhin zur Flucht verholfen hast. Wir haben Zeugenaussagen von Schwestern, die mitangehört haben, wie du einem der Wachposten, Kevin Andellmere, erklärt hast, er müsse Richard treu ergeben sein – deinem Komplizen – und nicht dem Kaiser.«

Verna schüttelte ungläubig den Kopf. »Ihr habt also den Aussagen von sechs Günstlingen des Hüters geglaubt, und auf dieser Grundlage, weil sie mir gegenüber in der Überzahl sind, habt ihr mich verurteilt?«

»Wohl kaum. Die Aussagen und die Beweisaufnahme haben sich über viele Tage hingezogen. Tatsächlich hat dein Prozeß fast zwei Wochen gedauert. Im Interesse der Gerechtigkeit und in Anbetracht des Ernstes der Anschuldigungen wollten wir ganz sicher sein, daß wir vollkommen gerecht und sorgfältig vorgehen. Eine große Zahl von Zeugen ist vorgetreten, um das Ausmaß deines ruchlosen Werkes aufzudecken.«

Verna warf die Hände in die Luft. »Wovon redest du überhaupt?«
»Du hast systematisch die Arbeit des Palastes hintertrieben. Tausende Jahre der Tradition sind dank deiner Bemühungen, das Werk der Schwestern des Lichts zu zerstören, zunichte gemacht worden. Die durch dich entstandenen Probleme sind beträchtlich.

Unter den Menschen in der Stadt kam es zu Unruhen, weil du den Palast angewiesen hast, die Zahlungen an Frauen einzustellen, die von jungen Zauberern geschwängert wurden. Diese Kinder sind eine unserer Hauptquellen für junge Männer mit der Gabe. Du wolltest diese Quelle trockenlegen. Du hast die jungen Männer daran gehindert, weiter in die Stadt zu gehen, um ihre Bedürfnisse zu befriedigen und Nachkommen mit der Gabe zu zeugen.

Letzte Woche haben sich die Dinge zugespitzt. Es kam zu einem Aufstand, den wir von den Wachen niederschlagen lassen mußten. Es hat nicht viel gefehlt, und die Menschen hätten den Palast gestürmt, weil wir so grausam sind, diese jungen Frauen und ihre Kinder verhungern zu lassen. Viele unserer jungen Männer schlossen sich der Erhebung an, weil du ihnen das Recht auf Gold aus dem Palast genommen hast.«

Verna fragte sich, was die wahren Gründe für diesen ›Aufstand‹ gewesen sein mochten – wenn man dachte, daß junge Zauberer daran beteiligt waren. Leoma würde jedoch kaum mit der Wahrheit herausrücken. Verna wußte, daß es gute Männer unter diesen jungen Zauberern gab, und hatte Angst um ihr Schicksal.

»Unser Gold untergräbt die Moral eines jeden, der damit in Berührung kommt«, verteidigte sich Verna. Sie wußte, daß der Versuch, sich zu rechtfertigen, Zeitverschwendung war. Ihr Gegenüber war für Vernunft – oder die Wahrheit – nicht zugänglich.

»Tausende von Jahren hat es funktioniert. Aber natürlich widerstrebt es dir, daß das Gute dieser Regelung Früchte trägt und damit den Schöpfer unterstützt. Man hat diese Befehle aufgehoben, wie auch noch andere deiner ruinösen Anweisungen.

Natürlich willst du nicht, daß wir in der Lage sind zu entscheiden, ob junge Männer fähig sind, sich der Welt zu stellen – sie sollen ja versagen, wenn es nach dir geht –, daher hast du die Schmerzensprüfung verboten. Auch dieser Befehl wurde aufgehoben.

Seit dem Tag, an dem du Prälatin wurdest, hast du die Lehre des Palastes in den Schmutz gezogen. Du selbst bist für den Tod der Prälatin verantwortlich – und dann benutzt du auch noch deine Tricks aus der Unterwelt, um dich als Prälatin einzusetzen, damit du uns vernichten kannst.

Nie hast du auf den Rat deiner Beraterinnen gehört, denn du hattest gar nicht die Absicht, den Fortbestand des Palastes zu sichern. Du hast dir nicht mal mehr die Mühe gemacht, einen Blick in die Berichte zu werfen. Statt dessen hast du deine Arbeit unerfahrenen Verwalterinnen aufgebürdet, während du dich in deinem Heiligtum eingeschlossen hast, um dich mit dem Hüter zu besprechen.«

Verna seufzte. »Das ist also der Grund, ja? Meinen Verwalterinnen gefällt es nicht, daß sie arbeiten müssen? Ein paar habgierige Menschen sind unzufrieden, weil ich mich weigere, das Gold aus dem Palastschatz zu verteilen, nur weil sie beschließen, sich schwängern zu lassen, anstatt eigene Familien zu gründen und Kinder in die Welt zu setzen? Bestimmte Schwestern sind verstimmt, weil ich unseren jungen Männern nicht mehr gestatte, ihrer ungezügelten Selbstbelohnung nachzugehen? Das Wort von sechs Schwestern, die fliehen, anstatt hierzubleiben, damit sie angehört werden können, wird aus heiterem Himmel ernst genommen? Und eine von ihnen bezeichnest du sogar als Prälatin! Und das alles ohne einen einzigen handfesten Beweis?«

Endlich erschien ein Lächeln auf Leomas Lippen. »Oh, wir haben einen handfesten Beweis, Verna. Aber ja.«

Mit einem selbstzufriedenen Ausdruck im Gesicht griff sie in eine Tasche und zog ein Blatt Papier hervor. »Wir haben einen sehr handfesten, überzeugenden Beweis, Verna.« Feierlich faltete sie das Papier auseinander, dann kam ihr strenger Blick erneut auf Verna zur Ruhe. »Und noch einen weiteren Zeugen. Warren.«

Verna zuckte zusammen, als hätte man sie ins Gesicht geschlagen. Sie erinnerte sich an die Nachrichten, die sie von der Prälatin

243

und von Nathan erhalten hatte. Nathan hatte voller Panik darauf hingewiesen, daß Warren den Palast verlassen müsse. Ann hatte immer wieder betont, Verna müsse augenblicklich für Warrens Aufbruch sorgen.

»Weißt du, was das ist, Verna?« Verna wagte nicht zu sprechen oder auch nur mit der Wimper zu zucken. »Ich glaube, du weißt es. Es ist eine Prophezeiung. Nur eine Schwester der Finsternis wäre so vermessen, ein solch belastendes Dokument herumliegen zu lassen. Wir haben es unten in den Gewölbekellern gefunden, in einem Buch versteckt. Vielleicht hattest du es schon vergessen? Dann will ich es dir vorlesen.«

»*Wenn die Prälatin und der Prophet in dem geheiligten Ritual dem Feuer übergeben werden, werden die Flammen einen Kessel voller Arglist zum Sieden bringen und einer falschen Prälatin zum Aufstieg verhelfen, die über den Untergang des Palastes der Propheten herrschen wird.*«

Leoma faltete das Blatt zusammen und ließ es zurück in ihre Tasche gleiten. »Du wußtest, daß Warren ein Prophet war, und du hast ihm seinen Halsring abgenommen. Du hast einen Propheten frei herumlaufen lassen – an sich bereits ein schlimmes Vergehen.«

»Und wie kommst du darauf, daß Warren diese Prophezeiung abgegeben hat?« erkundigte sich Verna vorsichtig.

»Warren hat es selbst ausgesagt. Es hat eine Weile gedauert, bis er sich schuldig bekannte, diese Prophezeiung abgegeben zu haben.«

Vernas Stimme wurde immer erregter. »Was habt ihr ihm angetan?«

»Wir haben, wie es unsere Pflicht ist, den Rada'Han benutzt, um die Wahrheit ans Licht zu bringen. Schließlich hat er gestanden.«

»Seinen Rada'Han? Ihr habt ihm den Halsring wieder angelegt?«

»Natürlich. Ein Prophet muß einen Halsring tragen. Als Prälatin war es deine Pflicht, dafür zu sorgen. Warren trägt wieder einen Halsring und befindet sich hinter Schild und Riegel in den Gewölbekellern, wo er hingehört.

Der Palast der Propheten wurde wieder auf den Weg gebracht, auf den er gehört. Diese Prophezeiung war das letzte Beweisstück, das schließlich zur Verurteilung führte. Sie bewies die Falschheit deines Tuns und offenbarte deine wahren Absichten. Zum Glück konnten wir handeln, bevor du dafür sorgen konntest, daß die Prophezeiung sich erfüllt. Du bist gescheitert.«

»Nichts von alldem stimmt, und das weißt du ganz genau!«

»Warrens Prophezeiung beweist deine Schuld. Du wirst darin als falsche Prälatin bezeichnet, und deine Pläne zur Zerstörung des Palastes der Propheten werden darin offenbart.« Ihr Lächeln kehrte zurück. »Es gab eine ziemliche Aufregung, als sie vor dem Tribunal vorgelesen wurde. Ein recht verräterischer, handfester Beweis, würde ich sagen.«

»Du mieses Stück. Ich werde für deinen Tod sorgen.«

»Von einer wie dir erwarte ich nichts anderes. Glücklicherweise bist du nicht in der Lage, deine Drohungen wahr zu machen.«

Den Blick auf Leomas Augen gerichtet, küßte Verna ihren Ringfinger. »Warum küßt du nicht deinen Finger, Schwester Leoma, und bittest den Schöpfer in diesen schweren Zeiten um Hilfe für den Palast der Propheten?«

Leoma breitete die Hände aus, ein spöttisches Lächeln auf den Lippen. »Der Palast ist jetzt nicht mehr in Not, Verna.«

»Küsse deinen Finger, Leoma, und zeige dem geliebten Schöpfer deine Sorge um das Wohlergehen der Schwestern des Lichts.«

Leoma führte ihre Hand nicht an die Lippen. Sie konnte nicht, und Verna wußte es. »Ich bin nicht hergekommen, um zum Schöpfer zu beten.«

»Natürlich nicht, Leoma. Du und ich, wir wissen beide, daß du eine Schwester der Finsternis bist – genau wie die neue Prälatin. Daran besteht kein Zweifel mehr. Ulicia ist die falsche Prälatin aus der Prophezeiung.«

Leoma zuckte mit den Achseln. »Du, Verna, bist die erste Schwester, die eines so schweren Verbrechens für schuldig befunden wurde. Der Schuldspruch kann nicht aufgehoben werden.«

»Wir sind unter uns, Leoma. Niemand kann uns hinter all den

Schilden hören, außer natürlich jemand, der Subtraktive Magie besitzt, und vor dessen Ohren brauchst du dich nicht zu fürchten. Keine der wahren Schwestern des Lichts kann hören, was wir sagen. Wollte ich jemanden etwas von dem erzählen, das du vielleicht mitzuteilen hast, würde mir niemand glauben.

Also lassen wir die Masken fallen. Wir kennen beide die Wahrheit.«

Ein dünnes Lächeln erschien auf Leomas Lippen. »Sprich weiter.«

Verna holte tief Luft und faltete die Hände in ihrem Schoß. »Du hast mich nicht getötet, so wie Ulicia es mit Prälatin Annalina gemacht hat. Du hättest dir nicht die Mühe dieser ganzen Heuchelei gemacht, wenn du vorgehabt hättest, mich umzubringen. Offensichtlich willst du etwas. Was ist es?«

Leoma lachte amüsiert in sich hinein. »Ach, Verna, du hast es immer schon verstanden, gleich auf den Punkt zu kommen. Du bist zwar noch recht jung, aber ich muß zugeben, du bist nicht auf den Kopf gefallen.«

»Ja. Ich bin ganz schlicht brillant, deswegen sitze ich ja auch hier. Was sollst du im Auftrag deines Herrn, dem Hüter, von mir holen?«

Leoma schürzte die Lippen. »Zur Zeit dienen wir einem anderen Herrn. Sein Wille zählt.«

Verna runzelte die Stirn. »Jagang? Ihm hast du dich auch verschworen?«

Leomas Blick wich ihr für einen winzigen Augenblick aus. »Nicht ganz, aber darum geht es gar nicht. Jagang will etwas, und das soll er bekommen. Es ist meine Pflicht, dafür zu sorgen, daß er bekommt, was er will.«

»Und was willst du von mir?«

»Du mußt deiner Ergebenheit zu Richard Rahl abschwören.«

»Du träumst, wenn du glaubst, daß ich das tue.«

Ein ironisches Lächeln huschte über Leomas Gesicht. »Ja, ich habe geträumt. Aber auch darum geht es nicht. Du mußt deine Bande zu Richard aufgeben.«

»Warum?«

»Richard weiß, wie er des Kaisers Einfluß auf die Geschehnisse behindern kann. Du mußt wissen, die Treue zu Richard blockiert Jagangs Macht. Er möchte herausfinden, ob diese Treue gebrochen werden kann, damit er in deinen Verstand eindringen kann. Es handelt sich um eine Art Experiment. Meine Aufgabe ist es, dich zu überzeugen, dieser Treue abzuschwören.«

»Ich werde nichts dergleichen tun. Du kannst mich nicht dazu bringen, daß ich meine Treue zu Richard aufgebe.«

Leomas Lächeln wurde bitter. Sie nickte. »Doch, das kann ich, und das werde ich auch. Mir liegt sehr viel daran. Noch bevor Jagang dann endlich eintrifft, um hier sein Hauptquartier einzurichten, werde ich die Bande zu seinem Feind brechen.«

»Und wie? Indem du mein Han blockierst? Glaubst du, das bricht meinen Willen?«

»Vergißt du wirklich so schnell, Verna? Hast du vergessen, wozu der Rada'Han noch benutzt werden kann? Hast du die Schmerzensprüfung vergessen? Früher oder später wirst du mich auf den Knien anflehen, dem Kaiser deine Ergebenheit schwören zu dürfen.

Du machst einen entscheidenden Fehler, wenn du vergißt, was ich bin, wenn du glaubst, ich hätte auch nur ein Körnchen Mitgefühl. Bis zu Jagangs Eintreffen bleiben uns noch einige Wochen. Wir haben genug Zeit. Diese Wochen während der Prüfung werden dir wie Jahre vorkommen, bis du dich schließlich unterwirfst.«

Verna versteifte sich. An die Schmerzensprüfung hatte sie nicht gedacht. Erneut spürte sie, wie ihr das Entsetzen die Kehle zuzuschnüren drohte. Sie hatte es natürlich bei jungen Männern, die den Rada'Han trugen, mitangesehen, doch das war nie für mehr als eine Stunde, und zwischen den Prüfungen lagen Jahre.

Leoma kam näher und stieß den Becher Wasser mit dem Fuß um. »Sollen wir beginnen, Schwester Verna?«

18. Kapitel

Richard zuckte zusammen, als er sah, wie der Junge bewußtlos geschlagen wurde. Einige der Schaulustigen zerrten ihn zur Seite, und ein anderer Junge nahm seinen Platz ein. Selbst hinter dem hohen Fenster im Palast der Konfessoren konnte er die Jubelschreie der Kinder hören, die zuschauten, wie die Jungen jenes Spiel spielten, das er auch bei den Kindern in Tanimura beobachtet hatte: Ja'La.

In seiner Heimat Westland hatte er nie etwas von Ja'La gehört, doch die Kinder in den Midlands spielten es ebenso wie die aus der Alten Welt. Es war tempogeladen und sah aufregend aus, er fand jedoch, Kinder sollten sich den Spaß am Spiel nicht mit ausgeschlagenen Zähnen teuer erkaufen müssen.

»Lord Rahl?« rief Ulic. »Lord Rahl, seid Ihr da?«

Richard wandte sich vom Fenster ab und ließ die tröstlich schützende Hülle von sich abfallen, indem er das schwarze Mriswithcape nach hinten über seine Schultern warf.

»Ja, Ulic. Was gibt's?«

Der kräftige Gardesoldat betrat mit großen Schritten das Zimmer und sah, wie Richard aus der Luft aufzutauchen schien. Er war den Anblick gewöhnt. »Da ist ein keltonischer General, der Euch zu sprechen wünscht. General Baldwin.«

Richard legte die Fingerspitzen an die Stirn und überlegte. »Baldwin, Baldwin.« Er hob den Kopf. »General Baldwin. Ja, ich erinnere mich. Er ist der Befehlshaber aller keltonischen Streitkräfte. Wir haben ihm eine Nachricht über die Kapitulation Keltons geschickt. Was will er?«

Ulic zuckte mit den Achseln. »Er sagte nichts weiter, als daß er den Lord Rahl zu sprechen wünscht.«

248

Richard drehte sich zum Fenster um, schob den schweren Gold-vorhang beiseite und lehnte sich an die bemalte Fenstereinfassung. Er beobachtete, wie ein Junge sich nach einem Treffer durch den Broc krümmte. Der Junge richtete sich wieder auf und ging ins Spiel zurück.

»Wie viele Soldaten haben den General nach Aydindril beglei-tet?«

»Ein kleiner Begleittrupp von vielleicht fünf-, sechshundert Mann.«

»Man hat ihn von der Kapitulation Keltons unterrichtet. Wollte er Ärger machen, wäre er sicher nicht mit so wenigen Mann nach Aydindril einmarschiert. Ich denke, es ist besser, wenn ich ihn emp-fange.« Er wandte sich wieder Ulic zu. »Berdine ist beschäftigt. Laß den General von Cara und Raina hereinbegleiten.«

Ulic schlug sich die Faust vors Herz und wollte bereits kehrtma-chen, drehte sich jedoch noch einmal um, als Richard ihn zurückrief. »Haben die Männer am Fuß des Berges unterhalb der Burg noch etwas gefunden?«

»Nein, Lord Rahl, nichts weiter als all diese Mriswithteile. Die Schneeverwehungen am Fuß der Klippen sind so tief, daß es Früh-ling werden wird, bis sie geschmolzen sind und wir herausfinden können, was sonst noch von der Burg herabgefallen ist. Der Wind kann es sonstwo hingeweht haben, und die Männer wissen nicht, wo sie in diesem ausgedehnten Gebiet suchen sollen. Die Mriswit-harme und -krallen, die sie gefunden haben, waren so leicht, daß sie nicht im Schnee versunken sind. Alles, was schwerer ist, könnte sich zehn, vielleicht zwanzig Fuß tief in diesen leichten Pulverschnee eingegraben haben.«

Richard nickte enttäuscht. »Noch etwas. Im Palast muß es Nähe-rinnen geben. Sag ihrer Vorarbeiterin, sie möchte zu mir kommen.«

Ohne sich darüber im klaren zu sein, hüllte sich Richard in sein schwarzes Mriswithcape und schaute wieder dem Ja'La-Spiel zu. Er wartete voller Ungeduld auf die Ankunft von Kahlan und Zedd. Jetzt dürfte es nicht mehr lange dauern. Sicher waren sie längst ganz

249

in der Nähe. Gratch hatte sie bestimmt gefunden, und bald wären sie alle vereint.

Hinter sich, an der Tür, hörte er Caras Stimme. »Lord Rahl?«

Richard drehte sich um, atmete durch und öffnete das Cape. Zwischen den beiden Mord-Sith stand ein großer, robust gebauter, älterer Mann mit einem weiß gesprenkelten, dunklen Schnäuzer, dessen Enden bis zur Unterseite seines Kinns wuchsen. Sein ergrauendes, schwarzes Haar wucherte ihm bis über die Ohren. Wo es dünner wurde, schimmerte sein Schädel durch.

Er trug ein schweres, halbrundes Cape aus Serge, das reich mit grünem Samt gesäumt und mittels zweier Knöpfe an einer Schulter befestigt war. Ein hoher, bestickter Kragen war über einen hellbraunen Wappenrock geschlagen, der mit einem Emblem verziert war – durchschnitten von einer schwarzen, diagonalen Linie, die einen gelben und einen blauen Schild voneinander trennte. Die hohen Stiefel des Mannes reichten ihm bis über die Knie. Derbe schwarze Handschuhe, deren ausgestellte Manschetten seinen Bauch verdeckten, steckten in einem breiten Gürtel, der mit einer reich verzierten Schnalle besetzt war.

Als Richard vor seinen Augen sichtbar wurde, wurde der General bleich im Gesicht und blieb abrupt stehen.

Richard verneigte sich. »General Baldwin, freut mich, Euch kennenzulernen. Ich bin Richard Rahl.«

Der General fand schließlich seine Haltung wieder und erwiderte die Verbeugung. »Lord Rahl, ich fühle mich geehrt, daß Ihr mich so kurzfristig empfangt.«

Richard machte eine Geste mit der Hand. »Cara, bitte bringt einen Stuhl für den General. Er ist bestimmt müde von der Reise«

Nachdem Cara einen schlichten gepolsterten Stuhl vor den Tisch gestellt hatte und der General Platz genommen hatte, setzte Richard sich in seinen Sessel hinter dem Tisch. »Was kann ich für Euch tun, General Baldwin?«

Der General sah kurz hoch zu Raina hinter seiner linken und Cara hinter seiner rechten Schulter. Die beiden Frauen standen schweigend da, die Hände hinter dem Rücken verschränkt, und gaben unzweideutig zu verstehen, daß sie nicht die Absicht hatten, den Raum zu verlassen.

»Ihr könnt frei sprechen, General. Diesen beiden vertraue ich so sehr, daß sie im Schlaf über mich wachen.«

Er holte Luft, wirkte ein wenig gelöster und schien die Beteuerung zu akzeptieren. »Lord Rahl, ich komme wegen der Königin.«

Richard hatte schon vermutet, daß dies der Grund sein könnte. Er faltete die Hände auf dem Tisch. »Was geschehen ist, tut mir sehr leid, General.«

Der General stützte den Arm auf den Tisch und beugte sich vor. »Ja, ich habe von den Mriswiths gehört. Ich habe ein paar von diesen abscheulichen Tieren auf den Lanzen draußen gesehen.«

Richard mußte sich bremsen. Fast hätte er gesagt, daß es vielleicht Tiere waren, aber keine abscheulichen. Schließlich hatte ein Mriswith Cathryn Lumholtz getötet, als sie ihn gerade hatte ermorden wollen. Doch da der General dies vermutlich nicht verstehen würde, behielt Richard es für sich und erwiderte statt dessen: »Ich bedaure aufrichtig, daß Eure Königin getötet wurde, während sie unter meinem Dach weilte.«

Der General tat dies mit einer knappen Handbewegung ab. »Ich wollte Euch damit nichts unterstellen, Lord Rahl. Ich bin gekommen, weil Kelton jetzt, da Cathryn Lumholtz tot ist, weder König noch Königin hat. Sie war die letzte in der Erbfolge, und das ist wegen ihres plötzlichen Todes ein Problem.«

Richard blieb freundlich, aber förmlich. »Was für ein Problem? Ihr seid jetzt ein Teil von uns.«

Der Mann verzog das Gesicht zu einem bemüht gelassenen Ausdruck. »Ja, wir haben die Kapitulationsdokumente erhalten. Aber die Königin, die uns geführt hat, ist jetzt tot. Als sie noch im Amt war, handelte sie im Rahmen ihrer Machtbefugnis, jetzt jedoch müssen wir feststellen, daß wir ein wenig ratlos sind, wie es weitergehen soll.«

Richard runzelte die Stirn. »Ihr meint, Ihr braucht eine neue Königin – oder einen König?«

Er zuckte kleinlaut mit den Achseln. »Bei uns ist es nun mal üblich, daß ein Monarch das Volk führt. Auch wenn es nun, da wir uns dem Bund mit D'Hara ergeben haben, nur symbolisch ist, so erfüllt es das keltonische Volk mit Achtung, einen König oder eine Königin zu haben. Ohne hat das Volk das Gefühl, nicht mehr als Nomaden zu sein, ohne Wurzeln – ohne etwas Gemeinsames, das es verbindet.

Da es keinen Lumholtz mehr in der Erbfolge gibt, könnte eines der anderen Häuser sich hervortun. Keines hat ein Anrecht auf den Thron, das hingegen könnte sich eines erwerben. Ein umstrittener Thron jedoch beschwört die Gefahr eines Bürgerkriegs herauf.«

»Verstehe«, sagte Richard. »Euch ist natürlich bewußt, daß es, soweit es Eure Kapitulation betrifft, keinerlei Rolle spielt, wen Ihr zu Eurem König oder zu Eurer Königin wählt. Die Kapitulation ist unwiderruflich.«

»So einfach ist das nicht. Deswegen bin ich gekommen, um Eure Hilfe zu erbitten.«

»Wie kann ich helfen?«

Der General knetete sein Kinn. »Seht Ihr, Lord Rahl, Königin Cathryn hat Euch Kelton übergeben, jetzt aber ist sie tot. Bis wir einen neuen Monarchen haben, sind wir Eure Untertanen. Gewissermaßen seid Ihr, solange kein echter Monarch ernannt ist, unser König. Wenn jedoch eines dieser Häuser den Thron besteigt, könnte es sein, daß man dort anderer Meinung ist.«

Richard ließ seine Stimme nicht so bedrohlich klingen, wie es seiner Laune entsprochen hätte. »Eine solche Meinung interessiert mich nicht. Dieser Fluß ist überschritten.«

Der General wedelte mit der Hand, als wollte er um Geduld bitten. »Ich denke, die Zukunft liegt bei Euch, Lord Rahl. Das Problem ist, fällt der Thron an das falsche Haus, könnte man dort auf andere Gedanken kommen. Offen gesagt, hätte ich nie gedacht, das Haus Lumholtz würde sich für Euch und D'Hara entscheiden. Ihr müßt sehr überzeugend gewesen sein, um die Königin zur Vernunft zu bringen.«

Einige der Herzöge und Herzoginnen sind durchaus begabt, was das Spiel um die Macht angeht, nicht aber, was das Wohl aller angeht. Die Herzogtümer sind fast unabhängig, und ihre Untertanen beugen sich nur einem Monarchen. Da sind einmal jene, die sich voller Überzeugung für Kelton und die Befolgung der Anordnungen der Krone – und nicht D'Haras – aussprechen würden, sollte eines der falschen Häuser auf den Thron gelangen und die Kapitulation für ungültig erklären. Die Folge wäre ein Bürgerkrieg.

Ich bin Soldat und betrachte das Geschehen mit den Augen eines Soldaten. Kein Soldat kämpft gern in einem Bürgerkrieg. Unter meinem Kommando stehen Männer aus jedem Herzogtum. Ein Bürgerkrieg würde die Einheit der Armee zerstören und uns für unsere wahren Feinde angreifbar machen.«

Richard sprach in die Stille hinein. »Ich höre zu, sprecht weiter.«

»Wie gesagt, als Mann, der den Wert von Einigkeit kennt, denke ich, die Zukunft liegt bei Euch. Im Augenblick seid Ihr das Gesetz – bis ein neuer Herrscher den Thron besteigt.«

General Baldwin lehnte sich seitlich an den Tisch und senkte bedeutungsschwer die Stimme. »Da Ihr gegenwärtig das Gesetz seid, wäre die Angelegenheit mit der Ernennung eines Königs oder einer Königin durch Euch erledigt. Versteht Ihr, was ich meine? Die Häuser wären verpflichtet, den neuen Herrscher anzuerkennen und sich Euch anzuschließen, vorausgesetzt, der neue Herrscher ordnet an, es soll sein, wie es bereits beschlossen wurde.«

Richard sah ihn argwöhnisch an. »So wie Ihr das sagt, klingt es wie ein Spiel, General. Man verschiebt einen Stein auf dem Brett, um einen gegnerischen Stein zu blockieren, bevor der Gegner Gelegenheit bekommt, den eigene Stein zu schlagen.«

Der General strich seinen Schnäuzer glatt. »Ihr seid am Zug, Lord Rahl.«

Richard lehnte sich zurück in seinen Sessel. »Verstehe.« Er dachte einen Augenblick lang nach, wußte nicht, wie er in dieser Angelegenheit weiter verfahren sollte. Vielleicht konnte er den General fragen, welches Haus treu ergeben sein würde. Er hielt es jedoch nicht für klug, einem Mann zu vertrauen, der gerade eben erst hereinspaziert war und seine Absicht zu helfen, kundgetan hatte. Es konnte eine Falle sein.

Er blickte kurz zu Cara hinüber, die seitlich hinter dem General stand. Sie hatte die Schultern hochgezogen und einen Ausdruck stummer Verwirrung im Gesicht. Als sein Blick zu Raina hinüberwanderte, gab sie ihm zu erkennen, daß auch sie keinen Rat wußte.

Richard erhob sich und trat ans Fenster, starrte hinaus auf die Menschen in der Stadt. Er wünschte, Kahlan wäre hier. Sie wußte über diese Dinge Bescheid: über Erbfolge und Herrscher. Die Übernahme der Midlands wurde zunehmend komplizierter, als er erwartet hatte.

Er konnte diesen Unfug einfach mit einem Befehl unterbinden und d'Haranische Truppen zur Durchsetzung seiner Befehle aussenden, aber das wäre eine Vergeudung wertvoller Soldaten für etwas, das eigentlich längst geregelt war. Er konnte die Angelegenheit auf sich beruhen lassen, andererseits war er darauf angewiesen, daß Kelton ihm treu ergeben blieb – die Kapitulation anderer Länder hing von Kelton ab. Wenn er einen Fehler machte, konnten all seine Pläne zu Asche zerfallen.

Richard wünschte nur, Kahlan würde sich beeilen und nach Aydindril kommen. Sie konnte ihm sagen, was er zu tun hatte. Vielleicht konnte er bis zu ihrem und Zedds Eintreffen Zeit schinden, und dann, mit ihrem Rat, das Richtige tun. Sie würde bald hier sein. Aber war das bald genug?

Kahlan, was soll ich tun?

Kahlan.

Richard drehte sich zu dem wartenden General um. »Da Kelton einen Monarchen als Symbol der Hoffnung und der Führerschaft über das gesamte keltonische Volk braucht, werde ich einen für Euch bestimmen.«

Der General wartete gespannt.

»Kraft meiner Amtsgewalt als Herrscher D'Haras, dem gegenüber Kelton zur Treue verpflichtet ist, ernenne ich Eure Königin.

254

Von diesem Tag an ist Kahlan Amnell Königin von D'Hara.«

General Baldwin riß die Augen auf und erhob sich von seinem Stuhl. »Ihr ernennt Kahlan Amnell zu unserer Königin?«

Richards Blick wurde härter, während seine Hand sich auf das Heft seines Schwertes senkte. »Ganz recht. Ganz Kelton wird sich ihr beugen. Wie Eure Kapitulation, so ist auch dieser Befehl unwiderruflich.«

General Baldwin fiel auf die Knie und senkte sein Haupt. »Lord Rahl, ich kann kaum glauben, daß Ihr das für unser Volk tun wollt. Wir sind Euch dankbar.«

Richard, der kurz davor war, sein Schwert zu ziehen, stutzte bei den Worten des Generals. Eine solche Reaktion hatte er nicht erwartet.

Schließlich erhob sich der General vor dem Tisch. »Lord Rahl, ich muß sofort aufbrechen, um unseren Truppen diese glorreichen Neuigkeiten zu überbringen. Sie werden sich ebenso wie ich geehrt fühlen, Untertanen von Kahlan Amnell zu sein.«

Richard, der nicht wußte, wie er reagieren sollte, blieb unverbindlich. »Es freut mich, daß Ihr meine Wahl akzeptiert, General Baldwin.«

Der General breitete die Arme aus. »Akzeptieren? Das übertrifft all meine Hoffnungen, Lord Rahl. Kahlan Amnell ist die Königin von Galea. Daß die Mutter Konfessor höchstselbst unserem Konkurrenten Galea als Königin dient, war Anlaß zu mancherlei Zwist, sie jetzt jedoch auch als unsere Königin zu haben, nun, es wird sich zeigen, daß Lord Rahl uns ebensosehr schätzt wie Galea. Wenn Ihr mit ihr vermählt seid, dann seid Ihr auch mit unserem Volk vermählt, genau wie die Galeaner.«

Richard erstarrte und war sprachlos. Wieso wußte dieser Mann, daß Kahlan die Mutter Konfessor war? Gütige Seelen, was war geschehen?

General Baldwin ergriff Richards Hand, zerrte sie vom Schwert fort und umschloß sie in einem herzlichen Griff. »Lord Rahl, dies ist die größte Ehre, die unserem Volk jemals zuteil wurde: die Mutter Konfessor höchstselbst als Königin zu haben. Ich danke Euch, Lord Rahl, danke.«

General Baldwin strahlte vor Freude, Richard dagegen stand am Rande einer Panik. »Ich hoffe, General, dies besiegelt unsere Einheit.«

Vor Wonne lachend winkte der General ab. »Für alle Zeiten, Lord Rahl. Wenn Ihr mich jetzt entschuldigt, ich muß sofort zurück, um unserem Volk von diesem großen Tag zu berichten.«

»Natürlich«, brachte Richard hervor.

General Baldwin ergriff Caras und Rainas Hand, bevor er aus dem Saal stürmte. Richard stand wie gelähmt.

Cara runzelte die Stirn. »Lord Rahl, stimmt etwas nicht? Ihr seid totenbleich.«

Schließlich löste Richard seinen Blick von der Tür, durch die der General hinausgetreten war, und sah sie an. »Er weiß, daß Kahlan die Mutter Konfessor ist.«

Caras Stirn zuckte, als hätte jemand versucht, sie zum Narren zu halten. »Aber jeder weiß doch, daß Eure zukünftige Braut, Kahlan Amnell, die Mutter Konfessor ist.«

»Was?« fragte er tonlos. »Ihr wißt es auch?«

Raina und sie nickten. Raina meinte: »Natürlich. Ist etwas mit Euch, Lord Rahl? Seid Ihr krank? Vielleicht solltet Ihr Euch setzen?«

Richards Blick wanderte von Rainas fragendem Gesicht zurück zu Cara. »Sie war durch einen Bann geschützt. Niemand wußte, daß sie die Mutter Konfessor ist. Niemand. Ein mächtiger Zauberer hat sie mit Magie beschützt. Ihr wußtet es vorher auch nicht.«

Cara sah ihn verwirrt an. »Nein? Das ist äußerst seltsam, Lord Rahl. Mir scheint es, als hätte ich immer gewußt, daß sie die Mutter Konfessor ist.« Raina nickte. Sie war derselben Ansicht.

»Ausgeschlossen«, sagte Richard. Er drehte sich zur Tür. »Ulic! Egan!«

Sie kamen fast augenblicklich durch die Tür geschossen, ruhig und bereit zum Kampf. »Lord Rahl?«

256

»Wen werde ich heiraten?«

Die beiden Männer richteten sich überrascht auf. »Die Königin von Galea, Lord Rahl«, antwortete Ulic.

»Und wer ist das?«

Die beiden Männer tauschten verblüffte Blicke aus. »Nun«, meinte Egan, »das ist die Königin von Galea – Kahlan Amnell, die Mutter Konfessor.«

»Die Mutter Konfessor ist angeblich tot! Erinnert sich denn keiner von euch mehr an die Rede, die ich vor den Vertretern aller Länder unten im Ratssaal gehalten habe? Ich habe sie aufgefordert, das Andenken der Mutter Konfessor zu ehren, indem sie sich D'Hara anschließen?«

Ulic kratzte sich am Kopf. Egan starrte auf den Boden, nuckelte an einer Fingerspitze und dachte angestrengt nach. Raina blickte zu den anderen hinüber, in der Hoffnung, sie wüßten eine Antwort. Schließlich hellte Caras Miene sich auf.

»Ich glaube, jetzt erinnere ich mich, Lord Rahl, sagte sie. »Aber ich meine, Ihr hättet von früheren Müttern Konfessor im allgemeinen gesprochen, nicht von Eurer zukünftigen Braut.«

Richard blickte von einem nickenden Gesicht zum anderen. Irgend etwas stimmte hier nicht.

»Hört zu, Ihr versteht das nicht, aber hier ist Magie im Spiel.«

»Dann habt Ihr recht, Lord Rahl«, meinte Raina und wurde ernster. »Wenn ein magischer Bann daran beteiligt ist, dann wird es so sein, daß dieser Bann uns täuscht. Ihr beherrscht die Magie, daher seid Ihr sicher in der Lage, die Schwierigkeiten zu erkennen. Wir müssen darauf vertrauen, was Ihr uns über Magie erzählt.«

Richard rieb die Hände aneinander und richtete den Blick in die Ferne, ohne daß seine Augen einen Punkt fanden, wo sie zur Ruhe kommen konnten. Irgend etwas stimmte da nicht. Irgend etwas stimmte hier ganz und gar nicht! Aber was? Vielleicht hatte Zedd den Bann aufgehoben? Vielleicht hatte er einen Grund dafür gehabt. Möglicherweise war alles in Ordnung. Zedd war bei ihr. Zedd würde sie beschützen. Richard wirbelte herum.

»Der Brief. Ich habe ihnen einen Brief geschickt. Vielleicht hat Zedd den Bann aufgehoben, weil er weiß, daß ich Aydindril der Imperialen Ordnung abgenommen habe, und er der Meinung war, es gäbe keinen Grund mehr, sie unter dem Bann zu belassen.«

»Klingt vernünftig«, meinte Cara.

Richard spürte, wie Sorge in ihm aufstieg. Was, wenn Kahlan außer sich war, weil er den Bund der Midlands aufgekündigt und die Kapitulation der Länder vor D'Hara verlangt hatte. Vielleicht hatte sie Zedd gedrängt, den Bann aufzuheben, damit die Menschen wußten, daß die Midlands noch immer eine Mutter Konfessor hatten? Demnach wäre sie nicht in Schwierigkeiten, sondern lediglich verärgert über ihn. Ärger konnte er hinnehmen, Schwierigkeiten nicht. Wenn sie in Schwierigkeiten steckte, mußte er ihr helfen.

»Ulic, bitte geh und suche General Reibisch und bringe ihn sofort zu mir.« Ulic berührte mit der Faust die Brust und eilte hinaus. »Egan, du wirst einige der Offiziere und Mannschaften aufsuchen. Verhalte dich nicht so, als sei das etwas Außergewöhnliches. Verwickele sie einfach in ein Gespräch über mich, vielleicht über meine Heirat oder ähnliches. Stelle fest, ob auch andere wissen, daß Kahlan die Mutter Konfessor ist.«

Richard lief hin und her, während er nachdachte und auf General Reibisch wartete. Was sollte er tun? Kahlan und Zedd müßten jeden Augenblick hier eintreffen. Was aber, wenn irgend etwas schiefgegangen war? Selbst wenn sein Vorgehen Kahlan verärgert hatte, würde sie dies nicht davon abhalten, nach Aydindril zu kommen. Sie würde lediglich versuchen, es ihm auszureden, oder ihm Vorträge über die Geschichte der Midlands halten und was er alles zerstörte.

Vielleicht würde sie auch ihre Hochzeit abblasen und ihn nie mehr wiedersehen wollen. Nein. Das konnte er nicht glauben. Kahlan liebte ihn, und auch wenn sie verärgert war, er weigerte sich zu glauben, daß sie freiwillig etwas über die Liebe zu ihm stellen würde. Er mußte an ihre Liebe glauben, genau wie sie an seine glauben mußte.

Die Tür ging auf, und herein kam Berdine, die Arme voller Bücher und Papiere. Sie hatte eine Feder zwischen den Zähnen. Sie lächelte, so gut dies mit der Feder im Mund möglich war, und ließ die Sachen auf den Tisch fallen.

»Wir müssen uns unterhalten«, flüsterte sie, »wenn Ihr nicht zu beschäftigt seid.«

»Ulic ist hinausgegangen, um General Reibisch zu suchen. Ich muß ihn dringend sprechen.«

Berdine sah zu Cara hinüber, dann zu Raina, zur Tür. »Soll ich Euch allein lassen, Lord Rahl? Ist etwas nicht in Ordnung?«

Richard hatte bereits genug herausgefunden und wußte, daß seine Einschätzung der Wichtigkeit des Tagebuchs richtig war. Bis zu General Reibischs Rückkehr konnte er außerdem nichts unternehmen.

»Wen werde ich heiraten?«

Berdine schlug ein Buch auf dem Tisch auf, setzte sich auf seinen Sessel und blätterte in den Papieren, die sie mitgebracht hatte. »Königin Kahlan Amnell, die Mutter Konfessor.« Sie hob erwartungsvoll den Kopf. »Habt Ihr ein wenig Zeit? Ich könnte Eure Hilfe gebrauchen.«

Richard seufzte, ging um dem Tisch herum und stellte sich neben sie. »Ich habe Zeit, bis General Reibisch eintrifft. Womit kann ich Euch helfen?«

Sie tippte mit dem hinteren Ende ihrer Feder auf das offene Tagebuch. »Ich habe es fast geschafft, diese Passage hier zu übersetzen, und offenbar war dem Autor sehr an ihr gelegen, als er sie schrieb, aber mir fehlen zwei Worte, die ich für wichtig halte.« Sie drehte die Ausgabe von *Die Abenteuer von Bonnie Day* in Hoch-D'Haran vor ihnen herum. »Ich habe hier eine Stelle gefunden, die dieselben beiden Worte enthält. Wenn Ihr Euch erinnern könnt, was hier steht, dann habe ich es.«

Richard hatte *Die Abenteuer von Bonnie Day* unzählige Male gelesen, es war sein Lieblingsbuch, und er hatte geglaubt, es auswendig aufsagen zu können. Er hatte aber feststellen müssen, daß das nicht der Fall war. Er kannte das Buch gut, sich jedoch an den genauen Wortlaut zu erinnern, erwies sich als schwieriger denn erwartet. Solange er ihr die genauen Worte eines Satzes nicht sagen konnte, stellte die Handlung der Geschichte allein oft keine große Hilfe dar.

Mehrmals war er in die Burg gegangen und hatte nach einer Ausgabe des Buches gesucht, die er lesen konnte, damit sie sie mit der d'Haranischen Ausgabe vergleichen konnten, es war ihm jedoch nicht gelungen, eine zu finden.

Berdine zeigte auf eine Stelle in *Die Abenteuer von Bonnie Day*. »Ich benötige diese beiden Worte. Könnt Ihr mir sagen, was der Satz bedeutet?«

Richards Hoffnung stieg. Es war der Anfang eines Kapitels. Bei Kapitelanfängen hatte er den meisten Erfolg, denn die ersten Worte waren einprägsam.

»Ja! Das ist das Kapitel, in dem sie aufbrechen. Ich erinnere mich. Es fängt an: ›Zum dritten Mal in dieser Woche brach Bonnie das Gesetz ihres Vaters, daß sie nicht alleine in den Wald gehen durfte.‹«

Berdine beugte sich hinüber und blickte auf die Zeile. »Ja, das heißt ›brach‹, das habe ich bereits herausgefunden. Das Wort hier bedeutet ›Gesetz‹, und dieses hier ›dritte‹?«

Richard nickte, als sie kurz den Kopf hob. Vor Aufregung über ihre Entdeckung lächelnd, tauchte sie ihre Feder in das Tintenfaß, begann auf einem der Blätter, die sie mitgebracht hatte, zu schreiben und einige Lücken zu füllen. Als sie fertig war, schob sie ihm stolz das Blatt hin.

»Das steht in diesem Teil des Tagebuches.«

Richard nahm das Blatt zur Hand und hielt es ins Licht, das vom Fenster kommend über seine Schulter fiel.

Die heftigen Streitereien unter uns gehen weiter. Das Dritte Gesetz der Magie: Leidenschaft ist stärker als Vernunft. Ich fürchte, dieses heimtückischste aller Gesetze könnte unser Verderben sein. Obwohl wir es besser wissen, fürchte ich, daß einige von uns es

dennoch brechen werden. Jede Splittergruppe besteht nachdrück-
lich darauf, daß ihr Vorgehen der Vernunft entspringt, doch bei
dieser ausweglosen Lage fürchte ich, daß ihr aller Vorgehen auf
Leidenschaft zurückgeht. Selbst Alric Rahl gibt verzweifelt die
Losung aus, er habe eine Lösung gefunden. Währenddessen
mähen die Traumwandler unsere Männer nieder. Ich bete darum,
daß die Türme vollendet werden können, sonst sind wir alle ver-
loren. Heute habe ich mich von Freunden verabschiedet, die zu
den Türmen aufgebrochen sind. Ich habe geweint, denn ich
wußte, daß ich diese guten Männer nie wiedersehen werde. Wie
viele werden in den Türmen für die Sache der Vernunft sterben?
Aber ach, ich weiß, was es uns schlimmstenfalls kosten wird, wenn
wir das Dritte Gesetz brechen.

Als Richard die Übersetzung gelesen hatte, drehte er sich fort, zum
Fenster hin. Er war in diesen Türmen gewesen. Zauberer hatten
ihre Lebenskraft dafür gegeben, die Banne der Türme zu entfachen,
früher jedoch hatte er sie nie als wirkliche Menschen betrachtet. Es
machte einen schaudern, wenn man las, welche Seelenqualen jener
Mann erlitten hatte, dessen Gebeine Tausende von Jahren in besag-
tem Raum in der Burg gelegen hatten. Die Worte aus dem Tagebuch
schienen seine Gebeine wieder zum Leben zu erwecken.

Richard dachte über das Dritte Gesetz nach und fragte sich, was
es bedeutete. Damals, beim Ersten und Zweiten, hatten ihm erst
Zedd und dann Nathan geholfen, hatten sie ihm erklärt und ihn soweit gebracht, bis er verstand, wie die Gesetze im wirklichen Leben
funktionierten. Dieses Mal würde er alleine dahinterkommen müssen.

Er erinnerte sich daran, wie er unten auf den Straßen, die aus Aydindril hinausführten, mit einigen Menschen gesprochen hatte, die
aus der Stadt flohen. Er hatte wissen wollen, warum sie die Stadt
verließen, und verängstigte Menschen hatten ihm erzählt, was sie
glaubten: daß er ein Ungeheuer war, welches sie zu seinem krank-
haften Vergnügen hinmetzeln würde.

Auf sein Drängen erzählten sie Gerüchte, als seien es Tatsachen, die sie mit eigenen Augen gesehen hatten, Gerüchte, denen zufolge Lord Rahl Kinder in seinem Palast als Sklaven halte, zahllose junge Frauen zu sich ins Bett nehme, die nach diesem Erlebnis abgestumpft und nackt durch die Straßen wanderten. Sie behaupteten, junge Frauen zu kennen, die er geschwängert habe, und kannten sogar Leute, die die Fehlgeburten einiger dieser armen Opfer seiner Vergewaltigungen tatsächlich gesehen hatten. Angeblich seien es häßliche, mißgebildete Sonderlinge, die Brut seines gottlosen Samens. Sie spuckten ihn an für die Verbrechen, die er an hilflosen Menschen begangen hatte.

Er fragte sie, wie sie ihm gegenüber so offen sprechen konnten, wenn er ein solches Ungeheuer war. Sie sagten, unter freiem Himmel würde er ihnen kein Leid tun. Sie hätten gehört, in der Öffentlichkeit heuchele er Mitgefühl, um die Menschen zu täuschen, daher wüßten sie, daß er ihnen vor all den Menschen nichts antun würde, außerdem hätten sie schon bald ihre Frauen dem Zugriff seiner gottlosen Krallen entzogen.

Je mehr Richard versuchte, diese erstaunlichen Vorstellungen auszuräumen, desto hartnäckiger hielten die Menschen daran fest. Sie sagten, sie hätten diese Dinge von zu vielen anderen Menschen gehört, als daß sie etwas anderes als die Wahrheit sein könnten. Es sei unmöglich, so viele Menschen zum Narren zu halten. Sie waren in ihrem Glauben und in ihrer Angst voller Leidenschaft und logischen Argumenten nicht zugänglich. Sie wollten schlicht in Ruhe gelassen werden und sich fluchtartig unter den Schutz begeben, den ihnen – Gerüchten zufolge – die Imperiale Ordnung angeboten hatte.

Ihre Leidenschaft würde sie erst recht in den Untergang treiben. Vielleicht, fragte er sich, war dies die Art, wie die Menschen durch den Bruch des Dritten Gesetzes zu Schaden kommen konnten. Er wußte nicht, ob das Beispiel treffend genug war. Es schien mit dem Ersten Gesetz verstrickt zu sein: Die Menschen glaubten etwas, entweder weil sie wollten, daß es wahr ist, oder weil sie fürchteten, es könnte wahr sein. Offenbar konnten mehrere Gesetze miteinander verknüpft und gemeinsam gebrochen werden, ohne daß man genau bestimmen konnte, wo das eine endete und das andere begann.

Und dann fiel Richard jener eine Tag zu Hause in Westland ein, als Mrs. Rencliff, die nicht schwimmen konnte, sich von den Männern losgerissen hatte, die versuchten, sie zurückzuhalten. Sie hatte sich geweigert, auf das Ruderboot zu warten, und war in einen durch die Flut angeschwollenen Fluß gesprungen, nachdem ihr Junge hineingefallen war. Ein paar Minuten später waren die Männer mit dem Ruderboot herbeigeeilt und hatten dem Jungen das Leben gerettet. Chad Rencliff wuchs ohne Mutter auf. Ihre Leiche wurde nie gefunden.

Richards Haut kribbelte, als wäre sie von Eis überzogen. Das Dritte Gesetz der Magie: Leidenschaft ist stärker als Vernunft.

Es war eine quälende lange Stunde, während der er in allen Einzelheiten auflistete, wie Leidenschaft, dort wo Vernunft geboten war, den Menschen Schaden zufügte. Er fragte sich, wie – schlimmer noch – Magie den Untergang in die Waagschale dieser Gleichung werfen konnte – was, wie er wußte, unweigerlich geschehen würde –, bis Ulic endlich mit dem General zurückkam.

General Reibisch schlug sich die Faust vors Herz, als er den Raum betrat. »Lord Rahl, Ulic sagte, Ihr hättet es eilig, mich zu sehen?«

Richard packte den bärtigen Mann an seiner Uniform. »Wie lange braucht Ihr, Eure Leute für eine Suche aufbruchbereit zu machen?«

»Es sind D'Haraner, Lord Rahl. D'Haranische Soldaten sind jederzeit aufbruchbereit.«

»Gut. Ihr kennt meine zukünftige Braut, Kahlan Amnell?«

General Reibisch nickte. »Ja, die Mutter Konfessor.«

Richard zuckte zusammen. »Richtig, die Mutter Konfessor. Sie ist auf dem Weg hierher, von Südwesten. Sie ist längst überfällig, und möglicherweise gibt es Schwierigkeiten. Sie war mit einem Bann belegt, der ihre Identität als Mutter Konfessor schützen sollte, damit ihre Feinde sie nicht verfolgen können. Irgendwie wurde der Bann aufgehoben. Möglicherweise bedeutet das Ärger. Ganz sicher wissen ihre Feinde jetzt von ihr.«

Der Mann kratzte sich den rostfarbenen Bart. Schließlich hob er den Kopf und sah ihn aus seinen grau-grünen Augen an. »Verstehe. Was soll ich für Euch tun?«

»Wir haben annähernd zweihunderttausend Mann in Aydindril, dazu weitere einhunderttausend überall verteilt in der näheren Umgebung der Stadt. Ich weiß nicht genau, wo sie sich befindet, außer, daß sie südwestlich von hier sein müßte und auf dem Weg hierher. Wir müssen sie beschützen.

Ich möchte, daß Ihr eine Truppe zusammenstellt – die Hälfte der Soldaten in der Stadt, mindestens einhunderttausend Mann – und auszieht, um sie zu suchen.«

Der General strich sich schwer seufzend über seine Narbe. »Das sind eine Menge Männer, Lord Rahl. Glaubt Ihr, daß wir so viele aus der Stadt abziehen müssen?«

Richard lief zwischen dem Schreibtisch und dem General auf und ab. »Ich weiß nicht genau, wo sie sich befindet. Nehmen wir zuwenig mit, könnten wir sie um fünfzig Meilen verfehlen und vorüberziehen, ohne jemals auf sie zu stoßen. Mit so vielen Männern können wir uns fächerförmig ausbreiten, ein großes Netz auswerfen, um sämtliche Straßen und Wege abzudecken, damit wir sie nicht verfehlen.«

»Dann werdet Ihr uns also begleiten?«

Richard hätte um sein Leben gern an der Suche nach Zedd und Kahlan teilgenommen. Er sah zu Berdine hinüber, die hinter dem Schreibtisch saß, und dachte an die warnenden Worte eines dreitausend Jahre alten Zauberers. Das Dritte Gesetz der Magie: Leidenschaft ist stärker als Vernunft.

Berdine war auf seine Hilfe beim Übersetzen des Tagebuches angewiesen. Bereits jetzt hatte er wichtige Dinge über den letzten Krieg erfahren, über die Türme und die Traumwandler. Und jetzt trieb sich wieder ein Traumwandler in der Welt herum.

264

Wenn er tatsächlich loszog und Kahlan ihn dort, wo er suchte, verpaßte, würde sich ihr Wiedersehen womöglich noch länger verzögern, als wenn er einfach in Aydindril wartete. Und dann war da auch noch die Burg. In der Burg war etwas geschehen, und es war seine Pflicht, die Magie dort zu bewachen.

Seine Leidenschaft drängte Richard zum Gehen – er wollte sich unbedingt auf die Suche nach Kahlan machen –, doch vor seinem inneren Auge sah er Mrs. Rencliff, die sich in die dunklen, rauschenden Fluten stürzte, weil sie sich geweigert hatte, auf das Boot zu warten. Diese Soldaten waren sein Boot.

Die Truppen konnten Kahlan finden und sie beschützen. Mehr Schutz konnte er ihr auch nicht bieten. Die Vernunft riet ihm, hier zu warten, wie sehr ihn das auch beunruhigte. Ob es ihm gefiel oder nicht, er war jetzt ein Führer. Ein Führer durfte nur aus Vernunft heraus handeln, sonst mußte jeder, der ihm folgte, den Preis für seine Leidenschaft bezahlen.

»Nein, General. Ich werde in Aydindril bleiben. Stellt die Truppen zusammen. Nehmt die besten Fährtensucher mit.« Er sah dem Mann in die Augen. »Ich weiß, ich brauche Euch nicht zu sagen, wie wichtig das für mich ist.«

»Nein, Lord Rahl«, meinte der General voller Mitgefühl. »Seid unbesorgt, wir werden sie finden. Ich werde die Männer begleiten und dafür Sorge tragen, daß alles mit der gleichen Sorgfalt erledigt wird, als wärt Ihr selbst dabei.« Er schlug sich mit der Faust aufs Herz. »Nur über unser aller Leichen wird Eurer Königin ein Haar gekrümmt.«

Richard legte dem Mann die Hand auf die Schulter. »Ich danke Euch, General Reibisch. Ich weiß, ich könnte es nicht besser machen als Ihr. Mögen die Gütigen Seelen mit Euch sein.«

19. Kapitel

Bitte, Zauberer Zorander.«

Der dürre Zauberer schaufelte ohne aufzusehen weiter Bohnen mit Speck in den Mund. Sie begriff nicht, wie der Mann soviel essen konnte.

»Hörst du mir zu?«

Es war nicht ihre Art, zu schreien, aber sie war mit ihrer Geduld am Ende. Die Angelegenheit erwies sich als noch lästiger, als sie sich vorgestellt hatte. Sie wußte, sie mußte es tun, um ihn weniger feindselig zu stimmen, aber das ging zu weit.

Mit einem wohligen Seufzer schleuderte Zauberer Zorander seine Blechschale auf ihr Gepäck. »Gute Nacht, Nathan.«

Nathan zog eine Braue hoch, als Zauberer Zorander in sein Bettzeug kroch. »Gute Nacht, Zedd.«

Seit sie den alten Zauberer gefangen hatte, war auch Nathan gefährlich schwierig geworden. Noch nie hatte er eine so begabte Gruppe von Menschen um sich gehabt. Ann sprang auf und stand da, die Fäuste in die Hüften gestemmt, und blickte wütend auf das weiße Haar, das unter der Decke hervorlugte.

»Zauberer Zorander, ich flehe dich an.«

Es machte sie rasend, ihn auf so unterwürfige Art zu bitten, aber sie hatte zu ihrem Leidwesen lernen müssen, was dabei herauskommen konnte, wenn sie die Kraft seines Halsrings benutzte, um ihn mittels unangenehmer Methoden ins Gebet zu nehmen. Es verblüffte sie, wie der Mann es schaffte, mit seinen Tricks ihre Sperre zu durchbrechen, die sie mit seinem Halsring verknüpft hatte, doch zu Nathans großer Freude gelang es ihm. Sie fand dies alles andere als komisch.

Ann war den Tränen nahe. »Bitte, Zauberer Zorander.«

Sein Kopf drehte sich nach oben, der Schein des Feuers zeichnete die Furchen seines Gesichts in harten Schatten nach. Er sah sie aus seinen haselbraunen Augen an.

»Wenn du das Buch noch ein einziges Mal aufschlägst, bist du tot.«

Mit gespenstischer Verstohlenheit schmuggelte er Banne an ihren Schilden vorbei, wenn sie es am wenigsten erwartete. Es war ihr unbegreiflich, wie er das Reisebuch mit einem Lichtbann hatte belegen können. Sie hatte es an jenem Abend aufgeschlagen und die Nachricht von Verna gesehen, daß man sie gefaßt und ihr einen Halsring umgelegt hatte, und dann war alles fürchterlich schiefgegangen.

Das Öffnen des Buches hatte den Lichtbann ausgelöst. Sie hatte gesehen, wie er stärker wurde und aufleuchtete. Ein leuchtendes, glühendes Stück Kohle war in die Luft geschossen, und der alte Zauberer hatte ihr seelenruhig erklärt, wenn sie das Buch nicht wieder geschlossen hätte, bis der glühende Lichtfunke zu Boden fiel, würde sie verbrannt werden.

Ein Auge immer auf den zischend herabstürzenden Funken haltend, hatte sie Verna nur hastig eine Nachricht hinkritzeln können, daß sie fliehen und die Schwestern fortschaffen müsse. Sie hatte das Buch gerade noch rechtzeitig geschlossen. Mit der tödlichen Wirkung des Banns scherzte er nicht, das wußte sie.

Sogar jetzt konnte sie ein schwaches Glühen um das Buch erkennen. Einen ähnlichen Bann hatte sie noch nie gesehen, und ihr war schleierhaft, wie er es geschafft hatte, ihn anzubringen, obwohl sie eine Sperre um seine Kraft errichtet hatte. Sie hatte keine Ahnung, wie sie das Buch öffnen sollte, ohne getötet zu werden.

Ann hockte sich neben das Bettzeug. »Zauberer Zorander, sicherlich hast du allen Grund, über mich erzürnt zu sein, aber hier geht es um Leben und Tod. Ich muß eine Nachricht abschicken. Das Leben von Schwestern steht auf dem Spiel. Zauberer Zorander, bitte. Es könnte sein, daß Schwestern sterben. Ich weiß, du bist ein guter Mensch und würdest das nicht wollen.«

Er holte einen Finger unter der Decke hervor und zeigte auf sie. »Du hast mich zum Sklaven gemacht. Das hast du dir und deinen Schwestern selbst eingebrockt. Ich sagte es bereits, du hast das Abkommen gebrochen und damit deine Schwestern zum Tod verurteilt. Du bringst das Leben von Menschen, die ich liebe, in Gefahr. Du hast mich daran gehindert, die magischen Gegenstände in der Burg zu beschützen. Du bringst das Leben meines Volkes in den Midlands in Gefahr. All diese Menschen könnten sterben, nur weil du mir das angetan hast.«

»Begreifst du nicht, daß unser aller Leben miteinander verknüpft ist? Dies ist ein Krieg gegen die Imperiale Ordnung, nicht zwischen uns. Ich möchte dir keinen Schaden zufügen, nur damit du mir hilfst.«

Er knurrte. »Vergiß nicht, was ich dir gesagt habe: du oder Nathan, einer von euch sollte immer wach bleiben. Solltet ihr beide schlafen, wirst du nie wieder aufwachen. Das ist eine faire Warnung, auch wenn du sie nicht verdient hast.«

Er wälzte sich auf die andere Seite und zog die Decke hoch.

Gütiger Schöpfer, geschah all dies gemäß der Prophezeiung, oder lief alles fürchterlich verkehrt? Ann ging ums Feuer herum zu Nathan.

»Nathan, kannst du ihm nicht ein wenig Vernunft beibringen?«

Nathan sah sie an. »Ich sagte es bereits, dieser Teil des Planes ist der reine Wahnsinn. Einem jungen Mann einen Halsring umzulegen ist eine Sache, aber dies bei einem Zauberer der Ersten Ordnung zu tun ist etwas völlig anderes. Es war deine Idee, nicht meine.«

Sie biß die Zähne zusammen und packte ihn am Hemd. »Verna könnte in diesem Halsring getötet werden. Wenn sie stirbt, schweben auch unsere Schwestern in tödlicher Gefahr.«

Er nahm einen Löffel Bohnen. »Ich habe dich von Anfang an vor diesem Plan gewarnt. In der Burg bist du fast umgekommen. Dieser zweite Teil der Prophezeiung jedoch ist noch gefährlicher. Ich habe mit ihm gesprochen, er sagt dir die Wahrheit. Soweit es ihn betrifft, bringst du seine Freunde in Lebensgefahr. Wenn er kann, wird er dich töten, um zu fliehen und ihnen zu helfen. Daran habe ich keinen Zweifel.«

»Nathan, wie kannst du nach all den Jahren, die wir zusammen waren, so gefühllos sein?«

»Du meinst, wie kann ich mich nach all den Jahren der Gefangenschaft immer noch dagegen wehren?«

Ann wandte ihr Gesicht ab, als ihr eine Träne über die Wange lief. Sie würgte den Kloß in ihrem Hals hinunter.

»Nathan«, meinte sie leise, »hast du ein einziges Mal in all der Zeit, die du mich kennst, gesehen, daß ich jemandem etwas Grausames angetan hätte – aus einem anderen Grund, als Leben zu beschützen? Habe ich deines Wissens ein einziges Mal aus einem anderen Grund für etwas gekämpft, als Leben und Freiheit zu bewahren?«

»Ich nehme an, du meinst eine andere Freiheit als die meine.«

Sie räusperte sich. »Ich weiß, ich werde mich dem Schöpfer gegenüber dafür verantworten müssen. Aber ich tue es, weil ich nicht anders kann und weil ich dich mag, Nathan. Ich weiß, was draußen in der Welt aus dir werden würde. Du würdest von Menschen, die dich nicht verstehen, gejagt und umgebracht.«

Nathan warf seine Schale zu den anderen. »Willst du die erste oder die zweite Wache?«

Sie drehte sich wieder zu ihm um. »Wenn du so versessen auf deine Freiheit bist, was hindert dich dann, während deiner Wache einzuschlafen, damit ich getötet werde?«

Seine durchdringenden blauen Augen nahmen einen bitteren Ausdruck an. »Ich will diesen Halsring loswerden. Das einzige, was ich dafür nicht tun werde, ist, dich zu töten. Wäre ich bereit, diesen Preis zu bezahlen, wärst du schon tausendmal tot, und das weißt du.«

»Tut mir leid, Nathan. Ich weiß, du bist ein guter Mann, und ich bin mir durchaus der entscheidenden Rolle bewußt, die du dabei gespielt hast, mir beim Bewahren des Lebens zu helfen. Dich dazu zwingen zu müssen tut mir im Herzen weh.«

269

»Mich zwingen?« Er lachte. »Ann, du bist die komischste Frau, die mir je begegnet ist. Das meiste davon hätte ich um nichts missen wollen. Welche andere Frau hätte mir ein Schwert gekauft? Oder mir einen Grund gegeben, es zu benutzen?

Diese tollkühne Prophezeiung besagt, daß du ihn zornig herbeibringen mußt, und du machst deine Sache ganz hervorragend. Ich fürchte, es könnte sogar funktionieren. Ich werde die erste Wache übernehmen. Vergiß nicht, nach deinem Bettzeug zu sehen. Diesen Schneeflöhen bin ich immer noch nicht auf die Schliche gekommen.«

»Ich auch nicht. Mich juckt es noch immer.« Sie kratzte sich gedankenverloren am Hals. »Wir sind fast zu Hause. Bei diesem Tempo wird es nicht mehr lange dauern.«

»Zuhause«, meinte er spöttisch. »Und dann bringst du uns um.«

»Gütiger Schöpfer«, sagte sie leise bei sich, »was bleibt mir für eine Wahl?«

Richard lehnte sich in seinem Sessel zurück und gähnte. Er war so müde, daß er kaum die Augen offenhalten konnte. Sein Räkeln und Gähnen veranlaßte Berdine, die unmittelbar neben ihm saß, das gleiche zu tun. Raina, auf der anderen Seite des Zimmers an der Tür, wurde ebenfalls von dem Gähnen angesteckt.

Es klopfte, und Richard sprang auf. »Herein!«

Egan steckte seinen Kopf herein. »Ein Bote ist hier.«

Richard machte eine Handbewegung, und Egans Kopf verschwand. Ein d'Haranischer Soldat in einem schweren Umhang und nach Pferd riechend kam hereingeeilt und salutierte mit der Faust auf seinem Herzen.

»Setz dich. Du siehst aus, als hättest du einen anstrengenden Ritt hinter dir«, sagte Richard.

Der Soldat richtete die Streitaxt an seinem Gürtel und blickte kurz auf den Stuhl. »Mir geht es gut, Lord Rahl, aber ich fürchte, ich habe nichts zu berichten.«

Richard sank in seinen Sessel zurück. »Verstehe. Keine Spur? Nichts?«

270

»Nein, Lord Rahl. General Reibisch trug mir auf, Euch mitzuteilen, daß sie gut vorankommen und jeden Zoll absuchen, bis jetzt aber keine Spur gefunden haben.«

Richard seufzte enttäuscht. »Na gut. Danke. Am besten gehst du etwas essen.«

Der Mann salutierte und verabschiedete sich. Seit zwei Wochen, beginnend eine Woche nach dem Aufbruch der Streitmacht, hatten Richard jeden Tag Boten Bericht erstattet. Da das Heer sich aufgeteilt hatte, um verschiedene Routen abzudecken, schickte jede Gruppe ihre eigenen Boten. Dies war an diesem Tag der fünfte.

Berichte über Ereignisse zu hören, die Wochen zuvor, als die Boten von ihren Einheiten aufgebrochen waren, geschehen waren, das war, als sähe man dabei zu, wie Geschichte passierte. Welche Entwicklung ihm auch zu Ohren kam, sie hatte in der Vergangenheit stattgefunden. Soweit Richard wußte, konnte es sein, daß sie Kahlan vor einer Woche gefunden hatten und sich auf dem Rückweg befanden, während er noch immer Berichte über Mißerfolge zu hören bekam. An diese unerschütterliche Hoffnung klammerte er sich vor allem.

Er hatte die Zeit genutzt und sich von all den Sorgen nicht ablenken lassen, indem er an der Übersetzung des Tagebuches arbeitete. Das vermittelte ihm weitgehend das gleiche Gefühl wie der Erhalt der täglichen Berichte, wie das Beobachten des Ablaufs der Geschichte. Schon bald verstand Richard mehr von diesem Dialekt des Hoch-D'Haran als Berdine.

Da er die Geschichte von *Die Abenteuer von Bonnie Day* kannte, hatten sie größtenteils damit gearbeitet und, nachdem sie die Bedeutung der Wörter herausgefunden hatten, eine lange Liste mit Vokabeln erstellt, die ihnen Anhaltspunkte für das Tagebuch lieferten. Durch das Lernen der Wörter konnte Richard immer größere Teile des Buches lesen, indem er den genauen Wortlaut Stück für Stück zusammensetzte. Das wiederum ermöglichte ihm, immer mehr Leerstellen in seinem Gedächtnis aufzufüllen und dadurch noch mehr Wörter zu verstehen.

Mittlerweile war es oft einfacher für ihn, sein frischgewonnenes Wissen einfach zu benutzen, um direkt aus dem Tagebuch zu übersetzen, als es Berdine zu zeigen und sie die Arbeit machen zu lassen. Er fing an, im Schlaf auf Hoch-D'Haran zu träumen und es im Wachzustand zu sprechen.

Der Zauberer, der das Tagebuch geschrieben hatte, nannte nirgendwo seinen Namen. Es handelte sich nicht um offizielle Aufzeichnungen, sondern um ein privates Tagebuch, daher hatte er keinen Grund, sich mit Namen zu nennen. Berdine und Richard waren dazu übergegangen, ihn Kolo zu nennen, eine Kurzform für *koloblicin*, ein hoch-d'Haranisches Wort, das ›Starker Ratgeber‹ bedeutete.

Mit Richards wachsendem Verständnis des Tagebuches trat ein zunehmend beängstigendes Bild zutage. Kolo hatte sein Tagebuch während jenes Krieges in der Vorzeit geführt, in dessen Folge die Türme der Verdammnis im Tal der Verlorenen aufgestellt worden waren. Schwester Verna hatte ihm einmal erzählt, die Türme hätten dieses Tal mehr als dreitausend Jahre lang bewacht und hätten einzig dem Zweck gedient, einen großen Krieg zu verhindern. Nachdem er erfahren hatte, wie verzweifelt diese Zauberer daran gearbeitet hatten, die Türme zu aktivieren, bereitete es Richard zunehmend Sorge, daß er sie zerstört hatte.

An einer Stelle hatte Kolo davon gesprochen, daß seine Tagebücher ihn seit seiner Jugend begleitet und er etwa eins pro Jahr vollgeschrieben habe. Dieses, Nummer siebenundvierzig, mußte also verfaßt worden sein, als er irgendwo zwischen Anfang und Mitte fünfzig war. Richard hatte vor, in die Burg zu gehen und Kolos andere Tagebücher zu suchen, doch dieses barg noch immer viele Geheimnisse.

Offenbar hatte Kolo in der Burg die Aufgabe eines Vertrauten und Ratgebers innegehabt. Die meisten Zauberer besaßen beide Seiten der Gabe, die Additive sowohl als auch die Subtraktive, einige jedoch nur die Additive. Kolo empfand großes Mitleid mit denen, die nur mit einer Seite der Gabe geboren waren, und hatte das Gefühl, sie in Schutz nehmen zu müssen. Viele betrachteten diese

›unglücklichen Zauberer‹ angeblich als nahezu hilflos, Kolo jedoch war der Ansicht, daß sie auf ihre einzigartige Weise auch ihren Teil beitragen konnten, und setzte sich für ihre Gleichberechtigung in der Burg ein.

Zu Kolos Zeit lebten Hunderte von Zauberern dort oben, und es wimmelte von Familien, Freunden und Kindern. Die jetzt menschenleeren Hallen waren einst von Gelächter, Gesprächen und unbeschwerter Harmonie erfüllt gewesen. Verschiedentlich erwähnte Kolo eine Fryda, wahrscheinlich seine Frau, sowie seinen Sohn und seine jüngere Tochter. Kinder waren auf bestimmte Ebenen in der Burg beschränkt und besuchten Unterrichtsstunden, in denen sie die typischen Fächer wie Lesen, Schreiben und Rechnen, aber auch Prophezeiungen und den Gebrauch der Gabe lernten.

Doch über dieser gewaltigen, von Leben, Arbeit und Familienglück überschäumenden Burg hing der Schatten des Todes. Die Welt befand sich im Krieg.

Es gehörte unter anderem zu Kolos Pflichten, die Sliph zu bewachen, wenn er an der Reihe war. Richard erinnerte sich, daß der Mriswith in der Burg ihn gefragt hatte, ob er gekommen sei, die Sliph zu wecken. Dabei hatte er nach unten auf den Raum gedeutet, wo sie Kolos Tagebuch gefunden hatten, und gesagt, endlich sei der Weg zu ihr wieder frei. Auch Kolo bezeichnete die ›Sliph‹ als eine »Sie«, wenn er gelegentlich davon sprach, ›sie‹ beobachte ihn beim Schreiben seines Tagebuches.

Weil es so mühsam war, das Tagebuch auf Hoch-D'Haran zu entziffern, waren sie davon abgekommen, hin und her zu springen, denn das führte bloß dazu, sie zu verwirren. Es war einfacher, am Anfang zu beginnen und die Worte der Reihenfolge nach zu übersetzen, und auf diese Weise Kolos Eigenarten im Gebrauch der Sprache kennenzulernen, was es ihnen wiederum erleichterte, Besonderheiten seiner Ausdrucksweise zu erkennen. Sie hatten das Tagebuch erst zu einem Viertel übertragen, aber der Vorgang gewann mit Richards Erlernen des Hoch-D'Haran beträchtlich an Tempo.

Als Richard sich zurücklehnte und erneut gähnte, beugte sich Berdine zu ihm. »Was bedeutet dieses Wort?«

»›Schwert‹«, antwortete er ohne Zögern. Er erinnerte sich an das Wort aus *Die Abenteuer von Bonnie Day* .

»Hm. Seht her. Ich glaube, Kolo spricht von Eurem Schwert.«

Die Vorderbeine von Richards Stuhl knallten mit einem dumpfen Schlag auf den Boden, als er sich nach vorne beugte. Er nahm das Buch und das Stück Papier zur Hand, das sie benutzt hatte, um die Übersetzung niederzuschreiben. Richard überflog die Übersetzung, dann nahm er das Original und zwang sich, es in Kolos Worten zu lesen.

Heute ist der dritte Versuch gescheitert, ein Schwert der Wahrheit zu schmieden. Die Frauen und Kinder der fünf Männer wandeln weinend vor untröstlicher Seelenqual durch die Korridore. Wie viele Männer werden noch sterben, bis wir Erfolg haben oder den Versuch als unmöglich aufgeben? Das Ziel ist es vielleicht wert, doch der Preis wird immer furchtbarer.

»Ihr habt recht. Offenbar schreibt er darüber, wie sie versucht haben, das Schwert der Wahrheit herzustellen.«

Richard erschauderte, als er erfuhr, daß Männer bei der Herstellung seines Schwertes ums Leben gekommen waren. Ihm wurde sogar ein wenig übel dabei. Er hatte das Schwert immer für einen Gegenstand der Magie gehalten und geglaubt, es sei vielleicht ein gewöhnliches Schwert, das ein mächtiger Zauberer irgendwann einmal mit einem Bann belegt hatte. Zu erfahren, daß Menschen bei seiner Erschaffung gestorben waren, erfüllte ihn mit Scham, weil er es die meiste Zeit als selbstverständlich hingenommen hatte.

Richard wandte sich dem nächsten Abschnitt des Tagebuches zu. Eine Stunde lang zog er die Listen und Berdine zu Rate, dann hatte er ihn übersetzt.

Vergangene Nacht haben unsere Feinde Attentäter durch die Sliph geschickt. Wäre der Wachhabende nicht so aufmerksam gewesen, hätten sie Erfolg damit gehabt. Sind die Türme erst fertig, wird die Alte Welt wahrhaftig abgeschottet sein, und die Sliph wird schlafen. Dann werden wir alle ruhen können – bis auf den Unglücklichen, der Wache schiebt. Wir sind zu dem Schluß gekommen, daß wir unmöglich wissen können, wann – wenn überhaupt – die Banne entfacht werden oder sich jemand in der Sliph befindet, daher kann der Wachhabende nicht rechtzeitig abberufen werden. Wenn die Türme zum Leben erweckt werden, wird der Mann, der sie bewacht, mit ihr versiegelt werden.

»Die Türme«, sagte Richard. »Als sie die Türme fertiggestellt haben, die die Alte von der Neuen Welt trennen, wurde jener Raum ebenfalls versiegelt. Deswegen war Kolo dort unten. Er konnte nicht heraus.«

»Und warum ist der Raum dann jetzt offen?« fragte Berdine.

»Weil ich die Türme zerstört habe. Wißt Ihr noch, wie ich sagte, es sähe so aus, als sei Kolos Raum innerhalb der letzten paar Monate gesprengt worden? Daß der Schimmel von den Wänden verbrannt sei und noch keine Zeit gehabt habe nachzuwachsen? Es muß passiert sein, weil ich die Türme zerstört habe. Außerdem wurde dadurch Kolos Raum zum ersten Mal seit dreitausend Jahren entsiegelt.«

»Warum sollte jemand den Raum mit dem Brunnen versiegeln?«

Richard mußte sich zwingen, ein verständnisloses Gesicht aufzusetzen. »Ich glaube, diese Sliph, von der Kolo ständig spricht, lebt in diesem Brunnen.«

»Was ist diese Sliph? Der Mriswith hat sie ebenfalls erwähnt.«

»Das weiß ich nicht, aber irgendwie haben sie diese Sliph, was immer sie ist, benutzt, um an andere Orte zu reisen. Kolo spricht davon, der Feind habe Attentäter durch die Sliph geschickt. Sie haben gegen die Menschen in der Alten Welt gekämpft.«

Berdine senkte besorgt die Stimme und beugte sich zu ihm vor.

»Soll das heißen, Ihr glaubt, diese Zauberer konnten von hier aus den weiten Weg bis in die Alte Welt reisen und wieder zurück?«

Richard kratzte sich an der juckenden Stelle in seinem Nacken. »Ich weiß es nicht, Berdine. So hört es sich jedenfalls an.«

Berdine starrte ihn an, als warte sie auf weitere Beweise dafür, daß er den Verstand verlor. »Lord Rahl, wie könnte so etwas möglich sein?«

»Woher soll ich das wissen?« Richard sah aus dem Fenster. »Es ist spät. Wir sollten ein wenig schlafen.«

Berdine gähnte erneut. »Klingt, als wäre es eine gute Idee.«

Richard klappte Kolos Tagebuch zu und klemmte es unter den Arm. »Ich werde bis zum Einschlafen im Bett noch etwas lesen.«

Tobias Brogan betrachtete den Mriswith auf der Kutsche, den im Inneren sowie die anderen inmitten der Reihen seiner Männer, auf deren Rüstungen die Sonne blinkte. Er konnte alle Mriswiths sehen, keiner war unsichtbar und konnte sich an ihn heranschleichen, um zu lauschen. Jedes Mal, wenn er den Kopf der Mutter Konfessor in der Kutsche von der Seite erblickte, kochte er vor Zorn. Es machte ihn wütend, daß sie noch immer lebte und daß der Schöpfer ihm untersagt hatte, die Klinge gegen sie zu erheben.

Er blickte kurz zur Seite, um sich zu vergewissern, ob Lunetta nahe genug war, ihn zu verstehen, wenn er leise sprach.

»Lunetta, allmählich versetzt mich das in große Unruhe.«

Sie lenkte ihr Pferd näher, während sie dahinritten, damit sie mit ihm sprechen konnte, sah jedoch nicht zu ihm hin, falls einer der Mriswiths herschaute. Botschafter des Schöpfers oder nicht, sie konnte diese Schuppenwesen nicht ausstehen.

»Aber Lord General, Ihr habt behauptet, der Schöpfer habe, als er kam, um zu Euch zu sprechen, gesagt, Ihr müßtet es tun. Es ist eine sehr große Ehre für Euch, vom Schöpfer aufgesucht zu werden und sein Werk zu tun.«

»Ich glaube, der Schöpfer ...«

Der Mriswith auf der Kutsche stand auf und deutete mit einer

Kralle nach vorn, als sie über die Hügelkuppe kamen. »Sssseht!«
stieß er mit einem scharfen Zischen hervor und fügte nach dem
Wort ein kehliges Klicken hinzu.

Brogan hob den Kopf und erblickte eine große Stadt, die sich unter ihnen ausbreitete, und dahinter den glitzernden Ozean. Mitten
in der Weite des Häusermeeres befand sich ein riesiger Palast, dessen Türme und Dächer in der Sonne funkelten. Ein goldener, von
der Sonne beschienener Fluß teilte sich und umspülte die Insel, auf
der er stand. Brogan hatte früher schon Städte gesehen, hatte früher
schon prächtige Orte kennengelernt, dergleichen aber noch nie.
Trotz seines Widerwillens war er von Ehrfurcht erfüllt.

»Er ist wunderschön«, hauchte Lunetta.

»Lunetta«, sagte er leise. »Gestern nacht hat mich der Schöpfer
erneut aufgesucht.«

»Wirklich, mein Lord General? Das ist wunderbar. Es ist eine
Ehre, daß Ihr in letzter Zeit so oft aufgesucht werdet. Der Schöpfer
muß große Pläne mit Euch haben, mein Bruder.«

»Die Dinge, die er mir mitteilt, werden zunehmend fragwürdi-
ger.«

»Der Schöpfer? Fragwürdig?«

Brogan blickte sie an. »Lunetta, ich glaube, es gibt Ärger. Ich
glaube, der Schöpfer steht im Begriff, den Verstand zu verlieren.«

20. Kapitel

Als die Kutsche hielt, kletterte der Mriswith heraus und ließ die Tür offen. Kahlan warf einen Blick zur einen Seite aus dem Fenster, zur anderen aus der Tür und sah, daß die Mriswiths sich entfernten, um sich untereinander zu besprechen. Endlich waren sie beide alleine.

Adie beugte sich zur Seite und sah aus dem Fenster. »Gütige Seelen«, flüsterte sie entsetzt, »wir befinden uns mitten in Feindesland.«

»In Feindesland? Wovon redest du? Wo sind wir?«

»In Tanimura«, sagte Adie leise. »Das ist der Palast der Propheten.«

»Der Palast der Propheten? Bist du sicher?«

Adie richtete sich auf. »Ganz sicher. Ich war eine Zeitlang hier, als ich noch jünger war, vor fünfzig Jahren.«

Kahlan starrte ungläubig. »Du bist in die Alte Welt gereist? Du warst im Palast der Propheten?«

»Das ist lange her, Kind, und eine lange Geschichte. Dafür fehlt uns jetzt die Zeit, aber das war damals, nachdem der Lebensborn meinen Pell umgebracht hatte.«

Sie waren jeden Tag bis lange nach Einbruch der Dunkelheit und morgens vor Sonnenaufgang unterwegs gewesen, aber wenigstens hatten Kahlan und Adie in der Kutsche etwas Schlaf gefunden. Die Männer zu Pferd dagegen nicht. Ständig hatte die beiden Frauen ein Mriswith oder manchmal auch Lunetta bewacht, daher hatten sie seit Wochen kaum mehr als ein paar Worte miteinander wechseln können. Den Mriswiths war es egal, ob sie schliefen, sie hatten sie jedoch gewarnt, was geschehen würde, wenn sie miteinander sprachen. Kahlan zweifelte nicht an ihrem Wort.

Mit den Wochen war das Wetter auf dem Weg nach Süden wärmer geworden, sie fröstelte aber noch immer in der Kutsche, und sie und Adie schmiegten sich aneinander, um sich zu wärmen.

»Ich frage mich, weshalb sie uns hierhergebracht haben«, meinte Kahlan.

Adie beugte sich noch näher. »Ich frage mich, wieso sie uns nicht getötet haben.«

Kahlan schaute aus dem Fenster und sah, wie sich ein Mriswith mit Brogan und seiner Schwester unterhielt. »Weil wir lebend für sie ganz offensichtlich von größerem Wert sind.«

»Wert? Für was?«

»Was denkst du? Was könnten sie vorhaben? Als ich versuchte, die Midlands zu einigen, schickten sie mir einen Zauberer, der mich töten sollte, und ich mußte fliehen, als Aydindril in die Hände der Imperialen Ordnung fiel. Wer schmiedet die Midlands jetzt wohl zum Widerstand gegen sie zusammen?«

Adie zog die Brauen zusammen. »Richard.«

Kahlan nickte. »Eine andere Möglichkeit sehe ich nicht. Sie hatten mit der Eroberung der Midlands begonnen und brachten die Länder dazu, sich ihnen anzuschließen. Richard hat die Spielregeln verändert und ihnen einen Strich durch die Rechnung gemacht, indem er die Länder zwang, sich ihm zu ergeben.«

Kahlan starrte aus dem Fenster hinaus. »Sosehr es schmerzt, das zuzugeben, Richard hat vielleicht das einzige getan, was den Menschen der Midlands eine Chance läßt.«

»Wie kann man uns dazu benutzen, an Richard ranzukommen?« Adie tätschelte Kahlans Knie. »Ich weiß, er liebt dich, Kahlan. Aber er ist nicht dumm.«

»Die Imperiale Ordnung auch nicht.«

»Was sonst könnte es sein?«

Kahlan blickte in Adies weiße Augen. »Hast du jemals gesehen, wie die Sanderianer einen Berglöwen jagen? Sie binden eins ihrer Lämmer an einen Baum und lassen es nach seiner Mutter schreien. Dann setzen sie sich hin und warten.«

»Du glaubst, wir sind Lämmer, die man an einen Baum gebunden hat?«

Kahlan schüttelte den Kopf. »Die Männer der Imperialen Ordnung sind nicht dumm. Mittlerweile werden sie auch Richard nicht mehr für einen Narren halten. Richard würde niemals ein einzelnes Leben gegen die Freiheit aller eintauschen. Andererseits hat er ihnen auch gezeigt, daß er nicht davor zurückschreckt, die Initiative zu ergreifen. Sie könnten ihn zu der Annahme verleiten, daß er einen Rettungsversuch durchführen kann, ohne dafür etwas hergeben zu müssen.«

»Und, haben sie recht?«

Kahlan seufzte. »Was meinst du?«

Adies grinste freudlos. »Solange du lebst, wird er sein Schwert selbst gegen ein Unwetter erheben.«

Kahlan sah zu, wie Lunetta von ihrem Pferd herunterkletterte. Die Mriswiths entfernten sich zum hinteren Ende der Reihen der Männer in den karminroten Capes.

»Wir müssen fliehen, Adie, oder Richard wird uns folgen. Offenbar zählt die Imperiale Ordnung darauf, daß er kommt, sonst wären wir längst tot.«

»Kahlan, mit diesem verfluchten Ring um den Hals kann ich nicht einmal eine Lampe anzünden.«

Verzweifelt seufzend blickte Kahlan nach hinten aus dem Fenster und sah, wie die Mriswiths sich in den dunklen Wald entfernten. Im Gehen zogen sie ihre Capes um sich und wurden unsichtbar.

»Ich weiß. Ich kann meine Kraft auch nicht berühren.«

»Wie können wir dann fliehen?«

Kahlan beobachtete die in Fetzen bunten Stoffes gehüllte Magierin, wie sie sich der Kutsche näherte. »Wenn es uns gelingt, Lunetta auf unsere Seite zu ziehen, könnte sie uns vielleicht helfen.«

Adie stieß ein unangenehmes Grinsen aus. »Sie wird sich nicht gegen ihren Bruder stellen.« Adie legte nachdenklich verwirrt die Stirn in Falten. »Eine merkwürdige Person. Irgend etwas an ihr ist seltsam.«

»Seltsam? Was denn?«

Adie schüttelte den Kopf. »Sie berührt die ganze Zeit ihre Kraft.«

»Die ganze Zeit?«

»Ja. Eine Magierin, oder von mir aus ein Zauberer, setzt seine Kraft nur ein, wenn er sie braucht. Sie ist anders. Sie berührt ihre Kraft ständig. Ich habe nie gesehen, daß sie sich nicht in ihre Kraft gehüllt hätte wie in ihre bunten Lumpen. Sehr seltsam.«

Die beiden verstummten, als Lunetta ächzend vor Anstrengung in die Kutsche geklettert kam. Sie ließ sich auf den Sitz gegenüber fallen und lächelte die beiden freundlich an. Offenbar war sie bei guter Laune. Kahlan und Adie erwiderten das Lächeln. Als die Kutsche mit einem Ruck anfuhr, setzte sich Kahlan zurecht und benutzte die Gelegenheit, einen prüfenden Blick aus dem Fenster zu werfen. Mriswiths sah sie keine, aber das mußte nicht immer etwas heißen.

»Sie sind fort«, sagte Lunetta.

»Bitte?« fragte Kahlan vorsichtig nach.

»Die Mriswiths sind fort.« Alle schnappten nach den Haltegriffen in der Kutsche, als diese über Furchen holperte. »Sie haben uns gesagt, wir sollen alleine weiterreisen.«

»Wohin?« fragte Kahlan in der Hoffnung, die Frau in ein Gespräch zu verwickeln.

Lunettas Augen leuchteten unter ihren buschigen Brauen auf. »Zum Palast der Propheten.«

Adie machte ein finsteres Gesicht.

»Wir sind keine Hexen.«

Lunetta sah sie erstaunt an.

»Tobias sagt, wir sind *streganiche.* Tobias ist der Lord General. Tobias ist ein großer Mann.«

»Wir sind keine Hexen«, wiederholte Adie. »Wir sind Frauen, die die Gabe besitzen, die uns geschenkt wurde vom Schöpfer aller Dinge. Der Schöpfer würde uns doch nichts schenken, das von Übel ist, oder?«

Lunetta zögerte keinen Augenblick. »Tobias sagt, der Hüter hätte uns diese schändliche Magie geschenkt. Tobias irrt sich nie.«

Adie lächelte, als sie den zunehmend erbosten Ausdruck auf Lunettas Gesicht bemerkte. »Natürlich nicht, Lunetta. Dein Bruder scheint ein großer, mächtiger Mann zu sein, ganz wie du sagst.« Adie schlug ein Bein übers andere und ordnete ihre Gewänder. »Hast du das Gefühl, böse zu sein, Lunetta?«

Lunetta legte einen Augenblick lang nachdenklich die Stirn in Falten. »Tobias sagt, ich bin böse. Er versucht, mir zu helfen, Gutes zu tun, um den Makel des Hüters auszugleichen. Ich helfe ihm, das Böse auszurotten, damit er das Werk des Schöpfers tun kann.«

Kahlan merkte, daß Adie keinen Schritt weiterkam, außer vielleicht insoweit, als sie Lunetta erzürnte, daher wechselte sie das Thema, bevor die Dinge eskalierten. Schließlich hatte Lunetta die Macht über ihre Halsringe.

»Warst du schon oft im Palast der Propheten?«

»Oh, nein«, meinte Lunetta. »Dies ist das erste Mal. Tobias sagt, der Palast ist ein Haus des Bösen.«

»Warum bringt er uns dann dorthin?« fragte Kahlan beiläufig.

Lunetta zuckte die Achseln. »Die Boten haben gesagt, wir sollen dorthin gehen.«

»Die Boten?«

Lunetta nickte. »Die Mriswiths. Sie sind Boten des Schöpfers. Sie sagen uns, was wir tun sollen.«

Kahlan und Adie verschlug es die Sprache. Schließlich fand Kahlan ihre Stimme wieder. »Wenn es ein Haus des Bösen ist, dann mutet es doch seltsam an, daß der Schöpfer will, daß wir dorthin gehen. Dein Bruder scheint den Boten des Schöpfers nicht zu trauen.« Kahlan hatte gesehen, wie Brogan ihnen finstere Blicke nachgeworfen hatte, als sie im Wald verschwunden waren.

Lunettas kleine, runde Augen huschten zwischen den beiden hin und her. »Tobias sagt, ich soll nicht darüber sprechen.«

Kahlan faltete die Hände über dem Knie. »Du glaubst nicht, daß die Boten deinem Bruder etwas antun würden, nicht wahr? Ich meine, wenn der Palast ein Ort des Bösen ist, wie dein Bruder sagt ...«

282

Die untersetzte Frau beugte sich nach vorn. »Das würde ich nicht zulassen. Mama hat gesagt, ich soll Tobias immer beschützen, weil er wichtiger ist als ich. Tobias ist der Auserwählte.«

»Warum hat deine Mama –«

»Ich glaube, wir sollten jetzt nicht mehr reden«, meinte Lunetta mit drohendem Unterton.

Kahlan ließ sich wieder in ihren Sitz zurücksinken und sah aus dem Fenster. Offenbar gehörte nicht viel dazu, Lunettas Zorn zu erregen. Kahlan entschied, es sei das beste, sie jetzt nicht weiter zu bedrängen. Auf Brogans Drängen hin hatte Lunetta bereits mit der Macht experimentiert, die der Halsring ihr verlieh.

Kahlan sah zu, wie die Gebäude am Fenster vorüberzogen, und versuchte sich vorzustellen, daß Richard hier gewesen war und dieselben Bilder gesehen hatte. Dadurch fühlte sie sich ihm näher, und es nahm ihr ein wenig von der fürchterlichen Sehnsucht in ihrem Herzen.

Richard, mein Liebster, bitte lauf nicht in diese Falle, um mich zu retten. Laß mich sterben. Rette statt dessen die Midlands.

Kahlan hatte eine Vielzahl von Städten gesehen, jede einzelne in den Midlands, und diese hier war wie fast alle anderen. Am Stadtrand gab es baufällige Hütten, viele nicht mehr als Schuppen, die man an einige der älteren Gebäude oder Lagerhäuser angebaut hatte. Auf dem weiteren Weg in die Stadt wurden die Gebäude prunkvoller, und es gab Geschäfte jeder Art. Sie passierten verschiedene große Märkte voller Menschen, die Kleider in leuchtenden Farben trugen.

Über der gesamten Stadt lag das unablässige Schlagen von Trommeln. Es war ein langsamer Rhythmus, der an den Nerven zerrte. Als Lunetta sich umsah, mit den Augen nach den Männern an den Trommeln suchte, erkannte Kahlan, daß ihr dieser Lärm ebenfalls nicht behagte. Brogan ritt jetzt ganz dicht neben der Kutsche, und die Trommeln machten auch ihn offensichtlich nervös.

Wieder schnappten sie alle drei nach den Haltegriffen, als die Kutsche auf eine steinerne Brücke holperte. Beim Fahren über das

Pflaster knirschten die Räder laut. Das Geräusch ging an die Nerven. Durch das Fenster sah Kahlan beim Überqueren des Flusses den hochaufragenden Palast.

Die Kutsche hielt in einem weitläufigen Innenhof mit grünen, von Bäumen umsäumten Rasenflächen. Die Männer in den karminroten Capes ringsum saßen aufrecht in ihren Sätteln und machten keinerlei Anstalten abzusteigen.

Plötzlich erschien Brogans säuerliches Gesicht im Fenster. »Aussteigen«, knurrte er. Kahlan wollte aufstehen. »Ihr nicht. Ich meine Lunetta. Ihr könnt bleiben, wo Ihr seid, bis man Euch sagt, daß Ihr Euch rühren sollt.« Er strich sich mit den Knöcheln über seinen Schnäuzer. »Über kurz oder lang werdet Ihr mir gehören. Dann werdet Ihr für Eure schmutzigen Verbrechen bezahlen.«

»Die Mriswiths werden nicht zulassen, daß ihr kleines Schoßhündchen mich bekommt«, sagte Kahlan. »Der Schöpfer wird nicht zulassen, daß so einer wie Ihr mich mit seinen dreckigen Händen anfaßt. Ihr seid nicht mehr wert als der Dreck unter den Fingernägeln des Hüters, und das weiß der Schöpfer. Er kann Euch nicht ausstehen.«

Kahlan spürte einen brennenden Schmerz in den Beinen, der vom Halsring ausging und sie bewegungsunfähig machte, und dazu ein Stechen in der Kehle, das ihr die Stimme nahm. Lunettas Augen funkelten. Aber Kahlan hatte gesagt, was ihr auf der Seele lag.

Wenn Brogan sie tötete, würde Richard nicht kommen, sie zu retten.

Brogans Augen traten vor, und sein Gesicht wurde so rot wie sein Cape. Er biß die Zähne aufeinander. Plötzlich griff er in die Kutsche, wollte sie packen. Lunetta ergriff seine Hand, als hätte er sie ihr gereicht.

»Helft Ihr mir herunter, mein Lord General? Meine Hüfte schmerzt von der holprigen Fahrt. Der Schöpfer war so gütig, Euch soviel Kraft zu schenken, mein Bruder. Hört auf das, was er sagt.«

Kahlan versuchte zu schreien, ihn zu verspotten, aber ihre Stimme ließ sie im Stich. Lunetta hinderte sie daran, auch nur ein einziges Wort herauszubringen.

284

Brogan schien wieder zur Besinnung zu kommen und half Lunetta widerwillig herunter. Er wollte sich gerade wieder zur Kutsche umdrehen, als er sah, wie sich jemand näherte. Die Frau scheuchte ihn mit einer arroganten Handbewegung fort. Kahlan verstand nicht, was die Frau sagte, doch Brogan raffte die Zügel seines Pferdes an sich und gab seinen Männern ein Zeichen, ihm zu folgen.

Man befahl Ahern, vom Kutschbock zu steigen und sich den Männern des Lebensborns anzuschließen. Er warf ihr einen raschen, mitfühlenden Blick über die Schulter zu. Kahlan betete zu den gütigen Seelen, daß sie ihn nicht umbrachten, jetzt, nachdem seine Kutsche ihre Fracht abgeliefert hatte. Plötzlich wurde es laut, als die Männer zu Pferd sich in Bewegung setzten und allesamt Brogan und Lunetta hinterherritten.

Dann wurde es still in der frühmorgendlichen Luft, und Kahlan spürte, wie der Zugriff des Halsrings nachließ. Wieder einmal wurde sie qualvoll daran erinnert, daß sie Richard gezwungen hatte, einen dieser Ringe anzulegen, und jeden Tag dankte sie den gütigen Seelen dafür, weil er schließlich verstanden hatte, warum sie es getan hatte: Sie wollte ihm das Leben retten und verhindern, daß die Gabe ihn tötete. Die Ringe jedoch, die sie und Adie trugen, waren anders als Richards, nicht zu ihrer Hilfe da. Diese Halsringe waren nichts weiter als Handschellen in einer anderen Form.

Eine junge Frau näherte sich mit großen Schritten der Kutsche und schaute hinein. Sie trug ein enganliegendes rotes Kleid, das wenig Zweifel an der Wohlgeformtheit ihres Körpers ließ. Der lange Haarschopf, der ihr Gesicht einrahmte, war ebenso dunkel wie ihre Augen. In der Gegenwart dieser überwältigend sinnlichen Frau kam Kahlan sich plötzlich vor wie ein Haufen Schmutz.

Die Frau maß Adie mit den Augen. »Eine Magierin. Nun, vielleicht läßt sich eine Verwendung für dich finden.« Ihr wissender Blick fiel auf Kahlan. »Kommt mit.«

Sie machte ohne ein weiteres Wort kehrt und wollte gehen. Kahlan spürte einen heißen, schmerzhaften Stich in ihrem Rücken, der sie aus der Kutsche stieß. Stolpernd fand sie ihr Gleichgewicht

285

wieder, als sie den Boden berührte. Gerade noch rechtzeitig konnte sie sich umdrehen und Adie die Hand reichen, bevor diese stürzte. Die beiden beeilten sich, die Frau einzuholen, bevor sie ihnen einen weiteren schmerzhaften Stich versetzte.

Kahlan und Adie hasteten der Frau hinterher. Der Halsring ließ ihre Beine zucken und drängte sie, Schritt zu halten, während die Frau im roten Kleid in königlicher Haltung einherstolzierte. Kahlan kam sich vor wie eine trottelige Närrin. Adie wurde, anders als sie selbst, nicht getrieben. Kahlan biß die Zähne zusammen. Am liebsten hätte sie die überhebliche Frau gewürgt.

Andere Frauen und einige Männer in Roben schlenderten durch die milde Morgenluft. Der Anblick all dieser sauberen Menschen erinnerte sie in aller Schärfe daran, daß sie über und über mit Straßenstaub bedeckt waren. Trotzdem hoffte sie, daß man ihr nicht erlauben würde, ein Bad zu nehmen. Vielleicht erkannte Richard sie unter all dem Schmutz ja nicht. Vielleicht kam er überhaupt nicht, um sie zu holen.

Bitte, Richard, beschütze die Midlands. Bleib dort.

Sie liefen unter überdachten Laubengängen entlang, an deren Seiten auf Gittern Efeu mit duftenden weißen Blüten rankte, dann führte man sie durch ein Tor in einer hohen Mauer. Wachposten verfolgten die Szene, machten aber keinerlei Anstalten, die Frau, die sie führte, anzusprechen. Nachdem sie einen schattigen Pfad unter weit ausladenden Bäumen überquert hatten, betraten sie ein großes Gebäude, das ganz und gar nicht aussah wie das Rattenloch, das Kahlan erwartet hatte. Eher wirkte es wie ein richtiger Gästeflügel für Würdenträger, die auf Besuch im Palast weilten.

Die Frau im roten Kleid blieb vor einer mit Schnitzereien verzierten Tür in einer massiven Einfassung aus Stein stehen. Sie schob den Riegel der Tür mit einem Ruck zur Seite und trat vor ihnen ein. Das Zimmer war elegant, mit schweren Vorhängen, hinter denen man in einen steilen Graben von vielleicht dreißig Fuß blickte. Es gab mehrere dick mit Goldbrokat gepolsterte Sessel, einen Tisch und Schreibtisch aus Mahagoni und ein Bett mit Baldachin.

Die Frau drehte sich zu Kahlan um. »Dies wird Euer Zimmer sein.« Sie ließ ein kurzes Lächeln sehen. »Wir wollen, daß Ihr es bequem habt. Ihr werdet unsere Gäste sein, bis wir mit Euch fertig sind.

Versucht Ihr, den Schild zu durchbrechen, den ich an Eurer Tür und an Eurem Fenster anbringe, werdet Ihr auf Händen und Knien kriechen und kotzen, bis sich Eure Rippen anfühlen, als würden sie bersten. Das ist nur beim ersten Verstoß so. Nach dem ersten werdet Ihr keinerlei Verlangen verspüren, dergleichen noch einmal zu versuchen. Was beim zweiten Verstoß geschieht, wollt Ihr mit Sicherheit nicht wissen.«

Sie zeigte mit dem Finger auf Adie, hielt aber den Blick aus ihren dunklen Augen weiter auf Kahlan gerichtet. »Macht mir irgendeinen Ärger, und ich werde Eure Freundin hier bestrafen. Auch wenn Ihr vielleicht glaubt, Ihr habt einen starken Magen, so versichere ich Euch, Ihr werdet zu einer anderen Einschätzung kommen. Habt Ihr verstanden?«

Kahlan nickte, denn sie hatte Angst, daß sie nicht sprechen durfte.

»Ich habe Euch etwas gefragt«, sagte die Frau in ruhigem Ton. Adie sackte mit einem Schrei auf dem Boden zusammen. »Ihr werdet mir antworten.«

»Ja! Ja, ich habe verstanden! Bitte, tut ihr nicht weh!«

Als Kahlan sich umdrehte, um der nach Luft japsenden Frau zu helfen, erklärte ihr die Frau, sie solle die ›alte Frau‹ in Ruhe lassen, damit sie sich von selbst erholen könne.

Kahlan richtete sich widerwillig auf und überließ es Adie, auf die Beine zu kommen. Der kritisch musternde Blick der Frau wanderte der Länge nach an Kahlan hinunter, dann wieder hoch. Das spöttische Grinsen auf ihrem Gesicht brachte Kahlans Blut in Wallung.

»Wißt Ihr, wer ich bin?« fragte die Frau.

»Nein.«

Sie zog die Augenbrauen hoch. »Oh, oh, dieser ungezogene Junge. Wenn man es recht bedenkt, sollte es mich wohl nicht überraschen, daß Richard mich gegenüber seiner zukünftigen Gemahlin nicht erwähnt hat.«

»Wenn man was recht bedenkt?«

»Ich bin Merissa. Wißt Ihr jetzt, wer ich bin?«

»Nein.«

Sie gab ein leises Lachen von sich, so entnervend elegant wie alles andere an ihr. »Oh, wie ungezogen von ihm, solch schlüpfrige Geheimnisse seiner zukünftigen Gemahlin zu verschweigen.«

Kahlan wünschte sich, den Mund halten zu können, aber das war unmöglich. »Welche Geheimnisse?«

Merissa zuckte gleichgültig mit den Achseln. »Als Richard hier Schüler war, gehörte ich zu seinen Lehrerinnen. Ich habe sehr viel Zeit mit ihm verbracht.« Das spöttische Lächeln kehrte zurück. »Wir haben so manche Nacht miteinander verbracht. Ich habe ihm viel gezeigt. Ein so starker und aufmerksamer Liebhaber. Hättet Ihr ihm jemals beigewohnt, hättet Ihr von meinen … eher zärtlichen Unterweisungen profitieren können.«

Noch einmal hörte man Merissas leises, elegantes Lachen, als sie entschlossenen Schritts das Zimmer verließ und Kahlan vor dem Schließen der Tür ein letztes Lächeln zuwarf.

Kahlan stand da und ballte ihr Fäuste so fest, daß die Nägel sich in ihre Handfläche gruben. Sie hätte schreien mögen. Als die Schwestern des Lichts gekommen waren, um Richard in den Palast zu holen, da hatte Kahlan ihn gezwungen, den Halsring anzulegen. Er hatte geglaubt, sie habe es getan, weil sie ihn nicht liebte. Er hatte geglaubt, sie habe ihn fortgeschickt, weil sie ihn nie wiedersehen wollte.

Wie konnte er einer Frau widerstehen, die so schön war wie Merissa? Er hätte keinen Grund dazu gehabt.

Adie packte sie an der Schulter und riß sie herum. »Hör bloß nicht auf sie.«

Kahlan spürte, wie ihr die Tränen in die Augen traten. »Aber …«

»Richard liebt dich. Sie will dich nur quälen. Sie ist eine grausame Frau und genießt es, dich leiden zu sehen.« Adie hob einen Finger und zitierte ein altes Sprichwort. »›Laß niemals eine schöne Frau den Weg für dich wählen, wenn sie einen Mann im Blick hat.‹ Merissa hatte Richard im Blick. Ich kenne diesen lüsternen Blick. Das ist nicht die Lust auf einen Mann. Das ist die Gier nach seinem Blut.«

»Aber ...«

Adie schüttelte den Finger. »Du darfst wegen ihr nicht deinen Glauben an Richard verlieren. Denn genau das will sie. Richard liebt dich.«

»Und ich werde sein Tod sein.«

Mit einem gequälten Schluchzen sank Kahlan in Adies Arme.

21. Kapitel

Richard rieb sich die Augen. Er hätte gerne schneller gelesen, weil das Tagebuch so spannend wurde, doch es dauerte noch immer seine Zeit. Bei vielen Wörtern mußte er überlegen, und bei einigen mußte er noch immer nach der Bedeutung suchen, doch von Tag zu Tag kam es ihm immer häufiger so vor, als übersetze er nicht, sondern als lese er einfach nur. Doch jedesmal, wenn er sich dessen bewußt wurde, begann er unweigerlich wieder, über die Bedeutung eines Wortes zu stolpern.

Die immer wieder auftauchenden Hinweise auf Alric Rahl hatten Richard neugierig gemacht. Offenbar hatte sein Vorfahr eine Lösung für das Problem der Traumwandler gefunden. Er war nur einer von vielen, die an einer Möglichkeit arbeiteten, die Traumwandler daran zu hindern, den Menschen den Verstand zu rauben, er jedoch hatte mit besonderem Nachdruck darauf hingewiesen, daß er eine Lösung gefunden habe.

Wie gebannt las Richard, daß Alric Nachricht aus D'Hara geschickt hatte, er habe bereits ein schützendes Netz über sein Volk geworfen und damit auch andere durch eben dieses Netz geschützt werden konnten, müßten sie ihm unsterbliche Treue schwören, dann wären auch sie durch diese Bande in Sicherheit. Richard erkannte, daß hier der Ursprung der d'Haranischen Bande zu ihm lag. Alric hatte diesen Bann also geschaffen, um sein Volk vor den Traumwandlern zu schützen, nicht um sie zu versklaven. Dieses wohltätige Werk seines Ahnen erfüllte Richard mit Stolz.

In atemloser Spannung las er das Tagebuch, gegen jede Wahrscheinlichkeit hoffend, daß man Alric Rahl glauben würde, obwohl er wußte, daß dies nicht geschehen war. Kolo hatte sich behutsam für Beweise interessiert, schwankte jedoch nach wie vor. Er berich-

290

tete, daß die meisten anderen Zauberer der Überzeugung waren, Alric führe irgend etwas im Schilde. Sie beharrten darauf, ein Rahl sei einzig daran interessiert, die Welt zu beherrschen. Richard stöhnte vor Enttäuschung laut, als er las, daß sie eine Nachricht geschickt hatten, in der sie sich weigerten, Alric die Treue zu schwören und sich an ihn zu binden.

Von einem anhaltenden Geräusch genervt, drehte Richard sich zum Fenster um. Draußen herrschte stockfinstere Nacht. Er hatte nicht einmal mitbekommen, daß die Sonne untergegangen war. Die Kerze, die er scheinbar gerade erst angezündet hatte, war zur Hälfte heruntergebrannt. Das nervende Geräusch war Wasser, das von Eiszapfen heruntertropfte. Der Frühling machte seinen ersten Versuch, den Winter zu vertreiben.

Als er seine Gedanken von dem Tagebuch löste, kamen die heftig quälenden Sorgen um Kahlan zurück. Jeden Tag trafen Boten ein, um zu berichten, man habe nichts gefunden. Wie war es möglich, daß Kahlan verschwunden war?

»Wünschen mich irgendwelche Boten zu sprechen?«

Mit genervter Miene trat Cara von einem Fuß auf den anderen. »Aber ja«, meinte sie voller Spott, »da draußen stehen mehrere, aber ich habe ihnen gesagt, daß Ihr zu sehr damit beschäftigt seid, nett mit mir zu plaudern, und Euch zur Zeit nicht um sie kümmern könnt.«

Richard seufzte. »Entschuldigt, Cara. Ich weiß, Ihr sagt es mir, sobald ein Bote eintrifft.« Er drohte ihr mit dem Finger. »Selbst wenn ich schlafe.«

Sie lächelte. »Selbst wenn Ihr schlaft.«

Richard sah sich im Zimmer um und runzelte die Stirn. »Wo ist Berdine geblieben?«

Cara verdrehte die Augen. »Sie hat Euch schon vor Stunden gesagt, daß sie sich vor ihrer Wache etwas schlafen legen will. Ihr habt ›Ja, gute Nacht‹ zu ihr gesagt.«

Richard sah ins Tagebuch. »Ja, kann sein.«

Er las noch einmal einen Abschnitt über die Befürchtung der

Zauberer, die Sliph könnte etwas hindurchschaffen, gegen das sie machtlos waren. Der Krieg war Richard ein beängstigendes Rätsel. Beide Seiten schufen Wesen der Magie, meist Geschöpfe, die zu einem einzigen Zweck erschaffen wurden, wie zum Beispiel die Traumwandler, und auf die die jeweils andere Seite dann mit einem Gegenschlag reagieren mußte, sofern sie dazu imstande war. Zu seiner Bestürzung erfuhr er, daß einige dieser Wesen aus Menschen geschaffen wurden – aus den Zauberern selbst. So verzweifelt waren sie.

Mit jedem Tag wuchs ihre Sorge, daß vor der Vollendung der Türme die Sliph etwas Unerwartetes bringen könnte, mit dem sie nicht fertig wurden. Eigentlich hatte man die Sliph aus ihrer Magie erschaffen, um ihnen die Überbrückung großer Entfernungen und so den Angriff auf ihre Feinde zu ermöglichen. So hatte sie sich sowohl als große Gefahr als auch als nützlich erwiesen. Es hieß, sobald die Türme vollendet seien, könne die Sliph sich schlafen legen. Richard fragte sich ständig, was diese Sliph war und wie sie sich ›schlafen legen‹ konnte, und wie die Zauberer sie später, nach dem Krieg, wecken wollten, was sie angeblich zu tun hofften.

Die Zauberer entschieden, wegen der Gefahr eines Angriffs durch die Sliph müßten einige der wichtigeren, wertvolleren oder gefährlicheren Dinge aus der Burg zu ihrem Schutz entfernt werden. Der letzte jener Gegenstände, die man für äußerst erhaltenswert erachtete, war längst in Sicherheit, als Kolo schrieb:

Heute ist einer unserer sehnlichsten Wünsche in Erfüllung gegangen, möglicherweise nur durch die hervorragende, unermüdliche Arbeit einer Gruppe von annähernd einhundert Menschen. Die Gegenstände, deren Verlust wir im Falle eines Überranntwerdens am meisten fürchteten, sind in Sicherheit. Alle Menschen in der Burg brachen in Jubel aus, als wir heute Nachricht erhielten, daß wir erfolgreich waren. Manch einer hatte es für unmöglich gehalten, doch zum Erstaunen aller ist es vollbracht: Der Tempel der Winde ist fort.

Fort? Was war der Tempel der Winde, und wohin war er verschwunden? Kolos Tagebuch lieferte dafür keine Erklärung.

Richard kratzte sich gähnend hinten am Hals. Er konnte kaum noch die Augen offenhalten. Es gab noch viel zu lesen, doch er brauchte Schlaf. Er wollte, daß Kahlan zurückkehrte, damit er sie vor dem Traumwandler beschützen konnte. Er wollte Zedd sehen, damit er ihm von dem erzählen konnte, das er in Erfahrung gebracht hatte.

Richard stand auf und schlurfte zur Tür.

»Ihr geht ins Bett, um zu träumen – ohne mich?« fragte Cara.

Richard mußte lächeln. »Das tue ich immer. Weckt mich, wenn –«

»Wenn ein Bote eintrifft. Ja, ja, ich glaube, Ihr erwähntet es bereits.«

Richard nickte und wollte zur Tür. Cara packte ihn am Arm.

»Lord Rahl, sie werden sie finden. Sie wird gerettet werden. Schlaft gut. Es sind D'Haraner, die nach ihr suchen, und die versagen nicht.«

Richard tätschelte ihre Schulter und entfernte sich. »Ich werde das Tagebuch hierlassen, damit Berdine, sobald sie aufwacht, daran arbeiten kann.«

Gähnend rieb er sich die Augen und ging auf sein Zimmer, das nicht weit den Gang hinunter lag. Er machte sich gerade mal die Mühe, die Stiefel auszuziehen, den Waffengurt über seinen Kopf zu streifen und das Schwert der Wahrheit auf einen Stuhl zu legen, bevor er aufs Bett fiel. Trotz seiner Sorgen um Kahlan war er Sekunden später eingeschlafen.

Er hatte gerade einen beunruhigenden Traum von ihr, als ihn lautes Klopfen weckte. Er wälzte sich auf den Rücken. Die Tür ging auf, und plötzlich war es hell. Er sah, daß Cara eine Lampe trug. Sie trat neben sein Bett und entzündete eine weitere Lampe.

»Lord Rahl, wacht auf. Wacht auf.«

»Ich bin wach.« Er setzte sich auf. »Was ist? Wie lange habe ich geschlafen?«

»Vielleicht vier Stunden. Berdine arbeitet bereits seit zwei Stunden an dem Buch. Irgend etwas hat sie sehr in Aufregung versetzt. Sie wollte Euch wecken, damit Ihr ihr helft, aber das habe ich nicht zugelassen.«

»Warum habt Ihr mich dann jetzt geweckt? Ist es ein Bote?«

»Ja. Ein Bote ist hier.«

Richard hätte sich fast aufs Bett zurückfallen lassen. Die Boten brachten niemals Neuigkeiten.

»Steht auf, Lord Rahl. Der Bote bringt Neuigkeiten.«

Plötzlich war Richard wach, als wäre eine Glocke in seinem Kopf erklungen. Die Beine über die Bettkante schwingen und seine Stiefel überziehen war eins. »Wo ist er?«

»Er wird gerade hergebracht.«

Genau in diesem Augenblick stürzte Ulic herein, einen Mann stützend, den er mitgebracht hatte. Der Soldat sah aus, als wäre er wochenlang geritten. Er konnte sich kaum noch aus eigener Kraft auf den Beinen halten.

»Lord Rahl, ich bringe eine Nachricht.« Richard gab dem jungen Soldaten ein Zeichen, er solle sich auf die Bettkante setzen, doch er lehnte das Angebot winkend ab und wollte statt dessen etwas sagen. »Wir haben etwas gefunden. General Reibisch trug mir auf, Euch zuerst zu sagen, daß Ihr nicht erschrecken sollt. Wir haben ihre Leiche nicht gefunden, also muß sie noch am Leben sein.«

»Was habt Ihr dann gefunden!« Richard merkte, daß er zitterte.

Der Mann griff unter das Leder seiner Uniform und zog etwas hervor. Richard schnappte danach und ließ es sich auseinanderfalten, damit er es erkennen konnte. Es war ein karminrotes Cape.

»Wir haben den Schauplatz eines Kampfes entdeckt. Dort lagen tote Soldaten, die dieses Cape trugen. Viele tote Soldaten. An die hundert.« Er zog einen weiteren Gegenstand hervor und überreichte ihn.

Richard faltete ihn auseinander. Es war ein unsauber herausgeschnittenes Stück verblichenen blauen Stoffes mit vier goldenen Troddeln am Rand.

»Lunetta«, sagte er tonlos. »Das gehört Lunetta.«

»General Reibisch trug mir auf, Euch zu sagen, daß ein Kampf stattgefunden habe. Viele Tote des Lebensborns lagen dort herum. Bäume waren von einer Feuerwalze umgeweht worden, so als wäre in diesem Kampf Magie zum Einsatz gekommen. Es gab auch verbrannte Leichen.

Man fand nur eine einzige Leiche, die nicht dem Lebensborn angehörte. Einen D'Haraner. Einen großen Kerl, der nur ein Auge hatte und über dem anderen eine Narbe, wo es zugenäht worden war.«

»Orsk! Das ist Orsk! Er war Kahlans Bewacher.«

»General Reibisch trug mir auf, Euch zu sagen, nichts deute darauf hin, daß sie oder sonst jemand in ihrer Gesellschaft getötet wurde. Offenbar haben sie sich tapfer geschlagen, wurden aber am Ende dann doch gefangengenommen.«

Richard packte den Arm des Soldaten. »Haben die Spurenleser eine Vorstellung, in welche Richtung sie gezogen sind?« Richard war äußerst wütend auf sich selbst, weil er nicht mitgeritten war. Hätte er es getan, hätte er bereits auf ihrer Fährte sein können. Jetzt würde es Wochen dauern, bis er sie eingeholt hatte.

»General Reibisch trug mir auf, Euch mitzuteilen, die Spurenleser seien ziemlich sicher, daß sie nach Süden gezogen sind.«

»Nach Süden? Nach Süden?« Richard hatte geglaubt, Brogan würde mit seinem Fang nach Nicobarese fliehen. Bei so vielen Leichen mußte Gratch wild gekämpft haben. Bestimmt hatten sie ihn ebenfalls gefangengenommen.

»Sie meinten, sie könnten es unmöglich mit Sicherheit sagen, weil es schon so lange her ist. Es hat wieder geschneit, und jetzt schmilzt der Schnee, daher ist es schwer, die Spuren zu verfolgen. Er glaubt jedoch, daß sie nach Süden gezogen sind, und folgt mit seiner gesamten Streitmacht Eurer Königin.«

»Nach Süden«, murmelte Richard. »Nach Süden.«

Er fuhr sich mit den Fingern durchs Haar und versuchte nachzudenken. Brogan hatte es vorgezogen, zu fliehen, statt sich Richard und seinem Kampf gegen die Imperiale Ordnung anzuschließen. Der Lebensborn aus dem Schoß der Kirche hatte sich der Imperialen Ordnung angeschlossen. Die Imperiale Ordnung beherrschte die Alte Welt. Und die lag im Süden.

General Reibisch verfolgte sie in südlicher Richtung – folgte seiner Königin. Nach Süden.

Was hatte der Mriswith in der Burg doch gleich gesagt?

Die Königin braucht dich, Hautbruder. Du mußt ihr helfen.

Sie wollten ihm helfen. Seine Mriswithfreunde wollten ihm helfen.

Richard griff nach seinem Schwert und schob seinen Kopf durch die Schlaufe des ledernen Waffengurts. »Ich muß fort.«

»Wir begleiten Euch«, sagte Cara. Ulic nicke zum Zeichen, daß er einverstanden war.

»Dorthin, wo ich hingehe, könnt Ihr mich nicht begleiten. Kümmert Euch um alles für mich.« Er drehte sich zu dem Soldaten um. »Wo steht dein Pferd?«

Er zeigte es ihm. »Nach draußen, da entlang, dann hinüber in den nächsten Innenhof. Aber es lahmt ziemlich.«

»Es muß mich nur bis in die Burg tragen.«

»In die Burg!« Cara umklammerte seinen Arm. »Wieso reitet Ihr in die Burg?«

Richard riß seinen Arm los. »Es ist die einzige Möglichkeit, rechtzeitig in die Alte Welt zu gelangen.«

Sie wollte etwas einwenden, er rannte jedoch bereits den Korridor hinunter. Andere schlossen sich der hastenden Gruppe an, die versuchte, ihn einzuholen. Das Klirren der Rüstungen und Waffen hinter ihm war nicht zu überhören, aber er wurde nicht langsamer. Er hörte nicht auf Caras inständiges Bitten, sondern versuchte nachzudenken.

Wie sollte er es anstellen? War es überhaupt möglich? Es mußte möglich sein. Er würde es tun.

Richard stürzte durch die Tür, zögerte nur einen Augenblick, dann rannte er in den Innenhof, wo der Soldat angeblich sein Pferd zurückgelassen hatte. Als er im Dunkeln auf das Pferd stieß, blieb

296

er stolpernd stehen. Während das schweißnasse Tier zur Seite tänzelte, begrüßte er es mit einem Klaps, dann sprang er in den Sattel.

Er riß das Pferd gerade an den Zügeln herum, da konnte er in der Ferne Berdines Stimme hören, die auf ihn zugerannt kam.

»Lord Rahl! Halt! Zieht das Cape aus!« Richard gab dem Pferd die Sporen, als er sah, wie Berdine ihm mit Kolos Tagebuch winkte. Er hatte keine Zeit für sie. »Lord Rahl! Ihr müßt das Mriswithcape ablegen!«

Wohl kaum, dachte er. Die Mriswith waren seine Freunde.

»Halt! Lord Rahl, hört auf mich!« Das Pferd sprang in den Galopp. Das schwarze Mriswithcape blähte sich hinter ihm.

»Richard! Zieht es aus!«

Das wochenlange, zähe, geduldige Warten schien sich explosionsartig in dem Drang nach verzweifeltem Handeln zu entladen. Seine Sehnsucht, zu Kahlan zu gelangen, begrub alle anderen Gedanken unter sich.

Das Geräusch donnernder Hufe übertönte Berdines Stimme. Der Wind riß an seinem Cape, der Palast flog undeutlich vorbei, dann verschluckte ihn die Nacht.

»Was tut Ihr hier?«

Brogan drehte sich zu der Stimme um. Er hatte nicht gehört, wie sich die Schwester ihm von hinten genähert hatte.

Mit finsterer Miene musterte er die ältere Frau mit den langen weißen, locker zusammengebundenen Haaren. »Was geht Euch das an?«

Sie verschränkte ihre Hände. »Nun, dies ist unser Palast, und Ihr seid Gast hier, daher geht es uns durchaus etwas an, wenn ein Gast Orte in unserem Zuhause aufsucht, die man ihm ausdrücklich verboten hat.«

Brogan kniff empört die Augen zusammen. »Habt Ihr eigentlich eine Ahnung, mit wem Ihr sprecht?«

Sie zuckte mit den Achseln. »Mit irgendeinem eitlen, aufgeblase-

297

nen Offizier, würde ich sagen. Mit jemandem, der zu überheblich ist, um zu erkennen, wann er sich auf gefährliches Terrain begibt.« Sie hob herausfordernd den Kopf. »Habe ich es in etwa getroffen?«

Brogan trat näher an sie heran. »Ich bin Tobias Brogan, Lord General des Lebensborns aus dem Schoß der Kirche.«

»Oha, oha«, meine sie spöttisch. »Wie eindrucksvoll. Nun, mir scheint, ich kann mich nicht erinnern, gesagt zu haben: ›Ihr dürft die Mutter Konfessor nicht aufsuchen, es sei denn, Ihr seid der Lord General des Lebensborns aus dem Schoß der Kirche.‹ Ihr habt für uns keinerlei Wert, außer dem, den wir Euch beimessen.«

»Den *Ihr mir* beimeßt! Der Schöpfer persönlich erteilt mir meine Aufträge!«

Sie schnaubte vor Lachen. »Der Schöpfer! Was habt Ihr nur für eine hohe Meinung von Euch selbst. Ihr seid Teil der Imperialen Ordnung, und Ihr werdet tun, was wir Euch befehlen.«

Brogan war kurz davor, dieses respektlose Weibsstück in tausend Stücke zu reißen. »Wie lautet Euer Name?« knurrte er.

»Schwester Leoma. Was meint Ihr, könnt Ihr Euch das mit Eurem Spatzenhirn merken? Man hat Euch befohlen, bei Eurem bunten Haufen in den Unterkünften zu bleiben. Und jetzt packt Euch, und laßt Euch nicht noch einmal von mir in diesem Gelände erwischen, sonst seid Ihr für die Imperiale Ordnung die längste Zeit von Wert gewesen.«

Bevor Brogan vor Wut explodieren konnte, wandte Schwester Leoma sich an Lunetta. »Guten Abend, meine Liebe.«

»Guten Abend«, sagte Lunetta mit vorsichtiger Stimme.

»Ich wollte mich schon lange mit dir unterhalten, Lunetta. Wie du siehst, ist dies ein Haus voller Magierinnen. Frauen, die die Gabe besitzen, genießen hier großen Respekt. Dein Lord General hier ist für uns von nur geringem Wert, jemand mit deinen Fähigkeiten dagegen wäre hier höchst willkommen. Ich möchte dir einen Platz bei uns anbieten. Du würdest höchstes Ansehen genießen. Du hättest eine verantwortliche Aufgabe und würdest respektiert.« Ihr Blick wanderte an Lunettas Kleidern hinab. »Auf jeden Fall würden wir dafür sorgen, daß du besser angezogen bist. Du müßtest nicht diese häßlichen Lumpen tragen.«

Lunetta klammerte sich fester an ihre bunten Flicken und rückte ein Stück näher an Brogan heran. »Ich bin meinem Lord General treu ergeben. Er ist ein großer Mann.«

Schwester Leoma setzte ein affektiertes Lächeln auf. »Ja, davon bin ich überzeugt.«

»Und Ihr seid eine schlechte Frau«, sagte Lunetta in plötzlich festem, gefährlichem Ton. »Das hat meine Mama mir gesagt.«

»Schwester Leoma«, sagte Brogan, »den Namen werde ich mir merken.« Er tippte auf das Trophäenkästchen an seinem Gürtel. »Ihr könnt dem Hüter mitteilen, daß ich mir Euren Namen merken werde. Den Namen einer Verderbten vergesse ich niemals.«

Ein boshaftes Grinsen machte sich auf Schwester Leomas Gesicht breit. »Wenn ich das nächstemal mit meinem Meister in der Unterwelt Zwiesprache halte, werde ich ihm Eure Worte ausrichten.«

Brogan riß Lunetta herum und machte sich auf den Weg zur Tür. Er würde wiederkommen, und beim nächsten Mal würde er erreichen, was er wollte.

»Wir müssen zu Galtero und mit ihm reden«, meinte Brogan. »Allmählich habe ich die Nase voll von diesem Unfug. Wir haben schon größere Nester mit Verderbten ausradiert als dieses.«

Lunetta legte besorgt einen Finger auf ihre Unterlippe. »Aber Lord General, der Schöpfer hat Euch aufgetragen zu tun, was diese Frauen sagen. Er hat Euch aufgetragen, ihnen die Mutter Konfessor auszuhändigen.«

Brogan durchmaß die Dunkelheit mit langen Schritten, als er draußen war. »Was hat Mama dir über diese Frauen erzählt?«

»Na ja ... sie hat gesagt ... daß sie schlecht sind.«

»Es sind Verderbte.«

»Aber Lord General, die Mutter Konfessor ist eine Verderbte. Warum sollte der Schöpfer Euch auftragen, sie diesen Frauen auszuhändigen, wenn es selbst Verderbte sind?«

299

Brogan drehte sich um und blickte auf sie herab. Im schwachen Licht bemerkte er, wie sie verwirrt zu ihm aufsah. Seine arme Schwester besaß nicht die geistigen Fähigkeiten, sich ein Urteil darüber zu bilden.

»Ist das nicht offensichtlich, Lunetta? Der Schöpfer hat sich durch sein hinterhältiges Tun verraten. Er ist es, der die Gabe schafft. Er hat versucht, mich reinzulegen. Jetzt ist es an mir, die Welt von allem Bösen zu befreien. Jeder, der die Gabe hat, muß sterben. Der Schöpfer ist ein Verderbter.«

Lunetta stockte vor Ehrfurcht der Atem. »Mama hat immer schon gesagt, daß Ihr ein Mann seid, der es noch sehr weit bringen wird.«

Nachdem er die leuchtende Kugel auf dem Tisch abgelegt hatte, stand Richard vor dem Brunnen in der Mitte des Raumes. Was sollte er tun? Was war diese Sliph, und wie sollte er sie rufen?

Er schritt die hüfthohe Rundmauer ab, blickte hinunter in die Dunkelheit, konnte aber nichts entdecken.

»Sliph!« rief er in das bodenlose Loch hinein. Das Echo seiner Stimme hallte herauf.

Richard lief auf und ab, raufte sich die Haare, versuchte verzweifelt zu überlegen, was er machen sollte. Die Gegenwart eines anderen Wesens ließ seine Haut kribbeln. Er hielt inne, hob den Kopf und sah einen Mriswith neben der Tür stehen.

»Die Königin braucht dich, Hautbruder. Du mußt ihr helfen. Rufe die Sliph.«

Er rannte hinüber zu der dunklen, schuppigen Gestalt. »Ich weiß, daß sie mich braucht! Wie kann ich diese Sliph rufen?«

Der Schlitz eines Mundes weitete sich. Es sah aus wie ein Lächeln. »Du bist der erste seit dreitausend Jahren, der mit der Kraft geboren wurde, sie zu wecken. Den Schild, der uns von ihr trennt, hast du bereits durchbrochen. Du mußt deine Kraft ausnutzen. Rufe die Sliph mit deiner Gabe.«

»Mit meiner Gabe?«

Der Mriswith nickte. Seine kleinen runden Augen blieben auf Richard geheftet. »Rufe sie mit deiner Gabe.«

Schließlich kehrte Richard dem Mriswith den Rücken zu und ging zurück zu der Steinmauer, die die tiefe Grube umgab. Er versuchte sich zu erinnern, wie er in der Vergangenheit von seiner Gabe Gebrauch gemacht hatte. Sie war immer instinktiv gekommen. Nathan hatte gesagt, so funktioniere das eben bei einem Kriegszauberer: aus Verlangen – und über den Instinkt.

Er mußte dafür sorgen, daß sein Verlangen die Gabe hervorrief.

Richard ließ das Verlangen brennend heiß durch seinen Körper ziehen, durch sein ruhiges Zentrum. Er versuchte nicht, die Kraft herbeizurufen, er schrie vor Verlangen danach.

Er reckte die Fäuste in die Luft, legte den Kopf in den Nacken. Er ließ das Verlangen ganz von sich Besitz ergreifen. Er ließ alles fahren, was ihn unbewußt zurückhielt. Er versuchte, nicht daran zu denken, was er tat, verlangte nur, daß es geschah.

Er war auf die Sliph angewiesen.

Er stieß einen stummen Wutschrei aus.

Komm zu mir!

Er lockerte die Kraft, so wie man einen tiefen Atemzug herausläßt, und verlangte, daß es geschah.

Zwischen seinen Fäusten entzündete sich das Licht. Das war es – der Ruf – er wußte es, spürte es, hatte verstanden. Jetzt wußte er auch, was er zu tun hatte. Die sanft glühende Masse rotierte zwischen seinen Fäusten, während ineinander verflochtene Adern aus Licht an seinen Armen hinaufkrochen und in die pulsierende Kraft zwischen ihnen strömten.

Als er spürte, daß die Kraft ihren Höhepunkt erreichte, riß er seine Hände nach unten. Die Lichtkugel schoß unter Geheul davon, hinab in die Dunkelheit.

Im Herabstürzen erzeugte sie einen Ring aus Licht auf dem Mauerwerk. Der Lichtring und die glühende Masse wurden kleiner und kleiner, das Heulen wurde in der Ferne schwächer, bis er weder sehen noch hören konnte, was er angerichtet hatte.

Richard hing über die Steinmauer gebeugt und blickte in den bodenlosen Schlund hinab, aber alles war still und dunkel. Er konnte nur seinen eigenen keuchenden Atem hören. Er richtete sich auf und warf einen Blick über die Schulter. Der Mriswith beobachtete ihn, machte aber keine Anstalten, ihm zu helfen. Was immer getan werden mußte, blieb Richard überlassen. Hoffentlich reichte es.

In der Stille der Burg, in der Ruhe der Berge aus totem Gestein, die sich rings um ihn erhoben, war plötzlich ein fernes Poltern zu hören.

Ein lebendiges Poltern.

Richard beugte sich wieder über die Mauer, blickte nach unten, konnte aber nichts erkennen. Und doch spürte er etwas. Das Gestein unter seinen Füßen bebte. Steinstaub stand in der zitternden Luft.

Richard blickte noch einmal in den Brunnen hinab und sah einen Widerschein. Der Brunnen füllte sich – nicht so, wie er sich mit Wasser gefüllt hätte, sondern irgend etwas kam mit unfaßbarer Geschwindigkeit unter heulendem Kreischen den Schacht heraufgeschossen. Das Heulen wurde lauter und lauter, während das Ding nach oben raste.

Richard stieß sich von der Steinmauer zurück – keinen Wimpernschlag zu früh. Er war sicher, daß es aus dem Brunnen hervorschießen und durch die Decke schmettern würde. Nichts, was sich so schnell bewegte, konnte rechtzeitig anhalten. Und doch geschah genau das.

Mit einem Mal war alles vollkommen still. Richard richtete sich auf.

Eine metallisch glänzende Erhebung schob sich langsam über den Rand der steinernen Ummauerung. Sie reckte sich zu einer massigen Gestalt empor, stieg unheimlich von alleine in die Höhe, Wasser gleich, das in der Luft zu stehen schien - nur war es kein Wasser. Seine glänzende Außenhaut spiegelte die gesamte Umgebung wie eine polierte Rüstung wider und verzerrte die Bilder, als es größer wurde und sich bewegte.

Es sah aus wie lebendiges Quecksilber.

Der Klumpen, mit dem Körper im Brunnen wie durch einen Hals verbunden, verzog sich immer weiter, verbog sich zu Kanten und Flächen, Falten und Bögen. Er verwandelte sich in das Gesicht einer Frau. Richard hätte fast das Atmen vergessen. Jetzt verstand er, warum Kolo die Sliph als eine ›Sie‹ bezeichnet hatte.

Endlich entdeckte das Gesicht ihn. Es sah aus wie eine vollkommen glatte Skulptur aus Silber – nur daß sie sich bewegte.

»Meister«, sprach sie mit unheimlicher Stimme, die im ganzen Raum widerhallte. Ihre Lippen hatten sich beim Sprechen nicht bewegt, doch sie lächelte, als sei sie höchst erfreut. Das silberne Gesicht verzog sich zu einem Ausdruck der Neugier. »Du hast mich gerufen? Du möchtest reisen?«

Richard trat näher. »Ja. Reisen. Ich möchte reisen.«

Das freundliche Lächeln kehrte zurück. »Dann komm. Wir werden reisen.«

Richard wischte sich den Staub von den Händen an seinem Hemd ab. »Wie? Wie werden wir … reisen?«

Die silbernen Brauen zogen sich zusammen. »Du bist noch nie gereist?«

Richard schüttelte den Kopf. »Nein. Aber jetzt muß ich es. Ich muß in die Alte Welt.«

»Aha. Dort war ich schon oft. Komm, wir werden reisen.«

Richard zögerte. »Was soll ich tun? Was willst du, daß ich tue?«

Eine Hand bildete sich heraus und berührte den oberen Rand der Mauer. »Komm zu mir«, sagte die Stimme, durch den Raum hallend. »Ich werde dich hinbringen.«

»Wie lange dauert es?«

Der fragende Ausdruck kehrte zurück. »Wie lange? Von hier bis dort. So lange. Ich bin lang genug. Ich war bereits dort.«

»Ich meine … wie viele Stunden? Tage? Wochen?«

Sie schien nicht zu verstehen. »Die anderen Reisenden haben mich nie so etwas gefragt.«

»Dann kann es nicht lange dauern. Kolo hat auch nie etwas da-

von erwähnt.« Gelegentlich konnte das Tagebuch recht nieder-
schmetternd sein, denn Kolo erläuterte nirgendwo, was sowieso
alle wußten – damals. Er hatte auch gar nicht versucht, Wissen oder
Informationen zu vermitteln.

»Kolo?«

Richard deutete auf die Gebeine. »Ich kenne seinen Namen nicht.
Ich nenne ihn Kolo.«

Das Gesicht reckte sich aus dem Brunnen hervor, um über die
Ummauerung zu blicken. »Ich kann mich nicht erinnern, das je gesehen zu haben.«

»Nun, er ist tot. Vorher hat er nicht so ausgesehen.« Richard entschied, es sei besser, nicht zu erklären, wer Kolo war, sonst erinnerte sie sich womöglich und war gekränkt. Das konnte er sich
nicht leisten, er mußte zu Kahlan. »Ich bin in Eile. Ich würde es sehr
zu schätzen wissen, wenn wir uns beeilen könnten.«

»Komm näher, damit ich entscheiden kann, ob du fähig bist zu
reisen.«

Richard trat näher an die Mauer heran und blieb still stehen,
während die Hand hervorkam und seine Stirn berührte. Er zuckte
zurück. Sie war warm. Er hatte erwartet, daß sie kalt sei. Er ging zu
der Hand zurück und ließ zu, daß die Handfläche über seine Stirn
strich.

»Du kannst reisen«, meinte die Sliph. »Du verfügst über beide
Seiten, die erforderlich sind. Aber in diesem Zustand wirst du sterben.«

»Was meinst du mit ›in diesem Zustand‹?«

Die quecksilberne Hand senkte sich neben ihm und deutete auf
das Schwert, jedoch sorgsam darauf bedacht, ihm nicht zu nahe zu
kommen. »Dieser Gegenstand der Magie verträgt sich nicht mit
dem Leben in der Sliph. Mit dieser Magie in meinem Inneren endet
auch alles Leben in meinem Innern.«

»Soll das heißen, ich muß es hier zurücklassen?«

»Wenn du reisen willst, dann mußt du es, oder du wirst sterben.«

Richard war entschieden unwohl bei der Vorstellung, das

Schwert der Wahrheit unbewacht zurückzulassen, vor allem, nachdem er erfahren hatte, wie viele Männer bei seiner Herstellung umgekommen waren. Er zog den Waffengurt über den Kopf und starrte auf die Scheide in seinen Händen. Er sah über die Schulter, hinüber zu dem Mriswith, der ihn beobachtete. Er konnte seinen Mriswithfreund bitten, auf das Schwert aufzupassen.

Nein. Er konnte niemanden bitten, die Verantwortung zu übernehmen und etwas so Gefährliches und Begehrtes zu bewachen. Das Schwert der Wahrheit war seine Verantwortung, nicht die eines anderen.

Richard zog das Schwert aus der Scheide, so daß das helle Klirren des Stahls durch den Raum hallte und allmählich verklang. Der Zorn der Magie verging jedoch nicht. Er durchtoste ihn donnernd.

Er hielt die Klinge in die Höhe, blickte an ihr entlang. Er fühlte, wie der erhabene Golddraht des Wortes WAHRHEIT in seine Handfläche schnitt. Was sollte er tun? Er mußte unbedingt zu Kahlan. Dennoch wollte er das Schwert während seiner Abwesenheit in Sicherheit wissen.

Dann fiel es ihm über den Ruf des Verlangens ein.

Er drehte das Schwert herum, das Heft mit beiden Händen umklammernd. Ächzend vor Anstrengung, die gespeist wurde aus der Magie, aus der tosenden Wut, die sie erzeugte, stieß er das Schwert nach unten.

Funken und Steinsplitter flogen davon, als Richard das Schwert bis zum Heft in einen gewaltigen Steinquader im Boden rammte. Als er seine Hände löste, spürte er noch immer die Magie in seinem Innern. Er mußte das Schwert zurücklassen, aber die Magie besaß er noch. Er war der wahre Sucher.

»Ich bin immer noch mit der Magie des Schwertes verbunden. Ich halte die Magie in meinem Innern zurück. Wird mich das töten?«

»Nein. Nur was die Magie hervorbringt, ist tödlich, nicht, was sie empfängt.«

Richard kletterte auf die Mauer aus Stein, und plötzlich begann er sich Sorgen zu machen. Nein, er mußte es tun. Es ließ sich nicht umgehen.

»Hautbruder.« Richard drehte sich zu dem Mriswith um, als dieser ihn anrief. »Du bist ohne Waffe. Nimm dies.« Er warf Richard eines seiner dreiklingigen Messer herauf. Richard fing es am Griff auf, als es in flachem Bogen durch die Luft segelte. Die seitlichen Stichblätter schmiegten sich zu beiden Seiten um sein Handgelenk, als er den gekreuzten Griff der Waffe mit seiner Faust umfaßte. Sie lag überraschend gut in der Hand, wie eine Verlängerung seines Armes.

»Die *Yabree* werden bald für dich singen.«

Richard nickte. »Danke.«

Der Mriswith erwiderte zögernd das Lächeln.

Richard drehte sich zu der Sliph um. »Ich weiß nicht, ob ich lange genug die Luft anhalten kann.«

»Ich sagte es dir bereits, ich bin lang genug, um unser Ziel zu erreichen.«

»Nein, ich meinte, ich brauche Atemluft.« Er atmete übertrieben ein und aus.

»Du atmest mich.«

Er lauschte auf ihre Stimme, die durch den Raum hallte. »Was?«

»Um zu überleben, wenn du reist, mußt du mich atmen. Beim ersten Mal wirst du dich fürchten, aber du mußt es tun. Wer es nicht tut, stirbt in mir. Habe keine Angst, ich werde dich am Leben erhalten, wenn du mich atmest. Wenn wir den anderen Ort erreichen, dann mußt du mich wieder aus- und die Luft einatmen. Davor wirst du dich ebenso fürchten. Aber du mußt es tun, sonst wirst du sterben.«

Richard machte ein ungläubiges Gesicht. Dieses Quecksilber sollte er einatmen? Brachte er es tatsächlich über sich, etwas Derartiges zu tun?

Er mußte zu Kahlan. Sie war in Gefahr. Er mußte es tun. Es ließ sich nicht umgehen.

Richard schluckte, dann nahm er einen tiefen, süßen Atemzug. »Also gut, ich bin bereit. Was muß ich tun?«

»Du mußt gar nichts tun. Das Tun übernehme ich.«

Ein Arm aus flüssigem Quecksilber kam hoch und legte sich um ihn, dabei zog sich ein warmer, wellenförmiger Griff zusammen und packte zu. Der Arm hob ihn von der Mauer und stürzte ihn hinab in die silbrige Gischt.

Plötzlich hatte Richard eine Vision: Er mußte daran denken, wie Mrs. Rencliff in den tosenden Fluten untergegangen war.

22. Kapitel

Verna blinzelte in das grelle Licht einer Lampe, als die Tür aufging. Ihr schlug das Herz bis zum Hals. Es war zu früh für Leomas Rückkehr. Jetzt schon zitterte sie vor Angst, die Tränen traten ihr in die Augen.

»Los, hier rein«, schnauzte Leoma jemanden an.

Verna setzte sich auf und sah, wie sich eine kleine, dürre Frau in den Eingang schob. »Wieso muß ich das tun?« beklagte sich eine vertraute Stimme. »Ich will ihre Zelle nicht saubermachen. Das gehört nicht zu meiner Arbeit.«

»Ich habe hier drinnen mit ihr zu arbeiten, und der Gestank macht mich fast blind. Jetzt geh dort rein und beseitige diesen Gestank, oder ich sperre dich hier zusammen mit ihr ein, um dir den gebührenden Respekt vor einer Schwester beizubringen.«

Murrend kam die Frau in die Zelle gewatschelt und schleppte ihren schweren Eimer mit Seifenwasser herein. »Stinkt tatsächlich«, verkündete sie. »Stinkt nach ihresgleichen.« Der Eimer wurde mit einem dumpfen Schlag auf dem Boden abgesetzt. »Dreckige Schwester der Finsternis.«

»Wisch einfach mit etwas Seifenwasser durch und mach schnell. Ich habe zu arbeiten.«

Verna hob den Kopf und sah Millie, die sie anstarrte. »Millie …«

Verna drehte das Gesicht zur Seite, aber nicht schnell genug, bevor Millie sie anspuckte. Sie wischte sich den Speichel mit dem Handrücken von der Wange.

»Dreckiger Abschaum. Wenn ich mir vorstelle, daß ich Euch vertraut habe. Wenn ich mir vorstelle, daß ich Euch als Prälatin respektiert habe. Und die ganze Zeit habt Ihr dem Namenlosen gedient. Soweit es mich betrifft, könnt Ihr hier drin verfaulen. Euer

308

wandelnder, dreckiger Leichnam erfüllt den Palast mit seinem Gestank. Hoffentlich peitschen sie Euch, bis Euch die Haut vom Leib –«

»Das reicht«, sagte Leoma. »Mach einfach sauber, dann kannst du dich aus ihrer abscheulichen Gegenwart befreien.«

Millie brummte angeekelt. »Kann mir nicht schnell genug gehen.«

»Keinem von uns gefällt es, sich im selben Raum mit einer Verruchten wie ihr aufzuhalten. Es ist jedoch meine Pflicht, sie zu verhören, und du könntest wenigstens dafür sorgen, daß es ein bißchen weniger stinkt.«

»Ja, Schwester. Für Euch werde ich es tun, für eine echte Schwester des Lichts, damit Ihr wenigstens nicht ihren Gestank zu ertragen braucht.« Millie spie noch einmal in Vernas Richtung.

Verna war den Tränen nahe. Es war demütigend, daß Millie diese schrecklichen Dinge über sie dachte. Und alle anderen auch. Sie war längst selbst nicht mehr völlig sicher, ob sie nicht stimmten. Die Schmerzensprüfung hatte ihr dermaßen den Kopf verdreht, daß sie sich nicht mehr darauf verlassen konnte, ob sie bei klarem Verstand war, wenn sie an ihre Unschuld glaubte. Vielleicht war es verkehrt, Richard ergeben zu sein. Schließlich war er auch nur ein Mensch.

Sobald Millie fertig war, würde Leoma aufs neue beginnen. Sie hörte sich selbst über die Aussichtslosigkeit ihrer Lage schluchzen. Als Leoma das Schluchzen hörte, lächelte sie.

»Leer den stinkenden Nachttopf aus«, sagte Leoma.

Millie blähte angewidert die Wangen auf. »Also schön, also schön, haltet nur Euren Rock fest, dann werde ich ihn leeren.«

Millie schob den Eimer mit dem Seifenwasser näher an Vernas Strohlager heran und holte den randvollen Nachttopf. Sich die Nase zuhaltend, trug sie ihn mit ausgestrecktem Arm aus der Zelle.

Als sie schlurfend den Korridor entlang verschwunden war, fragte Leoma: »Ist dir irgendeine Veränderung aufgefallen?«

Verna schüttelte den Kopf. »Nein, Schwester.«

Leoma zog die Augenbrauen hoch. »Die Trommeln. Sie haben aufgehört.«

Verna erschrak, als sie es bemerkte. Sie mußten aufgehört haben, während sie schlief.

»Weißt du, was das bedeutet?«

»Nein, Schwester.«

»Es bedeutet, daß der Kaiser nicht mehr fern ist und bald eintreffen wird. Vielleicht morgen. Er will, daß unser kleines Experiment Ergebnisse bringt. Heute abend wirst du entweder deiner Treue zu Richard abschwören, oder du wirst dich gegenüber Jagang verantworten müssen. Deine Zeit ist abgelaufen. Denk darüber nach, während Millie deinen Dreck wegmacht.«

Leise vor sich hinfluchend kam Millie mit dem leeren Nachttopf zurück. Sie stellte ihn in der hinteren Ecke ab und ging wieder daran, den Boden zu schrubben. Sie tunkte ihren Lappen ins Wasser, klatschte ihn auf den Boden und arbeitete sich langsam zu Verna vor.

Verna fuhr sich mit der Zunge über ihre aufgesprungenen Lippen und starrte das Wasser an. Auch wenn es seifig war, es würde ihr nichts ausmachen. Sie überlegte, ob sie es schaffen würde, einen Schluck davon hinunterzustürzen, bevor Leoma sie daran hinderte. Wahrscheinlich nicht.

»Eigentlich brauchte ich das nicht zu machen«, nörgelte Millie bei sich, aber laut genug, damit die beiden anderen es hören konnten. »Schlimm genug, daß ich im Zimmer des Propheten saubermachen muß, jetzt wo wir einen neuen haben. Ich dachte, ich brauchte nicht mehr im Zimmer eines Wahnsinnigen zu putzen. Es wird wohl langsam Zeit, daß eine jüngere Frau die Arbeit macht. Ein seltsamer Mann ist das. Propheten sind alle verrückt, ja, das sind sie. Dieser Warren gefällt mir auch nicht besser als der letzte.«

Verna wäre bei der Erwähnung von Warrens Namen fast in Tränen ausgebrochen, so sehr vermißte sie ihn. Sie fragte sich, ob sie ihn gut behandelten. Leoma beantwortete ihre unausgesprochene Frage.

310

»Ja, er ist tatsächlich etwas eigenartig. Aber die Prüfungen mit dem Halsring bringen ihn wieder auf Trab. Dafür werde ich sorgen.«

Verna wandte die Augen von Leoma ab. Ihm tat sie es also ebenfalls an. Oh, guter Warren.

Millie schob ihren Eimer mit einem Knie beim Schrubben näher. »Sieh mich nicht an. Ich will deinen ekelhaften Blick nicht auf meinem Körper liegen haben. Man kriegt ja eine Gänsehaut davon, als ob der Namenlose selbst einen ansähe.«

Verna senkte den Blick. Millie warf den Lappen in den Eimer und tauchte tief mit den Händen ein, um ihn auszuwaschen. Sie sah über die Schulter nach hinten, während sie den Lappen im Wasser hin und her schwenkte.

»Ich bin bald fertig. Nicht bald genug für mich, aber bald. Dann habt Ihr diese ruchlose Verräterin ganz alleine für Euch. Hoffentlich geht Ihr nicht zu behutsam mit ihr um.«

Leoma lächelte. »Sie bekommt, was sie verdient.«

Millie zog ihre Hände aus dem Seifenwasser. »Gut.« Dann stieß sie derb mit einer nassen, schwieligen Hand gegen Vernas Füße. »Nimm deine Füße weg! Wie soll ich den Boden wischen, wenn du hier sitzt wie festgewachsen?«

Verna spürte einen festen Gegenstand an ihrer Hüfte, als Millie ihre Hand wegzog.

»Dieser Warren ist auch so ein Ferkel. Ständig ist sein Zimmer das reinste Durcheinander. Heute früh war ich erst dort, und gestunken hat es fast so schlimm wie in diesem Schweinestall.«

Verna legte ihre Hände neben ihre Beine und schob sie unter die Oberschenkel, so als wollte sie sich abstützen, während sie die Füße für Millie anhob. Ihre Finger stießen gegen etwas Hartes, Dünnes. Anfangs wußte ihr benommener Verstand mit dem Gefühl nichts anzufangen. Dann wurde es ihr ruckartig klar.

Es war ein Dacra.

Ihre Brust schnürte sich zusammen. Ihre Muskeln wurden steif. Sie konnte sich kaum zwingen zu atmen.

311

Plötzlich spie ihr Millie wieder ins Gesicht, so daß sie zusammenzuckte und den Kopf wegdrehte. »Wage bloß nicht, eine ehrliche Frau auf diese Weise anzusehen! Halte deine Augen von mir fern!«

Verna wurde klar, daß Millie offenbar ihre Reaktion bemerkt hatte.

»Fertig«, meinte sie und richtete ihren drahtigen Körper auf, »es sei denn, Ihr wollt, daß ich sie bade. Wenn, dann solltet Ihr Euch das besser noch einmal durch den Kopf gehen lasen. Dieses gottlose Weibstück rühre ich nicht an.«

»Nimm einfach deinen Eimer und geh«, sagte Leoma mit wachsender Ungeduld.

Verna hielt den Dacra so fest mit ihrer Faust umklammert, daß ihr die Finger kribbelten. Ihr Herz pochte so heftig, als wollte es ihr die Rippen brechen.

Millie schlurfte aus der Zelle, ohne sich umzudrehen. Leoma stieß die Tür zu.

»Dies ist deine letzte Chance, Verna. Weigerst du dich auch weiterhin, wirst du dem Kaiser übergeben. Dann wirst du dir bald wünschen, du hättest mit mir zusammengearbeitet, soviel kann ich dir versprechen.«

Komm näher, dachte Verna. Komm näher.

Sie fühlte, wie die erste Schmerzwelle durch ihren Körper jagte. Sie ließ sich nach hinten auf das Lager fallen und drehte sich von Leoma fort. Komm näher.

»Setz dich auf und sieh mich an, wenn ich mir dir spreche!«

Verna bekam nur einen leisen Schrei heraus, blieb aber, wo sie war, in der Hoffnung, Leoma näher heranlocken zu können. Wenn sie aus dieser Entfernung zustieß, hatte sie keine Chance. Die Frau würde sie daran hindern, bevor sie die Entfernung überbrückt hatte. Sie mußte näher heran.

»Ich sagte, setz dich aufrecht hin!« Leomas Schritte kamen näher.

Gütiger Schöpfer, bitte lasse sie nahe genug kommen.

»Du wirst mich ansehen und mir sagen, daß du dich von Richard lossagst. Du mußt dich von ihm lossagen, damit der Kaiser in deine Gedanken eindringen kann. Er wird wissen, ob du deine Treue aufgegeben hast, glaube also nicht, du könntest lügen.«

Noch ein Schritt. »Sieh mich an, wenn ich mit dir spreche!«

Noch ein Schritt. Eine Faust packte ihr Haar und riß ihren Kopf nach oben. Leoma war nahe genug, doch Vernas Arme brannten vor Schmerzen, und sie konnte ihre Hand nicht heben. *Oh, gütiger Schöpfer, mach, daß sie die Prüfung nicht an meinen Armen beginnt. Laß sie mit den Beinen anfangen. Ich brauche meine Arme.*

Statt in ihren Beinen anzufangen, schoß der nervenversengende Schmerz durch ihre Arme nach unten. Unter Aufbietung aller Kraft versuchte Verna, die Hand mit dem Dacra zu heben. Sie ließ sich nicht bewegen. Ihre Finger zuckten unter stechenden Schmerzen.

Allen Bemühungen zum Trotz wurden ihre Finger unter Krämpfen aufgerissen, und der Dacra fiel heraus.

»Bitte«, schluchzte sie, »nimm diesmal nicht meine Beine. Ich flehe dich an, nimm nicht meine Beine.«

Leoma riß ihr den Kopf an den Haaren nach hinten, dann schlug die Frau ihr ins Gesicht. »Beine, Arme, das ist vollkommen egal. Du wirst dich unterwerfen.«

»Du kannst mich nicht zwingen. Du wirst scheitern, und dann ...« Weiter kam Verna nicht, bevor die Hand ihr wieder ins Gesicht schlug.

Der sengende Schmerz sprang auf ihre Beine über, die unkontrollierbar zuckten. Vernas Arme kribbelten, aber wenigstens konnte sie sie bewegen. Ihre Hand tastete, verzweifelt nach dem Dacra suchend, blind über das Lager.

Ihr Daumen stieß dagegen. Sie schloß die Finger um den kühlen Metallgriff und zog ihn in ihre Hand.

Unter Aufbietung all ihrer Kraft und Entschlossenheit rammte Verna den Dacra in Leomas Oberschenkel.

Leoma schrie auf und ließ Vernas Haare los.

»Sei still!« keuchte Verna. »Ich habe einen Dacra in dir. Beweg dich nicht.«

313

Langsam senkte Leoma eine Hand, um ihr Bein oberhalb des Dacra in ihrem Oberschenkelmuskel zu befühlen. »Du kannst unmöglich glauben, daß das funktioniert.«

Verna schluckte, kam wieder zu Atem. »Nun, ich denke, es wird sich herausstellen, nicht? Nach Lage der Dinge habe ich nichts zu verlieren. Du schon – dein Leben.«

»Sei vorsichtig, Verna, oder es wird dir sehr, sehr leid tun. Zieh ihn raus, und ich werde so tun, als wäre es nie geschehen. Zieh ihn einfach raus.«

»Oh, ich glaube, das ist kein guter Rat, Beraterin.«

»Ich habe die Gewalt über deinen Halsring. Ich brauche nichts weiter zu tun, als dein Han zu blockieren. Zwingst du mich dazu, wird es dir noch schlimmer ergehen.«

»Wirklich, Leoma? Nun, ich denke, ich sollte dir erklären, daß ich auf meinen zwanzig Jahren Reise eine Menge über den Gebrauch des Dacra gelernt habe. Es stimmt zwar, daß du mein Han über den Rada'Han blockieren kannst, aber nicht schnell genug, um zu verhindern, daß ich vorher einen winzigen Strom davon berühren kann. Nach meinen Erfahrungen wird das genügen, denke ich. Wenn ich mein Han berühre, bist du auf der Stelle tot.

Zweitens, um mein Han blockieren zu können, mußt du mit ihm über den Ring in Verbindung treten. Das verleiht dir die Fähigkeit, es zu beeinflussen – so funktioniert es. Was meinst du? Wird das Blockieren meines Han durch deine Berührung an sich schon den Dacra auslösen und dich töten? Ich weiß selbst nicht ganz genau, aber ich muß dir sagen, ich für meinen Teil, den Teil, der das Heft in der Hand hält, bin bereit, es auszuprobieren. Was meinst du? Willst du es ausprobieren, Leoma?«

Lange herrschte Schweigen in der schwach beleuchteten Zelle. Verna spürte, wie warmes Blut über ihre Hand rann. Endlich drang Leomas Stimme in die Stille ein. »Nein. Was soll ich tun?«

»Nun, zuerst einmal wirst du mir diesen Rada'Han abnehmen, und dann, da ich dich zu meiner Beraterin ernannt habe, werden wir uns ein wenig unterhalten – und du wirst mich beraten.«

314

»Wenn ich dir den Halsring abgenommen habe, wirst du den Dacra herausziehen. Dann werde ich dir sagen, was du wissen willst.«

Verna schaute in die von Panik erfüllten Augen, die sie beobachteten. »Du bist wohl kaum in der Position, Forderungen zu stellen. Ich bin in dieser Zelle gelandet, weil ich zu vertrauensselig war. Ich habe meine Lektion gelernt. Der Dacra bleibt, wo er ist, bis ich mit dir fertig bin. Wenn du nicht tust, was ich sage, bist du lebend für mich wertlos. Hast du das begriffen, Leoma?«

»Ja«, kam die schicksalergebene Antwort.

»Dann laß uns beginnen.«

Wie ein Pfeil schoß er in mörderischem Tempo voran, gleichzeitig jedoch glitt er mit der langsamen Eleganz einer Schildkröte im stillen Wasser einer mondbeschienenen Nacht dahin. Es gab weder warm noch kalt. Seine Augen sahen Licht und Dunkel in einem einzigen, gespenstischen Bild, während seine Lungen unter der süßen Gegenwart der Sliph, die er in seine Seele atmete, anschwollen.

Es war das Gefühl des vollkommenen Glücks.

Plötzlich war es vorbei.

Bilder explodierten rings um ihn. Bäume, Felsen, Sterne, der Mond. Bei diesem Panorama packte ihn das Entsetzen.

Atme, forderte sie ihn auf.

Die Vorstellung erschreckte ihn. *Nein.*

Atme, fordere sie ihn auf.

Er dachte an Kahlan, an sein Verlangen, ihr zu helfen, und atmete aus, leerte seine Lungen von dem Gefühl vollkommenen Glücks.

Widerstrebend, dennoch gierig, sog er die fremde Luft in sich hinein.

Geräusche stürzten von allen Seiten auf ihn ein – Insekten, Vögel, Fledermäuse, Frösche, Blätter im Wind, alles schnatterte, jubilierte, klickte, pfiff und raschelte – schmerzhaft in seiner Allgegenwart.

Ein Arm setzte ihn ermutigend auf der Steinmauer ab, während sich die nächtliche Welt ringsum in seinem Kopf setzte und vertraut wurde. Er sah seine Mriswithfreunde, die sich im dunklen Wald hinter den steinernen Ruinen rings um den Brunnen verteilten. Ein paar hockten auf verstreuten Quadern, ein paar standen zwischen Säulenresten. Offenbar befanden sie sich am Rand eines uralten, zerfallenen Gebäudes.

»Ich danke dir, Sliph.«

»Wir sind dort, wohin du reisen wolltest«, sagte sie, und ihre Stimme hallte durch die Nachtluft.

»Wirst du … hier sein, wenn ich wieder reisen möchte?«

»Wenn ich wach bin, bin ich stets bereit zu reisen.«

»Wann schläfst du?«

»Wenn du es mir sagst, Herr.«

Richard nickte, ohne recht zu wissen, wem oder was er zunickte. Er blickte hinaus in die Nacht und entfernte sich vom Brunnen der Sliph. Er kannte diesen Wald, nicht vom Augenschein, sondern von einem fast greifbaren Gefühl her. Es war der Hagenwald, wenn es sich auch um eine Stelle handeln mußte, die sehr viel tiefer in dem weiten Gebiet lag, als er sich je hineingewagt hatte, denn diesen aus Stein erbauten Ort hatte er noch nie gesehen. An den Sternen las er ab, in welcher Richtung Tanimura lag.

Mriswiths strömten in großer Zahl aus dem düsteren, umliegenden Wald zu der Ruine. Viele gingen mit einem ›Willkommen, Hautbruder‹ an ihm vorüber. Im Vorbeigehen schlugen die Mriswiths ihre dreiklingigen Messer leicht gegen seines und brachten beide zum Klingen.

»Möge dein *Yabree* bald singen, Hautbruder«, sagte ein jeder dabei.

Richard kannte die richtige Entgegnung nicht, also sagte er einfach: »Danke.«

Als die Mriswiths sich an ihm vorbei zur Sliph stahlen und gegen sein *Yabree* schlugen, hielt das sirrende Klingen jedesmal länger an, und das angenehme Summen wärmte seinen ganzen Arm. Als sich weitere Mriswiths näherten, hielt er es anders, so daß er nur sein *Yabree* gegen ihre schlagen konnte.

Richard blickte hoch zum aufgehenden Mond und zur Stellung der Sterne. Es war früher Abend, und am westlichen Himmel war noch ein schwaches Leuchten zu erkennen. Er hatte Aydindril mitten in der Nacht verlassen. Es konnte unmöglich dieselbe Nacht sein. Es mußte die darauffolgende Nacht sein. Er hatte fast einen ganzen Tag in der Sliph verbracht.

Es sei denn, es waren zwei Tage. Oder drei. Oder ein Monat, oder gar ein Jahr. Er hatte keine Möglichkeit, das festzustellen. Er wußte nur, daß es mindestens ein Tag war. Der Mond hatte dieselbe Größe. Vielleicht war es doch nur ein Tag.

Er wartete, um den nächsten Mriswith gegen sein *Yabree* schlagen zu lassen. Hinten stiegen sie in die Sliph. Eine regelrechte Schlange von ihnen wartete darauf, daß sie an die Reihe kamen. Es verstrichen nur Sekunden, bis wieder einer von der Mauer heruntersprang und sich in das schimmernde Quecksilber stürzte.

Richard blieb stehen, um zu spüren, wie der *Yabree* das wärmende Surren durch seinen ganzen Körper sandte. Lächelnd registrierte er das singende Summen, das leise Lied, das ihm angenehm in den Ohren und in seinen Gliedern klang.

Dann verspürte er ein störendes Verlangen, das das freudige Lied unterbrach.

Er hielt einen Mriswith an. »Wo werde ich gebraucht?« Der Mriswith zeigte mit seinem *Yabree* auf etwas. »Sie wird dich hinbringen. Sie kennt den Weg.«

Richard schlenderte in der vom Mriswith angegeben Richtung los. Im Schatten bei einer eingestürzten Mauer wartete eine Gestalt. Der Gesang seines *Yabree* trieb ihn weiter vor Verlangen.

Die Gestalt war kein Mriswith, sondern eine Frau. Er glaubte, sie im Schein des Mondes wiederzuerkennen.

»Guten Abend, Richard.«

Er trat einen Schritt zurück. »Merissa!«

Sie lächelte freundlich. »Wie geht es meinem Schüler? Viel Zeit ist vergangen. Ich hoffe, du bist wohlauf und dein *Yabree* singt für dich.«

»Ja«, stammelte er. »Er singt davon, daß jemand nach mir verlangt.«

»Die Königin!«

»Ja, die Königin. Sie verlangt nach mir.«

»Und? Bist du bereit, ihr zu helfen? Sie zu befreien?«

Er nickte. Sie drehte sich um und führte ihn tiefer in die Ruinen hinein. Mehrere Mriswiths schlossen sich ihnen an, als sie durch die eingefallenen Türen ins Innere traten. Mondlicht fiel durch efeuüberwucherte Mauerlücken, als die Wände jedoch stabiler wurden, entzündete sie im Gehen eine Flamme in ihrer Handfläche. Richard folgte ihr Stufen hinauf, die sich in die düsteren Ruinen schraubten, durch Korridore, die offenbar seit Tausenden von Jahren niemand mehr betreten hatte.

Als sie einen riesigen Saal betraten, genügte die Helligkeit des Lichtes in ihrer Hand plötzlich nicht mehr. Merissa schickte eine kleine Flamme in die Fackeln auf beiden Seiten und tauchte den riesigen Raum damit in ein flackerndes Licht. Ringförmig um den riesigen Saal zogen sich längst vergessene, mit Staub und Spinnweben bedeckte Emporen, von denen aus man auf ein gefliestes Wasserbecken blickte, das das Hauptgeschoß bildete. Die Fliesen, einst weiß, waren mittlerweile dunkel von Flecken und Schmutz, und das trübe Wasser des Beckens war durchsetzt mit Schlinggewächsen. Oben in der Mitte war die teils überkuppelte Decke offen, und dahinter ragten Gebäude in die Höhe.

Die Mriswiths glitten neben ihn und blieben dicht bei ihm stehen. Sie schlugen ihre *Yabree* gegen seine. Das angenehme Singen brachte das ruhige Zentrum in seinem Inneren zum Schwingen.

»Dies ist der Platz der Königin«, meinte einer »Wir können zu ihr, und wenn die Jungen geboren werden, dürfen sie sich entfernen, doch die Königin darf diesen Ort nicht verlassen.«

»Warum nicht?« fragte Richard.

Der andere Mriswith trat nach vorne und streckte seine Kralle aus. Als sie mit etwas Unsichtbarem in Berührung kam, glühte ein großer, kuppelförmiger Schild sanft leuchtend auf. Die glänzende

318

Kuppel paßte genau unter jene aus Stein, nur daß sie oben kein Loch aufwies. Der Mriswith zog die Kralle zurück, und der Schild wurde wieder unsichtbar.

»Die Zeit der alten Königin läuft ab, und sie wird schließlich sterben. Wir haben alle von ihrem Fleisch gegessen, und aus dem letzten ihrer Jungen ist eine neue Königin hervorgegangen. Die neue Königin singt zu uns durch den *Yabree* und teilt uns mit, daß sie reichlich Junge hat. Es ist an der Zeit, daß die neue Königin weiterzieht und unsere neue Kolonie aufbaut.

Die Große Barriere ist verschwunden, und die Sliph wurde geweckt. Jetzt mußt du der Königin helfen, damit wir neue Reiche gründen können.«

Richard nickte. »Ja. Sie muß frei sein. Ich kann ihr Verlangen spüren. Es erfüllt mich mit dem Gesang. Warum habt ihr sie nicht befreit?«

»Das können wir nicht. So wie du gebraucht wurdest, um die Türme auszuschalten und die Sliph aufzuwecken, so kannst auch nur du die Königin befreien. Es muß geschehen, bevor du zwei *Yabree* in Händen hältst und sie beide zu dir singen.«

Geleitet von seinem Instinkt ging Richard zur Treppe an der Seite. Er spürte, daß der Schild am unteren Rand stärker war. Er mußte oben durchbrochen werden. Er hielt den *Yabree* vor seine Brust und stieg die steinernen Stufen hinauf. Er versuchte, sich vorzustellen, wie wundersam zwei von ihnen waren. Sein tröstliches Lied beruhigte ihn, doch das Verlangen der Königin trieb ihn weiter. Die Mriswiths blieben zurück, Merissa dagegen folgte ihm.

Richard bewegte sich, als wäre er den Weg schon einmal gegangen. Die Stufen führten nach draußen, dann eine Wendeltreppe neben den eingestürzten Säulen hinauf. Das Mondlicht warf zackige Schatten zwischen die schroffen Steine, die sich inmitten der Ruinen erhoben.

Endlich erreichten sie die Spitze eines kleinen, kreisrunden Beobachtungsturmes, zu dem seitlich Pfeiler aufstrebten, die weiter oben durch die Überreste einer mit Wasserspeiern verzierten Balkenkonstruktion verbunden waren. Offenbar hatte diese einst die gesamte Kuppel umspannt und Türme wie den, auf dem sie standen, miteinander verbunden. Von dem hohen Turm aus konnte Richard durch die Kuppelöffnung nach unten blicken. Das gewölbte Dach stand voller gewaltiger Säulen, die Dornen gleich nach außen und in Reihe nach unten verliefen.

Merissa, in einem roten Kleid, der Farbe, die sie stets getragen hatte, wenn sie zu ihm gekommen war, um ihn zu unterrichten, schmiegte sich fest an ihn und blickte schweigend hinunter in die Kuppel.

Richard spürte, wie die Königin unten in dem trüben Becken nach ihm rief, ihn drängte, sie zu befreien. Das Singen seines *Yabree* fuhr ihm in die Knochen.

Er streckte die Hand aus und ließ sein Verlangen nach außen strömen. Er streckte den anderen Arm nach vorne und richtete den *Yabree* parallel zu den Fingern seiner anderen Hand nach unten. Die stählernen Messer erklangen, von der Kraft, die durch ihn hindurchströmte, in Schwingungen versetzt.

Die Klingen des *Yabree* schwangen, ihr Surren wurde höher, bis die Nacht aufschrie. Der Ton war schmerzhaft, doch Richard ließ es nicht leiser werden. Merissa wandte sich ab und hielt sich die Ohren zu, als die Luft vom Geheul des *Yabree* widerhallte.

Der kuppelförmige Schild unter ihnen erzitterte und begann zu glühen. Mit einem ohrenbetäubenden Scheppern zersplitterte der Schild. Stücke davon, glühendem Glas gleich, regneten auf das Becken herab und erloschen noch im Fallen.

Der *Yabree* verstummte, und die Nacht war wieder still.

Eine massige Gestalt regte sich und befreite sich aus den Schlingpflanzen. Flügel wurden, ihre Kraft erprobend, ausgebreitet, dann erhob sich die Königin mit verzweifelten Schlägen in die Luft. Mit den nötigsten Flügelschlägen stieg sie zum Rand der Kuppel auf, wo sie mit den Krallen am Mauerwerk Halt suchte. Sie begann, am Mauerwerk des Turmes hinaufzuklettern, auf dem Richard und Merissa standen. Mit sicheren, langsamen und kräftigen Zügen hievte sie ihren glänzenden, massigen Körper die Säule hinauf.

Endlich hielt sie an und klammerte sich an den Pfeiler neben Richard, so wie sich ein klauenbewehrter Salamander an einen glitschigen Baumstamm krallt. Im hellen Licht des Mondes konnte Richard erkennen, daß sie rot war wie Merissas Kleid. Zuerst glaubte Richard, einen roten Drachen vor sich zu haben, bei näherem Hinsehen jedoch konnte er die Unterschiede erkennen.

Arme und Beine waren muskulöser als die eines Drachens und mit kleineren Schuppen bedeckt, die eher denen eines Mriswiths glichen. Eine erhabene Reihe ineinandergreifender Panzerplatten zog sich vom Schwanzende bis zu einem Stachelbüschel am Kopfansatz der Länge nach an der Wirbelsäule entlang. Oben auf dem Kopf, am Ansatz mehrerer langer, biegsamer Stacheln, befand sich eine vorstehende, mit Reihen schuppenlosen Fleisches besetzte Wölbung, die gelegentlich beim Ausatmen flatterte.

Der Kopf der Königin schwenkte herum, schaute, suchte. Ihre Flügel entfalteten sich und strichen leise durch die Nachtluft. Sie wollte etwas.

»Was suchst du?« fragte Richard.

Sie verdrehte den Kopf nach unten, zu ihm, stieß ein verärgertes Schnaufen aus, das ihn in einen eigenartigen Duft einhüllte. Irgendwie empfand er dadurch ihr Verlangen intensiver. Der Duft besaß eine Bedeutung, die er verstand. *Ich will an diesen Ort.*

Dann drehte sie den Kopf nach draußen in die Nacht hinter den Pfeilern. Sie schnaubte und stieß dabei ein langes, langsames Grollen aus, das in der Luft zu beben schien. Richard konnte erkennen, daß sie die Luft durch die fleischigen Streifen auf ihrem Kopf ausatmete. Sie flatterten und erzeugten dadurch das Geräusch. Den schweren Duft noch immer in der Nase, betrachtete er die Weite der Nacht vor dem Turm.

Die Luft schimmerte und wurde heller, als vor ihm ein Bild aufzutauchen begann. Die Königin trompetete erneut, und das Bild hellte sich noch mehr auf. Es handelte sich um eine Szene, die

Richard wiedererkannte – Aydindril, wie durch einen unheimlichen, bräunlichen Nebel hindurch. Richard konnte die Gebäude der Stadt erkennen, den Palast der Konfessoren, und, als sie erneut trompetete und das Bild, das vor ihm durch den Nachthimmel zog, ein weiteres Mal heller wurde, die Burg der Zauberer, die sich an der Bergflanke erhob.

Ihr Kopf schwenkte zu ihm herum, sonderte wieder einen Duft ab, anders als der erste. *»Wie komme ich an diesen Ort?«*

Richard staunte grinsend, daß er über einen Duft verstand, was sie sagen wollte. Er grinste auch deshalb, weil er ihr helfen konnte.

Er streckte den Arm aus, und ein Glühen schoß aus ihm hervor, das die Sliph beleuchtete. »Dort. Sie wird dich hinbringen.«

Die Königin löste sich flügelschlagend vom Pfeiler und glitt hinüber zur Sliph. Sehr gut fliegen konnte die Königin nicht, wie Richard erkannte. Sie konnte ihre Flügel ein wenig zu ihrer Unterstützung einsetzen, aber bis nach Aydindril fliegen konnte sie nicht. Sie brauchte Hilfe, um dorthin zu kommen. Die Sliph schloß die Königin schon in ihre Arme, als diese noch die Flügel einfaltete. Das Quecksilber nahm sie auf, und die rote Königin verschwand.

Richard lächelte vor Freude über den singenden *Yabree* in seiner Hand, dessen Summen ihm in die Knochen fuhr.

»Wir sehen uns unten, Richard«, sagte Merissa. Er spürte, wie sie ihn plötzlich hinten an seinem Hemdkragen packte und ihn mit der Kraft ihres Han über die Umrandung des Turmes schleuderte.

Instinktiv streckte Richard die Hand aus und bekam im Fallen gerade noch den Rand der Kuppelöffnung zu fassen. Er hing pendelnd an seinen Fingern, seine Füße baumelten über einer Tiefe von fast einhundert Fuß. Scheppernd landete sein *Yabree* unten auf dem Steinboden. Als nun unvermittelt die Panik über ihn hereinbrach, war ihm, als wache er in einem Alptraum auf.

Das Singen war vorbei. Ohne den *Yabree* war sein Kopf plötzlich erschreckend klar. Mit einem entsetzlichen Schaudern wurde er sich des heimtückischen Zaubers bewußt und was dieser mit ihm angestellt hatte.

Merissa beugte sich vor, sah ihn dort hängen und schleuderte einen Blitz aus Feuer auf ihn herab. Er schwenkte seine Füße nach innen, und die Flammen verfehlten ihn knapp. Denselben Fehler würde sie kein zweites Mal machen.

Hektisch tastete Richard unter dem Kuppelrand nach einer Möglichkeit, sich festzuhalten. Seine Finger fanden eine gekehlte Stützstrebe. Erfüllt von dem verzweifelten Verlangen, vor Merissa zu fliehen, packte er sie und schwang sich unter die Kuppel, als ein weiterer Feuerblitz an ihm vorüberschoß, in dem trüben Becken unten explodierte und schmutzigen Schaum in die Luft schleuderte.

Eine Hand unter die andere setzend, getrieben von Angst – nicht nur vor Merissa, sondern auch vor der Höhe –, begann er, an der Strebe hinunterzuklettern. Merissa lief zur Treppe. Je tiefer er kletterte, desto steiler wurde die Strebe, bis sie schließlich bei Erreichen des unteren Kuppelrandes fast senkrecht verlief.

Seine Finger schmerzten, Richard selbst ächzte vor Anstrengung, und ein Gefühl der Scham überwältigte ihn. Wie konnte er nur so dumm sein? Was hatte er sich bloß gedacht? Dann überkam es ihn, und ihm wurde schlecht, als er begriff.

Das Mriswithcape.

Er erinnerte sich, wie Berdine nach draußen gerannt war, Kolos Tagebuch in der Hand, und ihm zugerufen hatte, das Cape auszuziehen. Er erinnerte sich, daß er im Tagebuch gelesen hatte, wie nicht nur die Mriswiths selbst, sondern auch ihre Feinde magische Dinge schufen, die die nötigen Veränderungen herbeiführten, um Menschen gewisse Fähigkeiten wie Stärke und Durchhaltevermögen zu verleihen, oder die Kraft, einen Lichtstrahl zu einem zerstörerischen Punkt zu bündeln, die Fähigkeit, über große Strecken sehen zu können, sogar bei Nacht.

Offenbar handelte es sich bei dem Mriswithcape um einen dieser Gegenstände, der benutzt wurde, um Zauberern die Fähigkeit zu verleihen, sich unsichtbar zu machen. Kolo hatte davon gesprochen, daß viele der von ihnen entwickelten Waffen auf furchtbare Weise nach hinten losgegangen waren. Durchaus möglich, daß sogar die Mriswiths vom Feind geschaffen worden waren.

Gütige Seelen, was hatte er nur angerichtet? Was hatte er getan? Er mußte dieses Cape loswerden. Berdine hatte ihn warnen wollen.

Das Dritte Gesetz der Magie: Leidenschaft ist stärker als Vernunft. Er hatte so leidenschaftlich versucht, zu Kahlan zu gelangen, daß er nicht von seiner Vernunft Gebrauch gemacht und Berdines Warnung in den Wind geschlagen hatte. Wie sollte er die Imperiale Ordnung jetzt noch aufhalten? Seine Torheit hatte ihnen geholfen.

Unter größer Anstrengung klammerte Richard sich an die Strebe, als sie fast senkrecht wurde. Noch zehn Fuß.

In einem Türeingang erschien Merissa. Ein Blitz fuhr in einem Lichtbogen durch den Raum. Richard löste seinen Griff und ließ sich zu Boden fallen. Das laute Krachen des Donners tat ihm in den Ohren weh. Der Blitz war ihm gefährlich nah gekommen und hätte ihm fast den Kopf abgerissen. Richard mußte fort von ihr. Er mußte fliehen.

»Ich habe deine zukünftige Braut getroffen, Richard.«

Richard erstarrte mitten in der Bewegung. »Wo ist sie?«

»Komm raus, und wir unterhalten uns darüber. Ich werde dir erzählen, wie sehr ich ihre Schreie genießen werde.«

»Wo ist sie!«

Merissas Lachen hallte durch die Kuppel. »Hier, mein Schüler. Hier in Tanimura.«

Rasend vor Wut setzte Richard einen Lichtblitz frei. Er erhellte den Saal, schoß donnernd zu der Stelle hinüber, wo er sie zuletzt gesehen hatte. Steinsplitter segelten, Rauchfahnen hinter sich herziehend, durch die Luft. Er wunderte sich nur schwach, wie ihm dergleichen gelungen war. Das Verlangen.

»Warum! Warum wollt Ihr sie quälen!«

»Ach, Richard, es geht mir nicht darum, sie zu quälen, sondern dich. Ihre Qual ist deine Qual. Sie ist nur ein Mittel, um dein Blut zu bekommen.«

Richard suchte die Eingänge ab. »Warum wollt Ihr mein Blut?«

Er hatte die Frage kaum ausgesprochen, als er sich duckte und zu einem Durchgang rannte.

»Weil du alles verdorben hast. Du hast meinen Herrn und Meister in der Unterwelt eingesperrt. Ich sollte meinen Lohn bekommen. Ich sollte Unsterblichkeit erlangen. Ich habe meinen Teil getan, aber du hast es verdorben.«

Ein verdrehter Blitz aus schwarzem Licht schnitt ein sauberes Nichts in eine Wand gleich neben ihm. Sie benutzte Subtraktive Magie. Sie war eine Magierin von unvorstellbarer Kraft, und sie war in der Lage zu erkennen, wo er sich befand, konnte ihn fühlen. Wieso traf sie ihn dann nicht?

»Aber schlimmer noch«, meinte sie und tippte mit einem schlanken Finger an den Goldring in ihrer Unterlippe, »du bist schuld, daß ich diesem Schwein Jagang dienen muß. Du hast ja keine Ahnung, was er mir angetan hat. Du kannst dir nicht vorstellen, wozu er mich zwingt. Alles wegen dir! Alles wegen dir, Richard Rahl! Aber ich werde dich dafür bezahlen lassen. Ich habe geschworen, in deinem Blut zu baden, und das werde ich auch tun.«

»Was ist mit Jagang? Du wirst ihn erzürnen, wenn du mich umbringst.«

Hinter ihm brach Feuer aus und trieb ihn zur nächsten Säule.

»Ganz im Gegenteil. Jetzt, nachdem du deine Pflicht erfüllt hast, bist du für den Traumwandler nicht mehr von Nutzen. Als Belohnung darf ich mich deiner annehmen, ganz wie es mir beliebt – und ich habe schon ein paar interessante Ideen.«

So konnte er also nicht vor ihr fliehen. Versteckte er sich hinter einer Wand, erspürte sie ihn mit ihrem Han.

Er dachte erneut an Berdine, hob gerade die Hand und packte das Mriswithcape, um es sich vom Rücken herunterzureißen, dann hielt er inne. Merissa würde ihn nicht mit Hilfe ihres Han finden können, wenn er sich durch die Magie des Capes verbarg. Die Magie des Capes jedoch war jene Kraft, die die Mriswiths hervorbrachte.

Kahlan war gefangen. Merissa hatte gesagt, ihre Qual sei seine. Er durfte nicht zulassen, daß sie Kahlan etwas antaten. Er hatte keine Wahl.

Er warf das Cape um seinen Körper und wurde unsichtbar.

23. Kapitel

Das ist der letzte von ihnen, wie ich es versprochen habe.«

Verna starrte in die Augen der Frau, die sie seit einhundertfünfzig Jahren kannte. Doch nicht gut genug. Sie war tief betrübt. Es gab viele, die sie nicht gut genug kannte.

»Was will Jagang im Palast der Propheten?«

»Von seiner Fähigkeit als Traumwandler abgesehen, besitzt er keine andere Macht als die eines gewöhnlichen Menschen.« Leomas Stimme bebte, trotzdem fuhr sie fort. »Er benutzt andere, besonders die mit der Gabe, um seine Ziele zu erreichen. Er wird unser Wissen benutzen, damit die Äste jener Prophezeiungen sichtbar werden, die ihm den Sieg bringen. Dann wird er dafür sorgen, daß die richtigen Maßnahmen getroffen werden, damit die Welt sich entlang dieser Äste bewegt.

Zudem ist er sehr geduldig. Fünfzehn Jahre hat er gebraucht, um die Alte Welt zu erobern, die ganze Zeit über seine Fähigkeiten perfektioniert, die Gedanken anderer erforscht und alles Wissen zusammengetragen, das er benötigt.

Er will nicht nur die Prophezeiungen in den Gewölbekellern benutzen, sondern er hat auch die Absicht, den Palast der Propheten zu seinem Zuhause zu machen. Er weiß um den Bann. Er hat Soldaten hier zur Probe stationiert, um sich zu vergewissern, ob er auch bei jenen ohne die Gabe funktioniert und keine schädlichen Auswirkungen hat. Jagang wird hier leben und von diesem Palast aus mit der Hilfe der Prophezeiungen die Eroberung der restlichen Welt lenken.

Sind erst einmal alle Länder in seiner Hand, wird er Hunderte und Aberhunderte von Jahren die Herrschaft über die Welt innehaben und die Früchte seiner Tyrannei genießen. In seiner Phantasie wurde etwas gleichermaßen Großes nie erträumt geschweige denn erreicht. Kein Herrscher wird je der Unsterblichkeit so nahe kommen.«

»Was kannst du mir sonst noch verraten?«

Leoma rang die Hände. »Nichts. Ich habe Euch alles erzählt. Laßt Ihr mich gehen, Verna?«

»Küsse deinen Ringfinger, und bitte den Schöpfer um Vergebung.«

»Was?«

»Sag dich vom Hüter los. Das ist deine einzige Hoffnung, Leoma.«

Leoma schüttelte den Kopf. »Das kann ich nicht, Verna. Das tue ich nicht.«

Verna hatte keine Zeit zu verlieren. Ohne ein weiteres Wort und ohne Diskussion ergriff sie ihr Han. Licht schien aus dem Inneren von Leomas Augen zu dringen, als sie tot zu Boden stürzte.

Verna schlich lautlos ans Ende des menschenleeren Korridors, zu Schwester Simonas Zelle. Erfreut darüber, daß sie wieder nach Belieben über ihr Han verfügen konnte, brachte sie den Schild zu Fall. Sie klopfte behutsam, um sie nicht zu erschrecken. Als sie hörte, wie Simona in die entlegene Ecke krabbelte, öffnete sie die Tür.

»Simona, ich bin es, Verna. Hab keine Angst, Liebes.«

Simona stieß einen gräßlichen Schrei aus. »Er kommt! Er kommt!«

Verna entzündete eine sanfte Glut aus Han in ihrer Hand. »Ich weiß. Du bist nicht verrückt, Schwester Simona. Er kommt wirklich.«

»Wir müssen fliehen! Wir müssen fort!« jammerte sie. »Oh, bitte, wir müssen fort von hier, bevor er hierher kommt. Er erscheint mir in meinen Träumen und verdirbt mich. Ich habe solche Angst.« Sie warf sich nieder und küßte ihren Ringfinger.

Verna nahm die zitternde Frau in die Arme. »Simona, hör mir gut zu. Ich weiß einen Weg, dich vor dem Traumwandler zu retten. Ich kann dich in Sicherheit bringen. Wir können fliehen.«

Die Frau beruhigte sich und blickte Verna staunend an. »Ihr glaubt mir?«

»Ja. Ich weiß, daß du die Wahrheit sprichst. Aber du mußt mir auch glauben: Ich kenne eine Magie, die dich vor dem Traumwandler beschützen wird.«

Simona wischte sich die Tränen von der verschmierten Wange. »Ist das wirklich möglich? Wie ist das zu schaffen?«

»Erinnerst du dich an Richard? Den jungen Mann, den ich mitgebracht habe?«

Simona nickte lächelnd und schmiegte sich in Vernas Arme. »Wer könnte Richard je vergessen? Ärgernis und Wunder in einer Person.«

»Jetzt paß auf. Richard besitzt außer der Gabe eine Magie, die ihm von seinen Vorfahren, die gegen die ersten Traumwandler gekämpft haben, vererbt wurde. Es handelt sich um eine Magie, die auch ihn selbst vor den Traumwandlern schützt. Sie beschützt auch jeden anderen, der ihm die Treue schwört und ihm in jeder Hinsicht ergeben ist. Aus diesem Grund wurde der Bann ursprünglich auch ausgesprochen – um die Traumwandler zu bekämpfen.«

Simona riß die Augen auf. »Das kann nicht sein – daß bloße Ergebenheit Magie überträgt.«

»Leoma hat mich in eine Zelle am Ende des Korridors sperren lassen. Sie hat mir einen Ring um den Hals gelegt und die Schmerzensprüfung dazu benutzt, meinen Willen zu brechen und mich von Richard abzubringen. Sie erklärte mir, der Traumwandler habe mich – wie dich – in meinen Träumen heimsuchen wollen, doch meine Treue zu Richard habe ihn daran gehindert. Es funktioniert, Simona. Ich weiß nicht wie, aber es funktioniert. Ich bin vor dem Traumwandler geschützt. Und du kannst diesen Schutz ebenfalls erhalten.«

Schwester Simona strich sich ihre grauen Locken aus dem Gesicht. »Ich bin nicht verrückt, Verna. Ich will diesen Ring um meinen Hals loswerden. Ich will dem Traumwandler entkommen. Wir müssen fliehen. Was soll ich tun?«

Verna packte die zierliche Frau fester. »Willst du uns helfen? Willst du auch den übrigen Schwestern des Lichts bei der Flucht helfen?«

Simona berührte den Ringfinger mit ihren aufgeplatzten Lippen. »Bei meinem Eid auf den Schöpfer.«

»Dann schwöre auch einen Eid auf Richard. Du mußt mit ihm über die Bande verbunden sein.«

Simona löste sich und kniete nieder, mit der Stirn den Boden berührend. »Ich schwöre, Richard treu zu sein. Bei meiner Hoffnung, in der nächsten Welt bei meinem Schöpfer Zuflucht zu finden, gelobe ich ihm mein Leben.«

Verna drängte Simona, sich aufzurichten. Sie legte die Hände seitlich an ihren Rada'Han, ließ ihre Hand hineinfließen, wurde eins mit ihm. Die Zelle begann, unter ihrer Anstrengung zu summen. Der Halsring brach und löste sich.

Simona stieß einen Freudenschrei aus und drückte Verna an sich. Verna nahm sie fest in die Arme. Sie wußte, welche Freude es war, den Rada'Han vom Hals genommen zu bekommen.

»Wir müssen aufbrechen, Simona. Wir haben viel Arbeit vor uns und nur wenig Zeit. Ich brauche deine Hilfe.«

Simona wischte sich die Tränen fort. »Ich bin bereit. Danke, Prälatin.«

An der Tür, dessen Riegel durch ein feingesponnenes Netz gehalten wurde, vereinten Verna und Simona ihr Han.

Das Netz war von drei Schwestern errichtet worden, und obwohl Verna genügend Kraft besaß, wäre es immer noch ein hartes Stück Arbeit gewesen, es aufzulösen. Dank Simonas zusätzlicher Hilfe glitt das Netz mühelos ab.

Die beiden Posten draußen vor der Tür machten ein überraschtes Gesicht, als sie die verdreckten Gefangenen erblickten. Sie senkten die Lanzen.

Verna erkannte einen der Posten wieder. »Walsh, du kennst mich. Jetzt nimm die Lanze hoch.«

»Ich weiß, daß man Euch als Schwester der Finsternis überführt hat.«

330

»Aber das wirst du doch nicht glauben, oder?«

Die Spitze kam ihrem Gesicht bedrohlich nahe. »Wie kommt Ihr darauf?«

»Wenn es wahr wäre, hätte ich dich einfach getötet, um zu fliehen.«

Er schwieg einen Augenblick und dachte nach. »Sprecht weiter.«

»Wir befinden uns im Krieg. Der Kaiser möchte die Welt in seine Gewalt bringen. Dazu benutzt er die wahren Schwestern der Finsternis, Leoma zum Beispiel, und die neue Prälatin, Ulicia. Du kennst sie, und du kennst mich. Wem glaubst du?«

»Nun … ich bin nicht sicher.«

»Dann laß es mich so ausdrücken, daß es klar wird. Erinnerst du dich an Richard?«

»Natürlich. Er ist ein Freund.«

»Richard befindet sich im Krieg mit der Imperialen Ordnung. Es ist an der Zeit, und du mußt dich für eine Seite entscheiden und dafür, wem du treu sein willst, hier und jetzt. Richard oder der Imperialen Ordnung.«

Er rang mit sich selbst, die Lippen aufeinandergepreßt. Schließlich senkte sich das untere Ende seiner Lanze mit einem dumpfen Schlag zu Boden. »Richard.«

Die Blicke des anderen Postens wanderten zwischen Walsh und Verna hin und her. Plötzlich stieß er seine Lanze nach vorn und schrie: »Die Imperiale Ordnung!«

Verna hatte ihr Han bereits fest im Griff. Bevor die Klinge sie erreichte, wurde der Mann mit solcher Wucht zurückgeworfen, daß sein Schädel bei dem Aufprall an der Wand zerplatzte. Er stürzte tot zu Boden.

»Ich denke, ich habe mich wohl richtig entschieden«, meinte Walsh.

»Das hast du allerdings. Wir müssen die wahren Schwestern des Lichts und die treuen jungen Zauberer holen und augenblicklich von hier verschwinden. Wir haben keinen Augenblick zu verlieren.«

331

»Gehen wir«, meinte Walsh und wies mit seiner Lanze den Weg. Draußen in der warmen Nachtluft saß eine dürre Gestalt auf einer nahen Bank. Als sie sie erkannte, sprang sie auf.

»Prälatin!« flüsterte sie unter Freudentränen.

Verna drückte Millie so fest an sich, daß die alte Frau bat, befreit zu werden. »Oh, Prälatin, verzeiht die häßlichen Dinge, die ich gesagt habe. Ich habe kein einziges Wort davon wirklich gemeint, das schwöre ich.«

Verna, den Tränen nahe, drückte die Frau noch einmal, dann küßte sie sie ein dutzendmal auf die Stirn. »Oh, Millie, ich danke dir. Du bist des Schöpfers bestes Werk. Ich werde nie vergessen, was du für mich und für die Schwestern des Lichts getan hast. Wir müssen fliehen, Millie. Der Kaiser wird den Palast übernehmen. Wirst du uns begleiten, bitte, damit du in Sicherheit bist?«

Millie zuckte mit den Achseln. »Ich? Eine alte Frau? Auf der Flucht vor mörderischen Schwestern der Finsternis und Ungeheuern der Magie?«

»Ja. Bitte?«

Millie betrachtete lächelnd den Mond. »Das klingt nach mehr Spaß, als Fußböden zu schrubben und Nachttöpfe auszuleeren.«

»Also gut, hört alle mal her. Wir …«

Ein großer Schatten trat hinter eine Ecke des Gebäudes hervor. Alles versank in Schweigen, als die Gestalt näher kam.

»Tja, Verna, sieht so aus, als hättet Ihr einen Ausweg gefunden. Damit hatte ich gerechnet.« Sie trat nah heran, so daß man sie sehen konnte. Es war Schwester Philippa, Vernas andere Beraterin, und sie küßte ihren Ringfinger. Dann weitete sich ihr schmaler Mund zu einem Lächeln. »Dem Schöpfer sei Dank. Willkommen daheim, Prälatin.«

»Philippa, wir müssen die Schwestern heute nacht fortschaffen, bevor Jagang eintrifft, sonst wird man uns gefangennehmen und mißbrauchen.«

»Was sollen wir tun, Prälatin?« fragte Schwester Philippa.

»Hört jetzt alle mal aufmerksam her. Wir müssen uns beeilen, und wir müssen mehr als vorsichtig sein. Wenn man uns erwischt, werden wir alle Halsringe tragen.«

Richard war von seiner Flucht aus dem Hagenwald außer Puste, daher verlangsamte er sein Tempo zum Trab, um wieder zu Atem zu kommen. Er sah Schwestern, die über das Palastgelände schlenderten, sie jedoch sahen ihn nicht. Obwohl er sich in sein Mriswithcape gehüllt hatte, konnte er nicht den gesamten Palast durchsuchen, das würde Tage dauern. Er mußte herausfinden, wo Kahlan, Zedd und Gratch gefangengehalten wurden, damit er nach Aydindril zurück konnte. Zedd würde wissen, was zu tun war.

Zedd würde ihm wegen seiner Dummheit wahrscheinlich heftige Vorwürfe machen, doch die hatte Richard auch verdient. Sein Magen schnürte sich zusammen, wenn er an den Ärger dachte, den er heraufbeschworen hatte. Nicht einmal, daß er seine törichte Unternehmung überlebt hatte, durfte er seiner Intelligenz zugute halten. Wie viele Leben hatte er durch sein rücksichtsloses Handeln in Gefahr gebracht?

Kahlan war wahrscheinlich mehr als wütend auf ihn. Und wieso auch nicht?

Mit Schaudern überlegte Richard, weshalb die Mriswiths nach Aydindril aufgebrochen waren. Wenn er an seine Freunde dort dachte, war ihm ganz scheußlich zumute. Vielleicht wollten sich die Mriswiths nur ein neues Zuhause schaffen, so wie den Hagenwald hier. Eine Stimme in seinem Innern hatte für dieses Wunschdenken nichts als Spott übrig. Er mußte dorthin zurück.

Hör auf, über das Problem nachzudenken, tadelte er sich. Denk an die Lösung.

Zuerst würde er seine Freunde hier rausholen, dann würde er sich um das übrige Gedanken machen.

Verwirrend war, daß man Kahlan, Zedd und Gratch ausgerechnet im Palast festhielt, trotzdem hegte er keinen Zweifel an dem, was Merissa ihm erzählt hatte. Sie war überzeugt gewesen, ihn in ihrer Gewalt zu haben, hatte also keinen Grund gehabt zu lügen. Er

333

konnte nicht begreifen, wieso die Schwestern der Finsternis ihren Fang an einem so riskanten Ort versteckten.

Richard blieb stehen. Eine kleine Gruppe von Leuten überquerte im Mondschein den Rasen. Er konnte nicht erkennen, wer es war, und wollte es gerade feststellen, entschied dann aber, daß sein erster Gedanke richtig gewesen war: Ann aufzusuchen. Die Prälatin würde ihm weiterhelfen können. Abgesehen von Prälatin Annalina und Schwester Verna wußte er nicht, welchen Schwestern er trauen konnte. Er wartete, bis die Leute sich durch einen überdachten Laubengang entfernt hatten, dann machte er sich auf den Weg.

Als er vor Monaten den Palast verlassen hatte, wußte er, daß sich unter den Magierinnen hier möglicherweise noch Schwestern der Finsternis befanden, und bestimmt waren sie es, die Kahlan versteckt hielten, nur wußte er nicht, wer diese Schwestern waren. Er konnte nach Verna suchen, wußte aber nicht, wo. Aber wo er die Prälatin finden konnte, wußte er. Dort würde er also beginnen.

Wenn nötig, würde er den Palast der Propheten Stein für Stein niederreißen, um Kahlan und seine Freunde zu finden, doch er war es leid, ein weiteres Mal gegen das Dritte Gesetz der Magie zu verstoßen, und beschloß, es diesmal wenigstens mit Vernunft zu versuchen.

Gütige Seelen, wo fing das eine an, wo endete das andere?

Am äußeren Tor, das in das Gelände der Prälatin führte, stand Kevin Andellmere Wache. Richard kannte Kevin; ihm konnte man vermutlich trauen. »Vermutlich trauen« reichte jedoch nicht, also hielt Richard das Mriswithcape fest um seinen Körper gehüllt und schlich an Kevin vorbei ins Innere des Geländes. In der Ferne konnte Richard das derbe Lachen mehrerer Männer hören, die einen Weg heraufkamen, aber sie waren noch ein gutes Stück entfernt.

Richard kannte die ehemaligen Beraterinnen der Prälatin. Eine war umgekommen, als die andere, Schwester Ulicia, die Prälatin überfallen hatte. Nach dem Überfall waren Schwester Ulicia und fünf weitere Schwestern der Finsternis an Bord eines Schiffes, der

334

Lady Sefa, entkommen. Die Schreibtische draußen vor dem Büro der Prälatin waren zur Zeit unbesetzt.

Weder im Korridor noch im Vorzimmer war irgend jemand, und die Tür zum Büro der Prälatin stand offen, also ließ Richard das Mriswithcape auseinanderfallen und lockerte seine Konzentration. Er wollte, daß Ann ihn erkannte.

Das Mondlicht, das durch die Doppeltür an der hinteren Seite des dunklen Raumes fiel, zeichnete ihren Umriß deutlich genug ab, um zu erkennen, daß sie im Sessel am Schreibtisch saß. Im schwachen Licht konnte er sehen, daß sie den Kopf gesenkt hielt. Offensichtlich war sie eingenickt.

»Prälatin«, rief er vorsichtig, um sie nicht aus dem Schlaf zu schrecken. Sie rührte sich nicht. Ihr Kopf kam ein kleines Stück hoch, sie hob die Hand. »Ich muß mit Euch sprechen, Prälatin. Hier ist Richard. Richard Rahl.«

Ein Glühen entzündete sich in ihrer Handfläche.

Schwester Ulicia sah lächelnd zu ihm hoch. »Zum Sprechen bist du gekommen, ja? Wie überaus interessant. Nun, ein Gespräch käme sehr gelegen.«

Als ihr boshaftes Grinsen breiter wurde, machte Richard einen Schritt zurück, während seine Hand zum Schwert griff.

Er hatte kein Schwert.

Er hörte, wie sich die Tür mit einem Knall hinter ihm schloß.

Er wirbelte herum und erblickte vier seiner Ausbilderinnen: die Schwestern Tovi, Cecilia, Armina und Merissa. Als sie näher kamen, sah er, daß sie alle einen Ring durch die Unterlippe trugen. Nur Nicci fehlte. Sie alle grinsten wie hungrige Kinder, die nach drei Fastentagen auf ein Stück Kuchen starren.

Richard spürte, wie das Verlangen in seinem Inneren zu brennen begann.

»Bevor du irgendeine Dummheit machst, Richard, solltest du besser erst einmal zuhören, oder du stirbst auf der Stelle.«

Er hielt inne und sah Merissa an. »Wieso seid Ihr schneller wieder hier als ich?«

Sie zog die Brauen über den finsteren, boshaften Augen hoch. »Ich bin auf meinem Pferd zurückgeritten.«

Richard drehte sich wieder zu Ulicia um. »Das alles war geplant, nicht wahr? Das habt Ihr getan, um mich in die Falle zu locken.«

»Ganz recht, mein Junge, und du hast deine Rolle vorzüglich gespielt.«

Er zeigte nach hinten auf Merissa, während er zu Ulicia sprach. »Woher wußtet Ihr, daß ich nicht getötet werden würde, als sie mich von diesem Turm hinunterwarf?«

Ulicias Lächeln erlosch, als sie Merissa wütend ansah. Der Blick verriet Richard, daß Merissa sich über ihre Anweisungen hinweggesetzt hatte.

Ulicia fixierte Richard wieder. »Entscheidend ist, daß du hier bist. So, und jetzt beruhige dich, sonst kommt noch jemand zu Schaden. Du bist vielleicht mit beiden Seiten der Gabe geboren worden, aber auch uns stehen beide Seiten der Magie zur Verfügung. Selbst wenn es dir gelänge, eine oder zwei von uns zu töten, so kannst du uns unmöglich alle erwischen – und dann wird Kahlan sterben.«

»Kahlan …« Richard funkelte sie wütend an. »Ich höre.«

Ulicia faltete die Hände. »Hör zu, Richard, du hast ein Problem. Zu deinem Glück haben wir auch eins.«

»Was für ein Problem?«

Ihr Blick wurde härter, bekam etwas kalt Drohendes. »Jagang.«

Die anderen gingen um den Tisch herum und stellten sich neben Ulicia. Ihnen allen war das Lächeln vergangen. Der Ekel in ihrem Blick, als der Name des Kaisers fiel, selbst bei den freundlich wirkenden Tovi und Cecilia, schien Stein verbrennen zu können.

»Du mußt verstehen, Richard, es ist fast Zeit, zu Bett zu gehen.«

Richard runzelte die Stirn. »Was?«

»Du bekommst in deinen Träumen keinen Besuch von Kaiser Jagang. Wir schon. Er wird für uns allmählich zum Problem.«

Richard spürte die Beherrschung, mit der sie ihre Stimme zügelte. Diese Frau wollte etwas, das wichtiger war als das Leben selbst.

336

»Probleme mit dem Traumwandler, Ulicia? Nun, das ist mir fremd. Ich schlafe selig wie ein kleines Kind.«

Normalerweise wußte Richard, wann ein Mensch mit der Gabe sein Han berührte, er fühlte es oder sah es bei der betreffenden Person in den Augen. Die Luft um diese Frauen knisterte heftig. Hinter all diesen Augen schien genügend Energie verborgen, um einen Berg zum Schmelzen zu bringen. Und das war offenbar noch nicht genug. Offenbar war ein Traumwandler ein ernstzunehmender Gegner.

»Also gut, Ulicia, kommen wir zur Sache. Ich will Kahlan, und Ihr wollt auch etwas. Was?«

Ulicia befingerte den Ring an ihrer Lippe und wich seinem Blick aus. »Die Sache muß entschieden werden, bevor wir einschlafen. Ich habe meinen Schwestern soeben von dem Plan erzählt, den ich mir ausgedacht habe. Nicci konnten wir nicht finden, um sie teilhaben zu lassen. Wenn wir schlafen gehen, bevor die Angelegenheit entschieden ist, und eine von uns davon träumt …«

»Entschieden? Ich will Kahlan. Sagt mir einfach, was Ihr wollt.«

Ulicia räusperte sich. »Wir wollen dir die Treue schwören.«

Richard starrte fassungslos, konnte nicht einmal mit den Augen blinzeln. Hatte er tatsächlich gehört, was er meinte, gehört zu haben? »Ihr seid Schwestern der Finsternis. Ihr kennt mich, und Ihr wollt mich töten. Wie könnt Ihr Euren Eid an den Hüter brechen?«

Ulicia hob den eisenharten Blick. »Ich habe nicht gesagt, daß wir dergleichen wollen. Ich sagte, wir wollen dir die Treue schwören, hier, in der Welt des Lebendigen. In Anbetracht der Lage glaube ich nicht, daß beides unvereinbar ist.«

»Nicht unvereinbar! Seid Ihr jetzt auch noch verrückt geworden?«

Ihre Augen bekamen etwas Unheilverkündendes. »Möchtest du sterben? Willst du, daß Kahlan stirbt?«

Richard bemühte sich, Ruhe in seine Gedanken zu bringen. »Nein.«

»Dann sei still und hör zu. Wir haben etwas, das du willst. Du hast etwas, das wir wollen. Jeder von uns hat seine Bedingungen. Du, zum Beispiel, willst Kahlan, aber du willst sie lebend und wohlauf. Ist das korrekt?«

Richard zahlte ihr den unheilvollen Blick mit gleicher Münze heim. »Das wißt Ihr doch. Aber wie kommt Ihr darauf, ich würde einen Pakt mit Euch schließen? Ihr habt versucht, Prälatin Anna umzubringen.«

»Nicht nur versucht, es ist mir auch gelungen.«

Richard schloß die Augen und stöhnte gequält auf. »Ihr gebt zu, sie umgebracht zu haben, und dann erwartet Ihr, ich würde darauf vertrauen ...«

»Meine Geduld neigt sich dem Ende zu, junger Mann, und deiner zukünftigen Braut läuft die Zeit davon. Wenn du sie nicht fortschaffst, bevor Jagang hier eintrifft, dann, das versichere ich dir, besteht keine Hoffnung, daß du sie je wiedersiehst. Du hast keine Zeit, nach ihr zu suchen.«

Richard schluckte. »Also gut. Ich höre.«

»Du hast das Schloß am Tor des Hüters in diese Welt wieder angebracht und damit unsere Pläne durchkreuzt. Dadurch hast du zudem die Macht des Hüters in dieser Welt verringert und das Gleichgewicht zwischen ihm und dem Schöpfer wiederhergestellt. In diesem von dir geschaffenen Gleichgewicht macht Jagang nun seinen entscheidenden Zug, um die Welt an sich zu reißen.

Er hat sich auch unserer bemächtigt. Er kann uns jederzeit heimsuchen, wann immer es ihm beliebt. Wir sind seine Gefangenen, ganz gleich, wo wir sind. Er hat uns vor Augen geführt, was für ein unangenehmer Verfolger er sein kann. Für uns gibt es nur eine einzige Möglichkeit, ihm zu entkommen.«

»Ihr meint die Bande zu mir.«

»Ja. Wenn wir also Jagangs Anweisungen folgen, werden wir auch weiterhin in seiner Gunst stehen – sozusagen. Das ist zwar ... unerfreulich, aber wir werden leben. Wir wollen leben.

Wenn wir dir Treue schwören, können wir den Zugriff, den Jagang auf uns hat, brechen und entkommen.«

»Das heißt, Ihr wollt ihn töten«, merkte Richard an.

Ulicia schüttelte den Kopf. »Wir wollen sein Gesicht nie wieder sehen. Was er tut, ist uns egal, wir wollen nur aus seiner Gewalt befreit werden.

Ich will dir reinen Wein einschenken. Wir werden wieder unserem Herrscher, dem Hüter, dienen. Haben wir Erfolg damit, werden wir belohnt werden. Ich weiß nicht, ob wir Erfolg haben werden, das jedoch ist das Risiko, das du eingehen mußt.«

»Was soll das heißen, das ist das Risiko, das ich eingehen muß? Wenn Ihr mir über die Bande verpflichtet seid, dann müßt Ihr auch für meine Ziele arbeiten: gegen den Hüter kämpfen und gegen die Imperiale Ordnung kämpfen.«

Ulicias Lippen verzogen sich zu einem schlauen Lächeln. »Nein, mein Junge. Ich habe mir das sehr sorgfältig überlegt. Hier ist mein Angebot: Wir schwören dir Treue, du fragst uns, wo Kahlan ist, und wir verraten es dir. Im Gegenzug darfst du uns keine weiteren Fragen stellen und mußt uns erlauben, augenblicklich von hier aufzubrechen. Du wirst uns nicht wiedersehen, und wir werden dich nicht wiedersehen.«

»Aber wenn Ihr für den Hüter arbeitet, dann geht es gegen mich und verletzt die Bande. Es wird nicht funktionieren.«

»Du betrachtest es mit deinen Augen. Der Schutz, den deine Bande liefern, entsteht durch die Überzeugung der Person, die in die Pflicht genommen wurde – indem sie tut, was sie ihrer Treue für angemessen hält.

Du willst die Welt erobern. Du glaubst, dies geschähe zum Wohl der Menschen in der Welt. Haben alle Menschen, die du auf deine Seite hast ziehen wollen, dir geglaubt, sind sie dir alle treugeblieben? Oder haben manche deine wohlmeinenden Angebote anders gesehen, als einen Mißbrauch, und sind aus Angst vor dir geflohen?«

Richard mußte an die Menschen denken, die aus Aydindril geflohen waren. »Nun ja, in gewisser Weise kann ich das wohl verstehen, aber ...«

339

»Wir betrachten Treue nicht so moralisch wie du, wir legen sie nach unseren eigenen Begriffen aus. Unserem Empfinden als Schwestern der Finsternis nach brechen wir die Treue zu dir nicht, solange wir nichts tun, was dir unmittelbar schadet – denn was dir nicht schadet, kommt dir ausdrücklich zugute.«

Richard stemmte seine Fäuste auf den Tisch und beugte sich zu ihr. »Ihr wollt den Hüter befreien. Das wird mir schaden.«

»Das ist Ansichtssache, Richard. Was wir wollen, ist Macht, genau wie du, unabhängig von der Moral, in die du deinen Ehrgeiz bettest.

Unsere Bemühungen sind nicht gegen dich gerichtet. Sollten wir im Namen des Hüters erfolgreich sein, dann wäre jeder besiegt, also auch Jagang, und es spielt keine Rolle, ob wir am Ende den Schutz der Bande verlieren. Das entspricht vielleicht nicht deiner Moral, aber es entspricht unserer, daher werden die Bande funktionieren.

Und wer weiß, durch irgendein Wunder könnte es sogar geschehen, daß du deinen Krieg gegen die Imperiale Ordnung gewinnst und Jagang tötest. Dann brauchen wir die Bande ebenfalls nicht mehr. Wir können geduldig abwarten und sehen, was geschieht. Sei nur nicht so töricht, nach Aydindril zurückzugehen. Jagang wird es zurückerobern, und es gibt nichts, was du dagegen machen kannst.«

Richard richtete sich auf und sah sie verblüfft an, versuchte, sich das zurechtzulegen. »Aber ... das würde bedeuten, daß ich Euch freilasse, damit Ihr für das Böse arbeiten könnt.«

»Das Böse, entsprechend deiner Moral. Die Wahrheit ist, du gibst uns die Möglichkeit, es zu versuchen, aber das heißt nicht, daß wir es schaffen. Wie auch immer, es verschafft dir Kahlan sowie die Möglichkeit, die Imperiale Ordnung aufzuhalten und unsere Versuche, unseren Kampf zu gewinnen, zum Scheitern zu bringen. Du hast uns in der Vergangenheit schon einmal einen Strich durch die Rechnung gemacht.

Damit erkauft sich jeder von uns etwas sehr Wichtiges. Wir erkaufen uns unsere Freiheit und Kahlan die ihre. Ein fairer Tausch, wie ich finde.«

Schweigend überlegte sich Richard dieses wahnwitzige Angebot, so verzweifelt war er.

»Wenn Ihr Euch also unterwerft und mir Eure Treue schwört und mir verratet, wo Kahlan ist, und Euch dann wie vorgeschlagen von hier entfernt, welche Sicherheit habe ich dann, daß Ihr mir in bezug auf Kahlans Aufenthaltsort die Wahrheit gesagt habt?«

Ulicia hob herausfordernd den Kopf und lächelte gerissen. »Ganz einfach. Wir schwören, und du fragst. Wenn wir auf deine direkte Frage lügen, sind die Bande gebrochen, und wir wären wieder in der Gewalt Jagangs.«

»Und wenn ich mein Versprechen breche und Euch, nachdem Ihr mir verraten habt, wo Kahlan ist, eine weitere Forderung stelle? Ihr müßtet Eure Versprechen erfüllen, um weiter durch die Bande vor Jagang geschützt zu bleiben.«

»Aus diesem Grund enthält unser Angebot die Bedingung, daß du nur eine einzige Frage stellen darfst: Wo ist Kahlan. Fragst du weiter, werden wir dich töten, desgleichen, wenn du uns abweist. Dann wären wir nicht schlimmer dran als jetzt auch. Du stirbst, und Jagang bekommt Kahlan und kann mit ihr machen, was ihm beliebt – und das wird er, das versichere ich dir. Er hat sehr perverse Vorlieben.« Ihr Blick wanderte zu der jungen Frau neben ihr. »Du brauchst nur Merissa zu fragen.«

Richard blickte Merissa an und sah, wie ihr das Blut aus dem Gesicht wich. Sie zog ihr rotes Kleid weit genug hinunter, um ihm die obere Hälfte ihrer Brust zu zeigen. Richard spürte, wie er selbst bleich wurde. Er wandte die Augen ab.

»Er läßt nur zu, daß mein Gesicht verheilt. Der Rest bleibt auf sein Geheiß, wie es ist – zu seinem … Vergnügen. Das ist noch das geringste, was er mir angetan hat. Das allergeringste«, meinte Merissa mit kalter Stimme. »Und alles wegen dir, Richard Rahl.«

Ein Bild schoß Richard durch den Kopf, Kahlan mit Jagangs Ring durch die Lippe und diesen unheimlichen Flecken auf ihrem Körper. Seine Knie wurden wackelig.

Er biß sich auf die Unterlippe und sah Ulicia wieder an .»Ihr seid nicht die Prälatin. Gebt mir ihren Ring.« Sie streifte ihn ohne zu zögern ab und gab ihn ihm. »Ihr werdet mir Treue schwören, ich darf fragen, wo Kahlan ist, Ihr müßt mir die Wahrheit sagen, und dann verschwindet Ihr von hier?«

»So lautet unser Angebot.«

Richard stieß einen schweren Seufzer aus. »Abgemacht.«

Als Richard die Tür hinter sich geschlossen hatte, schloß Ulicia die Augen und atmete befreit auf. Er hatte es eilig. Das war ihr egal, sie hatte bekommen, was sie wollte. Sie konnte schlafen gehen, ohne befürchten zu müssen, daß Jagang sie in dem Traum, der keiner war, heimsuchte.

Ihre fünf Leben gegen eines. Kein schlechter Tausch.

Und sie hatte ihm nicht einmal alles verraten müssen. Allerdings mehr, als ihr lieb war. Trotzdem, kein schlechter Tausch.

»Schwester Ulicia«, sagte Cecilia mit einem Unterton von Sicherheit in der Stimme, den sie seit Monaten hatte vermissen lassen, »du hast das Unmögliche geschafft. Du hast Jagangs Macht über uns gebrochen. Die Schwestern der Finsternis sind frei, und gekostet hat uns das nichts.«

Ulicia atmete tief durch. »Dessen wäre ich nicht so sicher. Wir haben unseren Fuß auf unbekanntes Terrain gesetzt und wissen nicht, ob uns dieser Weg ans Ziel bringt. Fürs erste jedoch sind wir frei. Wir dürfen unsere Chance nicht verspielen. Wir müssen augenblicklich aufbrechen.«

Sie hob den Kopf, als die Tür mit einem Knall aufgestoßen wurde.

Grinsend kam Kapitän Blake ins Büro gewankt. In seinem Schlepptau folgten zwei feixende Matrosen, von denen einer seine Schritte bremste, um Armina zu betatschen. Sie machte keinerlei Anstalten, seine Hände abzuwehren.

Blake blieb schwankend vor ihr stehen. Er stützte seine Hände auf den Tisch und beugte sich vor. Sie roch den Schnaps in seinem Atem, als er sie lüstern ansah.

342

»Sieh an, sieh an, Mädchen. So treffen wir uns wieder.«

Ulicia ließ sich keine Regung anmerken. »So ist es, in der Tat.«

Er hatte den gierigen Blick zu tief gesenkt, um ihr in die Augen zu sehen. »Die *Lady Sefa* ist gerade eingelaufen, und wir Seeleute waren einsam und fanden, wir sollten für die Nacht etwas Gesellschaft haben. Das letzte Mal haben die Jungs mit Euch Damen so großen Spaß gehabt, so daß sie meinten, sie würden das Ganze gerne wiederholen.«

Sie täuschte einen eingeschüchterten Tonfall vor. »Hoffentlich habt ihr euch vorgenommen, behutsamer zu sein als letztes Mal.«

»Genaugenommen, Mädchen, meinten die Jungs, sie seien beim letzten Mal noch nicht so recht auf ihre Kosten gekommen.« Er beugte sich noch weiter vor, langte mit seiner rechten Hand zu, packte ihre Brustwarze und zerrte sie in ihrem Sessel nach vorn. Er feixte, als sie schrie. »Also, bevor ich üble Laune bekomme, schafft ihr Weiber euren Hintern mit uns zusammen auf die *Lady Sefa*, wo wir ihn einem ›guten Zweck‹ zuführen werden.«

Ulicia riß ihre Faust nach vorn, rammte dem Kapitän ein Messer durch den Rücken seiner linken Hand und nagelte sie auf dem Tisch fest. Mit einem Finger ihrer anderen Hand berührte sie den Ring an ihrer Lippe, und dank eines Stroms Subtraktiver Magie verschwand er blitzschnell, ohne eine Spur zu hinterlassen.

»Genau, Kapitän Blake, gehen wir alle zusammen runter zur *Lady Sefa.*«

Mit einer Handvoll Han prügelte sie ihn zurück, so daß das im Tisch versenkte Messer seine Hand in zwei Teile schlitzte, als diese zurückgerissen wurde. Die Luft blieb ihm im Halse stecken, als er den Mund aufmachte, um zu schreien.

24. Kapitel

Irgend etwas geht dort draußen vor«, flüsterte Adie. »Das sind sie bestimmt.« Sie fixierte Kahlan mit ihren weißen Augen. »Willst du das wirklich? Ich bin bereit, aber ...«

»Wir haben keine andere Wahl«, meinte Kahlan und blickte kurz ins Feuer, um sich zu vergewissern, daß es noch richtig brannte. »Wir müssen entkommen. Wenn es uns nicht gelingt zu entkommen und wir getötet werden, nun, dann wird Richard wenigstens nicht herkommen und ihnen in die Falle gehen. Dann kann er mit Zedds Hilfe die Menschen in den Midlands beschützen.«

Adie nickte. »Versuchen wir's also.« Sie seufzte. »Ich weiß, es ist wichtig, daß sie das tut, aber ich weiß nicht, warum.«

Adie hatte Kahlan erzählt, daß Lunetta etwas sehr Seltsames tat: Sie hüllte sich ständig in ihre Kraft. So etwas sei dermaßen außergewöhnlich, hatte Adie gemeint, daß dafür ein mit Magie ausgestatteter Talisman vonnöten war. In Lunettas Fall kam für diesen Talisman nur eins in Frage.

»Wie du gesagt hast, auch wenn du den Grund nicht kennst, sie würde es niemals tun, wenn es nicht wichtig wäre.«

Kahlan legte einen Finger an die Lippen, als sie den Fußboden auf dem Korridor knarren hörte. Adies grau-schwarzes, kinnlanges Haar wehte hin und her, während sie rasch die Kerze ausblies und hinter die Tür trat. Das Feuer gab noch immer Licht, doch das Flackern der Flammen ließ die Schatten tanzen und würde das allgemeine Durcheinander noch vergrößern.

Die Tür ging auf. Kahlan, die Adie gegenüber auf der anderen Seite der Tür stand, atmete tief durch und nahm ihren Mut zusammen. Sie hoffte, daß sie den Schild entfernt hatten, sonst würden sie völlig umsonst in große Schwierigkeiten geraten.

Zwei Gestalten traten ins Zimmer. Sie waren es.

»Was willst du hier, du schmieriger, kleiner Teufel!« brüllte Kahlan.

Brogan, gefolgt von Lunetta, fiel mit Beschimpfungen über Kahlan her. Sie spie ihm in die Augen.

Das Gesicht gerötet, versuchte er, sie zu packen. Kahlan riß ihren Stiefel zwischen seinen Beinen hoch. Lunetta langte nach ihm, als er einen Schrei ausstieß. Von hinten zog Adie der Magierin einen Scheit über den vierschrötigen Kopf.

Brogan warf sich auf Kahlan, rang mit ihr, boxte sie in die Rippen. Adie bekam Lunettas bunt zusammengeflicktes Kleid zu fassen, als diese stürzte. Das Ganze riß entzwei, als Adie, mit gewaltiger Anstrengung und von Verzweiflung getrieben, die fast besinnungslose Frau aus ihren Flickenkleidern rollte.

Benommen und schwerfällig schrie Lunetta auf, als Adie mit ihrer Beute herumwirbelte und das Ganze in die brüllenden Flammen warf.

Kahlan sah, wie die bunten Stoffflicken im Kamin Feuer fingen, als sie und Brogan zu Boden gingen. Sie wuchtete ihn über sich hinweg, als sie krachend auf dem Boden landete, rollte ab und kam auf die Füße. Als Brogan sich umdrehte, um wieder Boden unter die Füße zu bekommen, trat sie ihm ins Gesicht.

Lunetta kreischte gequält. Kahlan ließ Brogan nicht aus den Augen, als dieser mit blutiger Nase aufsprang. Bevor er sie erneut angreifen konnte, erblickte er hinter Kahlan seine Schwester und erstarrte.

Kahlan warf rasch einen Blick nach hinten. Eine Frau grabschte mit den Händen wild im Feuer herum, versuchte erfolglos, die lichterloh brennenden Flicken bunten Stoffes zu retten.

Die Frau war Lunetta.

Es war eine attraktive, ältere Frau in einem weißen Unterkleid.

Kahlan bekam große Augen, als sie das sah. Was war aus Lunetta geworden?

Brogan brüllte, als hätte er den Verstand verloren. »Lunetta! Wie

345

kannst du einen Betörungsbann vor anderen aussprechen! Wie kannst du es wagen, Magie zu benutzen, damit sie glauben, du seist schön! Hör sofort damit auf! Dein Makel ist die Häßlichkeit!«

»Lord General«, jammerte sie, »meine hübschen Sachen. Meine hübschen Sachen verbrennen. Bitte, mein Bruder, helft mir.«

»Du dreckige *streganicha*! Hör auf, sage ich!«

»Ich kann nicht«, schluchzte sie. »Ohne meine hübschen Sachen kann ich das nicht.«

Mit einem wütenden Grunzen stieß Brogan Kahlan zur Seite und stürzte zum Feuer. Er riß Lunetta an den Haaren hoch und schlug ihr mit der Faust ins Gesicht. Sie kippte nach hinten um und riß Adie mit zu Boden.

Er trat seine Schwester, als sie versuchte aufzustehen. »Ich habe genug von deinem Ungehorsam und deinem heidnischen Makel!«

Kahlan keuchte und versuchte, Luft zu kriegen. »Du dreckiges Schwein! Laß deine wunderschöne Schwester in Ruhe!«

»Sie ist verrückt! Die verrückte Lunetta!«

»Hör nicht auf ihn, Lunetta! Dein Name bedeutet ›Kleiner Mond‹. Hör nicht auf ihn.«

Kreischend vor Wut streckte Brogan die Hände nach Kahlan aus. Mit lautem Krachen erfüllte ein Blitz das Zimmer. Brogan verfehlte sie nur, weil er vor Wut die Beherrschung verloren hatte und wild um sich schlug. Putz und andere Trümmer flogen durch die Luft.

Kahlan war fast gelähmt vor Verblüffung. Tobias Brogan, der Lord General des Lebensborns aus dem Schoß der Kirche, jener Mann, der sich der Vernichtung der Magie verschrieben hatte, besaß die Gabe.

Mit einem erneuten Aufschrei schleuderte Brogan eine Faust voll Luft, die Kahlan mitten auf die Brust traf und sie krachend gegen die Wand schleuderte. Sie sank benommen und wie betäubt auf dem Boden in sich zusammen.

Lunettas Schreie wurden lauter, als sie sah, was Brogan getan hatte. »Nein, Tobias, Ihr dürft Euren Makel nicht benutzen!«

Er fiel über seine Schwester her, würgte sie, hämmerte ihren Kopf auf den Boden. »Du bist es, die das getan hat! Du hast den Makel benutzt! Du hast einen Betörungsbann benutzt. Du hast den Blitz erzeugt!«

»Nein, Tobias, Ihr wart es, der das getan hat. Ihr dürft von Eurer Gabe keinen Gebrauch machen. Mama hat mir gesagt, daß Ihr sie auf keinen Fall benutzen dürft.«

Er packte ihr weißes Unterkleid mit einer Faust und riß sie hoch. »Wovon redest du? Was hat Mama dir gesagt, du widerwärtige *streganicha*?«

Die attraktive Frau keuchte und schnappte nach Luft. »Daß Ihr derjenige seid, mein Bruder. Der zur Größe bestimmt ist. Sie sagte, ich muß verhindern, daß die Menschen auf mich aufmerksam werden – damit sie nur Euch beachten. Sie sagte, Ihr seid es, der wichtig ist. Aber sie meinte auch, Ihr dürftet Eure Gabe auf keinen Fall benutzen.«

»Du lügst! Mama hat nie dergleichen gesagt! Mama wußte nichts davon!«

»Doch, Tobias, das hat sie. Auch sie war ein wenig von der Gabe beeinflußt. Die Schwestern kamen, um Euch mitzunehmen. Wir haben Euch geliebt und wollten nicht, daß sie den kleinen Tobias abholen.«

»Ich bin nicht mit dem Makel behaftet.«

»Doch, es ist wahr, mein Bruder. Sie meinten, Ihr habet die Gabe, und wollten Euch zum Palast der Propheten bringen. Mama meinte zu mir, wenn sie ohne Euch zurückgingen, würden sie andere schicken. Wir haben sie getötet. Mama und ich. Daher stammt auch die Narbe an Eurem Mund – von dem Kampf mit ihnen. Sie meinte, wir müßten sie töten, damit sie keine anderen schicken. Sie meinte, ich müsse verhindern, daß Ihr je Gebrauch von Eurer Gabe macht, sonst würden sie Euch holen.«

Brogans Brust hob und senkte sich vor Zorn. »Alles Lügen! Du hast den Blitz erzeugt, und du benutzt wegen der anderen den Betörungsbann.«

»Nein«, weinte sie. »Sie haben meine hübschen Sachen verbrannt. Mama meinte, die Größe sei dein Schicksal, es könne aber auch alles verdorben werden. Sie brachte mir bei, wie ich die hübschen Sachen benutzen kann, um mein Äußeres zu verbergen und dich daran zu hindern, deine Gabe zu benutzen. Wir wollten, daß du ein großer Mann wirst.

Jetzt sind meine hübschen Sachen dahin. Ihr habt den Blitz erzeugt.«

Brogan starrte mit wildem Blick ins Leere, so als sähe er Dinge, die keiner der anderen sah. »Das ist nicht der Makel«, sagte er leise. »Das bin ich allein. Der Makel ist böse. Das ist nicht böse. Das bin ich allein.«

Brogans Augen fanden ein neues Ziel, als er sah, wie Kahlan sich bemühte aufzustehen. Im Zimmer blitzte es grell auf, als er einen weiteren Blitz durchs Zimmer schleuderte. Er scharrte unter der Decke über ihrem Kopf entlang, während sie zur Tür stürzte. Brogan sprang auf, um sich auf sie zu werfen.

»Tobias! Halt! Ihr dürft Eure Gabe nicht benutzen!«

Tobias Brogan starrte sie mit einer unheimlichen Ruhe an. »Das ist ein Zeichen. Die Zeit ist gekommen. Ich habe es immer gewußt.« Blaue Lichtblitze zuckten zwischen seinen Fingerspitzen, als er eine Hand vor sein Gesicht hielt. »Das ist nicht der Makel, Lunetta, sondern göttliche Kraft. Der Makel wäre häßlich. Dies ist wunderschön.

Der Schöpfer hat sein Recht verwirkt, mir zu befehlen. Der Schöpfer ist ein Verderbter. Nun habe ich die Macht. Die Zeit, sie zu gebrauchen, ist gekommen. Jetzt muß ich über die Menschheit zu Gericht sitzen.« Er drehte sich zu Kahlan um. »Jetzt bin ich der Schöpfer.«

Lunetta hob flehend einen Arm. »Tobias, bitte –«

Er wirbelte zu ihr zurück. Tödliche Schlangen aus Licht wanden sich um seine Hände. »Was ich habe, ist voller Schönheit. Ich will nichts mehr hören von deinem Schmutz und deinen Lügen. Du und Mama, ihr seid Verderbte.« Er zog sein Schwert, dessen Klinge vom Licht umwunden wurde, und schwenkte es in der Luft.

Sie runzelte vor Konzentration die Stirn »Ihr dürft Eure Gabe nicht benutzen, Tobias. Auf keinen Fall.« Das flackernde Licht an seinen Händen erlosch.

»Was mein ist, werde ich auch benutzen!« Das Licht an seinen Fingern leuchtete erneut auf und tanzte an der Klinge entlang. »Ich bin jetzt der Schöpfer. Ich habe die Macht, und ich sage, du mußt sterben!«

In seinen Augen leuchtete der Wahnsinn, als er wie versteinert auf das Licht starrte, das an seinen Fingerspitzen knisterte.

»Dann«, flüsterte Lunetta, »seid Ihr der wahre Verderbte, und ich muß Euch vernichten, wie Ihr es mir beigebracht habt.«

Eine glühende Linie hellroten Lichts flackerte in Lunettas Hand auf und durchbohrte Tobias Brogans Herz.

In der rauchgeschwängerten Stille tat er einen letzten Atemzug und brach zusammen.

Da sie nicht wußte, wie Lunetta reagieren würde, bewegte Kahlan sich nicht und verhielt sich so mucksmäuschenstill wie ein Kitz im Gras. Adie streckte sachte eine Hand aus und redete mit tröstlichen Worten in ihrer Muttersprache auf sie ein.

Lunetta schien sie nicht zu hören. Ausdruckslos kroch sie zur Leiche ihres Bruders und nahm seinen Kopf in den Schoß. Kahlan glaubte, sich übergeben zu müssen.

Plötzlich trat Galtero ins Zimmer.

Er packte Lunetta an den Haaren und riß ihren Kopf nach hinten. Kahlan inmitten der Trümmer an der Wand hinter ihm bemerkte er nicht.

»*Streganicha*«, stieß er wüst hervor.

Lunetta machte keinerlei Anstalten, Widerstand zu leisten. Offenbar war sie völlig weggetreten. Ganz in der Nähe lag Brogans Schwert. Kahlan stürzte sich darauf. Verzweifelt packte sie die Waffe und hob sie auf. Sie war nicht schnell genug.

Galtero schlitzte Lunetta mit dem Messer die Kehle auf. Noch bevor Lunetta auf dem Boden lag, durchbohrte ihn Kahlan mit dem Schwert.

Als er wankte, riß sie das Schwert heraus. »Adie, bist du verletzt?«

»Äußerlich nicht, mein Kind.«

Kahlan packte Adies Hand, und als sie nach einer sorgfältigen Untersuchung zu der Gewißheit gelangt war, daß Lunetta den Schild tatsächlich entfernt hatte, bevor sie das Zimmer betreten hatten, traten die beiden nach draußen auf den Korridor.

Auf jeder Seite lag die Leiche einer Schwester: ihrer beiden Wachen. Lunetta hatte die zwei umgebracht.

Kahlan hörte Stiefel, die die Treppe heraufgepoltert kamen. Adie und sie sprangen über das blutige Chaos am anderen Ende des Korridors hinweg und rannten den Dienstbotenaufgang hinunter durch den Hintereingang nach draußen. Sie sahen sich im Dunkeln um, sahen niemand, hörten aber in der Ferne einen Tumult – das Klirren von Stahl. Zusammen, Hand in Hand, rannten sie um ihr Leben.

Kahlan spürte, wie ihr die Tränen übers Gesicht liefen.

Mit gesenktem Kopf, damit die Schwester sie nicht erkannte, durchquerte Ann den schwachbeleuchteten Gewölbekeller. Zedd folgte ihr auf dem Fuße. Die Frau hinter dem Tisch erhob sich mit einem mißtrauischen Stirnrunzeln und trat ihr entschlossen entgegen.

»Wer ist da?« fuhr Schwester Becky sie schroff an. »Hier unten darf niemand mehr hinein. Alle sind dahingehend unterrichtet worden.«

Ann spürte, wie Schwester Becky ihr mit ihrem Han einen Stoß versetzte und sie zum Stehen brachte, als sie auf sie zugelaufen kam. Als Ann den Kopf hob, riß die andere Schwester die Augen auf.

Ann durchbohrte sie mit dem Dacra, und ihre Augen schienen von innen her aufzublitzen, bevor die Frau zusammenbrach.

Zedd sprang zur Seite. »Du hast sie getötet! Du hast gerade eine schwangere Frau getötet!«

»Du warst es«, erwiderte Ann leise, »der das Todesurteil über sie gesprochen hat. Ich bete darum, daß du die Hinrichtung einer

350

Schwester der Finsternis und nicht einer Schwester des Lichts angeordnet hast.«

Zedd riß sie am Arm herum. »Hast du den Verstand verloren, Frau?«

»Ich habe den Schwestern des Lichts befohlen, den Palast zu verlassen. Ich habe ihnen erklärt, daß sie fliehen müssen. Zahllose Male habe ich dich gebeten, mich das Reisebuch benutzen zu lassen. Ich brauchte eine Bestätigung, daß sie getan haben, wie ihnen befohlen worden war. Du hast dich geweigert, mir die Benutzung des Reisebuches zu erlauben, daher muß ich annehmen, daß meine Anweisungen befolgt worden sind.«

»Das ist keine Entschuldigung dafür, sie umzubringen! Du hättest sie einfach außer Gefecht setzen können!«

»Wenn meine Befehle befolgt worden sind, dann ist sie eine Schwester der Finsternis. In einem fairen Kampf gegen eine von ihnen habe ich keine Chance. Du auch nicht. Das Risiko durften wir nicht eingehen.«

»Und wenn sie nicht eine der Schwestern des Hüters ist?«

»Ich konnte nicht das Leben aller anderen dem Zufall überlassen.«

In Zedds Augen blitzte kalte Wut. »Du bist verrückt.«

Ann zog eine Braue hoch. »Ach, ja? Du würdest also das Leben Hunderttausender wegen eines einzigen Menschen aufs Spiel setzen, von dem du einigermaßen sicher bist, daß er dein Feind ist und zudem entschlossen, dich aufzuhalten? Sind das die Entscheidungen, durch die du zum Zauberer Erster Ordnung aufgestiegen bist?«

Er ließ ihren Arm los. »Also schön, da ist etwas dran. Was willst du?«

»Sieh erst im Gewölbekeller nach und überzeuge dich, daß dort nicht noch andere sind.«

Die beiden stahlen sich an jeweils einer Wand entlang. Ann blickte immer wieder zwischen die Reihen mit Bücherregalen hindurch, um zu beobachten, ob der alte Zauberer das tat, was sie ihm gesagt hatte. Sollte er zu fliehen versuchen, konnte sie ihn mittels des Rada'Han zurückholen, und das wußte er.

Sie mochte Richards Großvater, doch die Notlage machte es erforderlich, daß sie seinen Haß anstachelte. Sie mußte einen Wutanfall bei ihm provozieren, damit er bereitwillig die Chance ergriff, die sie ihm bot.

Sie erreichten den hinteren Bereich des düsteren Gewölbekellers und waren niemandem sonst begegnet. Ann küßte ihren nackten Ringfinger und dankte dem Schöpfer. Sie verdrängte die Gefühle nach ihrem Mord an Schwester Becky und sagte sich, daß diese nicht die Gewölbekeller bewacht hätte, wäre sie nicht dem Hüter verschworen und eine Schachfigur des Kaisers. Sie versuchte, nicht an das unschuldige Ungeborene zu denken, das sie mit der Schwester getötet hatte.

»Und jetzt?« fauchte Zedd sie an, als sie sich hinten in der Nähe einer der kleinen, geheimen Kammern trafen.

»Nathan wird seinen Teil tun. Ich habe dich hierhergebracht, damit du deinen Teil tust, die andere Hälfte dessen, was notwendig ist.

Der Palast steht unter einem Bann, der vor dreitausend Jahren eingerichtet wurde. Es ist mir gelungen herauszufinden, daß es sich dabei um ein sich gabelndes Netz handelt.«

Zedds Brauen schossen in die Höhe. Seine Neugier war stärker als seine Empörung. »Das ist eine gewagte Behauptung. Ich habe noch nie von jemandem gehört, der in der Lage gewesen wäre, ein sich gabelndes Netz zu spinnen. Bist du sicher?«

»Heutzutage kann niemand mehr ein solches Netz spinnen, doch die Zauberer von damals hatten noch die Kraft dazu.«

Zedd fuhr sich mit dem Daumen über das glatte Kinn und starrte Löcher in die Luft. »Ja, ich kann mir vorstellen, daß sie die Kraft dazu hatten.« Sein Blick kehrte zu ihren Augen zurück. »Zu welchem Zweck?«

»Der Bann verändert den Ort, an dem der Palast steht. Der äußere Schild, wo wir Nathan zurückgelassen haben, ist die Hülle, die alles umschließt. Sie erzeugt jene Umgebung, in der die eine

Hälfte in dieser Welt bestehen kann. Der Bann hier, auf der Insel, steht mit anderen Welten in Verbindung. Unter anderem verändert er die Zeit. Deswegen altern wir langsamer als die Menschen, die außerhalb des Banns leben.«

Der alte Zauberer dachte nach. »Ja, das wäre eine Erklärung.«

Ann löste den Blick von seinen Augen. »Nathan und ich, wir sind beide fast eintausend Jahre alt. Ich war fast acht Jahrhunderte lang Prälatin der Schwestern des Lichts.«

Zedd strich sich das Gewand an seinen knochigen Hüften glatt. »Ich habe gehört, daß der Bann die Lebensdauer verlängert, um euch die Zeit zu geben, euer widerliches Werk zu tun.«

»Zedd, als die Zauberer damals dazu übergingen, eifersüchtig über ihre Kraft zu wachen und sich zu weigern, junge Burschen mit der Gabe auszubilden, weil sie dadurch verhindern wollten, daß jemand ihre Vormachtstellung bedroht, wurde der Orden der Schwestern des Lichts gegründet. Sie sollten diesen jungen Burschen helfen, weil sie sonst gestorben wären. Nicht jedem gefällt diese Vorstellung, aber so ist es nun einmal.

Ist kein Zauberer da, der ihnen hilft, fällt diese Aufgabe uns zu. Wir haben nicht das gleiche Han wie Männer, deswegen dauert es sehr lange, die Aufgabe auszuführen. Der Halsring hält sie am Leben. Er verhindert, daß die Gabe ihnen Schaden zufügt, sie in den Wahnsinn treibt, bevor wir ihnen beibringen können, was sie wissen müssen.

Der Bann rings um den Palast gibt uns die nötige Zeit dazu. Er wurde für uns vor dreitausend Jahren errichtet, als uns ein paar Zauberer bei unserer Sache halfen. Sie hatten die Kraft, ein sich gabelndes Netz auszuwerfen.«

Zedds Neugier war geweckt. »Ja. Ja, ich verstehe, was du meinst. Durch eine Gabelung würde die Kraft umgekehrt werden, in etwa so, wie man ein Stück Darm verdreht. Und dadurch würde ein Bereich geschaffen, in dessen Zentrum außergewöhnliche Dinge möglich wären. Die Zauberer aus alter Zeit waren zu Dingen fähig, von denen ich nur träumen kann.«

Ann war stets auf der Hut und versicherte sich ständig, daß sie alleine waren. »Durch eine Gabelung wird ein Netz in sich verdreht, so daß ein äußerer und ein innerer Bereich entstehen. Es gibt zwei Knotenpunkte, wie bei dem verdrehten Darm, von dem du sprachst, dort, wo die eigentliche Verdrehung stattfinden müßte: einer am äußeren Schild und der andere am inneren.«

Zedd sah sie aus einem Auge an. »Der Knotenpunkt in der inneren Hälfte aber, wo das eigentliche Ereignis stattfindet, ist anfällig für einen Durchbruch. Obschon aus der Notwendigkeit heraus entstanden, ist das eine gefährliche Schwachstelle. Weißt du, wo der innere Knotenpunkt liegt?«

»Wir stehen mitten drin.«

Zedd richtete sich auf. Er sah sich um. »Ja, ich sehe, welche Überlegungen hier eingeflossen sind – man hat ihn in den Mutterfels gelegt, unter alles andere, wo er am besten geschützt ist.«

»Das ist auch der Grund, weshalb wir auf der gesamten Insel Drahle grundsätzlich Zaubererfeuer verbieten, wegen der entfernten Möglichkeit, daß es Verwüstungen anrichten könnte.«

Zedd winkte gedankenverloren ab. »Nein, nein. Zaubererfeuer könnte einem solchen Knotenpunkt nichts anhaben.« Er drehte sich mit einem mißtrauischen Blick zu ihr um. »Was tun wir eigentlich hier?«

»Ich habe dich hierhergebracht, um dir Gelegenheit zu geben, was du tun willst – den Bann zu zerstören.«

Er sah sie erstaunt an. Schließlich sprach er. »Nein. Das wäre nicht richtig.«

»Zauberer Zorander, das ist ein höchst ungeeigneter Augenblick für moralische Bedenken.«

Er verschränkte die dürren Arme. »Dieser Bann wurde von Zauberern eingerichtet, die größer sind, als ich je sein werde, größer, als ich es mir überhaupt vorstellen kann. Es ist ein Wunder, ein Werk vollkommenen Könnens. Ein solches Werk werde ich nicht zerstören.«

»Ich habe das Abkommen gebrochen!«

Zedd hob sein Kinn. »Der Bruch des Abkommens verurteilt jede Schwester, die die Neue Welt betritt, zum Tode. Wir sind nicht in der Neuen Welt. Ein Bruch des Abkommens besagt nicht, daß ich in die Alte Welt gehen und Schaden anrichten soll. Nach den Regeln des Abkommens habe ich dazu kein Recht.«

Sie beugte sich mit finsterer Miene näher. »Du hast mir versprochen, wenn ich dich mit dem Halsring fortschaffe und deine Freunde in Gefahr bringe, würdest du in meine Heimat kommen und den Palast der Propheten verwüsten. Jetzt gebe ich dir Gelegenheit dazu.«

»Das war ein spontaner, leidenschaftlicher Ausbruch. Inzwischen ist wieder Vernunft in meinen Kopf eingekehrt.« Er fixierte sie mit finster tadelndem Blick. »Du hast mich mit krummen Tricks und hinterhältigen Täuschungsmanövern davon überzeugen wollen, daß du eine gemeine, verabscheuungswürdige, unmoralische Missetäterin bist, aber es ist dir nicht gelungen, mich zu täuschen. Du bist kein übler Kerl.«

»Ich habe dich in Fesseln gelegt. Ich habe dich gewaltsam entführt!«

»Ich werde dein Zuhause und dein Leben nicht zerstören. Wenn ich es täte und den Bann zerstörte, würde das den Alltag der Schwestern des Lichts verändern und im Grunde ihr Leben vorzeitig beenden. Die Schwestern und ihre Schutzbefohlenen leben nach einem Zeitmaßstab, der mir seltsam erscheinen mag, für sie jedoch ist er normal.

Die Lebensdauer hängt von der Wahrnehmung ab. Wenn eine Maus mit einer Lebensdauer von nur wenigen Jahren die Magie besäße, mein Leben ebenso kurz zu machen wie ihres, käme dies in meiner Wahrnehmung meiner Ermordung gleich, auch wenn die Maus den Eindruck hätte, sie ließe mir nicht weniger als die sonst übliche Lebensdauer. Das war es, was Nathan meinte, als er sagte, du würdest ihn umbringen.

Es würde bedeuten, das Leben der Schwestern auf dieselbe Dauer wie das der anderen Menschen zu verkürzen. In Anbetracht ihrer

Erwartungen und des Eides, den sie geleistet haben, wäre dies das gleiche, als würde man sie töten, bevor sie Gelegenheit hatten zu leben. Ich werde es nicht tun.«

»Wenn ich muß, Zauberer Zorander, werde ich den Halsring benutzen, um dir Schmerzen zuzufügen, bis du einwilligst.«

Er grinste geziert. »Du hast keine Vorstellung von den Schmerzensprüfungen, die ich bestanden habe, um Zauberer Erster Ordnung zu werden. Bitte, versuch dich nur an mir.«

Ann preßte verzweifelt die Lippen zusammen. »Aber du mußt! Ich habe dir einen Ring um den Hals gelegt! Ich habe schreckliche Dinge getan, nur um dich so wütend zu machen, daß du es tust! In der Prophezeiung heißt es, der Zorn eines Zauberers sei nötig, um unser Zuhause zu zerstören!«

»Du behandelst mich wie einen Tanzfrosch.« Er brachte sein Gesicht dichter an ihres heran. »Ich tanze nur, wenn ich die Melodie kenne.«

Ann sackte verzweifelt in sich zusammen. »Die Wahrheit ist, daß Kaiser Jagang den Palast der Propheten für seine eigenen Zwecke übernehmen will. Er ist ein Traumwandler und hat die Macht über die Gedanken der Schwestern der Finsternis. Er will die Prophezeiungen dazu benutzen, die Gabelungen zu finden, die er braucht, um den Krieg zu gewinnen. Dann wird er Hunderte von Jahren unter dem Schutz des Banns leben und die Welt und alle darin beherrschen, als wären sie sein Eigentum.«

Zedd musterte sie mit finsterer Miene. »Also, das bringt mein Blut zum Kochen. Das ist nun wirklich ein Grund, für den es sich lohnt, den Palast zu zerstören. Verdammt, Frau, warum hast du mir nicht von Anfang an die Wahrheit gesagt?«

»Nathan und ich haben Hunderte von Jahren an dieser Gabelung in den Prophezeiungen gearbeitet. Die Prophezeiung besagt, daß ein Zauberer den Palast in einem Wutanfall dem Erdboden gleichmachen wird. Ein Scheitern wäre eine zu düstere Aussicht. Daher tat ich das, was meiner Vermutung nach funktionieren würde. Ich versuchte, dich so wütend zu machen, daß du den Palast der Propheten

356

zerstörst.« Ann rieb sich die müden Augen. »Es war eine Verzweiflungstat, die aus einer verzweifelten Notlage heraus erfolgte.«

Zedd grinste. »Eine Verzweiflungstat. Das gefällt mir. Ich mag
Frauen, die das gelegentliche Bedürfnis nach einer Verzweiflungstat
zu würdigen wissen. Das beweist Charakter.«

Ann riß an seinem Ärmel. »Dann wirst du es also tun? Wir haben keine Zeit zu verlieren. Die Trommeln haben aufgehört. Jagang
kann jeden Augenblick hier sein.«

»Ich werde es tun. Wir sollten aber besser zurück in die Nähe des
Eingangs gehen.«

Als sie wieder in der Nähe der riesigen runden Tür zu den Gewölbekellern waren, griff Zedd in eine Tasche und zog etwas hervor, das wie ein Stein aussah. Er warf ihn auf den Boden.

»Was ist das?«

Zedd sah über seine Schulter. »Nun, ich vermute, du hast Nathan
gesagt, er soll ein Lichtnetz auswerfen.«

»Ja. Außer Nathan, einigen Schwestern und mir selbst weiß niemand, wie man ein Lichtnetz spinnt. Ich glaube, Nathan verfügt
über genügend Kraft, den äußeren Knotenpunkt zu durchbrechen,
sobald der innere angegriffen wurde, aber ich weiß, daß keiner von
uns die Kraft hat, die hier erforderlich ist. Deswegen mußte ich dich
an diesen Ort bringen. Ich fürchte, nur ein Zauberer der Ersten
Ordnung besitzt die Kraft, die dazu nötig ist.«

»Tja, ich werde mein Bestes geben«, brummte Zedd, »aber ich
muß dir sagen, Ann, so anfällig ein Knotenpunkt sein mag, es handelt sich immer noch um einen Bann, den Zauberer eingerichtet haben, deren unermeßliche Kraft ich nur ahnen kann.«

Er machte eine kreisende Bewegung mit dem Finger, und der
Stein vor ihm auf dem Boden wuchs knackend und knisternd zu einem breiten, flachen Fels heran. Auf diesen stieg er.

»Verschwinde. Geh und warte draußen. Sieh nach, ob Holly in
Sicherheit ist, während ich hier beschäftigt bin. Wenn irgend etwas
schiefgeht und ich die Lichtkaskade nicht kontrollieren kann, hast
du keine Zeit mehr, von hier zu verschwinden.«

357

»Eine Verzweiflungstat, Zedd?«

Er antwortete mit einem Brummen, drehte sich wieder zum Raum um und hob seine Arme. Schon stiegen funkelnde Farben aus dem Fels empor und hüllten ihn in kreisende Balken summenden Lichts.

Ann hatte von Zaubererfelsen gehört, nie jedoch einen gesehen und wußte nicht, wie sie funktionierten. Sie konnte die Kraft spüren, die von dem alten Zauberer auszuströmen begann, nachdem er auf das Ding geklettert war.

Eilig verließ sie den Gewölbekeller, wie er es gewünscht hatte. Sie wußte nicht genau, ob sie den Raum zu ihrer eigenen Sicherheit verlassen sollte oder nur, damit sie nicht sah, wie er so etwas machte. Zauberer neigten gelegentlich dazu, ihre Geheimnisse zu hüten.

Holly schlang Ann ihre dünnen Arme um den Hals, als sich diese vor der dunklen Nische hinhockte.

»Ist jemand vorbeigekommen?«

»Nein, Ann«, flüsterte Holly.

»Gut. Mach mir ein bißchen Platz, und dann warten wir, bis Zauberer Zorander mit seiner Arbeit fertig wird.«

»Er brüllt ziemlich viel und sagt viele schlimme Wörter, und er fuchtelt mit den Armen herum, als wollte er ein Unwetter heraufbeschwören, aber ich glaube, er ist nett.«

»Ich glaube, dich stechen immer noch die Schneeflöhe.« Ann mußte in der Dunkelheit des winzigen Verstecks im Fels schmunzeln. »Aber wahrscheinlich hast du sogar recht.«

»Meine Großmutter wurde manchmal böse, zum Beispiel, wenn Leute uns etwas antun wollten. Aber dann sah man sofort, daß es ihr wirklich ernst war. Zauberer Zorander hat es nicht wirklich ernst gemeint. Er tut nur so.«

»Du bist scharfsinniger, als ich es war, Kind. Du wirst eine prächtige Schwester des Lichts abgeben.«

Ann drückte Hollys Kopf an ihre Schulter, während sie in der Stille warteten. Hoffentlich beeilte sich der Zauberer. Wenn man sie in den Gewölbekellern erwischte, gab es kein Entrinnen, und ein

358

Kampf mit den Schwestern der Finsternis würde trotz seiner Kraft sehr gefährlich werden.

Die Zeit zog sich quälend zäh dahin. An ihrem langsamen, gleichmäßigen Atem merkte Ann, daß Holly an ihrer Schulter eingeschlafen war. Das arme Ding hatte lange Zeit nicht genug Schlaf bekommen – wie keiner von ihnen, während sie sich tagsüber und auch den größten Teil der Nacht abgehetzt hatten, um rechtzeitig Tanimura zu erreichen und vor Jagang im Palast zu sein. Sie waren alle erschöpft.

Ann schreckte hoch, als jemand an der Schulter ihres Kleides zupfte. »Verschwinden wir von hier«, flüsterte Zedd.

Holly hinter sich herziehend, zwängte sie sich wieder aus ihrem Versteck hervor. »Hat es geklappt?«

Zedd, der mehr als gereizt wirkte, warf einen Blick nach hinten durch die riesige runde Tür, die in die Gewölbekeller führte.

»Ich bekomme das verdammte Ding nicht in Gang. Es ist, als wollte man unter Wasser ein Feuer anzünden.«

Sie packte sein Gewand mit einer Faust. »Zedd, wir müssen es tun.«

Er blickte sie beunruhigt an. »Ich weiß. Aber die, die dieses Netz gesponnen haben, hatten Subtraktive Magie. Ich habe nur Additive. Ich habe alles versucht, was ich kann. Das Netz rings um diesen Palast ist so fest, daß es mir nicht gelingt, eine Bresche hineinzuschlagen. Es ist unmöglich. Tut mir leid.«

»Ich habe ein Lichtnetz im Palast gewoben. Es ist möglich.«

»Ich habe nicht gesagt, ich hätte keines gewebt, ich kann es nicht entzünden. Jedenfalls nicht hier unten am Knotenpunkt.«

»Du hast versucht, es zu entzünden? Bist du verrückt?«

Er zuckte mit den Achseln. »Eine Verzweiflungstat, erinnerst du dich? Ich hatte den Verdacht, daß es nicht funktionieren würde, also mußte ich es ausprobieren. Das war auch gut so, sonst hätten wir geglaubt, es werde funktionieren. Das ist nicht der Fall. Es läßt sich nur mit einem Leben entzünden. Es will sich nicht entfalten und den Bann zerstören.«

Ann sackte in sich zusammen. »Zumindest wird es jeden töten, der diesen Raum betritt – was hoffentlich Jagang sein wird. Wenigstens solange, bis sie es entdecken. Dann werden sie den Schild seiner Energie berauben und die Gewölbe zur freien Verfügung haben.«

»Das werden sie teuer bezahlen müssen. Ich habe ein paar von meinen ›Tricks‹ dort zurückgelassen. Der Palast ist eine Todesfalle.«

»Können wir sonst nichts tun?«

»Es ist groß genug, um den gesamten Palast niederzureißen, aber ich kann es nicht auslösen. Wenn die Schwestern der Finsternis tatsächlich, wie du sagst, mit Subtraktiver Magie umgehen können, könnten wir doch eine von ihnen bitten, das Netz für uns zu entzünden.«

Ann nickte. »Mehr können wir also offenbar nicht tun. Müssen wir also darauf hoffen, daß die Dinge, die du dort zurückgelassen hast, sie töten. Vielleicht genügt das, auch wenn wir den Palast nicht zerstören können.« Sie ergriff Hollys Hand. »Wir sollten von hier verschwinden. Nathan wartet bestimmt schon. Wenn wir vor Jagangs Eintreffen nicht geflohen sind, entdecken die Schwestern uns.«

25. Kapitel

Als sie den Stahl im Mondschein aufblitzen sah, duckte Verna sich hinter einer Bank aus Stein. Von weiter unten auf dem Palastgelände hörte sie den Kampflärm. Ein paar der anderen hatten ihr erklärt, die Soldaten in den karminroten Capes seien erst vor kurzem eingetroffen, um sich der Imperialen Ordnung anzuschließen. Jetzt jedoch schienen sie entschlossen, jeden umzubringen, der ihnen zu nahe kam.

Zwei Männer in karminroten Capes rannten aus der Dunkelheit herauf. Aus der anderen Richtung, von dort, wo sie den Stahl hatte aufblitzen sehen, sprang jemand herbei und streckte sie im Nu nieder.

»Es sind zwei Soldaten des Lebensborns«, flüsterte eine Frauenstimme. Die Stimme klang vertraut. »Komm weiter, Adie.«

Eine weitere dürre Gestalt trat aus den Schatten hervor. Die Frau hielt ein Schwert, doch Verna hatte ihr Han, um sich zu verteidigen. Also riskierte sie es und richtete sich auf.

»Wer ist da? Zeigt euch.«

Das Mondlicht blinkte auf dem Schwert, als es gehoben wurde. »Wer will das wissen?«

Sie hoffte, sich keiner unsinnigen Gefahr auszusetzen, schließlich gab es auch Freunde unter den Frauen hier. Trotzdem hielt sie ihren Dacra weiter fest umklammert.

»Hier ist Verna.«

Die Gestalt im Schatten zögerte. »Verna? Schwester Verna?«

»Ja. Wer ist da?« fragte sie leise zurück.

»Kahlan Amnell.«

»Kahlan! Das kann nicht sein!« Verna lief hinaus in den Mondschein und kam wankend vor der Frau zum Stehen. »Gütiger

361

Schöpfer, sie ist es.« Verna schlang die Arme um sie. »Oh, Kahlan, ich hatte solche Angst, du wärst getötet worden.«

»Du kannst dir gar nicht vorstellen, Verna, wie ich mich freue, ein freundliches Gesicht zu sehen.«

»Wer ist bei dir?«

Eine alte Frau trat näher. »Es ist lange her, aber ich erinnere mich noch immer sehr gut an dich, Schwester Verna.«

Verna starrte sie an, versuchte das Gesicht der alten Frau irgendwo unterzubringen. »Tut mir leid, aber ich erkenne dich nicht wieder.«

»Ich bin Adie. Ich war eine Zeitlang hier, vor fünfzig Jahren, in meiner Jugend.«

Vernas Brauen schossen in die Höhe. »Adie! An eine Adie kann ich mich erinnern!«

Verna verschwieg, daß sie Adie als ganz junge Frau in Erinnerung hatte. Sie hatte längst gelernt, dergleichen für sich zu behalten. Die Menschen in der Außenwelt lebten nach einem anderem Zeitgefühl.

»Vielleicht erinnerst du dich noch an meinen Namen, aber nicht an mein Gesicht. Er ist sehr lange her.« Adie umarmte Verna herzlich. »Ich habe dich nicht vergessen. Du warst freundlich zu mir, als ich hier war.«

Kahlan unterbrach das kurz Schwelgen in Erinnerungen. »Verna, was wird hier gespielt? Wir wurden vom Lebensborn in den Palast verschleppt und konnten nur mit knapper Not entkommen. Wir müssen fort, doch wie es scheint, bricht hier gerade ein Kampf aus.«

»Das ist eine lange Geschichte, und im Augenblick fehlt mir die Zeit, euch das alles zu erzählen. Ich bin nicht einmal sicher, ob ich überhaupt alles weiß. Aber du hast recht, wir müssen sofort fliehen. Die Schwestern der Finsternis haben den Palast übernommen, und Kaiser Jagang von der Imperialen Ordnung kann jeden Moment eintreffen. Ich muß die Schwestern des Lichts fortbringen. Kommst du mit?«

Kahlan suchte die Rasenflächen ab, ob ihnen Unheil drohte. »Na gut. Vorher muß ich jedoch Ahern holen. Er hat immer treu zu uns gehalten. Ich kann ihn nicht zurücklassen. Wie ich Ahern kenne, wird er sein Gespann und seine Kutsche mitnehmen wollen.«

»Es sind noch immer Schwestern unterwegs, die alle Getreuen versammeln wollen«, sagte Verna. »Wir wollen uns gleich dort drüben treffen, auf der anderen Seite der Mauer. Der Wachposten neben dem Tor ist Richard treu ergeben, wie auch all die anderen, die die Tore in dieser Mauer bewachen. Sein Name ist Kevin. Man kann ihm vertrauen. Wenn du zurückkommst, sag ihm einfach, du seist eine Freundin von Richard. Die Parole kennt er. Er wird dich in das Gelände hineinlassen.«

»Er ist Richard treu ergeben?«

»Ja. Beeil dich. Ich muß hinein und einen Freund rausholen. Dein Freund wird sein Gespann allerdings nicht auf diesem Weg hierherbringen können. Das Palastgelände verwandelt sich zunehmend in ein Schlachtfeld. Das schafft er niemals.

Die Stallungen sind an der Nordseite. Auf diesem Weg werden wir auch fliehen. Ich lasse die kleine Brücke dort von Schwestern bewachen. Sag dem Kutscher, er soll Richtung Norden fahren, bis zur ersten Farm auf der rechten Seite mit einer niedrigen Steinmauer rings um den Garten. Das ist unser Ausweichtreffpunkt, und dort ist es sicher. Fürs erste, jedenfalls.«

»Ich werde mich beeilen«, versprach Kahlan.

Verna packte sie am Arm. »Falls es dir nicht gelingt, rechtzeitig zurückzukommen, werden wir nicht auf dich warten können. Ich muß einen Freund abholen, und dann müssen wir fliehen.«

»Ich verlange nicht, daß du wartest. Keine Sorge, ich muß ebenfalls fort von hier. Ich glaube, ich bin ein Köder, der Richard herlocken soll.«

»Richard!«

»Das ist auch eine lange Geschichte, aber ich muß fort, bevor sie mich dazu benutzen können, ihn herzulocken.«

Plötzlich leuchtete die Nacht auf, wie von einem Blitz erhellt, nur daß das Licht nicht wie ein Blitz wieder erlosch. Alles wandte sich nach Südosten um, und man sah gewaltige Feuerbälle, die in den

363

Nachthimmel hinaufwallten. Dichter, schwarzer Rauch stieg auf. Der gesamte Hafen schien in Flammen zu stehen. Riesige Schiffe wurden von gewaltigen Wassersäulen in die Luft geschleudert. Dann bebte der Erdboden, und gleichzeitig erzitterte die Luft vom Poltern ferner Explosionen.

»Gütige Seelen«, meinte Kahlan. »Was geschieht hier?« Sie sah sich um. »Die Zeit läuft uns davon. Adie, du bleibst bei den Schwestern. Ich bin hoffentlich bald zurück.«

»Ich kann dir den Rada'Han abnehmen«, rief Verna noch, aber zu spät. Kahlan war bereits in die Schatten davongeeilt.

Verna ergriff Adies Arm. »Komm. Ich bringe dich zu den Schwestern hinter der Mauer. Eine von ihnen wird dir dieses Ding abnehmen, während ich hineingehe.«

Klopfenden Herzens schlich Verna durch die Korridore im Trakt des Propheten, nachdem sie Adie bei den anderen zurückgelassen hatte. Während sie immer tiefer in die dunklen Korridore vordrang, machte sie sich mit der Möglichkeit vertraut, daß Warren nicht mehr lebte. Sie wußte nicht, was man mit ihm angestellt hatte oder ob man einfach beschlossen hatte, ihn auszuschalten. Sie glaubte, es nicht ertragen zu können, seine Leiche zu finden.

Nein. Jagang brauchte einen Propheten, der ihm bei den Büchern half. Ann hatte ihr – mittlerweile schien es Ewigkeiten her zu sein – befohlen, ihn augenblicklich fortzuschaffen.

Dann kam ihr der Gedanke, vielleicht wollte Ann, daß sie Warren fortschaffte, damit die Schwestern der Finsternis ihn nicht umbrachten, weil er zuviel wußte. Sie verbannte den quälenden Gedanken aus ihrem Kopf, derweil sie die Korridore nach irgendeinem Anhaltspunkt dafür absuchte, daß die Schwestern der Finsternis sich in das Gebäude geschlichen hatten, um sich vor der Schlacht zu verstecken.

Vor der Tür zu den Gemächern der Propheten holte Verna tief Luft, dann trat sie in das Wohnzimmer, durch Schichten von Schilden hindurch, die Nathan annähernd eintausend Jahre im Palast gefangengehalten hatten – und jetzt Warren.

Sie durchbrach die Innentür, die in die Dunkelheit führte. Die gegenüberliegende Doppeltür, durch die man in den kleinen Garten des Propheten gelangte, stand offen und ließ die warme Nachtluft und einen Streifen Mondlicht herein. Auf einem Beistelltisch brannte eine Kerze, spendete aber nur wenig Licht.

Vernas Herz begann zu klopfen, als sie sah, wie jemand sich aus einem Sessel erhob.

»Warren?«

»Verna!« Er stürzte auf sie zu. »Dem Schöpfer sei Dank, Ihr seid entkommen!«

Verna fühlte, wie das Entsetzen nach ihr griff, als ihr Hoffen und Bangen ihre alten Ängste auslöste. Sie riß sich zusammen und drohte ihm mit dem Finger. »Was war das für eine Torheit, mir deinen Dacra zu schicken! Wieso hast du ihn nicht benutzt, dich selbst zu retten – und zu fliehen! Es war leichtsinnig, ihn mir zu schicken. Stell dir vor, es wäre etwas passiert. Du hattest ihn bereits sicher und hast ihn wieder aus der Hand gegeben! Was hast du dir dabei gedacht?«

Er lächelte. »Ich bin froh, Euch zu sehen, Verna.«

Verna verbarg ihre Gefühle hinter einer schroffen Erwiderung. »Beantworte meine Frage.«

»Nun, erst einmal hatte ich noch nie einen Dacra benutzt und Angst, ich könnte etwas falsch machen. Zweitens trage ich diesen Ring um den Hals, und solange ich ihn nicht herunterbekomme, kann ich die Schilde nicht passieren. Wenn ich Leoma nicht dazu bringen konnte, ihn mir abzunehmen, weil sie lieber sterben würde, als das zu tun, wäre alles umsonst gewesen.

Drittens«, sagte er und machte einen zögernden Schritt auf sie zu, »wenn nur einer von uns beiden die Chance bekäme zu fliehen, wollte ich, daß Ihr das seid.«

Verna starrte ihn eine ganze Weile an und konnte den Kloß in ihrem Hals nicht schlucken. Schließlich schlang sie ihm die Arme um den Hals.

»Warren, ich liebe dich. Ich meine, ich liebe dich wirklich und wahrhaftig.«

Er nahm sie zärtlich in den Arm. »Du weißt gar nicht, wie lange ich schon davon träume, diese Worte von dir zu hören, Verna. Ich liebe dich auch.«

»Und meine Fältchen?«

Er lächelte sein herzliches, warmes, glühendes Warrenlächeln. »Solltest du irgendwann einmal Fältchen bekommen, dann werde ich sie ebenfalls lieben.«

Dafür und für alles andere ließ sie sich fallen und küßte ihn.

Eine kleine Traube Männer in karminroten Capes schoß um die Ecke, entschlossen, ihn zu töten. Er wirbelte mitten unter sie, trat einem in die Knie, während er einem zweiten das Messer in den Leib rammte. Bevor ihre Schwerter ihm den Weg versperren konnten, hatte er einem weiteren die Kehle aufgeschlitzt und mit dem Ellenbogen eine Nase zertrümmert.

Richard war fuchsteufelswild – verloren im donnernden Zorn der Magie, die durch seinen Körper jagte.

Auch wenn das Schwert nicht bei ihm war, so war er immer noch im Besitz seiner Magie. Er war der wahre Sucher der Wahrheit und mit dieser Magie unwiderruflich verbunden. Sie durchflutete ihn mit todbringender Besessenheit. Die Prophezeiungen hatten ihn *fuer grissa ost drauka* genannt, Hoch-D'Haran für ›Der Bringer des Todes‹, und wie dessen Schatten bewegte er sich jetzt. Jetzt begriff er die Worte, so wie sie geschrieben waren.

Er pflügte durch die Männer des Lebensborns aus dem Schoß der Kirche, als wären sie nichts weiter als Statuen, die ein verheerender Sturm niederwarf.

Augenblicke später war alles wieder still.

Richard stand keuchend vor Wut über den Leichen und wünschte, es wären Schwestern der Finsternis und nicht bloß deren Günstlinge. Auf diese fünf hatte er es abgesehen.

Sie hatten ihm verraten, wo man Kahlan gefangengehalten hatte, bei seinem Eintreffen jedoch war sie nicht mehr dort gewesen. Noch immer hing Schlachtrauch in der Luft. Offenbar hatte die Raserei entfesselter Magie den Raum zerstört. Er hatte die Leichen von Brogan und Galtero gefunden, und die einer Frau, die er nicht kannte.

Möglicherweise hatte Kahlan, wenn sie überhaupt hier gewesen war, fliehen können. Die Befürchtung jedoch, daß die Schwestern sie hatten verschwinden lassen, daß sie noch immer eine Gefangene war, daß sie ihr weh taten oder, schlimmer noch, daß sie sie Jagang ausliefern würden, machte ihn rasend. Er mußte sie finden.

Er mußte eine Schwester der Finsternis in die Finger bekommen und sie zum Sprechen bringen.

Auf dem gesamten Palastgelände tobte ein chaotischer Kampf. Richard erschien es, als hätte es der Lebensborn auf jeden im Palast abgesehen. Er hatte tote Wachposten gesehen, tote Putzfrauen und tote Schwestern.

Und er hatte eine große Zahl toter Soldaten des Lebensborns gesehen. Die Schwestern der Finsternis mähten sie erbarmungslos nieder. Richard hatte gesehen, wie ein Trupp von annähernd einhundert Mann von einer einzigen Schwester im Nu niedergemäht worden war. Und er hatte gesehen, wie ein unbarmherziger Trupp Soldaten eine andere Schwester von allen Seiten her überrannt hatte. Sie waren über sie hergefallen wie ein Rudel Hunde über einen Fuchs.

Als er bei der Schwester eingetroffen war, die den Angriff niedergeschlagen hatte, war diese verschwunden, also machte er sich auf die Suche nach einer anderen. Eine von ihnen würde ihm verraten, wo Kahlan sich befand. Und wenn er alle Schwestern der Finsternis im Palast töten müßte, eine von ihnen würde reden.

Zwei Soldaten des Lebensborns erblickten ihn und stürmten den Pfad herauf. Richard wartete. Ihre Schwerter trafen nur die Luft. Er streckte die beiden mit seinem Messer nieder, fast ohne einen Gedanken darauf zu verschwenden, und war schon wieder unterwegs, bevor der zweite Soldat ganz mit dem Gesicht auf dem Boden lag.

Er hatte den Überblick verloren, wie viele Soldaten des Lebensborns er seit Beginn der Schlacht getötet hatte. Er fraß sich nur

367

dann durch sie hindurch, wenn sie ihn angriffen. Er konnte nicht allen Soldaten ausweichen, auf die er stieß. Wenn sie sich auf ihn stürzten, so war dies ihre Entscheidung, nicht seine. Auf sie hatte er es nicht abgesehen – sondern auf eine Schwester.

Nahe bei einer Mauer drückte Richard sich unter einer Gruppe duftender, einzeln stehender Hexenhaselnußsträucher in den Mondschatten und schlich auf einen der Laubengänge zu. Er sah, wie ein Schatten hastig den Weg verließ, und preßte sich flach an einen in der Wand eingelassenen Pfeiler. Im Näherkommen konnte er am Fall der Haare und an der Körperform erkennen, daß es eine Frau war.

Endlich hatte er eine Schwester gefunden.

Als er sich ihr in den Weg stellte, sah er, wie eine blutende Klinge auf ihn zugeschossen kam. Jede Schwester trug einen Dacra bei sich. Wahrscheinlich war es der und kein Messer. Er wußte, wie tödlich ein Dacra war und wie geschickt sie mit dieser Waffe umgehen konnten. Er durfte die Gefahr nicht auf die leichte Schulter nehmen.

Richard ließ sein Bein herumschnellen und trat ihr den Dacra aus der Hand. Er hätte ihr den Kiefer gebrochen, damit sie nicht nach Hilfe rufen konnte, doch er brauchte sie unverletzt, damit sie sprechen konnte. Wenn er schnell genug war, würde sie kein Alarm schlagen.

Er packte ihr Handgelenk, sprang hinter ihrem Rücken auf, packte ihre andere Faust, als sie ihn damit schlagen wollte, und umklammerte ihre beiden Handgelenke mit einer Hand. Von hinten legte er ihr den Arm mit dem Messer um den Hals, da wurde er mit einem Ruck zurückgeschleudert. Als er, die Frau vor sich auf der Brust, auf dem Rücken landete, hakte er seine Beine über ihre, damit sie ihn nicht treten konnte. Einen Herzschlag später saß sie hilflos gefangen.

Er drückte ihr die Klinge an die Kehle. »Ich bin in einer ganz miesen Laune«, preßte er zwischen zusammengebissenen Zähnen hervor. »Wenn du mir nicht sagst, wo die Mutter Konfessor ist, stirbst du.«

368

Sie kam keuchend wieder zu Atem. »Du schneidest ihr gleich die Kehle durch, Richard.«

Sein Verstand, so schien es, brauchte eine Ewigkeit, um ihre Worte durch seine Raserei hindurch zu verstehen und sich einen Reim auf das zu machen, was sie gesagt hatte. Es erschien ihm völlig rätselhaft.

»Gibst du mir einen Kuß, oder willst du mir die Kehle durchschneiden?« fragte sie, noch immer außer Atem.

Es war Kahlans Stimme. Er ließ ihre Handgelenke los. Sie drehte sich um, ihr Gesicht war nur Zentimeter von seinem entfernt. Sie war es. Sie war es tatsächlich.

»Gütige Seelen, ich danke euch«, sagte er leise, bevor er sie küßte.

Richard erinnerte sich noch sehr gut, wie sich ihre weichen Lippen anfühlten. Seine Erinnerung war nichts im Vergleich zur Wirklichkeit. Sein Zorn ließ nach, so wie sich ein See in einer sommerlichen Mondnacht glättet. Voller Sehnsucht und Glückseligkeit drückte er sie an sich.

Er berührte ihr Gesicht sacht mit den Fingern, berührte seinen wahr gewordenen Traum. Ihre Finger wanderten über seine Wange, während sie ihn ansah und ebensowenig wie er irgendwelcher Worte bedurfte. Für einen Augenblick schien die Welt stillzustehen.

»Kahlan«, sagte er schließlich, »ich weiß, du bist böse auf mich, aber ...«

»Nun, wenn ich mein Schwert nicht zerbrochen hätte und mir kein Messer hätte nehmen müssen, hättest du nicht so ein leichtes Spiel gehabt. Aber böse bin ich nicht.«

»Das habe ich nicht gemeint. Ich kann es erklären –«

»Ich weiß, was du gemeint hast, Richard. Ich bin nicht böse. Ich vertraue dir. Natürlich wirst du einiges erklären müssen, aber böse bin ich nicht. Du kannst mich nur mit einer Sache böse machen, wenn du dich nämlich für den Rest des Lebens noch einmal mehr als zehn Fuß von mir entfernst.«

Richard lächelte. »Dann wirst du also niemals böse auf mich sein.« Sein Lächeln erlosch, und sein Kopf sank mit dumpfem

Geräusch auf den Boden zurück. »Oh, doch, das wirst du. Du weißt gar nicht, wieviel Ärger ich verursacht habe. Gütige Seelen. Ich habe ...«

Sie küßte ihn erneut – zärtlich, sanft, voller Wärme. Er strich ihr mit der Hand über ihr langes, dichtes Haar.

Er hielt sie an den Schultern von sich fort. »Kahlan, wir müssen fort von hier. Jetzt gleich. Wir stecken in großen Schwierigkeiten. Ich stecke in großen Schwierigkeiten.«

Kahlan rollte von ihm herunter und setzte sich auf. »Ich weiß. Die Imperiale Ordnung rückt vor. Wir müssen uns beeilen.«

»Wo sind Zedd und Gratch? Gehen wir sie holen und verschwinden dann.«

Sie neigte den Kopf und sah ihn an. »Zedd und Gratch? Sind sie nicht bei dir?«

»Bei mir? Nein. Ich dachte, sie wären bei dir. Ich habe Gratch mit einem Brief losgeschickt. Gütige Seelen, erzähle mir nicht, du hast den Brief nicht bekommen. Kein Wunder, daß du nicht böse auf mich bist. Ich habe –«

»Den Brief habe ich bekommen. Zedd hat einen Zauber benutzt, um sich so leicht zu machen, daß Gratch ihn tragen konnte. Gratch hat Zedd schon vor Wochen nach Aydindril zurückgebracht.«

Richard fühlte eine heiße Woge von Übelkeit. Er mußte an die toten Mriswiths überall auf der Brustwehr der Burg denken.

»Ich habe sie nicht gesehen«, meinte er mit leiser Stimme.

»Vielleicht bist du vor ihrem Eintreffen aufgebrochen. Es muß dich Wochen gekostet haben, hierherzukommen.«

»Ich habe Aydindril gestern erst verlassen.«

»Was?« stieß sie leise mit aufgerissenen Augen hervor. »Wie ist das ...«

»Die Sliph hat mich hergebracht. Sie hat mich in weniger als einem Tag hierhergebracht. Zumindest glaube ich, daß es weniger als einen Tag gedauert hat. Es können auch zwei gewesen sein. Ich hatte keine Möglichkeit, das festzustellen. Der Mond jedenfalls scheint sich nicht verändert zu haben ...«

Richard merkte, wie unzusammenhängend er stammelte, und zwang sich, den Mund zu halten.

Kahlans Gesicht verschwamm ihm vor den Augen. Seine Stimme kam ihm hohl vor, so als spräche jemand anderes. »Oben auf der Burg fand ich eine Stelle, wo es zu einem Kampf gekommen war. Überall lagen tote Mriswiths. Ich weiß noch, wie ich dachte, daß es so aussähe, als hätte Gratch sie getötet. Das war am Rand einer hohen Mauer.

In einer Mauernische war Blut und an der Seitenwand der Burg bis unten hin. Ich habe meinen Finger durch das Blut gezogen. Mriswithblut stinkt. Ein Teil des Blutes stammte nicht von einem Mriswith.

Kahlan nahm ihn tröstend in die Arme.

»Zedd und Gratch«, sagte er leise. »Das muß einer von ihnen gewesen sein.«

Ihre Arme drückten ihn fester. »Tut mir leid, Richard.«

Er schob ihre Arme fort, stand auf und reichte ihr die Hand. »Wir müssen fort von hier. Ich habe etwas Schreckliches getan, und Aydindril ist in Gefahr. Ich muß dorthin zurück.«

Richards Blick fiel auf den Rada'Han. »Was macht denn das an deinem Hals?«

»Ich wurde von Tobias Brogan gefangengenommen. Das ist eine lange Geschichte.«

Sie hatte noch nicht ausgeredet, da hatte er die Finger bereits um den Ring geschlossen. Ohne nachzudenken, nur durch das Verlangen und seine rasende Wut, spürte er, wie die Kraft in seiner ruhigen Mitte anschwoll und durch seinen Arm strömte.

Der Halsring zerbröselte in seiner Hand wie von der Sonne ausgetrocknete Erde.

Kahlan betastete ihren Hals. Sie stieß einen Seufzer der Erleichterung aus, der einem Wimmern nahekam.

»Sie ist wieder da«, sagte sie leise, sich an ihn lehnend, und legte eine Hand auf ihr Brustbein. »Ich spüre meine Konfessorenkraft. Ich kann sie wieder berühren.«

Er drückte sie mit einem Arm. »Wir sollten schnell von hier verschwinden.«

»Ich habe Ahern gerade befreit. Dabei habe ich auch mein Schwert zerbrochen – auf einem Soldaten des Lebensborns. Er ist böse hingeschlagen«, fügte sie als Erklärung hinzu, als sie sein Stirnrunzeln bemerkte. »Ich habe Ahern gesagt, er soll mit den Schwestern nach Norden aufbrechen.«

»Schwester? Welche Schwestern?«

»Ich habe Schwester Verna gefunden. Sie sucht die Schwestern des Lichts, die jungen Männer, Novizinnen und Wachposten zusammen und flieht mit ihnen. Ich wollte mich mit ihnen treffen. Adie habe ich bei ihnen zurückgelassen. Beeil dich, dann können wir sie vielleicht noch abfangen, bevor sie aufbrechen. Sie sind nicht weit.«

Kevin klappte der Mund auf, als er hinter der Mauer hervortrat, um sich den beiden in den Weg zu stellen. »Richard!« sagte er leise. »Seid Ihr es wirklich?«

Richard lächelte. »Tut mir leid, Kevin, ich habe keine Pralinen dabei.«

Kevin schüttelte Richard die Hand. »Ich bin Euch ergeben, Richard. Fast alle der Wachposten sind Euch ergeben.«

Richard setzte im Dunkeln eine mißtrauische Miene auf. »Ich … fühle mich geehrt, Kevin.«

Kevin drehte sich um und rief in deutlich vernehmbarem Flüsterton. »Es ist Richard!«

Eine kleine Menschenmenge scharte sich um die beiden, nachdem er und Kahlan durch das Tor hinter die Mauer geschlüpft waren. Richard erblickte Verna im flackernden Schein der fernen Feuer unten bei den Hafenanlagen und schlang die Arme um sie.

»Verna, ich freue mich so, Euch wiederzusehen!« Er hielt sie mit gestreckten Armen von sich. »Aber ich muß Euch sagen, Ihr habt ein Bad nötig!«

Verna lachte. Ein wunderbarer Laut, den zu hören gut tat. Warren drückte sich an ihr vorbei und schloß Richard in die Arme.

372

Richard drückte Verna den Ring der Prälatin in die Hand und schloß ihre Finger um ihn. »Ich habe gehört, Ann sei gestorben. Das tut mir leid. Dies ist ihr Ring. Ich glaube, Ihr wißt mehr damit anzufangen als ich.«

Verna hielt sich die Hand näher vors Gesicht und starrte den Ring an. »Richard ... wo hast du ihn her?«

»Ich habe Schwester Ulicia dazu gebracht, ihn mir zu geben. Sie hatte kein Recht, ihn zu tragen.«

»Du hast ...«

»Verna wurde zur Prälatin ernannt, Richard«, meinte Warren und legte ihr zur Bekräftigung die Hand auf die Schulter.

Richard schmunzelte. »Ich bin stolz auf Euch, Verna. Steckt ihn also wieder an.«

»Richard, Ann ist nicht ... Man hat mir den Ring abgenommen ... ein Gericht hat mich verurteilt ... und als Prälatin abgesetzt.«

Schwester Dulcinia trat vor. »Wir wurden von den anderen überstimmt, aber wir haben alle an Euch geglaubt. Ihr wurdet von Prälatin Annalina ernannt. Steckt den Ring wieder an.«

Verna nickte den Schwestern unter Tränen dankbar zu, als diese erklärten, sie seien derselben Ansicht. Sie streifte den Ring wieder über ihren Finger und küßte ihn. »Wir müssen alle Leute sofort von hier wegbringen. Die Imperiale Ordnung ist auf dem Weg hierher, um den Palast einzunehmen.«

Richard packte sie am Arm und zog sie wieder herum. »Was meint Ihr damit, ›die Imperiale Ordnung ist auf dem Weg hierher, um den Palast einzunehmen‹? Was wollen sie im Palast der Propheten?«

»Die Prophezeiungen. Kaiser Jagang will sie dazu benutzen, die Gabelungen in den Büchern zu erkennen, damit er die Geschehnisse zu seinen Gunsten abändern kann.«

Den anderen Schwestern hinter Verna stockte der Atem. Warren schlug sich stöhnend die Hände vors Gesicht.

»Außerdem«, fügte Verna hinzu, »hat er die Absicht, hier zu le-

373

ben, unter dem Bann des Palastes, damit er die Welt beherrschen kann, sobald er mit Hilfe der Prophezeiungen jeden Widerstand gebrochen hat.«

Richard ließ ihren Arm los. »Das dürfen wir nicht zulassen. Wir würden an jeder Gabelung einen Rückschlag erleiden. Wir hätten keine Chance. Die Welt hätte jahrhundertelang unter seiner Tyrannei zu leiden.«

»Wir können nichts dagegen tun«, sagte Verna. »Wir müssen fort, sonst werden wir hier allesamt getötet. Und dann hätten wir keine Möglichkeit mehr, zu helfen oder uns zu überlegen, wie wir zurückschlagen können.«

Richard ließ den Blick über die versammelten Schwestern wandern, von denen er viele kannte, dann sah er Verna wieder an. »Und wenn wir den Palast zerstörten, Prälatin?«

»Was! Wie willst du das tun?«

»Ich weiß nicht. Aber ich habe die Türme zerstört, und auch die waren von Zauberern aus alter Zeit errichtet worden. Und wenn es eine Möglichkeit gäbe?«

Verna fuhr sich mit der Zunge über die Lippen und starrte ins Leere. Die Schar der Schwester stand schweigend da. Schwester Phoebe bahnte sich einen Weg durch die anderen hindurch.

»Das darfst du nicht zulassen!«

»Es ist vielleicht der einzige Weg, Jagang aufzuhalten.«

»Aber das kannst du nicht tun«, meinte Schwester Phoebe, den Tränen nahe. »Das ist der Palast der Propheten. Unser Zuhause.«

»Er wird das Zuhause des Traumwandlers werden, wenn wir ihn für ihn stehen lassen.«

»Aber Verna«, erwiderte Phoebe und packte Verna bei den Armen, »ohne den Bann werden wir altern. Wir werden sterben, Verna. Unsere Jugend wird im Handumdrehen vorüber sein. Wir werden alt werden und sterben, bevor wir Gelegenheit hatten zu leben.«

Verna wischte ihrem Gegenüber mit dem Daumen eine Träne aus den Augen. »Alles ist vergänglich, Phoebe, auch der Palast. Er kann nicht ewig fortbestehen. Er hat seinen Zweck erfüllt, und wenn wir jetzt nichts unternehmen, wird sich sein Nutzen ins Gegenteil verkehren.«

»Das könnt Ihr nicht tun, Verna! Ich will nicht altern.«

Verna nahm die junge Frau in die Arme. »Phoebe, wir sind Schwestern des Lichts. Wir dienen dem Schöpfer in seinem Werk, um den Menschen in dieser Welt das Leben leichter zu machen. Im Augenblick besteht für uns die einzige Chance, dieses Ziel weiterzuverfolgen, darin, zu werden wie die anderen Kinder des Schöpfers auch – indem wir unter ihnen leben.

Ich verstehe deine Angst, Phoebe, doch vertraue mir – es ist nicht so, wie du befürchtest. Wir empfinden die Zeit unter dem Bann des Palastes anders. Wir spüren nicht, wie die Jahrhunderte langsam verstreichen, so wie es sich die Menschen draußen vorstellen, sondern das schnelle Tempo des Lebens. Wenn man draußen lebt, ist der Unterschied wirklich nicht so groß.

Mit unserem Eid haben wir gelobt zu dienen, nicht einfach nur lange zu leben. Wenn du ein langes und unausgefülltes Leben willst, Phoebe, dann bleibe bei den Schwestern der Finsternis. Wenn du aber ein bedeutungsvolles, nützliches, erfülltes Leben willst, dann begleite uns, die Schwestern des Lichts, in unser neues Leben jenseits dessen, was gewesen ist.«

Phoebe stand schweigend da, während ihr die Tränen die Wangen hinunterliefen. In der Ferne tobten krachende Feuer, und gelegentlich zerriß eine Explosion die Nacht. Die Rufe der Soldaten im Schlachtgetümmel kamen näher.

Endlich sprach Phoebe. »Ich bin eine Schwester des Lichts. Ich will meine Schwestern begleiten … wohin uns das auch führt. Der Schöpfer wird über uns wachen.«

Verna lächelte und strich Phoebe zärtlich über die Wange. »Sonst noch jemand?« fragte sie, sich unter den anderen Versammelten umsehend. »Hat jemand etwas einzuwenden? Wenn, dann muß er jetzt gehört werden. Kommt nachher nicht zu mir und sagt, ihr hättet keine Gelegenheit gehabt. Die gebe ich euch hiermit.«

Die Schwestern schüttelten allesamt den Kopf. Kurz darauf gaben sie alle zu verstehen, daß sie aufbrechen wollten.

Verna drehte den Ring an ihrem Finger und sah Richard an. »Glaubst du, wir können den Palast zerstören? Den Bann?«

»Ich weiß es nicht. Erinnert Ihr Euch noch, wie Ihr mich damals holen kamt und Kahlan diesen blauen Blitz einsetzte? Konfessoren besitzen ein Element der Subtraktiven Magie jener Zauberer, die ihre Kraft geschaffen haben. Vielleicht läßt sich damit in den Gewölbekellern einiges an Schaden anrichten, wenn ich es nicht schaffe.«

Kahlan legte ihm die Finger auf den Rücken und sagte leise: »Ich glaube nicht, daß ich das kann, Richard. Diese Magie wurde für dich herbeigerufen – zu deinem Schutz. Ich kann sie nicht aus irgendeinem anderen Grund aufrufen.«

»Wir müssen es versuchen. Wenn nichts sonst, können wir wenigstens die Prophezeiungen in Brand setzen. Wenn wir all diese Bücher verbrennen, kann Jagang sie wenigstens nicht mehr gegen uns verwenden.«

Eine kleine Gruppe Frauen und ein halbes Dutzend junger Burschen kamen zum Tor gerannt. »Freunde von Richard«, hörte man dringliches Geflüster. Kevin öffnete das Tor und ließ die atemlose Gruppe hinein.

Verna faßte eine der Frauen am Arm. »Philippa, habt Ihr sie alle gefunden?«

»Ja.« Die große Frau hielt inne und atmete tief durch. »Wir müssen von hier fort. Die Vorhut des Kaisers ist in der Stadt. Die ersten marschieren bereits über die südlichen Brücken. Die Soldaten des Lebensborns verwickeln sie in heftige Kämpfe.«

»Hast du gesehen, was im Hafen vor sich geht?« fragte Verna.

»Ulicia und einige ihrer Schwestern sind dort unten. Diese Frauen nehmen den ganzen Hafen auseinander. Es scheint, als wäre die Unterwelt entfesselt.« Philippa legte ihre zitternden Finger an die Lippen und schloß für einen Moment die Augen. »Sie haben die Männer von der *Lady Sefa* bei sich.« Die Stimme versagte ihr.

»Ihr könnt Euch nicht vorstellen, was sie diesen armen Kerlen antun.«

Philippa drehte sich um, ließ sich auf die Knie fallen und erbrach sich. Zwei der Schwestern, die mit ihr zusammen zurückgekommen waren, taten es ihr nach. »Gütiger Schöpfer«, brachte Schwester Philippa zwischen zusammengepreßten Zähnen hervor, »Ihr könnt es Euch nicht vorstellen. Ich werde für den Rest meines Lebens Alpträume haben.«

Richard drehte sich zu den Schreien und Schlachtrufen um. »Verna, Ihr müßt augenblicklich fort von hier. Es gilt, keine Zeit zu verlieren.«

Sie nickte. »Du und Kahlan, ihr könnt nachkommen.«

»Nein. Kahlan und ich müssen unverzüglich nach Aydindril zurück. Ich habe im Augenblick keine Zeit für Erklärungen, aber sie und ich verfügen über die erforderliche Magie, die das ermöglicht. Ich wünschte, ich könnte euch alle mitnehmen, aber das geht nicht. Beeilt euch. Geht nach Norden. Dort steht eine Armee von einhunderttausend Mann, die sich auf der Suche nach Kahlan in südlicher Richtung bewegt. Berichtet General Reibisch, daß die Mutter Konfessor bei mir in Sicherheit ist.«

Adie trat zwischen den anderen hindurch und ergriff Richards Hände. »Wie geht es Zedd?«

Richard blieben die Worte in der Kehle stecken. Er schloß gequält die Augen. »Tut mir leid, Adie, aber ich bin meinem Großvater nicht begegnet. Ich fürchte, er könnte in der Burg getötet worden sein.«

Adie wischte sich über die Wange und räusperte sich. »Das tut mir leid, Richard«, sagte sie mit leise schnarrender Stimme. »Dein Großvater ist ein guter Mensch. Aber er riskiert zuviel in hoffnungslosen Situationen. Ich habe ihn gewarnt.«

Richard umarmte die alte Magierin, die leise an seiner Brust weinte.

Vom Tor stürzte Kevin herbei, das Schwert in der Hand. »Entweder brechen wir jetzt auf, oder wir müssen kämpfen.«

377

»Geht«, meinte Richard. »Wenn ihr in dieser Schlacht umkommt, werden wir diesen Krieg nicht gewinnen. Wir müssen nach unseren Regeln kämpfen, nicht nach Jagangs. Er wird auch Menschen mit der Gabe bei sich haben, nicht bloß Soldaten.«

Verna drehte sich zu den versammelten Schwestern, Novizinnen und jungen Zauberern um. Sie ergriff die Hände zweier junger Frauen, die Rückhalt offensichtlich gebrauchen konnten. »Hört zu, ihr alle. Jagang ist ein Traumwandler. Der einzige Schutz sind die Bande, die uns Richard gegenüber in die Pflicht nehmen. Richard wurde mit der Gabe geboren, und mit einer Magie, die von seinen Vorfahren auf ihn überging und die vor Traumwandlern schützt. Leoma hat versucht, diese Bande zu zerstören, so daß Jagang in meinen Verstand vordringen und von mir Besitz ergreifen konnte. Bevor wir aufbrechen, verneigt euch alle und schwört Richard die Treue, damit ihr sicher sein könnt, daß wir alle vor unserem Feind geschützt sind.«

»Wenn dies euer Wunsch ist«, sagte Richard, »dann tut es so, wie von Alric Rahl, dem Mann, der die Bande schuf, schriftlich festgehalten. Wenn dies euer Wunsch ist, dann bitte ich euch, das andächtige Gebet so vorzutragen, wie es überliefert wurde und wie es gedacht war.«

Richard sagte ihnen die Worte, so wie er sie selbst auch gesprochen hatte. Dann stand er schweigend da, das Gewicht der Verantwortung spürend, nicht nur den Versammelten gegenüber, sondern auch den Tausenden in Aydindril, die ihn brauchten, während die Schwestern des Lichts und ihre Schutzbefohlenen auf die Knie fielen und wie aus einem Munde ihre Treue verkündeten, daß es hinausschallte in die Nacht und den Schlachtlärm übertönte.

»Herrscher Rahl, führe uns. Herrscher Rahl, lehre uns. Herrscher Rahl, beschütze uns. In deinem Licht gedeihen wir. In deiner Gnade finden wir Schutz. Deine Wahrheit erfüllt uns mit Demut. Wir leben nur, um zu dienen. Unser Leben gehört Dir.«

26. Kapitel

Richard drückte Kahlan in dem modrigen, dunklen Steinkorridor an eine Wand und wartete, bis der Trupp Soldaten in karminroten Capes die Kreuzung passiert hatte. Als das Echo ihrer Stiefel in der Ferne verhallte, stellte Kahlan sich auf die Zehenspitzen und flüsterte: »Hier unten gefällt es mir nicht. Werden wir hier jemals wieder lebend rauskommen?«

Er drückte ihr rasch einen Kuß auf die Sorgenfalten auf ihrer Stirn. »Natürlich werden wir hier lebend wieder rauskommen. Versprochen.« Er ergriff ihre Hand und duckte sich unter einem niedrigen Balken hinweg. »Komm weiter, die Gewölbekeller sind gleich vor uns.«

Das Mauerwerk des zugigen Durchgangs war übersät von blaßgelben Flecken, wo das Wasser aus den Fugen über die Steinquader sickerte. An verschiedenen Stellen hingen Wassertropfen von eidotterfarbenen Stalaktiten unter der Decke herab, um gelegentlich auf geriffelte, steinerne Erhebungen auf dem Boden hinunterzufallen. Hinter zwei Fackeln wurde der Durchgang breiter, und die Decke wurde höher, um die gewaltige runde Tür zu den Gewölbekellern aufzunehmen. Als sie in Sichtweite der sechs Fuß dicken Steintür kamen, wußte Richard, daß etwas nicht stimmte. Nicht nur, daß er hinter der Tür ein unheimliches Licht erkennen konnte, sondern die Härchen in seinem Nacken sträubten sich, und er spürte die leise Berührung der Magie auf seinen Armen, wie Spinnenweben, die die Haare streiften.

Er rieb sich die kribbelnden Arme und beugte sich näher. »Spürst du etwas Eigenartiges?«

Sie schüttelte den Kopf. »Aber mit dem Licht stimmt etwas nicht.«

Kahlan zögerte. Richard erblickte die Leiche im selben Augenblick, als sie sich der runden Öffnung näherten, die in die Gewölbekeller führte. Weiter vorne lag eine Frau zusammengerollt auf dem Boden, als schliefe sie. Aber Richard wußte, daß sie nicht schlief. Sie war so regungslos wie Stein.

Als sie näher herangingen, konnten sie hinter der Mauer zur Rechten nahezu ein Dutzend Soldaten des Lebensborns verstreut auf dem Boden liegen sehen. Richard zuckte zusammen, als er das sah, und Übelkeit erfaßte ihn. Jeder einzelne war säuberlich mitsamt Rüstung, Cape und allem anderen in der Mitte der Brust durchtrennt worden. Der Fußboden war ein See aus Blut.

Seine Anspannung wuchs mit jedem zögerlichen Schritt, mit dem er auf die runde Öffnung im Felsgestein zutrat.

»Hör zu, ich muß zuerst etwas besorgen. Es dauert nur ein paar Minuten.«

Kahlan zerrte ihn am Ärmel zurück. »Du kennst doch die Regel.«

»Welche Regel?«

»Du darfst dich für den Rest deines Lebens nicht weiter als zehn Fuß von mir entfernen, sonst werde ich böse.«

Richard sah ihr in ihre grünen Augen. »Böse bist du mir lieber als tot.«

Sie zog die Brauen herab und setzte eine finstere Miene auf. »Das denkst du jetzt nur. Ich habe zu lange darauf gewartet, bei dir zu sein, um dich jetzt alleine losziehen zu lassen. Was ist so wichtig, daß du dort hineingehen willst? Wir können versuchen, etwas von hier draußen zu machen – Fackeln hineinwerfen, das Ganze in Brand stecken, irgendwas. All das Papier müßte brennen wie Zunder. Wir müssen dort nicht hinein.«

Richard lächelte. »Habe ich dir je gesagt, wie sehr ich dich liebe?«

Sie gab ihm einen Klaps auf den Arm. »Red schon. Wozu riskieren wir unser Leben?«

Richard gab seufzend nach. »Ganz hinten gibt es ein Buch der Prophezeiungen, das über dreitausend Jahre alt ist. Darin stehen

Prophezeiungen, die mich betreffen. Es hat mir schon einmal geholfen. Wenn wir all diese Bücher zerstören, möchte ich wenigstens dieses eine mitnehmen. Vielleicht hilft es uns noch einmal.«

»Was steht dort über dich?«

»Ich werde dort *fuer grissa ost drauka* genannt.«

»Was bedeutet das?«

Richard drehte sich zum Gewölbekeller um. »Der Bringer des Todes.«

Sie schwieg einen Augenblick lang. »Und wie kommen wir bis nach hinten?«

Richard ließ den Blick über die toten Soldaten wandern. »Aufrecht gehen dürfen wir ganz sicher nicht.« Er hielt seine Hand in Brusthöhe. »Irgend etwas hat sie etwa in dieser Höhe durchtrennt. Was immer wir tun, wir dürfen uns nicht aufrichten.«

Ungefähr in der angegebenen Höhe hing eine hauchdünne Schicht wie ein zarter Rauchschleier im Raum mit den Gewölben. Er schien zu glühen, so als würde er hell angestrahlt. Richard konnte aber nicht erkennen, was das war.

Auf Händen und Knien krochen sie in den Gewölbekeller hinein, unter den eigenartigen, feinen Hauch aus Licht. Bis sie die Regale erreichten, hielten sie sich in der Nähe der Wand, damit sie nicht durch die Blutlachen hindurchkriechen mußten. Von unten wirkte der leuchtende Nebel noch eigenartiger. Ganz offensichtlich war er anders als jeder Nebel oder Rauch, den Richard bislang gesehen hatte. Er schien aus Licht zu bestehen.

Ein knirschendes Geräusch ließ sie erstarren. Richard blickte über die Schulter und sah, wie die sechs Fuß dicke Tür langsam nach innen schwang. Seiner Einschätzung nach konnten sie sich so sehr beeilen, wie sie wollten, sie würden es nicht mehr zurückschaffen, bevor die Tür ganz geschlossen war.

Kahlan wandte sich von der Tür ab. »Sind wir hier drinnen eingesperrt? Wie sollen wir wieder hinauskommen? Gibt es noch einen anderen Ausgang?«

»Es ist der einzige Ausgang, aber ich kann ihn öffnen«, meinte

Richard. »Die Tür funktioniert in Verbindung mit einem Schild. Wenn ich meine Hand auf die Metallplatte an der Wand lege, wird sie sich öffnen.«

Sie betrachtete sein Gesicht aus ihren grünen Augen. »Bist du sicher, Richard?«

»So ziemlich. Bis jetzt hat es immer funktioniert.«

»Nach allem, was wir durchgemacht haben, möchte ich, daß wir jetzt, wo wir wieder zusammen sind, beide lebend hier rauskommen, Richard.«

»Das werden wir. Wir müssen. Es gibt Menschen, die auf unsere Hilfe angewiesen sind.«

»In Aydindril?«

Er nickte und versuchte, Worte für das zu finden, was er ihr hatte sagen wollen, Worte, mit denen er die Distanz überbrücken konnte, die zwischen ihnen, wie er befürchtete, entstanden war. Die er, wie er fürchtete, selbst erzeugt hatte.

»Kahlan, was ich getan habe, habe ich nicht deshalb getan, weil ich etwas für mich wollte – das schwöre ich. Ich weiß, wie sehr ich dir weh getan habe. Aber das war das einzige, was mir einfiel, bevor alles zu spät gewesen wäre. Ich habe das nur getan, weil ich ganz aufrichtig glaube, es ist unsere einzige Chance, zu verhindern, daß die Midlands an die Imperiale Ordnung fallen.

Ich weiß, das Ziel der Konfessoren ist es, Menschen zu beschützen, nicht bloß, über sie zu herrschen. Ich war in dem Glauben, du würdest erkennen, daß dies auch mein Ziel ist, auch wenn ich nicht so handele, wie du es dir wünschst. Ich wollte die Menschen beschützen und sie nicht beherrschen. Aber was ich dir angetan habe, hat mich tief betrübt.«

Eine ganze Weile blieb es in dem Raum aus Stein totenstill. »Richard, als ich deinen Brief zum ersten Mal las, war ich am Boden zerstört. Eine heilige Pflicht war mir anvertraut worden, und ich wollte nicht als diejenige Mutter Konfessor in Erinnerung bleiben, die die Midlands aufgegeben hat. Auf dem Weg hierher, mit dem Ring um meinen Hals, hatte ich eine Menge Zeit nachzudenken.

382

Die Schwestern haben heute abend etwas sehr Nobles getan. Sie haben ein dreitausend Jahre altes Vermächtnis einem höheren Zweck geopfert: den Menschen zu helfen. Vielleicht bin ich nicht glücklich über das, was du getan hast, und du wirst noch einiges erklären müssen, aber ich werde dir mit Liebe im Herzen zuhören, nicht nur deinetwegen, sondern auch wegen der Menschen der Midlands, die auf uns angewiesen sind.

Während jener Wochen, in denen wir hierhergereist sind, habe ich mir überlegt, daß wir in der Zukunft leben müssen, nicht in der Vergangenheit. Und die Zukunft soll ein Ort sein, wo Frieden und Sicherheit herrschen. Das ist wichtiger als alles andere. Ich kenne dich, und ich weiß, daß du nicht aus eigennützigen Motiven gehandelt hast.«

Richard strich ihr mit dem Handrücken über die Wange. »Ich bin stolz auf dich, Mutter Konfessor.«

Sie küßte seine Finger. »Später, wenn niemand mehr versucht, uns zu töten, und wir die nötige Zeit haben, werde ich meine Arme verschränken und mit dem Fuß wippen, wie es von der Mutter Konfessor erwartet wird, und dann kannst du stotternd und stammelnd versuchen, dich zu rechtfertigen. Aber können wir jetzt erst einmal fort von hier?«

Jetzt, da ihm ein wenig von seiner Sorge genommen war, machte sich Richard lächelnd wieder auf den Weg und kroch vorbei an den Reihen mit Bücherregalen. Die dünne Schicht des leuchtenden Dunstes über ihren Köpfen schien sich über den gesamten Raum zu erstrecken. Richard hätte zu gern gewußt, was das war.

Kahlan rutschte hastig näher an ihn heran. In jedem Zwischengang, den sie passierten, hielt Richard nach Schwierigkeiten Ausschau und machte einen Umweg, sobald er ein unerklärliches Gefühl der Gefahr verspürte. Er wußte nicht, ob dieses Gefühl der Gefahr auf eine tatsächliche Wahrnehmung zurückging oder nicht, wagte jedoch nicht, es zu ignorieren. Er lernte, seinen Instinkten zu trauen und sich weniger Gedanken um handfeste Beweise zu machen.

Als sie die kleine Kammer hinten betraten, ließ er den Blick suchend über die Bücher im Regal wandern und entdeckte das gesuchte Buch. Das Problem war, daß es sich oberhalb der Dunstschicht befand. So unvernünftig, hindurchzugreifen, war er nicht. Er wußte nicht genau, was dieser Dunst aus Licht war, aber es handelte sich um irgendeine Art von Magie. Und er hatte gesehen, was sie mit den Soldaten angestellt hatte.

Mit Kahlans Hilfe versetzte er das Regal in Schwingungen, bis es umstürzte. Als es gegen den Tisch kippte, fielen die Bücher heraus, das gesuchte landete jedoch oben auf dem Tisch. Die Schicht aus leuchtendem Dunst schwebte nur Zentimeter über dem Buch. Richard tastete mit der Hand vorsichtig über die Tischplatte und spürte das Kribbeln der Magie, die gleich oberhalb seines Arms dahinzog. Schließlich bekam er das Buch mit den Fingern zu fassen und zog es über den Rand.

»Richard, irgend etwas stimmt nicht.«

Er nahm das Buch in die Hand und blätterte es rasch durch, um sich zu vergewissern, daß es das richtige war. Er konnte zwar mittlerweile die Worte auf Hoch-D'Haran lesen, und einige von ihnen erkannte er auch wieder, hatte aber keine Zeit, sich dem Inhalt des Buches zu widmen.

»Was? Was stimmt nicht?«

»Sieh den Nebel über uns. Als wir hereinkamen, war er brusthoch. Bestimmt war er es, der die Männer niedergestreckt hat. Sieh ihn dir jetzt an.«

Der Dunst hatte sich bis dicht über den Tisch gesenkt. Er klemmte das Buch in seinen Gürtel. »Mir nach, und beeil dich.«

Hastig krabbelte Richard aus dem Raum hinaus, dicht gefolgt von Kahlan. Er wußte nicht, was passieren würde, falls die leuchtende Magie sie erreichte, es bereitete ihm jedoch keine große Mühe, sich das vorzustellen.

Kahlan stieß einen Schrei aus. Richard drehte sich um und sah, daß sie ausgestreckt auf dem Boden lag.

»Was ist?«

384

Sie versuchte, sich mit den Ellenbogen weiterzuziehen, kam aber nicht voran. »Irgend etwas hält mich am Knöchel fest.«

Richard krabbelte zu ihr zurück und packte sie am Handgelenk. »Halte dich an meinem Knöchel fest, dann laß uns machen, daß wir hier rauskommen.«

Ihr stockte der Atem. »Sieh doch, Richard!«

Als er sie berührte, hatte das Leuchten sich weiter über ihren Köpfen gesenkt, so als hätte die Magie die Berührung gespürt, ihr Opfer registriert und senkte sich nun herab, um diesem nachzusetzen. Ihnen blieb kaum noch Platz zum Kriechen. Richard eilte mit Kahlan, die sich an seinen Knöchel klammerte, zur Tür.

Bevor sie die Tür erreichten, senkte sich der Lichtpegel über ihren Köpfen so weit herab, daß Richard die Hitze auf seinem Rücken spüren konnte.

»Runter!«

Sie ließ sich auf sein Kommando flach auf den Bauch fallen, dann wanden sie sich auf dem Bauch kriechend weiter. Als sie endlich an der Tür waren, wälzte Richard sich auf den Rücken. Der Dunst schwebte Zentimeter über ihnen.

Kahlan krallte sich in sein Hemd und zog sich näher an ihn heran. »Was sollen wir jetzt tun, Richard?«

Richard starrte hinauf zu der Metallplatte. Sie befand sich oberhalb der leuchtenden Schicht, die sich von einer Wand zur anderen erstreckte.

»Wir müssen hier raus, oder dieses Etwas bringt uns um, genau wie die Soldaten. Ich muß aufstehen.«

»Bist du verrückt? Das kannst du nicht machen!«

»Ich habe das Mriswithcape. Wenn ich es benutze, findet mich das Licht vielleicht nicht.«

Kahlan warf ihren Arm über seine Brust. »Nein!«

»Ich bin in jedem Fall tot, wenn ich es nicht versuche.«

»Richard, nein!«

»Hast du eine bessere Idee? Die Zeit läuft uns davon.«

Wütend knurrend streckte sie den Arm in Richtung Tür. Blaue

385

Blitze schossen explosionsartig aus ihrer Faust. Strahlen blauen Lichts durchzuckten knisternd die Umgebung der Tür.

Die dünne Schicht dunstartigen Lichts schreckte zurück, als sei sie lebendig und die Berührung durch Kahlans Magie schmerzhaft. Die Tür jedoch bewegte sich nicht.

Während sich das Licht zurückzog und in der Mitte des Raumes sammelte, sprang Richard auf und klatschte mit der Hand auf die Platte. Ächzend setzte sich die Tür in Bewegung. Kahlans knisternde blaue Lichtblitze erloschen, als die Tür sich Zentimeter für Zentimeter öffnete. Das Leuchten glättete sich und begann, sich wieder auszubreiten.

Richard packte Kahlans Hand. Er stand auf und zwängte sich, sie hinter sich herziehend, durch die Öffnung hindurch. Draußen ließen sie sich keuchend und aneinander geklammert zu Boden fallen.

»Es hat funktioniert«, sagte sie. Nach dem Schrecken kam sie langsam wieder zu Atem. »Ich wußte, daß du in Gefahr warst, deshalb hat meine Magie funktioniert.«

Als die Tür sich das letzte Stück öffnete, sickerte die glatte Fläche aus Licht hinaus auf den Korridor und schwebte auf sie zu.

»Wir müssen von hier verschwinden«, sagte er, als sie sich aufrappelten.

Rückwärts trabend hielten sie ein Auge auf den schleichenden Nebel, der sie verfolgte. Die beiden stöhnten auf, als sie gegen eine unsichtbare Barriere stießen. Richard tappte hilflos auf der Oberfläche herum, konnte aber keinerlei Öffnung finden. Er drehte sich um und sah, daß das Licht sie fast eingeholt hatte.

Voller Wut und ohne sonstigen Ausweg streckte Richard die Hände aus.

Stränge schwarzer Blitze, wellenförmige Leeren im Sein aus Licht und Leben, dem ewigen Tod selbst gleich, schossen vor und entfernten sich drehend und kreisend von seinen ausgestreckten Händen. Das Krachen der Blitze war ohrenbetäubend, als die Subtraktive Magie sich in die Welt hineinfraß. Kahlan zuckte zusammen. Sie schlug sich die Hände auf die Ohren und wich zurück, als sie das sah.

Der leuchtende Dunst schien mitten im Gewölbekeller Feuer zu fangen. Richard spürte einen kräftigen, dumpfen Stoß in seiner Brust und im Felsen unter seinen Füßen.

Die Bücherregale wurden nach hinten geworfen und schleuderten einen Schneesturm loser Blätter in die Luft, die kurz wie tausend Funken eines Freudenfeuers aufflammten. Das Feuer heulte, als sei es lebendig. Er spürte, wie die schwarzen Blitze aus seinem Inneren heraus mit einer Wucht und Wildheit explodierten, die jede Vorstellungskraft sprengte, wie sie in seinem Körper brannten und sich in die Gewölbe schlängelten.

Kahlan zerrte an seinen Armen. »Richard! Richard! Wir müssen fliehen! Hör auf mich! Lauf!«

Kahlans Stimme schien aus großer Ferne zu ihm zu kommen. Urplötzlich erloschen die schwarzen Stränge Subtraktiver Magie. Die Welt stürzte zurück, füllte im Nu die Leere seines Bewußtseins, und er fühlte sich wieder lebendig. Und war entsetzt.

Die unsichtbare Barriere, die sie am Entkommen gehindert hatte, war verschwunden. Richard packte Kahlans Hand und rannte los. Hinter ihnen überschlug sich jaulend der Kern aus Licht und erstrahlte mit schriller werdendem Geräusch immer heller.

Gütige Seelen, dachte er, was habe ich bloß angerichtet?

Sie rannten durch die steinernen Korridore, sprangen Stufen hinauf und liefen durch lange Säle, die von Stockwerk zu Stockwerk reicher geschmückt waren – getäfelt, mit Teppichen ausgelegt, mit Lampen, die ihnen anstelle von Fackeln den Weg leuchteten. Die Schatten vor ihnen wurden immer länger, doch das waren nicht die Lampen – es war das lebendige Licht, das sie verfolgte.

Sie platzten durch eine Tür und hinaus in eine Nacht voller Kampfgetümmel. Soldaten in karminroten Capes kämpften gegen Männer mit nackten Armen, die Richard nie zuvor gesehen hatte. Einige trugen Bärte, und manch ein Kopf war glattrasiert, aber alle hatten einen Ring im linken Nasenflügel. In ihren fremdartigen Le-

387

dergürteln und -gurten, die teils mit Dornen besetzt waren, in ihren Schichten aus Fell und Leder, wirkten sie wie primitive Wilde, ein Eindruck, den ihre Art zu kämpfen noch unterstrich: Hinter einem schauerlichen Grinsen sah man fest zusammengebissene Zähne, während sie, Schwerter, Äxte und Morgensterne schwenkend, mitten unter ihre Widersacher droschen, Schläge abwehrten und unter Einsatz kleiner runder Schilde, aus deren Mitte lange Lanzen ragten, vorandrängten.

Richard hatte diese Männer zwar noch nie zuvor gesehen, aber er wußte: Dies mußte die Imperiale Ordnung sein.

Ohne den Schritt zu verlangsamen, fädelte Richard sich, Kahlan hinter sich herziehend, durch die Lücken der Schlacht hindurch und rannte auf eine der Brücken zu. Als einer der Soldaten der Imperialen Ordnung einen Ausfallschritt machte und ihn mit einem Stiefeltritt aufzuhalten versuchte, hakte Richard einen Arm unter das Bein des Mannes und schleuderte ihn zur Seite, ohne seinen ungestümen Vorwärtsdrang merklich zu bremsen. Als einer der Soldaten der Imperialen Ordnung sich auf ihn stürzte, rammte Richard einen Ellenbogen in das Gesicht des Mannes und stieß ihn zur Seite.

Mitten auf der Ostbrücke, die hinaus in jene Gegend führte, in der der Hagenwald lag, war ein halbes Dutzend Soldaten des Lebensborns mit einer ähnlich großen Zahl aus der Imperialen Ordnung in ein Handgemenge verwickelt. Als ihm ein Schwert entgegenkam, duckte Richard sich darunter hinweg und stieß den Mann mit der Schulter über das Geländer in den Fluß, dann warf er sich durch die dadurch entstandene Lücke.

Von hinten, durch den Lärm der Schlacht, durch das Klirren der Schwerter und das Gebrüll der Soldaten, hörte er das Heulen des Lichts. Er rannte. Scheinbar hatten seine Beine sich selbst zur Flucht entschlossen und liefen von alleine. Und das, wovor sie flohen, war schlimmer als Schwerter oder Messer. Kahlan brauchte keine Hilfe, um mit ihm Schritt zu halten. Sie war dicht an seiner Seite.

Sie hatten knapp das andere Flußufer erreicht und waren noch nicht weit in die Stadt vorgedrungen, als die Nacht plötzlich einem grellen Gleißen wich, das tintenschwarze, vom Palast fortzeigende Schatten warf. Die beiden gingen hinter der verputzten Mauer einer verrammelten Werkstatt in Deckung, hockten sich nieder und rangen keuchend nach Atem. Richard riskierte einen Blick um die Häuserecke und sah blendend grelles Licht, das aus allen Fenstern des Palastes erstrahlte, selbst aus denen hoch droben in den Türmen. Licht schien aus allen Fugen des Gesteins hervorzuquellen.

»Kannst du noch ein Stückchen weiterrennen?« fragte er japsend.

»Ich wollte gar nicht stehenbleiben«, meinte sie.

Richard kannte sich in der Stadt aus. Er führte Kahlan zwischen verwirrten, verängstigten, jammernden Menschenmengen hindurch, durch enge Straßen und weite Alleen, bis sie den Stadtrand von Tanimura erreichten.

Sie hatten den Hang des Tales, in dem die Stadt lag, zur Hälfte hinter sich, als er einen mächtigen Schlag im Boden spürte, der ihm fast die Füße unter dem Körper weggerissen hätte. Ohne sich umzusehen, schlang Richard einen Arm um Kahlan und warf sich zusammen mit ihr in eine flache Vertiefung im Granit. Schwitzend und erschöpft hielten sie sich aneinander fest, während die Erde bebte.

Sie steckten gerade noch rechtzeitig die Köpfe hinaus, um zu sehen, wie das Licht die mächtigen Türme und Steinmauern des Palastes der Propheten zerfetzte wie ein Wirbelsturm Papier. Die gesamte Insel Drahle schien auseinanderzubrechen. Baumteile und riesige Rasensoden stiegen zusammen mit Gesteinsbrocken jeder Größe in die Luft. Ein blendend heller Blitz trieb eine Kuppel dunkler Trümmer vor sich her. Der Fluß wurde seines Wassers und seiner Brücken beraubt.

Die Wand aus Licht weitete sich mit krachendem Getöse aus. Irgendwie hielt die Stadt jenseits der Insel dieser Raserei stand.

Oben leuchtete der Himmel, als lodere sein Gewölbe aus Anteilnahme mit dem blendenden Kern darunter auf. Der äußere

Rand der glänzenden Glocke aus Licht stürzte kaskadenartig Meilen von der Stadt entfernt zu Boden. Richard kannte diese Grenze noch, es war der äußere Schild, der ihn gefangenhielt, als er den Rada'Han getragen hatte.

»Der Bringer des Todes, fürwahr«, sagte Kahlan leise, während sie das Geschehen, von Ehrfurcht ergriffen, verfolgte. »Ich hatte keine Ahnung, daß du zu so etwas imstande bist.«

»Ich auch nicht«, antwortete Richard kaum vernehmbar.

Ein Windstoß fegte tosend den Hang hinauf und zerrte am Gras. Sie zogen die Köpfe ein, als eine Wand aus aufgewirbeltem Sand und Erde über sie hinwegraste.

Als sich alles beruhigt hatte, richteten sie sich zögernd wieder auf. Die Nacht war zurückgekehrt. Richard konnte in der plötzlichen Dunkelheit unten nicht viel erkennen, doch eins wußte er – der Palast der Propheten existierte nicht mehr.

»Du hast es geschafft, Richard«, meinte Kahlan schließlich.

»Wir haben es geschafft«, antwortete er, während er auf das leblose, schwarze Loch inmitten der Lichter aus der Stadt hinabstarrte.

»Glücklicherweise hast du dieses Buch mitgenommen. Ich will wissen, was sonst noch über dich drinsteht.« Ein Lächeln spielte über ihre Lippen. »Ich denke, Jagang wird jetzt wohl nicht mehr dort wohnen.«

»Das denke ich auch. Hast du alles heil überstanden?«

»Mir geht es gut«, sagte sie. »Aber ich bin froh, daß es vorüber ist.«

»Ich fürchte, es hat gerade erst begonnen. Komm, die Sliph wird uns nach Aydindril zurückbringen.«

»Du hast mir immer noch nicht erzählt, was diese Sliph ist.«

»Du würdest mir sowieso nicht glauben. Also wirst du sie dir einfach selber ansehen müssen.«

»Ziemlich beeindruckend, Zauberer Zorander«, meinte Ann und wandte sich ab.

Zedd tat es mit einem Brummen ab. »Das war nicht mein Werk.«

Ann wischte sich die Tränen von den Wangen, froh über die Dunkelheit, weil er sie dadurch nicht sehen konnte, hatte aber zu kämpfen, damit ihre Stimme ihre Gefühle nicht verriet. »Du hast vielleicht nicht die Fackel draufgeworfen, aber du hast dafür gesorgt, daß der Scheiterhaufen errichtet wurde. Ziemlich beeindruckend. Ich habe schon einmal gesehen, wie ein Lichtnetz einen Raum in Stücke reißt, aber das hier …«

Er legte ihr sacht die Hand auf die Schulter. »Tut mir leid, Ann.«

»Nun, was sein muß, muß sein.«

Zedd drückte ihre Schulter, als wollte er sagen, er verstehe. »Ich frage mich, wer die Fackel draufgeworfen hat.«

»Die Schwestern der Finsternis können Subtraktive Magie benutzen. Eine von ihnen muß das Lichtnetz versehentlich entzündet haben.«

Zedd spähte im Dunkeln hinüber zu ihr. »Versehentlich?« Er zog seine Hand zurück, gab aber nur ein zweifelndes Schnauben von sich.

»Das muß es gewesen sein«, meinte sie seufzend.

»Das war ein wenig mehr als ein Versehen, würde ich sagen.« Sie glaubte eine Spur von Stolz in seinem versonnenen Gemurmel zu erkennen.

»Und was?«

Er überging ihre Frage. »Wir sollten zusehen, daß wir Nathan finden.«

»Ja«, sagte Ann. Sie drückte Hollys Hand. »Hier haben wir uns von ihm getrennt. Er muß hier irgendwo sein.«

Ann blickte zu den fernen mondbeschienenen Hügeln hinüber. Sie sah, wie eine Schar von Menschen die Nordstraße entlangzog: eine Kutsche und eine Gruppe von Leuten, größtenteils zu Pferd. Es waren zu viele, um sie nicht zu spüren. Es waren ihre Schwestern des Lichts. Dem Schöpfer sei Dank, die Flucht war ihnen schließlich doch gelungen.

»Ich dachte, du könntest ihn über diesen infernalischen Halsring finden.«

Ann sah sich im Gebüsch um. »Das kann ich, und er verrät mir, daß er hier ganz in der Nähe sein muß. Vielleicht wurde er durch den Sturm verletzt. Da der Bann zerstört wurde, muß er hier gewesen und seinen Teil bei der Zerstörung des äußeren Schildes übernommen haben. Es kann also sein, daß er verletzt wurde. Hilf mir suchen.«

Holly suchte ebenfalls mit, blieb aber in der Nähe. Zedd schlenderte zu einer offenen, flachen Stelle. Geleitet von der Art und Weise, wie Äste und Gestrüpp abgeknickt waren, suchte er in der Nähe des Knotenpunktes, dort, wo die Kraft sich verdichtet haben mußte. Zedd bückte sich, um zwischen den flachen Stellen im Gestein nachzusehen, und rief ihr etwas zu.

Ann ergriff Hollys Hand und lief hinüber zu dem alten Zauberer. »Was ist?«

Er zeigte auf etwas. Aufrecht, so daß sie es nicht übersehen konnten, eingeklemmt in die Spalte eines runden Granitbrockens, steckte ein runder Gegenstand. Ann zerrte ihn heraus.

Sie starrte ungläubig. »Das ist Nathans Rada'Han.«

Holly stockte der Atem. »Oh, Ann, vielleicht wurde er getötet. Vielleicht wurde Nathan durch die Magie getötet.«

Ann betrachtete ihn von allen Seiten. Er war fest verschlossen. »Nein, Holly.« Sie strich dem Mädchen tröstend durchs Haar. »Er wurde nicht getötet, sonst wären hier irgendwelche Spuren von ihm. Aber gütiger Schöpfer, was bedeutet das?«

»Was das bedeutet?« seufzte Zedd. »Nun, er ist weg. So, und jetzt nimm meinen Ring ab.«

Anns Hand, die den Rada'Han hielt, senkte sich, und sie blickte hinaus in die Nacht. »Wir müssen ihn finden.«

»Nimm mir den Halsring ab, wie du es versprochen hast, und dann kannst du ihm hinterherrennen. Ohne mich, wie ich hinzufügen möchte.«

Ann spürte, wie ihr Zorn wuchs. »Du wirst mich begleiten.«

»Dich begleiten? Verdammt, ich werde nichts dergleichen tun.«

»Du wirst mich begleiten.«

»Du hast die Absicht, dein Wort zu brechen!«

»Nein, ich habe die Absicht, es zu halten, sobald wir diesen lästigen Propheten gefunden haben. Du hast ja keine Ahnung, welche Komplikationen dieser Mann anrichten kann.«

»Wozu brauchst du dann mich?«

Sie drohte ihm mit dem Finger. »Du wirst mich begleiten, ob es dir gefällt oder nicht, und damit Schluß. Wenn wir ihn finden, nehme ich dir den Halsring ab. Vorher nicht.«

Er warf die Fäuste, vor Wut stammelnd, in die Höhe, während Ann loszog, um die Pferde zu holen. Ihr Blick wanderte zu den mondbeschienenen Hügeln in der Ferne. Sie sah die Schar von Schwestern, die nach Norden zog. Bei den Pferden angekommen, ging Ann vor Holly in die Hocke.

»Holly, ich habe als ersten Auftrag an dich als Novizin bei den Schwestern des Lichts eine sehr wichtige, dringende Aufgabe.«

Holly nickte ernst. »Was denn, Ann?«

»Es ist unbedingt erforderlich, daß Zedd und ich Nathan suchen gehen. Ich hoffe, daß es nicht lange dauert, aber wir müssen uns beeilen, bevor es ihm gelingt zu entkommen.«

»Bevor es ihm gelingt zu entkommen!« brüllte Zedd hinter ihr. »Er hatte Stunden Zeit dazu. Er hat einen Riesenvorsprung. Kein Mensch weiß, wo der Mann hingegangen ist. Er ist bereits ›entkommen‹.«

Ann warf einen Blick über ihre Schulter. »Wir müssen ihn finden.« Sie drehte sich wieder zu Holly um. »Wir müssen uns beeilen, und ich habe keine Zeit, mich mit den Schwestern des Lichts dort drüben auf dem Hügel zu treffen. Du mußt für mich zu ihnen gehen und Schwester Verna alles das erzählen, was hier vorgefallen ist.«

»Was soll ich ihr denn erzählen?«

»Was immer du gesehen und gehört hast, solange du bei uns warst. Sag ihr die Wahrheit und erfinde nichts dazu. Es ist wichtig, daß sie Bescheid weiß. Erzähle ihr, daß Zedd und ich Nathan verfolgen und uns ihnen, sobald wir können, anschließen werden. Un-

393

sere dringlichste Aufgabe jedoch ist es, den Propheten zu finden. Sag ihr, daß sie nach Norden ziehen soll, wie sie es bereits tut, damit sie der Imperialen Ordnung nicht in die Hände fallen.«

»Das kann ich tun.«

»Es ist nicht weit, und der Weg dort drüben wird dich zu der Straße führen, die sie entlangreiten, du wirst sie also nicht verfehlen. Dein Pferd kennt und mag dich, es wird gut auf dich aufpassen. In knapp ein oder zwei Stunden wirst du dort sein, dann werden sich alle Schwestern um dich kümmern und dich lieben. Schwester Verna wird wissen, was zu tun ist.«

»Ich werde dich vermissen, bis ihr uns eingeholt habt«, sagte Holly mit tränenerstickter Stimme.

Ann umarmte das kleine Mädchen. »Oh, Kind, ich werde dich ebenfalls sehr vermissen. Ich wünschte, ich könnte dich mitnehmen, du warst so eine große Hilfe, aber wir müssen uns beeilen, damit wir Nathan einholen. Die Schwestern, vor allem Prälatin Verna, müssen wissen, was geschehen ist. Das ist wichtig, deshalb muß ich dich schicken.«

Holly unterdrückte ihre Tränen tapfer schniefend. »Ich verstehe. Du kannst auf mich zählen, Prälatin.«

Ann half dem Mädchen in den Sattel hinauf und küßte die Hand, in die sie die Zügel drückte. Ann winkte ihr zum Abschied nach, als Holly lostrabte, den Schwestern des Lichts hinterher.

Dann drehte sie sich zu dem wutschnaubenden Zauberer um. »Wir sollten besser aufbrechen, wenn wir Nathan erwischen wollen.« Sie gab ihm einen Klaps auf die knochige Schulter. »Es wird nicht lange dauern. Sobald wir ihn eingeholt haben, nehme ich dir den Halsring ab, das verspreche ich dir.«

27. Kapitel

Der Hagenwald war so finster und wenig einladend wie immer, dennoch war Richard sicher, daß die Mriswiths verschwunden waren. Während ihres Marsches durch den finsteren Wald hatte er nicht einen einzigen von ihnen erspürt. Der Ort wirkte zwar bedrohlich, war aber verlassen. Die Mriswiths waren alle nach Aydindril aufgebrochen. Er schauderte, wenn er daran dachte, was das bedeutete.

Kahlan seufzte nervös und faltete die Hände, als sie in das freundlich lächelnde, quecksilbrige Antlitz der Sliph starrte. »Bevor wir es tun, möchte ich dir für den Fall, daß es schiefgeht, noch etwas sagen. Ich weiß, was geschehen ist, als du hier gefangen warst, und ich mache dir keinen Vorwurf daraus, Richard. Du dachtest, ich liebe dich nicht, und du warst allein. Das verstehe ich.«

Richard beugte sich stirnrunzelnd vor. »Was redest du da? Was habe ich getan?«

Sie räusperte sich. »Merissa. Sie hat mir alles erzählt.«

»Merissa!«

»Ja. Ich verstehe das und gebe dir keine Schuld. Du dachtest, du würdest mich nie wiedersehen.«

Richard zog ein erstauntes Gesicht. »Merissa ist eine Schwester der Finsternis. Sie will mich umbringen.«

»Aber sie hat mir erzählt, sie sei deine Ausbilderin gewesen, als du hier warst. Sie sagte, daß … Na ja, ich bin ihr begegnet, und sie ist wunderschön. Du warst einsam, und ich mache dir keinen Vorwurf daraus.«

Richard packte sie an den Schultern und zwang sie, ihren starren Blick von der Sliph abzuwenden. »Ich weiß nicht, was Merissa dir erzählt hat, Kahlan, aber was ich dir jetzt erzähle, ist die reine

Wahrheit: Seit dem Tag, als ich dir begegnet bin, habe ich nie eine andere geliebt als dich. Niemanden. Sicher, als du mich gezwungen hast, den Halsring anzulegen, und ich dachte, ich würde dich nie wiedersehen, da war ich einsam, aber ich habe deine Liebe nie verraten, selbst dann nicht, als ich dachte, ich hätte sie verloren. Obwohl ich glaubte, daß du mich nicht mehr willst, habe ich niemals … weder mit Merissa noch mit einer anderen.«

»Wirklich?«

»Wirklich.«

Sie lächelte ihr ganz besonderes Lächeln, daß sie nur ihm und niemand sonst schenkte. »Adie hat versucht, mir dasselbe einzureden. Ich wollte nur, daß du es weißt. Ich fürchte mich ein wenig vor diesem Ding und habe Angst, ich könnte darin ertrinken.«

»Die Sliph hat dich erfühlt und sagt, du kannst reisen. Du besitzt ein Element Subtraktiver Magie. Nur wer beide Seiten der Magie besitzt, kann reisen. Es wird funktionieren. Du wirst sehen.« Er lächelte aufmunternd. »Man braucht keine Angst davor zu haben, das verspreche ich dir. Es ist ein vollkommen neues Gefühl. Es ist wundervoll. Bist du bereit?«

Sie nickte. »Ich bin soweit.« Sie schlang die Arme um ihn und drückte ihn so fest, daß sie ihm die Luft aus den Lungen preßte. »Aber wenn ich ertrinke, sollst du wissen, wie sehr ich dich liebe.«

Richard half ihr auf die Steinmauer hinauf, die die Sliph umgab, dann ließ er den Blick durch den dunklen Wald jenseits der Ruinen wandern. Er wußte nicht, ob dort tatsächlich Augen waren, die sie beobachteten, oder ob er dies bloß befürchtete. Jedenfalls spürte er keine Mriswiths, und das würde er, wenn einer von ihnen sie beobachtete. Offensichtlich machten ihn wohl nur seine früheren Erlebnisse im Hagenwald so unruhig.

»Wir sind bereit, Sliph. Weißt du, wie lange es dauern wird?«

»Ich bin lang genug«, kam hallend die Antwort.

Seufzend packte Richard Kahlans Hand noch fester. »Tu, was man uns sagt.« Sie nickte und holte noch ein paarmal keuchend Luft. »Ich bin bei dir. Hab keine Angst.«

Der flüssige Silberarm hob sie hoch, und die dunkle Nacht wurde pechschwarz. Richard drückte fest Kahlans Hand, als sie in die Tiefe stürzten, denn er wußte, wie schwer ihm das Atmen in der Sliph beim ersten Mal gefallen war. Als sie den Händedruck erwiderte, befanden sie sich bereits im schwerelosen Nichts.

Das vertraute Gefühl des Dahinschießens und gleichzeitigen Treibens stellte sich wieder ein, und Richard wußte, daß sie auf dem Weg nach Aydindril waren. Wie zuvor gab es weder warm noch kalt, hatte man nicht das Gefühl, von der quecksilbrigen Feuchtigkeit der Sliph durchweicht zu werden. Seine Augen nahmen hell und dunkel in einem einzigen, geisterhaften Bild wahr, während seine Lunge sich mit der süßen Gegenwart der Sliph füllte, sobald er ihr seidiges Wesen einatmete.

Richard freute sich, weil er wußte, daß Kahlan die gleiche Verzückung empfand wie er. Er spürte es am sanften Druck ihrer Hand. Sie ließen sich los, um sich mit Schwimmbewegungen durch den stillen Strom zu bewegen.

Richard schwamm weiter durch Dunkelheit und Licht. Er merkte, daß Kahlan seinen Knöchel packte, um sich von ihm ziehen zu lassen.

Zeit war ohne Bedeutung. Während er mit Kahlan an seinem Knöchel dahinschwebte, hätte dies das Flackern eines Augenblicks sein können oder das langsame Dahinziehen eines Jahres. Wie schon zuvor, kam das Ende unvermittelt.

Bilder des Raumes in der Burg der Zauberer explodierten rings um sie herum, da er aber wußte, was ihn erwartete, blieb der Schrecken diesmal aus.

Atme, sagte die Sliph.

Er ließ einen süßen Atemzug ab, leerte seine Lungen von dem Gefühl der Verzückung und sog die fremde Luft in sich hinein.

Er spürte, wie Kahlan hinter ihm hochkam, und in der Stille von Kolos Kammer hörte er, wie sie die Sliph ausstieß und die Luft einatmete. Richard tauchte auf. Die Sliph fiel von ihm ab, als er sich die Mauer hinaufstemmte und darüberschwang. Als seine Füße den

Boden berührten, drehte er sich um und bückte sich, um Kahlan herauszuhelfen.

Merissa lächelte ihn an.

Richard erstarrte. Nur langsam setzte sein Verstand wieder ein. »Wo ist Kahlan! Du bist mir über die Bande verpflichtet! Du hast einen Eid geschworen!«

»Kahlan?« antwortete die melodiöse Stimme. »Sie ist gleich hier.« Merissa faßte nach unten in das Quecksilber. »Aber du wirst sie nicht mehr brauchen. Und ich halte meinen Eid – einen Eid, den ich mir selbst geschworen habe.«

Sie hob Kahlans erschlafften Körper an ihrem Kragen in die Höhe. Mit Hilfe ihrer Kraft hievte sie Kahlan aus dem Brunnen der Sliph. Kahlan schlug gegen die Mauer und sackte, ohne zu atmen, am Boden zusammen.

Bevor Richard zu ihr eilen konnte, schlug Merissa die Klingen eines *Yabree* gegen das Felsgestein. Der süße Gesang ergriff von ihm Besitz und machte seine Beine schlaff und unbrauchbar, während er wie gebannt Merissas lächelndes Gesicht anstarrte.

»Der *Yabree* singt für dich, Richard. Sein Gesang ruft dich.«

Sie schwebte auf ihn zu, brachte den summenden *Yabree* näher heran. Sie hielt ihn in die Höhe, drehte das prachtvolle Objekt seiner Begierde, stellte es zur Schau, quälte ihn damit. Richard leckte sich über die Lippen, als das schnurrende Gesumm des *Yabree* ihm in die Knochen fuhr. Der kraftvoll vibrierende Klang zog ihn in seinen Bann.

Sie kam langsam näher, bot ihm den *Yabree* endlich an. Zu guter Letzt berührten seine Finger ihn, und der Gesang strömte durch jede Faser seines Körpers, schmeichelte sich in jeden Winkel seiner Seele. Lächelnd verfolgte Merissa, wie seine Finger sich um das Heft schlossen. Das Gefühl, ihn in den Händen zu halten, erfüllte ihn mit einem wohligen Schaudern. Seine Finger schlossen sich in quälender Lust fester.

Sie zog einen weiteren *Yabree* aus dem silbrigen Becken hervor. »Das ist nur die eine Hälfte, Richard. Du brauchst beide.«

Sie lachte, ein angenehmes Geräusch voller Schwung, und schlug den zweiten *Yabree* gegen das Gestein. Der Gesang machte ihn fast blind vor Sehnsucht, damit berührt zu werden. Nur mit Mühe konnte er verhindern, daß seine Knie einknickten. Er mußte den zweiten *Yabree* haben. Er beugte sich über die Mauer und reckte sich danach.

Merissas Lächeln war der reinste Hohn, doch das war ihm egal. Er wollte, brauchte weiter nichts als den Zwilling zu dem *Yabree* in seiner anderen Hand.

»Atme«, sagte die Sliph.

Richard sah geistesabwesend hinüber. Die Sliph betrachtete die Frau, die zusammengesunken auf dem Boden an der Wand lag. Er wollte gerade etwas sagen, da schlug Merissa den zweiten *Yabree* ein weiteres Mal gegen das Gestein.

Seine Beine wurden weich. Er legte seinen linken Arm, mit dem *Yabree* in der Hand, über die Mauer, um sich auf den Beinen zu halten.

»Atme«, sagte die Sliph noch einmal.

Richard kämpfte gegen den verzückenden Gesang an, der ihm summend in die Knochen fuhr, versuchte zu begreifen, wer das war, der dort an der Mauer lehnte, und zu dem die Sliph sprach. Es schien wichtig zu sein, er erinnerte sich jedoch nicht, wieso. Wer war das?

Merissas Lachen hallte durch den Raum, als sie erneut den *Yabree* anschlug.

Richard schrie hilflos auf, ein Gemisch aus Wonne und Verlangen.

»Atme«, sagte die Sliph erneut, beharrlicher diesmal.

Dann drang es langsam durch den betäubenden Gesang des *Yabree* zu ihm durch. Sein inneres Verlangen drängte an die Oberfläche, unterspülte die betäubende Melodie, die ihn gefangenhielt.

Kahlan.

Er sah sie an. Sie atmete nicht. In seinem Innern schrie eine Stimme um Hilfe.

Als der *Yabree* erneut zu singen begann, erschlafften seine Nackenmuskeln. Sein Blick irrte umher und heftete sich schließlich auf einen Gegenstand im Gestein unter ihm.

Ein Gefühl von Dringlichkeit setzte seine Muskeln in Bewegung. Er streckte die Hand aus. Seine Finger berührten es. Er umfaßte es mit einem Griff, und ein neues Verlangen fuhr ihm in die Glieder. Ein neues Verlangen, das er gut kannte.

Mit explosionsartiger Wut riß Richard das Schwert der Wahrheit aus dem steinernen Boden, und ein neuer Gesang hallte durch den Raum.

Merissa fixierte ihn mit mörderischem Blick, als sie den *Yabree* erneut gegen das Gestein schlug. »Du wirst sterben, Richard. Ich habe geschworen, in deinem Blut zu baden, und das werde ich auch tun.«

Mit allerletzter Kraft, gestärkt durch den Zorn des Schwertes, stemmte Richard sich gegen den oberen Mauerrand, reckte sich hinunter und stieß die Klinge in das Quecksilber der Sliph.

Merissa kreischte.

Silberne Adern schmolzen durch ihr Fleisch. Ihre Schreie hallten durch den Raum aus Stein, als sie die Arme in dem verzweifelten Versuch, der Sliph zu entkommen, in die Höhe reckte, doch es war zu spät. Ihr Körper machte eine Verwandlung durch, sie wurde so glänzend wie die Sliph – gleich einer silbernen Statue in einem Teich aus Silber. Die harten Züge ihres Gesichts gaben nach, und was einst Merissa gewesen war, löste sich im leisen Plätschern des Quecksilbers auf.

»Atme«, sagte die Sliph zu Kahlan.

Richard schleuderte den *Yabree* fort und rannte quer durch den Raum. Er nahm Kahlan in die Arme und trug sie zum Brunnen. Er legte sie über den Mauerrand, schlang seine Arme um ihren Unterleib und drückte zu.

»Atme, Kahlan! Atme!« Er preßte ihren Leib erneut zusammen. »Tu es für mich! Atme! Bitte, Kahlan, bitte!«

Ihre Lungen stießen das Quecksilber aus, dann holte sie keuchend, jäh und verzweifelt Luft, dann noch einmal.

Schließlich drehte sie sich in seinen Armen um und lehnte sich gegen ihn. »Oh, Richard, du hattest recht. Es war so wundervoll. Ich habe vergessen zu atmen. Du hast mich gerettet.«

»Aber er hat die andere umgebracht«, bemerkte die Sliph. »Ich habe ihn vor dem Gegenstand der Magie gewarnt, den er bei sich trägt. Mein Fehler ist es nicht.«

Kahlan betrachtete fassungslos das silberne Gesicht. »Von wem sprichst du?«

»Von der, die jetzt ein Teil von mir ist.«

»Merissa«, erklärte Richard. »Es ist nicht deine Schuld, Sliph. Ich mußte es tun, sonst hätte sie uns beide umgebracht.«

»Dann bin ich aus der Verantwortung entlassen. Danke, mein Gebieter.«

Kahlan wirbelte zu ihm herum und betrachtete das Schwert. »Was ist passiert? Was meinst du mit ›Merissa‹?«

Richard löste das Band an seinem Hals, griff über seine Schulter und zog das Mriswithcape von seinem Rücken.

»Sie ist uns durch die Sliph gefolgt. Sie hat versucht, dich umzubringen, und … nun, sie wollte ein Bad mit mir nehmen.«

»Was?«

»Nein«, verbesserte die Sliph, »sie sagte, sie wolle ein Bad in deinem Blut nehmen.«

Kahlans Mund klappte auf. »Aber … was ist passiert?«

»Sie weilt jetzt bei mir«, sagte die Sliph. »Für alle Zeiten.«

»Das bedeutet, sie ist tot«, erklärte Richard. »Ich werde es dir erklären, sobald wir mehr Zeit haben.« Er drehte sich zu der Sliph um. »Danke für deine Hilfe, Sliph, aber jetzt will ich, daß du schläfst.«

»Natürlich, mein Gebieter. Ich werde schlafen, bis ich wieder gebraucht werde.«

Das glänzende Silbergesicht wurde weicher und verschmolz wieder mit dem Becken voll Quecksilber. Ohne zu wissen warum, kreuzte Richard die Handgelenke. Das glänzende Becken begann zu glühen. Die Sliph wurde ruhig und begann in den Brunnen zurückzusinken, erst langsam, dann immer schneller, bis sie ganz verschwunden war.

Als er sich aufrichtete, starrte Kahlan ihn an. »Ich glaube, du wirst mir allerhand erklären müssen.«

»Sobald wir Zeit dafür haben, das verspreche ich.«

»Wo sind wir überhaupt?«

»In den unteren Gefilden der Burg, am Fuß eines der Türme.«

»In den unteren Gefilden der Burg?«

Richard nickte. »Unterhalb der Bibliothek.«

»Unter der Bibliothek! Niemand kann unter die Ebene der Bibliotheken gelangen. Es gibt Schilde, die alle Zauberer seit Menschengedenken von den unteren Gefilden der Burg ferngehalten haben.«

»Wie auch immer, dort befinden wir uns, und auch darüber werden wir später reden müssen. Wir müssen hinunter in die Stadt.«

Sie verließen Kolos Raum und drückten sich augenblicklich flach an die Mauer. Im Becken hinter dem Geländer hockte die rote Königin der Mriswiths. Sie breitete die Flügel schützend über ein Gelege von hundert Eiern, groß wie Melonen, und trompetete einen Warnlaut aus, der durch das Innere des riesigen Turmes hallte.

Am spärlichen Licht, das durch die Öffnungen oben fiel, erkannte Richard, daß es später Nachmittag war. Es hatte weniger als einen Tag gedauert, Aydindril zu erreichen – zumindest hoffte er, daß es nur einen Tag gedauert hatte. Im Licht konnte er auch die ungeheuren Ausmaße des Geleges mit seinen fleckig grauen und grünen Eiern oben auf dem Felsgestein erkennen.

»Das ist die Königin der Mriswiths«, erklärte Richard hastig, während er übers Geländer kletterte. »Ich muß die Eier vernichten.«

Kahlan rief seinen Namen, versuchte, ihn zurückzuhalten, als er über das Geländer in das dunkle, schleimige Wasser sprang. Mit gezücktem Schwert watete Richard durch das hüfttiefe Wasser zu den glatten Steinen in der Mitte. Die Königin richtete sich auf ihren Krallen auf und stieß ein klackendes Bellen aus.

Ihr Kopf schob sich schlängelnd mit schnappenden Kiefern dicht an ihn heran. Genau in diesem Augenblick schwang Richard das Schwert. Der groteske Kopf schnellte zurück. Sie schleuderte ihm eine Wolke beißenden Geruchs entgegen, der eine deutliche Warnung enthielt. Richard watete unerbittlich weiter. Ihre Kiefer klafften auf, daß man die langen, spitzen Zähne sah.

Richard durfte nicht zulassen, daß Aydindril den Mriswiths in die Hände fielen. Und wenn er diese Eier nicht zerstörte, würde es noch mehr Mriswiths geben, mit denen man sich beschäftigen mußte.

»Richard! Ich habe versucht, die blauen Blitze einzusetzen, aber hier unten will es nicht funktionieren! Komm zurück!«

Die Königin schnappte zischend nach ihm. Richard stach nach dem Kopf, als er ihm nahe kam, doch sie blieb knapp außer Reichweite und brüllte wütend. Es gelang Richard, den Kopf in Schach zu halten, während er nach etwas zum Festhalten suchte.

Er fand einen Spalt, wo er sich festklammerte, und kletterte auf die dunklen, schleimigen Felsen hinauf. Er schwang das Schwert, und als die drohenden Krallen zurückgezogen wurden, hackte er auf die Eier ein. Stinkendes, gelbes Dotter sickerte über den dunklen Stein, als die dicken, ledrigen Schalen zerbrachen.

Die Königin geriet außer sich. Sie flatterte mit den Flügeln, die sie vom Felsen abhoben und außerhalb der Reichweite von Richards Schwert trugen. Ihr Schwanz schnellte herum und knallte wie eine riesige Peitsche. Als der Schwanz sich näherte, schwang Richard das Schwert danach. Doch im Augenblick lag ihm mehr daran, die Eier zu zerstören.

Sie schnappte mit klackenden Zähnen nach ihm. Richard stieß das Schwert vor, durchbohrte ihren Hals mit einem flüchtigen Treffer, so daß die Königin vor Schmerz und Wut zurückzuckte. Mit ihren wild flatternden Flügeln stieß sie quer über den Fels vor. Richard wälzte sich zur Seite, um den Krallen auszuweichen. Ihr Schwanz schlug erneut nach ihm, und ihre Kiefer schnappten. Richard blieb nichts anderes übrig, als die Eier erst einmal zu ver-

403

gessen und sich zu verteidigen. Wenn er sie tötete, würde das seine Aufgabe erleichtern.

Die Königin kreischte vor Wut. Einen Augenblick später hörte Richard ein Knirschen. Er drehte sich um und sah, wie Kahlan mit einem Brett, das früher Teil der Tür zu Kolos Raum gewesen war, die Eier zertrümmerte. Er krabbelte über den glitschigen Fels, um sich zwischen Kahlan und die aufgebrachte Königin zu werfen, und drosch auf den Kopf ein, als der nach ihr schnappte, auf den Schwanz, als dieser versuchte, ihn vom Fels zu wischen, und auf die Krallen, als diese versuchten, ihn in Stücke zu reißen.

»Halte sie mir einfach nur vom Leib«, sagte Kahlan, das Brett schwingend, während sie, im zähen, gelben Matsch watend, die Eier zertrümmerte, »dann kümmere ich mich um die Eier hier.«

Richard wollte nicht, daß sich Kahlan in Gefahr begab, aber er wußte auch, daß sie ihre Stadt verteidigte, und konnte sie schlecht bitten, sich zu verstecken. Außerdem brauchte er ihre Hilfe. Er mußte hinunter in die Stadt.

»Aber beeil dich«, rief er zwischen Ducken und Angriff.

Der riesige, wuchtige Körper stürzte sich auf ihn, versuchte, ihn auf dem Fels zu zerdrücken. Richard sprang seitlich weg, trotzdem landete die Königin auf seinem Bein. Er schrie vor Schmerzen auf und schlug wild mit dem Schwert zu, als die Bestie nach ihm schnappte.

Plötzlich landete das Brett krachend auf den fleischigen Schlitzen oben auf dem Kopf der Königin. Diese taumelte vor Schmerz heulend zurück, schlug wild mit den Flügeln um sich. Ihre Krallen schlugen ins Leere. Kahlan hakte sich bei ihm ein und half ihm, sich hochzuziehen, als der rote Körper sich wieder aufrichtete. Die beiden taumelten zurück in das trübe Wasser.

»Ich habe sie alle erwischt«, meinte Kahlan. »Machen wir, daß wir hier rauskommen.«

»Ich muß sie erledigen«, sagte Richard, »sonst legt sie neue.«

Doch als die Königin der Mriswiths sah, daß alle ihre Eier vernichtet waren, schaltete sie von Angriff um auf Flucht. Ihre wie verrückt schlagenden Flügel hoben sie in die Lüfte. Sie stürzte gegen die Wand, krallte ihre Klauen in den Stein und begann zu einer großen Öffnung oben im Turm hinaufzuklettern.

Richard und Kahlan zogen sich aus dem stinkenden Becken auf den Laufgang. Richard wollte zur Treppe rennen, die sich an der Innenseite des Turmes hinaufwand, doch als er sein Bein belastete, stürzte er zu Boden.

Kahlan half ihm auf. »Du kannst jetzt nicht hinter ihr her. Wir haben alle Eier zerbrochen, wir werden uns später um sie kümmern müssen. Ist dein Bein gebrochen?«

Richard lehnte sich an das Geländer und rieb sich die schmerzhafte Prellung, während er zusah, wie die Königin durch die Öffnung oben im Turm kletterte. »Nein, sie hat es nur gegen den Felsen geschmettert. Wir müssen runter in die Stadt.«

»Aber du kannst nicht laufen.«

»Ich komme schon zurecht. Der Schmerz läßt bereits nach. Gehen wir.«

Richard nahm eine der leuchtenden Kugeln mit, um ihnen den Weg zu erhellen, und die beiden machten sich auf den Weg aus dem Bauch der Burg, wobei Kahlan ihn stützte. In den Gängen und Kammern, durch die er sie führte, war sie nie zuvor gewesen. Er mußte sie in den Armen halten, um sie durch die Schilde hindurch zu bekommen, mußte sie ständig warnen, was sie nicht berühren und wohin sie nicht treten durfte. Wiederholt stellte sie seine Warnungen in Frage, befolgte seine mit Nachdruck gegebenen Anweisungen jedoch, wobei sie leise protestierte, sie habe gar nicht gewußt, daß es diese eigenartigen Orte in der Burg überhaupt gab.

Als sie sich durch die Säle und Korridore bis nach oben durchgearbeitet hatten, ging es seinem Bein wieder besser, obwohl es noch immer schmerzte. Er konnte gehen, wenn auch hinkend.

»Wenigstens weiß ich, wo wir sind«, sagte Kahlan, als sie den langen Gang vor den Bibliotheken erreichten. »Ich hatte schon Angst, wir würden überhaupt nicht mehr dort unten rauskommen.«

Richard steuerte auf die Korridore zu, von denen er wußte, daß sie nach draußen führten. Kahlan protestierte, dort könne er nicht langgehen, doch er bestand darauf, dies sei der Weg, den er stets gegangen sei, also folgte sie ihm widerstrebend. Er nahm sie in die Arme, um sie durch den Schild zur großen Halle am Eingang zu schleusen, und beide waren froh, eine Entschuldigung zu haben.

»Wie weit ist es noch?« fragte sie, als sie sich in dem fast nackten Raum umsah.

»Gleich hier. Das ist die Tür nach draußen.«

Als sie durch die Tür gingen und nach draußen traten, drehte sich Kahlan verwundert zweimal um sich selbst. Sie raffte ihren Rock auf und deutete auf die Tür. »Dort? Du bist dort hineingegangen? Auf diesem Weg bist du in die Burg hineingelangt?«

Richard nickte. »Der Pfad aus Steinen führte dorthin.«

Sie zeigte wütend über die Tür. »Sieh doch, was dort steht. Und da bist du reingegangen?«

Richard blickte hoch zu den Worten, die in den Stein über der riesigen Tür gemeißelt waren. »Ich weiß nicht, was diese Worte bedeuten.« ·

»*Tavol de ator Mortado*«, las sie die Worte laut ab. »Das heißt ›Pfad der Toten‹.«

Richard blickte zu den anderen Türen jenseits der weiten Fläche aus Gesteinssplittern und Kies hinüber. Er mußte an das Wesen denken, das unter dem Kies auf sie losgegangen war.

»Na ja, es war offenkundig die größte Tür, und der Pfad führte genau dorthin, daher dachte ich, es sei der Weg, der hineinführt. Das ergibt doch Sinn, wenn man es sich überlegt. Ich wurde als ›Bringer des Todes‹ bezeichnet.«

Kahlan rieb sich bestürzt die Arme. »Wir hatten Angst, du könntest zur Burg hinaufgehen. Wir hatten eine Heidenangst, du würdest dort hineingehen und umkommen. Gütige Seelen, ich kann immer noch nicht glauben, daß dir nichts passiert ist. Nicht einmal Zauberer würden diesen Eingang benutzen. Wegen des Schildes gleich dahinter käme ich ohne deine Hilfe überhaupt nicht hinein. Das allein besagt, daß es dort gefährlich ist. Ich kann alle

Schilde passieren, nur nicht die, die die gefährlichsten Stellen markieren.«

Richard hörte ein Knirschen und sah eine Bewegung im Kies. »Du fürchtest dich doch nicht etwa davor?« Sie hockte sich nieder und vergrub ihre Hand im Kies, als das große Wesen darunter auf sie zukam. Sie bewegte ihre Hand, als kraulte sie ein Haustier.

»Was tust du?«

Kahlan kämpfte spielerisch mit dem Wesen unter dem Kies. »Das ist bloß ein Steinhund. Zauberer Giller hat ihn hervorgezaubert, um eine Frau zu vertreiben, die ständig hinter ihm her war. Sie hatte Angst, über den Kies zu laufen, und natürlich würde kein Mensch, der recht bei Verstand ist, den Pfad der Toten betreten.« Kahlan stand auf. »Soll das heißen ... sag bloß, du hattest Angst vor einem Steinhund?«

»Na ja ... nein, nicht ganz ... aber ...«

Kahlan stemmte die Hände in die Hüften. »Du hast den Pfad der Toten beschritten und bist durch diese Schilde gegangen, weil du dich vor einem Steinhund gefürchtet hast? Deshalb bist du nicht zu den anderen Türen gegangen?«

»Ich wußte nicht, was dieses Wesen unter dem Kies war, Kahlan. Ich hatte so etwas noch nie gesehen.« Er kratzte sich am Ellenbogen. »Also gut, schön, ich habe mich davor gefürchtet. Ich wollte vorsichtig sein. Ich wußte nicht, daß diese Tür so gefährlich war.«

Sie warf einen verzweifelten Blick gen Himmel. »Richard, du hättest –«

»Ich bin in der Burg nicht umgekommen, ich habe die Sliph entdeckt, und ich habe es geschafft, dich zu finden. Und jetzt los. Wir müssen hinunter in die Stadt.«

Sie legte ihm den Arm um die Hüfte. »Du hast recht. Wahrscheinlich bin ich bloß nervös wegen ...« Sie zeigte auf die Tür. »Wegen allem, was da drinnen geschehen ist. Diese Mriswithkönigin hat mir angst gemacht. Ich bin nur froh, daß du es geschafft hast.«

Arm in Arm liefen sie durch den hoch aufragenden Bogen, der durch die Außenmauer führte.

Als sie unter dem gewaltigen Fallgitter durch liefen, peitschte ein mächtiger roter Schwanz um die Ecke und fällte sie beide. Richard hatte nicht einmal mehr Gelegenheit, wieder zu Atem zu kommen, als bereits rote Flügel über ihnen flatterten. Krallen rissen an ihm. Er spürte einen brennenden Schmerz in seiner linken Schulter, als eine Kralle ihn auf den Haken nahm. Kahlan wurde von dem dreschenden Schwanz über den Boden gewälzt.

Noch während er von der in seiner Schulter steckenden Klaue immer näher an den klaffenden Schlund herangehievt wurde, riß Richard sein Schwert heraus. Augenblicklich überflutete ihn der Zorn. Er schlitzte einen Flügel auf. Die Königin zuckte zurück und zog dabei die Klaue aus seiner Schulter zurück. Der Zorn der Magie half ihm, die Schmerzen zu ignorieren, als er auf die Füße sprang.

Er stach mit dem Schwert zu, als die Bestie einen Satz in seine Richtung machte und mit den Kiefern nach ihm schnappte. Sie schien nur aus Flügeln, Reißzähnen, Krallen und Schwanz zu bestehen, als sie auf ihn losging und er hastig zurückwich. Richard durchbohrte einen Arm, und die Königin fuhr unter Schmerzen zurück. Ihr Schwanz peitschte nach vorn, erwischte ihn quer über den Leib und schleuderte ihn gegen die Wand. Er hackte wild auf den Schwanz ein und kappte dessen Spitze.

Die rote Mriswithkönigin stellte sich unter dem dornenbesetzten Fallgitter auf die Hinterbeine. Richard hechtete zum Hebel und prallte mit seinem ganzen Gewicht dagegen. Mit einem scheppernden Kreischen stürzte das Gatter auf die tobende Bestie herab. Die Königin drehte sich zur Seite, als das Tor, knapp ihren Rücken verfehlend, krachend niederging, dabei aber einen Flügel erwischte und ihn auf dem Boden festspießte. Ihr Geheul wurde noch lauter.

Richard erstarrte in kaltem Schrecken, als er sah, daß Kahlan zu Boden gegangen war – auf der anderen Seite des Tores. Die Königin hatte sie ebenfalls entdeckt. Sie zerrte ihren Flügel mit übermächtiger Anstrengung unter dem Tor hervor und zerriß ihn dabei zu langen, ausgefransten Fetzen.

»Kahlan, fliehe!«

Kahlan versuchte, benommen fortzukriechen, doch die Bestie schlug zu. Sie bekam die Mutter Konfessor an einem Bein zu fassen und hielt sie fest.

Die Königin drehte sich um und spie einen fauligen Gestank in seine Richtung. Richard hatte keine Mühe zu verstehen, was sie wollte: Rache.

Mit irrwitziger Anstrengung zerrte er an dem Rad, mit dem das Tor angehoben wurde. Es hob sich mit jedem Ruck nur um wenige Zentimeter. Die Königin wand sich die Straße hinunter, Kahlan am Bein hinter sich herschleifend.

Richard ließ das Rad los und drosch, getrieben von der Raserei der Magie, mit dem Schwert auf die flachen Bandeisen des Fallgitters ein. Funken und heiße Stahlsplitter segelten rauchend davon. Brüllend vor Wut schlug er erneut mit dem Schwert auf das Eisen und riß eine weitere Lücke in das Gitter. Ein dritter Schlag, und er hatte ein Stück herausgeschnitten. Er trat es nieder und stürzte sich durch die Öffnung.

Richard rannte die Straße hinunter, der entkommenden Bestie hinterher. Kahlan krallte sich im verzweifelten Versuch, sich zu befreien, in den Erdboden. Als sie die Brücke erreichte, sprang die Königin auf deren Seitenmauer und knurrte Richard fauchend an, der in vollem Tempo auf sie zugerannt kam.

Die Königin schlug mit den zerfetzten Flügeln, als sei ihr nicht klar, daß sie nicht fliegen konnte. Immer noch in vollem Lauf stieß Richard einen Schrei aus, als sie sich umdrehte und die Flügel ausbreitete, bereit, mit ihrer Beute von der Brücke abzuspringen.

Der Schwanz wischte quer über die Straße, als Richard auf die Brücke zugerannt kam. Er stutzte ihn um ein sechs Fuß großes Stück. Die Königin wirbelte herum, Kahlan wie eine Marionette verkehrt herum am Bein festhaltend. Richard, jenseits vernunftgesteuerter Gedanken, schwang das Schwert in blindem Zorn, als sie nach ihm schnappte. Übersprüht vom Blut der Bestie, hackte er die Vorderseite eines Flügels ab, dessen Knochen unter seiner Klinge zu weißen Trümmern zersplitterten. Sie schlug mit dem gestutzten Schwanz nach ihm und flatterte mit dem anderen zerfleischten Flügel.

Schreiend reckte sich Kahlan mit ausgestreckten Fingern nach Richard und verfehlte ihn knapp. Er jagte das Schwert in den roten Bauch. Eine rote Kralle riß Kahlan fort, als er versuchte, ihre Hand zu packen. Richard schnitt den anderen Flügel an der Schulter ab. Blut sprühte in die Luft, als die tobende Bestie sich mal hier –, mal dorthin wand und versuchte, an ihn heranzukommen. Das stinkende Blut verteilte sich überall, und die Bewegungen der Königin wurden träge. Dadurch bekam Richard Gelegenheit, ihr weitere Wunden beizubringen.

Richard sprang vor, bekam Kahlans Handgelenk zu fassen und sie seins. Dabei bohrte er das Schwert bis zum Heft in die Unterseite der schwellenden, roten Brust. Das war ein Fehler.

Die tödlich verwundete Mriswithkönigin hielt Kahlans Bein in tödlich festem Griff. Die rote Bestie wankte und stürzte mit einer alptraumhaft langsamen Drehung von der Brücke in den gähnend tiefen Abgrund. Kahlan kreischte. Richard packte mit all seiner Kraft zu. Der Absturz der Königin erzeugte an seinem Arm einen Zug, der ihn mit dem Bauch krachend gegen die Mauer über dem schwindelerregenden Abgrund riß.

Richard schwang das Schwert über den Mauerrand hinweg und kappte mit einem mächtigen Hieb den Arm, der Kahlans Bein umklammert hielt. Die rote Bestie trudelte in den Abgrund zwischen den jähen, Tausende von Fuß abfallenden Wänden, um in der Ferne ganz weit unten zu verschwinden.

Kahlan hing an seiner Hand über ebendiesem Abgrund. Blut lief seinen Arm hinunter und über ihre Hände. Er spürte, wie ihr Handgelenk seinem Griff zu entgleiten begann. Nur seine Hüften verhinderten noch, daß er selbst über die Mauer ging.

Mit einer gewaltigen Anstrengung zog er sie ein, zwei Fuß hinauf. »Pack die Mauer mit der anderen Hand. Ich kann dich nicht mehr halten. Du rutschst.«

Kahlan klatschte ihre freie Hand oben auf die steinerne Mauer und fing so einen Teil ihres Gewichts ab. Richard warf das Schwert hinter sich auf die Straße und faßte mit der jetzt freien Hand unter ihren Arm. Er biß die Zähne zusammen und zog sie mit ihrer Hilfe über die Mauer auf die Straße.

»Mach sie ab!« schrie sie. »Mach sie ab!«

Richard stemmte die Klauen auseinander und zog das Bein heraus. Er schleuderte den roten Arm über den Mauerrand. Keuchend vor Erschöpfung sank Kahlan in seine Arme, zu erschöpft, um ein einziges Wort hervorzubringen. Trotz seiner pochenden Schmerzen spürte Richard das berauschende, warme Gefühl der Erleichterung.

»Wieso hast du nicht deine Kraft benutzt … die Blitze?«

»Unten in der Burg wollte es nicht funktionieren, und hier draußen hatte mich diese Bestie besinnungslos geschlagen. Wieso hast du deine nicht benutzt – ein paar von diesen angsteinflößenden Blitzen wie im Palast der Propheten?«

Richard dachte über die Frage nach. »Ich weiß es nicht. Ich weiß es nicht, wie meine Gabe funktioniert. Es hat etwas mit Instinkt zu tun. Ich kann sie nicht zwingen, nach Belieben zu funktionieren.« Er strich ihr mit einer Hand übers Haar und schloß die Augen.

»Ich wünschte, Zedd wäre hier. Er könnte mir helfen, sie zu beherrschen – und zu lernen, sie zu gebrauchen. Ich vermisse ihn so.«

»Ich weiß«, sagte sie leise.

Obwohl sie beide schwer atmeten, hörte er die fernen Rufe von Soldaten und das Klirren von Stahl. Er witterte Rauch. Die Luft war voll davon.

Den heftigen Schmerz in seiner Schulter ignorierend, half er Kahlan auf, dann liefen die beiden die Straße hinunter bis zu einer Spitzkehre, von wo aus man einen Blick über die Stadt unten hatte.

Dort bremsten sie abrupt und kamen stolpernd zum Stehen. Kahlan stockte der Atem.

Richard sank schockiert auf die Knie. »Gütige Seelen«, sagte er leise, »was habe ich nur angerichtet.«

411

28. Kapitel

Es ist Lord Rahl!« Stimmen trugen den Ruf durch den wilden, ungeordneten Haufen d'Haranischer Truppen weiter nach hinten. »Sammelt euch! Es ist Lord Rahl!«

Ein Schlachtruf wurde laut in der Luft des späten Nachmittags. Tausende von Stimmen übertönten den Lärm der Schlacht. Waffen wurden unter donnerndem Gebrüll in die verqualmte Luft gereckt. »Lord Rahl! Lord Rahl! Lord Rahl!«

Mit verbitterter Miene marschierte Richard durch die Soldaten im Hintergrund der Schlacht. Verwundete, blutende Männer kamen taumelnd auf die Beine und schlossen sich der Menge an, die ihm folgte.

Durch den Dunst des beißenden Rauchs konnte Richard den Hang hinab durch die Straßen bis zum verzweifelten Kampf der Männer in der vordersten Reihe dunkel uniformierter D'Haraner blicken. Jenseits davon flutete ein Meer aus Rot in die Stadt hinein und verdrängte seine Männer. Der Lebensborn. Von rechts und links und allen Seiten kamen sie, unerbittlich, unaufhaltsam.

»Es müssen weit über einhunderttausend sein«, murmelte Kahlan, offenbar zu sich selbst.

Richard hatte eine Streitmacht von einhunderttausend Mann auf die Suche nach Kahlan geschickt. Sie waren Wochen von der Stadt entfernt. Er hatte die Streitmacht in Aydindril fast halbiert und die Hälfte fortgeschickt. Und jetzt kam der Lebensborn aus dem Schoß der Kirche, um seinen Fehler auszunutzen.

Trotzdem hätten genug D'Haraner hier sein müssen, um einer solchen Zahl standzuhalten. Irgend etwas war verkehrt. Vollkommen verkehrt.

Gefolgt von einer wachsenden Menge Verwundeter, die sich hinter ihm herschleppte, erreichte Richard das, wie es schien, größte Gefecht. Der Lebensborn drängte von allen Seiten in die Stadt vor. Über der Königsstraße züngelten Flammen in den Himmel. Mitten in der weiten Fläche dunkler Uniformen erhob sich die weiße Pracht des Palastes der Konfessoren.

Offiziere kamen herbeigelaufen, deren Freude, ihn zu sehen, vom Anblick dessen, was gleich hinter ihnen geschah, gedämpft wurde. Die Schreie vom Kampfplatz fraßen sich ihm brennend in die Nerven.

Zu Richards Überraschung war seine eigene Stimme ruhig wie der Tod selbst. »Was ist hier eigentlich los? Das sind d'Haranische Soldaten. Wieso werden sie zurückgetrieben? Sie sind nicht in Unterzahl. Wie konnte der Lebensborn aus dem Schoß der Kirche so weit in die Stadt vordringen?«

Der kampferprobte Kommandeur sagte nur ein einziges Wort. »Mriswiths.«

Richard ballte die Fäuste. Gegen Mriswiths hatten diese Männer keine Chance. Ein Mriswith konnte in wenigen Minuten Dutzende von Soldaten niedermachen. Richard hatte lange Schlangen von Mriswiths in die Sliph hineinsteigen sehen – Hunderte von ihnen.

Vielleicht waren die D'Haraner zu Beginn nicht in der Unterzahl gewesen, jetzt jedoch waren sie es.

Schon begannen die Stimmen der Seelen zu ihm zu sprechen und übertönten die Schreie der Todesqualen. Er blickte hinauf zur matten Scheibe der Sonne hinter dem Qualm. Noch zwei Stunden Tageslicht.

Richards Blick traf sich mit denen dreier seiner Leutnants. »Ihr, Ihr und Ihr. Sucht Euch einen Trupp von der erforderlichen Größe zusammen.« Ohne sich umzudrehen, deutete er mit dem Daumen nach hinten auf Kahlan. »Bringt die Mutter Konfessor, meine Königin, in den Palast und beschützt sie.«

Der Blick in Richards Augen machte jede Bemerkung über den Ernst des Auftrags vollkommen unnötig, jede Warnung vor den Folgen eines Versagens überflüssig.

Kahlan protestierte lauthals. Richard riß das Schwert aus der Scheide.

»Sofort.«

Die Männer sprangen auf und taten, wie ihnen befohlen, drängten Kahlan zurück, während sie ihn anschrie. Richard sah weder hin, noch hörte er auf ihre Worte.

Er hatte sich bereits seinem lebendigen Zorn hingegeben. Magie und Tod tanzten gefährlich in seinen Augen. Schweigende Männer wichen langsam in einem immer größer werdenden Kreis vor ihm zurück.

Richard zog die Klinge durch das Blut auf seinem Arm, um dem Schwert einen Vorgeschmack zu geben. Der Druck des Zorns erhöhte sich.

Er drehte den Kopf, die Augen des Todes suchten die wandelnden Toten. Im doppelten Aufbrausen des Zorns des Schwerts und seines ganz persönlichen nahm er nichts mehr wahr als die kochende Wut in seinem Innern, und doch wußte er, das genügte noch nicht. In rascher Folge riß er sämtliche Schranken nieder und entfesselte alle Magie, hielt nichts zurück. Er war eins mit den Seelen in seinem Innern, mit der Magie, mit dem Verlangen. Er war der wahre Sucher, und mehr als das.

Er war der zum Leben erwachte Bringer des Todes.

Und dann setzte er sich in Bewegung, schob sich durch die Männer hindurch, die versuchten, zur Front zu gelangen, durch die in dunkles Leder gehüllten Soldaten, die sich, ächzend vor Entschlossenheit, mit den eingebrochenen Soldaten in karminroten Capes und blitzenden Rüstungen Handgemenge lieferten, durch Ladenbesitzer, die zum Schwert gegriffen hatten, durch junge Burschen aus der Stadt mit Lanzen und Kinder mit Knüppeln.

Stolzen Schritts ging er vorwärts, streckte die Männer des Lebensborns nur nieder, wenn sie versuchten, ihm den Weg zu versperren. Er hatte es auf eine tödlichere Gefahr abgesehen als sie.

Richard sprang mitten im Gewühl auf einen umgestürzten Karren. Männer drängten sich um ihn, um Schaden von ihm fernzuhalten. Sein Raubvogelblick wanderte über die Szene. Schaden anzurichten, das war seine Absicht.

Vor ihm überflutete ein Meer aus roten Capes das dunkle Gestade aus toten D'Haranern. Die Zahl der d'Haranischen Toten war erschreckend, doch er hatte sich in der Magie verloren, und der Gedanke an etwas anderem als den Feind war kaum mehr als Bodensatz im Hexenkessel seines Zorns.

Irgendwo im hintersten Winkel seines Verstandes schrie eine Stimme in Richard beim Anblick von soviel Tod auf, der Schrei verlor sich jedoch im Getöse seines Zorns.

Richard spürte ihre Gegenwart, bevor er sie sah. Eine fließende Bewegung, die wie mit Sicheln in lebendiges Fleisch schnitt und eine Ernte aus Tod einfuhr. Der Lebensborn aus dem Schoß der Kirche drängte hinter ihnen nach und überrannte die dezimierten D'Haraner.

Richard hob das Schwert der Wahrheit und legte sich die karminrote Klinge an die Stirn. Er gab sich mit seinem ganzen Selbst hin.

»Klinge«, flehte er eindringlich, »sei mir heute treu.«

Bringer des Todes.

»Tanze mit mir, Tod«, raunte er. »Ich bin bereit.«

Mit dumpfem Schlag landeten die Stiefel des Suchers auf der Straße. Seine Instinkte verschmolzen mit denen all derer, die die Klinge zuvor geführt hatten. Er trug ihr Wissen, ihre Erfahrung und ihr Können wie eine zweite Haut.

Er ließ sich von der Magie leiten, die wiederum wurde getrieben vom Sturm seines Zorns und seines Willens. Er ließ der Gier zu töten freien Lauf und schlüpfte durch die Reihen der Männer.

Flink wie der Tod fand seine Klinge ihr erstes Ziel, und ein Mriswith ging zu Boden.

Vergeude deine Kraft nicht, indem du Menschen tötest, die die andern töten können, flüsterten ihm die Stimmen der Seelen zu. *Töte nur die, die sie nicht töten können.*

Richard folgte dem Rat der Stimmen und erspürte die Mriswiths ringsum, manche von ihnen in ihren Capes verborgen. Er tanzte mit dem Tod, und gelegentlich ereilte sie das Ende, bevor sie ihn kommen sahen. Er tötete, ohne Kraft zu vergeuden, ohne je ein zweites Mal zuzuschlagen. Jeder Hieb seiner Klinge traf auf Fleisch.

Richard schritt durch die Reihen, auf der Suche nach den schuppigen Kreaturen, die den Lebensborn anführten. Er spürte die Hitze der Feuer, als er auf der Jagd nach ihnen durch die Straßen streifte. Er vernahm das überraschte Zischen, wenn er wie ein Wirbelwind zwischen sie fuhr. Seine Nüstern füllten sich mit dem Gestank ihres Blutes. Der Kampf wurde zu einer einzigen, verschwommenen Bewegung.

Trotz allem, er wußte, es würde nicht reichen. Mit einem Gefühl, als würde er in Angst ertrinken, wurde ihm bewußt, daß es nicht reichen würde. Es gab nur einen, der so war wie er, und wenn ihm nur der geringste Fehler unterlief, gab es nicht einmal mehr ihn. Es war, als wollte man ein Volk von Ameisen vernichten, indem man eine nach der anderen zertrat.

Schon kamen die *Yabree* näher, als er hätte zulassen sollen. Zweimal streifte ihr Gesang seine Haut und hinterließ rote Striemen. Schlimmer noch, überall ringsum starben die Männer zu Hunderten, während der Lebensborn von hinten nachdrängte, um die Verwundeten abzuschlachten. Der Kampf zog sich endlos hin.

Richard blickte in die Sonne und sah, daß der Horizont sie bereits teilte. Nacht senkte sich wie ein Leichentuch über die letzten Züge der Sterbenden. Er wußte, auch für ihn würde es kein Morgen geben.

Richard spürte einen brennenden Schnitt in seiner Seite und wirbelte herum. Ein Mriswithkopf zerplatzte in einer Gischt aus Rot, als er ihn mit seinem Schwert erwischte. Er wurde müde, und sie kamen ihm zu nah. Er riß die Klinge hoch, schlitzte einem weiteren den Bauch auf. Er war taub für ihr Totengeheul.

Er mußte an Kahlan denken. Es würde kein Morgen geben. Für ihn nicht. Für sie nicht. Der Tod senkte sich über sie wie die Dunkelheit.

416

Nur mit Mühe verbannte er Kahlan aus seinen Gedanken. Die Ablenkung konnte er sich nicht erlauben. Drehen. Klinge hoch. Zustoßen. Ducken. Schnitt. Die Stimmen sprachen zu ihm, und er reagierte ohne Zögern oder Frage.

Mit atemberaubender Bestürzung wurde ihm bewußt, daß sie ins Zentrum von Aydindril abgedrängt wurden. Er drehte sich um und blickte über den mit Getümmel, Chaos und der wirren Raserei des Gemetzels überschwemmten Platz hinaus und entdeckte den Palast der Konfessoren, kaum eine halbe Meile entfernt. Bald würden die Mriswiths die Reihen durchbrechen und auf den Platz strömen.

Er hörte lautes Gebrüll und sah, wie ein Trupp d'Haranischer Soldaten hinter den feindlichen Linien aus einer Seitenstraße in den Lebensborn vorstieß und dessen Aufmerksamkeit vom Gemetzel an der Front ablenkte. Von der anderen Seite strömte eine ähnlich große Zahl herbei und trennte eine große Anzahl Männer in karminroten Capes auf einer breiten Durchgangsstraße ab. Die D'Haraner hackten sich in den Kessel aus Soldaten des Lebensborns und schlugen sie in Stücke.

Richard erstarrte zur Statue, als er sah, daß Kahlan an der Spitze des Ausfalls stand. Sie führte nicht nur d'Haranische Truppen an, sondern auch Männer und Frauen aus dem Palastpersonal. Das Blut gefror ihm, als er daran dachte, mit welcher Verzweiflung sich die Menschen aus Ebinissia zum Schluß an der Verteidigung ihrer Stadt beteiligt haben mußten.

Was tat sie nur? Sie sollte im Palast sein, wo es sicher war. Er erkannte zwar, daß dies ein tapferer Schachzug war, aber enden würde er fatal. Der Lebensborn war zu zahlreich, und sie würden mitten zwischen ihnen eingekeilt werden.

Bevor es dazu kam, zog sie die Männer zurück. Richard schlug einem Mriswith den Kopf herunter. Er glaubte schon, sie habe sich wieder in Sicherheit gebracht, als sie einen weiteren Stoßangriff aus einer anderen Straße anführte, an einer anderen Stelle der Front.

Die Männer in den karminroten Capes wandten sich der neuen Bedrohung zu, nur um von hinten bedrängt zu werden. Die Mriswiths nahmen der Wirkung der Taktik die Schärfe und fraßen sich bald mit derselben Wirksamkeit in die neue Front, mit der sie schon den ganzen Nachmittag vorgegangen waren.

Richard schnitt eine gerade Linie durch die Masse karminroter Capes zu Kahlan. Nach dem Kampf gegen Mriswiths wirkten Menschen im Vergleich träge und schwerfällig. Nur die Entfernung machte die Sache anstrengend. Seine Arme wurden schwer, und seine Kraft ließ nach.

»Kahlan! Was tust du!« Der Zorn der Magie kräftigte seine Stimme, als er sie an einem Arm zu fassen bekam. »Ich habe dich in den Palast geschickt, wo du in Sicherheit bist.«

Sie riß ihren Arm los. In der anderen Hand hielt sie ein blutverschmiertes Schwert. »Ich werde nicht in einer Ecke meines Zuhauses kauernd sterben, Richard. Ich werde um mein Leben kämpfen. Und wage es nicht wieder, mich anzuschreien!«

Richard wirbelte herum, als er die Gegenwart eines anderen Wesens spürte. Kahlan duckte sich, als die Luft auf einmal voller Blut und Knochen war.

Sie drehte sich um und brüllte Befehle. Soldaten schwenkten herum, um auf ihr Kommando anzugreifen.

»Dann sterben wir zusammen, meine Königin«, sagte Richard leise, denn sie sollte nicht hören, wie er sich verlorengab.

Richard spürte die Zusammenballung der Mriswiths, als sich die Frontlinien auf den Platz zubewegten. Das Gefühl ihrer Gegenwart war zu übermächtig, um einzelne zu erkennen. Über den Köpfen des Meeres aus roten Capes und blitzenden Rüstungen erkannte er in der Ferne etwas Grünes, das auf die Stadt vorrückte. Er konnte sich keinen Reim darauf machen.

Richard stieß Kahlan zurück. Ihr Protest war im Nu beendet, als er sich wirbelnd in die Reihen schuppiger Wesen warf, sobald sie vor ihm sichtbar wurden. Er tanzte durch ihren Angriff hindurch und streckte sie so schnell nieder, wie er vorankam.

Inmitten seines wüsten Ansturms entdeckte er noch etwas, auf das er sich keinen Reim machen konnte: Punkte. Er dachte, er

418

müsse müde sein, daß er begann, einen Himmel voller Punkte zu sehen.

Vor Wut brüllend schrie er einen *Yabree* an, der ihm zu nahe kam. Er hackte den Arm, dann den Kopf in schneller Folge ab. Die nächste Klinge folgte. Er duckte sich darunter weg und kam, das Schwert voran, wieder hoch. Ein Stoß mit seinem Messer erledigte den nächsten. Dem Mriswith hinter ihm mußte er einen Tritt verpassen, bevor er sein Schwert rauszerren konnte.

Mit kalter Wut wurde ihm bewußt, daß die Mriswiths begriffen hatten, daß er allein ihnen gefährlich werden konnte, und daß sie ihn umzingelten. Er hörte Kahlan seinen Namen schreien. Selbst wenn er gewollt hätte, er konnte nichts tun, nirgendwohin fliehen. Er fühlte das Brennen der Klingen, die ihm zu nahe kamen, bevor er sie stoppen konnte.

Es waren zu viele. Gütige Seelen, es waren einfach zu viele.

Er sah nicht mal mehr Soldaten in der Nähe. Er war umzingelt von einer Wand aus Schuppen und dreiklingigen Messern. Nur die Raserei seiner Magie hielt sie noch zurück. Er wünschte, er hätte Kahlan gesagt, daß er sie liebe, anstatt sie anzuschreien.

Am Rand seines Gesichtsfeldes blitzte etwas Braunes auf. Er hörte das Heulen eines Mriswiths, aber das war nicht der, den er getötet hatte. Er fragte sich, ob man beim Sterben vielleicht eine Art Verwirrung spürte. Das Herumwirbeln, das Schwingen seines Schwertes, die markerschütternden Zusammenstöße hatten ihn schwindelig gemacht.

Ein riesengroßes Etwas stürzte aus dem Himmel herab. Dann noch eins. Bemüht zu erkennen, was geschah, versuchte Richard, sich das Mriswithblut aus den Augen zu wischen. Überall ringsum heulten die Mriswiths auf.

Richard konnte Flügel erkennen. Braune Flügel. In seinem Blickfeld schienen pelzige Arme, die Köpfe abdrehten. Krallen rissen Schuppenhäute auseinander. Reißzähne vergruben sich in Hälse.

Richard taumelte zurück, als der gewaltige Gar mit dumpfem

Schlag direkt vor ihm landete und die Mriswiths torkelnd zurückschreckte.

Es war Gratch.

Richard sah sich fassungslos um. Überall waren Gars. Hoch droben in der Luft folgten immer mehr nach – das waren die Punkte,
die er gesehen hatte.

Gratch wuchtete einen aufgeschlitzten Mriswith in die Männer
des Lebensborns und stürzte sich auf den nächsten. Überall fielen
die Gars über sie her. Immer mehr von ihnen ließen sich aus dem
dunkler werdenden Himmel überall längs der Kampflinien auf die
Mriswiths fallen. Überall sah man leuchtend grüne Augen. Die
Mriswiths hüllten sich in ihre Capes, wurden unsichtbar, doch es
nützte ihnen nichts. Die Gars fanden sie trotzdem. Es gab kein Entrinnen.

Richard hielt das Schwert mit beiden Händen fest und glotzte
nur. Gars brüllten. Mriswiths heulten. Richard mußte lachen.

Kahlans Arme schlangen sich von hinten um ihn. »Ich liebe
dich«, schrie sie ihm ins Ohr. »Ich dachte, ich würde sterben, ohne
es dir gesagt zu haben.«

Richard hörte Rufe über dem Geschrei der Schlacht. Das Grüne,
das er gesehen hatte, waren Soldaten. Zu Zehntausenden stießen sie
in den Rücken des Lebensborns, strömten um Gebäude herum und
schlugen die Männer in den karminroten Capes vernichtend
zurück. Die D'Haraner auf Richards Seite, befreit von den Mriswiths, sammelten sich und stürzten sich mit der todbringenden
Tüchtigkeit, für die sie bekannt waren, auf den Feind.

Ein riesiger Keil aus Soldaten in Grün wurde in den Lebensborn
hineingetrieben und arbeitete sich zu Kahlan und Richard vor. Zu
allen Seiten warfen sich Dutzende von Gars auf die Mriswiths.
Gratch stürzte sich wild um sich schlagend unter sie und drängte
die Angreifer zurück. Richard kletterte auf einen Brunnenrand, um
das Geschehen besser verfolgen zu können. Er ergriff Kahlans
Hand und half ihr zu sich hinauf. Männer liefen herbei, um sie zu
schützen, trieben den Lebensborn zurück.

»Das sind Keltonier«, erklärte Kahlan. »Die Männer in den grünen Uniformen sind Keltonier.«

In der vordersten Reihe des keltonischen Angriffs stand ein Mann, den Richard kannte: General Baldwin. Als der General sie oben auf dem Brunnen erblickte, löste er sich, während er noch Befehle brüllte, mit einer kleineren Gruppe von seiner Hauptstreitmacht und bahnte sich einen geraden Weg durch die Männer in den karminroten Capes, wobei ihre Pferde die Soldaten unter ihren Hufen wie Herbstlaub zertraten. Der General hackte auf ein paar mit seinem Schwert ein, um ihnen den Rest zu geben. Er durchbrach die Kampflinien und erreichte Richard und Kahlan, die auf dem Brunnen standen.

General Baldwin schob das Schwert in die Scheide und verbeugte sich im Sattel. Das schwere Sergecape, auf einer Schulter von zwei Knöpfen gehalten, war über eine Seite drapiert, so daß man das grüne Innenfutter sah. Er stieg ab und schlug eine Faust auf seinen dunkelbraunen Wappenrock.

»Lord Rahl«, meinte er voller Ergebenheit.

Er verneigte sich abermals. »Meine Königin«, wiederholte er mit noch größerer Ergebenheit.

Kahlan beugte sich zu ihm, als er sich wieder aufrichtete. Ihr Tonfall ließ nichts Gutes ahnen. »Eure was?«

Sogar die glänzende Schädeldecke des Mannes wurde rot. Er verneigte sich erneut. »Meine höchst … ruhmreiche und … hochverehrte Königin und Mutter Konfessor?«

Richard zupfte sie hinten am Hemd, bevor sie etwas erwidern konnte. »Ich habe dem General hier erklärt, daß ich beschlossen habe, dich zur Königin von Kelton zu ernennen.«

Sie riß die Augen auf. »Königin von …«

»Ganz recht«, sagte General Baldwin, während er den Blick über das Kampfgeschehen schweifen ließ. »Dadurch wurde Kelton zusammengehalten, und unsere Kapitulation blieb unwidersprochen. Gleich nachdem ich durch Lord Rahl von dieser großen Ehre erfahren hatte, daß wir, wie zuvor Galea, die Mutter Konfessor zur

Königin bekommen sollten, und er mir dadurch bewies, wie sehr er uns als Nachbarn schätzt, führte ich eine Streitmacht nach Aydindril, um zum Schutz von Lord Rahl und unserer Königin beizutragen und mich dem Kampf gegen die Imperiale Ordnung anzuschließen. Ich wollte nicht, daß Ihr glaubt, wir wären nicht bereit, unser Teil beizutragen.«

Schließlich richtete sich Kahlan maßlos verwundert auf. »Vielen Dank, General. Eure Hilfe kam genau zur rechten Zeit. Euch gebührt höchste Anerkennung.«

Der General zog seine dicken, schwarzen Handschuhe aus und steckte sie in den breiten Gürtel. Er küßte Kahlan die Hand. »Wenn meine neue Königin mich entschuldigen würde, ich muß zurück zu meinen Männern. Die Hälfte unserer Streitmacht hält sich hinter den Linien bereit, für den Fall, daß die verräterischen Bastarde zu fliehen versuchen.« Er errötete erneut. »Verzeiht die Sprache eines Soldaten, meine Königin.«

Als der General zu seine Leuten zurückkehrte, widmete sich Richard wieder dem Kampfgeschehen. Die Gars suchten nach weiteren Mriswiths, fanden aber nur noch wenige. Und diese hielten nicht lange durch.

Gratch schien einen weiteren Fuß gewachsen zu sein, seit Richard ihn das letzte Mal gesehen hatte, und war jetzt so groß wie die anderen Männchen. Er schien die Suche zu dirigieren. Richard war sprachlos, doch das Ausmaß des Blutbads vor seinen Augen dämpfte seine Freude.

»Königin?« fragte Kahlan. »Du hast mich zur Königin von Kelton ernannt? Die Mutter Konfessor?«

»Zum damaligen Zeitpunkt schien es eine gute Idee zu sein«, erklärte er. »Nur so konnte ich verhindern, daß Kelton sich gegen uns stellt.«

Sie sah ihn zaghaft lächelnd an. »Sehr wohl, Lord Rahl.«

Als Richard endlich sein Schwert in die Scheide steckte, sah er, wie sich drei rote Punkte durch das dunkle Leder der d'Haranischen Uniformen einen Weg bahnten. Die drei Mord-Siths, Strafer

422

in den Händen, kamen quer über den Platz gelaufen. Jede von ihnen trug ihren roten Lederanzug, auch wenn der an diesem Tag nur unzureichend all das Blut auf ihren Körpern verbergen konnte.

»Lord Rahl! Lord Rahl!«

Berdine flog auf ihn zu wie ein Eichhörnchen, das sich von Ast zu Ast schwingt. Sie landete auf ihm, hüllte ihn in ein Gewirr aus Armen und Beinen und stieß ihn von der Mauer herunter in den Brunnen voll geschmolzenen Schnees.

Sie hockte auf seinem Bauch. »Lord Rahl! Ihr habt es geschafft! Ihr habt das Cape abgelegt, wie ich es Euch geraten habe! Dann habt Ihr meine Warnung also doch gehört?«

Sie warf sich wieder auf ihn, packte ihn mit ihren roten Armen. Richard hielt den Atem an, als er untertauchte. Er hätte sich zwar nicht das eisige Wasser ausgesucht, trotzdem war er froh darüber, sich das stinkende Mriswithblut herunterwaschen zu können. Er schnappte nach Luft, als sie sein Hemd mit der Hand packte und ihn hochhievte. Sie saß auf seinem Schoß, die Beine um seinen Leib geschlungen, und drückte ihn erneut.

»Berdine«, sagte er leise, »ich habe mich an der Schulter verletzt. Bitte drückt nicht zu fest zu.«

»Das ist nichts«, verkündete sie mit der aufrichtigen Verachtung einer Mord-Sith für Schmerzen. »Wir haben uns solche Sorgen gemacht. Als der Angriff erfolgte, dachten wir, wir würden Euch nie wiedersehen. Wir glaubten, wir hätten versagt.«

Kahlan räusperte sich. Richard stellte sie mit einer Handbewegung einander vor. »Kahlan, dies sind meine persönlichen Leibwachen, Cara, Raina, und dies ist Berdine. Meine Damen, das ist Kahlan, meine Königin.«

Berdine, die keinerlei Anstalten machte, von seinem Schoß zu steigen, sah grinsend hoch zu Kahlan. »Ich bin Lord Rahls Liebling.«

Kahlan verschränkte die Arme. In ihren grünen Augen funkelte finstere Wut.

»Berdine, laßt mich raus.«

423

»Ihr stinkt noch immer wie ein Mriswith.« Sie stieß ihn zurück ins Wasser und zerrte ihn erneut an seinem Hemd hoch. »Das ist schon besser.« Sie zog ihn näher an sich heran. »Wenn Ihr noch einmal so davonrennt, ohne auf mich zu hören, werde ich noch ganz etwas anderes machen, als Euch zu baden.«

»Wie kommt es nur, daß Frauen dich ständig baden wollen?« fragte Kahlan ruhig.

»Ich weiß es nicht.« Er blickte hinaus auf die noch immer tobende Schlacht, dann sah er wieder in Berdines blaue Augen. Er drückte sie mit einem gesunden Arm an sich. »Tut mir leid. Ich hätte auf Euch hören sollen. Für meine Torheit mußten wir einen zu hohen Preis zahlen.«

»Geht es Euch gut?« hauchte sie in sein Ohr.

»Berdine, geht runter von mir. Laßt mich hoch.«

Sie ließ sich von seinem Schoß zur Seite fallen. »Kolo meinte, die Mriswiths seien feindliche Zauberer, die ihre Kraft gegen die Fähigkeit, sich unsichtbar zu machen, eingetauscht hätten.«

Richard reichte ihr die Hand und half ihr auf. »Dasselbe hätte ich fast auch getan.«

Sie stand auf Zehenspitzen im Wasser, riß seinen Hemdkragen zur Seite und untersuchte seinen Hals. Sie stieß einen erleichterten Seufzer aus. »Es ist weg. Ihr seid in Sicherheit. Kolo beschrieb, wie es zu der Verwandlung gekommen sei, wie ihre Haut begann, schuppig zu werden. Er erklärte auch, dieser Vorfahr von Euch, Alric, habe eine Macht geschaffen, um die Mriswiths zu bekämpfen.« Sie zeigte auf die geflügelten Wesen. »Die Gars.«

»Die Gars …?«

Berdine nickte. »Er gab ihnen die Fähigkeit, Mriswiths zu erspüren, selbst wenn sie unsichtbar sind. Daher stammt der grüne Glanz in den Augen der Gars. Wegen dieser Wechselbeziehung der Magie, die alle Gars teilen, erlangten die, die unmittelbar mit den Zauberern zu tun hatten, eine gewisse Vorherrschaft über die anderen und wurden im Volk der Gars zu einer Art Generäle der Zauberer. Diese Mittler unter den Gars standen bei den anderen Gars

424

in sehr hohem Ansehen, weshalb sie zusammen mit den Völkern der Neuen Welt gegen die feindlichen Mriswiths kämpften und sie in die Alte Welt zurücktrieben.«

Richard machte ein erstauntes Gesicht. »Was hat er sonst noch gesagt?«

»Ich hatte noch keine Zeit weiterzulesen. Wir hatten seit Eurem Aufbruch alle Hände voll zu tun.«

»Wie lange?« Er kletterte aus dem Brunnen und wandte sich an Cara. »Wie lange war ich fort?«

Sie sah zur Burg hinüber. »Beinahe zwei Tage. Seit vorgestern abend. Heute bei Tagesanbruch kamen die Späher, völlig außer sich, und meldeten, der Lebensborn sei ihnen ganz dicht auf den Fersen. Kurz darauf griffen sie an. Die Kämpfe dauern seit heute morgen an. Zuerst lief alles gut, aber als dann die Mriswiths …« Ihre Stimme verebbte.

Kahlan legte ihm einen Arm um die Hüfte, um ihn zu stützen, während er sprach. »Tut mir leid, Cara. Ich hätte hier sein sollen.« Benommen starrte er auf das Meer der Toten. »Das ist meine Schuld.«

»Ich habe zwei getötet«, verkündete Raina, ohne irgendeinen Versuch zu unternehmen, ihren Stolz zu verhehlen.

Ulic und Egan kamen angerannt, wirbelten herum und blieben in Verteidigungsstellung stehen. »Lord Rahl«, sagte Ulic über seine Schulter, »wir sind froh, Euch zu sehen. Wir haben den Jubel gehört, aber jedesmal, wenn wir in Eure Nähe kamen, wart Ihr woanders.«

»Ach, ja?« meinte Cara und zog eine Braue hoch. »Wir haben es geschafft.«

Ulic verdrehte die Augen und wandte seine Aufmerksamkeit der Schlacht zu.

»Sind sie immer so?« flüsterte Kahlan ihm ins Ohr.

»Nein«, flüsterte er zurück. »Dir zu Ehren legen sie gerade ihr bestes Benehmen an den Tag.«

Richard sah weiße Fahnen zwischen den Männern des Lebensborns flattern. Niemand beachtete sie.

»D'Haraner geben kein Pardon«, erläuterte Cara, als sie sah, wohin er blickte. »Es geht bis zum bitteren Ende.«

Richard sprang vom Brunnen herunter. Als er sich mit großen Schritten entfernte, folgten ihm seine Leibwächter auf dem Fuß.

Kahlan hatte ihn eingeholt, bevor er drei Schritte weit gekommen war. »Was tust du, Richard?«

»Ich werde dem Gemetzel ein Ende machen.«

»Das kannst du nicht tun. Wir haben geschworen, den Lebensborn bis zum letzten Mann auszumerzen. Du mußt es zulassen. Dasselbe hätten sie mit uns gemacht.«

»Das kann ich nicht, Kahlan. Ich kann es nicht. Wenn wir sie alle töten, werden sich andere aus der Imperialen Ordnung niemals ergeben, weil sie wissen, daß dies den Tod bedeutet. Wenn ich ihnen zeige, daß wir sie gefangennehmen, statt sie umzubringen, werden sie eher bereit sein aufzugeben. Wenn sie aber eher bereit sind aufzugeben, siegen wir, ohne daß so viele unserer Männer ihr Leben verlieren, und das wiederum macht uns stärker. Dann werden wir gewinnen.«

Richard begann, Befehle zu brüllen. Sie wurden durch die Reihen seiner Männer weitergegeben, und langsam legte sich der Lärm der Schlacht. Die Augen Tausender von Menschen richteten sich auf ihn.

»Laßt sie hindurch«, befahl er einem Kommandeur.

Richard ging zum Brunnen zurück, stellte sich auf die Mauer und verfolgte, wie die Befehlshaber des Lebensborns ihre Leute zu ihm führten. Überall standen waffenstrotzende D'Haraner Wache. Ein Korridor öffnete sich, und die Männer in den karminroten Capes traten, von einer Seite zur anderen blickend, vor.

Ein Offizier an ihrer Spitze blieb vor Richard stehen. Seine Stimme klang heiser und gedämpft. »Nehmt Ihr unsere Kapitulation an?«

Richard verschränkte die Arme. »Kommt darauf an. Seid Ihr bereit, mir die Wahrheit zu sagen?«

Der Mann drehte sich zu seinen schweigenden, blutverschmierten Männern um. »Ja, Lord Rahl.«

»Wer gab Euch den Auftrag, die Stadt anzugreifen?«

»Die Mriswiths gaben uns Anweisungen, und viele von uns bekamen ihre Anweisungen im Traum, durch den Traumwandler.«

»Wollt Ihr von ihm befreit werden?«

Alle nickten oder bejahten dies mit leiser Stimme. Sie stimmten auch bereitwillig zu, alles zu verraten, was sie über Pläne des Traumwandlers und der Imperialen Ordnung wußten.

Richard war erschöpft und konnte vor Schmerzen kaum noch stehen. Er sog Zorn aus dem Schwert, um sich zu stärken.

»Wenn Ihr Euch ergeben und Euch der d'Haranischen Herrschaft unterwerfen wollt, dann geht auf die Knie und schwört Ergebenheit.«

Im verblassenden Licht, untermalt vom Gestöhne der Verwundeten, gingen die übriggebliebenen Männer des Lebensborns auf die Knie und sprachen die Andacht wie von den D'Haranern, die sich ihnen anschlossen, angewiesen.

Die riesige Menschenmenge sprach mit einer einzigen Stimme, die durch die gesamte Stadt trug. Sie alle verneigten ihre Häupter bis zum Boden und leisteten den Eid.

»Herrscher Rahl, führe uns. Herrscher Rahl, lehre uns. Herrscher Rahl, beschütze uns. In deinem Licht gedeihen wir. In deiner Gnade finden wir Schutz. Deine Weisheit erfüllt uns mit Demut. Wir leben nur, um zu dienen. Unser Leben gehört dir.«

Während die Männer allesamt ihre karminroten Capes herunterrissen und sie, als sie abgeführt und erst einmal unter Bewachung gestellt wurden, ins Feuer warfen, drehte sich Kahlan zu ihm um.

»Du hast gerade die Spielregeln des Krieges verändert, Richard.« Sie ließ den Blick über das Blutbad hinwegschweifen. »Es sind schon so viele gestorben.«

»Zu viele«, sagte er leise, während er beobachtete, wie die Männer des Lebensborns unverrichteterdinge in die Nacht davonmarschierten, umringt von den Männern, die sie hatten töten wollen. Er fragte sich, ob er den Verstand verloren hatte.

»»In deiner Gnade finden wir Schutz‹«, zitierte Kahlan aus der

427

Andacht. »Vielleicht ist es so gemeint.« Sie legte ihm tröstend eine Hand auf den Rücken. »Ich weiß, irgendwie fühlt es sich richtig an.«

Nicht weit entfernt lächelte Fräulein Sanderholt zustimmend, ein blutiges Metzgermesser in der Hand.

Leuchtend grüne Augen sammelten sich auf dem Platz. Richards finstere Stimmung hellte auf, als er Gratchs schauerliches Grinsen erblickte. Er und Kahlan sprangen hinunter und liefen auf den Gar zu.

Nie war es so ein schönes Gefühl gewesen, von diesen pelzigen Armen umschlungen zu werden. Richard lachte mit Tränen in den Augen, als er vom Boden gehoben wurde.

»Ich liebe dich, Gratch. Ich liebe dich so.«

»Grrrratch haaag Raaaaach aaaach lieeeg.«

Kahlan schloß sich der Umarmung an. »Ich habe dich auch lieb, Gratch. Du hast Richard das Leben gerettet. Dir verdanke ich alles.«

Gratch gurgelte zufrieden und strich ihr mit einer Kralle übers Haar.

Richard schlug nach einer Fliege. »Gratch. Du hast Blutmücken!«

Gratchs selbstzufriedenes Grinsen wurde noch breiter. Gars benutzten die Mücken, um ihre Opfer aufzuscheuchen, doch bislang hatte Gratch keine gehabt. Richard wollte Gratchs Blutmücken nicht totschlagen, sie wurden jedoch mehr als lästig. Sie stachen ihm in den Hals.

Gratch bückte sich, tauchte eine Kralle in das Blut eines toten Mriswiths und schmierte es sich auf die feste, rosige Haut seines Bauches. Die Mücken kehrten folgsam zurück und labten sich daran. Richard war überrascht.

Er ließ den Blick über all die leuchtenden grünen Augen wandern, die ihn beobachteten. »Gratch, es sieht aus, als hättest du ein ziemliches Abenteuer hinter dir. Hast du all diese Gars um dich geschart?« Gratch nickte. Der Stolz stand ihm ins Gesicht geschrieben. »Und sie haben getan, was du von ihnen verlangt hast?«

Gratch schlug sich voller Autorität an die Brust. Er drehte sich
um und grunzte. Die übrigen Gars erwiderten das Grunzen.
Gratch lächelte, daß man seine Reißzähne sah.

»Wo ist Zedd, Gratch?«

Das ledrige Lächeln erlosch. Der mächtige Gar sackte ein Stück
in sich zusammen, als er über die Schulter hinauf zur Burg blickte.
Er drehte sich wieder um. Das Leuchten in seinen grünen Augen
wurde ein wenig matter, als er traurig den Kopf schüttelte.

Richard schluckte seinen Schmerz hinunter. »Verstehe«, sagte er
leise. »Hast du gesehen, wie sie getötet wurden?«

Gratch schlug sich vor die Brust, raufte sich das Fell auf seinem
Kopf, offenbar ein Zeichen für Zedd, und legte die Krallen über
die Augen – Gratchs Zeichen für Mriswiths. Anhand dieser Zeichen und seiner Fragen konnte Richard ermitteln, daß Gratch
Zedd in die Burg gebracht hatte, es dort zu einem Kampf mit vielen Mriswiths gekommen war, Gratch Zedd mit blutendem Kopf
reglos hatte am Boden liegen sehen und den alten Zauberer danach
nicht mehr gefunden hatte. Daraufhin war der Gar losgezogen,
um Hilfe zu holen, damit sie gegen die Mriswiths kämpfen und
Richard beschützen konnten. Es war eine Menge Arbeit gewesen,
die anderen Gars aufzutreiben und sie zu diesem Zweck um sich
zu scharen.

Richard umarmte seinen Freund noch einmal. Gratch drückte
ihn lange an sich, dann trat er zurück und hielt nach den anderen
Gars Ausschau.

Richard spürte, wie sich in seinem Hals ein Kloß bildete.
»Kannst du nicht hierbleiben, Gratch?«

Gratch deutete mit einer Kralle auf Richard, mit einer anderen
auf Kahlan, dann legte er die beiden aufeinander. Er schlug sich vor
die Brust, dann zeigte er nach hinten auf einen der Gars. Als das
Tier nach vorne kam und sich neben ihn stellte, erkannte Richard,
daß es ein Weibchen war.

»Du hast eine Geliebte, Gratch? So wie ich Kahlan habe?«

Grinsend schlug Gratch sich mit beiden Klauen vor die Brust.

429

»Und ihr möchtet mit den anderen Gars zusammensein«, stellte Richard fest.

Gratch nickte zögernd, sein Grinsen geriet ins Wanken.

Richard setzte sein bestes Lächeln auf. »Ich finde das wundervoll, mein Freund. Du hast es verdient, bei deiner Geliebten zu sein, und bei deinen neuen Freunden. Aber du kannst uns trotzdem immer besuchen. Wir würden uns jederzeit über dich und deine neue Freundin freuen. Über euch alle, um die Wahrheit zu sagen. Ihr alle hier seid willkommen.«

Gratchs Lächeln kehrte zurück.

»Aber kannst du mir einen Gefallen tun, Gratch? Bitte? Es ist wichtig. Kannst du sie bitten, keine Menschen mehr zu fressen? In Ordnung?«

Gratch drehte sich zu den anderen um und grunzte etwas in der seltsam kehligen Sprache, die die anderen verstanden. Sie äußerten sich ihrerseits ebenfalls mit einem murmelnden Gegrunze, woraufhin eine Art Gespräch zu folgen schien. Gratchs grunzende Worte wurden schriller, dann schlug er sich auf seine mächtige Brust – er war mindestens so groß wie alle anderen auch. Schließlich brachen sie in johlende Zustimmung aus. Gratch drehte sich zu Richard um und nickte.

Kahlan drückte das pelzige Tier noch einmal an sich. »Paß auf dich auf, und komm uns besuchen, wenn du kannst. Ich stehe für immer in deiner Schuld, Gratch. Ich liebe dich. Wir beide lieben dich.«

Nach einer letzten Umarmung mit Richard, für die keinerlei Worte nötig waren, flog Gratch mit den Gars davon und verschwand in der Nacht.

Richard stand neben Kahlan, umgeben von den Leibwächtern, seiner Armee und dem Schreckgespenst des Todes.

29. Kapitel

Richard fuhr erschrocken aus dem Schlaf hoch. Kahlan lag zusammengerollt mit dem Rücken an seiner Brust. Die Verletzung durch die Mriswithkönigin an seiner Schulter schmerzte. Er hatte sich von einem Armeearzt eine Packung auflegen lassen und war dann, zu erschöpft, um sich noch länger auf den Beinen zu halten, auf das Bett des Gästezimmers gefallen, das er bewohnte. Er hatte nicht einmal seine Stiefel ausgezogen, und das unangenehme Drücken an seiner Hüfte verriet ihm, daß er noch immer das Schwert der Wahrheit trug und darauf lag.

Kahlan rührte sich in seinen Armen, ein Gefühl, das ihn mit Freude erfüllte. Doch dann fielen ihm die Tausende von Toten ein, die seinetwegen gestorben waren, und seine Freude verflog.

»Guten Morgen, Lord Rahl«, hörte er eine muntere Stimme.

Er blickte fragend hoch zu Cara und begrüßte sie mit einem Stöhnen. Kahlan blinzelte in die Sonne, die durch das Fenster fiel.

Cara deutete mit einer wedelnden Handbewegung auf die beiden. »Es geht besser, wenn man die Kleider ablegt.«

Richard runzelte die Stirn. Seine Stimme war ein heiseres Krächzen. »Was?«

Die Frage schien sie zu verwirren. »Ihr werdet feststellen, denke ich, daß diese Dinge ohne Kleidung besser gehen.« Sie stemmte die Hände in die Hüften. »Ich dachte, wenigstens das wüßtet Ihr.«

»Cara, was habt Ihr hier drinnen zu suchen?«

»Ulic wollte Euch sprechen, hatte aber Angst nachzusehen, also sagte ich, ich würde es tun. Für einen so großen Kerl kann er manchmal recht schüchtern sein.«

»Darin sollte er Euch Unterricht geben.« Richard zuckte zusammen, als er sich aufsetzte. »Was will er?«

»Er hat eine Leiche gefunden.«

Kahlan setzte sich auf und rieb sich die Augen. »Das dürfte nicht schwer gewesen sein.«

Cara lächelte, doch ihr Lächeln erlosch, als Richard es bemerkte. »Er hat eine Leiche am Fuß der Klippen gefunden, unterhalb der Burg.«

Richard schwang die Beine aus dem Bett. »Warum habt Ihr das nicht gleich gesagt?«

Kahlan rannte ihm hinterher, um ihn einzuholen, als er nach draußen auf den Korridor stürzte, wo Ulic wartete.

»Hast du ihn gefunden? Hast du den Leichnam eines alten Mannes gefunden?«

»Nein, Lord Rahl. Es war die Leiche einer Frau.«

»Einer Frau? Was für einer Frau?«

»Sie war in einem schlimmen Zustand, aber ich habe die auseinanderstehenden Zähne und die zerrissene Decke wiedererkannt. Es war dieses alte Weib, Valdora. Die, die Honigkuchen verkauft hat.«

Richard rieb sich die empfindliche Schulter. »Valdora. Sehr merkwürdig. Und das kleine Mädchen, wie hieß sie gleich?«

»Holly. Von ihr haben wir keine Spur gefunden. Wir haben sonst niemanden entdeckt, allerdings ist das Gebiet, das abgesucht werden muß, groß. Es könnte sein, daß Tiere … nun ja, gut möglich, daß wir nichts mehr finden.«

Richard nickte, ihm fehlten die Worte. Er fühlte sich umgeben vom Leichentuch des Todes.

Caras Stimme wurde mitfühlend. »Die Totenfeuer werden bald beginnen. Möchtet Ihr hingehen?«

»Natürlich!« Als er Kahlans beruhigende Hand auf seinem Rücken spürte, mäßigte er seinen Ton. »Ich muß dabeisein. Es ist meine Schuld, daß sie gestorben sind.«

Cara runzelte die Stirn. »Es ist die Schuld des Lebensborns, daß sie gestorben sind, und die der Imperialen Ordnung.«

»Das wissen wir, Cara«, meinte Kahlan. »Wir werden dort sein, sobald ich den Verband auf seiner Schulter gewechselt habe und wir uns gewaschen und umgezogen haben.«

Die Totenfeuer brannten tagelang. Siebenundzwanzigtausend Menschen waren gefallen. Richard kam sich vor, als trügen die Flammen seine Seele zusammen mit denen jener Männer davon, die getötet worden waren. Er blieb und sprach mit den anderen das Gebet, und nachts stand er mit den anderen bei den Feuern Wache, bis es vorüber war.

Aus dem Schein dieses Feuers hinauf ins Licht. Eine sichere Reise in die Welt der Seelen.

Seine Stimmung hatte sich nicht gebessert.

Er wandelte durch die Korridore und blickte gelegentlich aus den Fenstern hinaus auf die Straßen, redete aber nur mit wenigen Menschen. Kahlan blieb stets in seiner Nähe, bot ihm ihre Gesellschaft an zum Trost, schwieg jedoch, es sei denn, er sagte etwas. Richard schaffte es nicht, das Bild all dieser Toten aus einem Kopf zu verbannen. Der Name, den ihm die Prophezeiung gegeben hatte, verfolgte ihn: der Bringer des Todes.

Eines Tages, seine Schulter hatte endlich begonnen zu verheilen, saß er an dem Tisch, den er als Schreibtisch nutzte, und starrte ins Nirgendwo, als es plötzlich hell wurde. Er hob den Kopf. Kahlan war ins Zimmer getreten, und er hatte es überhaupt nicht bemerkt. Sie hatte die Vorhänge aufgezogen, um die Sonne hereinzulassen.

»Ich mache mir allmählich Sorgen um dich, Richard.«

»Ich weiß. Aber offenbar kann ich mich nicht dazu zwingen zu vergessen.«

»Es ist schon richtig, Richard, der Mantel der Herrschaft wiegt schwer, aber du darfst dich nicht von ihm erdrücken lassen.«

»Das sagt sich leicht, aber es war meine Schuld, daß all die Menschen umgekommen sind.«

Kahlan setzte sich vor ihn auf den Tisch und hob sein Kinn mit einem Finger. »Glaubst du das wirklich, Richard, oder tut es dir nur leid, daß so viele Menschen sterben mußten?«

»Ich war dumm, Kahlan. Ich habe überstürzt gehandelt. Ohne

nachzudenken. Hätte ich meinen Kopf gebraucht, wären all diese Soldaten vielleicht nicht tot.«

»Du hast instinktiv gehandelt. Du hast selbst gesagt, so funktioniert die Gabe bei dir – gelegentlich jedenfalls.«

»Aber ich –«

»Spielen wir ›Was wäre, wenn‹. Was wäre, wenn du anders vorgegangen wärst?«

»Nun, dann wären all diese Menschen nicht getötet worden.«

»Wirklich nicht? Du spielst nicht nach den Regeln von ›Was wäre, wenn‹. Denk darüber nach, Richard. Was wäre gewesen, hättest du nicht instinktiv gehandelt und wärst nicht zur Sliph gegangen? Was wäre die Folge gewesen?«

»Nun, laß mich überlegen.« Er streichelte ihr übers Bein. »Ich weiß es nicht, aber die Dinge hätten sich anders entwickelt.«

»Ja, das hätten sie. Du wärst hier gewesen, als der Angriff kam. Du hättest morgens statt gegen Ende des Tages in den Kampf gegen die Mriswiths eingegriffen. Du wärst zermürbt und getötet worden, lange bevor die Gars in der Abenddämmerung eingetroffen wären. Du wärst tot. Und all diese Menschen hätten ihren Lord Rahl verloren.«

Richard hob den Kopf. »Da ist etwas dran.« Er dachte einen Augenblick darüber nach. »Und wenn ich nicht in die Alte Welt gereist wäre, dann wäre der Palast der Propheten in Jagangs Hand. Er wäre im Besitz der Prophezeiungen.« Er stand auf und ging zum Fenster, blickte hinaus in den strahlenden Frühlingstag. »Und niemand hätte Schutz vor dem Traumwandler gefunden, denn ich wäre tot gewesen.«

»Du hast dein Denken von deinen Gefühlen beherrschen lassen.«

Richard kam zurück und ergriff ihre Hände. Zum ersten Mal seit langem nahm er wieder wahr, wie wunderschön sie aussah. »Das Dritte Gesetz der Magie: Leidenschaft ist stärker als Vernunft. Kolo hat davor gewarnt, es sei heimtückisch. Ich habe es dadurch gebrochen, daß ich glaubte, ich hätte es gebrochen.«

Kahlan legte den Arm um ihn. »Fühlst du dich jetzt ein wenig besser?«

Er legte ihr die Hände auf die Hüften und lächelte seit Tagen zum ersten Mal. »Du hast mir geholfen, das zu erkennen. Früher war es Zedd, der das gemacht hat. Ich denke, ich werde mich ab jetzt auf dich verlassen müssen.«

Sie schlang die Beine um ihn und zog ihn näher heran. »Das solltest du auch.«

Als sie ihm gerade einen kleinen Kuß gab und er ihr einen etwas größeren geben wollte, kamen die drei Mord-Sith ins Zimmer marschiert. Kahlan schmiegte sich an seine Wange. »Klopfen die eigentlich nie?«

»Selten«, flüsterte Richard. »Es macht ihnen Spaß, Menschen auf die Probe zu stellen. Es ist ihre Lieblingsbeschäftigung. Sie werden es nie müde.«

Cara, die vorneweg ging, blieb stehen und blickte vom einen zum anderen. »Immer noch in den Kleidern, Lord Rahl?«

»Ihr drei seht gut aus heute morgen.«

»Ja, das stimmt«, meinte Cara. »Wir haben etwas zu erledigen.«

»Was denn?«

»Sobald Ihr Zeit dafür habt – einige Vertreter sind in Aydindril eingetroffen und haben um eine Audienz bei Lord Rahl gebeten.«

Berdine schwenkte Kolos Tagebuch. »Und ich hätte hierbei gerne Eure Hilfe. Was wir bis jetzt erfahren haben, war bereits sehr wichtig, und es gibt noch vieles, das wir nicht übersetzt haben. Wir haben Arbeit zu erledigen.«

»Übersetzen?« fragte Kahlan. »Ich spreche viele Sprachen. Um was geht es?«

»Um Hoch-D'Haran«, sagte Berdine und nahm einen Bissen von einer Birne in ihrer anderen Hand. »Lord Rahl wird in Hoch-D'Haran allmählich sogar besser als ich.«

»Tatsächlich«, sagte Kahlan. »Ich bin beeindruckt. Nur wenige Menschen beherrschen Hoch-D'Haran. Es ist eine äußerst schwierige Sprache, hat man mir erzählt.«

»Wir haben zusammen daran gearbeitet.« Berdine lächelte. »Nachts.«

Richard räusperte sich. »Gehen wir und sehen nach, was die Vertreter wollen.« Er packte Kahlan an den Hüften und stellte sie neben sich auf den Boden.

Berdine gestikulierte mit der Birne. »Lord Rahl hat sehr große Hände. Sie passen genau über meine Brüste.«

Kahlan zog die Brauen hoch. »Tatsächlich?«

»Ja«, stellte Berdine fest. »Eines Tages hat er sich von uns allen die Brüste zeigen lassen.«

»Ist das wahr. Von Euch allen.«

Cara und Raina warteten, ohne eine Miene zu verziehen, Berdine dagegen nickte. Richard verbarg sein Gesicht in den Händen.

Berdine nahm noch einen Bissen von ihrer Birne. »Aber am besten paßten seine Hände über meine Brüste.«

Kahlan schlenderte zur Tür. »Nun, meine Brüste sind nicht so groß wie Eure, Berdine.« Sie hielt inne, als sie an Raina vorüberkam. »Ich denke, meine würden besser in Rainas Hände passen.«

Berdine hüstelte und verschluckte sich an ihrem Birnenstück, während Kahlan aus dem Zimmer schlenderte. Auf Rainas Lippen machte sich ein Grinsen breit.

Cara fing plötzlich herzhaft an zu lachen. Sie gab Richard im Vorübergehen einen Klaps auf den Rücken. »Sie gefällt mir, Lord Rahl. Von mir aus dürft Ihr sie behalten.«

Richard blieb zögernd stehen. »Ja, danke, Cara. Ich bin sehr froh, daß ich Eure Zustimmung habe.«

Sie nickte ernst. »Das könnt Ihr auch.«

Er verließ eilig das Zimmer und holte Kahlan schließlich ein Stück den Korridor hinunter ein. »Woher wußtest du das von Berdine und Raina?«

Sie sah ihn verwirrt an. »Ist das nicht offensichtlich, Richard? Der Blick in ihren Augen? Es muß dir doch auch sofort aufgefallen sein.«

»Na ja …« Richard warf einen Blick durch den Korridor zurück, um zu sehen, ob die Frauen sie schon eingeholt hatten. »Es wird dich sicher freuen zu hören, daß Cara dich mag und daß ich die Erlaubnis habe, dich zu behalten.«

Kahlan legte ihm den Arm um die Hüfte. »Ich mag sie auch. Ich bezweifele, daß du Wächter finden könntest, die dich besser beschützen.«

»Soll das ein Trost sein?«

Lächelnd legte sie ihren Kopf an seine Schulter. »Für mich, ja.«

Richard wechselte das Thema. »Gehen wir nachsehen, was die Vertreter uns mitzuteilen haben. Unsere Zukunft, jedermanns Zukunft, hängt davon ab.«

Kahlan saß schweigend im weißen Kleid der Mutter Konfessor in ihrem Sessel, dem Sessel der Mutter Konfessor, neben Richard, unter dem gemalten Bildnis von Magda Searus, der ersten Mutter Konfessor, und ihrem Zauberer, Merritt.

Begleitet vom lächelnden General Baldwin, schritten Vertreter Garthram aus Lifany, Vertreter Theriault aus Herjborgue und Botschafter Bezancort aus Sanderia über die weite Marmorfläche. Sie schienen alle überrascht und erfreut zu sein, die Mutter Konfessor neben Richard sitzen zu sehen.

General Baldwin verneigte sich. »Meine Königin, Lord Rahl.«

Kahlan lächelte freundlich. »Guten Tag, General Baldwin.«

»Meine Herren«, sagte Richard, »ich hoffe, in Euren Ländern steht alles gut. Wie habt Ihr Euch entschieden?«

Vertreter Garthram strich über seinen grauen Bart. »Nach eingehender Beratung mit der Regierung in der Heimat und dem Beispiel von Kelton und Galea folgend, sind wir alle zu dem Schluß gekommen, daß unsere Zukunft bei Euch liegt, Lord Rahl. Wir alle haben die Kapitulationsurkunden mitgebracht. Bedingungslos, wie von Euch gewünscht. Wir möchten uns Euch anschließen, um ein Teil D'Haras und von Euch regiert zu werden.«

Der hochgewachsene Botschafter Bezancort ergriff das Wort. »Wir sind gekommen, um zu kapitulieren und uns D'Hara anzuschließen, trotzdem hegen wir nach wie vor die Hoffnung, daß die Mutter Konfessor unseren Entschluß gutheißt.«

Kahlan betrachtete die Männer einen Augenblick lang. »Die Zukunft und nicht die Vergangenheit, das ist der Ort, an dem wir und unsere Kinder leben müssen. Die erste Mutter Konfessor und ihr Zauberer taten, was für die Menschen damals und in jener Zeit das Beste war. Jetzt, da ich Mutter Konfessor bin, müssen mein Zauberer und ich das tun, was für unsere Zeit das Beste ist. Wir werden tun, was wir tun müssen, unsere Hoffnung jedoch gilt, wie die ihre damals, dem Frieden.

Unsere beste Chance auf eine Stärke, die einen dauerhaften Frieden garantiert, liegt bei Lord Rahl. Unser neuer Kurs liegt fest. Mein Herz und mein Volk werden ihm folgen. Als Mutter Konfessor bin ich Teil dieser Union und heiße Euch darin willkommen.«

Richard erwiderte ihren Händedruck.

»Wir werden auch in Zukunft unsere Mutter Konfessor haben«, sagte er. »Wir brauchen ihre Weisheit und ihre Führerschaft, so wie wir sie immer gebraucht haben.«

Einige Tage darauf, an einem schönen Frühlingsnachmittag schlenderten Richard und Kahlan Hand in Hand durch die Straßen und machten sich ein Bild von den Aufräumarbeiten nach der Zerstörung durch die Schlacht, als Richard plötzlich einen Einfall hatte. Er drehte sich um und spürte den kühlen Wind und die warme Sonne auf seinem Gesicht.

»Weißt du, ich habe die Kapitulation der Länder der Midlands verlangt, dabei weiß ich nicht einmal, wieviel es überhaupt sind, von ihren Namen ganz zu schweigen.«

»Nun, ich denke, dann werde ich dir eine Menge beibringen müssen«, sagte sie. »Du wirst mich wohl in deiner Nähe behalten müssen.«

Ihn überkam ein Lächeln. »Ich brauche dich. Jetzt und immer.« Er legte ihr die Hand an die Wange. »Ich kann nicht glauben, daß wir endlich wieder zusammen sind.« Er sah kurz zu den drei Frauen und den beiden Männern kaum drei Schritte hinter ihnen. »Wenn wir nur alleine sein könnten.«

Cara runzelte die Stirn. »Sollte das ein Wink sein, Lord Rahl?«

»Nein, das ist ein Befehl.«

Cara zuckte die Achseln. »Tut mir leid, aber wir können den Befehl hier draußen nicht befolgen. Ihr braucht Schutz. Wißt Ihr, Mutter Konfessor, daß wir ihm manchmal erklären müssen, mit welchem Fuß er den nächsten Schritt tun soll? Gelegentlich ist er bei den einfachsten Dingen auf unsere Hilfe angewiesen.«

Kahlan gab sich mit einem hilflosen Seufzer geschlagen. Schließlich blickte sie an Cara vorbei zu den hochaufragenden Männern dahinter. »Ulic, hast du dafür gesorgt, daß die Riegel an unserem Zimmer angebracht wurden?«

»Ja, Mutter Konfessor.«

Kahlan lächelte. »Gut.« Sie drehte sich zu Richard um. »Sollen wir nach Hause gehen? Ich werde müde.«

»Ihr werdet ihn erst heiraten müssen«, erklärte Cara. »Befehl von Lord Rahl. Außer seiner Gemahlin dürfen keine Frauen in sein Zimmer gelassen werden.«

Richard machte ein finsteres Gesicht. »Ich sagte ›außer Kahlan‹. Von ›Gemahlin‹ war nie die Rede. Ich sagte ›außer Kahlan‹.«

Cara blickte kurz auf den Strafer, der an einer dünnen Kette um Kahlans Hals hing. Es war Dennas Strafer. Richard hatte ihn Kahlan an jenem Ort zwischen den Welten geschenkt, an den Denna sie gebracht hatte, damit sie zusammensein konnten. Er war zu einer Art Amulett geworden – eines, das die drei Mord-Sith niemals erwähnt hatten, das ihnen aber gleich, als sie Kahlan zum ersten Mal gesehen hatten, aufgefallen war. Richard vermutete, daß es ihnen ebensoviel bedeutete wie Kahlan und ihm selbst.

Caras unbekümmerter Blick wanderte zurück zu Richard. »Ihr habt uns den Auftrag gegeben, die Mutter Konfessor zu beschützen, Lord Rahl. Wir beschützen lediglich die Ehre unserer Schwester.«

Kahlan mußte schmunzeln, als sie sah, daß es Cara schließlich doch gelungen war, ihn aus der Reserve zu locken – etwas, das ihr nur selten gelang. Richard holte tief Luft, um sich zu beherrschen. »Und wie gut Ihr Eure Sache macht – aber keine Sorge, auf mein Wort, sie wird bald meine Gemahlin sein.«

Kahlan streichelte ihm beiläufig mit den Fingern über den Rücken. »Wir haben den Schlammenschen versprochen, uns in ihrem Dorf vom Vogelmann und in dem Kleid, das Weselan für mich genäht hat, trauen zu lassen. Dieses Versprechen unseren Freunden gegenüber bedeutet mir sehr viel. Wärt Ihr damit einverstanden, wenn wir uns bei den Schlammenschen trauen lassen würden?«

Bevor Richard dazu kam, ihr zu sagen, wieviel es auch ihm bedeutete, wurden sie von einer Gruppe von Kindern umschwärmt. Sie zerrten an seinen Händen und baten ihn, zu kommen und zuzusehen, so wie er es versprochen hatte.

»Wovon reden sie?« fragte Kahlan, freundlich lachend.

»Von Ja'La«, meinte Richard. »Kommt her, zeigt mir euren Ja'La-Ball«, sagte er zu den Kindern.

Sie gaben ihm den Ball, und er warf ihn mit einer Hand in die Höhe und zeigte ihn ihr. Kahlan nahm den Ball in die Hand, drehte ihn und betrachtete den Buchstaben *R*, den man in ihn hinein geprägt hatte.

»Was ist das?«

»Nun ja, früher wurde mit einem Ball gespielt, genannt Broc, der so schwer war, daß sich die Kinder laufend an ihm verletzt haben. Ich habe von den Näherinnen neue Bälle herstellen lassen, so daß alle Kinder mitspielen können, nicht nur die kräftigsten. Jetzt ist es eher eine Frage der Geschicklichkeit anstatt brutaler Körperkraft.«

»Wofür steht das *R*?«

»Ich habe ihnen erklärt, jeder, der bereit sei, diese neue Art Ball zu benutzen, bekäme vom Palast einen offiziellen Broc geschenkt. Das *R* steht für Rahl, damit soll gezeigt werden, daß es sich um einen offiziellen Ball handelt. Früher hieß das Spiel Ja'La, seit ich jedoch die Regeln geändert habe, nennen sie es jetzt Ja'La-Rahl.«

»Na ja«, meinte Kahlan und warf den Kindern den Ball zurück, »da Lord Rahl es versprochen hat und er immer sein Wort hält ...«

»Ja!« rief ein Junge. »Er hat versprochen, wenn wir diesen offiziellen Ball benutzen, kommt er und sieht zu.«

Richard warf einen Blick auf die sich zusammenziehenden Wol-

440

ken. »Na ja, es zieht ein Unwetter auf, aber ich denke, vorher bleibt uns noch Zeit für ein Spiel.«

Arm in Arm folgten sie der ausgelassenen Kindermeute die Straße hoch.

Richard lächelte im Gehen. »Wenn nur Zedd bei uns wäre.«

»Glaubst du, er ist oben bei der Burg umgekommen?«

Richard sah kurz zu dem Berg hinauf. »Er meinte immer, wenn man eine Möglichkeit akzeptiert, macht man sie zur Wirklichkeit. Ich habe beschlossen, solange mir niemand etwas anderes beweist, werde ich seinen Tod nicht akzeptieren. Ich glaube an ihn. Ich glaube, daß er lebt und irgendwo da draußen ist und jemandem schwer zu schaffen macht.«

Das Gasthaus sah gemütlich aus, anders als so manche, in denen sie abgestiegen waren, wo zuviel getrunken und gelärmt wurde. Wieso die Menschen tanzen wollten, sobald es dunkel wurde, war ihm ein Rätsel. Irgendwie schienen diese beiden Dinge zusammenzugehören, so wie Bienen und Blumen oder Fliegen und Mist: Dunkelheit und Tanzen.

An einigen Tischen saßen Leute und nahmen still eine Mahlzeit zu sich, und um einen der Tische nahe der gegenüberliegenden Wand drängte sich eine Gruppe älterer Männer, die Pfeife rauchten, ein Brettspiel spielten und an ihrem Bier nippten, während sie sich lebhaft unterhielten. Er schnappte Gesprächsfetzen auf über den neuen Lord Rahl.

»Halt bloß den Mund«, warnte ihn Ann, »und überlaß das Reden mir.«

Ein freundlich aussehendes Paar hinter der Theke lächelte, als sie näher kamen. Auf den Wangen der Frau bildeten sich Grübchen.

»'n Abend, Leute.«

»Guten Abend«, sagte Ann. »Wir möchten uns nach einem Zimmer erkundigen. Der Junge bei den Stallungen meinte, Ihr hättet schöne Zimmer.«

»Oh, das ist wohl wahr, meine Dame. Für Euch und Euren …«

441

Ann öffnete den Mund. Zedd kam ihr zuvor. »Bruder. Ruben ist mein Name. Dies ist meine Schwester Elsie. Ich bin Ruben Rybnik.« Zedd machte eine schwungvolle Handbewegung. »Ich bin ein Wolkendeuter von einiger Berühmtheit. Vielleicht habt Ihr von mir gehört. Ruben Rybnik, der berühmte Wolkendeuter.«

Der Unterkiefer der Frau bewegte sich, als versuchte sie zu ergründen, wohin alle ihre Worte entschwunden waren. »Nun ... ich ... ja, ich glaube schon.«

»Na siehst du«, sagte Zedd und tätschelte Ann den Rücken. »Fast alle haben schon von mir gehört, Elsie.« Er beugte sich, auf einen Ellenbogen gestützt, zu dem Paar hinter der Theke hinüber. »Elsie glaubt, ich bilde mir das ein. Dabei war sie eine Weile fort, auf dieser Farm, bei diesen armen Unglückseligen, die Stimmen hören und mit den Wänden sprechen.«

Die beiden Köpfe schwenkten gleichzeitig herum zu Ann.

»Ich habe dort gearbeitet«, brachte Ann zwischen zusammengepreßten Zähnen hervor. »Ich habe dort gearbeitet und den ›armen Unglückseligen‹ geholfen, die dort unsere Gäste waren.«

»Ja, ja«, meinte Zedd. »Und das hast du wirklich gut gemacht, Elsie. Warum man dich hat gehen lassen, werde ich nie begreifen.« Er wandte sich wieder zu dem verstummten Paar um. »Da sie ohne Arbeit ist, dachte ich, ich nehme sie mit hinaus in die Welt, damit sie sieht, worum es im Leben geht, wenn Ihr versteht.«

»Ja«, erwiderte das Paar wie aus einem Mund.

»Und, um die Wahrheit zu sagen«, fuhr Zedd fort, »wir hätten lieber zwei Zimmer. Eins für meine Schwester, und eins für mich.« Sie blickten ihn verständnislos an. »Sie schnarcht«, erklärte er. »Ich brauche meinen Schlaf.«

»Tja, wir haben sehr hübsche Zimmer«, sagte die Frau, und wieder erschienen die Grübchen auf ihren Wangen. »Ich bin sicher, Ihr werdet Euch gut erholen.«

Zedd drohte mahnend mit dem Finger. »Die besten, die Ihr habt, denkt daran. Elsie kann es sich leisten. Ihr Onkel verstarb und hinterließ ihr alles, was er hatte. Und er war ein reicher Mann.«

Die Brauen des Mannes zogen sich zusammen. »Müßte er dann nicht auch Euer Onkel gewesen sein?«

»Mein Onkel? Na ja, natürlich, doch er hat mich nicht gemocht. Immer gab es Ärger mit dem Mann. Er war ein bißchen exzentrisch. Trug mitten im Hochsommer Socken als Handschuhe. Elsie war sein Liebling.«

»Die Zimmer«, brummte Ann. Sie drehte sich um und sah ihn mit großen Augen an. »Ruben braucht seinen Schlaf. Er hat eine Menge Wolken zu deuten und muß schon früh am Morgen damit anfangen. Wenn er seinen Schlaf nicht hat, bekommt er einen äußerst seltsamen Ausschlag, der sich wie ein Ring um seinen Hals legt.«

Die Frau kam hinter der Theke hervor. »Nun, dann will ich sie Euch zeigen.«

»Das ist doch nicht etwa der Duft von gebratener Ente, oder doch?«

»Aber ja«, antwortete die Frau und drehte sich wieder um. »Das ist unser Abendessen. Gebratene Ente mit Pastinaken, Zwiebel und Bratensoße, wenn Euch danach gelüstet.«

Zedd sog den Duft förmlich in sich hinein. »Meine Güte, was für ein köstliches Aroma. Man braucht viel Können, um eine Ente genau auf den Punkt zu braten. An diesem Duft jedoch erkenne ich, daß Euch dies genau gelungen ist. Kein Zweifel.«

Die Frau wurde rot und kicherte. »Tja, für meine gebratene Ente bin ich bekannt.«

»Hört sich wunderbar an«, meinte Ann. »Wenn Ihr so freundlich wärt und uns zwei Portionen auf die Zimmer schicken würdet?«

»Oh, selbstverständlich. Es wäre mir ein Vergnügen.«

Die Frau wollte sie den Korridor hinunterführen.

»Wenn ich es recht überdenke«, sagte Zedd, »dann geh nur, Elsie. Ich weiß, wie nervös es dich macht, wenn Menschen dir beim Essen zusehen. Ich werde mein Abendessen hier unten zu mir nehmen. Und dazu eine Kanne Tee, wenn es Euch nichts ausmacht.«

Ann drehte sich um und schickte einen finsteren Blick in seine

Richtung. Er spürte, wie der Ring um seinen Hals heiß wurde. »Bleib nicht zu lange, Ruben. Wir müssen morgen früh los.«

Zedd beruhigte sie mit einer Handbewegung. »Oh, nein, meine Liebe. Ich werde nur zu Abend essen, dann vielleicht noch ein Spiel mit diesen Gentlemen hier, dann gehe ich auf schnellstem Wege ins Bett. Wir sehen uns frisch und munter morgen früh.«

Ihr Blick hätte Pech zum Sieden bringen können. »Dann gute Nacht, Ruben.«

Zedd lächelte nachsichtig. »Vergiß nicht, die gute Frau zu bezahlen, und gib ihr noch etwas extra für die großzügig bemessene Portion ihres ausgezeichneten Entenbratens.« Zedd beugte sich mit gewichtiger Miene zu ihr vor, und seine Stimme wurde leise. »Und vergiß nicht, vor dem Zubettgehen in dein Tagebuch zu schreiben.«

Sie versteifte sich. »In mein Tagebuch?«

»Ja, das kleine Reisetagebuch, das du führst. Ich weiß, wie gerne du über deine Abenteuer schreibst, aber in letzter Zeit hast du es nicht so weitergeführt, wie du solltest. Ich denke, es wird Zeit, daß du das nachholst.«

»Ja …«, stammelte sie. »Dann werde ich das tun, Ruben.«

Nachdem Ann ihm dafür noch einen liebevollen Blick geschenkt hatte und gegangen war, baten ihn die Gentlemen, die das Gespräch mitangehört hatten, zu sich an den Tisch.

»Wolkendeuter, sagtet Ihr?« fragte einer.

»Der allerbeste.« Zedd hielt einen dürren Finger in die Höhe. »Wolkendeuter der Könige, nicht weniger.«

Erstauntes Tuscheln machte die Runde.

Ein Mann etwas seitlich nahm die Pfeife aus den Zähnen. »Würdet Ihr für uns die Wolken deuten, Meister Ruben? Wir würden alle zusammenlegen und Euch eine Kleinigkeit dafür zahlen.«

Zedd hob seine dürre Hand, als wollte er sie abwehren. »Ich fürchte, das kann ich nicht.« Er wartete, bis sich die Enttäuschung aufgeschaukelt hatte. »Ich könnte Euer Geld nicht annehmen. Es wäre mir eine Ehre, Euch zu verraten, was die Wolken zu sagen haben, aber ich werde keine Kupfermünze dafür nehmen.«

Das Lächeln kehrte zurück. »Das ist äußerst großzügig von Euch, Meister Ruben.«

Ein gedrungener Mann beugte sich vor. »Was haben die Wolken denn zu erzählen?«

Die Wirtsfrau stellte einen dampfenden Teller Entenbraten vor ihn und lenkte ihn damit ab. »Der Tee kommt sofort«, sagte sie und eilte in die Küche zurück.

»Die Wolken hatten viel zu erzählen über die Winde der Veränderung, meine Herren. Gefahren und Gelegenheiten. Über den ruhmreichen neuen Lord Rahl und die … nun, laßt mich erst von dieser saftig aussehenden Ente kosten, dann werde ich Euch mit größtem Vergnügen alles darüber erzählen.«

»Greift zu, Ruben«, meinte ein anderer.

Zedd ließ sich einen Bissen auf der Zunge zergehen und legte eine dramatische Pause ein, um genüßlich zu seufzen, während die anderen ihn mit gespannter Aufmerksamkeit beobachteten.

»Das ist aber ein sehr seltsames Halsband, das Ihr da tragt.«

Zedd tippte kauend gegen den Halsring. »So etwas wird heutzutage gar nicht mehr hergestellt.« Der Mann kniff die Augen zusammen und deutete mit dem Pfeifenstiel auf den Halsring. »Scheint gar keinen Verschluß zu haben. Sieht aus wie aus einem Stück. Wie habt Ihr den über Euren Kopf bekommen?«

Zedd öffnete den Halsring und hielt ihn ihnen hin, die beiden Hälften am Gelenk hin und herbewegend. »Doch, er hat einen. Seht Ihr? Verdammt feine Arbeit, nicht wahr? Man sieht das Gelenk nicht mal, so fein ist es gearbeitet. Ein Meisterwerk der Handwerkskunst. So etwas findet man heutzutage nicht mehr.«

»Das sage ich auch immer«, meinte der Mann mit der Pfeife. »Wirklich gute Handwerksarbeit findet man nicht mehr.«

Zedd ließ den Ring wieder um seinen Hals schnappen. »Nein, findet man nicht.«

»Heute habe ich eine merkwürdige Wolke gesehen. Wie eine Schlange sah sie aus. Schlängelte sich sozusagen durch den Himmel.«

Zedd beugte sich vor und senkte die Stimme. »Ihr habt sie also gesehen.«

Alle beugten sich vor. »Was hat das zu bedeuten, Ruben?« fragte einer leise.

Er sah von einem Augenpaar zum anderen. »Einige Leute meinen, es sei eine Spürwolke, die jemandem von einem Zauberer angehängt wurde.« Zufrieden registrierte Zedd das erschrockene Japsen.

»Wozu?« fragte der untersetzte Mann, und in seinen Augen war überall das Weiße zu erkennen.

Zedd tat, als sehe er sich nach den anderen Tischen um, bevor er sprach. »Um ihn aufzuspüren und um zu wissen, wohin er geht.«

»Würde dieser die Wolke denn nicht bemerken, wo sie doch aussieht wie eine Schlange?«

»Es ist ein Trick dabei, hab' ich gehört«, sagte Zedd leise und benutzte seine Gabel, um ihn zu demonstrieren. »Sie zeigt nach unten und auf den verfolgten Mann, so daß er nichts weiter sieht als einen winzigen Punkt, etwa so, als betrachte er die Spitze eines Stocks. Wer aber seitlich steht, sieht den Stock in seiner vollen Länge.«

Die Männer machten ah und oh und lehnten sich zurück, um die Neuigkeit zu verdauen, während Zedd sich an der Ente gütlich tat.

»Habt Ihr von den Winden der Veränderung gehört?« fragte einer schließlich. »Und von diesem neuen Lord Rahl?«

»Wenn nicht, wäre ich dann der Wolkendeuter der Königin?« Zedd schwenkte seine Gabel. »Das ist eine verdammt gute Geschichte, vorausgesetzt, Euch steht der Sinn danach, sie anzuhören.«

Alle beugten sich erneut nach vorn.

»Das alles fing vor vielen Jahren an, während des Krieges in der alten Zeit«, begann Zedd, »als jene Wesen geschaffen wurden, die man Traumwandler nannte.«